BASTEI
LÜBBE
TASCHENBUCH

Weitere Titel der Autorin:

Was wir zu hoffen wagten
In der Nacht weint meine Stadt (exklusiv als E-Book)

Über die Autorin:

Als Autorin und Historikerin hat sich Michaela Saalfeld ganz der ersten Hälfte des 20. Jahrhunderts verschrieben. Mit ihrem Roman über die Anfänge der ersten deutschen Demokratie hat sie sich einen lebenslangen Wunsch erfüllt. Sie lebt mit ihrer Familie in Berlin.

Inge

MICHAELA SAALFELD

Als wir im Regen tanzten

ROMAN

BASTEI LÜBBE TASCHENBUCH

BASTEI LÜBBE TASCHENBUCH
Band 17843

MIX
Papier aus verantwortungsvollen Quellen
FSC® C083411

Dieser Titel ist auch als E-Book erschienen.

Originalausgabe

Dieses Werk wurde vermittelt durch die
AVA international GmbH Autoren- und Verlagsagentur, München
www.ava-international.de

Lektorat: Dr. Stefanie Heinen
Titelillustration: © shutterstock.com: anyaivanova | Malyugin |
Jan Martin Will | Helen Hotson; © Richard Jenkins photography
Umschlaggestaltung: Johannes Wiebel | punchdesign, München
Satz: hanseatenSatz-bremen, Bremen
Gesetzt aus der Adobe Garamond Pro
Druck und Verarbeitung: CPI books GmbH, Leck – Germany
ISBN 978-3-404-17843-8

2 4 5 3 1

Sie finden uns im Internet unter
www.luebbe.de
Bitte beachten Sie auch: www.lesejury.de

Für Lissy Ledig
mit ihrer Platzanweisertasche

Für alle, die das Kino lieben

Vorspann

Berlin 1919

Du brauchst nur zu lieben, und alles ist Freude.

Kurt Tucholsky

März

Es regnete in Strömen.

Recha trat aus dem Lichtkegel der Laterne, der den Regen in silberne Blitze verwandelte, und blieb im Dunkeln stehen. Ihr Körper vibrierte. Es war kalt, doch das war nicht der einzige Grund. Erregung und Erwartung trugen das ihre bei.

Sie hatte in der *Grünen Minna* warten sollen, einer Mischung aus Mokkadiele und Cocktailbar, Überbleibsel eines Hotels, das sich mit Kriegsanleihen in den Bankrott manövriert hatte. Einige ihrer Freunde von der *WILWO* waren auch gekommen: Gunter Agnelli, der Beleuchtermeister, Lutz Petersen, ihr Filmpartner, und Sonja Vogt-Behringer, eine Kollegin, die in ihrem Alter war, auch wenn sie in den meisten Filmen ihre Mutter spielte. Sie alle hatten unter Wolfgang und für seine aus dem Boden gestampfte Produktionsgesellschaft gedreht, aber Wolfgang und seine *WILWO* gab es nicht mehr. Ob Richard Oswalds Produktionsgesellschaft ihren Platz einnehmen und ihnen allen Arbeit verschaffen würde, sollte sich an diesem Abend entscheiden.

Gemeinsam war das Warten halbwegs erträglich gewesen. Sie tranken erst Cocktails, dann Sekt, der für die Feier bestimmt und lauwarm geworden war, und zuletzt Tee, wahlweise mit Rum. Ein Mensch namens Lehnitz, den Recha flüchtig von der UFA kannte, gesellte sich mit einem herzzerreißend schönen, braunlockigen Jungen zu ihnen und bat, mit ihnen auf die Entscheidung warten zu dürfen.

»Der Film ist das Medium der Zukunft.« Lehnitz hatte eine

schnarrende Stimme. »Und wenn der deutsche Film in dieser Zukunft mitmischen soll, dann braucht es Männer wie Willi zur Nieden, die ihm Impulse geben, Männer, die sich was trauen. Gernot hier habe ich ihm schon ans Herz gelegt. Der ist ein kommender Stern.«

Die vier WILWO-Leute, einschließlich Recha, hatten kaum aufgeblickt. Sie brauchten eine Produktionsfirma, Geld und Verträge. Keinen kommenden Stern, der vermutlich wie so viele aus irgendeinem Provinznest in die Hauptstadt geschwemmt worden war, weil bei ihm daheim die Leute hungerten und niemand für Film und Theater Geld hatte.

Geld hatte auch in der Hauptstadt niemand. Deutschland war ein besiegtes, in den Boden gestampftes Land, das zwei Millionen seiner Männer in einem sinnlosen Krieg verloren hatte und nicht wusste, wie es die Überlebenden über die nächsten vier Wochen bringen sollte. Und Berlin war eine Stadt, in der Schlachten tobten, eine Stadt, in der Deutsche gegen Deutsche kämpften und dabei über Leichen gingen, als wäre ihr Blutdurst noch immer nicht gestillt. Filme wurden hier trotzdem gemacht – vielleicht weil die Leute mit der Leere im Magen und der Verstörung im Kopf Ablenkung im großen Stil brauchten, vor Leben überquellende Bilder, die ihre Sinne betäubten.

Im Dezember hatte man die Leichen der erschossenen Spartakisten in endlosen Trauerzügen durch die Stadt getragen, während gleichzeitig im Union-Theater, hier am Kurfürstendamm, Ernst Lubitschs Film *Carmen* wild und rauschhaft Premiere feierte. Wen im eigenen Heim nur Hunger, Kälte und Tod erwarteten, der ging gern ins Kino, um sich aufzuwärmen, und wenn das Kino nicht beheizt war, wärmte die Pracht der Bilder auf der Leinwand.

Der Film, an den Recha und ihre Freunde all ihre Hoffnungen hängten, hatte jedoch weder Ablenkung noch Pracht und Rausch zu bieten. Wärme vielleicht und auch ein wenig Trost, aber nur für die, die den Weg durch Schuld und Traurigkeit mitgingen. Er war kein Schmerzmittel, sondern ein Seziermesser, erzählte vom Krieg, von Tod und Verzweiflung in einer von Deutschen verwüsteten Stadt. Weshalb sollte ein Produzent sein Geld für einen solchen Film ausgeben, den in einem Land, das nach sinnloser Heiterkeit lechzte, kein Mensch würde sehen wollen? Mit den Stunden, die verstrichen, wurden die Hoffnungen der Freunde dünner.

»Oswald wird sich darauf nicht einlassen«, sagte Gunter, den Wolfgang früher seinen »Herrn der Schatten« genannt hatte. »Er braucht Kassenerfolge, sonst ist er schneller erledigt, als er ›papp‹ sagen kann. Eine Geschichte über ein getötetes Liebespaar in einer zerstörten Stadt wird kein Kassenerfolg, davon können wir ein Lied singen.«

Richard Oswald war der Mann, auf den sie all ihre Erwartung gerichtet hatten. Er hatte eine Produktionsgesellschaft gegründet, um neue, aufsehenerregende Filme zu machen, wie sie noch vor einem halben Jahr der Zensur zum Opfer gefallen wären. Filme, wie Wolfgang kurz vor dem Krieg einen gedreht hatte – einen katastrophalen Flop an den Kinokassen, der seiner Laufbahn ein Ende setzte. Warum sollte es jetzt anders sein? Auch wenn es keine Zensur mehr gab, mussten Filme noch immer Geld einspielen.

Lehnitz und sein Gernot waren irgendwann gegangen. Als Nächster verabschiedete sich Gunter. »Seid mir nicht böse, Kameraden der Westfront. Ich werde alt, meine Nerven machen das nicht mehr mit.«

»Du bist keine vierzig«, bemerkte Sonja.

»Hättest du da draußen diesen Scheißkrieg mitgemacht, wüsstest du, dass das keine Rolle spielt«, erwiderte Gunter und ging.

Kurz nach Mitternacht brach Sonja selbst gähnend auf, und allein Lutz hielt mit Recha die Stellung. Sie hatten miteinander in Wolfgangs besten Filmen gespielt und waren in Zeitschriften wie dem *Filmkurier* und der *Bild und Film* als Deutschlands schönstes Leinwandpaar gefeiert worden. »Warum gehst du nicht nach Hause, Recha?«, fragte der einstige Frauenschwarm, der ebenfalls in den Gräben von Belgien und Nordfrankreich gekämpft hatte. »Willi erwartet bestimmt nicht, dass du die ganze Nacht lang hier sitzt. Wie es aussieht, wird ja wohl heute sowieso keine Entscheidung mehr fallen.«

»Ich warte noch bisschen«, hatte Recha gesagt.

»Vielleicht hat Oswald ihn abgewiesen, und er hat es nicht über sich gebracht hierherzukommen. Vielleicht zieht er irgendwo herum und muss die Enttäuschung erst einmal mit sich selbst ausmachen.«

»Das ist gut möglich. Ich warte trotzdem noch.«

Lutz ging, und Recha blieb allein. Noch vor einem Jahr hätte der Wirt sie vermutlich für eine Kunstseidene gehalten. Frauen saßen nachts nicht allein in Bars. Nicht einmal Schauspielerinnen. Aber seit die Kaiserlichen den Karren unwiderruflich in den Dreck gefahren hatten, taten Frauen so manches, was sie sich nie hätten träumen lassen.

Der Wirt machte sich darüber keine Gedanken. Er wollte nur schließen, weil sich für die einzelne Kundin über ihrer Teetasse das Offenhalten nicht lohnte. Recha nahm ihre Pelerine und ging zur Tür. »Dat regnet ja Bindfäden«, rief ihr der Mann hinterher. »Hat so 'n schönet Frollein nich' einen, der se abholen kommt?«

»Er wird schon noch kommen«, sagte Recha, obwohl sie sich dessen nicht so sicher war. Willi war jung. Vor dem Krieg war er wenig mehr als ein hübsches, verwöhntes Kind gewesen, das keine Niederlage hinnehmen konnte. Wenn er etwas wollte, stürzte er sich mit all seiner erstaunlichen Lebenskraft darauf und ließ nicht locker, bis die Beute sich ergab. Auf diese Weise hatte er sich in die eifersüchtig umkämpfte Filmwelt gedrängt. Und auf diese Weise hatte er sich Recha Süßapfels Liebe bemächtigt.

Was würde er mit dem, was er im Sturm genommen hatte, anfangen? Lockte ihn nur die Eroberung, und nach erfolgtem Sieg hatte der Preis seinen Reiz verloren? Recha trat aus dem Lichtkegel der Laterne ins Dunkel und lauschte der Stille der Straße, die tagsüber mit solchem Getöse ihrem Treiben nachging, als müsste sie beweisen, dass sie noch immer durch eine Weltstadt führte. *Kurfürstendamm.* Ein Stück weiter vorn ging die Kantstraße ab, wo Richard Oswald kürzlich ein ausgedientes Theater gepachtet hatte, um es zum Lichtspielhaus umzugestalten. Das *Prinzeß.* Dort gab es auch Geschäftsräume, in denen er Leute zu Gesprächen empfing. Leute wie Willi, die ihm ihre Filmprojekte anbieten wollten und ihm vermutlich in Scharen die Tür einrannten.

Lass die Schwarzseherei, ermahnte sie sich. Regen lief über ihr Gesicht, und in ihre Knochen kroch Kälte, doch der Frühling würde nicht mehr lange auf sich warten lassen. Der Krieg war vorbei, die blutigen Straßenkämpfe, die aus der Stadt ein Schlachtfeld gemacht hatten, legten sich allmählich, und sie hatte überlebt. Trotz Hunger und Chaos wurden Filme gedreht, und sie gehörte zu den Glücklichen, die auch jetzt noch von Regisseuren hofiert wurden. »Vor deinem Gesicht hält die Kamera den Atem an«, hatte Wolfgang einmal gesagt.

Wolfgang war nicht mehr da, und ein wenig fühlte sich Recha ohne ihn noch immer wie einer der zerfetzten Reklamezettel, die der Wind durch die dunkle Straße trieb. Haltlos. Ziellos. Aber sie war nicht allein. Ihren Bruder hatte sie nicht verloren, auch wenn es unendlich schwierig werden würde, ihn wieder einem lebenswerten Leben zuzuführen, und sie hatte ihre Freunde nicht verloren, Gunter, Sonja und Lutz. Ein Stück von Wolfgang. Von der Welt, die ihr vertraut war.

Sie hatte auch Willi nicht verloren. Mitten im Krieg, im denkbar falschesten Moment, hatte sie sich verliebt.

Sie sah ihn von Weitem, war sicher, seine Gestalt im Licht der

Leuchtreklamen zu erkennen und seine Schritte auf dem nassen Asphalt trommeln zu hören. Er rannte. Der Krieg hatte einen Mann aus ihm gemacht, doch jetzt preschte er in Abendanzug und Havelock die Straße hinunter und war wieder der Junge, der seinem ersten Rendezvous entgegenflog. Über die dunkle Leere hinweg rief er im Triumph: »Wir haben es geschafft, Oswald hat unterschrieben – wir drehen einen Film!«

Einen Schritt vor ihr blieb er abrupt, aus vollem Lauf stehen, rang keuchend nach Atem, beugte sich vornüber und stützte die Hände auf die Knie. »Unseren Film.« Er blickte zu ihr auf. »*In der Nacht weint Wipers, meine Stadt.* Für Wolfgang, Recha. Ich liebe dich.«

Aus Rechas Gliedern wichen Kälte und Starre, aus ihrem Kopf die schwarzen Gedanken. Willi straffte den Rücken, und mit dem nächsten Atemzug lagen sie einander in den Armen. Wie Verdurstende küssten sie sich die Nässe vom Gesicht, bis ihre Münder sich fanden. Willi umfasste ihre Taille, hob ihre Hand in der seinen, und wie in einem Ballsaal begannen sie zu tanzen. Sie hatten vom ersten Tag an wundervoll miteinander getanzt, ihre jungen, biegsamen Glieder und Leiber waren wie füreinander gemacht.

»Bist du glücklich, Recha?«

»Ja.« Recha lachte auf. »Beim Himmel, ja.«

Ihr ganzer Körper lachte und steckte seinen an. Sie sah in seine Augen, in denen sich das Funkeln nasser Leuchtreklamen spiegelte. Sie hatte nicht gewusst, dass sie zu so viel Glück fähig war. Glück ohne Grenze, ohne Wenn und Aber. Glück, das *Gehinnom*, das Tal des Mordens, hinter sich ließ.

»Oh mein Gott, Recha. So will ich dich filmen. Mit dem triefenden Haar über deinem Gesicht, bei dem niemand weiß, ob es nass vom Regen oder von Tränen ist. Wenn du das Mädchen Godelieve spielst. In keinem Kino im Land wird auch nur ein Mensch sitzen, der nicht um dieses Mädchen weint.«

Tanzend zog Recha ihn weiter. Hielt sich mit ihrem Blick an seinem fest und tanzte durch Regen und Glück.

Sie waren jung, sie hatten überlebt. Es gab kein Geld, aber auch keine Zensur mehr, und sie würden es schaffen. Sie würden aus der zerstörten Welt eine bessere bauen.

»Ich habe dich mitverkaufen müssen«, sagte Willi. »Mein Konzept – im Grunde ja Wolfgangs Konzept – hat Oswald gefallen, aber genügt hat es ihm nicht. ›Bringen Sie mir Recha Süßapfel für die Hauptrolle, und wir sind im Geschäft‹, hat er gesagt.«

Recha vernahm die winzige Spur Gekränktheit in seiner Stimme, musste wieder lachen und küsste ihn. »Und ist das so furchtbar? Dass ich an deinem ersten Vertrag einen Anteil habe, wie auch Wolfgang daran einen hat?«

»Um Himmels willen, nein. Es ist überhaupt nicht furchtbar, es ist schön. Das Allerschönste.«

Sie stieß ihre Stirn gegen seine. »Du hattest also nicht vor, die Godelieve mit einer anderen zu besetzen?«

»Nie im Leben. Die Godelieve spielst du oder keine. Und den Scott Brown spielt Gernot Bieler.«

»Bitte wer?« Das hübsche Bürschlein fiel ihr ein, das neben Lehnitz gesessen hatte wie bestellt und nicht abgeholt. »Den Scott Brown spielt ja wohl Lutz.«

Willi schüttelte den Kopf. »Für Lutz finde ich was, das ist keine Frage, unsere Freunde lassen wir nicht fallen. Aber den Scott kann er nicht spielen. Seien wir ehrlich: Seit er aus dem Krieg gekommen ist, gibt er keinen glaubhaften Liebhaber mehr ab. Genau den brauche ich aber, damit unser Film dem Kinopublikum das Herz bricht.«

»Und das willst du mit einem engelslockigen Schuljungen erreichen, der aussieht, als habe man ihn gerade beim Schwänzen erwischt? Scott Brown ist ein gestandener Mann, der die Menschen in einer bombardierten Stadt verteidigt und dafür stirbt.«

»Die Locken kommen ab«, konstatierte Willi. »Lass mich nur

machen. Ich habe einen Blick dafür, und ich sage dir, der Schuljunge wird sich die Seele aus dem Leib spielen. Den erkennst du nicht wieder.«

Recha war unschlüssig, wusste nicht, was sie sagen sollte.

Stattdessen sprach er: »Ich hätte gern, dass du an mich glaubst, Recha. Ich weiß, dass ich aus diesem Film etwas machen kann, etwas, das von den verstaubten, verlogenen Ausstattungsdramen der Kaiserzeit wegführt und einen ganz neuen Weg einschlägt. Aber ich kann es nur, wenn ich dich im Rücken habe. Wenn du es mir zutraust.«

»Ist gut«, sagte sie. »Ich glaube an dich. Ich traue dir zu, dass du aus diesem Film etwas machen kannst. Das, was wir alle wollen. Das, was wir nötig haben.«

Sie umarmten einander, fanden einander wieder und tanzten im strömenden Regen durch die Nacht. Ihre Bauchdecke spürte die seine durch Schichten von nassem Stoff. »Danke, meine Liebste«, flüsterte er an ihrem Ohr.

»Dank mir noch nicht«, flüsterte sie zurück. »Du weißt ja noch gar nicht, was ich dir zum ersten Filmvertrag schenke.«

»Schenk mir nichts. Werde meine Frau.«

»Das werde ich wohl müssen«, erwiderte Recha. »Zumindest wenn du deine Laufbahn nicht mit einem Skandal beginnen willst. Ich bekomme ein Kind, Willi. Falls deine Godelieve also nicht mit einem Ballonbauch herumlaufen soll, fängst du mit den Dreharbeiten besser gleich nächste Woche an.«

Teil Eins

Berlin, Februar 1928

Es ist eine Einsamkeit, umflossen
von den Strömen des städtischen Gases,
des elektrischen Stromes, für alle gemacht,
einer Zentralheizung, eines Zentralessens, einer Zentralzeitung …
aber ein kleiner Fleck ist noch da,
auf dem sind wir allein.

Kurt Tucholsky: »Es ist«, 1928

1

Zu den Frauen, die darauf brannten, jede Rotznase ihrer Kinder persönlich sauber zu wischen, gehörte sie nicht. Als sie von der Schwangerschaft überrascht worden war, hatte sie zum Vater des Kindes gesagt: »Du wirst dir ein Kindermädchen leisten müssen. Oder du gibst deinen Beruf auf und beschäftigst dich fortan ganztägig mit dem Stuhlgang, der Nahrungsaufnahme und der geistigen Erbauung deines Nachwuchses.«

Er hatte sich für das Dienstmädchen entschieden, denn sie waren beide ehrgeizig, rastlos, getrieben – er mit seiner frisch gegründeten Zeitung, sie mit ihrer hart erkämpften Zulassung bei Gericht. Das Dienstmädchen hieß Luise und zog in die chaotische Riesenwohnung, die Quintus einem Verwandten aus den Rippen geleiert hatte, mit ein. Von den vielen Zimmern mit den hohen Decken war sie hellauf begeistert: »Donner und Doria. Da können Se sich ja gleich fünf Kinder anschaffen.«

»Eher schließe ich mich einem tibetanischen Mönchsorden an«, hatte Felice sie beschieden.

An diese Aussage erinnerte Quintus sie gelegentlich, wenn sie mit allen fünfen loszog. So wie heute, wo sie sich einen halben Tag hatte freinehmen müssen, um zum *Schuhhaus Salamander* zu tigern, weil natürlich wieder einmal alle fünf nur Wochen, ehe der Winter zu Ende war, aus ihren Winterschuhen herausgewachsen waren. »Bringst du sie alle wieder, oder gibst du sie im evangelischen Kinderheim ab und machst dich auf den

Weg in deinen tibetanischen Mönchsorden?«, hatte er sie an der Wohnungstür gefragt.

»Ich frage beim evangelischen Kinderheim nach, ob sie auch ausgewachsene Männer nehmen, die sich kindisch betragen.«

»Ich bin katholisch!« Er hatte gelacht, sie geküsst und ihr zugeraunt, dass er sie heute Abend alle zusammen wieder bei sich zu Hause haben wolle, dass er sich darauf freue, »obwohl es ab und an mit dir alleine auch nett wäre. Ohne die kleinen Geister würde unserer Spukvilla etwas fehlen.«

»Und das nächste Mal gehst du mit den Geistern Schuhe kaufen?«

»I wo. Ich schicke Luise!«, rief er vergnügt und war schon aus der Tür.

Felice hätte ebenfalls Luise schicken können. Warum sie es nicht tat, konnte sie nicht einmal sich selbst ganz leicht erklären. So wenig sie sich gewünscht hatte, eines Tages als Mutter von fünf Kindern dazustehen, so sehr hatten ihre Gefühle sie nach Annettes Geburt überrollt. Sie warf dem kleinen Mädchen, das inzwischen neun Jahre alt war und wie üblich im Gehen vor sich hinsang, einen Blick zu und wunderte sich einmal mehr, dass diese Riesenwoge Liebe, in die sie damals ahnungslos gestürzt war, sich nicht abnutzte, dass sie noch immer bisweilen unverhofft hervorbrach wie am ersten Tag.

Annette würde rote Mary-Jane-Schuhe mit einer Spange haben wollen, die nicht richtig warm hielten und ihr ausgeredet werden mussten. Luise war dazu in der Lage, es war ihr Beruf, doch das kleine Mädchen würde ihr dabei nicht leidtun. Statt ihr zum Trost eine Tüte Brausepulver und die weltfesteste Umarmung anzubieten, würde Luise ihr erklären, dass sie dankbar sein müsste, weil sie keins von den armen Kindern war, sondern eins, dem seine Eltern warme Schuhe kaufen konnten.

Es gab Dinge, die konnte kein Mensch erledigen, der für die Betreuung der Kinder bezahlt wurde, sondern nur einer, der sie mit einer Art von Wahnsinn liebte und Wahnsinniges getan hätte, um sie vor Schmerz zu beschützen.

Nur eines von ihnen – das jüngste – hatte Felice sich gewünscht. Die anderen waren in ihr Leben geschneit, ehe sie ihre Tür davor hätte verrammeln können. Als sie Annette bekommen hatten, weil sie und Quintus trotz aller akademischen Studien zu dumm gewesen waren, ein Kondom zu benutzen, waren Lisette und Jenny schon dagewesen. Zwar hatten sie angenommen, dass die beiden nur vorübergehend bei ihnen leben würden, aber seither hatte Felice sich des Öfteren gefragt, wie sie sich das vorgestellt hatten.

Sollte man ein Kind wie ein geliehenes Buch wieder abgeben, nachdem man es zwei Jahre lang Tag und Nacht um sich gehabt und es die Wohnung als sein Zuhause angenommen hatte? Sollte sie Lisette fortschicken, die so verletzlich war, dass sie sich rund um ihre Zartheit ein Polster anfressen musste und damit nur noch mehr verletzt wurde? Oder die bestürzend kluge Jenny fortgeben, die den schnellzüngigen Quintus Vater nannte und seiner Schlagfertigkeit als Einzige Paroli bot?

Sie hatten sich gar nichts vorgestellt, weil sie über Kinder nichts gewusst hatten. Lisette und Jenny waren die Töchter von Felices Schwester Ille, die in den letzten Kriegstagen zusammen mit ihrem Geliebten ihren brutalen Ehemann erschlagen hatte. Weil das Gericht das Martyrium, das Ille hinter sich gehabt hatte, als mildernden Umstand gewertet hatte, war sie lediglich zu einer Gefängnisstrafe von zwei Jahren verurteilt worden. Als sie die Strafe jedoch abgesessen hatte, war sie nicht mehr die Ille gewesen, die Felice gekannt hatte. Aus dem verträumten, ein wenig einfältigen, aber durch und durch liebevollen Mädchen war eine müde, verbitterte Frau ohne jeden Antrieb geworden. Sie ließ sich gehen, war am glücklichsten, wenn sie bei Felice und Quintus im Bett liegen konnte und sich um nichts zu kümmern brauchte. Sie scherte sich nicht darum, wer sie in ihrem schlampigen Aufzug zu sehen bekam, und war keinesfalls in der Lage, für zwei verstörte kleine Mädchen zu sorgen.

So waren Lisette und Jenny bei Felice und Quintus geblieben. Sie hatten sich darum bemüht, Ille einen Weg zurück ins Leben zu ebnen. Nicht weit vom Savignyplatz und ihrer eigenen Wohnung entfernt hatten sie ihr ein Zimmer gemietet. Sie hatten sie an der Lette-Schule für Kurse in Maschineschreiben und Stenografie eingeschrieben, und trotz ihres kaum vorhandenen Lerneifers hatte Quintus sie anschließend für die Redaktion seiner Zeitung eingestellt. Ihre Tür stand Ille jederzeit offen, auch wenn es Tage gab, an denen sie alle Kinder einpackten und zum Essen ins *Babylon* flüchteten, um den ersehnten Familienfeierabend nicht in Illes belastender Gesellschaft zu verbringen.

Das war feige. Es war auch grausam. Einst, als Studentin, hätte Felices Rechtsbewusstsein sich mit jeder Faser dagegen gesträubt und von ihr verlangt, dass sie ihr Leben aufrecht und aufrichtig anging. Nur hatte sie damals eben noch keine Ahnung von Kindern gehabt, von zwei kleinen Mädchen, die sich für ihre Mutter schämten und nach jedem von Illes Besuchen schlecht schliefen, weil sie fürchteten, die fremde, verwahrloste Mutter reiße sie aus ihrem Zuhause.

Es waren die Jahre der Inflation gewesen, eine Zeit, in der die meisten Menschen vor Furcht schlecht schliefen. Auch Felice und Quintus hatten an manchem Abend nicht gewusst, ob ihr Geld am Morgen noch genug Kaufkraft besitzen würde, um die Familie satt zu bekommen, und waren vom Kämpfen oft so erschöpft gewesen, dass sie am Esstisch einschliefen. Aber Felice und Quintus hatten ein Dach über dem Kopf, ein gesichertes Einkommen und vor allem das Glück ihres gemeinsamen Lebens, das Geldsorgen zweitrangig und Besitz entbehrlich machte. Quintus' Kamera, das von seinen Eltern zur Hochzeit kredenzte Tafelsilber und Felices drei, vier Stücke Schmuck verwandelten sich in Wintermäntel für die Mädchen und Fleischkonserven, aus denen Luise einen Hackbraten zubereitete. Sie streckten sich nach der Decke, wurden findig und kamen durch. Andere dagegen verloren den Halt und stürzten zu tief, um sich wieder zu fangen.

Cäcilie, Quintus' jüngste Schwester, hatte 1918 überstürzt einen Kriegsgewinnler namens Heidenreich geheiratet, eine Tochter bekommen und ein Haus am Schlachtensee bezogen, das einem feudalen Anwesen glich. Felice waren die Leute ein Graus. Waren sie dort eingeladen, schickte sie Quintus allein hin. »Um ihr Heer von Dienstboten tanzen zu lassen und mit Diamanten zu klappern, wird deine Schwester sich ja wohl mit einem von uns begnügen können.«

So war Quintus auch zu jener Abendeinladung allein gefahren, bei der er keine anderen Gäste vorgefunden hatte. Dienstboten ebenso wenig. Nur seine kleine Schwester und ihren Mann, die mit Kugeln in den Köpfen unter dem Baldachin ihres Himmelbetts lagen. Das Gehirn seines Schwagers, der jeden im Krieg gewonnenen Pfennig doppelt und dreifach verloren hatte, war über den burgunderroten Samt der Tapete gespritzt. Sylvia, die Tochter der beiden, die im selben Alter wie Annette war, saß in der Kinderstube in ihrem Schaukelpferd, schaukelte unablässig vor und zurück und gab dabei einen summenden Ton von sich.

Quintus hatte sie ohne Federlesens eingepackt und mit nach Hause genommen. Er war Kriegsreporter gewesen, hatte in den aufgesprengten Katakomben der belgischen Stadt Ypern gelegen und Fotos geschossen, während die Stadt in Flammen aufging, doch an diesem Tag fand er keine Worte und kam Felice in seinen Grundfesten erschüttert vor.

Quintus war ein erwachsener Mann, und sie liebte ihn dafür, dass er sich am Riemen riss. Die kleine Sylvia jedoch war erst vier Jahre alt, und kein Mensch wusste, was sie miterlebt hatte, denn sie sprach nicht, summte nur den immer gleichen Ton vor sich hin. Abend für Abend tauchte Quintus mit einem Bettlaken als Gespenst ausstaffiert in ihrer Zimmertür auf, weil es das Einzige war, was sie einen Augenblick lang zum Lachen brachte. Als sie nach Wochen endlich begann, ein wenig Zutrauen zu fassen, und sich wie an eine Schwester an Lisette hängte, tauchten Heidenreichs Verwandte auf, um sie mitzunehmen. Felice aber war nicht umsonst eine Anwältin, von der die Richter sich zutuschelten, sie hätte Haare auf den Zähnen. Die Drohgebärde genügte. Sylvia blieb bei den Quirins. Ihre Wohnung hatten sie inzwischen »Spukvilla« getauft.

Im November 1923 wurde das völlig entwertete Geld vorübergehend durch das Konstrukt der Rentenmark ersetzt, und die Wirtschaft der Republik glich einem Automobil mit blockiertem Anlasser: Die Blockade löste sich, und das Auto schoss mit einem mächtigen Satz voran. An der Ruhr wurde der Kampf mit den Franzosen beigelegt, amerikanische Banken sprangen mit Krediten in die Bresche, und das schon aufgegebene Fahrzeug, die totgesagte Republik, rollte mit schnurrendem Motor bergauf. Sylvia begann zu sprechen, erst nur mit Lisette, dann über Lisette als Sprachrohr und schließlich Wort für Wort mit den anderen.

Die Krise war überstanden, die Untiefe durchschwommen, und als sie am anderen Ufer mit den Köpfen aus dem Wasser tauchten, sagte Felice zu Quintus: »Ich will noch ein Kind.«

Er zog die Brauen in die Stirn. »Um ehrlich zu sein, war das der letzte Wunsch, den ich von dir erwartet hätte. Ein tibetanischer Bettelmönch als Untermieter hätte mich weniger überrascht.«

Überrascht war Felice selbst. Ehe ihr die Worte aus dem Mund gesprudelt waren, hatte ihr Kopf sie nicht vorgeformt und überdacht. Es war verrückt. Sie waren gerade erst aus dem Gröbsten heraus. Aber der Wunsch hatte für die Plädoyers der

Vernunft taube Ohren und erwies sich als hartleibig. »Noch ein letztes. Zum Genießen.«

Anton.

Er ging an ihrer Hand, hüpfte, stolperte und plapperte in einem fort. Mit ernsthaft gefurchter Stirn berichtete er, wer gestern unter der Kastanie im Hinterhof im Sandkasten gesessen hatte, wer mit welcher Schaufel gespielt und was für eine Sandburg sie gebaut hatten, was Lene aus dem Parterre zu Gustav von der Galerie gesagt hatte, warum Hans-Peter vom Schreibwarenladen ihr darauf eine Buddelform an den Kopf geworfen hatte und was er selbst unternommen hatte, um den Streit zwischen seinen Freunden zu schlichten. »Es war nicht richtig von der Lene, dass sie zu Gustav gesagt hat, der Hans-Peter hat nur Stroh in Tüten im Kopf. Aber dass der Hans-Peter gleich mit der Form geschmissen hat, das war ja wohl übertrieben.«

Felice lachte. »Du bist der geborene Jurist, mein Schatz.«

Groß- und grünäugig sah Anton zu ihr auf. »Ich will aber Bäcker werden. So wie der Vater von Ernie. Dann kann ich mir das Weiße aus den Schrippen pulen und keiner darf mich schimpfen.«

Werde, was du willst, dachte Felice, *pule dir aus deinen Schrippen, was dir schmeckt, und bleib immer so glücklich wie jetzt.*

Ein Kind den anderen gegenüber zu bevorzugen, hätte Felices Gerechtigkeitssinn nicht gestattet. Daran, dass Anton ihrem Herzen näher war, als es jemals ein anderer Mensch gewesen war, ließ sich jedoch nicht rütteln. Mit seinem Interesse an juristischen Fragen hatte das nichts zu tun. Hätte Felice eins der Kinder als Nachfolger für ihre Kanzlei auswählen müssen, so wäre es Jenny gewesen, deren Hirn ihr vorkam wie eine Klinge, die vor Schärfe blitzte. Anton hob sich aus der Schar heraus, weil er glücklich machte. Weil es ihn auf Rezept hätte geben müssen: *Eine Dosis Anton auf nüchternen Magen, wenn Sie sich bedrückt fühlen oder an der Welt verzweifeln.* Er war im Glück geboren worden, im Frieden und in einem Land, das sich allmählich selbst fand, seinen Weg aus der wirtschaftlichen Misere, seinen Platz in der Gemeinschaft der Völker.

Anton war ein Glückskind, berstend vor Lebensfreude. Er spielte von morgens bis abends, war ständig in einem Pulk kleiner Freunde unterwegs und in seiner Welt zu Hause.

»Was für Schuhe wünschst du dir?«, fragte ihn Felice, weil sie hörte, wie die Mädchen hinter ihr über die Vorzüge von Stiefeletten, Halbschuhen und roten Mary Janes stritten.

»Welche, mit denen ich fliegen kann«, antwortete Anton.

»Ich bin keine Expertin für Luftfahrttechnik«, sagte Felice. »Aber ich glaube, mit Schuhen kann man überhaupt nicht fliegen.«

»Klar kann man«, widersprach Anton. »Im Zeppelin schon.« Seit Quintus ihn für eine Reportage mit nach Friedrichshafen auf die Luftschiffwerft genommen hatte, war Anton verrückt nach Zeppelinen.

»Aber im Zeppelin wäre es doch egal, welche Schuhe du trägst.«

»Ist ja auch egal«, rief Anton. »Mami, können wir im Zeppelin fliegen? Ich brauch' dann auch keine Schuhe mehr, die alten halten noch, wir können vorne doch ein Loch reinschneiden.«

Sie hatten die Salamander-Filiale erreicht. Felice schob die Tür auf, und Annette, Lise und Sylvia stürmten an ihr vorbei. Jenny, die sich für Schuhe so wenig begeistern konnte wie Anton, blieb unschlüssig stehen. »Warum trage ich nicht Lises Paar auf?«, fragte sie. »Es ist eine solche Verschwendung. Mädchen aus meiner Klasse müssen hungrig bei Tisch sitzen, weil die Regierung nichts für die Schulspeisung ausgibt, und wir schmeißen Geld für Schuhe aus dem Fenster.«

An die hungernden Mitschülerinnen verschenkte Jenny regelmäßig ihr Essen. Sie war dünn wie ein Strich und brachte das Thema beständig an den Abendbrottisch: »Mir schmeckt kein

Essen, wenn Tine nichts hat, aber eigentlich mache ich es damit schlimmer. Arme Leute sollten keine Almosen nötig haben, und wenn wir ihnen welche geben, braucht die Regierung erst recht nichts zu tun.«

Was die Schuhe betraf, so fragte Felice sich selbst manchmal, warum bei ihren Kindern scheinbar nichts, aus dem die älteren herauswuchsen, den jüngeren passte. Dass Jenny mit ihren zierlichen Füßen in den ausgelatschten Tretern ihrer viel schwereren Schwester ging, war jedenfalls ausgeschlossen. »Geld für Schuhe ist nicht zum Fenster herausgeschmissen«, entschied Felice rigoros. »Und es wird auch nicht in die deutsche Luftschifffahrt investiert, sondern bleibt seinem ursprünglichen Zweck erhalten: euch mit warmen Füßen durch den Winter zu bringen. Und jetzt rein mit euch, bevor eure Schwestern die Regale plündern.«

Eine Verkäuferin mit dem Salamander-Emblem am Kittel stöckelte ihnen auf hochhackigen Pumps entgegen. »Frau Quirin, wie nett, dass Sie uns wieder einmal beehren. Und die Kinderchen werden ja auch immer größer.« Sie wollte Jenny über den Kopf streicheln, aber die duckte sich rechtzeitig weg.

»Das haben Lebewesen bis zu einer gewissen Altersgrenze so an sich«, sagte Felice und schaute aus dem Fenster. Im nächsten Augenblick war sie abgelenkt. Am Zeitungskiosk, keine zehn Schritte vom Geschäft entfernt, entdeckte sie ihre Schwägerin Recha. Hastig wandte sie sich noch einmal an die Verkäuferin: »Wir brauchen Winterschuhe für alle, festes Leder, gut zu schnüren, genau wie das letzte Mal. Könnten Sie schon einmal jedem ein Paar zum Anprobieren geben? Mich entschuldigen Sie einen Moment. Ich bin sofort zurück.«

»Aber gerne doch«, flötete die Verkäuferin, aber Felice stürmte bereits aus der Tür.

Mit solchen Kiosken kannte Felice sich aus. Nicht umsonst war sie die Frau eines Zeitungsverlegers. Vorne hingen Illustrierte und Boulevardblätter, auf deren Titelseiten Bilder vom

Staatsbesuch Amanullah Khans, des Königs von Afghanistan, prangten. Bis vor Kurzem dürfte ein substanzieller Teil der Berliner nicht gewusst haben, dass ein Staat namens Afghanistan überhaupt existierte, doch da der König das erste gekrönte Haupt gewesen war, das Deutschland nach dem Krieg mit einem Besuch beehrte, war sein Reich jetzt in aller Munde. Links an der Seite wurden die meist abonnierten seriösen Tageszeitungen feilgeboten, darunter Quintus' *Morgenrot*, die sich auf dem Titel der Debatte um den Kriegsschiffbau widmete. Auf der Rechten reihten sich Fachzeitschriften und Blätter der Parteien, und am hinteren Rand schließlich hing, was der Kioskinhaber nicht gern offen zur Schau stellte.

Dort stand Recha.

Felices Schwägerin war Schauspielerin und Berlins schönste Frau. Die blasse Februarsonne, die sich ihren Weg durch die Wolken bahnte, brachte ihre rötliche Haarfülle zum Leuchten; ihre Gestalt, um die sich ein weicher Garçonne-Mantel schmiegte, schien nicht zum Gehen, sondern nur zum Tanzen geschaffen zu sein, und die Lieblichkeit ihrer Gesichtszüge würde jedem Angriff des Alters standhalten. War man mit Recha unterwegs, war man besser darauf gefasst, dass man auf Schritt und Schritt von Anbetern angehalten wurde:

»Sie sind Recha Süßapfel, nicht wahr? Würden Sie mir ein Autogramm geben? Ich wäre der glücklichste Mann der Stadt.«

»Ich habe jeden Ihrer Filme gesehen, aber in *Wipers* waren Sie gottbegnadet.«

»Großer Gott, Sie sind ja in Lebensgröße noch schöner als im Kino!«

Drängte sich Recha an den äußersten Rand, damit sie unbehelligt ein paar Schlagzeilen studieren konnte? Tatsächlich eilten Passanten vorbei und schienen die Leinwandgöttin nicht zu bemerken. Eine Handvoll Demonstranten mit Wahlkampfplakaten gegen Aufrüstung – »Kinderspeisung statt Panzerkreuzer« –

marschierte strammen Schrittes die Straße hinunter. Immerhin drehte sich der Letzte, ein Hänfling von höchstens sechzehn, im Gehen um und glotzte Recha so intensiv an, dass er um ein Haar gestolpert wäre.

Felice trat zu ihr: »Guten Morgen, Schwägerin.«

Recha zuckte zusammen und hängte das Blatt, das sie zu sich herangezogen hatte, hastig wieder ein. »Felice. Schön, dich zu sehen.« Es klang lahm, und Felice kam ihre Gesichtsfarbe fahl vor. Das war im Februar nicht weiter verwunderlich, aber Recha schien zu jeder Jahreszeit wie ein Pfirsich zu schimmern.

»Wir haben gestern im *Prinzeß* deinen Film gesehen«, sagte Felice. »*Pfauenthron.* Willi hatte gesagt, ihr würdet auch dort sein, aber euch ist wohl etwas dazwischengekommen.«

»Ja, ja«, murmelte Recha in Gedanken. »Wir wollten kommen, aber Willi hatte spät noch jemandem zum Vorsprechen da, und ich war nach dem Drehtag einfach zu müde. Es tut mir leid.«

»Muss es nicht. Auch wenn es schön wäre, euch wieder einmal zu sehen. Habt ihr Lust, nächste Woche zum Essen zu kommen? Ein Fest für Gourmets wird's wie üblich nicht werden, aber Luise kann uns ein paar Kanapees machen, oder wir bestellen uns etwas aus dem *Babylon.*« Felice und Quintus hatten zu viel Arbeit, um sich in die Geheimnisse der Kochkunst zu vertiefen, und zu viele Kinder, um sich eine Köchin zu leisten. Aber sie hatten gern Gäste, ein Lieblingsrestaurant, das ins Haus lieferte, und ein Kindermädchen, das sich für ein paar Mark extra in die Küche stellte. Zudem verfügte Quintus über einen erlesenen Weingeschmack. Mit Recha und Willi, Felices Bruder, hatten sie unzählige feucht-fröhliche Abende in ihrem zusammengewürfelten Salon genossen, und jetzt fiel Felice auf, dass solche Gelegenheiten in letzter Zeit viel zu selten geworden waren.

Während sie sprach, schielte sie nach der Zeitung, die Recha zurückgehängt hatte. *Der Stürmer.* Ein rechtes Hetzblatt aus Nürnberg, das seine Daseinsberechtigung einzig darin sah, Menschen jüdischer Herkunft durch widerliche Schmähschriften und Karikaturen zu diffamieren. So gut wie alle dieser Diffamierungen waren sexueller Natur. Felice hatte kürzlich die Klage eines beliebten Damenschneiders vertreten, dem *Der Stürmer* vorgeworfen hatte, arische Modelle auf perverse Art zu missbrauchen. Sie hatte sich Quintus' gesammelte Erfahrung im Presserecht zunutze gemacht und den Prozess für ihren Klienten gewonnen, aber Julius Streicher, der Herausgeber des Hetzblattes, war mit einem lachhaften Bußgeld davongekommen, und den ruinierten Ruf des Schneiders würde kein Mensch wiederherstellen können.

»Das ist sehr nett.« Wiederum klang Rechas Stimme ungewohnt lahm. »Ich spreche mit Willi. Allerdings fürchte ich, dass er im Moment schwerlich Zeit erübrigen kann. Bei der UFA ist es einfach nicht wie bei Oswald. Wer sich da behaupten will, muss ständig Präsenz zeigen, und seit Hugenberg die Zügel in der Hand hält, sind wir besser auf der Hut.«

»Recha«, fiel Felice ihr ins Wort, »ich vermisse euch. Wir sind auch müde und wissen meistens nicht, wo uns der Kopf steht, wo meine Prozessakten und Quintus' Druckfahnen liegen, welches Kind am nächsten Morgen zur Impfung muss und welches in der Schule eine Prüfung hat. Aber für unsere Freunde muss trotzdem Zeit sein. Die halten uns über Wasser. Ihr gehört dazu, Recha. Ihr ganz besonders.«

Recha blickte auf. »Ich vermisse euch auch, Felice.« Auf einmal war in ihrer Stimme keine Lahmheit mehr, sondern etwas, das beinahe klang wie Verzweiflung. »Ich kann mir wenig Schöneres vorstellen, als zwischen Erstausgaben und Holzbauklötzen bei euch auf dem Sofa zu sitzen und mich mit Quintus' Wein vollllaufen zu lassen. Ich rede mit Willi. Wirklich. Ich glaube nur nicht, dass er es im Augenblick einrichten kann.«

Felice packte sie an den Schultern. »Ich nehme dich auch ohne

Willi«, sagte sie. »Meine Horde ist da drinnen bei Salamander und treibt Schuhverkäuferinnen in den Wahnsinn. Wenn wir das lebend überstehen, werden wir schleunigst ins nächste Aschinger wanken und uns Erbsen mit Brühwurst einschaufeln müssen. Zumindest die Jugend. Wir Alten könnten uns mit schlecht gekühltem Riesling zu Salzbrezeln begnügen, was hältst du davon?«

Rechas Blick wanderte hinüber zum Schaufenster des Schuhgeschäfts. Felices Blick folgte und erkannte Sylvia und Annette, die sich um einen Schuhkarton balgten.

»Ich glaube, das schaffe ich nicht«, sagte Recha. »Sei mir nicht böse.«

Felice begriff und kam sich wie eine taktlose Idiotin vor. »Vergiss es. War eine blöde Idee. Dann eben, wenn bei euch wieder ein bisschen Land in Sicht ist, einverstanden?«

Recha nickte. »Grüß Quintus und die Kinder.«

Felice wollte gehen und die Verkäuferin erlösen, entschied sich jedoch anders. »Warum liest du den *Stürmer*, Recha?«

»Ach. Nur so.« Die abwehrende Geste verunglückte. »In den Tagen nach einer Filmpremiere lese ich alles, was ich an Kritiken erwischen kann.«

»Dass der *Stürmer* Filmkritiken schreibt, ist mir neu. Meines Wissens schreibt er überhaupt nichts anderes als widerliche Hetze.«

Recha blickte zu Boden. Über ihren Kopf hinweg hangelte Felice nach der Zeitschrift. Um den fraglichen Artikel zu finden, brauchte sie nur die Titelseite umzuschlagen. *Schändlicher Angriff auf gesundes Volksempfinden*, lautete die Schlagzeile. Darunter sprang ihr Rechas Gesicht entgegen, halb verborgen unter einem zarten Schleier, wie Felice es gestern im Kino gesehen hatte. Recha spielte Suleika, die Geliebte des grausamen Perserherrschers Nader Schah. Recha war die schönste Frau Berlins, sie war noch mit einer Erkältung und einem höllischen Kater schön, und es verblüffte Felice, dass es dem Bildredakteur gelungen war, sie hässlich zu machen. Tatsächlich hatte er das herausgearbeitet, was an ihrem Gesicht *fremd* wirkte: dunkle Augen, starke Brauen, die scharf geschnittene Nase. Was er geschrieben hatte, war nicht besser:

> *In der Rolle der Lustsklavin spielt die Jüdin Süßapfel ihre semitische Triebhaftigkeit schamlos aus. Dass ihre Filmfigur kein Kind bekommt, nimmt nicht Wunder. So viel zügellose, lasterhafte Gier ist auf Verführen und Verderben aus, nicht auf mütterliches Empfangen und Nähren. Egal, wie viel Fleisch die Süßapfel zeigt, ihr Spiel bleibt seelenlos. Um die zartfühlende, gekonnte Darstellung von Gernot Bieler, die in solcher Gesellschaft nicht zur Geltung kommen kann, tut es dem Verfasser in der Seele weh. Auch die Jüdin Süßapfel ist im Übrigen kinderlos.*

Felice stieß die Zeitung zu Boden. »Bist du nicht richtig im Kopf? Warum tust du dir den Schund an?«

Recha zuckte mit den Schultern. Als der Inhaber sich aus seinem Kiosk reckte, um die Zerstörung der Zeitung zu beklagen, hielt Recha ihm wortlos zwei Münzen hin. »Ich habe dir doch erklärt, ich lese alle Kritiken«, sagte sie zu Felice. »Willi versucht, sie von mir fernzuhalten, aber er liest sie selbst. Außerdem sieht er sich die Besucherzahlen an. Falls du es wissen willst: Sie waren alle schlecht. Kritiken wie Zahlen. Und was ist mit dir?«

»Was soll mit mir sein?«

»Wie hat dir der Film gefallen?«

Felice biss sich auf die Lippen. »Ich verstehe nichts davon«, sagte sie schließlich.

»Genug davon verstehen, um einen trivialen, schlechten Film trivial und schlecht zu nennen, wirst du ja wohl«, warf Recha ihr hin. »Ich bin kein Pfau, sondern ein sterbender Schwan. Und dass Schwäne nicht singen können, macht nichts besser.«

»Und was soll das schon wieder heißen?«

»Nichts«, sagte Recha. »Es tut mir leid, ich habe einen schlechten Tag erwischt. Lasst es euch gut gehen. Wir melden uns, wenn wir wieder mehr Luft haben.«

2

»*Nacht über Sankt Pauli*, Szene einundzwanzig, die dreizehnte!«, drang Willis Stimme durch die Weite der Großen Halle, des größten Filmateliers Europas, das mit seinen über fünftausend Quadratmetern Fläche vor zwei Jahren für den Film *Metropolis* gebaut worden war. Dass seine Nerven kurz vorm Zerreißen waren, ließ sich nicht überhören. Mit einem Stab, wie ein Dirigent ihn benutzte, schlug er auf das Regiepult. »Beleuchtung an, Kamera ab!«

Zum dreizehnten Mal begannen Recha und ihr Filmpartner ihren Weg durch die düstere, von huschenden Schatten durchtanzte Gasse. Was sie miteinander sprachen, oder besser: was ihre Filmfiguren miteinander sprachen, würden die Zuschauer nicht zu hören bekommen, weshalb sie überhaupt nicht sprachen, sondern stimmlos einstudierte Mundbewegungen vollführten.

Der Dialog, der im Drehbuch stand, die melodramatischen Schwüre und Verzweiflungsausbrüche, würden – auf das Notwendigste beschränkt – auf Tafeln zwischen die Szenen geschaltet werden.

»Bilder müssen für sich sprechen«, hatte Wolfgang gesagt. »Tun sie's nicht, braucht man ihnen auch keine Pappschilder in den Mund zu legen.«

Pappschilder. Daraus bestand Rechas Leben. Statt in den Norden zu fahren und den Film über die Liebesabenteuer einer »Hamburger Deern« vor Ort abzudrehen, hatte man einfach ein kleines Sankt Pauli aus Pappmaschee in die Halle des Babelsberger Filmstudios gebaut. Dass in ein paar Schritten Entfernung das Meer rauschte, mussten die Darsteller sich denken. Für die Zuschauer würde später eine Aufnahme des Wannsees bei bewegtem Wellengang eingeschnitten werden, und die Illusion war perfekt.

Sachte stieß Gernot ihr den Ellenbogen in die Seite. Recha fuhr zusammen. Sie hatte den Moment verpasst, in dem sie ihn entrüstet von sich stoßen und die Gasse hinunter zum Pier hätte laufen sollen.

»Aus!«, schrie Willi. »Kamera, Licht, alles aus! Wir machen Schluss. Das wird heute nichts mehr. 1919 haben uns die Spartakus-Horden den Weg ins Studio versperrt, und von den Barrikaden sind uns Steine um die Ohren geflogen. Aber selbst das war um Etliches besser als der Krampf, den ich mir heute bieten lassen musste.«

Die kleinen Scheinwerfer, die Lichtkegel wie von Laternen in die Gasse geworfen hatten, verloschen. Gleich darauf folgten die Fluter, die den Bildhintergrund ausgeleuchtet hatten, und übrig blieb nur die Stehlampe neben dem Regiepult, deren Schein die Kulissen in Zwielicht tauchte. Der gesamte Rest der Halle lag im Finstern.

»Na los, verzieht euch!«, blaffte Willi. »Gunter, mit dir hätte ich gern kurz gesprochen. Etwas an der Führung der Spotlampe gefällt mir nicht, und beim linken Weichstrahler ist die Reflektion nicht richtig.«

Der Beleuchter, der auf der obersten Plattform eines Gerüstes und somit knapp unter der 14 Meter hohen Hallendecke hockte, erhob sich und stieg gemächlich die Metallstreben der Leiter herunter.

»Geht es ein bisschen schneller?«, herrschte Willi ihn an. »Ich hatte eigentlich geplant, vor Weihnachten fertig zu sein, und außerdem kommen noch Leute zum Vorsprechen.«

Gunter war eine Legende. Ein Überbleibsel aus dem Wolfgang-Stab, der ebenfalls eine Legende war. Dass ihn jemand anders behandelte als mit äußerstem Respekt, hatte Recha nie erlebt. Der Beleuchter aber ließ sich keine Verstörung anmerken. Er hob nur kurz die Brauen, dann setzte er seinen Abstieg fort.

Recha stand noch immer reglos in der Kulisse. »Na, komm schon«, sagte Gernot. »Gehen wir uns umziehen. Die anderen haben längst gemacht, dass sie hier wegkommen. Deinem ungnädigen Herrn Gemahl bietet sich heute keiner freiwillig als Zielscheibe an.«

Dankbar nahm Recha seinen Arm, und nebeneinander verließen sie die Halle. Vor ihnen erstreckte sich das Gelände der UFA, das so sehr einen eigenen, sich selbst genügenden Kosmos bildete, dass es sich UFA-Filmstadt nannte. Es war dunkel, bis auf die Lichter, die aus den Fenstern der verschiedenen Gebäude flackerten. Der Boden war überfroren. Beim Auftreten knackte das dünne Eis.

»Weshalb staucht er eigentlich euch zusammen?«, fragte Recha. »Schließlich liegt klar auf der Hand, dass ich diejenige bin, die den Drehtag versaut hat.«

Gernot fing sie, ehe sie auf dem glatten Boden ausglitt. »Ganz so sehe ich das nicht«, erwiderte er. »Ja, du hast zum Schluss zwei Einsätze verpatzt, wie es nicht deine Art ist, und vielleicht solltest du demnächst mal über Urlaub nachdenken. Aber das ändert nichts daran, dass Willi dich den ganzen Tag falsch geführt und damit konfus gemacht hat. Er wusste selbst nicht, was er wollte, hat ziellos herumprobiert, und das ist nicht deine Schuld.«

Erstaunt blickte sie auf. Sie selbst hatte bereits am Vormittag das Gefühl gehabt, dass sie Willi nichts recht machen konnte, dass er sie von einem Ende zum anderen schickte, bis sie nicht mehr wusste, wo ihr der Kopf stand. Aber Willi war ein erfahrener Regisseur und hatte schon als Anfänger mit einer Treffsicherheit, die Wolfgang schlafwandlerisch genannt hatte, Schauspieler geführt. Also war Recha zu dem Schluss gekommen, dass sie sich etwas einbildete. Sie war müde und unkonzentriert, fand nicht in die Rolle und schob Willi die Schuld daran zu. Jetzt aber hatte Gernot offenbar dasselbe bemerkt.

»Bist du dir sicher?«, fragte sie. »Willi hat sich intensiv mit dem Stoff beschäftigt, er ist sehr überzeugt davon, seiner Meinung nach könnte ...«

»Mädel«, unterbrach sie Gernot. »Du brauchst etwas zu trinken. Und zwar etwas Starkes. Na los, gehen wir.« Er wies auf das pavillonartige Gebäude, das die Kantine für die Beschäftigten des Filmstudios Babelsberg beherbergte. »Über das, was Willi meint und was wir vielleicht anders meinen, unterhalten wir uns lieber gemütlicher als hier in der Affenkälte.«

»Ohne uns umzuziehen?«

»Trinken können wir auch als Manfred und Greta«, erwiderte Gernot und zog sie in Richtung des Pavillons.

Drinnen herrschten Lärm und Licht, die immer guttaten, wenn man sich im Nebel verloren fühlte. Der Raum enthielt nur Tische, Stühle und einen Tresen, als einziger Schmuck waren Standfotos aus unzähligen Filmen an die holzverkleideten Wände gepinnt. Rauchschwaden waberten über den Köpfen, und um die Tische drängten sich Gruppen, die durcheinanderredeten, tranken und lachten. Recha und Gernot wurden lauthals begrüßt, aber Gernot wehrte den Ansturm ab, machte klar, dass sie ein paar ruhige Momente brauchten.

Der Mann, der die Kantine betrieb, hieß Saschi, sah aus wie ein Fass und war nach einem gescheiterten Versuch als Kameramann hinter dem Tresen gestrandet. Er gehörte zu der segensreichen Sorte von Menschen, die Hand anlegen, ohne sich bitten zu lassen, und noch vor einer Erklärung wissen, was zu tun ist. Ohne Umschweife schob er einen zusätzlichen Tisch in den Winkel hinter dem Tresen, stellte zwei Stühle dazu und brachte ihnen Gernots Bestellung an den Tisch, kaum dass der sie ausgesprochen hatte.

Eine Molle mit Kompott und eine *Pink Lady*.

»Warum hast du mich nicht gefragt, was ich trinken will?«, wunderte sich Recha.

»Ach komm, Mädel, alle Frauen trinken *Pink Lady*«, erwiderte Gernot und hob sein Schnapsglas. »Auf die schönste Schauspielerin der UFA.«

Sie mochte es nicht, so behandelt zu werden. Willi, der in ihren Anfangsjahren ähnliches Gebaren an den Tag gelegt hatte, hatte sie sie mühselig abgewöhnt. Auch dass Gernot sie fortwährend Mädel nannte, widerstrebte ihr. Sie war verheiratet, zählte sechsunddreißig Lebensjahre, von denen sie jedes einzelne spürte, und sie hatte ein Problem mit mangelndem Respekt. Aber er war nett, und wenn sie ehrlich war, hatte sie ihn anfangs ebenfalls respektlos als grünes Bürschlein betrachtet, das außer einem erfreulichen Äußeren nichts zu bieten hatte. Ganz hatte sie wohl nie aufgehört, ihn so zu betrachten, obwohl das ungerecht war. Er war seit neun Jahren ihr Partner, hatte sich in einem Film nach dem anderen bewährt und ein Format bewiesen, das sie ihm nicht zugetraut hatte.

Zweifellos war er ein hervorragender Schauspieler, wenn auch in seinem Rollenfach ein wenig eingeschränkt. Männer, die aussahen wie Gernot Bieler, spielten keine am Leben verzweifelnden Wahnsinnigen, die ihre Geliebten erstachen wie Woyzeck, den damals in Wolfgangs letztem Film Lutz dargestellt hatte.

Für *In der Nacht weint Wipers, meine Stadt* hatte Willi sich noch einmal anders besonnen und den innerlich kriegsversehrten Lutz zurückgeholt. Der hatte sich in seiner Rolle als britischer Captain, der mit seiner Liebsten Godelieve und ihrer Stadt Ypern umgekommen war, die Seele aus dem Leib gespielt. Anschließend hatte er sich aus dem Filmgeschäft zurückgezogen, lebte im Brandenburgischen auf einem Resthof, den er sich mit den Einnahmen aus seinem größten Erfolg gekauft hatte, und züchtete Hühner und Bienen. Damit war Gernots Stunde gekommen und mit ihm die Stunde einer neuen Art von Schauspieler.

Noch in *Wipers* waren es die großen Bilder gewesen, die auf die Menschen wirkten, und die Schauspieler hatten sich wie Puzzleteile in die Bilder gefügt. Gernot aber genügte das nicht. »Wenn die Leute mich schon nicht schreien oder schluchzen hören, werde ich sie glauben machen, sie täten es«, sagte er.

Recha musterte ihn. Er war um zehn Jahre gealtert wie sie alle, doch es stand ihm besser als den meisten. Seine Hübschheit hatte Charakter bekommen und seine Begabung Schliff. Er war kollegial, griff sämtliche Anweisungen der Regie auf, erfüllte Aufgaben über und riss andere mit. Fehler beging er so gut wie nie, und er wiederholte geduldig wie ein Pflugochse Szene um Szene, ohne sich zu beklagen. Recha hob ihre *Pink Lady*. Gerade heute hatte sich Gernot wieder einmal als echter Partner erwiesen, und sie konnte sich glücklich schätzen, mit ihm zu arbeiten.

»Auf den langmütigsten Star, der sich von dieser Gesellschaft ausbeuten lässt.« Sie gab sich Mühe zu lachen. »Danke, dass du es mit mir aushältst, Gernot. Es ist nicht immer leicht, das weiß ich selbst, und an der heutigen Misere kommt mir der größte Teil der Schuld zu. Ohne meine ständigen Patzer wären jetzt zumindest zwei weitere Szenen im Kasten, und wir hinken dem Drehplan ohnehin schon weit genug hinterher.«

»Weshalb zwei Szenen mehr oder weniger den Kohl nicht fett machten.« Gernot trank von seinem Bier und verzog keine Miene. »Du bist falsch besetzt. Das ist das Problem. Oder besser: eins der Probleme. Das, was als Erstes ins Auge springt.«

Recha erschrak. Wieder hatte er etwas ausgesprochen, das sie sich nicht erlaubt hatte zu denken. Die Rolle lag ihr nicht. So sehr sie sich bemühte, sich in die Figur der Greta hineinzuversetzen, die als Tochter einer Hafendirne um ein besseres Leben ringt und es an der Seite des Weltenbummlers Manfred schließlich findet – es wollte ihr nicht gelingen.

Bei den Dreharbeiten zu *Pfauenthron*, einem Melodrama aus dem Persien des 18. Jahrhunderts, war es ihr bereits ähnlich ergangen. Sie hatte mit der Geschichte nichts anfangen können, die Figuren blieben ihr fremd, und das wundervolle Gefühl, in eine andere Haut, eine andere Welt, ein anderes Leben zu schlüpfen, wollte sich partout nicht einstellen. Stattdessen erwies es sich als wahre Knochenarbeit, die weinerliche Suleika zu verkörpern. Mit jedem Drehtag war Rechas Widerwille gewachsen, und das Ergebnis war weit davon entfernt, ihren Anspruch an sich selbst zu erfüllen.

Recha hatte um ihren Beruf gekämpft und Opfer gebracht, bei denen sie sich bis heute fragte, ob irgendetwas sie wert sein konnte. Sie hatte ihre Eltern geopfert, den Rest von Familie, mit dem sie auf einem Karren aus ihrem galizischen Dorf in die Fremde gekommen war, zu jung, um zu begreifen, wie ihr geschah. Sie hatten sich aneinander festgehalten. Tradition war der Boden unter ihren Füßen gewesen, bis Recha eingefallen war, dass sie Schauspielerin werden musste, um jeden Preis. Die Familie war darüber zerbrochen. Ihre Eltern sprachen nicht mehr mit ihr, und so war ihr nur Gabriel geblieben, ihr Bruder, einst ein kindliches Genie mit leuchtender Zukunft, jetzt ein innerlich wie äußerlich zerstörtes Geschöpf, das vollständig von ihr abhängig war. Daran war der Krieg schuld, nicht ihre Schauspielerei, aber es gab Tage, an denen sie sich dessen nicht sicher war.

»Das zweite Problem ist, dass der Film nichts taugt«, drang Gernots Stimme in ihr Schweigen. »Und damit ist er beileibe nicht der erste.«

Gegen diese Befürchtung kämpfte Recha seit Langem. Willis Filme wurden schwächer, nicht stärker. Bei *Pfauenthron* hatte sie gewagt, ihn darauf anzusprechen. Er hatte sich regelrecht in die Vorbereitung vergraben, saß stundenlang in seinem Arbeitszimmer, der Schreibtisch übersät mit Bildbänden und Enzyklopädien zur persischen Geschichte. Das passte nicht zu Willi.

Für gewöhnlich verließ er sich auf seinen Instinkt, recherchierte eher zu wenig als zu viel und betonte, dass es nicht seine Absicht war, ein Lehrwerk abzuliefern, sondern in Menschen Gefühle zu wecken. Dieses Mal aber wollte er offenbar auf Nummer sicher gehen. Recha wusste, dass er unablässig davon träumte, einen weiteren grandiosen Erfolg zu landen, einen ganz großen Wurf, von dem noch Jahre später geredet wurde.

Mit dem ersten hatte er sich auf einen Schlag aus der Masse aufstrebender Regisseure hinauskatapultiert. Willi zur Nieden, das war auf einmal ein Name, den jeder kannte, ein Mann, mit dem man rechnen musste. Er wurde umworben, umschwärmt, mit Angeboten überschüttet, lehnte jedoch alle ab, weil er sich bei Oswald in seinem Element fühlte. Von den Einnahmen hatte er ein Grundstück in Potsdams Holländerviertel gekauft und sich ein Haus bauen lassen. Der Vorschrift gemäß musste das Haus in die Umgebung passen, und das seine passte perfekt. Dass das Vorbild, das Willi im Kopf hatte, nicht holländisch war, bemerkte niemand.

Das Haus war groß und der Garten noch größer. »Hier haben wir Platz für eine ganze Fußballmannschaft«, hatte er Recha verliebt zugeflüstert, als er sie durch das Tor führte. In der Mitte der sonnenbeschienenen Rasenfläche wollte er eine Grube für einen Sandkasten ausheben.

Hätte es die Fußballmannschaft gegeben, hätte in dem Sandkasten jemand gespielt, so hätte sich Willi vielleicht damit abgefunden, dass ein derart triumphaler Erfolg sich nur selten wiederholte. Doch sie strichen zu dritt durch ihr geisterhaft leeres Haus, gingen leise, sprachen mit gedämpften Stimmen, als hätte Lärm irgendwen aufwecken können. Viel anderes, als sich auf ihren Beruf zu konzentrieren, blieb ihnen nicht übrig. Ein neuer Sensationsfilm, so hofften sie wohl, könnte die Härte der Niederlage abfedern, die sie beim Versuch erlitten hatten, eine Familie zu gründen.

Zudem musste sich Willi seinen Platz bei der UFA erst erkämpfen. Bei Oswald war er der größte Fisch im kleinen Teich gewesen und hatte bei der Wahl seiner Drehbücher und seiner Mittel jede Freiheit gehabt. Oswald aber hatte nach acht Jahren im Geschäft das Handtuch werfen und Konkurs anmelden müssen, und Willi konnte von Glück sagen, dass er zu den wenigen gehörte, die unter dem Dach der UFA einen Platz ergatterten. Dort inszenierten Männer wie Friedrich Murnau, Georg Wilhelm Pabst und Fritz Lang, und Willis Ruf, auf den er so stolz war, schien über Nacht verblasst.

»*In der Nacht weint Wipers, meine Stadt* ist ein großer Film, ohne Frage«, hatte Erich Pommer, der Chef der Produktionsbetriebe, der Meisterwerke wie *Das Cabinet des Dr. Caligari*, *Faust* und *Die Nibelungen* produziert hatte, zu ihm gesagt. »Aber machen wir uns nichts vor – Ihr großer Film ist sieben Jahre alt. Wir haben Sie nicht unter Vertrag genommen, um uns Ihre alten Lorbeeren um den Hals zu hängen, sondern weil wir uns von Ihnen neue versprechen.«

Pommer war ein guter Mann. Einer, der seinen Regisseuren Spielraum ließ und das Beste aus ihnen herausholte, sie dazu brachte, ihre Grenzen zu überschreiten. Mit Fritz Lang produzierte er *Metropolis*, den Film, mit dem Deutschland Hollywood herausforderte. Aber auch den, der ihm das Genick brach. Die fünf Millionen Reichsmark, die der Monumentalfilm gekostet hatte, spielte er nicht einmal ansatzweise ein, und bald fand sich die UFA in denselben Nöten wie Richard Oswalds Produktionsfirma ein Jahr zuvor. Wäre nicht ein Retter in die Bresche gesprungen, wäre sie zugrunde gegangen, und niemand hätte gewagt vorauszusehen, was aus dem deutschen Film dann hätte werden sollen.

Der Retter trat in Gestalt von Alfred Hugenberg auf, einem Unternehmer, der nach dem Großen Krieg die Deutschnationale Volkspartei mitgegründet hatte, sich gerade ein Medienimperium aufbaute und die Republik wie die Sünde hasste. Der Ton in den Studios hatte sich seither geändert. Recha hätte nicht sagen können, wie genau, aber sie glaubte, es in jedem Winkel zu spüren. Der charismatische Pommer wurde durch den farblos-willfährigen Ernst Hugo Correll ersetzt, der sich an nackte Zahlen hielt: Wer sein Budget einspielte und darüber hinaus Gewinn erzielte, konnte über neue Verträge verhandeln. Wer Verluste einfuhr, musste sehen, wo er blieb.

Vielleicht hatten sie allzu schnell vergessen, dass die UFA das Kind Ludendorffs war, der während des Krieges wie ein Militärdiktator über Deutschland geherrscht hatte. Um eine Filmgesellschaft zu gründen, hatte er 1917 nur einen Grund gekannt: Er hoffte, den schon verlorenen Krieg durch Propaganda doch noch herumzureißen. Vielleicht hatten sie allzu schnell vergessen, dass Ludendorff bei der Gründung von Deutschlands Großkapital unterstützt worden war und dass dasselbe Großkapital bereitstand, um die UFA wiederum zu unterstützen, solange diese ihren Interessen entgegenarbeitete, nicht sie bedrohte.

Es war September gewesen, vor ihren Fenstern bewegte der Wind den wilden Wein in goldenem Licht. Recha hatte Willi, der über seine persischen Geschichtsbücher gebeugt saß, ein Glas weißen Burgunder gebracht und ihn gefragt: »Was zieht dich eigentlich so sehr zu dieser Geschichte? Was reizt dich daran?«

»Es ist ein großer Stoff«, hatte Willi hastig erwidert. »Ein ganz großer. Er ist mir mehrfach empfohlen worden.«

»Von wem?«

Willi hatte mit den Schultern gezuckt. »Von Corrells Leuten. Männern, die etwas zu sagen haben. Alexander Grau zum Beispiel.«

»War der nicht Ludendorffs Mann?«

»Herrgott, nur weil einer bei der Gründung der UFA schon dabei war, muss er doch noch lange nicht Ludendorffs Mann sein.«

»Natürlich nicht. Und: Ist er Hugenbergs Mann?«

»Wirfst du mir jetzt vor, ich würde Hugenberg nach der Pfeife tanzen?« Unter Willis linkem Auge zuckte ein Muskel.

»Ich werfe dir gar nichts vor«, sagte Recha. »Ich interessiere mich nur für deine Arbeit, wie wir uns immer für die Arbeit des anderen interessiert haben. Wenn sich daran etwas geändert hat und du das nicht mehr willst, musst du es mir sagen.«

»Natürlich will ich es noch. Hugenberg hält sich aus der Filmarbeit raus, Recha. Ihn interessiert nur Geld, sonst nichts.«

»Weißt du noch, wie wir uns gefreut haben?«, fragte sie. »Nach dem Krieg, als es keine Zensur mehr gab und wir glaubten, wir könnten jeden Film, der uns wichtig ist, so machen, wie wir wollen?«

»So ist es aber nicht«, erwiderte Willi. »Eine Filmzensur ist bekanntlich längst wieder eingeführt worden. Und ein Träumer, der glaubt, es ginge darum, ob ihm ein Film wichtig ist, ist im Nu weg vom Fenster.«

»Wolfgang war so ein Träumer«, entfuhr es Recha. »Ich dachte, du wärst auch einer.«

»Ich muss mit meinen Filmen auch Geld verdienen. Geld, das nicht nur uns beide, sondern auch deinen Bruder ernährt.«

»Es ist mir neu, dass ich zu diesem Haushalt weniger beitrage als du«, gab Recha spitz zurück und wandte sich zur Tür. »Erst recht, dass du es bist, der für den Unterhalt meines Bruders aufkommt.«

Er lenkte ein. »Recha, dieser Film ist wichtig. Deshalb lese ich doch das ganze Zeug – weil ich mir mit ihm etwas vorgenommen habe. Ich will den Leuten vor Augen führen, was ein solcher Tyrannenherrscher anrichtet, das Leid, das sein Größenwahn über sein Volk und seine Nachbarn bringt. Ja, ich muss mit Hugenberg und Correll lavieren und ihren Erwartungen gerecht werden, ich bin nicht so frei, wie es manche Leute gern glauben möchten. Aber im Rahmen meiner Möglichkeiten mache ich das, wovon wir geträumt haben: Filme, die stark und gut und wichtig sind. *Pfauenthron* ist ein besonderer Film. Warte nur ab, bis wir richtig loslegen, dann wirst du schon noch Feuer fangen.«

Recha war ins Zimmer zurückgekehrt, hatte mit ihm auf den Film angestoßen und sich in seine Arme ziehen lassen. Dass sie von alledem, was er ihr erklärt hatte, in *Pfauenthron* nichts entdecken konnte, sondern den Film für eine ziemlich triviale Liebesgeschichte in exotischer Kulisse hielt, behielt sie für sich. Derartige Fantasien mochten die Sehnsüchte eines Volkes sättigen, das sich mit dem Verlust seiner Kolonien insgeheim nie abgefunden hatte. Aber es erzählte diesem Volk nichts vom Leben fremder Völker, geschweige denn von deren Rechten.

Mit dem Sankt-Pauli-Film war es das Gleiche. Willi hatte sich bemüht, ihr zu erklären, dass die Geschichte sozialkritisch war, dass sie wachrütteln, auf die Missstände aufmerksam machen würde, denen die junge Republik sich stellen musste, aber Recha hatte nichts davon bemerkt. Jetzt, wo Gernot den Wert des Films ebenfalls anzweifelte, gestand sie es sich ein: Es war eine dümmliche kleine Geschichte, wie Hans Steinhoff und Hilmar Lehnitz sie drehten, aufgebauscht durch mitleidheischendes Elend und eine Überdosis Melodramatik, dabei im Kern aber albern und hohl.

»Verlogen!«, platzte Recha heraus. Wie sehr ihr die Arbeit an diesem Film widerstrebte, hatte sie nicht gewusst. »Dieses rührselige Drücken auf die Tränendrüsen, das sich am Ende in Friede-Freude-Eierkuchen auflöst, ist so fürchterlich verlogen, und Willi ist viel zu begabt, um das nicht zu wissen. Jede billige Komödie von dem grässlichen Lehnitz ist mir lieber, weil sie wenigstens nicht versucht zu sein, was sie nicht ist.«

Erschrocken hielt sie inne. Ihre Hand umfasste den Stiel des Glases und ließ es wieder los. Sie hätte gern etwas getrunken, aber die Pink Lady mochte sie nicht. So wenig wie *Pfauenthron* oder *Nacht über Sankt Pauli*, so wenig wie irgendetwas, das die

Welt rosa färbte. »Ich hätte das nicht sagen dürfen«, rang sie sich ab. »Willi gibt sein Bestes, und ich bin stolz darauf, mit einem Regisseur wie ihm zu arbeiten.«

»Es reicht nicht, dass er sein Bestes gibt«, sagte Gernot. »Andernfalls wäre Babelsberg übersät von Star-Regisseuren.«

»Was willst du damit sagen?«

»Dass Willi nicht mit der Zeit geht«, erwiderte er. Sein Bierglas war leer. An seiner Schläfe sah Recha eine Ader pochen. »Dieses Zeug über Huren und Pleitegeier, die weder Ziele noch Ideale haben, will heute kein Mensch mehr sehen. Einem Film, der beim modernen Publikum ankommen soll, muss ein großer Gedanke zugrunde liegen, der die Leute ergreift, der ihre tiefen Sehnsüchte stillt.«

»Was für tiefe Sehnsüchte?« Recha kannte Gernot als beherrscht und anpassungsfähig, stets bereit, seine eigene Sicht dem Gesamten unterzuordnen. Erregt wie jetzt hatte sie ihn noch nie erlebt.

»Die Leute haben diesen ganzen Dreck, dieses Kaputte, Kranke, Verkommene satt«, brach es aus ihm heraus. Mit einer Handbewegung beschrieb er den Raum, die dicht gedrängten Tische, an denen die Leute lärmend durcheinanderredeten, als würden sie keine Müdigkeit kennen. »Ich habe es selbst satt. Auch das verkommene Volk hier, das sich künstlich in Euphorie peitscht, sich selbst bejubelt und morgen winselnd unter dem Tisch liegt. Verseucht und süchtig wie die ekelhafte Anita Berber, die sich bei ihren »Tänzen des Lasters« die Brustwarzen reibt, bis Menschen mit Anstand übel wird.« Er schlug den Blick nieder und schluckte mehrmals so, dass sein Adamsapfel heraussprang. »So ein Zeug«, fuhr er dann fast flüsternd fort. »So ein Zeug verfing nach der Niederlage, während den linken Krawallen und der Inflation, als kein Mensch mehr an eine Zukunft glaubte.«

Nach dem Krieg, dachte Recha. *Nach der Erfahrung, dass ein Krieg kommen und alles niederwalzen kann, was man jemals für sicher gehalten hat, haben die Menschen nicht mehr an die Zukunft geglaubt. Und zugleich nach Leben gegiert.* Die Tänzerin Anita Berber, deren sinnliche Sogkraft von Richard Oswald für den Film entdeckt worden war, hatte beides verkörpert – rasende Lebensgier und Hoffnungslosigkeit, als wäre jeder Tag der letzte. Sie war damit zum Sinnbild der Inflationsjahre geworden, doch in letzter Zeit hatte Recha kaum noch von ihr gehört.

»Heute gibt es endlich wieder Männer, die den Leuten Hoffnung auf eine Zukunft machen«, sprach Gernot weiter. »Danach sehnen sie sich. Nach einer starken Hand, die sie führt, die für sie kämpft und auf die sie sich verlassen können. Und genau das wollen sie auch auf der Leinwand: etwas Heiles, Hehres, Gesundes. Sie wollen Filmhelden, zu denen sie aufblicken können. Echten Opfermut. Wahre Größe.«

»Echter Opfermut ist pathetisch«, sagte Recha. »Menschen wollen ihr Leben genießen, sie haben ja alle nur eines. An einem Menschen, der geopfert wird, ist nichts Hehres, und wenn wir ihn trotzdem so zeigen würden, müsste man uns aus dem Studio werfen. Menschen, die geopfert werden, sterben wie Scott Brown in *Wipers*. Ganz sinnlos. Ohne zu begreifen. Zerrissen von Traurigkeit.«

»Das ist das Widerlichste!«, schnitt ihr Gernot ins Wort. »Dass man den zu Unrecht verlorenen Krieg immer wieder heraufholt, aufwühlt. Das ist es, was niemand mehr sehen will: Propaganda von Leuten, denen Deutschland diese Niederlage verdankt, Glorifizierung der Feinde, die seit Versailles alles tun, um uns den Rücken zu brechen. Deshalb kommt Willi zur Nieden auf keinen grünen Zweig mehr, obwohl er ein großartiger Regisseur ist und ein Wegbereiter des deutschen Films sein könnte.« Er holte Atem. Schweiß lief ihm in Rinnsalen über die hohe, schön geformte Stirn.

»Ich gehe jetzt besser«, sagte Recha, wehrte sich gegen ein Gefühl des Schwindels und stand auf. Willi war noch beschäftigt, er hatte Leute zum Vorsprechen einbestellt, weil ihm jemand abgesprungen war, den er bei *Sankt Pauli* gern gehabt hätte. Geplant war, dass Recha wie so oft in ihrer geräumigen Garderobe wartete, bis er fertig war, und sie zusammen nach Hause fahren konnten. Jetzt aber wollte sie nur noch weg. Sie würde zu Fuß gehen, ihr stand der Sinn nach dem Weg durch die eisige, grauschwarze Nacht.

»Nein!«, rief Gernot. »Geh jetzt nicht.« Er sprang auf und versuchte, ihr den Weg zu verstellen, doch in diesem Moment drängte sich Saschi in seine Bahn. Er trug ein Tablett, das mit Biergläsern und Suppentassen beladen war.

»Na, na.« Auf einer Hand balancierte er das Tablett, mit der anderen versetzte er Gernots Schulter einen Klaps. »Wenn eine Dame gehen will, dann lassen wir sie gehen, Sportsfreund. Und wenn's uns noch so übel in der Leistengegend juckt.«

Gernot warf den Kopf zurück, dass das lockige Haar ihm in den Nacken fiel, und Recha glaubte, eine Filmszene vor sich zu haben, wie er sie gerade beschworen hatte: ein hehrer Held, erfüllt von Opfermut, zum Sterben bereit und zum Niederknien schön. Sie schüttelte sich, weil ihr ein Schauder den Rücken hinunterjagte. Gernot aber fing sich und sah im nächsten Augenblick wieder aus wie immer. »Du tust ja so, als würde ich sie mit Gewalt zurückhalten«, sagte er. »Dabei wollte ich nur, dass unser interessantes Gespräch nicht ohne Abschluss bleibt. Aber wenn du unbedingt gehen willst, meine Liebe …«

»Ja, ich will gehen«, rief Recha hastiger, als es angebracht war. »Ich habe zu Hause zu tun, ich muss …«

»Keine Entschuldigungen nötig.« Gernot hob die Hände. »Wenn du gehen musst, musst du gehen. Die Getränke bezahle ich gleich, Saschi. Ich bringe meine Filmpartnerin nur rasch zum Tor.«

»Das ist nicht nötig, Gernot. Wirklich nicht.«

»Ich tue es gern.« Er nahm ihren Arm und steuerte sie um Saschi herum aus der Kantine. Recha glaubte, den Blick des Wirts in ihrem Rücken zu spüren.

Im Dunkeln gingen sie über das freie Gelände hinüber zu den Verwaltungsgebäuden, wo Recha ihre Garderobe hatte. Eine feste Garderobe, wie sie nur den Stars der UFA zugestanden wurde. Ebenso war das Büro, das Willi im Nachbargebäude eingeräumt worden war, ein Zeichen, dass man ihn schätzte. Recha schloss die Tür der Garderobe auf, um so schnell wie möglich Tasche und Mantel zu holen und von hier zu verschwinden. Sie sehnte sich nach ihrem Haus, nach dem hohen Kamin im Salon, in dem Natalja, ihr Mädchen, ein Feuer schüren würde. Sie sehnte sich nach Gabriel, der sich freuen würde, weil sie früher als erwartet kam, und nach LaFontaine, ihrem schönen Groenendael-Schäferhund, der besser wärmte als jede Daunendecke.

»Danke, Gernot«, sagte sie. »Ich komme jetzt zurecht.«

Hastig suchte sie ihre Sachen zusammen. Gernot stand in der Tür, die Arme vor der Brust verschränkt, und machte keine Anstalten, sich zu verabschieden. »Du nimmst mir übel, was ich gesagt habe, richtig?«

»Gernot, ich bin müde, ich würde jetzt gern jegliche Diskussion beenden und einfach nur nach Hause gehen.«

»Also nimmst du es mir übel«, wiederholte er. »Aber manche Dinge müssen ausgesprochen werden, sie verschwinden nicht dadurch, dass man sie verschweigt. Dein Mann sieht besser zu, dass er die Zeichen der Zeit nicht verpasst, sondern sich danach richtet. Und was dich selbst betrifft, so kann ich dir als Kollege, der dich immer geschätzt hat, nur zu Vorsicht raten.«

»Ich habe gesagt, ich will diese Diskussion jetzt beenden«, entgegnete Recha scharf und spürte, wie ihr trotz Kälte der Schweiß ausbrach. Dasselbe war ihr neulich geschehen, als sie gesehen hatte, wie Willi den *Stürmer*, der aus dem Zeitungsständer ragte, vor ihr verschwinden ließ. »Verlass bitte meine Garderobe. Jetzt sofort.«

Gernot tat das Gegenteil. War mit zwei Schritten bei ihr und schloss sie in die Arme. »Was jetzt geschieht, richtet sich nicht gegen dich«, raunte er ihr zu. »Es sind Umwälzungen, die die Zeit erfordert, die sie seit Langem erfordert hat. Du bist schön, du bist die Schönste von allen, und ich kann dich schützen.«

Sie sah, wie sein Gesicht sich auf ihres zubewegte, sah das dunkle Flackern der Augen, ehe es zu nah war und vor ihr verschwamm. Warmer Atem traf ihre Wange, dann verschlossen seine Lippen die ihren.

3

Wind peitschte die Zweige des Ahornbaums gegen die Fenster. Ein Büro mit so großen, fast mannshohen Fenstern war ein Privileg, ein Zeichen von Wertschätzung. Willi spitzte einen Bleistift an, ließ das Abgeschabte auf den Schreibtisch rieseln. Der Bleistift hätte es nicht nötig gehabt, aber Leute, die zum Vorsprechen kamen, ließ man immer warten. Ein Regisseur hatte vielbeschäftigt zu sein, immer in Hetze, musste mit fliegenden Schößen von Termin zu Termin eilen. Einen Regisseur, der zugab, Zeit zu haben, konnte man vergessen. So einer war abgehalftert, Schnee vom vergangenen Jahr.

Willi betrachtete die Bleistiftspitze und sehnte den Augenblick herbei, in dem er sich den ersten Kandidaten schicken lassen konnte. Der würde ihn von seinen Gedanken ablenken, dem verpatzten Drehtag und dem nicht weniger verpatzten Gespräch mit Gunter. Natürlich wusste er, dass Gunter recht hatte, dass der Fehler nicht in der Beleuchtung lag. Aber wer war der Regisseur – Gunter Agnelli oder er? Es steckte kein Funke Respekt in dem Kerl, nicht einmal ein Ansatz von Bewunderung, wie Willi sie aus der Filmwelt gewohnt war. Deshalb liebte er Vorsprechtermine; da bestellte er sich die Kandidaten in sein Büro und genoss ihre Blicke, ihr Stammeln, ihre Unfähigkeit zu glauben, dass sie wirklich Willi zur Nieden gegenüberstanden.

»Davon träume ich seit acht Jahren«, hatte eine Schauspielerin, die aus Wien, vom Theater, kam, zu ihm gesagt. »Ein Mal im selben Raum mit dem Regisseur von *In der Nacht weint Wipers* stehen.«

Gunter dagegen war vermutlich beeindruckter, wenn er im selben Raum mit seinem Milchmann stand. Willi ließ den Bleistift auf den Tisch fallen. Er betrug sich kindisch, das wusste er selbst. Gunter und er waren Freunde, Lilo, Gunters Tochter, war sein Patenkind, und hätten er und Recha ein Kind gehabt, hätte er Gunter gebeten, Pate zu sein. Sie brauchten voreinander wahrlich nicht in Ehrfurcht zu erstarren. Außerdem hatte Gunter mit Wolfgang gearbeitet. Von ihm Bewunderung für einen anderen Regisseur zu erwarten war schlichtweg absurd.

»Fräulein Flohr?«, rief er nach seiner Vorzimmerdame. »Schicken Sie mir bitte den ersten Bewerber.«

Nicht mehr als drei hintereinander, lautete seine Regel, weil er sich auf jeden Einzelnen konzentrieren wollte. Die Besetzung war von entscheidender Bedeutung, nicht weniger wichtig als die Auswahl des Stoffs. Wenn er sich für das falsche Gesicht entschied, für das falsche Lächeln, die falsche Art, die Stirn zu runzeln oder mit Glyzerin erzeugte Tränen zu vergießen, würde das Gefühl, das er erzeugen wollte, den Zuschauer nicht erreichen. Was der Figur auf der Leinwand geschah, würde ihn nicht berühren, und die so sorgsam komponierte Bilderfolge würde ohne Wirkung verpuffen.

Willi stöhnte. Wie viele stellten sich die Welt des Films als eine Wolke vor, auf der man von morgens bis abends träumte? Als Junge hatte er selbst es getan. Seine Familie hatte ihn in den Direktorensessel ihrer maroden Privatbank zwingen wollen, und erst der Krieg hatte ihn aus dem verhassten Kerker gerettet. Der Krieg, der so viele Leben zerstört hatte – für ihn war er der Befreiungsschlag gewesen, der es ihm ermöglicht hatte, sich seine Träume zu erfüllen.

Den Traum vom Film und den Traum vom Leben mit Recha.

Wie stets, wenn seine Gedanken in diese Richtung wanderten, kroch ihm Unbehagen den Nacken hinauf wie ein Insekt. Er wusste, er hatte jeden Grund, dankbar zu sein, und viele Jahre lang war er es gewesen. Aber auch ein erfüllter Traum war einer, den man nicht mehr hatte, und die Wirklichkeit ähnelte einem Zerrspiegel: Der Traum war noch erkennbar, doch er dehnte sich auf lächerliche Weise in die Breite und machte unendlich müde.

Fräulein Flohr steckte ihren frisch ondulierten Kopf in den Türspalt. »Der Herr Zielinsky wäre bereit für Sie, Herr zur Nieden. Wünschen Sie Kaffee?«

Willi schüttelte den Kopf. Er fühlte sich aufgedreht, überwach, und wenn er obendrein Kaffee trank, würde er die ganze Nacht nicht ins Bett kommen. Ihm war nach etwas anderem zumute. In der zweiten Schublade des Schreibtischs bewahrte er eine Flasche Cognac auf, von dem er sich zwischen den Bewerbern ein Glas gönnen würde. »Danke, ich brauche nichts, Fräulein Flohr. Schicken Sie ihn einfach herein.«

Dass Erwin Zielinsky aus dem Badischen nichts taugte, wusste Willi nach einer knappen Minute. Der Mensch breitete wie ein Prediger auf der Kanzel die Arme aus und verkündete: »Das also ist das Allerheiligste. Hier ist die Idee zu *In der Nacht weint Wipers, meine Stadt* geboren worden.«

Willi verkniff sich ein Stöhnen, ebenso wie den Hinweis, dass *Wipers* kein UFA-Film gewesen war. Die zu Propagandazwecken im dritten Kriegsjahr gegründete UFA hätte nicht einmal im Traum daran gedacht, sich an ein solches Projekt zu wagen; die Ehre kam allein dem schon fast vergessenen Oswald zu. Und was die Idee betraf, so war sie in einer von Brandbomben zerstörten Stadt geboren worden, zwischen zerstückelten Leichen und den unkenntlichen Überresten ihres Besitzes, aber davon wollte niemand mehr etwas hören.

Das Gesicht des Bewerbers erinnerte Willi an den Käsekuchen seiner Großmutter, und seine übertriebene Gestik passte auf eine Provinzbühne. Am meisten aber missfiel ihm die Stimme. Sie war zu dünn, trug nicht, wirkte geradezu weibisch.

Willi stockte. Was interessierte ihn die Stimme? Zwar nannte man diesen Termin ein Vorsprechen, weil er so beim Theater hieß, aber um das Sprechen ging es in ihrem Metier nicht. Dennoch dachte er neuerdings immer häufiger über Aussprache, Klangfarbe und Betonungen nach, die seine Zuschauer nie zu hören bekämen. Er war nicht der Einzige. Seit Al Jolsons Tonfilm *Der Jazzsänger* im letzten Jahr erst Amerika, dann Europa im Sturm erobert hatte, waren die Weichen ein für alle Mal gestellt. In Zeitschriften wie der *Bild und Film* empörten sich noch immer tapfere Streiter, der Stummfilm sei künstlerisch um Meilen überlegen und der Tonfilm eine technische Marotte, die binnen Kurzem ihren Reiz verlieren würde. In Wahrheit aber war der Tod des Stummfilms nur noch eine Frage der Zeit. Die Leute wollten unterhalten werden. Wenn der künstlerische Wert dabei hopsging, weinten sie dem keine Träne nach.

Mit dem Stummfilm würden etliche Gesichter verschwinden, denen die Welt jetzt noch zu Füßen lag. Die Furcht davor war überall zu spüren, sorgte für Spannung und Verunsicherung und brachte Männer wie Willi dazu, ihre Leute herunterzuputzen und ungerecht zu behandeln. Natürlich war die Lage für die Schauspieler viel bedrohlicher als für die Regisseure, es sei denn man war einer von den Ewiggestrigen. Das war Willi ganz und gar nicht – er war begierig auf alles Neue und von den Möglichkeiten des Tons selbst fasziniert. Dennoch würde jeder, der im Stummfilm Erfolge gefeiert hatte, ein Stigma mit sich herumtragen und sich gegen die durchsetzen müssen, die schon seit Jahren dem Tonfilm das Wort geredet und die sprachlosen Bilder totgesagt hatten.

Ich brauche selbst Worte, dachte Willi, während er zusah, wie der traurige Provinzkomödiant sich an einer Sterbeszene abquälte. *Hätte ich Worte, könnte ich endlich aus diesem riesenhaften*

Schatten treten und meine Geschichten erzählen, wie sie in meinem Kopf sind.

Wolfgang hatte Worte gehasst. »Sie passen nie«, hatte er gesagt. »Immer sind sie entweder zu groß oder zu klein.«

Willi fertigte den Provinzkomödianten unwirsch ab und ließ sich den Nächsten schicken, einen Alfred Fischer, der schon für die UFA gedreht hatte. Der war noch weniger brauchbar. Ein Gesicht, das man nicht ansehen konnte, ohne vor Langeweile zu gähnen, und das man gleich darauf vergessen hatte. Warum schickte man ihm solche Leute? Wollte Correll ihn abstrafen, weil er sich allzu viele Extrawürste braten ließ und die affige Verwechslungskomödie um zwei Schwestern auf einem Schwarzwälder Berghof abgelehnt hatte? Hatte ihm Ludwig Werner, mit dem er bereits drei Filme gedreht hatte und den er unbedingt für die Rolle des Vaters hatte haben wollen, deshalb eine Abfuhr erteilt?

Die Vermutung hatte Willi sofort beschlichen. *Die erste Ratte verlässt das sinkende Schiff*, hatte es an seinem Ohr gewispert, doch er hatte sich bemüht, solche Schwarzmalereien abzuschütteln. Jetzt drängten sie sich ihm mit nie gekannter Heimtücke auf.

Der ungelenke Mensch mit dem Dutzendgesicht hatte seine Darbietung beendet. »Es wäre mir eine Ehre, unter Ihnen zu spielen«, murmelte er demütig. »Ihr *Wipers* Film wird mir ewig unvergesslich bleiben.«

Und mir wird er demnächst unerträglich werden, durchfuhr es Willi. Wie viele Filme hatte er in den vergangenen neun Jahren gedreht? Ein volles Dutzend, das verfluchte Sankt-Pauli-Ding, bei dem alles schiefging, war der dreizehnte. Warum erwähnte nie auch nur ein Einziger einen von den anderen?

»Ich kann Sie nicht brauchen«, fuhr er dem Mann über den Mund und erschrak. Was war los mit ihm? Er drehte einen Film, er hatte ein paar Schwierigkeiten mit der Besetzung. Das war nichts Neues und gewiss kein Grund, sich von einem als umgänglich bekannten Charmeur in einen unberechenbaren Choleriker zu verwandeln. Grund zur Klage hatten andere, er war noch immer ein Liebling der Götter: Vor seinem Haus in Potsdam blieben Passanten stehen, weil es so hübsch war, solche Harmonie ausstrahlte. Im Spätsommer hingen die Birnbäume voll goldgelber Früchte, und darin lebte er als gefeierter Filmemacher mit Berlins schönster Frau. Am Sonntag würden sie sich Jenny und Lise holen, in den Zoo oder sonst wo hingehen, wo die Leute nach der reizenden Familie die Köpfe drehten.

Er setzte sich wieder an den Schreibtisch, schenkte sich ein Glas Cognac ein und steckte eine Zigarette an. Seine Nerven kamen ihm vor wie die Flügel allzu kleiner Vögel – mit aller Kraft flatternd. Er hatte vor, sich einige Minuten lang zu beruhigen, aber Fräulein Flohr steckte bereits wieder den Kopf in den Spalt.

»Können Sie nicht warten? Sie wissen doch, dass ich Sie rufe, wenn ich so weit bin.«

Erschrocken schlug sich die Frau die Hand mit den tadellos manikürten Fingernägeln vor den Mund. Sie kannte ihren Chef so nicht, und Willi wollte so nicht sein. »Schon in Ordnung«, beeilte er sich hinzuzufügen. »Ich bin ein bisschen abgespannt und nicht gut zu haben, aber schicken Sie mir in Gottes Namen die Nummer drei noch herein.«

»Ja, wegen der Nummer drei …« Fräulein Flohr geriet ins Stocken. »Ich hätt' Sie ja nicht unaufgefordert gestört, wenn's mit der nicht ein Problem gäbe.«

»Was für ein Problem?«

»Nun ja.« Die Dame druckste. »Es ist nicht ganz das, was Sie angefordert haben.«

»Das ist heute Abend wohl mein Schicksal.« Willi drückte die Zigarette aus. »Schicken Sie den Herrn rein, machen Sie Feierabend, und den Rest überlassen Sie mir.«

»Genau da liegt das Problem«, begann die Flohr noch einmal.

Dann aber trat sie nur noch rasch aus dem Weg, weil der Bewerber bereits an ihr vorbeidrängte. Sachte, fast lautlos schloss der Ankömmling zwischen sich und Fräulein Flohrs Nase die Tür.

»Guten Abend, Herr zur Nieden.«

Willi starrte den Besucher an und brachte eine ganze Weile lang kein Wort heraus. »Ich denke, Sie haben sich in der Tür geirrt«, sagte er dann.

»Das habe ich ganz sicher nicht. An der Tür steht *Willi zur Nieden. Regie.*« Die Stimme war wundervoll. Fest, metallisch, aber mit einem rauen Unterton, der ihr etwas Geheimnisvolles verlieh. »Ich komme zum Vorsprechen.«

»Und ich suche einen Mann«, platzte Willi heraus. Das Geschöpf, das vor ihm stand, war eindeutig keiner. Eher war die Erde eine Scheibe und Hugenberg ein Menschenfreund.

Sie war blutjung, und ihr Gesicht hatte diesen Schmelz, den nur ganz junge Gesichter haben. Blond war sie, so blond, dass man das Leuchten im Schwarz-Weiß der Filmaufnahmen sehen würde. Kräftig war sie, schlank und sportlich, der neue Typ von Frau, den immer mehr Kinogänger der morbiden Femme fatale vorzogen. Schier platzend vor Energie. Sie lächelte nicht, und ihre Augen waren eher grau als blau.

Wie von Licht versilberter Regen.

»Ich weiß, dass Sie einen Mann suchen«, sagte das Mädchen mit einer Stimme wie aufgerautes Metall. »Es stand schließlich in Ihrem Aushang. Aber es ist ja möglich, dass Sie sich umentscheiden.«

»Nein, das ist nicht möglich«, sagte Willi und bedauerte es. »Bei der Rolle, die ich zu besetzen habe, handelt es sich um den Vater der Hauptdarstellerin, der nach Amerika ausgewandert ist und am Ende, als seine Tochter in Not ist, zu ihrer Rettung einspringt.« Warum erzählte er ihr das? Die Information war für sie ohne Wert. »Sie werden ja wohl nicht behaupten wollen, dass Sie das spielen können.«

»Wenn Sie eine Mutter draus machen, spiele ich Ihnen das mit links.«

Willi musste lachen und entdeckte auf einmal in sich den Mann wieder, den er während des letzten Jahres zunehmend vermisst hatte. Einen Mann, der Humor besaß, der nicht alles bierernst nahm. »An Selbstbewusstsein fehlt es Ihnen nicht.«

»Ihnen vielleicht?«, gab sie mit dem Tempo einer Tennisspielerin zurück.

»Manchmal«, entfuhr es Willi. »Hören Sie, ich kann Ihnen keine Rolle anbieten. Mütter wandern nicht mittellos nach Amerika aus, um dort ihr Glück zu machen, und die Mutter meiner Hauptdarstellerin ist kein minderjähriges Sonnenkind, das unter die Fittiche seiner eigenen Mutter gehört, sondern eine vom Leben gezeichnete Prostituierte. Sie können einen Cognac haben, wenn Sie einen möchten. Ausnahmsweise. Und nur wenn Sie sich danach auf den Heimweg machen.«

»Dann nehme ich den Cognac.« Ohne zu fragen, zog sie sich einen Stuhl heran und setzte sich ihm gegenüber. »Der verschafft mir Zeit, Sie umzustimmen.«

Willi fischte ein Glas aus dem Geheimfach und schenkte ihr ein. Er zwang den Blick auf den Bewerbungsbogen, den Fräulein Flohr ihm bereitgelegt hatte. »Blommaert« war in der Namensspalte eingetragen, unter »Vorname« hingegen stand nur ein schlichtes G. Eine weitere Intrige der Direktion, eine dieser zahllosen kleinen Schikanen, um ihn mürbe zu machen? »Sie vergeuden Ihre Zeit«, sagte er.

»Sie auch«, erwiderte die Frau prompt. »Ich bin gut, und Sie wollen mich haben. Warum gestehen Sie es sich nicht ein und suchen nach einer Rolle für mich, wenn das mit Ihrer Mutter wirklich nicht geht.«

Erst jetzt fiel Willi der leichte Akzent auf, die Melodie, die ihre Worte weich machte. Sie verlieh ihrer Stimme zusätzlichen Reiz. »Sie sind Britin?«, fragte er.

»Das kommt ungefähr hin.«

Wieder sah er auf den Bewerbungsbogen, und sein Blick gefror. »Ypern, Belgien«, stand in der Spalte für den Geburtsort. »Sind Sie deshalb hier?«, fuhr er auf. »Weil ich einen Film über Ihre Heimatstadt gedreht habe?« Natürlich, so musste es sein. *Wipers* war der Name, den die dort stationierten britischen Truppen der Stadt Ypern gegeben hatten. Sie hatten vier Jahre lang versucht, sie zu verteidigen, bis am Ende ein hilfloses Häuflein Überlebender auf einem qualmenden Berg aus Trümmern stand. Sie kamen alle nur wegen dieses einen Films zu ihm.

»Ihr Cognac ist gut«, sagte das Mädchen.

»Ich habe Ihnen eine Frage gestellt.«

»Und ich mache Ihnen einen Vorschlag: Ich komme morgen vor Drehbeginn wieder zu Ihnen. Nicht hierher, sondern ins Studio, wo Sie Ihre Aufbauten haben. Sie geben mir eine Viertelstunde und eine Szene aus Ihrem Film, und ich zeige Ihnen, was ich daraus machen würde. Hinterher können Sie mich immer noch wegschicken. Aber Sie brauchen sich wenigstens nicht zu fragen, ob Sie die Chance Ihres Lebens verpasst haben.«

Er hatte nassforsche Frauen nie gemocht. Dennoch erwischte er sich bereits bei der Frage, die sie ihm in den Mund gelegt hatte. Eine Chance könnte er brauchen, und zu verlieren hatte er nichts. »Also schön«, sagte er. »Morgen früh um halb sieben.«

Die meisten Schauspielerinnen, die er kannte, hätten die frühe Zeit entrüstet von sich gewiesen. Sie aber zuckte nicht einmal mit der Wimper, schien vor Tatendrang zu bersten. »Gerne. Ich freue mich.«

»Und auf wen darf ich mich freuen? Gerhard werden Sie ja wohl nicht heißen. Vielleicht Georg? Oder wenigstens Georgina?«

»Grietje«, sagte sie und stand auf. Der Rock ihres grünen Kleides schwang um ihre Beine.

»Und wie sind Sie ausgerechnet auf mich verfallen?«

»Ich habe Filme von Ihnen gesehen«, erwiderte sie trocken. »*Mond in der Hand* und *So machen's alle*.« Tief in der Kehle lachte sie auf, und ihre Hand schnellte vor, als wolle sie ihm durchs Haar streichen. »Und ich finde Sie hübsch. Wie wohl die meisten Mädchen. Gute Nacht und bis morgen.«

»Bis morgen.«

In der Nacht weint Wipers, meine Stadt hatte sie tatsächlich mit keinem Wort erwähnt.

4

Frühling

Willi war im Mai zur Welt gekommen, im Wonnemonat. *Das passt wie die Faust aufs Auge*, fand Recha. In diesem Jahr fiel sein Geburtstag auf den Freitag nach der Reichstagswahl, und er hatte sich ein geselliges Beisammensein mit der Familie und seinen engsten Freunden gewünscht. »Es wird Zeit, dass wir mal wieder ein bisschen auf die Pauke hauen, Recha«, hatte er gesagt, »sonst sind wir bald als Trauerklöße verschrien. Und wozu haben wir uns die schöne Terrasse denn bauen lassen, wenn nicht für durchtanzte Frühlingsnächte?«

Die Terrasse, die auf den hinteren Teil des Gartens hinausging, war so groß, dass man dort eine Kapelle – oder zumindest ein Grammophon – platzieren und tanzen konnte. Buffet und Bar fanden ebenfalls Platz. Aus dem Salon führten zwei französische Flügeltüren, die in milden Frühlingsnächten offen bleiben konnten, auf die geflieste Fläche, und leichter Wind trug die Düfte der blühenden Sträucher herüber – Lavendel, Flieder, Jasmin und der rötliche Seidelbast. An der mit Wein bewachsenen Pergola ließen sich Lampions aufhängen, die einen zarten, schwingenden Lichtschein verbreiteten, und vom Lärm der nahen Großstadt störte nichts das Flüstern der Nacht. Es war ein Ort von großem Zauber, und Gäste, die in den Genuss einer Einladung im Hause zur Nieden gekommen waren, fragten meist schon beim Abschied, wann es die nächste gab.

Dass ihr Feinkosthändler die köstlichsten Kanapees frisch

zubereitet ins Haus lieferte und Willi am Champagner nicht sparte, tat ein Übriges.

»Weißt du was?«, sagte Willi. »Ich richte es so ein, dass du am Vortag abgedreht bist. Dann hast du genügend Zeit, falls du noch etwas vorbereiten oder deinem Friseur einen Besuch abstatten willst.« Spitzbübisch grinste er und küsste sie in den Mundwinkel. »Außerdem haben wir abends gleich zwei Gründe zu feiern.«

An dem Film, dessen Dreharbeiten sich weit über die geplante Zeit hinausgezogen hatten, fand Recha nichts zu feiern. Er war schlecht. Darüber konnte sich keiner der Mitwirkenden hinwegtäuschen. Dennoch wollte sie neben Willis Geburtstag einen zweiten Grund haben zu feiern, etwas, das sie Willi unter dem Apfelbaum zuflüstern und womit sie sich noch einmal jung und kindisch vor Glück fühlen könnte. Sie nutzte den drehfreien Tag, den ihr Regisseur ihr verschafft hatte, um zum Arzt zu gehen.

Damals war sie auch gegangen. Sie hatte es niemandem gesagt und weder die Straßenbahn noch eine Taxe genommen, sondern sich zu Fuß auf den Weg gemacht. Es war April gewesen, nicht Mai, aber der Tag hatte mit derselben zarten Helligkeit und Milde aufgewartet. Sie hatten nicht in einer Villa in Potsdam gewohnt, sondern in einem Fabrikhof in Kreuzberg, in einer Wohnung, aus der Willi am liebsten auf der Stelle ausgezogen wäre. Bei einem Arzt war sie nicht gewesen, seit sie sich als Kind wegen einer Mandelentzündung den Hals hatte pinseln lassen müssen, und zu diesem – Doktor Mordechai Fiszmann, einem Freund ihrer Eltern – konnte sie unmöglich gehen. Und ihre Kollegin, die das Ganze schon hinter sich hatte, wollte sie nicht um eine Empfehlung bitten, weil sie förmlich hörte, wie diese »Sag bloß!« kreischen würde und »Das müssen wir doch feiern, warum erzählst du denn nichts?«.

Recha hatte nichts erzählt, weil sie mit Willi allein hatte

feiern wollen. Vielleicht nicht einmal feiern, sondern voller Staunen und Fragen in den Gedanken hineinwachsen, dass sie eine Familie sein würden. Sie filmten noch, wie der Drehplan es vorsah, drehten die letzten Szenen des *Wipers*-Films ab, und Rechas Körper war nichts anzumerken. Sie verspürte auch keine Übelkeit wie Felice, die sich täglich unter Qualen in die Kanzlei schleppte, sondern konnte ohne Probleme ihre Arbeit tun, die ihr mehr Freude machte denn je. Der Film wurde großartig. Sie alle spürten es, so wie sie jetzt, bei *Sankt Pauli*, spürten, dass ihre Arbeit nichts taugte. Sobald *Wipers* abgedreht war, würden Willi und Recha in aller Eile heiraten, und wenn der Film Premiere hatte, würde sie mit einem runden Leib neben ihrem Mann im Kinosessel sitzen.

Nacht für Nacht liebten sie sich in ihrem großen zerwühlten Bett. Ins Fenster fiel das Licht der Fabriklaterne, und Willi strich wieder und wieder über Rechas glatten Leib, als hätte er nie etwas Schöneres, etwas, das ihm teurer war, besessen. »Kaum zu glauben, dass da drinnen ein Mensch wächst – und meine Liebste ist noch immer so schlank und wendig wie ein schöner Junge in den Arenen des alten Athen.«

Sie hatten gelacht und nicht aufhören können. Nicht aus Belustigung, sondern vor Glück. Dabei hatten sie anfangs nicht einmal gewusst, dass sie sich ein Kind wünschten. Willi liebte Kinder, das war nicht zu übersehen, wenn er sich um seine Nichten kümmerte. Recha aber bemerkte erst, wie sehr sie eines wollte, als ihr die Zeichen verrieten, dass sie eines in sich trug. Vielleicht hatte es mit dem Krieg zu tun, den sie hinter sich hatten, mit all dem Tod, der ein wildes Verlangen nach Leben weckte.

Sie war zu dem Arzt gegangen, den sie mit Gabriel aufgesucht hatte, in der vergeblichen Hoffnung, an seinem Zustand ließe sich noch etwas bessern. Der Arzt – Doktor Felix Feigenbaum – hatte ihm zumindest Schmerzmittel verschrieben. Recha erzählte ihm, was sie an jenem Aprilmorgen entdeckt hatte, und er erklärte sich bereit, sie zu untersuchen. »Ich weiß, es ist nicht Ihr Gebiet«, hatte Recha gesagt, denn die Patienten, die sich in Dr. Feigenbaums Wartezimmer drängten, waren sämtlich Kriegsversehrte.

Der Arzt hatte abgewinkt. »Dafür braucht es keinen Spezialisten, das können auch Kühe und Kaninchen.«

Sie hatte sich auf einen Stuhl setzen und unten herum freimachen müssen. Am Morgen war das Blut tropfenweise ausgetreten, und Recha hatte gehofft, es habe nichts zu bedeuten. Jetzt quoll es dem Arzt im Schwall entgegen und enthielt schwärzliche Klumpen.

»Sie sind nicht verheiratet«, hatte er gesagt. »Vermutlich bedauern Sie es also nicht allzu sehr, wenn ich Ihnen sage, dass Sie einen Abgang hatten. Sollten Sie etwas unternommen haben, um den Abgang herbeizuführen – nun ja. Das geht mich nichts an.«

Recha hatte nichts getan, um den Abgang herbeizuführen. In dem Augenblick, in dem Dr. Feigenbaum ihr sagte, dass ihr Kind nicht mehr in ihr war, begriff sie, dass sie alles getan hätte, um ihn zu verhindern.

Heute ist anders, beschwor sich Recha. Sie wollte sich verbieten, an jenen Tag vor neun Jahren zu denken, doch der Tag drängte sich immer wieder nach vorn. Willi hatte die Enttäuschung im Gesicht gestanden, aber er hatte rasch einen Weg gefunden, sie und sich selbst zu trösten: »Es war noch so klein, Liebste, und in den Wochen davor hast du so schlecht zu essen gehabt. Ich habe Kinder gesehen, die von hungernden Müttern zur Welt gebracht wurden, sie sehen aus wie winzige Gerippe, die Haut grau, die Augen riesig und das kleine Gesicht schon uralt.« Er zog durch Krankenhäuser und Armenunterkünfte, um sich so etwas anzusehen, weil er die Menschen kennen wollte, von denen seine Filme erzählen sollten. »Vielleicht war es besser für das Kleine. Und wenn wieder eines kommt, dann hat es ein richtiges Heim, eine Speisekammer voller Süßigkeiten, einen Sandkasten und einen Hund.«

Sie hatten das Grundstück gekauft und Haus und Sandkasten gebaut. Da es nun mit der Hochzeit nicht eilig war, hatte Willi auf einer großen Feier bestanden, Recha in Weiß, mit einer Schleppe, die die Kirchentreppe hinunterschleifte. Dass sie sich dafür hatte taufen lassen müssen, hatte ihr nichts ausgemacht. Wenn es Willi wichtig war, sollte es ihr recht sein. Überhaupt nichts schien ihr etwas auszumachen, in jenem Jahr nach dem Abgang, überhaupt nichts schien sie zu berühren. Sie hatte ein paradiesisches Haus, sie hatte den Mann geheiratet, den sie über alles liebte, und ihr Film war ein rauschender Erfolg. Im Stillen aber hatte sie sich gefühlt, als trauere sie um einen Toten.

Um ein totes Kind, dessen Hand sie nie gehalten, dem sie keinen Namen gegeben und dem sie nie ins Gesicht gesehen hatte. Recha war medizinisch nicht bewandert. Sie wusste nicht einmal, ob ihr Kind schon ein Gesicht gehabt hatte.

Die religiöse Ausrichtung ihrer Hochzeit war ihr bei alledem gleichgültig. Sie glaubte weder an den Gott der einen noch an den der anderen Religion, sie wollte mit Willi leben, und sie wollte ein Kind.

Als sich auch nach einem Jahr Warten keines angekündigt hatte, schlichen sich die Träume wieder ein. Träume von ihrer Großmutter, die auf dem Karren gestanden, mit ihrem Chasma gefuchtelt und geschrien hatte, sie wolle nicht nach Gehinnom. Nicht ins Tal der Mörder, des Molochs, der die Kinder der Sünder zu Asche verbrannte. Ihre Großmutter hatte sich das Leben genommen, weil sie Berlin nicht ertrug. Recha hatte des Öfteren Träume gehabt, in denen die Großmutter ihr für dieses oder jenes Vergehen androhte, sie werde im Höllenschlund von Gehinnom enden, doch sie hatten ihr lange nicht mehr zugesetzt. Jetzt kamen sie mit doppelter Macht zurück und schrien ihr in die Ohren, zur Strafe für ihre Sünden sei ihr Kind in Gehinnom verbrannt.

Sie sprach nicht darüber. In der modernen, abgeklärten Welt, in der sie lebten, hatten ihre Gräuelfantasien keinen Platz. Schon gar nicht wollte sie Willi damit behelligen, der tapfer vor ihr zu verbergen suchte, wie sein Wunsch nach einem Kind mit jedem Monat wuchs. An drehfreien Sonntagen holte er Lise und Jenny ab, um sie bei Wind und Wetter durch den Zoo zu schleppen. Einmal hatte Recha erwähnt, sie könnten die Mädchen ganz bei sich aufnehmen, wenn es das war, was Willi wollte.

»Das dürfte ich Felice nicht antun«, erwiderte Willi. »Es wird hart genug, wenn Ille aus dem Gefängnis kommt und ihre Kinder zurückverlangt. Sie gibt es nicht zu – Felice will ja immer gern den kühlen Blaustrumpf spielen, der über den Dingen steht –, doch sie hängt an diesen beiden nicht weniger als an ihrem eigenen Annettchen.«

Aber sie hat ein eigenes Annettchen, hatte eine Stimme in Rechas Hinterkopf aufbegehrt. Sie hatte nichts weiter dazu gesagt und sich entsetzt gefragt, was der Wunsch nach einem Kind aus einer Frau machte. Wie konnte sie auch nur daran denken, Felice und Quintus die Mädchen wegzunehmen, die dort zuhause waren und sich von dem Grauen, das sie durchgemacht hatten, langsam erholten? Sie hatte sich niemals als neidisch empfunden, doch jetzt loderte Neid in ihr auf, sobald sie Felice mit ihrer Kinderschar sah. Als Geli Agnelli ihre kleine Tochter ins Studio gebracht hatte, damit die Kollegen sie bewundern konnten, hatte Recha sogar so etwas wie Hass verspürt.

Ich werde zu mir selbst zurückfinden, wenn ich ein Kind bekomme, sagte sie sich. Aber sie bekam keines. Als sie dreißig wurde, fuhr Willi mit ihr in seinem neuen Automobil nach Venedig, um in einer Gondel, die er mit Rosen, Kerzen und einem Champagner-Dinner hatte bestücken lassen, in den Sonnenuntergang zu gleiten. Es war das erste Mal gewesen, dass sie ihm einen seiner liebevoll ausgeheckten Pläne verdorben hatte. Ohne sich ein Lächeln abringen zu können, hatte sie in der Gondel gehockt wie in einer Gefängniszelle. Sie hatte sich wie in einer gefühlt: im Gefängnis ihres Alters, der Zeit, die ihr davonlief, im Gefängnis ihres Körpers, der ihr vorenthielt, wonach sie sich sehnte, im Gefängnis von Willis Fröhlichkeit, die ihn von ihr entfernte.

Er ist zwei Jahre jünger, hatte es in ihr rumort. *Er hat noch Zeit, Männer haben immer Zeit. Er kann sich noch mit fünfzig eine Jüngere nehmen und mit ihr fünf Kinder zeugen, wenn ihm danach ist.*

Sie hatte sich dafür gehasst. Womit hatte Willi, der sich so sehr bemühte, sie glücklich zu machen, eine derart griesgrämige, undankbare Frau verdient? Er hatte ihr eine doppelreihige Perlenkette geschenkt, die in der Nacht wie ein Band aus Monden schimmerte, aber sie hatte keinen Funken Freude zeigen können. Wer sich ein Kind wünscht und keines bekommt, will keine Perlen. Was immer sie bekam, erinnerte sie nur an das, was kein Mensch ihr schenken konnte.

Mit den Jahren hatte Willi die Hoffnung aufgegeben. Er gestand es nicht ein, aber Recha wusste die Zeichen zu deuten: Er stellte ihr keine Fragen mehr und trug das teure Spielzeug, das er einst Stück um Stück ins Haus geschleppt hatte, hinüber zu Felice. Zum nächsten Geburtstag schenkte er Recha einen Hund, LaFontaine, dessen Fotografien er in Goldrahmen auf den Kaminsims stellte. Statt sich noch länger auf das erste Weihnachten als Vater, die erste Reise ans Meer, den ersten Spaziergang im Grunewald zu freuen, verstärkte er seinen Einsatz im Beruf, stand Tag und Nacht am Regiepult und jagte der Schimäre nach, seinen größten Erfolg zu übertreffen.

Wir sind zwei Besessene geworden, dachte Recha. *Ein jeder ist in seiner eigenen Tretmühle gefangen und zu erschöpft, sich dem anderen zuzuwenden.* Sie hatte mit ihm über Gernot sprechen wollen, über ihre Bedenken wegen des Films, über Gerüchte, die in den Garderoben kursierten, doch ihrer beider Besessenheit ließ dafür keinen Raum. Versuchte sie es, so schnitt er ihr das Wort ab: »Bitte nicht jetzt, Liebes. Wir haben ein haariges Problem mit dem Schnitt, ich kann mich im Augenblick auf nichts anderes konzentrieren.«

Er konnte sich nie auf das konzentrieren, was sie ihm sagen wollte. Rechas Sorgen ballten sich zu einem harten Knoten, der ihr im Hirn saß und sie nicht schlafen ließ. Dann aber war ihre Blutung ausgeblieben, und auf einmal schien nichts von alledem mehr wichtig, geschweige denn bedrohlich. Es würde sich regeln lassen, in Luft auflösen. Sie würden ein Kind bekommen.

Zum Arzt hatte sie nicht gehen wollen, ehe man ihr etwas ansah. Als hätte damals der Arztbesuch das Unglück ausgelöst, als wäre ihr Kind nicht gestorben, wenn nicht der Arzt seinen Tod bestätigt hätte. Statt an einen Abgang an den Tod eines Kindes zu denken, kam ihr überdramatisch vor, doch so hatte es sich in all den Jahren angefühlt: als hätte sie ein Kind gehabt und es sei gestorben, doch niemand als sie selbst dächte mehr an es.

Ohne recht zu wissen, wie und wann, hatte sie begonnen, es Billy zu nennen. Nur für sich. Damit es nicht namenlos blieb. Und weil Billy für ein Mädchen wie für einen Jungen passte.

Ihre Scheu vor dem Arzt war ebenfalls überdramatisch. Sie betrug sich abergläubisch wie ihre Großmutter, und als Willi den Wunsch äußerte, zu seinem Geburtstag ein Fest zu geben, änderte sie ihren Plan. Sie würde einen Arzt aufsuchen und sich die Schwangerschaft bestätigen lassen. Willi war am Morgen enttäuscht gewesen, weil sie kein Geschenk für ihn gehabt hatte, aber am Abend würde sie eines haben, das er nie vergaß.

Noch einmal zu Dr. Feigenbaum zu gehen, kam nicht infrage. Recha hatte sich aus dem Telefonverzeichnis für Potsdam die Praxis eines Arztes herausgesucht, der auf Frauenleiden und Geburtshilfe spezialisiert war. Die Praxis war neu eröffnet worden, der Warteraum blinkte und blitzte wie nie benutzt. Zwei Frauen mit enormen Bäuchen blätterten wartend in Hochglanzmagazinen. Auf einem der Titelbilder entdeckte Recha sich selbst. Es war kein Rollenfoto, auch kein offizielles, von der UFA in Auftrag gegebenes Porträt, sondern ein Schnappschuss: Recha Süßapfel beim eiligen Verlassen ihres Hauses, der Mantel offen, das Haar wie so oft nicht frisiert. Wo hatte sich der Fotograf versteckt? In dem schmalen Spalt, der die gegenüberliegenden Häuser voneinander trennte?

Recha war an den Umgang mit Reportern gewöhnt. Während Willi in der Aufmerksamkeit der Presse regelrecht badete, war sie ihr oft lästig, aber die Leute, die sie mit ihren Fragen bedrängten, waren ihr nie boshaft vorgekommen. »Unsere Leser sind neugierig«, hatte ihr einmal ein Journalist erklärt. »Und Recha Süßapfel ist so etwas wie eine moderne Prinzessin für sie. Sie möchten am liebsten alles über Sie wissen – was Sie zum Frühstück essen, wo Sie Ihren Hund ausführen, wie Sie mit Ihrem Mann in Ihrem schönen Haus den Feierabend zelebrieren.«

Solche Artikel aus dem privaten Leben gab es auch von Fritz Lang und Thea von Harbou, die sich im Salon ihrer Wohnung ablichten ließen, er auf dem Diwan hingestreckt, sie sitzend mit einem Buch. Der Mann, der das Foto vor ihrer Tür geschossen hatte, hatte es auf so etwas nicht abgesehen. Er hatte sich nicht angemeldet, um harmlose Fragen zu stellen und heimelige Bildchen zu schießen, sondern sich angeschlichen, um seine Nase in Dinge zu stecken, die ihn nichts angingen. Auf das große Bild von Recha war ein kleineres, nicht koloriertes montiert, das einem Foto im Ausweis glich. Es zeigte Gernot Bieler. Recha spürte, wie ihr Herz Blut pumpte, und in ihrem Nacken bildete sich Schweiß.

Sie hatte sich bemüht, im Studio mit Gernot umzugehen, als wäre nichts geschehen, doch das war ein Ding der Unmöglichkeit. Schließlich spielten sie ein Liebespaar, hatten etliche Liebespaare gespielt, aber seit dem Abend im Februar gelang es

Recha nicht mehr, sich im Spiel zu lösen. »Herrgott, ihr steht da steif wie die Säulen!«, hatte Willi gewettert. »Der Zuschauer soll Funken schlagen sehen, soll es knistern hören – nicht glauben, ich hätte ihm zwei Heiligenstatuen vor die Nase gesetzt.«

Wenn nicht gedreht wurde, vermied Recha es um jeden Preis, mit Gernot allein zu sein, und sie fragte sich, ob sie allmählich hysterisch wurde, ob sie aus einer Mücke einen Elefanten machte. Ihr Kollege hatte nach einem anstrengenden Drehtag Bier und Korn zu schnell heruntergestürzt und sich vergessen. Das war keine Todsünde, und Recha war keine Unschuld vom Lande, sondern an die flirtende, kribbelnde Atmosphäre der Filmwelt gewöhnt. Das Titelblatt der Zeitschrift bewies ihr jedoch, dass auch andere bemerkt hatten, was sie spürte: Etwas an dem nächtlichen Kuss in ihrer Garderobe war nicht harmlos, etwas daran war sinister und beklemmend. Und sie wünschte, sie hätte mit Willi darüber gesprochen.

Den Verlag der Zeitschrift konnte sie verklagen, Felice würde ihr einen passenden Anwalt empfehlen, aber was brachte das? Der Schaden war da, Gerüchte über ihre Ehe in die Welt gesetzt. Fritz Langs erste Frau, die stille, scheue Elisabeth, hatte sich das Leben genommen, als seine Affäre mit Thea von Harbou die Runde durch die Presse machte. Fritz Lang war ein notorischer Don Juan, den eine einzige Frau nicht zu befriedigen schien und über den bereits neue Gerüchte mit der platinblonden Gerda Maurus kursierten. Wie konnte irgendein Journalist auf die Idee kommen, etwas Ähnliches über die Ehe zwischen Recha und Willi zu schreiben, über ihre glückliche, verrückte, leidenschaftliche Ehe, über zwei, die sich nacheinander derart gesehnt hatten, dass weder Krieg noch Freundschaft, weder Gewissen noch Moral sie aufgehalten hatten?

Rechas Herz hämmerte weiter, und der Schweiß lief ihr den Rücken hinunter. Ja, ihre Ehe war glücklich gewesen. Sie hatten im Regen getanzt und geglaubt, ihnen liege die Welt zu Füßen, sie bräuchten nur Hand in Hand loszulaufen und aufzuheben, was ihnen gefiel. Aber war davon noch etwas übrig? Willi vergrub sich in Arbeit, hatte nie Zeit und war übelster Laune, und Recha vergrub sich in sich selbst, mied Geselligkeit und lief mit ewig grämlicher Miene umher. Etwas musste sich ändern. Nicht Gernot oder ein unverschämter Reporter waren ihr Problem, sondern das, was sie in ihr Leben hatten einsickern lassen: Entfremdung, Schweigen, Heimlichkeit.

Etwas *würde* sich ändern. Heute Abend würde sie Willi sagen, dass ihnen die drückende Last der Traurigkeit von den Schultern genommen war, dass sie ein Kind haben würden, sich bei den Händen nehmen konnten und die Straße hinuntertanzen, auch wenn es in dieser Nacht gewiss nicht regnen würde.

Ihre Probleme – Probleme mit dem Weg, den die UFA nahm, dem Stillstand von Willis Karriere und den Sorgen um die Zukunft – gingen davon nicht weg. Aber sie würden sich klein machen, bis man sie ohne Panik betrachten und eine Lösung für sie finden konnte.

»Frau zur Nieden, bitte.«

Keine der Zeitungsleserinnen blickte auf. Der Filmwelt war Recha unter ihrem Geburtsnamen Süßapfel bekannt, und womöglich gingen diese beiden ohnehin nicht ins Kino. Recha folgte der Sprechstundenhilfe in einen Untersuchungsraum, dessen weißer Schleiflack und Metall nicht weniger glänzten als das Wartezimmer. Der Arzt erhob sich hinter einem ebenfalls weißen Schreibtisch und kam ihr mit ausgestreckter Hand entgegen. »Frau zur Nieden. Ich bin Dr. Brenneisen. Womit kann ich Ihnen behilflich sein?«

Er war jünger, als sie erwartet hatte, und ging offenbar ebenfalls nicht ins Kino. »Ich erwarte ein Kind«, platzte Recha heraus.

Er musterte sie von Kopf bis Fuß, und sie sah ihm an, was er dachte: *Die beeilt sich besser. Ihre besten Jahre hat sie hinter sich.*

»Ihr erstes?«, erfolgte prompt die Frage.

Recha wollte nicken, doch stattdessen sagte sie: »Mein erstes Kind ist gestorben. Ich meine, ich hatte einen Abgang. Vor neun Jahren …«

»Ich verstehe. Und Sie sind bitte wann geboren?«

»12. November 1895.«

Der Arzt erwiderte nichts, ging zum Schreibtisch zurück und machte sich eine Notiz. »Beschwerden?«

»Nein, überhaupt keine. Mir ist nicht einmal übel.«

»Da können Sie von Glück sagen. Meine Frau hat bei jedem von unseren dreien elendig gelitten.«

Bei jedem von unseren dreien. Dieser Mann konnte nicht älter als dreißig sein!

»Sie sind also heute nur hier, um die Schwangerschaft bestätigen zu lassen? Und um sicherzugehen, dass alles in Ordnung ist?«

Erleichtert nickte Recha. »Ich möchte es meinem Mann nicht sagen, ehe ich weiß …«

»Das ist nachvollziehbar. Bitte nehmen Sie Platz und machen sich von der Taille abwärts frei.«

Der Satz fand ein Echo in Rechas Kopf. Dr. Feigenbaum hatte dasselbe gesagt, und Recha war an der Formulierung hängengeblieben. *Sich frei machen.* Es klang nach den Leuten, die auf den Straßen Barrikaden bauten und kämpften, um sich von den alten Seilschaften aus Kapital und Militär zu befreien. In Wahrheit war damit nur gemeint, dass sie Rock und Unterrock hochschlagen, den Hüftgürtel lösen und Unterhosen und Strümpfe herunterstreifen sollte. Sie tat es eilig, erfasst von nicht erklärlicher Unruhe.

Dr. Brenneisen setzte sich zu ihr, spreizte mit leichtem Druck ihre Beine und führte eine Art Zange aus blank poliertem Metall in sie ein. Es tat nicht weh, war nicht einmal unangenehm. Während er mit der einen Hand die Zange öffnete, benutzte er die zweite, um mit einer Taschenlampe in Recha hineinzuleuchten. »Wie weit, sagten Sie, sind Sie?«, fragte er, den Blick in ihr Inneres gerichtet.

Recha hatte noch gar nichts dazu gesagt. »Seit Februar«, antwortete sie. Sie war überzeugt, dass es nach dem Vorfall mit Gernot geschehen war. Sie hatte gefroren, hatte sich in ihrem Bett unter sämtlichen Decken verkrochen. Willi war spät gekommen und hatte gleich schlafen wollen, aber sie hatte sich an ihn geklammert, nicht vor Verlangen, sondern um bei ihm Schutz und Wärme zu suchen.

Seither hatte sie nicht mehr geblutet.

»Sehen lässt sich noch nichts«, drang die Stimme des Arztes zwischen ihren Beinen zu ihr herauf. »Sagen Sie, sind Sie seit der Fehlgeburt damals noch einmal schwanger gewesen? Oder ist das jetzt das erste Mal?«

»Das erste Mal«, sagte Recha.

Er legte die Taschenlampe beiseite und führte einen flachen Holzstab in sie ein. »Und in welchem Stadium der Schwangerschaft ist seinerzeit die Fehlgeburt erfolgt?«

Die Fehlgeburt. Der Abgang. Billy.

»Ich weiß es nicht«, stammelte Recha. »Recht weit am Anfang, glaube ich. Gesehen hat man noch nichts.«

»Aber die Fehlgeburt haben Sie gesehen? Waren Sie bei Bewusstsein?«

Recha starrte nach unten, auf den Stab, den er aus ihr herauszog. Ein Blutstropfen prangte darauf und sickerte langsam in das helle Holz. »Warum fragen Sie mich das alles?«, rief sie. »Ist es wieder passiert, verliere ich auch dieses Kind?«

»Nein«, sagte der Arzt ruhig, legte den Holzstab beiseite und klopfte ihr die Hand. »Haben Sie in letzter Zeit vielleicht schlecht essen können und Gewicht verloren? Sie sagten ja, Ihnen wäre nicht übel, aber vielleicht hatten Sie keinen rechten Appetit?«

Recha nickte. Die Erleichterung, die sie empfinden wollte, stellte sich nicht ein. »Ich bin Schauspielerin, und die Zeit, in der ein Film fertig wird, ist immer anstrengend. Ich werde von jetzt an darauf achten, genug zu essen. Das Kind hat doch keinen Schaden erlitten?«

»Machen Sie sich keine Gedanken.« Er brachte so etwas wie ein Lächeln zustande, das gleich wieder verschwand. »Erinnern Sie sich noch, wie Sie damals, bei Ihrer ersten Schwangerschaft, gegessen haben? Hatten Sie da vielleicht auch Schwierigkeiten?«

»Das war nach dem Krieg«, sagte Recha. »Es war noch alles rationiert, Brot, Fleisch, Milch, viel mehr als Rüben gab es nicht. Wir haben alle schlecht gegessen. Aber sobald mein Mann wusste, dass er Vater wird, hat er dafür gesorgt, dass ich alles bekam, was sich nur auftreiben ließ.«

»Ihr Mann ist Willi zur Nieden, nicht wahr?«, fragte der Arzt. »Der Regisseur von *In der Nacht weint Wipers, meine Stadt*? Ich bin sicher, Sie beide führen ein aufregendes, ereignisreiches Leben, um das die meisten Menschen Sie beneiden. Für ein Kind hätten Sie vermutlich gar nicht die Zeit, und Ihrer Karriere würde es schaden.«

»Ich werde Zeit haben«, erwiderte Recha und begriff das, was sie sagte, erst in diesem Augenblick selbst. »Ich habe meinen Beruf geliebt und mehr Filme gedreht, als ich zählen kann. Aber ich gehöre zu den Stars des alten Films, und wenn jetzt eine neue Ära beginnt, wird es auch neue Stars geben. Ich werde bald weniger Angebote bekommen und vielleicht nicht zu denen gehören, die sich umstellen können. Somit kommt die Veränderung zum besten Zeitpunkt. Ich freue mich darauf. Mein Mann und ich, wir freuen uns beide, das Kind könnte uns nicht willkommener sein.«

Der Arzt sah sie lange an, als suche er etwas in ihrem Gesicht. »Es tut mir leid«, bekundete er dann. »Ich muss Ihnen leider mitteilen, dass Sie kein Kind bekommen.«

Sie hatte es doch verloren. Es war gestorben wie Billy. »Aber Sie haben doch gesagt, ich hätte diesmal …«

»Keine Fehlgeburt erlitten, das ist richtig«, beendete er ihren Satz. »Das Blut, das Sie hier sehen, ist das Einsetzen Ihrer Monatsblutung. Dass diese aufgrund von Mangelernährung eine Zeit lang ausbleibt, ist nichts Ungewöhnliches. Ich werde Ihnen ein Präparat aufschreiben, das Ihren Körper kräftigt und den Appetit anregt.«

Kurz ließ er ihr Zeit, das Gehörte zu begreifen, aber Recha begriff nichts. Kreuz und quer durch ihren Kopf jagten Fetzen von Worten und Gedanken.

»Ich glaube übrigens auch nicht, dass Sie vor neun Jahren eine Fehlgeburt erlitten haben«, nahm der Arzt den Faden wieder auf. »Wahrscheinlicher ist, dass dasselbe passiert ist wie diesmal: Ihre Periode blieb aufgrund eines Mangels aus und setzte wieder ein, als Sie sich besser ernährten. Wenn Sie mich fragen, hat bei Ihnen nie eine Schwangerschaft vorgelegen, und es ist auch nicht zu erwarten, dass es dazu noch kommen wird.«

5

Die durchscheinenden chinesischen Lampions in Türkis und Weiß hatte nicht Recha, sondern das Hausmädchen aufgehängt. Sie flirrten wie Glühwürmchen über die Terrasse, auf der die Gäste in Gruppen standen, einander begrüßten und sich zuprosteten. Natalja hatte auch alles andere erledigt, was sich Recha sonst nicht nehmen ließ. Sie hatte die Lieferung des Feinkosthändlers in Empfang genommen und die Delikatessen mit Mary, der Köchin, die eigentlich Marianne hieß, auf dem Buffet angerichtet. Sie hatte den Blumenschmuck in den Vasen arrangiert und in die Wandarme im Salon frische, zur Farbe der Blumen passende Kerzen gestellt, wie Recha es nicht besser hätte machen können.

Die Rolle der Hausfrau, die die Gäste begrüßt und durch den Salon ins Freie lotst, hatte Felice übernommen, die mit ihrer Kinderschar und deren fröhlichem Heidenlärm als Erste gekommen war. Jeder Ruf, jedes Lachen der Kinder war Recha vorgekommen wie ein Hammerschlag gegen ihre Schläfen. »Die gnädige Frau hat sich kurz hingelegt, und der gnädiger Herr müsste jeden Augenblick hier sein«, hatte Natalja gesagt, und Felice hatte ihre Brut nach draußen gescheucht, um an der Tür die Stellung zu halten.

Felice war Gold wert. Mit der Effizienz, mit der sie Getränkewünsche abfragte und Mäntel einsammelte, hätte Recha nicht mithalten können.

Sie war überflüssig. Sie hätte auf dem Tagesbett in ihrem Zimmer liegen bleiben können, und vermutlich hätte niemand bemerkt, dass sie fehlte. Das einzige Geschöpf, das sie brauchte, lag in ihren Armen: LaFontaine, der schwarze, wollige Riese, die feuchte Schnauze an ihrer Wange, eine Pfote auf ihrer Schulter. Für ihren Hund war sie auch dann noch vollkommen, wenn sie mit verquollenen Augen und verwüsteter Frisur auf einer Liege herumgammelte und zur Geburtstagsfeier ihres Mannes keinen Handschlag beitrug. Ihr Hund wusste nichts davon, dass sie auf dem wichtigsten Feld des Lebens versagt hatte. Dass sie auf dem Gebiet, das ihr blieb und das bisher ihr Leben ausgemacht hatte, demnächst auch versagen würde, interessierte ihn nicht. Hunde gingen nicht ins Kino. Solange Recha sich zu langen Spaziergängen ins Waldgebiet bereitfand, seinen Fressnapf füllte und ihn hinter den Ohren kraulte, war sie für LaFontaine die Traumfrau schlechthin.

Unter Menschen gab es so etwas nicht. Wer nicht mehr taugte, wofür er gemacht war, musste sich damit abfinden, dass er ersetzbar war.

Nein, dachte Recha, zwang sich, das Gewicht des Hundes von sich herunterzuwälzen und die Beine von der Liege zu schwingen. Sie war ungerecht. Willi hatte sie nicht ersetzt, weder auf der Leinwand noch in seinem Leben. Er wusste von alledem nichts: weder, dass sie geglaubt hatte, schwanger zu sein, noch, dass sie ein Kind, das nie existiert hatte, Billy nannte, und auch nicht, dass sie es einfach nicht konnte. Schwanger werden. Kinder bekommen. Etwas, das den meisten Frauen so leicht fiel, dass ständig Demonstrationszüge gegen den Paragraphen 218 durch die Stadt marschierten und Fritz Wendhausen, ein Regiekollege von Willi, darüber einen Film drehen wollte.

Willi wusste nichts davon. Er hatte sich mit der Situation abgefunden und wollte sein Leben mit ihr teilen, auch wenn er dafür auf eine Familie verzichten musste. Sie war ungerecht. Außerdem würde Gabriel sie brauchen, der sich in Gesellschaft unwohl fühlte, sosehr er sich zugleich danach sehnte.

Aus dem Garten drang Musik in ihr nur angelehntes Fenster. *That's My Weakness Now*, ein Rhythmus, der in die Beine ging und von dort ins Blut und ins Herz. Das Lied war neu, erzählte von Liebe an Regentagen und würde die Gäste auf die Tanzfläche ziehen. Eine Zeit lang waren Recha und Willi süchtig nach jedem Tanz gewesen.

Recha stand auf und trottete in ihr Bad, wusch sich das Gesicht und fuhr sich mit der Bürste ein paarmal sinnlos über ihr zerrauftes Haar. Vermutlich musste sie dankbar sein, zu den Frauen zu gehören, die auch nach zweistündiger Heulorgie noch als passabel durchgingen. Sie zog sich irgendetwas über, einen flatterigen Zweiteiler in Kirschrot, und machte sich auf den Weg nach unten.

»Recha!«

Nein, dachte Recha. *Nicht du. Sei mir nicht böse, Felice, aber du bist mir für dieses Trümmerfeld von einem Tag schlicht zu perfekt.* Mit ihrer Zielstrebigkeit und Entschlossenheit hatte Felice als erste Frau Berlins eine Anwaltskanzlei eröffnet und konnte sich vor Klienten nicht retten, was im Grunde niemanden überraschte. Dass diese kühle Karrierefrau darüber hinaus aber auch noch diesen Traum von einer Familie gegründet hatte, eine Familie, zu der man gehören, in die man hineinkriechen und in der man für immer bleiben wollte, dass sie fünf kleinen Menschen eine behütete Kindheit schenkte, war mehr, als Recha heute verkraften konnte.

Lieber wollte Recha sich Sonja suchen, die weder Kinder noch Mann hatte, die ihre Rolle in *Sankt Pauli* nicht besser gespielt hatte als sie und die sich seit Längerem um ausbleibende Angebote sorgte. Ihre Schwägerin, die gerade den nächsten Schwung Gäste eingelassen hatte und deren Mäntel noch über dem Arm trug, verstellte ihr jedoch den Weg. »Habe ich die Krätze, bin ich unsichtbar, oder ignorierst du mich aus einem anderen Grund? Soweit ich mich erinnere, war ich hier zum Geburtstag meines

Bruders eingeladen. Der taucht nicht auf, und seine Frau rennt an mir vorbei wie ich am Zettelverteiler der Nazi-Partei.«

»Entschuldige«, murmelte Recha. »Willi hatte heute Vormittag Drehschluss, und danach sind die Leute von der Produktionsleitung zur ersten Sichtung gekommen. Das kann manchmal dauern. Warum gibst du diese Sachen nicht Natalja, gehst nach draußen und amüsierst dich mit dem Rest des Haufens?«

»Kann ich machen«, erwiderte Felice. »Sofern du mitkommst. Ansonsten steht mir, um ehrlich zu sein, nicht der Sinn danach. Wie wär's mit einem großen Glas Wein in der stillsten Ecke eures himmlischen Salons? Einem sehr großen. Du siehst aus, als hättest du auch eines nötig.«

Recha und Felice hatten lange gebraucht, um einen Weg zueinander zu finden. Anfangs – und die mörderischen Jahre des Krieges hindurch – hatte Felice angenommen, dass Recha ein Spiel mit ihrem Bruder trieb und ihn fallen lassen würde, sobald sie der Plänkelei überdrüssig war. Recha wusste, dass Felice ihr insgeheim sogar vorgeworfen hatte, Willi hätte sich ihretwegen freiwillig an die Front gemeldet. Um seine Männlichkeit zu beweisen, zu zeigen, dass er kein grüner Junge war, sondern ein ganzer Kerl. Genauso erwachsen und ernst zu nehmen wie der andere. Der große. Der lange Schatten, über den zu springen allzu viel verlangt war, wenn man selbst sich gerade erst aus dem Gefängnis seiner Herkunft freikämpfte und im Weltgetümmel seinen Weg suchte.

Wolfgang Vanselow.

Als der Krieg vorbei war, hatte all das zwischen ihnen gestanden, stumme Vorwürfe und belastete Gewissen, und hinzugekommen war die Tat, die ihre Geschwister begangen hatten: Ille und Gabriel, Felices kleine Schwester und Rechas kleiner Bruder, beide von irrwitzigen Umständen getrieben, einen Menschen zu töten, wofür jedem von ihnen damals die Todesstrafe drohte. Hätte Felice versucht, die Schuld allein Gabriel zuzuschieben, um das Leben ihrer Schwester zu retten, hätte ihr Recha nichts vorwerfen können, und sie selbst, das wusste sie, hätte umgekehrt dasselbe getan.

Felice aber war Juristin bis auf die Knochen. Sie hatte erkannt, dass der mildernde Umstand in der Zeit gesucht werden musste, in der Brutalität des Krieges, der Gabriel zum entstellten Krüppel gemacht hatte, und in der Brutalität einer Gesellschaft, die ein blutjunges Mädchen in die Ehe mit einem prügelnden Tyrannen zwang. Dafür, dass sie Ille und Gabriel gemeinsam verteidigt und für beide eine milde Gefängnisstrafe errungen hatte, würde Recha ihr immer dankbar sein. Die Dankbarkeit erleichterte jedoch noch lange nicht den Umgang der beiden Frauen miteinander. Es bedurfte der Vermittlung von Felices einfühlsamem Mann Quentin und der Geduld vieler Jahre, um die Mauern zwischen ihnen niederzureißen.

Inzwischen wunderte es Recha selbst, wie lange sie gebraucht hatte, um zu merken, dass sie Felice mochte. Sie mochte sie wegen ihrer Ehrlichkeit, die weder Boden noch Grenzen kannte. Wegen ihrer Unfähigkeit, Menschen zu schonen, die vor ihr selbst nicht Halt machte. Und sie mochte sie wegen ihres Humors, der nicht gänzlich stadtfein war und damit ihrem eigenen glich.

Der Salon – Teppich und Tapeten – war in einem mittleren Grün gehalten, wie ein Tannenwald, in den viel Licht fällt. Dazu kamen Möbel in herbstlich geröteten Hölzern und schwere Vorhänge in Burgunderrot. Wie schön das Ergebnis war, hatte sowohl Recha als auch Willi, die es gemeinsam erdacht hatten, begeistert. Noch immer betraten Menschen den Raum mit Staunen und drehten sich wie verzaubert darin um.

Felice hatte zwei Stühle in den Erker geschoben und Recha in einen davon gedrückt. Gleich darauf lief sie davon und kam mit zwei bis unter den Rand gefüllten Gläsern Rotwein zurück. An ihrem grauen, aus der Mode gekommenen Rock hing der kleine Anton, ein Kind, das alte Leute per se der Verzogenheit verdächtigten, weil es allzu entzückend war. Felice schwang herum, ging kurz in die Hocke und sah ihrem Sohn in die Augen, während sie mit ihm sprach. Anton war mit dem, was sie ihm sagte, sichtlich nicht einverstanden, doch nach ein wenig Überredung und womöglich einigen Versprechungen ließ er sich umarmen und flitzte in Richtung Terrasse davon.

Felice kam zu Recha und stellte die Gläser, die beim Liebkosen des Sohnes übergeschwappt waren, vor ihr auf einen Beistelltisch. »Trinken wir schnell und holen uns mehr. Mir war ein ehrlicher, gewichtiger Rotwein immer lieber als das luftige Geflirte von Champagner.«

Recha nahm ihr Glas. »Und weshalb, wenn man fragen darf, hast du heute so viel ehrlichen Rotwein nötig?«

Felice setzte sich und trank. »Nichts Besonderes. Erschöpfung und Ille, denke ich.« Sie wies mit dem Kopf zur Terrasse.

Recha entdeckte Felices Schwester im Lichtkegel eines Lampions und ins Gespräch mit einem Mann vertieft, von dem nur Rücken und Hinterkopf zu sehen waren.

»Sie hat ihre Arbeit in Quintus' Redaktion hingeworfen«, fuhr Felice fort. »Es wäre ihr alles zu viel, die Anforderungen würden sie erdrücken, und wir wüssten doch sowieso alle, dass sie viel zu dumm dazu sei. Wovon sie künftig leben will, hat sie nicht erwähnt, und ich bezweifle, dass sie darauf auch nur einen Gedanken verschwendet. Wozu auch? Illes Ansicht nach haben Quintus und ich ja im Windfang einen Esel stehen, der Dukaten spuckt.«

»Wo ist Quintus?«, fragte Recha.

»Noch im Verlag, um in der Morgenausgabe die gröbsten Schnitzer auszubügeln, die meine Schwester hinterlassen hat. Er kommt, so schnell er kann.«

»Wenn Ille sowieso mehr Arbeit gemacht als weggeschafft hat«, sagte Recha, »dann entsteht euch durch ihren Weggang finanziell auch kein großer Schaden, oder?«

»So gesehen hast du recht.« Felice grinste schief. »Viel Schaden ist bei uns ohnehin nicht mehr anzurichten. Mein dämlicher Mann weigert sich, den Preis für seine Zeitung auf ein rentables Niveau zu erhöhen, weil sie sich dann nicht mehr jeder Arbeitslose im Land leisten kann. Seine Anzeigenkunden sucht er nicht danach aus, ob sie zahlen können, sondern danach, ob er ihre politische Haltung mag. Und seine dämliche Frau bringt es nicht über sich, von einem der arbeitslosen Zeitungsleser Geld zu verlangen, wenn der wegen Mietschulden vor Gericht gezerrt wird. Unsere eigene Miete hat Quintus' Onkel uns letztens stunden müssen, weil sonst Jennys Schulgeld auf der Strecke geblieben wäre.«

»Warum habt ihr denn nichts gesagt?«, fragte Recha. »Jenny und Lise sind auch unsere Nichten. Wir hätten euch das Geld für die Schule gern gegeben.«

Felices Miene verschloss sich. »Sie leben bei uns, und wir sorgen für sie nicht anders als für unsere anderen Kinder. Keine Sorge, betteln müssen wir nicht, und ich habe diesen Monat einen lukrativen Fall. Mich regt nur auf, dass sich Ille in ihrer Weltfremdheit darüber keine Gedanken macht, sondern davon ausgeht, dass die anderen es schon richten werden.«

Wieder sah Recha aus den offenen Terrassentüren hinaus in den Garten. Sie fand Ille noch immer im Gespräch mit dem Mann, und dahinter, in den Schatten der hohen Sträucher, ihren Bruder, der im Sand des Sandkastens stocherte. Er war einmal der beste Schüler seines Jahrgangs gewesen, seinen Altersgenossen meilenweit überlegen. Seine Lehrer hatten ihm eine glänzende Zukunft vorausgesagt, aber davon hatte der Kahlschlag des Krieges nichts übrig gelassen, weder Stumpf noch Stiel. »Es ist schwer für sie«, begann Recha zögernd. »Für Gabriel nicht anders als für Ille. Während sie eingesperrt waren, hat die Welt sich verändert, und sie finden sich nicht mehr zurecht.«

»Das trifft leider den Nagel auf den Kopf.« Felice seufzte. »Im tiefsten Innern glaubt Ille noch immer, ein Mädchen mit ihrer Herkunft habe keine Wahl, als irgendwann geheiratet zu werden – womöglich verprügelt und gedemütigt, aber rundum versorgt. Inzwischen wäre ich selbst froh, wenn ein halbwegs erträglicher Kerl vorbeikäme und sie nähme. Damit sie nicht mehr so allein ist. Damit sie zurechtkommt. Damit sie …«

Damit sie noch einmal ein Kind bekommt und Jenny und Lise vergisst, ergänzte Rechas Hirn automatisch. Sie wusste, dass Felice das Gewissen quälte, auch ohne dass diese es aussprach. Ihre Schwägerin hatte die Kinder mit dem Versprechen zu sich genommen, sie zu hüten, bis Ille freikam und es wieder selbst tun konnte. Dass die Jahre mit den Kindern ihre eigene Wirklichkeit schaffen würden, hatte sie dabei nicht bedacht.

»Aber über meine Wehwehchen haben wir jetzt genug geredet«, befand Felice. »Was ist mir dir? Oma Hertha würde sagen, du siehst aus wie Braunbier mit Spucke.«

»Wie geht es Oma Hertha? Ich hatte gehofft, sie würde heute kommen.« Die Großmutter der Zur-Nieden-Geschwister war ein Original, das es auf wohltuende Weise verstand, die Dinge zu nehmen, wie sie waren.

»Wenn ich mit vierundvierzig noch so beieinander bin wie sie mit vierundachtzig, stifte ich meinen Nachlass der Kirche«, antwortete Felice. »Sie begießt ihren Paul weiterhin zweimal wöchentlich mit der Acht-Liter-Kanne und geht anschließend mit den Friedhofswärtern einen heben. Aber eine rauschende Ballnacht mit den Reichen und Schönen von Babelsberg wollte sie dann doch lieber der Jugend überlassen. Das Knirschen der alten Knochen bringt sie aus dem Takt, behauptet sie.«

»Das glaube ich ihr nicht«, entgegnete Recha spontan.

»Damit magst du nicht falschliegen, aber was nutzt uns das? Wenn meine Oma den Mund nicht aufmachen will, dann macht sie ihn nicht auf, und dabei bleibt es.«

Recha zwang sich zu lachen. Durch die offenen Türen drangen weicher Swing und Fetzen von Gesprächen. Nur ein Paar tanzte: der kleine Anton und Lise, seine Cousine, die er seine Schwester nannte. *Sie ist gar kein Kind mehr*, stellte Recha mit gelindem Schrecken fest. *Fast fünfzehn. Sie sollte auf Gesellschaften anderen Umgang haben als ihren kleinen Bruder, wir sollten ihr den verschaffen, wir sollten ihr helfen.* Im Gegensatz zu ihrer drahtigen, feinnervigen Schwester, die keine Schönheit, aber eine höchst anziehende Frau werden würde, war Lise alles andere als attraktiv. Sie war nicht pummelig und niedlich, wie Ille es den Familienfotos zufolge als junges Mädchen gewesen war, sondern richtig dick. Das Gesicht war aufgeschwemmt, die Augen waren verquollen, der Körper bepackt mit Fleischwülsten, die jedes Kleidungsstück zu eng wirken ließen.

»Und wie steht es mit dir?« Felices Stimme ließ Recha aufschrecken. »Machst du auch den Mund nicht auf? Ich hatte dir eine Frage gestellt.«

»Oh, entschuldige«, rief Recha hastig. »Ich fürchte, mir ist die Frage entfallen.«

»Dann helfe ich deinem Gedächtnis gern auf die Sprünge: Ich wollte wissen, warum du aussiehst wie Braunbier mit Spucke. Du liest nicht immer noch heimlich irgendwelchen Mist in Schundblättern wie dem *Stürmer*, oder? Den verfluchten *Völkischen Beobachter* wollte mir neulich auch jemand andrehen, dabei dachte ich, die Pest bleibt auf Bayern beschränkt.«

Tatsächlich hatte Recha seit Wochen überhaupt keine Zeitung mehr gelesen. Seit sie geglaubt hatte, schwanger zu sein, eine Hoffnung zu haben, mit der sich beklemmende Gedanken kleinhalten ließen. »Ich denke, ich sollte das lesen«, sagte sie jetzt. »Es betrifft meine Zukunft. Die UFA ist in nationalistischer Hand, und neuerdings mehren sich die Kollegen, die sich offen zu solch einer Haltung bekennen. Falls es demnächst für jüdische Schauspieler keine Engagements mehr gibt, weil sie das Volksempfinden beleidigen, weiß ich besser rechtzeitig Bescheid.«

»Aber du bist doch ...« Felice brach ab.

»Ich bin Jüdin«, sagte Recha.

»Und ein Star«, erwiderte Felice. »Ich bin bekanntlich ein Kunstbanause, aber soweit ich weiß, stört sich kein Mensch an der Religion von Stars. Ich finde diese Leute auch widerlich, Recha, aber wenn wir uns von ihnen kirre machen lassen, spielen wir ihnen in die Hände. Der Republik geht es gut, so gut wie nie. Die DNVP hat gerade sechs Prozent ihrer Wähler verloren, und die Nazis sind nicht mehr als eine Splitterpartei. Sie fallen uns nur dauernd auf, weil sie so laut krakeelen.«

Das alles war richtig. Und dennoch spukte Recha der Vorfall mit Gernot im Kopf herum, sosehr sie auch versuchte, ihn zu verdrängen. Gelegentlich hatte sie sich schon gefragt, ob sie sich mit der kleineren Gefahr nicht von der größeren ablenkte. Sie war politisch ein unbeschriebenes Blatt und sorgte noch immer für gute Zahlen an den Kinokassen, wenn sie auch stetig sanken. *Königin der Großaufnahme* hatten die Zeitungen sie seit *Wipers* genannt, und die, die ihr gewogen waren, nannten sie so noch immer. Dass Hugenberg und seine Kumpane sie ins Abseits drängen wollten, war unwahrscheinlich. Willi hatte recht: Einem wie Hugenberg ging es ums Geld, der schlachtete keine Kuh, solange sie sich noch melken ließ.

Wenn aber der Tonfilm kam, würde das Blatt sich wenden. Längst war es technisch möglich, dem Trägermaterial eines Films eine Spur für den Ton hinzuzufügen, und erste Versuche mit solchen Filmen hatte es schon vor Jahren gegeben. Sie waren beim Publikum, das die intensiven, vielschichtigen Bilder der Stummfilme liebte, nicht angekommen. Seit *Der Jazzsänger* aus Hollywood jedoch gezeigt hatte, was der Tonfilm ihnen bieten würde, war das Pendel umgeschlagen: Leichtere, schnellere, amüsantere Filme waren nun gefragt, Filme, deren Handlung man auch verstand, wenn man sich minutenlang nicht auf die Leinwand, sondern auf den Mund seiner Begleiterin konzentrierte oder sich der Konfektschachtel hingab.

Den meisten Kinos fehlte derzeit noch die technische Ausstattung, doch für die großen Filmpaläste würde es eine Kleinigkeit sein, sie sich anzuschaffen. Der Tonfilm stand auf der Schwelle, und er würde nicht zaghaft anklopfen, sondern die Tür einfach stürmen.

Recha hatte als junge Frau beim Theater begonnen, wo Wolfgang Vanselow sie entdeckt hatte. Seither hatte sie beim Spielen nie mehr gesprochen, sondern sich ganz auf die Entwicklung ihres visuellen Ausdrucks konzentriert. *Vor deinem Gesicht hält die Kamera den Atem an.* Ihre stimmlichen Fähigkeiten hielten dem nicht stand, das wusste sie. Sie konnte weder singen noch nennenswert modulieren. Stattdessen hatte sie gelernt, mit den Augen, mit jedem Zug ihres Gesichtes stumm zu sprechen, und diese Fähigkeit würde überflüssig sein, wenn der Tonfilm Einzug hielt. Dialogfeuerwerke, die ihre eigene Musik und dazu noch Trommelwirbel von Geräuschen mitbrachten, brauchten keine Königinnen der Großaufnahme mehr.

Recha hatte geglaubt, es mache ihr nichts aus, sie habe ihre Filme gedreht, ihre Rollen auf der Leinwand gespielt und sei jetzt bereit für eine neue Rolle in der Wirklichkeit. Aber diese Rolle würde es nicht geben. Nicht für sie. Sie würde mit einer anderen Bewerberin besetzt werden, wie ihre Garderobe im Studio von Babelsberg eine andere einnehmen würde.

»Besonders gesprächig bist du nicht«, bemerkte Felice. »Wirklich nur wegen dieser Nazi-Schreihälse? Du solltest ernsthaft aufhören, dieses Zeug zu lesen. Wenn ihr bei der UFA Probleme habt – ist das denn die einzige Gesellschaft, die in Deutschland Filme macht?«

»Die einzige nicht. Aber die, die am besten zahlt.«

»Es mag wie ein Klischee klingen – aber das ist nicht alles, Recha.« Mit einer Armbewegung beschrieb Felice die Weite des Raumes, an dessen grüner Samttapete edle Lithographien hingen wie in einer Galerie. »Ich weiß, wie viel euch das alles hier bedeutet, ich finde es selbst herrlich und werde gelb vor Neid, wenn ich an den mit Holztieren übersäten Boden meines Arbeitszimmers denke. Aber um mir ein solches Leben leisten zu können, würde ich keine Arbeit machen wollen, vor der es mir jeden Morgen graut. Was sagt denn Willi dazu? Hast du mit ihm mal darüber gesprochen?«

Sie unterbrach sich, weil mit lautem Hallo die Vordertür aufflog. Willis Stimme erhob sich aus einem Chor von weiteren Stimmen, der bis in den Salon drang. »Wenn man vom Teufel spricht … unser Geburtstagskind ist da.«

Gleich darauf schwappte eine Woge von Menschen in den Raum, in ihren Händen bereits Champagnergläser. Willi wirkte in ihrer Mitte ein bisschen wie eine Boje, die auf Wellenkronen tanzt. Im Nu war die Gruppe von weiteren Gästen umringt, die ihre Glückwünsche aussprechen wollten. Willi schien heiter, charmant, gelöst, wie alle Welt ihn kannte. Als mehrere ein Geburtstagslied anstimmten, ließ er sich bereitwillig auf einen Stuhl verfrachten und von einer Vielzahl von Händen in die Höhe heben:

Hoch soll er leben,
hoch soll er leben,
dreimal hoch.

Dass etwas nicht stimmte, bemerkte nur Recha. Es stimmte mehr als nur etwas nicht.

Willi, der elegante Kleidung liebte und keine Gelegenheit versäumte, sich auszustaffieren, hatte sich nicht umgezogen, sondern steckte noch in dem schäbigen Straßenanzug, den er bei Dreharbeiten im Studio trug. Sein dichtes dunkelblondes Haar war weder gescheitelt noch gelegt. Recha folgte Felice, die auf die Gruppe zulief, in einigem Abstand, und Willi schwankte auf seinem Stuhl über den Köpfen der Sänger, aber dennoch glaubte sie die zwei Falten zu erkennen, die sich über seiner Nasenwurzel einkerbten. Sie waren Recha nicht neu. Willi war ein unerschütterlicher Optimist, das war seine Natur, und die meisten Dinge deutete er sich hoffnungsvoll um. Wenn es ihm aber misslang, wenn sich etwas nicht schönreden ließ, sondern ihn dort traf, wo er verletzlich war, zeigten sich in seinem Gesicht diese Falten.

Es gab etwas, das Recha noch weniger gefiel: die Gesellschaft, in der er gekommen war. »Nur die Familie und unsere engsten Freunde«, hatte er gesagt, und sie hatte gewusst, dass das die Nachbarn, den Kantinenwirt Saschi, Gunters Beleuchtungsmannschaft und Lupo aus dem Schneideraum einschließen würde. Es machte ihr nichts aus. Willi war ein Menschensammler, er liebte Trubel um sich, und es hatte Zeiten gegeben, in denen Recha den Wirbel, den dieser schon so lange bestehende Kreis verursachte, kaum weniger genossen hatte als er selbst.

Seit wann aber zählte zu ihren engsten Freunden Gernot Bieler? Recha hatte ihn eintreten sehen und war sich vorgekommen wie ihr Hund, wenn ihm jemand nicht geheuer war: als hätte sich ihr das Haar im Nacken gesträubt. Gernot sah sie ebenfalls, suchte über den Abstand hinweg ihren Blick und versuchte, ihn zu halten. Das weibliche Publikum schwärmte von der schmachtenden Glut seiner Augen. Recha hatte sich zur Seite gewandt, aber nicht aufgehört, seinen Blick auf sich zu spüren.

Das war nicht alles. Als wäre Gernot nicht genug, hatte Willi auch noch das Mädchen mitgebracht: eine weizenblonde Neunzehnjährige, die aussah wie siebzehn und seit drei Monaten auf dem Set für Furore sorgte. Angeblich war sie da, um zu lernen. Ein befreundeter Regisseur aus München hatte sie Willi geschickt, damit sie sich bei ihm die Sporen verdienen konnte, von der Pike auf miterleben, wie ein Film entstand. Seit wann Willi Regisseure in München kannte, hatte Recha sich ebenso gefragt, wie warum er sich darauf einließ. Wenn künftig jedes Mädchen, das Schauspielerin werden wollte, auf seinem Set herumturnen durfte, würde im größten Filmatelier Europas bald kein Platz mehr sein.

»Grietje hat Talent«, hatte Willi gesagt, als sie ihn danach gefragt hatte. »Ich lasse sie ein bisschen üben, zeige ihr ein paar Sachen, sorge dafür, dass sie mit den Füßen auf dem Boden bleibt. Warte nur ab, bis wir den nächsten Film drehen. Dann gebe ich ihr eine kleine Rolle, und euch wird allen vor Staunen der Mund offen stehen.«

Das klang nach einer vernünftigen Erklärung, und nichts sprach dagegen, diesen nächsten Film abzuwarten. Das Mädchen war höflich, es tat niemandem etwas zuleide, und Recha hätte ihm helfen sollen, sich in dem Irrgarten Babelsberg zurechtzufinden. Stattdessen entwickelte sie eine wilde, grundlose Abneigung, für die sie sich schämte. Alles an Grietje ging ihr auf die Nerven: ihre Jugend, ihre sportliche Unbekümmertheit, ihr aufreizend raues Lachen, die Tatsache, dass jeder sie zauberhaft fand. Zudem schien sie nie müde zu werden, sondern wirbelte in ihrer unbändigen Leistungsfähigkeit durch die Gegend, dass Recha sich in ihrer Gegenwart müde, verbraucht und furchtbar alt fühlte.

Das alles war ungerecht. Grietje tat nichts Falsches, und eine Erwachsene, die eine Neunzehnjährige schnitt, betrug sich im besten Fall lächerlich. Etliche Male hatte Recha sich vorgenommen, auf die junge Frau zuzugehen, aber es gelang ihr nicht. Alles, was sie fertigbrachte, war, sie stillschweigend zu dulden, und tagtäglich wünschte sie sich auf dem Weg nach Babelsberg, Grietje wäre nicht gekommen und käme auch nicht mehr.

Stattdessen erschien sie auf der Geburtstagsfeier ihres Mannes, stemmte fröhlich mit den Übrigen einen Stuhl in die Höhe und sang mit ihrem Organ, das Gunter eine »glockenreine Suffstimme« nannte, das alberne Lied. Was hatte sie hier zu suchen, in ihrem Haus, in ihrem Leben, unter ihren Freunden?

Rechas Hund kam in großen Sprüngen aus dem Garten,

jagte auf die Gruppe zu und sprang am Nächstbesten hoch. Der geriet ins Wanken, stieß gegen einen anderen, und schneller, als man zuschauen konnte, purzelte der gesamte Pulk am Boden übereinander. Willi, der vom Stuhl gekippt war, lag auf dem Rücken, und LaFontaine leckte ihm über das Gesicht. Verletzt zu sein schien niemand. Alles kreischte und lachte.

Leise drehte Recha sich um und verließ durch die Flügeltüren das Haus. Auf der Terrasse war so gut wie niemand mehr, weil alle das Geburtstagskind begrüßen wollten. Nur das Grammophon dudelte noch vor sich hin, und in den Blütenduft mischte sich die starke Note von Käse, der in der warmen Nacht schmolz.

»Hallo, Gab.« Recha trat von der Terrasse und überquerte das kleine Stück Wiese bis zum Sandkasten. Ihr Bruder trug einen hübschen, samtig wirkenden Anzug, der an den erinnerte, den er zu seiner Bar Mitzwa unter dem Tallit getragen hatte. Er stocherte noch immer mit einem Stock im Sand, doch als Recha ihn ansprach, blickte er auf.

»Hallo, Recha.« Ein Lächeln breitete sich über sein Gesicht. Nur hätte man denen, die ihn nicht kannten, erklären müssen, dass die Verzerrung seiner Züge ein Lächeln sein sollte. Vermutlich musste man nicht wenigen auch erklären, dass das, was die Granate übriggelassen hatte, ein Gesicht sein sollte. Es war einmal ein hübsches Gesicht gewesen. Gabriel hätte sich vermutlich vor Verehrerinnen nicht retten können. Vielleicht hätte er seinen Eltern auch die Nissu'in, die Hochzeit nach altem Brauch, beschert, um die Recha sie betrogen hatte: mit einer verschleierten Braut unter der seidenen Chuppa, mit dem Ehebecher voll Wein, dessen Glas am Ende zertreten wurde, zerstört wie der Tempel von Jerusalem vor bald zweitausend Jahren.

Seid fruchtbar und mehret euch und füllet die Erde.

Aber Gabriel würde sich nicht mehren und die Erde füllen. So wenig wie Recha. Statt vor den Hochzeitsbaldachin war er als Schuljunge in den Krieg gezogen; er war vor einem flandrischen

Ort namens Passchendaele von einer Granate zerrissen worden und als menschlicher Überrest mit nur noch einem Bein, einem Auge und einem halben Gesicht zurückgekehrt. Warum sehnten sich Menschen so verzweifelt nach Nachkommenschaft? Ihre Eltern hatten Sohn und Tochter verloren. Sie saßen im Alter allein in ihrer Stube, lauschten dem Echo verlorener Tage und würden ihr Schreibwarenlädchen, das sie mit all ihrer Kraft und all ihrem Stolz aufgebaut hatten, fremden Leuten überlassen.

Wolfgangs Mutter, Hete Vanselow, die Recha viel zu lange nicht besucht hatte, war vom Vater ihres Sohnes verlassen worden und hatte ihr einziges Kind in einer Hinterhauswohnung im Wedding aufgezogen. »Was ich geschafft habe, kann mir keiner nehmen«, hatte sie zu Recha gesagt und mit einem Lächeln hinüber zu Wolfgang geblickt. Der hatte auf dem abgewetzten Sofa gesessen, an der Wand über seinem Kopf die Kinderzeichnungen, die er für die Geburtstage der Mutter gekritzelt hatte.

Auch Wolfgang hatte der Welt keine Kinder geschenkt. Er war in den Ruinen der Tuchhalle von Ypern unter einer Brandbombe gestorben, wo er eine Druckerpresse, einen toten Freund und ein weinendes Mädchen bewacht hatte. Seine Mutter lebte von Almosen, die Recha zu Einnahmen aus Wolfgangs Filmen erklärte, damit die Mutter sie annahm. Von den Filmen redete kein Mensch mehr, nur die krakeligen Bilder über dem Sofa hatten überlebt. Weshalb wünschten Menschen sich Kinder? Weshalb war eine wie Recha nicht froh, dass sie keines hatte und sich das Herz von keiner Brandbombe, keiner Granate zerfetzen lassen musste?

»Willst du nicht lieber zu deinen Gästen gehen und tanzen?«, fragte Gabriel. »Hier bei mir zu sitzen ist doch langweilig.« Er sprach noch so schönes Hochdeutsch wie einst als Bester des Jahrgangs und sagte auch manchmal noch so kluge Dinge, nur fiel es den meisten Menschen schwer, ihn zu verstehen. Unter den Funken der Granate war sein linker Kiefer regelrecht geschmolzen, und das, was sich hatte wiederherstellen lassen, war der Lautbildung nicht förderlich.

Recha war geübt und verstand jedes Wort. »Ich finde es ganz schön hier mit dir«, sagte sie.

»Wirklich?«

»Ja.«

»Ich finde es auch schön mit dir«, sagte Gabriel. »Tanzen würde ich zwar gern, aber ich kann es ja nicht.«

»Wenn du möchtest, versuchen wir es.« Er war ein Federgewicht, und wenn er sich auf ihre Schulter stützte, kam er gut ohne Krücke aus.

»Ach nein, Recha«, sagte er. »Das möchtest du nicht. Nicht mit mir.«

»Wenn überhaupt, dann mit dir«, sagte Recha.

»Mit mir sieht es nicht wie Tanzen aus.«

Sie rückte näher zu ihm und nahm seine Hand, die linke, die auch zerschmolzen war und sich vielleicht nur noch für sie wie eine Hand anfühlte. »Mir wär's egal. Aber ich glaube, ich würde lieber hier mit dir sitzen bleiben.«

Die Lampions wiegten sich im Nachtwind, und die Tanzfläche füllte sich mit Paaren. Irving Berlins *Sunshine*, ein weicher Foxtrott, gesungen von Al Jolson, dessen Tonfilm ihre Welt verändern würde. Recha sah Lise, die sich noch immer von dem kleinen Anton umherschwingen ließ, Felice, die schlecht tanzte und mit ihrem Quintus in einem fort dabei schwatzte, und Ille in den Armen des Mannes, mit dem sie vorhin geredet hatte. Als er sich umdrehte, erkannte Recha ungläubig Hilmar Lehnitz. Ihr Herz stockte.

Wie kam der in ihr Haus? Wer hatte den eingeladen und aus welchem Grund?

Der Mann war einst ein talentloser, von Ehrgeiz zerfressener Streber gewesen, der sich an jeden herangeschleimt hatte, von dem er sich Hilfe für seine kümmerliche Karriere versprach. Damals war er ein unangenehmer Zeitgenosse gewesen, penetrant und lästig, aber nicht gefährlich. Heute dagegen war er Hugenbergs Protegé. Er drehte rührselige Schnulzen in historischen Gewändern, in denen es um Heimatliebe, Mannesehre und Heldentod ging.

»Von mir aus darf jeder so viel Kitsch verfilmen, wie sein Magen aushält«, hatte Willi gealbert, als sie mit Gunter, Sonja und den anderen in der Kantine gesessen und sich über den Mann die Münder zerrissen hatten. »Aber wenn man es so mies macht wie der Lehnitz, gehört man verknackt, das verstößt gegen sämtliche Gesetze des guten Geschmacks.«

Lehnitz bekam für seine unsäglichen Schinken dennoch die größten Budgets zugeschanzt, erhielt in den UFA-Kinos die besten Spielzeiten und wurde auf jeder freien Fläche der Stadt beworben. Die Gelegenheiten, zu denen Willi Witze darüber riss, wurden seltener. Weit häufiger regte er sich auf, und Recha wollte nicht in den Kopf, was ihn heute bewogen haben könnte, den Mann in ihr Haus einzuladen. Sie hätte Felice warnen, ihr sagen sollen, sie dürfe Ille mit dem Menschen nicht allein lassen, doch sie fühlte sich schwer und müde.

Gabriel rückte näher zu ihr, und sie lehnten sich aneinander. So hatten sie als Kinder oft gesessen, nachdem ihre Großmutter gestorben war, weil es gegen das Gefühl half, in der fremden Stadt mutterseelenallein zu sein. Ihre Eltern waren damals von früh bis spät mit dem Aufbau des Ladens beschäftigt gewesen. »Wenn du es als Jude zu etwas bringen willst, musst du doppelt so gut sein wie die anderen«, pflegte ihr Vater zu sagen. Der Hund kam, legte sich zu ihnen, und Recha und Gabriel vergruben ihre Hände in dem dichten Fell an seinem Hals.

Zwischen Ille und Lehnitz, Felice und Quintus und Lise und Anton tanzte Willi mit dem blonden Mädchen. Ein schönes Paar. Eines, nach dem die Gäste ihre Köpfe drehten. Willi gehörte zu den Männern, die noch in abgerissenster Aufmachung etwas Elegantes haben. Er gehörte auch zu den Männern, die lange schlaksig und jungenhaft wirken und sich darüber ärgern, die aber mit über dreißig, wenn sie die ersehnte Schulterbreite endlich erlangt haben, den Zenit ihrer Attraktivität erreichen und über Jahre halten.

Das Mädchen Grietje war ohne Frage jetzt auf diesem Zenit, in der vollen Blüte der Jugend. Vielleicht würde sie in späteren Jahren aus den Fugen gehen oder ihre Frische verlieren, aber mit neunzehn Jahren war sie unwiderstehlich. Nicht weil sie sonderlich schön gewesen wäre, sondern weil sie Gesundheit und Lebenskraft ausstrahlte, an der man sich wünschte teilzuhaben.

Der Tanz ging zu Ende. Paare lösten sich voneinander, formierten sich neu oder drängten sich vor die Bar, um sich die Gläser füllen zu lassen. Willi trat an den Rand der Terrasse und sah sich suchend um. War ihm aufgefallen, dass seine Frau im beschwingten Kreis der Feiernden fehlte?

Gabriel sah ihn ebenfalls und begann heftig zu winken. »Da ist Willi«, sagte er, und über sein zerstörtes Gesicht glitt ein Strahlen. Willi war in Flandern sein Korporal gewesen, sein Vorbild, der Mann, der er selbst gern hätte werden wollen. Willi war auch der Unteroffizier gewesen, der Gabriels Reste aus dem von der Granate geschlagenen Krater geklaubt und so lange stillgestanden und geschrien hatte, bis einer von den Befehlshabern nachgegeben und einen Krankentransport bestellt hatte. Mehr als zehn Jahre war das her. Die meisten fanden, es sei an der Zeit, es zu vergessen. Verträge wurden unterzeichnet, die den Krieg als politisches Mittel ächteten, mehr und mehr Staaten traten dem Völkerbund bei, und in Rechas Kreis war man überzeugt, dass das, was damals geschehen war, einer Vergangenheit angehöre, aus der der moderne Mensch gelernt und sich herausgearbeitet hatte.

Wenn man wie Gabriel zu jenen gehörte, die nicht vergessen konnten, weil sie den Krieg als Kainsmal im Gesicht und am Körper trugen, stellte man ein Ärgernis dar, eine lebendige Erinnerung an eine Schande, an die niemand erinnert werden wollte. Selbst Gunters Frau Geli, Sozialdemokratin und Tochter eines Reichstagsabgeordneten, hatte neulich gesagt, die ewige Beschwörung des Weltkrieges sei in der Rüstungsdebatte nicht förderlich. Deutschland sei ein neues Land, das sich etwas patriotisches Selbstbewusstsein durchaus erlauben dürfe, und der Bau von Schlachtschiffen diene keiner Kriegsabsicht, sondern der Verteidigung des Friedens.

»Ille tanzt«, stellte Gabriel fest. »Und Willi sieht mich nicht.« Er hatte vor Jahren Illes Mann getötet, weil er in Liebe zu ihr entbrannt war, zu ihr, dem einzigen Geschöpf, das einen Menschen in ihm gesehen hatte, und weil er es in der irrwitzigen Logik des Krieges so gelernt hatte: Ein deutscher Mann tötete, um Frauen und Kinder zu verteidigen, ein deutscher Jude, dem zum ersten Mal die Ehre zuteilwurde, wie ein wahrer Deutscher Waffen zu tragen, erst recht. Vermutlich liebte er sie weiterhin, aber niemand, nicht einmal Recha scherte sich darum, denn nicht einmal sie vermochte sich vorzustellen, dass er noch immer ein Mann war und die gesamte Palette von Gefühlen hegte.

Er hörte auf zu winken. Willi aber, der mit Gernot geredet hatte, beendete sein Gespräch und kam zu ihnen herüber.

»Was soll denn das, Recha?«, fragte er, ohne einen von ihnen zu grüßen. »Wir suchen dich. Gernot sucht dich. Es ist mein Geburtstag, falls dir das entfallen sein sollte. Darf ich nicht wenigstens verlangen, dass meine Frau bei der bescheidenen Feier, die ich mir gewünscht habe, ihr Gesicht zeigt?«

»Bisher scheint dir mein Gesicht nicht sonderlich gefehlt zu haben«, erwiderte Recha und bereute es sofort. Sie hatten einander versprochen, nie so zu werden: schnippisch, sarkastisch, ohne Gespür für das, was den anderen umtrieb.

»Ich habe keine Ahnung, wovon du redest. Gernot sucht nach dir. Alle suchen nach dir und fragen mich, was mit dir los ist, ob du dich nicht wohlfühlst, warum du dich nicht blicken lässt. Leider kann ich ihnen nichts anderes sagen, als dass ich das selbst gern wüsste, was mir offen gestanden reichlich peinlich ist.«

»Ist es das? Mir dagegen ist reichlich peinlich, dass ich nicht wusste, wer alles zu unseren engsten Freunden zählt. Umso mehr, als ich die Hälfte dieser Freunde auf den Tod nicht ausstehen kann.«

»Ich habe noch immer keine Ahnung, wovon du redest. Und welchen meiner Freunde du neuerdings nicht ausstehen kannst.«

»Gernot Bieler«, erwiderte Recha. »Hilmar Lehnitz. Und dein hochbegabtes Lehrmädchen, dessen Namen ich mir, wie du verzeihen wirst, nie merken kann.«

Sie hatte Frauen, die so mit ihren Männern umgingen, nie verstanden. Ließ man sich nicht auf eine Ehe ein, weil man im Leben einen Kameraden brauchte, keinen weiteren Feind? Versprach man nicht, einen anderen Menschen zu achten und zu hüten, statt ihn kleinlich und eifersüchtig zu bewachen wie ein Stück Besitz? Zudem verschreckte sie mit ihrer bissigen Art Gabriel, für den die Harmonie zwischen Schwester und Schwager das Dach war, unter dem er sich verkroch.

»Gernot ist dein Filmpartner«, sagte Willi. »Wieso behauptest du plötzlich, du könntest ihn nicht ausstehen?«

»Weil ich es nicht kann«, gab Recha ohne Überlegung zurück. »Und weil ich in Zukunft nicht mehr mit ihm spielen werde.«

»Bist du betrunken? Habt ihr mir deshalb meinen Film versaut, du und Gernot – weil ihr euch über irgendeinen Unsinn gezankt habt und euch jetzt ziert, die kleinste Liebesszene hinzulegen, als wärt ihr zwei Amateure?«

Ehe Recha antworten konnte, fuhr ihr Gabriel dazwischen. Scharfkantig wie ein Blitz. »Sei nicht hässlich zu Recha.«

»Ich bin nicht hässlich zu ihr.« Willi wandte sich Gabriel zu.

Es fiel ihm nicht immer so leicht wie Recha, ihn zu verstehen, und auch nicht, stets die nötige Geduld aufzubringen, aber er war ohne Frage der Mensch, der ihn nach ihr am meisten liebte. »Eher finde ich, dass sie hässlich zu mir ist, indem sie meinen Geburtstag ignoriert und über meine Freunde herzieht. Dafür hätte ich gern eine Erklärung.«

»Recha ist traurig«, erfolgte die verlangte Erklärung von Gabriel. »Du musst gut zu ihr sein, wenn sie traurig ist. Ich bin ja nur ihr Bruder, ich kann sie nicht trösten, auch wenn ich alles für sie tun würde. Dass ich alles für sie tun würde, weißt du, nicht wahr, Willi? Alles.«

»Zum Teufel, Gabriel, kapierst du irgendwann, dass wir nicht mehr im Krieg sind? Der verdammte Krieg ist seit zehn Jahren vorbei, und wir sind gewöhnlich zivilisierte Leute, die zusammen einen fröhlichen Abend verbringen. Es ist nicht mehr nötig, irgendein ominöses *Alles* für irgendwen zu tun. Es genügt, dass wir einfach höflich miteinander umgehen und uns nicht gegenseitig vor den Kopf stoßen.«

Die Musik machte Pause. Von der Terrasse drang nichts als zartes Lachen herüber. Hilmar Lehnitz hatte einen Arm um Ille gelegt, die an seinen Lippen hing und durch eine Zigarettenspitze kleine Wölkchen paffte.

»Ich würde trotzdem alles für Recha tun«, sagte Gabriel. »Im Frieden auch. Wenn jemand hässlich zu Recha ist, dann ist für mich kein Frieden.«

»Sei mir nicht böse, Gab«, sagte Willi. Filmleute taten das: Vornamen auf die erste Silbe verkürzen, wie es angeblich in Amerika üblich war. Der deutsche Film hatte Hollywood überholen wollen, er hatte sich groß gemacht, gewaltige Bilder, kühne Gedanken, Düsternis und Schatten im Ausdruck, wie es sonst kaum jemand wagte. Damit hatte er, damit hatte Willi die Amerikaner beeindruckt – *In der Nacht weint Wipers, meine Stadt* war zum Preis von vierzigtausend Dollar in die USA verkauft worden und hatte dort triumphale Erfolge erzielt. Weitere Verkäufe waren gefolgt, und einen Augenblick lang hatte der deutsche Film als ernsthafter Konkurrent im internationalen Rennen gegolten. Inzwischen aber war er schon wieder auf dem Rückzug, duckte sich, machte sich klein und hechelte den Amerikanern hinterher.

»Es wäre mir lieb, wenn du dich aus Dingen, von denen du nichts verstehst, heraushalten könntest«, sagte Willi zu Gabriel. »Dass deine Schwester gegen eine begabte junge Kollegin hetzt, die ihr nie etwas getan hat, ist nicht gerade liebenswert. Und was Hilmar Lehnitz angeht, so gewöhnt sie sich besser an ihn. Sie wird ihn hier nämlich noch oft sehen.«

»Warum?«, fragte Recha.

Willis Augen wurden schmal, und seine Schultern spannten sich an. »Weil sie ihn mir vor die Nase gesetzt haben«, sagte er. »Correll, Alexander Grau und die ganze verdammte Seilschaft, für die der Krieg auch noch nicht vorbei ist. Schon vor Wochen sind sie plötzlich zur Sichtung aufgetaucht. Das Material von *Sankt Pauli* habe sie noch nicht bis ins Letzte überzeugt, haben sie gesagt. Um sicherzugehen, dass ich den neuen Weg, den der UFA-Film einschlägt, auch richtig verstanden habe, stelle man mir Herrn Lehnitz als Berater an die Seite, der sich bereits darin bewährt habe. Ich stelle mich also besser in Zukunft mit ihm gut, oder ich bekomme kein Bein mehr auf den Boden, zumal der Kollege sich nach dem heutigen Debakel mit der Beraterrolle nicht länger zufriedengeben wird. Eher fühlt es sich an, als würde ich zum Hilfsregisseur degradiert.« Er sah aus, als hätte er gern auf den Boden gespuckt oder irgendwen verprügelt.

»Von was für einem heutigen Debakel redest du?«, fragte Recha, obwohl sie fürchtete, sie hätte sich die Antwort selbst geben können.

Willi wandte sich ab, sah über den nächtlichen Garten hinweg zu seinem hell erleuchteten Haus. »*Nacht in Sankt Pauli* ist nicht abgenommen worden«, sagte er. »Entweder ich drehe zwei Drittel der Szenen neu und ändere die Stoßrichtung des Films, oder er wird nicht gezeigt und ich habe das komplette Budget in den Sand gesetzt.«

6

Sommer

Felice ballte die Faust und hämmerte gegen die Tür. »Lass den Unsinn, Jenny. Benimm dich wie ein vernünftiger Mensch deines Alters und komm da raus.«

»Ich bin aber kein vernünftiger Mensch meines Alters«, kam es postwendend von Jenny, die sich im Zimmer der beiden Schwestern verschanzt hatte. »Ich bin die ungezogene Jenny, mit mir ist kein Staat zu machen, meine Mutter zieht ihre Show also besser ohne mich auf.«

»Deine Mutter will mit dir keinen Staat machen«, erklärte Felice womöglich zum zehnten Mal und kämpfte gegen Anzeichen schwindender Geduld. »Sie will mit dir und deiner Schwester einen schönen Abend verbringen und euch einen neuen Bekannten vorstellen. Deshalb kommt sie her: weil sie sich nach euch sehnt und euch eine Freude machen will.«

Felice entging nicht, wie wenig überzeugend sie klang. Das Problem bestand darin, dass sie selbst sich über Illes Absichten nicht im Klaren war. Und dass sie sich in Jennys Alter vermutlich auf ähnliche Art dem Zugriff ihrer Mutter entzogen hätte. Jenny war unbestechlich, und Felice verstand meist nur zu gut, was in ihr vorging, was es nicht einfacher machte, sie zu erziehen.

»Wenn sie mir eine Freude machen will, dann zieht sie mit ihrem Bekannten wieder ab und lässt mich meine Hausaufgaben erledigen«, sagte Jenny. »Sie kann ja Lise ihrem grandiosen Bekannten vorführen, falls die ihren Spaß daran hat.«

Felice hörte Luise mit den Warmhalteplatten, die das *Ba-*

bylon geliefert hatte, in der Küche rumoren. Ille hatte um ein Abendessen »in Familie« gebeten und darauf bestanden, dass ihr Galan etwas geboten bekam. Er habe sie so oft zum Essen eingeladen – »in die feinsten Restaurants, Felice, so wie ich's als junges Mädchen gewohnt war« –, er dürfe unter keinen Umständen mit Felices Käseschnittchen abgespeist werden. Dass selbige Käseschnittchen alles waren, was das Quirin'sche Familienbudget vier Tage vor dem Monatsende hergab, hätte sie entweder nicht zur Kenntnis genommen oder nicht geglaubt. Also hatte Felice es gar nicht erst erwähnt, sondern bei Kuno, dem Wirt des *Babylon*, anschreiben lassen. Annette und Sylvia halfen klappernd und schimpfend beim Auftragen, der kleine Anton sprang fröhlich johlend zwischen ihren Beinen umher.

»Verdammt, Jenny, tu mir den Gefallen, und reiß dich zwei Stunden lang zusammen! Ich hasse Szenen fast so sehr wie ich kalt gewordene Ente in Orangensauce hasse.«

»Dann mach mir keine«, sagte Jenny. »Eine Szene, mein' ich. Die Ente könnt ihr aber auch allein essen, mit tun Tiere leid, die gegessen oder zum Beglotzen in Käfige gesperrt werden. Da fällt mir ein, du kannst übrigens auch Onkel Willi sagen, dass ich am Sonntag nicht mit in den Zoo komme. Nicht an diesem Sonntag und auch an keinem anderen. Ich bin kein kleines Kind mehr, und wenn er eines braucht, um Familiensonntag zu spielen, wird er sich wohl selbst eins anschaffen müssen.«

Die Türklingel schellte. Mit einem Hallo, als hätten sie alle sich seit Jahren nicht gesehen, polterte Ille samt ihrem Filmmenschen in die Wohnung. Quintus, der weit besser als Felice verstand, mit Ille umzugehen, hatte die Lage offenbar noch im Griff und hielt die Gäste von den Kinderzimmern fern. Er stellte dem Filmmenschen Annette, Sylvia und Anton vor, doch mehr als ein paar Minuten würde er Felice damit schwerlich verschaffen können.

»Lass uns doch gehen, Tante Felice.« Lise zupfte an ihrem

Ärmel. »Wenn Jenny sich erst mal reingesteigert hat, ist mit ihr kein Reden.«

»Was willst du eigentlich?«, fuhr Felice die Tür an, ohne auf Lise einzugehen. »Gibt es unter uns überhaupt noch jemanden, der dir passt?«

»Ich will hier sitzen«, sagte Jenny. »Meine Hausaufgaben machen. Sonst nichts. Ihr passt mir. Du und Quintus. Weil ich bei euch meine Ruhe habe und nicht das Püppchen spielen muss. Ich bin die Tochter einer Mörderin, mein Vater liegt zerstückelt auf dem Tempelhofer Feld. So eine steckt man nicht in blaue Samtkleider mit Spitzenkragen. Ihr passt mir, solange ihr mich die sein lasst, die ich bin.«

Felice war nicht weich gesotten. Was sie vor Gericht zu hören bekam, verlangte starke Nerven und kühle Distanz, doch wenn es um die Tat ihrer eigenen Schwester ging, fiel es ihr schwer, diese zu bewahren. Oft wünschte sie sich, die Vorfälle würden nie mehr erwähnt, aber Jenny hatte recht: Sie wird sich ihr ganzes Leben lang damit auseinandersetzen müssen, und wer diesen Umstand verleugnete, der verleugnete sie.

Lise zupfte noch immer an ihrem Ärmel. »Es hat keinen Sinn«, murmelte sie leise. »Wirklich nicht. Was Jenny nicht will, das will sie nicht, und von Heuchelei wird ihr übel, sagt sie.«

»Findest du, dass es Heuchelei ist, wenn eure Mutter euch bittet, mit ihr zu Abend zu essen? Sie vermisst euch, Lise.«

»Ach was.« Lise zog sie ein Stück weit von der Tür weg in den Gang. »Wenn es ihr um uns gehen würde, wäre ja nicht dieser Aufwand mit Drei-Gänge-Menü und blauen Samtkleidern nötig, sondern wir könnten ganz normal Würstchen mit Kartoffelsalat essen und hinterher Mensch-ärgere-dich-nicht spielen.«

»Eure Mutter hat euch die Samtkleider geschickt, weil sie dachte, ihr würdet euch darüber freuen.«

»Ach was«, sagte Lise noch einmal, lachte auf und sah plötzlich aus wie eine erwachsene Frau. »Ich bin zwar dick und hässlich, aber deshalb noch lange nicht blöd. Die Kleider hat sie uns geschickt, weil sie vor diesem Mann ein mustergültiges Familienleben und zwei vorzeigbare Töchter auffahren will. Nur eignen Jenny und ich uns leider nicht dazu. Die eine ist ein Biest und schmeißt das teure Kleid in die Ecke, und die andere sieht in blauem Samt aus wie eine Brühwurst, bevor die Pelle platzt.«

»Du siehst nicht aus wie eine Brühwurst«, rief Felice. »Du bist auch nicht hässlich, du bist nur –«

»Weißt du, was Jenny und ich an dir so mögen?«, fiel die sonst so zurückhaltende Lise ihr ins Wort. »Dass du im Heucheln so schlecht bist. Bei dir sieht man sofort, wenn du etwas sagst, was du nicht denkst.«

Sie irrte sich. Felice fand sie wirklich nicht hässlich, wusste aber, dass sie es dem herrschenden Geschmacksempfinden nach war und dass sie ihre Nichte nicht vom Gegenteil würde überzeugen können. Sie hatte keiner der beiden – weder Lise noch Jenny – etwas entgegenzusetzen, also ließ sie sich von der Tür wegziehen. Damals, als die Mädchen über Nacht ihr Elternhaus und jegliche Fürsorge verloren hatten, als sie ohne ein Paar Wechselstrümpfe vor Felices Tür gesetzt worden waren, hatten sie sich von ihrer Mutter verraten gefühlt, und es war ihnen nicht zu verdenken. »Hat sie vielleicht an uns gedacht, als sie unseren Vater zerhackt hat?«, hatte Jenny einmal gefragt.

Dabei war es gewiss nicht um Liebe zu jenem Vater gegangen, der nicht nur Ille, sondern auch die zwei Mädchen und ihren Halbbruder Hermann aufs Brutalste verprügelt hatte. Sie waren vermutlich erleichtert gewesen, diesen Mann nicht länger fürchten zu müssen. Aber Ille hatte mit ihrer Tat auch dafür gesorgt, dass ihre Töchter von ihr getrennt wurden. Zudem hatte sie ihnen ein Stigma aufgebrannt, ein Kainsmal auf schmalen Stirnen, das sie ihr Leben lang nicht würden ausradieren können.

Felice hatte nach Kräften dafür um Verständnis geworben. Sie hatte den Mädchen erklärt, dass Ille in die Hölle einer Ehe gezwungen worden war, aus der sie keinen anderen Ausweg gewusst hatte, und gewiss hatten beide es zumindest ansatzweise begriffen. Aber Jenny und Lise waren noch Kinder, sie hatten das Recht, sich auf ihr eigenes Leben zu konzentrieren, dessen Start ihnen ohnehin so schwer wie möglich gemacht worden war. Sie waren aus der Gemeinschaft der Gleichaltrigen herausgedrängt worden, hatten den Stempel *Ihr seid anders* verpasst bekommen und all das in einem Alter, in dem man sich nichts mehr wünschte, als zu sein wie alle anderen.

Rote Schnallenschuhe tragen und Zigarettenbilder von Zeppelinen sammeln. Nicht mit einem Familiennamen herumlaufen, der durch sämtliche Skandalblätter der Stadt gegangen war.

Dass Lise und Jenny von ihrer Mutter Abstand hielten, war kein Wunder, und obendrein war Ille so gar nicht die Mutter, die ein Kind sich wünschte. *Dabei hätte sie genau diese Mutter werden können*, überlegte Felice, während sie Lise in Richtung Esszimmer folgte. *Viel eher als ich.* Als Mädchen war Ille rührig und zärtlich gewesen, hatte ihre Puppen liebevoll mit kleinen Löffeln gefüttert und sich mit Hingabe sämtliche Tugenden und Fertigkeiten angeeignet, die ihr später beim Umsorgen ihrer Familie von Nutzen sein würden. Diese Familie hatte sie sich innig gewünscht – ganz im Gegensatz zu Felice, die nach einem Leben gestrebt hatte, wie es in der Kaiserzeit Männern vorbehalten blieb: nach dem erregenden, gehetzten Leben im Gerichtssaal, wo sie sich in schwarz wallender Robe Schlachten mit korrupten Richtern und zynisch-verlogenen Staatsanwälten lieferte.

Für Kinder war in einem solchen Leben kein Platz, dessen war sie sich sicher gewesen, noch ehe sie das so hart erstrittene Studium überhaupt begonnen hatte. Nicht einmal für einen Mann war ihrer Überzeugung nach darin Platz, und als Quintus Quirin aufgetaucht war und die eiserne Jungfrau Felice zur Nieden von den Füßen gefegt hatte, hatte sie sich mit Klauen und Zähnen gegen ihre Gefühle gewehrt.

Jetzt liefen ihr ihre Kinder entgegen. Annettchen trug ein altrosa Brokatkleid, das sie sich zweifellos von einer der Älteren geborgt hatte. Wie die Schleppe einer Braut schleifte es hinter ihr her. Es brachte Felice zum Lachen, dass ihre leibliche Tochter so vollkommen anders veranlagt war als sie selbst: Ihre Mutter hatte sie zu jedem Besuch bei der Schneiderin zwingen müssen, und ihre Freizeit hatte sie vorzugsweise in der Bibliothek ihrer Schule verbracht. Annettes Lieblingslektüre bestand hingegen aus Modezeitschriften, und am liebsten hätte sie sich jede Stunde umgezogen.

Anton seinerseits hielt strahlend eine blecherne Flugmaschine in die Höhe, die ein nervtötendes Rattern von sich gab. »Mami, Mami, guck mal, was der Eberhard mir gegen den blöden grünen Schal getauscht hat!«

Felices Mann schwang zu ihr herum, kaum dass sie den ersten Schritt in den Raum gesetzt hatte. Über sein Gesicht glitt ein Lächeln, das sich auf dem der schüchternen Sylvia an seiner Seite spiegelte, und Felice fragte sich, ob irgendwer ein guter Anwalt für Familienrecht werden konnte, ohne das komplizierte, so tröstliche wie tödliche Geflecht einer Familie von innen heraus zu kennen. *Ohne zu wissen, dass die unbedingte, zwingende Liebe zu einem Kind mit keiner anderen vergleichbar ist. Dass sie uns befähigt, über uns hinauszuwachsen und ein Verbrechen zu begehen, beides im selben Atemzug.*

Sie und Ille hatten die Rollen getauscht, und die Ungerechtigkeit daran war nicht leicht zu ertragen. Felice hatte nicht nur ihre eigenen Wünsche, sondern auch die von Ille erfüllt bekommen: den ersehnten Beruf, den umkämpften Platz in der Männerwelt und obendrein den Mann, der ihr dies nicht nur gönnte, sondern sie dafür bewunderte und liebte. Und als wäre das nicht genug, schlangen sich ihr zwei Paar kleiner Arme um den Hals, hängten sich zwei warme Körper mit ganzem Gewicht an den ihren, drückten sich zwei Münder auf ihre Wangen und hinterließen feuchte Spuren.

Wenn ich Ille wäre, würde ich mich hassen, durchfuhr es Felice, und sie glaubte den Blick ihrer Schwester auf sich zu spüren. Sie schob die Kinder behutsam von sich und richtete sich auf. »Schön, dich zu sehen, Ille. Dieses gemeinsame Essen ist wirklich eine hervorragende Idee.« Ihre Stimme klang zuckersüß, und es hätte sie nicht gewundert, wenn auf ihrer Stirn in roter Schrift das Wort »Lügnerin« erschienen wäre. »Ich hoffe, Recha und Willi werden auch gleich da sein. Wir haben als Vorspeise zwar einen kalten Waldorfsalat, aber die Ente schmeckt sicher besser, wenn sie nicht allzu lange warm gehalten wird.«

»Recha und Willi kommen gar nicht«, sagte Ille, drängte sich an Anton und Annette vorbei und zog einen Mann hinter sich her, der zum Abendessen im chaotischen Heim der Quirins einen Smoking mit Kavalierstuch trug. Plötzlich bemerkte Felice all die Dinge, die ihr sonst nie auffielen: Der schöne Tisch aus hellem gemaserten Fichtenholz hätte poliert gehört, die Dielen gebohnert. Die Tapete war abgeschabt, die Schirme der Wandarme verstaubt, um ein Stuhlbein herum lag noch Kinderspielzeug, das niemand weggeräumt hatte. »Begegnet seid ihr euch ja schon.« Ille schob den Mann im Smoking vor Felice. »Aber jetzt sollt ihr euch richtig kennenlernen. Felice, das ist Hilmar Lehnitz, leitender Regisseur bei der UFA. Hilmar, das ist meine Schwester Felice Quirin, von der ich dir schon so viel erzählt habe.«

»Sehr erfreut, meine Liebe.« Der Mann ergriff Felices Hand. Er hatte eins dieser Gesichter, von denen Felice auf den ersten Blick wusste, dass sie es morgen vergessen haben würde. Er war weder groß noch klein, weder schlank noch korpulent, und sein Haar war weder blond noch dunkel. »Erlauben Sie mir, Ihnen meinen Dank für die überraschende Einladung auszusprechen.«

»Überraschend?«

»Nun ja. Mir schien es durchaus nicht ganz angebracht, nach so kurzer Bekanntschaft bereits die Familie einzubeziehen, doch da mir Ilsebill sagte, Sie würden geradezu darauf bestehen, uns gemeinsam zum Abendessen einzuladen, habe ich mich natürlich gern überreden lassen.«

Felice konnte sich gerade noch hindern, ihrer Schwester einen giftigen Blick zu senden. Die Behauptung, sie hätte darauf bestanden, mit diesem Mann einen Abend zu verbringen und dafür auch noch Geld zum Fenster hinauszuwerfen, war absurd. Eine faule Stunde auf dem Sofa, während die Kinder durcheinanderplapperten, Quintus Whisky Sours mixte und ihr anschließend den Nacken massierte, erschien ihr im Vergleich dazu wie das Paradies. Auf Illes absurde Forderung war sie nur eingegangen, weil sie über den neuen Mann im Leben ihrer Schwester unangemessen erleichtert war – und weil ihr das ein schlechtes Gewissen bereitete.

Ja, sie hatte Erleichterung verspürt, als Ille auf Willis Geburtstagsfeier mit einem Tänzer verschwunden war. Und als ihre Schwester Tage später freudestrahlend vor der Tür gestanden und verkündet hatte, »mit diesem reizenden Bekannten von Willi« sei es »etwas Ernstes«, war ihr ein mittlerer Stein vom Herzen gefallen. Um darüber zu spekulieren, ob der reizende Bekannte ihnen womöglich das Ille-Problem auf Dauer abnehmen würde, war es natürlich zu früh. Zumindest aber brauchte sie erst einmal nicht zu fürchten, dass Ille nach ihrer Kündigung in der Redaktion unentwegt bei ihnen aufkreuzte und die Mädchen aus der Ruhe brachte.

Tatsächlich war sie wochenlang überhaupt nicht mehr aufgekreuzt, sondern widmete sich ihrem neuen Galan. »Vielleicht ist es ja wirklich etwas Ernstes«, hatte Felice ihre aufkeimende Hoffnung mit Quintus geteilt. »Wenn der Mann Regisseur bei der UFA ist, wird er ja auch kein Hungerleider sein.«

»Warum fragst du nicht Recha?«, hatte Quintus vorgeschlagen. »Hat sie nicht mal gesagt, da draußen in Babelsberg knistert es ständig, weil jeder das Gras wachsen hört?«

Das war eine gute Idee gewesen, die Felice jedoch nicht in die Tat umsetzte. Recha gefiel ihr in letzter Zeit nicht. Felice hatte des Öfteren Kriegsversehrte verteidigt, die wie Gabriel Süßapfel fortwährend unter Schmerzen litten und deshalb für das, was sie taten, nicht voll verantwortlich waren. In ihre Gesichter grub der Schmerz seinen unverkennbaren Schriftzug, und genau so kam ihr neuerdings Recha vor: als trüge sie einen Schmerz mit sich herum, der ihr keinen Augenblick Frieden ließ. Felice wäre gern mit ihr in die *Grüne Minna* gegangen, um ihr auf den Zahn zu fühlen, doch in den Wochen seit Willis Geburtstag war sie wieder einmal kaum zu Atem gekommen. Also hatte sie sich lieber gar nicht gemeldet, statt nur anzurufen, um sie über Illes Galan auszuhorchen. Aber sie hatte Ille gebeten, Recha und Willi für heute Abend ebenfalls einzuladen: »Wenn dein Bekannter schon zum Familientreffen zitiert wird, kann er gleich die ganze Sippe in einem Aufwasch erledigen«, hatte sie zu ihr gesagt.

Das brachte sie in die Gegenwart zurück. Reichlich abrupt ließ sie Hilmar Lehnitz stehen und wandte sich ihrer Schwester zu. »Weshalb sagst du, Recha und Willi kommen nicht?«, fragte sie.

»Weil ich sie nicht eingeladen habe«, erwiderte Ille so resolut, wie Felice sie nicht kannte. Das hellblaue Kleid, das Ille trug, kannte sie ebenfalls nicht. Es hatte etwas Altmodisches, mit Zierrat Überladenes, als hätte Ille versucht, ihre einstige Niedlichkeit wiederherzustellen, die die Jahre ihrer Ehe und die Zeit im Gefängnis zerstört hatten. Der Versuch war misslungen. Auch wenn die Farbe des Kleides Illes Augen zum Leuchten brachte und in Erinnerung rief, wie hübsch und selten derart blaue Augen waren.

»Ich fand, es wäre netter, wenn wir erst einmal unter uns

sind«, fuhr Ille aufgekratzt fort. »Hilmar soll ja vor allem die Kinder kennenlernen, dafür bliebe in großer Runde doch gar nicht genug Zeit. Und dann gibt es zwischen ihm und Willi gewisse Animositäten, weil sie bei der UFA auf Hilmar große Stücke halten und ihn in die Leitung berufen haben, was Willi sicher auch ganz gut gefallen hätte.«

»Ich bitte dich, Ilsebill, das gehört doch nun wirklich nicht hierher.« Unwirsch schüttelte der Mann, den Ille voller Besitzerstolz am Arm gepackt hatte, sich frei. »Zudem hätte es sich gehört, dass du die Angelegenheit zumindest mit mir besprichst, ehe du eigenmächtig entscheidest. Ich hätte mich gefreut, Willi zur Nieden heute hier zu sehen.«

»Hättest du wirklich? Ich hatte gedacht …«

»Statt zu denken, hättest du mich besser fragen sollen«, blaffte Lehnitz. Damit ließ er Ille stehen und trat vor die Truhe, die sie benutzten, um Tischdecken, Servietten und anderes entbehrliches Zeug, das zu bügeln nie jemand Zeit fand, hineinzustopfen. Ebenfalls darin befanden sich Stummel von Kerzen, die noch zu lang waren, um sie wegzuwerfen, Zerbrochenes, das vergeblich darauf hoffte, geklebt zu werden, nicht länger vollständige Gesellschaftsspiele und vergessene Teile der Weihnachtsdekoration. Lehnitz klopfte auf das Holz, dessen Sprünge und Schrunden von besseren Tagen kündeten. »Ein schönes Stück«, bekundete er in Quintus' Richtung. »Ich bin selbst Antiquitätensammler. Ein Wellington?«

Quintus, offenbar in Gedanken, fuhr zusammen. »Wie bitte? Gott bewahre, das ist ein guter alter Oma Hertha.« Er bemerkte Lehnitz' verständnislosen Blick und lachte verbindlich. »Wir haben uns das Monstrum von Felices Großmutter aufschwatzen lassen, die es loswerden wollte, um in ihrem Korridor Quickstep zu üben. Ich bezweifle, dass es etwas wert ist. Aber es eignet sich bestens, um Krimskrams hineinzustopfen, wenn man vor Gästen einen guten Eindruck machen will.«

Wie um Lehnitz vorzuführen, was er meinte, bückte er sich nach einem Baustein, hob den Truhendeckel an und warf ihn hinein. »Oma Hertha hätte Sie übrigens heute auch gern kennengelernt. Sie hat nur leider eine Verabredung mit einem Friedhofsgärtner, die sich nicht verschieben ließ.«

Lehnitz wirkte noch immer so verständnislos wie vor der Erklärung. »Das bringt mich zum Thema zurück«, rettete er sich schließlich. »Selbstverständlich wäre ich sehr angetan gewesen, den Kollegen zur Nieden heute hier zu treffen. Wir Kollegen sollten viel häufiger Zeit miteinander verbringen. Unsere Arbeit würde davon profitieren. In einer Filmgesellschaft wie der UFA hat schließlich jedes Rädchen seine Bedeutung – vom Produktionsleiter bis hinunter zu Kabelträgern und Statisten. Es kommt darauf an, dass wir alle funktionieren, dass wir für einen Film unser Bestes geben – nicht auf den Sessel, in dem wir sitzen, oder gar auf den Titel, mit dem wir angesprochen werden.«

Felice spürte ihr Blut, das an ihrer Schläfe zu klopfen begann. Sollte dieser aufgeblasene Langweiler wirklich ihrem feinnervigen, vor Ideen sprühenden Bruder eine Position vor der Nase weggeschnappt haben? Felice verstand nichts von Filmen und ging ins Kino eigentlich nur Willi zuliebe, der sich darüber freute und auch mit Mitte dreißig für sie noch ihr kleiner Bruder blieb. Dass dieser kleine Bruder jedoch außerordentlich begabt war, erkannte selbst sie.

Der hohle Pomp und das Pathos des Persien-Films hatten sie abgestoßen, aber die still und spröde erzählte Geschichte über den britischen Offizier, der in einer kriegsverwüsteten belgischen Stadt eine Zeitung aus dem Boden stampft, um seinen Leuten Mut zu machen, hatte sogar sie, die sich gegen so etwas wehrte, berührt. Recha hatte darin ein allzu scheues, linkisches Mädchen gespielt, dessen Familie samt seinem Kind geflohen war und das allein und ohne zu begreifen beginnt, sich an Männer zu verkaufen. Die kommunistische Partei hatte ein Standbild daraus – Rechas riesengroßes Gesicht mit halb offenem Mund und dem Blick ins Leere – zu einem Plakat gemacht und »Nie wieder Krieg« daruntergeschrieben.

Es gab in dem Film eine Szene, in der Felice den Atem angehalten hatte: Eine Horde Leute, deren Kinder in halb zerstörten Wohnungen erfrieren, weil sie weder Brennholz noch Bretter haben, um zerplatzte Fenster zu vernageln, stürmt gegen die Mauer eines Friedhofs an. Der Offizier, der die Stadt bewahren soll und nicht kann, zögert nur einen Herzschlag lang, dann gibt er dem Mädchen Godelieve den Schlüssel. Sie öffnet das Tor, und die beiden sehen zu, wie die Leute die Holzkreuze aus den Gräbern reißen. Nur ein einziges frisch gesetztes Kreuz bleibt stehen: das auf dem Grab von Godelieves Mutter. Bis sie selbst es herausreißt und einem Jungen in die Arme legt.

Mein kleiner Bruder kann Menschen bewegen, hatte Felice staunend gedacht, während sie und Quintus in einem Strom begeisterter Zuschauer das Lichtspielhaus verließen. *Sogar Menschen wie mich, die nicht bewegt werden wollen, sondern wie die blinde Justitia immun gegen jede Beeinflussung bleiben.* Es war ihr im Kino nie wieder so ergangen, und sie hatte Willi dafür stillschweigend Bewunderung gezollt. Dass der Mensch, der sich jetzt vor ihr in die Brust warf und geschwollene Plattitüden von sich gab, zu etwas Ähnlichem in der Lage sein sollte, wollte ihr beim besten Willen nicht in den Kopf.

Nach bald zehn Jahren bei Gericht besaß sie zu viel Menschenkenntnis, um sich nicht darüber bewusst zu sein, dass sie einem Vorurteil aufsaß. Dass ein Mann sich in die Brust warf und sinnentleerte Phrasen absonderte, bedeutete beileibe nicht zwangsläufig, dass er in seinem Beruf nicht zu erstaunlicher Leistung imstande war. Ihr sich sträubendes Nackenhaar war töricht, nicht anders als das Pendel einer abergläubischen Bäuerin. Trotzdem sträubte es sich weiter. Etwas an dem Kerl war ungenießbar und verdarb ihr den Appetit auf das teuer bezahlte Essen.

Ein rascher Seitenblick verriet ihr, dass Quintus ebenfalls aufgemerkt hatte. »Um ehrlich zu sein, habe ich mir künstlerische Arbeit anders vorgestellt«, sagte er.

»So?« Lehnitz hob die dünnen Brauen. »Wie denn?«

»Wilder«, erwiderte Quintus. »Freier. Individueller und weniger reguliert, nehme ich an.«

»Hören Sie mir damit auf!« Mit einem Schlag war die übertriebene Höflichkeit verschwunden. Lehnitz' Gesicht lief dunkel an. »Mit diesem Chaos, das angeblich künstlerisch ist, habe ich mich lange genug abgefunden. In Wahrheit ist es nichts als ein Nährboden für alle erdenklichen Elemente, die nicht bereit sind, ihre privaten Gelüste dem Großen, Ganzen unterzuordnen: Mannweiber, Sodomiten, Radikale – dieses Babelsberg ist ein einziger Saustall, den seit Jahren niemand ausgemistet hat. Diese künstlerische Freiheit stinkt zum Himmel, und der krankhafte, jedes gesunde Empfinden verletzende Schund, der dort bis vor Kurzem gedreht worden ist, hat nichts mehr mit den hehren Absichten der UFA-Gründer zu tun.«

»Was denn für hehre Absichten?«, platzte Felice raus. »Meines Wissens ist die UFA von der Heeresleitung um Ludendorff gegründet worden, und deren einzige Absicht bestand darin, den Leuten durch Propaganda die Köpfe zu vernebeln. Damit sie still bleiben, die Klappe halten und noch mehr von ihren Kindern als Kanonenfutter stiften.«

Sie spürte Quintus' Hand auf ihrem Arm. Er war neben sie getreten und schnitt Lehnitz das Wort ab, ehe dieser zu einer hitzigen Erwiderung ansetzen konnte. »Ich denke, wir sollten diese Diskussion nicht vertiefen«, sagte er. »Ich weiß nicht, wie es bei Ihnen aussieht, aber mir verursacht der Duft von dieser Ente ganz fürchterliche Hungergefühle.«

»Ich hab auch Hunger, Papa!«, beschwerte sich Annette. »Hab ich schon die ganze Zeit, aber ihr steht ja hier nur rum und streitet euch über langweiliges Zeug.«

Quintus lachte. »Sehen Sie – prompt haben wir unser Fett weg. Also bitte, setzen wir uns und lassen es uns gut gehen.«

Er war Journalist. Einer von denen, die den Beruf im Blut hatten und die zuweilen über Leichen gingen. Für gewöhnlich ließ er Leute reden, wenn sie die Beherrschung verloren, denn erst dann gaben sie preis, was er hören wollte. Dass er heute der Diskussion ein Ende setzte, geschah ohne Zweifel aus Rücksicht auf Ille.

Luise polterte mit dem Servierwagen zur Tür herein und knallte die Etageren mit Kanapees auf den Tisch. »Wenn jetzt keiner isst, vertrocknet alles, und wir können's nachher nur noch in den Abfall kippen.«

Sie war als Dienstmädchen eingestellt worden, schien aber seit Längerem überzeugt, im Haushalt die Rolle eines Feldwebels innezuhaben.

Hilmar Lehnitz rieb sich die Augen. »Sind Sie etwa Anhänger dieser verqueren sozialistischen Pädagogik?«, fragte er Quintus. »Dieser vorgeblichen Erziehung, bei der von Erziehung überhaupt keine Rede mehr sein kann? Und weiten Sie das auch auf Ihre Hausangestellten aus?«

»Ich weite das sogar auf meine Gäste aus«, erwiderte Quintus gelassen. »Sie können also ganz unbesorgt sein, den Kragen lockern und mit den Fingern essen. Bei uns stört sich höchstens jemand daran, wenn Sie ihm die letzte Stange kalten Spargel vor der Nase wegschnappen.«

»Dergleichen liegt mir fern«, bekundete Lehnitz pikiert, ließ sich schließlich jedoch dazu herab, an dem unordentlichen Esstisch Platz zu nehmen, wobei er einen Turm aus Bauklötzen aus dem Weg trat. Felice und Luise hatten es in der Zwischenzeit gemeistert, die Kinder auf ihre Plätze zu dirigieren, auch wenn Annette darauf bestand, auf Quintus' Knie zu thronen. Die Einzige, die stehenblieb und sich suchend umsah, war Ille.

»Wo ist denn meine Jenny?«, fragte sie.

Lise starrte auf ihren Teller. Ihre Hand streckte sich nach einer der kalten Platten, hielt kurz vor einer Pastete inne und zuckte wieder zurück. Sie würde nichts sagen.

»Es tut mir so leid, Ille«, sagte Felice. »Jenny hat sich schon seit heute Morgen nicht wohlgefühlt, und ich habe ihr gesagt, du hättest sicher nichts dagegen, wenn sie sich hinlegt.«

»Und ob ich etwas dagegen habe!«, rief Ille und stürmte bereits zum Gang. »Hilmar soll sie doch kennenlernen, ich dachte, du wüsstest, wie wichtig mir das ist.«

Felice sprang ihr in den Weg und versperrte die Tür.

»Lass mich da durch. Ich hole sie.«

»Das geht nicht. Sie fühlt sich nicht gut, du kannst jetzt nicht zu ihr.«

»Und ob ich kann! Falls du es vergessen hast: Jenny ist immer noch meine Tochter, egal, mit welchen Tricks du versuchst, sie mir wegzunehmen.«

Felice hätte ihr gerne gesagt, dass sie sich albern benahm und sich in ihrem Haus gefälligst zusammenreißen sollte. Was sie hinderte, waren die Tränen, die Ille die Wangen hinunterliefen und glänzende Spuren durch die Schminke zogen. Letzten Endes hatte sie recht: Felice nahm ihr ihre Kinder weg.

Sie ist ihre Mutter, Feli, hatte Recha einmal gesagt, *und sie hat in den ersten Jahren aufopferungsvoll für sie gesorgt. Wenn dir ernst ist, was du vor Gericht erklärt hast, dass sie nämlich Reinhold Berndt in Notwehr getötet hat und dafür nicht bestraft werden dürfte, musst du auch sehen, dass man sie nicht mit dem Entzug ihrer Kinder bestrafen kann.*

Natürlich nicht. Eine härtere Strafe gab es nicht, nicht einmal den Strick des Henkers, vor dem Felices Plädoyer die Schwester bewahrt hatte.

Aus der Tür bewegte Felice sich trotzdem nicht weg. *Es geht nicht um Illes Recht, sondern um das der Kinder*, beschwor sie sich.

Ille packte sie beim Arm und wollte sie zur Seite zerren, doch in dem Moment stand Quintus auf und zog sie zurück. »Sei vernünftig, Ille. Jenny ist krank geworden, das ist ärgerlich, aber niemand kann etwas dafür. Und ändern kann es auch niemand. Jetzt setz dich, und genieß dein Abendessen. Herr Lehnitz lernt heute eben erst einmal Lisette kennen, und mit Jenny trefft ihr euch dann ein andermal.«

Felice warf ihm einen dankbaren Blick zu, den er jedoch mit einer stummen Frage quittierte. Ihre Antwort war eindeutig überflüssig. Er wusste, dass sie log, dass Jenny nicht krank war und dass es ihre Pflicht gewesen wäre, Ille mit ihr sprechen zu lassen.

»Nicht nur *ein* andermal«, sagte Ille, wischte sich mit dem Handrücken über das Gesicht und straffte den Rücken. »Sondern viele Male. Hilmar und ich kennen uns ja noch nicht allzu lange, und wir wollen nichts überstürzen. Er weiß aber, wie sehr ich meine Kinder vermisse, und er unterstützt mich darin, dass ich wieder als Mutter für sie da sein will.«

»Was soll das heißen?« Felice hoffte, Lehnitz würde sich gegen die Vereinnahmung zur Wehr setzen, doch von dem Mann kam nichts. Er hatte sich zu ihnen umgedreht und starrte sie mit einer Miene an, als wäre das alles ihm zutiefst zuwider.

»Es heißt, dass Hilmar und ich Lisette und Jenny zu uns nehmen werden«, erwiderte Ille und sah Felice klar und wasserblau in die Augen. »Natürlich geht es noch nicht jetzt sofort, doch sobald wir uns ein gemeinsames Heim geschaffen haben, holen wir sie dorthin. Sie gehören zu mir, nicht zu dir. Aus den zwei Jahren, die du sie für mich hüten wolltest, sind zehn geworden, zehn Jahre ihrer Kindheit, die ich versäumt habe und die kein Mensch mir wiederbringt. Aber ich gebe sie trotzdem nicht auf. Egal, was du mir noch in den Weg legst. Ich bin ihre Mutter, und eine Mutter könnte alles aufgeben, nur ihre Kinder nicht.«

7

September

»*Nacht über Sankt Pauli*, Szene einundzwanzig, die dreizehnte!« Willis Dirigentenstab sauste auf das Regiepult nieder. »Beleuchtung an, Kamera ab.«

Sie hatten die Szene durch einen neuen Drehbuchautor umschreiben lassen. Noch immer gingen Gernot und Recha in ihren Rollen als Weltenbummler Manfred und Hafentochter Greta die von Schatten durchtanzte Gasse hinunter, aber in dem Augenblick, in dem Greta in der alten Fassung den ungetreuen Manfred von sich gestoßen hatte, um in Richtung Pier davonzulaufen, würde er in dieser neuen Version seine Arme um sie schließen, und sie würden in einem leidenschaftlichen Kuss versinken.

»Fang mit mir keine Diskussion darüber an«, hatte Willi Rechas Bedenken abgewürgt. »Die Leute wollen das sehen, und was die Leute sehen wollen, das sollen sie bekommen. Sie bezahlen schließlich gutes Geld dafür, Geld, von dem du und ich und dein Bruder nicht übel leben.«

Recha hatte seinen gequälten Gesichtsausdruck gesehen und getan, was er von ihr verlangte. Sie hatte keine Diskussion angefangen, so dringend notwendig sie ihr auch erschienen war, sondern versucht, sich zu fügen. Sie war Schauspielerin. Sie hatte die Rolle zuvor nicht gemocht und trotzdem gespielt, warum also sollte sie sie jetzt nicht ebenso spielen? Ein Bäcker, so redete sie sich ins Gewissen, buk auch nicht nur die Eclairs und Strudel, die ihm schmeckten, sondern als Erstes das Graubrot und die braunen Schrippen, die tagtäglich von den Kunden verlangt wurden.

Um ihren Mann hatte es ihr leidgetan. Drehtag für Drehtag stand dieser Lehnitz neben ihm wie ein Schulmeister, der einen säumigen Schüler beim Nachsitzen beaufsichtigt und ihm bei der kleinsten Abweichung einen Klaps auf die Finger verpasst. Willi zur Nieden war ein seltenes, kostbares Talent, sonst hätte Wolfgang Vanselow nicht mit ihm gearbeitet, hätte nicht mit ihm die WILWO – *Willi & Wolfgang Filmproduktion* – gegründet und ihm nicht seinen schönsten Film vererbt.

»Er ist ein grünes Jungchen, das sich für einen Giganten hält«, hatte Wolfgang gesagt. »Aber dieses grüne Jungchen muss beschützt werden, denn wenn niemand es vorher korrumpiert, kann ein Gigant aus ihm werden.«

Jetzt wurde das, was an Willi gigantisch sein konnte, gemaßregelt und gezähmt. Er gab sich, als behaupte er noch immer seine Stellung, kam ständig mit neuen Ideen und brach darüber in Begeisterung aus, als wolle er beweisen, dass er nicht ausgebootet war. Aber genau das war er: Aus dem Film, den er Recha als Sozialdrama hatte verkaufen wollen, war eine romantische Komödie geworden, und ihm blieb nichts anderes übrig, als zum bösen Spiel die bestmögliche Miene zu machen. Mit seinen kleinen Einfällen, die er ihnen ständig aufdrückte, täuschte er nicht darüber hinweg, dass ihm Lehnitz den Film aus der Hand genommen hatte.

Heute beispielsweise hatte er darauf bestanden, Szene einundzwanzig, die bereits als »im Kasten« abgehakt war, noch einmal zu drehen. »Ich weiß, ich weiß, Filmmaterial wächst nicht auf Bäumen«, hatte er in einem verzweifelten Versuch, souverän zu wirken, Lehnitz' Einwand beiseitegewischt. »Aber du hast doch selbst gesagt, die Szene ist noch zu blass, zu langweilig, die muss mehr Verve bekommen, muss die Leute zum Schmachten bringen. Deshalb drehen wir sie heute noch einmal und machen dabei den Schlauch an. Gretas und Manfreds erster Kuss findet im Regen statt.«

»Und was bitte ist daran zum Schmachten?«, hatte Lehnitz gefragt.

»Das werden Sie gleich sehen, Kollege. Und nie wieder vergessen.«

»Willi, ich bitte dich«, hatte Recha sehr leise gesagt. »Erspar uns das.«

»Aber warum denn?« Sein Gesicht war verschwitzt und gerötet, der Blick unstet, die Hand um den Stab zur Faust geballt. »Wenn dein Gesicht nass ist, bist du unschlagbar. Unwiderstehlich. Aus deinem Haar rinnt Wasser über deine Wangen, und niemand weiß, ob es Regentropfen oder Tränen sind. Und dann, wenn Gernot dich geküsst hat, kommt Grietje barfuß in die Szene gerannt, und das nasse Kleid klebt ihr am Leib.«

Das war auch einer dieser Einfälle gewesen, die er als weltbewegende Änderung präsentiert hatte: Er hatte seiner Grietje, dem Mädchen, das bei ihm die Schauspielerei lernen wollte, eine Rolle in den Film schreiben lassen. Sie spielte eine Nachbarstochter, die Gretas Mutter – nun keine Prostituierte mehr, sondern eine arme, ehrbare Frau – zuweilen zur Hand ging. Greta verdächtigt Manfred, mit ihr ein Verhältnis zu haben, und als sie die Kussszene unterbricht, flammt diese Eifersucht neu auf. In Wirklichkeit will das beflissene Mädchen jedoch nur eine Nachricht von der kranken Mutter überbringen und entpuppt sich am Ende des Films zwischen Friede, Freude und Eierkuchen als Manfreds verlorene Schwester.

Wie belanglos das alles ist, dachte Recha. *Wie sollen wir es nicht langweilig drehen, wo es doch langweilig ist?* Noch zwei Schritte hatte sie neben Gernot herzugehen, der sie – in stummen Mundbewegungen – beschwor, sie müsse ihm glauben, er habe nur Augen für sie und sehe keine andere mehr an.

Und die kleine Sanne?, hielt ihm Recha ebenfalls stumm entgegen. *Willst du etwa leugnen, dass du der schöne Augen gemacht hast?*

Wer redete so miteinander? Aber sie redeten ja gar nicht, sondern führten Dialoge auf Pappschildern. Sanne war der Rollenname von Grietje, deren Beteiligung Lehnitz und seine Hugenberg-Sippe anstandslos geschluckt hatten. Sie waren selbst begeistert von ihr – offenbar war das der neue Typ der UFA: blond und gesund, mit wenig Hirn gesegnet, aber dafür unkompliziert.

Gernot blieb stehen und beteuerte mit ausladenden Gesten, er habe lediglich Mitleid mit dem Mädchen gehabt und ihm den schweren Korb mit den Einkäufen abgenommen.

Plötzlich war Recha, als würde das Pappschild mit dem albernen Text vor ihre Köpfe geschoben, und um ein Haar hätte sie laut aufgelacht. Grietje war zäh und kräftig, ging in ihrer Freizeit vermutlich rudern oder wilde Pferde reiten und brauchte keine Hilfe, um ihre Einkäufe nach Hause zu tragen. Mechanisch vollführte Recha die Armbewegungen, die das Drehbuch vorschrieb, spielte das schwache Weibchen, das sich gegen den gefährlichen Herzensbrecher auflehnen wollte, ihm jedoch hoffnungslos verfallen war.

Wie oft konnten sich Leute dergleichen im Kino ansehen, ohne sich zu fragen, warum es so wenig mit ihrer Wirklichkeit zu tun hatte? Gab es tatsächlich Frauen, die mit den Männern, die sie liebten, über derartige Banalitäten debattierten? Wie konnte eine Frau einem Mann, dem sie vertraute, den sie sich als Kameraden erwählt hatte, um mit ihm durch ihr Leben zu gehen, vorwerfen, er triebe hinter ihrem Rücken Sperenzchen mit einem semmelblonden halben Kind? Es war entwürdigend für beide, nahm einer Beziehung den Wert.

Rechas Herz vollführte einen Sprung und setzte einen Schlag lang aus. Hatte nicht auch sie sich im Stillen gefragt, ob Willis Interesse an der blonden Grietje rein beruflicher Natur war? Hatte nicht völlig unangemessener Zorn sie gepackt, als er das

Mädchen in ihr Haus gebracht hatte? Sie wollte den Gedanken abschütteln. Ihre Ehe war geprägt von Respekt und Vertrauen, sie und Willi waren durch ein viel zu dichtes Netz aus Erfahrungen und Erinnerungen, aus Hoffnung, Glück, Gelächter, Tänze im Regen, hochfliegende Träume und unaussprechlicher Traurigkeit verbunden, zwischen ihnen hatte ein so kruder Anfall von Eifersucht keinen Platz.

Aber sie konnte sich nicht schütteln. Sie stand im Scheinwerferlicht, vor einer laufenden Kamera, und gerade neigte ihr Filmpartner graziös den gelockten Kopf, um ihr mit seinem Kuss die Sinne zu rauben. Sie hatten diese und ähnliche Szenen unzählige Male gespielt, waren Profis, die Filmküsse im Schlaf hätten tauschen können. Gernots Arme schlossen sich um ihre Taille, Recha zögerte kurz wie im Drehbuch vorgesehen und schlang dann ihrerseits die Arme um seinen Hals. Mit halb geschlossenen Augen bot sie ihm ihre Lippen dar, die er jedoch nicht küssen würde; stattdessen würde er die seinen dicht daneben platzieren. Wenn sie daraufhin ihre Gesichter, die die Kamera schräg von der Seite aufnahm, entsprechend bewegten, würde es für die Zuschauer aussehen, als vergingen sie in einem leidenschaftlichen Kuss, während in Wahrheit ihre Lippen geschlossen blieben und ihre Zungen sich nicht berührten.

Es erforderte ein wenig Übung, war dann jedoch kinderleicht. Nur hatte Gernot gar nicht die Absicht, einen kinderleichten Filmkuss mit ihr auszutauschen. Als Recha klar wurde, was er vorhatte, lagen seine Lippen bereits auf ihren, und seine Zunge versuchte, sich einen Weg in ihren Mund zu bahnen. Im selben Moment spürte sie starr vor Überrumpelung, wie seine Finger von ihrer Taille abwärts wanderten und sich um ihre Hinterbacken schlossen, sie kneteten, sich in ihr Fleisch gruben. Er drängte sein Becken an ihres, und an ihrem Bauch, spürbar durch alle Kleider, schoss sein Schwanz in die Höhe. Über ihr Gesicht rann Wasser, das ihr aus den Haaren tropfte.

»Gut so!«, rief Willi. »Ihr seid großartig, ihr zwei Schätze, weiter, weiter, ganz genau so will ich das haben!«

Noch immer war Recha zu entsetzt, um zu handeln. Gernot wiegte sich mit ihr, fuhr mit der Zungenspitze über ihre Lippen und Zähne.

»Fertigmachen, Grietje«, kommandierte Willi. »Einen kleinen Augenblick noch, weil's gerade so schön ist .... und jetzt!«

Durch die angebaute Seitengasse trommelten die Schritte des Mädchens.

»Fräulein Kleinert, Fräulein Kleinert! Sie müssen sofort nach Hause kommen!« Rau und metallisch hallte die Stimme mit dem sachten Akzent durch die Gasse. Grietje war die Einzige, die den Text ihrer Rolle nicht dem Pappschild überließ, sondern ihn laut aussprach. »Ich spiele doch als ganzer Mensch«, hatte sie gesagt. »Meine Stimme muss auch die Stimme von Sanne sein, ob die Leute sie nun hören oder nicht.«

Mit einem letzten Satz brach sie aus der Gasse auf das kleine Rondell, wo Recha und Gernot sich küssten. Nicht Manfred und Greta, sondern Recha und Gernot, der dabei aus tiefer Kehle stöhnte. Schwer atmend blieb Grietje stehen. Ihre Präsenz – der durchnässte Leib, an dem das Kleid klebte, das gerötete Gesicht, das kurze blonde, triefende Haar – schien den gesamten Kulissenraum für sich einzunehmen und riss Recha aus ihrer Starre.

»Hast du den Verstand verloren?« Sie stieß Gernot so heftig von sich, dass dieser rückwärts taumelte und gegen eine Hauswand aus Pappmache prallte. Die trug einen Riss davon, der sich nach oben verlängerte – wie eins der Häuser in der Stadt Ypern, das von einer Granate getroffen worden war.

Gernot rieb sich die Stirn, als hätte er keine Ahnung, wie ihm geschah. Dann kniff er die Augen zusammen und zischte eine Flut von Worten in ihre Richtung, fast genauso leise, wie er zuvor den Mund bewegt hatte. Niemand außer Recha würde ihn hören: »Was bildest du dir eigentlich ein, wer du bist, du jüdische Schlampe? Für solche wie dich ist hier bald kein Platz mehr, und dass ein deutscher Mann sich an dir die Hände schmutzig macht, wird dir so schnell nicht noch mal passieren.«

»Verdammte Scheiße!«, rief Willi über das Gezische hinweg. »Kamera aus, Licht aus, alles aus! Darf ich fragen, was das soll, Recha? Nach dieser monatelangen Quälerei ohne ein einziges brauchbares Bild legt ihr mir die perfekte Szene hin, und dann stellst du dich hin und machst sie kaputt?«

Mit steifen Gliedern drehte sich Recha zu ihm um. Über ihr Gesicht rann Wasser, sie wusste nicht, ob vom Regen oder von Tränen.

»Den verdammten Scheiß-Regen auch aus!«, schrie Willi. »Ihr könnt einpacken, heute läuft hier nichts mehr, ich hab die Schnauze gestrichen voll.«

»Ich wüsste auch gern, was in Recha gefahren ist«, bemerkte Gernot und fuhr fort, sich über seine hübsche hohe Stirn zu streichen. »Aber es gibt wohl Dinge, die entziehen sich jedem Verständnis.«

»Dem schließe ich mich an«, erklärte Hilmar Lehnitz, der hinter dem Regiepult in einem Klappstuhl saß und die Hände hinter dem Kopf wie zu einer Lehne verschränkt hielt. »Dieses ganze Projekt ist ein tot geborenes Kind. Hättest du auf meinen Rat gehört, hättest du dich beizeiten daraus zurückgezogen, Gernot. Es ist schließlich nicht so, als hättest du keine anderen Angebote. Mein *Sommer auf Rügen* beispielsweise …«

»Herrgott, Hilmar, fang nicht wieder damit an. Wir haben oft genug darüber geredet, oder nicht? Gesinnung allein genügt nun einmal nicht, ein bisschen Talent ist unentbehrlich, auch wenn ich weiß, wie gut du es meinst.«

Recha sah, wie Lehnitz blitzschnell den Kopf senkte, ein vergeblicher Versuch, seine Demütigung zu verbergen. Sie selbst hätte sich gern das Schultertuch, das sie als Greta trug, über den Kopf gehängt und ihr Gesicht bedeckt. *Warum fragt er mich nicht?*, hämmerte es in ihrem Kopf. *Er ist mein Mann, er muss mich doch fragen, was los war, statt mich niederzuschreien und seiner perfekten Szene hinterherzugreinen.*

Ob die in der Luft hängenden Gespräche fortgesetzt worden wären, würde unbekannt bleiben, denn das Kreischen von Scharnieren verriet, dass die schwere Hallentür geöffnet worden war. Für gewöhnlich betrat niemand das Gebäude, wenn vor der Tür das Schild »Dreharbeiten. Kein Zutritt« aufgestellt war. Die drei Herren, die hintereinander hereinkamen, hatten jedoch zu jeder Zeit Zutritt zu sämtlichen Gebäuden. Es war Hugenbergs erste Garde: Ernst Hugo Correll, Oskar Kalbus und ihnen beiden voran Alexander Grau, dem die Schöße seines langen hellgrauen Einreihers hinterdrein wehten.

»Schönen Abend, die Herrschaften«, sagte Grau, obwohl es nicht später als vier am Nachmittag sein konnte. Er trat hinter Lehnitz, klopfte diesem auf die Schulter und wandte sich dann an Willi. »›Schönen Feierabend‹ wäre vielleicht passender. Es tut mir leid für Sie, zur Nieden, aber in diesem Lokal ist jetzt Zapfenstreich.«

Willi sprang zurück und starrte ihn an, ohne zu begreifen.

»Zapfenstreich«, wiederholte Grau, »so hat das zumindest früher geheißen, als dieses Land noch über ein nennenswertes Heer verfügen durfte, statt wie eine zahnlose Alte dusselige Verträge zu unterschreiben und zu allem Ja und Amen zu sagen. Wir haben uns Ihr Material noch einmal angesehen und sind einhellig zu dem Schluss gekommen, dass dieser Kohl nicht mehr fett wird und wir unser Geld genauso gut in den nächsten Gully werfen können. Das Filmprojekt *Nacht in Sankt Pauli* ist hiermit abgesagt. Sie können nach Hause gehen, Herrschaften. Machen Sie es sich gemütlich, legen Sie die Beine hoch und sinnen Sie in aller Ruhe über Ihre Zukunft nach.«

8

Herbst

Sie hatten ihn nicht gefeuert. Wenigstens das nicht, auch wenn sein Stolz von ihm forderte, dass er seinen Hut von ihrer verdammten Garderobe nahm und ging. Aber sein Stolz war kein Filmproduzent und würde Willi zur Nieden, bei der UFA gescheitert und abgehalftert, keine neue Chance verschaffen.

»Es gibt hier noch immer Leute, die große Stücke auf Sie halten«, hatte Alexander Grau gesagt, während er sich das Revers seines Mantels glatt strich. »Allen voran Erich Pommer, der nach ein bisschen Schnuppern in Hollywood wieder zu uns stößt. Dass der Mann unfähig ist, ein Budget zu verwalten, bleibt unleugbar, und in leitender Stellung will ihn hier niemand mehr sehen, aber von Filmen versteht er was, das muss der Neid ihm lassen. Er hält Sie für so eine Art Genie im Wartestand. Sozusagen für eine Flasche von einem verstaubten Edelburgunder, aus der noch niemand den Korken ziehen konnte.«

Über den dürren Witz war er in schallendes Gelächter ausgebrochen, und Willi hatte die Hände umeinandergeklammert, um sich nicht zu vergessen und ihm nicht mit der Rechten ins Gesicht zu klatschen. Dabei war ihm Grau noch bei Weitem lieber als Correll oder gar Lehnitz, die vor lauter Farblosigkeit ihr Fähnchen in jeden Wind hängten. Die beiden hätten ihr Geld auch als Bankier, Fabrikant oder Politiker verdienen können, wenn dabei nur ein wenig von dem Rampenlicht auf sie gefallen wäre, nach dem sie mit jeder Faser lechzten. Alex Grau hingegen ging es um Filme, und das zumindest hatte er mit Willi gemeinsam. Sie beide genossen es, Geld zu besitzen, in den angenehmen Dingen des Lebens zu schwelgen, schritten mit Vergnügen über rote Teppiche und badeten in der Bewunderung der Massen, doch vor die Entscheidung gestellt hätten sie all das aufgegeben, um noch einmal einen Film zu machen.

Manchmal fragte sich Willi, was er noch aufgeben würde, wenn es um die Entscheidung ginge, noch einmal einen Film zu machen oder nicht. Die Frage machte ihm Angst.

Würde er seinen Anstand, seine Moral, seine Selbstachtung opfern? Mehr als das? Seine Liebe zu Recha? Willi schauderte. Es war noch nicht November, doch der Abend, der bereits in die Nacht überging, erschien ihm winterlich kalt. Er sprang vom Schreibtisch auf und schloss das Fenster, ehe er sich eine Zigarette ansteckte. Dort draußen, zwischen den Silhouetten der Gebäude und den Schatten, glaubte er, schemenhaft Wolfgangs Gestalt zu erkennen. Wie so oft. Wie so gut wie immer, wenn er sich gezwungen sah, sein berufliches Ethos und seinen Drang, Filme zu drehen, gegeneinander abzuwägen.

Verdammter Wolfgang!

Weshalb hatte der nie solche Konflikte mit sich ausmachen müssen? Weshalb hatte der immer genau gewusst, was zu tun das Richtige war?

Du weißt es doch auch, hörte er Wolfgang murmeln. *Wir wissen es alle, wenn wir es wissen wollen.*

»Aber ich will nicht«, fauchte Willi zurück und erschrak bis ins Mark. War es so weit mit ihm gekommen, war seine Besessenheit so übermächtig geworden, dass er mit dem Geist seines Mentors sprach?

Davon würde sich seine Lage nicht bessern. Er brauchte keine moralischen Belehrungen von einem imaginären Wolfgang, sondern ein abgesegnetes Drehbuch. »Eine Chance geben wir Ihnen noch«, hatte Grau gesagt, der an Leuten wie ihm und Erich Pommer festhielt, weil er etwas von Filmen verstand und wusste, dass Hilmar Lehnitz das Regietalent eines Warzenschweins besaß. »Bringen Sie uns ein Projekt, das uns überzeugt, setzen Sie es souverän um, und wir vergessen den Fehlschlag mit Ihrer Hamburg-Schwarte.«

Ihm war sogar zugesagt worden, mit Pommer, nicht mit Correll arbeiten zu dürfen. Aber selbst Pommer hatte seinen ersten Vorschlag – ein Buch, das sein bewährter Autor Ulrich Nobel-Schmidt ihm geschrieben hatte – abgelehnt: »Das sind nicht Sie, Willi. Nehmen Sie es mir nicht übel, aber gelüftete Röckchen über drallen Damenpopos können andere besser als Sie.«

Dem vermochte Willi nicht einmal zu widersprechen. Was aber blieb ihm zu tun, wenn die Leute knappe Röckchen und Damenpopos sehen wollten? Noch vor einem Jahr hatte er mit Lehnitz darüber gestritten und selbstbewusst behauptet, man müsse ihnen schlicht etwas anderes anbieten: »Das Publikum ist nicht halb so blöd, wie es derzeit verkauft wird. Es braucht Herausforderungen, Geschichten, die Kopf und Herz etwas abverlangen. Das ist wie beim Essen: Wenn Sie jemandem immer nur Grießbrei hinstellen, brauchen Sie sich nicht zu wundern, dass er das Kauen verlernt.«

Inzwischen aber fragte er sich, ob die Männer von Hugenbergs UFA-Leitung nicht einfach recht hatten: In der Stadt quollen die Vergnügungsstätten vor Besuchern über, die Varietés, Bars und Revuetheater erwiesen sich als Goldgruben, ständig eröffneten neue und boten Tanz, Musik und Unterhaltung bis zum frühen Morgen. Hatten die Leute die Sorgen satt, suchten sie nur noch Gelegenheiten, sich möglichst billig, leicht und schnell zu amüsieren?

Er hatte Ulrich Nobel-Schmidt gebeten, ihm einen leichten Film zu schreiben. Es ging darum, seinen Kopf aus der Schlinge zu ziehen, seinen Ruf in der Filmwelt zu retten. Er wollte kein Risiko eingehen. »Konstruieren Sie nichts Kompliziertes, nichts, über das man erst nachdenken muss, um es zu begreifen, sondern einfach eine nette kleine Geschichte mit viel nacktem Fleisch, ordentlich Herzschmerz und ein paar deftigen Lachern.«

Eben diese Sache, bei der er versucht hatte, alles genau so zu machen, wie seine Vorgesetzten es von ihm verlangten, war bei Pommer durchgefallen. Vorab hatte er sich damit beruhigt, dass er nur diesen einen Film nach dem verhassten Schema drehen würde, nur einen einzigen, um wieder festen Boden unter die Füße zu bekommen. Danach, wenn er neuerlich etabliert war, würde er zu dem zurückkehren, was er wirklich wollte. Pommer aber hatte nicht einmal dieses Projekt durchgewinkt.

»Verdammt, was wollen Sie denn von mir?«, war Willi herausgeplatzt. Es geschah ihm zu oft in letzter Zeit. Bei jeder Gelegenheit verlor er die Beherrschung. »Ich habe mich doch in allem nach Ihren Wünschen gerichtet, ich weiß nicht, was ich sonst noch machen soll.«

»Besinnen Sie sich auf das, was Sie können«, hatte Pommer erwidert. »Auf das, was Sie besser machen als andere.«

Als von Willi keine Erwiderung gekommen war, hatte Pommer weitergesprochen: »Was glauben Sie, warum man Sie hält? Warum man Sie mit mir zusammenspannt? Weil wir beide politisch betrachtet gerade besonders beliebt sind? Wohl kaum. Weil wir irgendwem leidtun? Noch weniger. Weil man auf das, was wir zustande bringen, nicht verzichten kann? Daraus wird schon eher ein Schuh. Nutzen Sie die Fähigkeiten, die Sie einmal auf den Olymp hinaufkatapultiert haben. Wenn etwas Sie dorthin zurückbringt, dann ist es dieses Talent, nicht die brave Beflissenheit, mit dem Sie anderen hinterherhecheln, die darin immer schneller sein werden als Sie.«

»Ich habe schon so viele Zugeständnisse gemacht«, hatte Willi herausgestoßen. »Seit ich von Oswald hergekommen bin, habe ich nichts als Zugeständnisse gemacht, mit jedem Film mehr und mehr, als hätte ich sie mir in kleinen Würfeln aus dem Fleisch geschnitten, und am Ende, bei *Sankt Pauli*, war es noch immer nicht genug. Ich weiß nicht, was ich noch zu geben habe. Als Nächstes saugt die UFA mein Blut, aber wer sagt mir, dass es dann genug sein wird?«

Er stockte. Er hatte nicht vorgehabt, darüber mit jemandem zu reden, hatte es mit sich selbst abgemacht, immer gehofft, es werde irgendwann besser werden, und nicht einmal Recha ein Wort gesagt. Sie quälte sich schon genug. Was ihn selbst betraf, so hatte er sich Kinder gewünscht, seit er Recha Süßapfel an Wolfgang Vanselows Seite zum ersten Mal in eine Bar hatte schreiten sehen und sich auf diesen ersten Blick in sie verliebt hatte. Sie hatte ein Ensemble in Fuchsienrot getragen, das ihre Formen wie ein schmeichelndes Flüstern umspielte, und sämtliche männliche Köpfe im Raum hatten sich nach ihr gedreht. Neben Willi hatte Gunter gestanden, der damals noch nicht mit seiner Elfenkönigin Geli verlobt, aber schon seit Jahren Wolfgangs bester Freund gewesen war, und hatte in seinen schütteren Bart gemurmelt: »Wieso schläft die heute Nacht mit dem Vanselow, der sowieso nur Augen für Leinwände hat?«

Vermutlich hatte jeder Mann etwas Ähnliches gedacht. Willi zur Nieden aber, der gerade neunzehn Jahre alt und ein Niemand gewesen war, hatte gedacht: *Mit wem auch immer sie heute Nacht schläft – der Mann, der ihr irgendwann Kinder macht, bin ich.*

Er hatte nie aufgehört, so zu denken, hatte die Bilder von ihnen als Familie – Rechas herrliches Haar, das über den Kopf eines schlafenden Säuglings fiel, die fliegenden Zöpfe eines kleinen Mädchens, das er auf der Gartenschaukel anstieß – nie abstreifen können. Er hatte sich von ganzem Herzen ein kleines Geschöpf gewünscht, das an seiner Hand durch den Zoo streifte und über das spitze Horn des Nashorns und das badende Kalb der Elefantin in begeisterten Jubel ausbrach wie einst Jenny und Lise. Vielleicht recht gern einen Jungen, denn sie hatten ja schon Lise, Jenny und Annettchen, und ein Stammhalter galt schließlich als Hauptgewinn. Wenn er sich jedoch ein kleines Mädchen vorstellte, das so wie früher Jenny an ihm hochsprang und statt »Onkel Willi, Onkel Willi« abends »Papa, Papa« rief, dann spürte er Wärme in den Wangen, und es war ihm von vorne bis hinten egal: Junge oder Mädchen – Hauptsache ein Kind, eine Hälfte Recha und eine Hälfte Willi, die einen brandneuen Menschen formten.

Er hatte sich das mit einer Kraft gewünscht, die ihn selbst verblüffte. Letzten Endes aber war er ein Mann, und über das Schicksal kinderloser Männer schrieb die Weltliteratur weder Romane noch Dramen. Filme schon gar nicht. Für Recha, das wusste er, war es unendlich viel schwerer. Männer versagten im Beruf, so wie er gerade in seiner Stellung bei der UFA versagte, und er würde es sein, dem man die Niederlage ankreidete. Er, nicht Recha. Im selben Zug aber würde kein Mensch ihm die Schuld an ihrer Kinderlosigkeit zusprechen, weil für diesen Bereich des Lebens die Frau als zuständig galt.

Er hatte sich bemüht, seinen Traum von einer Familie aufzugeben, das Thema bei Recha zu meiden und ihr zu verstehen zu geben, dass er so, wie sie lebten, zufrieden war, dass er kein Kind zum Glücklichsein brauchte. Er hatte versucht, sie abzulenken, sie mit allem zu verwöhnen, was Frauen sich wünschten, das Leben mit ihr zu genießen, in luxuriösen Hotels, mondänen Bars, auf Einkaufsmeilen, Kreuzfahrtschiffen und in ihrem Heim, das sie mit Flair und Stilempfinden eingerichtet hatten, ohne auf den Preis zu schauen. Einige Jahre hatte er geglaubt, die Methode verfinge, es ginge ihnen glänzend, sie würden bewundert und beneidet. In jüngster Zeit aber kam er sich immer häufiger vor wie ein Mann, der versuchte, auf einer Brücke einen Fluss zu überqueren, und hilflos zusehen musste, wie um ihn eine Planke nach der anderen einbrach.

Er hätte gerne mit Recha gesprochen, ihr versichert, dass die Planken sich schon wieder richten lassen würden, dass es keinen Grund zur Sorge gab, nur eine kleine Krise, die sie überstehen würden. Aber er fühlte sich zu sehr als Versager, um das Thema anzusprechen. Insgeheim wünschte er, sie hätte es angesprochen, hätte stattdessen ihm gesagt: *Es ist nur eine Krise, wie sie im Leben eben vorkommt, es wird wieder besser, ich bin glücklich mit dir. Und ich glaube an dich, heute nicht weniger als vor zehn Jahren. Ich traue dir noch immer zu, dass du Filme machen kannst, wie wir sie wollen. Filme, wie wir sie nötig haben.*

Aber wie hätte sie das zu ihm sagen können? Sie hatte mit dem großen Wolfgang Vanselow gearbeitet, der im Leben nie einen kleinen, billigen Film gedreht hatte, sich niemals hatte verbiegen oder korrumpieren lassen, sondern jeden Nachteil in Kauf genommen hatte, um sich treu zu bleiben. Sie hatte mit dem großen Wolfgang Vanselow nicht nur gearbeitet, sie hatte mit ihm gelebt. Sie hatte nachts in seinen Armen gelegen, ihn geliebt, und wenn statt seiner der kleine Willi zur Nieden in Flandern umgekommen wäre, hätte sie heute vom großen Wolfgang Vanselow ein Kind.

Wütend drückte Willi die Zigarette aus, die sich im Aschenbecher zu Tode gequalmt hatte, und steckte sich postwendend eine neue an. Er brauchte ein Drehbuch, keine nutzlose Grübelei über seine Ehefrau und den Mann, den sie vor ihm geliebt hatte. Den Mann, der ihn zu dem gemacht hatte, was er heute war. Oder eben nicht war. Er nahm einen tiefen Zug und begann, in den Papierstapeln auf dem Schreibtisch zu wühlen. Während der letzten Wochen hatte er Drehbücher von verschiedenen Autoren angefordert, die bei der UFA-Leitung hoch im Kurs standen, doch nach dem ersten Blättern hatte er jedes einzelne von sich geworfen. Es war einfach keines richtig, bei keinem sprang ein Funke über. Damals, als er den rohen Erstentwurf zu *In der Nacht weint Wipers, meine Stadt* in den Händen gehalten hatte, hatte sein Herz sich wie eine Faust geballt, und er hatte nach Luft schnappen müssen, weil alles in ihm gewusst hatte: *Ich muss diesen Film machen, ich muss, ich muss, ich muss.*

Bei den Büchern, die jetzt vor ihm lagen, fiel es ihm schwer, auch nur *Ich will* oder *Ich kann* zu denken, ganz zu schweigen von *Ich muss*.

Zögerlich zwang er sich, eines aufzunehmen. *Drei legen richtig los* von Peter Weingräber. Es schien in der vorhandenen Auswahl das beste, eine Komödie über drei Freunde, die einen Zeitschriftenkiosk eröffnen und sich in dieselbe Kundin verlieben. Es war flott und schwungvoll geschrieben, hatte eine zauberhafte weibliche Hauptrolle für Recha und eine männliche, die perfekt auf Gernot passte. Warum sollte er es also nicht damit versuchen? Warum sollte er sich nicht endlich aus Wolfgangs Schatten befreien und etwas machen, das sein Mentor, dieser Übervater, mit keiner Kneifzange angefasst hätte? Warum sollte er nicht eine Geschichte erzählen, die Menschen unterhielt, mit ihnen flirtete, sie zum Lachen brachte, ohne ihnen zugleich eine Lektion zu erteilen?

Hatten sie es nicht schwer genug? Der Krieg, der Hunger, die Inflation – was war so verwerflich daran, dass sie jetzt, im goldenen Jahr 1928, wo die Zahl der Arbeitslosen endlich sank, wo Wohnhäuser gebaut und Friedensverträge geschlossen wurden, verschnaufen wollten, nicht mehr denken, zweifeln, kämpfen, sondern leben?

Verwerflich daran ist, dass diese Republik allzu zerbrechlich ist, vernahm er wieder Wolfgangs Stimme. *Die Leute haben noch nicht gelernt, wie kostbar Freiheit ist und dass es gegen die, die an Krieg, Hunger und Inflation schuld sind, kein anderes Mittel gibt als Demokratie. Wenn es ihnen niemand beibringt, werden sie es auch nicht lernen, und die Einzigen, die es ihnen beibringen können, seid ihr. Ihr, die ihr die weitreichendsten Waffen in den Händen haltet – Druckerpressen und Filmkameras.*

Er warf das Drehbuch über die drei Freunde zu den übrigen auf den Schreibtisch. Einer der Stapel kippte um. Willi sah zu, wie er in sich zusammenfiel und die lose gehefteten Skripte zu Boden rutschten. Eines löste sich auf, ein Melodram aus der Zeit der Französischen Revolution. Ein Grafentöchterlein verliebt sich in einen fanatischen Sansculotten und versucht, ihn zur Barmherzigkeit zu bekehren, er aber schickt ihre Familie gnadenlos aufs Schafott. *Ist doch gar nicht so schlecht*, dachte er ätzend. *Reichlich Kitsch, reichlich Gedrücke auf Tränendrüsen, eine Minimaldosis Sinn und obendrauf als Alibi eine Prise Revolution. Genau das Richtige für Willi zur Nieden, der das Tagebuch seiner Großmutter oder Hugenbergs Kontoauszug verfilmen würde, um seine Haut zu retten, und der keine Ahnung mehr hat, was er eigentlich kann.*

Vielleicht lag es daran, dass er gar nichts konnte. Mochte darin die Antwort liegen? Hatte er sich sein Talent in grenzenloser Selbstüberschätzung nur eingebildet, wie es so viele taten, die zum Film wollten? Er hatte eine kraftstrotzende, in Grautönen leuchtende Geschichte verfilmt, die Wolfgang ihm vererbt hatte, und galt seitdem als wildeste Hoffnung des deutschen Films. Aber nicht alle Hoffnungen wurden erfüllt – manche zerschlugen sich, noch ehe sie ihre wahre Form offenbart hatten. Womit hatte er jemals bewiesen, dass er nicht eine von ihnen war?

Recha war eine der erfüllten. Sie hatten gemeinsam keinen Film gedreht, bei dem die Kritiker sich nicht anschließend mit Lobgesängen für ihre Begabung, ihr Einfühlungsvermögen, ihre so außerordentlich fotogene Schönheit überschlugen. Dennoch hatte seine Unfähigkeit auch ihre Karriere beschädigt. Bei *Pfauenthron* hatte es bereits Stimmen gegeben, die mahnten, Willi zur Nieden hätte offenbar nicht begriffen, dass die Zeit solcher epischen Dramen, die statt durch Publikumsnähe durch bombastische Ausstattung punkteten, lange vorbei war. Die nibelungentreue Recha Süßapfel, hieß es, habe den Absprung auf einen anderen Zug verpasst.

Willi wusste das selbst, und er war sicher, dass Recha es ebenfalls wusste. Sie hatte begonnen, heimlich Kritiken zu lesen, um die sie sich jahrelang nicht geschert hatte, und seit dem Debakel mit dem *Sankt-Pauli*-Film ging sie ihm regelrecht aus dem Weg.

Er saß allein am Frühstückstisch, an dem sie in den vielbeschäftigten Jahren oft nur einen Kaffee im Stehen heruntergewürgt, aber immer ein paar Worte, ein Lachen, einen Kuss getauscht hatten. Er strich allein auf dem Filmgelände umher, wo sie früher jeden Augenblick der Gemeinsamkeit genutzt hatten, und er fuhr allein nach Hause, im Bauch irgendeinen lauwarmen Fraß aus der Kantine, während sie früher alle drei Tage in irgendeinem angesagten Restaurant ihren Feierabend genossen hatten. Er ging allein zu Bett. Das war das Unfasslichste. Sie hatten sich in zehn Jahren Ehe natürlich gestritten, hatten sich gerade über Berufliches manchmal beharkt wie die Bierkutscher, aber es hatte nur Nacht werden müssen, damit sie wieder zueinanderfanden, nackt und allein in der Seide ihrer Betttücher und noch so süchtig nacheinander wie in den wilden ersten Wochen.

Jetzt lag er allein und schlaflos da, sie drehte sich weg, und das Bett war auf einmal zu groß. Darüber reden konnte er mit ihr nicht. Gab es Männer, die das konnten, die ihre Frauen jetzt, in den entfesselten Zwanzigerjahren, unverblümt fragten: *Was habe ich dir getan, dass du nicht mehr mit mir schläfst?*

Er war nicht der Mann dazu. Alles Übrige demütigte ihn schon genug, und hierzu hätte er kein Wort herausgebracht. Über das Berufliche mussten sie jedoch reden. Er war es ihr schuldig, sosehr es ihm auch widerstrebte. Eines Nachmittags hatte er sie gestellt und ihr geradezu befohlen, das Angebot seines Kollegen Heinz-Werner Zietz anzunehmen, eines harmlosen und freundlichen Manns, der zwanzig Jahre älter war als Willi und zu den wenigen gehörte, denen er bei der UFA noch trauen durfte. Für seinen Kriminalfilm war ihm eine Darstellerin ausgefallen, und er hatte Willi wissen lassen, dass er gern Recha dafür hätte.

»Ich weiß, sonderlich dankbar ist der Part nicht«, hatte Zietz gesagt. »Da ist Ihre Recha anderes gewohnt. Bei uns geht's ja um Mord und Totschlag, nicht um Lust und Liebe, aber die Männer, die sich meine Sachen ansehen, haben als Kirsche auf dem Sahnehäubchen eben gern auch noch was fürs Auge.«

Willi hatte Recha bestürmt. »Wenn ich derzeit brachliege, heißt das ja nicht, dass es dir genauso gehen muss. So schnelllebig wie heutzutage Filmkarrieren sind, darfst du dir das gar nicht erlauben, und Heinz-Werner ist ein feiner Kerl, dem du dich unbesorgt anvertrauen kannst.«

Insgeheim hatte er sich gewünscht: *Sag, dass du in keinem Film spielen willst, bei dem ein anderer als ich Regie führt.*

»Ich will unter keinem anderen Regisseur spielen«, hatte Recha gesagt. »Ich kann warten, bis du wieder so weit bist.«

»Das kannst du eben nicht!«, hatte er sie angeherrscht. »Kein Mensch weiß, wie lange es dauert, bis ich so weit bin, und in der Zwischenzeit verdiene ich keinen Pfennig, ist dir das eigentlich klar?«

Insgeheim hatte er sich gewünscht: *Sag, dass dir das egal ist, dass wir von Luft und Liebe leben können, solange wir nur zusammen sind und noch gilt, was wir zusammen wollten.*

Sie hatte ihn eine Zeit lang angesehen, dann hatte sie sich umgedreht und war gegangen. »Wenn wir das Geld brauchen, ist es für mich natürlich kein Problem, in Heinz-Werners Film zu spielen. Ich melde mich bei ihm. Dir einen schönen Abend.«

Nun also spielte sie wieder. Heinz-Werner schwärmte von ihrer Leistung und Disziplin: »Und dann ist das Mädel natürlich eins, von dem man als Mann nicht den Blick wenden möchte. Willi, mein Junge, und wenn Sie sich hundertmal mit Correll und Grau überworfen haben, Sie sind zu beneiden, wissen Sie das?«

»Das sagt sich so leicht«, war es Willi entfahren, obwohl er wusste, dass Zietz recht hatte. »Aber wenn Correll und Grau ihrem Busenfreund Hugenberg stecken, dass sie nicht mehr mit mir arbeiten wollen, wird sich Ihr Neid in Grenzen halten.«

»Ach was«, hatte Heinz-Werner erwidert. »Zum Glück ist ja die UFA nicht die einzige Gesellschaft, die in diesem Land Filme produziert.«

»Aber die mit den größten Budgets.«

»Das kann sich ändern«, sagte Heinz-Werner. »Wir leben schließlich in einer Republik und genießen einen freien, nicht vom Staat gelenkten Filmmarkt. Es ist eine Insel der Seligen, auf der wir hier leben, ist Ihnen das überhaupt klar? Alles ist im Fluss, alles ist möglich, allein die Qualität unserer Arbeit entscheidet darüber, wer morgen auf dem Thron sitzt und übermorgen im Schleudersitz. Zerbrechen Sie sich nicht Ihren Charakterkopf darüber. Sie sind mit der Traumfrau des deutschen Films verheiratet, und Sie sind ein dermaßen begabter Hund, dass Sie über kurz oder lang schon wieder auf die Füße fallen werden.«

Willi sah den Resten seiner Zigarette zu, die im Aschenbecher zu Staub zerfiel. Der letzte Rauch, der aufstieg, bildete Spiralen wie seine Gedanken: Selbst wenn Heinz-Werner recht hatte und sich ein Produzent fand, für den Willi zur Nieden gut genug war – er war nicht gut genug für Recha. Sie brauchte ihn nicht. Aber er brauchte sie. Nicht einmal seinen allerersten Vertrag hätte er ohne sie in der Hauptrolle bekommen. Sie würde mit Heinz-Werner vermutlich erfolgreicher arbeiten als mit ihm. Weshalb sollte sie bei ihm bleiben? Er konnte ihr kein Kind machen, und er konnte ihr keinen Film geben – was hatte sie also von ihm?

An seiner Tür klopfte es, und gleich darauf erschien das Gesicht seiner Vorzimmerdame, die sich ohne zu murren hier mit ihm einen Feierabend nach dem andern um die Ohren schlug. Die UFA würde ihm sicher auch sie bald nicht mehr bezahlen. In dieses Büro würde ein anderer ziehen und die tüchtige Else Flohr übernehmen.

»Was gibt es denn?« Wie oft würde er noch das Recht haben, in leicht unwirschem Ton solch eine Frage zu stellen?

»Ein privates Gespräch für Sie. Ihre Schwester. Soll ich durchstellen?«

Er hatte Felice seit einer gefühlten Ewigkeit nicht gesprochen. Sonst hatten Recha und er zahllose lange Sommerabende mit ihr und Quintus verbracht – mal auf seiner Terrasse, die er eigens für solche Geselligkeit gebaut hatte, mal an einem Gartentisch in Felices Lieblingsrestaurant *Babylon*, wo der Wirt ihnen eine staubige Flasche Rotwein nach der andern hinstellte. Sie hatten sich miteinander wohlgefühlt – zwei Paare, die aus ihrem Leben etwas machten und die offenen Türen, die die Republik ihnen bot, weidlich nutzten. Träume, Pläne, Ideen und Fragen – so unterschiedlich ihre Interessen lagen, so vieles hatten sie gemeinsam. Nicht zuletzt hatten sie sich oft zusammen vor Lachen ausgeschüttet.

In diesem Sommer aber war es, als ginge das eine Paar dem andern aus dem Weg. Sicher sah er inzwischen Gespenster, doch tatsächlich hatte es keine gemeinsamen Sommerabende gegeben. In seiner Misere hatte Willi kaum bemerkt, wie sehr er seine große Schwester vermisste. Felice nahm kein Blatt vor den Mund, sie war weder zartfühlend noch taktvoll, sondern tischte zu allem und jedem knallhart ihre Meinung auf, die durch nichts zu erschüttern war. Genauso knallhart und durch nichts zu erschüttern war jedoch ihre Liebe zu ihm. Sie teilten die Erinnerung an eine dunkle Kindheit, über die er nicht einmal mit Recha zu sprechen vermochte, sie teilten die Furcht der Kriegsjahre und nicht nur die Sorge um Ille, sondern auch das schlechte Gewissen, weil sie ihre kleine Schwester nicht beschützt hatten.

Für Felices Anruf war es der denkbar falscheste Moment, aber er freute sich trotzdem. »Natürlich, Fräulein Flohr«, sagte er. »Stellen Sie durch, und dann machen Sie, dass Sie nach Hause kommen. Das nächste Mal brauchen Sie gar nicht erst zu fragen.«

Das nächste Mal. Wenn es ein nächstes Mal gab und bis dahin nicht längst ein anderer auf seinem Platz saß.

9

»Willi?« Die Stimme seiner Schwester war wie der Käsekuchen seiner Oma: zu fest, zu trocken und zu wenig gezuckert, aber dennoch sein liebstes Gebäck. »Hast du Zeit?«

Zeit hatten in Babelsberg nur die, die weg vom Fenster waren. »Eigentlich nicht«, sagte er. »Aber für dich immer.«

»Um mich geht es nicht«, versetzte Felice. »Sondern um Jenny und Lisette.«

»Was ist denn los?«, fragte er. »Die beiden sind doch nicht krank? Ich wollte mich längst einmal wieder bei dir melden und sie zu einem Ausflug abholen, im Zoo gibt es ja wohl ein neues Elefantenbaby, aber bei uns war in letzter Zeit die Hölle los …«

»Bei euch ist doch seit zehn Jahren die Hölle los«, erwiderte seine Schwester. »Ansonsten hättest du vielleicht mitbekommen, dass die beiden aus dem Alter raus sind, in dem man mit dem Onkel in den Zoo geht.«

»Das weiß ich ja«, murmelte Willi kleinlaut. Jenny hatte ihm so etwas Ähnliches beim letzten Zoobesuch selbst unter die Nase gerieben, aber er hätte an dem kleinen Stück heiler Welt mit den Kindern zwischen Tiergehegen und Luftballons so gern noch festgehalten, konnte nicht glauben, dass die Zeit schon vorbei sein sollte, ein derart großer Teil seines Lebens, das doch gerade erst angefangen hatte.

»Sie brauchen etwas anderes als Puppenkleider aus dem Kaufhaus des Westens«, sagte Felice.

Die kann ich mir bald sowieso nicht mehr leisten, durchfuhr es Willi. »Also, wo brennt's? Woran fehlt es den zwei jungen Damen?«, fragte er und hoffte im Stillen, die benötigte Summe wäre nicht allzu groß.

»An Schutz«, kam es prompt von Felice.

»Schutz? Wovor denn?«

»Wenn du es genau wissen willst: vor ihrer eigenen Mutter«, erwiderte Felice. »Oder zumindest vor dem Menschen, mit dem sie neuerdings durch die Gegend stolziert, um ihn jedem, der ihr über den Weg läuft, als ihren künftigen Ehemann zu präsentieren.«

Irgendetwas war Willi dunkel im Gedächtnis, eine Andeutung von Recha, Ille habe auf seinem Geburtstag mit jemandem getanzt, der ihr nicht passte. Sein Geburtstag war jedoch der Tag gewesen, an dem Correll und Konsorten sich geweigert hatten, seinen Film abzunehmen. Der Anfang vom Ende. Mit einer Handvoll Filmleuten, die ihm zwei Flaschen Londoner Gin geschenkt hatten, hatte er Cocktails geschluckt wie eine Regenrinne Sturmwasser. Von dem, was Recha gesagt hatte, hatte er wenig mehr mitbekommen, als dass ihr missfiel, was er tat.

Was ihn nicht verwunderte. Schließlich missfiel es auch den Leuten, die seine Arbeit bezahlten, und nicht zuletzt ihm selbst. Sich verteidigt hatte er dennoch. Sie hatten sich gestritten und die Nacht getrennt verbracht, die erste in der Reihe von getrennten Nächten, die sich mit Arbeit, Sorgen und gewissen Eigenheiten von Frauen nicht mehr wegerklären ließen. Was ihm Recha über Ille und einen ungeeigneten Mann erzählt hatte, war ihm darüber entfallen.

»Dieser Lehnitz«, sagte Felice in dem Moment, in dem es Willi wieder einfiel, »dein Kollege. Oder dein Vorgesetzter, wie er sich ja wohl neuerdings nennen darf, wobei mir nicht klar ist, weshalb du dich dazu hergibst, unter einem solchen Idioten zu arbeiten. Damit du es weißt: Deinem Persien-Film war das mehr als deutlich anzumerken. Dieser Kitsch, das ganze hohle Getue – ich habe gleich gedacht, das bist doch nicht du.« Sie holte Luft. Für gewöhnlich war das ein Zeichen, dass sie zum nächsten Schlag ansetzte, doch heute senkte sie vorerst den Knüppel. »Aber das ist deine Sache, und wenn du dich darüber in Schweigen hüllst, soll es mir recht sein. Ganz und gar nicht recht ist mir, was unsere Schwester Ille verzapft. Sie ist im Begriff, sich mit diesem Kerl eine Wohnung zu nehmen, und sobald sie eine passende gefunden haben, rennt sie persönlich aufs Standesamt und bestellt das Aufgebot.«

»Augenblick«, murmelte Willi, weil ihm ihre Sätze vorkamen wie purzelnde Dominosteine, deren Fall er hätte voraussagen müssen. »Hilmar Lehnitz ist nicht mein Vorgesetzter. Er ist ein ziemlich dilettantischer Mensch, mit dem ich eine Zeit lang gearbeitet habe. Daran ist nichts Ungewöhnliches. Die UFA schickt Leute, die allein nicht zurechtkommen, als Assistenz zu gestandenen Regisseuren, und in den meisten Fällen bewährt sich das. Was diesen Lehnitz angeht, war das leider nicht der Fall.« Dass er bei *Pfauenthron* keineswegs mit Lehnitz an seiner Seite agiert hatte, sondern dass das, was Felice Kitsch und hohles Getue nannte, allein auf sein Konto ging, verschwieg er tunlichst. Eine Lüge mehr oder weniger fiel nun wohl kaum mehr ins Gewicht.

»Wie auch immer«, gab Felice zurück. »Mach deine Filme, wie es dir richtig erscheint, davon verstehe ich so viel wie die Kuh vom Klavierspielen. Aber aus dem, was Ille betrifft, kann ich mich leider nicht heraushalten. Ich habe bereits versucht, meinen Mann zum Einschreiten zu bewegen, der zieht sich jedoch vornehm auf den Standpunkt zurück, Ille sei erwachsen und ihm seien die Hände gebunden. Ille. Erwachsen! Was das letzte Mal herausgekommen ist, als sie erwachsen war, haben wir ja gesehen.«

»Was meinst du damit?« Es war Felice gewesen, die Ille in einem grandiosen Plädoyer verteidigt und die drohende Todesstrafe abgewendet hatte. Sie hatte immer vehement vertreten, dass ein junges Mädchen, das wie ein Stück Handelsware an einen brutalen Mann verscherbelt worden war, an einer solchen Tat aus äußerster Not keine Schuld trug. Hatte sich daran etwas geändert? Weil Lehnitz Ille den Hof machte?

Wenn Willi ehrlich war, konnte er sich überhaupt niemanden vorstellen, dem der näselnde, temperamentlose Lehnitz den Hof machte. Lehnitz war ein Widerling, einer von den Leuten, denen er seine Misere verdankte, aber wenn er an seine Schwester Ille dachte, sahen die Dinge anders aus. Ille war ein süßes Mädchen gewesen, rundlich, goldig, blauäugig, das perfekte Gretchen in einer fürs Massenpublikum vereinfachten Filmversion von Goethes *Faust*. Vor allem aber war sie ein liebes Mädchen gewesen, ein lieber Mensch, der es jedem recht machen wollte, allen voran Felice und ihm, ihren großen Geschwistern, zu denen sie mit ihren Kulleraugen aufschaute.

Eines Tages hatte Ille, die sich vor Spinnen ekelte, eine von ihnen in einem Glas von der Fensterbank gefangen und behutsam in den Garten getragen. »Warum nimmst du nicht ein Buch und schlägst sie tot?«, hatte Willi gefragt.

»Die arme Spinne hat mir doch nichts getan«, hatte Illes Antwort gelautet.

Als ihm gemeldet worden war, dieses friedliebende Wesen habe den völlig verstümmelten Gabriel angestiftet, ihren Mann mit seiner Armeepistole zu erschießen, hatte Willi es tagelang nicht glauben können.

Sie war nicht schuld. Wenn irgendwer schuld war, dann waren es Felice und er selbst, die die kleine Ille ihrem Schicksal überlassen hatten, um ungestört ihren Lebensträumen nachzujagen. Einer von ihnen hätte bemerken müssen, dass ihr Mann ein Monster war, das sie und die Kinder grün und blau prügelte, nur hatten sie sich nie genug dafür interessiert. Ille hatte ihr Martyrium ertragen, bis sie nicht mehr konnte. Für ihre Tat war sie ins Gefängnis gegangen, und sie war als verlebte, weit über ihre

Jahre gealterte Frau wieder herausgekommen. Als Willi sie damals gesehen hatte, war er bis ins Mark erschrocken und hatte gedacht: *Was hast du denn jetzt noch vom Leben zu erwarten? Welcher Mann hätte denn Größe und Güte genug, sich deiner anzunehmen?*

Seine Schwester würde allein bleiben, hatte er befürchtet und nicht gewusst, wie ein Mensch allein ein Leben wie das ihre meistern sollte. Eine Zeit lang hatte sich ein leises Gefühl der Schuld eingeschlichen, wann immer er Zeit mit Recha genoss, doch solche Gefühle verstummten schnell oder ließen sich zum Schweigen bringen. Die Jahre waren vergangen, und Ille war noch immer allein. Ohne Mann. Ohne ihre Kinder. Sie lebte in einem möblierten Zimmer, in dem ihr kein Stück gehörte. Wenn sich jetzt doch noch jemand fand, der diesem Alleinsein ein Ende machte – sollte er sich nicht für sie freuen, auch wenn der Betreffende ein unsäglicher Popanz wie Hilmar Lehnitz war?

»So schlimm ist Lehnitz nicht«, behauptete Willi lahm. »Dass er als Filmemacher nichts taugt, kann Ille egal sein, er hat bei der UFA sein Auskommen und wird in der Lage sein, für sie zu sorgen. Er ist kein sonderlich angenehmer Zeitgenosse, das ist schon richtig, aber es ist ja Ille, die mit ihm leben muss, nicht wir …«

»Nicht wir«, fiel ihm Felice ins Wort, »aber Lisette und Jenny!«

Er hatte sie so noch nie gehört, nicht einmal nach dem Mord an Reinhold Berndt. Sie klang entschieden hysterisch, und das passte nicht zu ihr.

»Du hast mich nicht verstanden, richtig? Oder du hast mir nicht zugehört? Mein ganzes Affentheater um die Kinder ist in deinen Augen Frauensache, mit der du in deiner hochwichtigen Männerwelt nicht belästigt werden willst. Vermutlich denkt Quintus inzwischen ja genauso. Eine Zeit lang war es offenbar ganz lustig, den modernen, fortschrittlichen Mann zu spielen, für den eine Frau mehr als ein Hintern wischender, Milchbrei fütternder Gebärschrank ist. Aber inzwischen hat der Spaß sich abgenutzt, und die Herren ziehen es vor, zur jahrhundertealten Rollenverteilung zurückzukehren.«

»Ich bitte dich, Felice. Dass das Unsinn ist und keiner von uns so denkt, weißt du selbst.«

»Weiß ich das? Woher denn? Was ihr denkt, geht mir, mit Verlaub, am schönsten Körperteil vorbei. Ich beurteile Menschen nach dem, was sie tun – und was die Kinder betrifft, tut ihr eben leider alle beide nichts!«

»Das ist ungerecht«, bemühte sich Willi. »Einen Vater wie Quintus hätten wir alle gern gehabt, und ich gebe mein Bestes, um ein passabler Onkel zu sein. Gut, das mit dem Zoo war keine meiner brillantesten Ideen, aber …«

»Ich rede verdammt noch mal nicht von Zoos!«, platzte Felice los. »Von einem guten Vater oder Onkel erwarte ich mehr als ein paar Geschenke und Kaspereien am Wochenende. Ich erwarte, dass er sich schützend vor zwei Mädchen stellt, die zu jung sind, sich selbst zu wehren.«

»Wogegen zu wehren?«

»Dagegen, dass ihre Mutter sie aus ihrem Zuhause, aus dem Kreis ihrer Familie reißt und zum Leben mit einem unleidlichen Menschen zwingt, den die beiden auf den Tod nicht ausstehen können.« Sie legte eine ihrer Pausen ein, die bei Gericht berühmt waren. Staatsanwälte und Richter wussten, dass sie mit diesem kurzen Innehalten den Gebrauch ihrer schärfsten Waffe ankündigte – einer Waffe, die sie nur im äußersten Notfall benutzte. »Unsere Mutter hat uns genauso gezwungen«, fuhr sie mit veränderter Stimme fort. »Gegen das, was der sogenannte Onkel Benno mit uns gemacht hat, haben Ille und ich uns auch nicht wehren können, wir haben nicht einmal gewusst, dass es verboten war und wir ein Recht auf Hilfe gehabt hätten. Willst du, dass es Lisette und Jenny genauso ergeht? Willst du das wirklich?«

Willi stockte. Ihre Unterstellung verschlug ihm für Sekunden die Sprache. Onkel Benno war offiziell ihr Untermieter gewesen, in Wahrheit jedoch der Geliebte ihrer Mutter, dem sie ihren Kindern gegenüber Rechte einräumte, wie ihr verstorbener Vater sie einst ausgeübt hatte. Willi hatte von ihm Schläge bezogen, die noch immer schmerzten, weil sie dazu gedacht gewesen waren, ihn kleinzuhalten. Schäbig, klein und nutzlos, wie er nach Verabreichung der Tracht Prügel am Boden gelegen und Rotz und Wasser geheult hatte, fühlte er sich bis heute, sooft ihm etwas misslang.

Schläge bekamen alle Jungen von ihren Vätern, es war kein Grund, ein Aufhebens zu machen. Nur war Benno nicht sein Vater gewesen, und Willi konnte sich nicht vorstellen, dass ein Vater sein eigen Fleisch und Blut derart in Grund und Boden prügelte, nicht nur aufs Hinterteil, sondern auf Herz und Stolz und Ehrgefühl zielend. Welcher Vater hätte sich gewünscht, aus seinem Sohn einen Duckmäuser zu machen, einen, der nicht auf den Tisch haute, wenn irgendein Sesselhocker von ihm verlangte, einen sinnlosen Film zu drehen? Einen, der Hurra schrie und wie eine Marionette losmarschierte, wenn irgendein Kaiser von ihm verlangte, ein fremdes, friedliches Land mit Krieg zu überziehen, Bomben in Straßen zu werfen, durch die Menschen spazierten, und Häuser in Brand zu setzen.

Felice und Ille hatte Onkel Benno nicht geschlagen, sondern deren Züchtigung der milden Hand des Kindermädchens überlassen. Als kleiner Junge war Willi deswegen neidisch gewesen. Was dieser sogenannte Onkel seinen beiden Schwestern jedoch stattdessen angetan hatte, war so grauenhaft, dass Willi sich gegen jeden Gedanken daran wehrte. Vielleicht hätte er andernfalls dem verfluchten Benno, der wegen betrügerischen Bankrotts im Zuchthaus saß, den Hals umdrehen müssen. Vielleicht hatte Ille deshalb ihren Mann getötet – weil das, was Benno getan hatte, nicht vorbeiging, weil sie von Männern nichts anderes kannte und erwartete als Leid.

Doch, unterbrach er den Strom seiner Gedanken. Von Hilmar Lehnitz erwartete sie offenbar, dass er ihrem traurigen Leben noch einmal eine Wende gab und ihr zu ein wenig Glück verhalf. Wenn sie in ihm etwas sah, das ihren Geschwistern verborgen blieb, dann hatte niemand das Recht, ihr das zu zerstören, und was Felice dem Mann unterstellte, ging eindeutig zu weit.

»Ich halte auf Hilmar beileibe keine größeren Stücke als du«, sagte er. »Aber dass er sich an den Kindern vergreifen könnte, ist völlig undenkbar. Er ist ein Langweiler und Opportunist, aber kein Unmensch, Feli. Und wenn Ille sich nun einmal entschieden hat, mit einem solchen Langweiler den Rest ihres Lebens zu verbringen …«

Willi stockte von Neuem und begriff. Er sah Felice auf dem Lehnstuhl in ihrem Arbeitszimmer sitzen, sah alle fünf Kinder auf ihr herumklettern und seine Schwester laut lachend mit Händen und Füßen rudern. Die ehrgeizige Felice hatte sich niemand als Mutter vorstellen können, aber so glücklich, so gelöst wie mit ihrer Kinderschar erlebte Willi seine Schwester sonst nie. Es ging ihr in Wahrheit nicht darum, Lise und Jenny vor irgendetwas zu schützen; sie hatte keine Angst, dass ihnen in der Obhut von Hilmar Lehnitz Gefahr drohte. Sie hatte Angst, die beiden zu verlieren. Willi verstand sie. Er hatte Recha einmal erklärt, dass sie die Mädchen nicht zu sich nehmen könnten, weil sie Felice damit das Herz brechen würden. Jetzt, wo es um Ille ging, sah die Sache allerdings anders aus. Es war hart, aber jede andere Lösung wäre nicht hart, sondern grausam gewesen. Felice musste sich dreinschicken wie zuweilen bei Gericht. Sie hatte verloren.

»Es sind Illes Kinder«, sagte er so behutsam, wie es ihm möglich war. »Sie hat sie zur Welt gebracht und genährt und jahrelang großgezogen, und sie bleibt ihre Mutter. Es ist nur natürlich, dass sie sie wieder bei sich haben will, und du hast es immer gewusst.«

»Dass Ille sie bei sich haben will, ja.« Felices Stimme klang wie erstickt. »Aber nicht Hilmar Lehnitz.«

»Du wirst einsehen, dass das nicht unsere Entscheidung ist.«

»Es ist *meine* Entscheidung!«, fuhr sie auf. »Ich habe diese Kinder gehütet, ich habe nachts an ihren Betten gesessen, wenn sie vor Angst geschrien haben, weil sie die Welt nicht mehr verstanden, und ich lasse nicht zu, dass ihnen noch einmal solche Angst gemacht wird. Dass sie zerbrochen werden. Dass sie aus dieser Wohnung herausgerissen und in ein Haus verschleppt werden, in dem ein Nazi regiert.«

»Ein was?«

»Ein Nazi.«

»Hilmar Lehnitz ist ein Idiot, aber doch kein Nazi. Ich bezweifle, dass er sich für Politik überhaupt interessiert. Er interessiert sich für sich selbst, sonst für gar nicht viel.«

»So, meinst du? Bei uns hingegen äußerte er sich höchst interessiert über die Machenschaften jüdischen Kapitals und die Pläne der Hitler-Partei, dem einen Riegel vorzuschieben. Er thronte am Esstisch *meiner* Familie, stopfte sich mit *unserem* Besteck von uns bezahlte kalte Vorspeisen rein und trug dabei das Spinnenabzeichen von diesen Hetzern am Revers, sodass Quintus und mir der Appetit vergangen ist.«

Willi war überrascht. Bei den letzten Wahlen hatten sowohl Hugenbergs Deutschnationale als auch die Splitterpartei der Hitler-Anhänger so erhebliche Verluste eingefahren, dass die Hitler-Leute binnen Kurzem in der Versenkung verschwinden würden. Von Lehnitz hätte er gewiss nicht erwartet, dass der auf ein sterbendes Pferd setzte. Näher gelegen hätte, dass er in die siegreiche SPD eintrat, die mit Hermann Müller nun den Kanzler stellte und die Koalition führte.

»Damit macht Lehnitz sich höchstens lächerlich«, sagte er zu Felice. »Diese Nazis haben sich doch totgelaufen, ehe sie überhaupt gestartet sind.«

»Es sind Unmenschen«, sagte Felice. »Sie machen Leuten wie deiner Frau Angst.«

»Ich wäre dir dankbar, wenn wir Recha aus diesem Gespräch heraushalten könnten.« Willi schielte auf seine Uhr. Es war bereits halb zehn, zu spät, um noch in Pommers Büro vorbeizuschauen. Der Produzent würde längst zu Hause sein, vermutlich war er selbst der letzte Mensch auf dem Gelände. Außerdem hatte er noch immer kein Drehbuch, das er Pommer hätte vorlegen können, nicht einmal einen Ansatz, nicht die kleinste Idee.

»Es geht uns doch gut, Felice. Wir haben eine vernünftige Regierung, die Stück für Stück unsere Probleme in den Griff bekommt. Ich wage sogar zu behaupten, es steht um die Republik so hoffnungsvoll wie nie zuvor, und die Miesmacherei, mit der diese Nazis Wähler fangen wollten, hört sich keiner mehr an.«

»Das weiß ich selbst«, erwiderte Felice patzig. »Aber es hat nichts damit zu tun, dass ich meine Kinder keinem Nazi anvertrauen werde.«

»Felice«, begann er noch einmal, »sosehr du es dir wünschst, deine Kinder sind es nicht. Und Hilmar Lehnitz' politische Ansichten geben uns nicht das Recht, Ille zu entmündigen und über ihren Kopf hinweg ihr Leben zu regeln. Stell dir einmal vor, jemand würde dir Anton und Annettchen wegnehmen, weil ihm Quintus' Ansichten nicht passen, jemand würde –«

»Jemand nimmt sie mir weg!«, schrie seine Schwester durch die Leitung. »Ein Nazi, ein Menschenfeind, der findet, dass Juden in Deutschland keinen Platz haben und dass der Vertrag von Versailles zerrissen gehört, nimmt mir zwei meiner Kinder weg! Und zwar die beiden, die Halt und Sicherheit am nötigsten brauchen!«

Es klopfte an der Tür.

»Augenblick, Fräulein Flohr!«, rief Willi, ehe er noch einmal versuchte, sich bei Felice Gehör zu verschaffen. »Warte doch erst einmal ab, ob Ille ihnen diesen Halt und diese Sicherheit nicht gibt. Du selbst sagst doch immer, man darf keinen Menschen vorverurteilen –«

»Willi.« Felice schrie nicht mehr, aber ihre Stimme war messerscharf. »Wenn du in dieser Sache nicht auf meiner Seite stehst, kann ich in Zukunft auf dich verzichten. Du wirst dich entscheiden müssen: Hilfst du mir nicht, die Kinder bei mir zu behalten, dann bist du für mich gestorben.«

Ehe er den Mund aufbekam, klickte es in der Leitung. Willi klopfte auf die Sprechmuschel, doch gleich darauf meldete sich die freundlich-unbeteiligte Stimme des Fräuleins vom Amt: »Ich bedaure. Der Teilnehmer hat die Verbindung unterbrochen. Wenn Sie einen Rückruf wünschen, müssen Sie bitte –«

Willi knallte den Hörer auf die Gabel und saß mehrere Augenblicke lang still. Dann suchte er auf dem Tisch und in den Taschen seiner Hose und seines Sakkos nach seinen Zigaretten, fand jedoch nur leere, zerknautschte Schachteln.

»Ich bin nicht Fräulein Flohr«, ließ sich jemand durch die Tür vernehmen.

Willi fiel ein, dass er die Vorzimmerdame nach Hause geschickt hatte.

»Darf ich trotzdem kurz reinkommen?«

Er gab keine Antwort, was offenbar als Zustimmung aufgefasst wurde. Die Tür schob sich auf, und sie trat ein, wie er es von ihr kannte. Frisch, hübsch, sauber und um kurz vor zehn, nach einem langen Tag, so aus dem Ei gepellt, als trete sie gerade erst aus ihrer Tür. Um ihre Beine wippte ihr Rock, obwohl die Filmfrauen in dieser Zeit ihre Röcke eng wie eine zweite Haut trugen. Sie hatte sich ihr Haar kurz schneiden lassen, nicht im Bubikopf, nicht raffiniert, sondern wie bei einem Jungen. Es stand ihr, sah aus wie eine Kappe, dieses leuchtende Haar, das ihn immer an etwas erinnerte, auf das er nicht kam.

»Grietje, es ist wirklich der denkbar falscheste Moment.

Wenn Sie Probleme haben, bei denen ich Ihnen helfen kann, melden Sie sich bitte morgen.«

»Cognac«, sagte Grietje Blommaert und ließ den Blick über die auf dem Boden verstreuten Skriptseiten gleiten. »Im denkbar falschesten Moment hilft Cognac. Haben Sie einen für mich?«

»Ich habe doch gesagt …«

»Was auch immer.« Grietje zuckte mit ihren kräftigen Schultern. »Das Problem, das ich habe, ist Cognac, und dabei können Sie mir helfen. Ich kann Ihnen auch helfen, denn es sieht hier ja aus, als ob Sie Hilfe brauchen.«

Der kaum hörbare Akzent, mit dem sie sprach, die kleine melodiöse Note machte ihn verrückt. Sooft er ihre raue Stimme mit dem Akzent hörte, wünschte er sich, er dürfte dieses Zaubermittel für einen Film einsetzen. Ihr Sprechen war so wie Rechas Gesicht: eine Droge, die Kinozuschauer an sich fesseln und süchtig machen würde.

Mit dem Arm wies sie über den Fußboden. Dann zog sie aus ihrer milchweißen Kostümjacke ein Zigarettenetui und bot es ihm an. Er hatte sie noch nie rauchen sehen. Dankbar streckte er bereits die Hand aus, als er sich zurückpfiff. Er hatte mit ihr nichts zu bereden, konnte ihr die versprochene Rolle nicht bieten, wollte, dass sie ging.

Ihre Hand mit dem Etui hielt still. Seine streckte sich von Neuem und zog eine Zigarette heraus. Er wollte nicht, dass sie ging. Sie zog sich einen Stuhl heran, und er entnahm seiner Schublade den Cognac und zwei Gläser.

»Man hat mir heute eine Rolle angeboten«, sagte sie, nachdem er die Zigarette angesteckt und den Cognac eingeschenkt hatte.

Es war wie eine Ohrfeige. Recha drehte unter Heinz-Werner Zietz, und dieses Mädchen aus dem Nirgendwo, das er entdeckt und aufgelesen hatte, würde auch unter irgendwem anders spielen. Willi zur Nieden war Schnee von gestern.

»Eine Hauptrolle«, sagte Grietje Blommaert. »Ich soll eine Sekretärin spielen, die ihren Chef davor bewahrt, das Geld eines Kunden zu veruntreuen. Der Chef ist sehr hübsch. Gernot Bieler soll ihn spielen. Und er ist natürlich im Kern ein guter Mensch. Das Geld braucht er für seine schwerkranke Mutter, und die Sekretärin gibt ihm stattdessen ihr Erspartes. Am Ende wird die Mutter gesund, mit der Firma geht es bergauf, und der hübsche Chef und die hübsche Sekretärin heiraten.«

Was für ein Schwachsinn, dachte Willi, doch zugleich konnte er vor sich sehen, wie sie an einem kleinen Tisch saß, unter den ihre langen Beine nicht passten, und auf einer Schreibmaschine tippte. Er konnte sie hören, wie sie den Chef – Gernot Bieler, der ihn ebenfalls wie eine heiße Kartoffel hatte fallen lassen – mit dieser heiser-melodiösen Stimme zurückrief, sodass dem Mann die diebische Hand in der Geldschublade stockte. Die Geschichte war unsäglich, aber über den Bildern, die der Film mit dieser Schauspielerin möglich machte, würden die meisten Leute das vergessen.

»Wie nett«, presste Willi heraus.

»Ist das Ihr Ernst?« Sie trank. Der Cognac spiegelte ihr Gesicht zwischen Kupfer und Gold.

»Nun ja. Die Mutter müsste man meiner Meinung nach nicht auch noch gesunden lassen«, rettete er sich in Sarkasmus. »Wenn Sie meine Meinung hören wollen, ist das des Guten zu viel.«

»Herr Lehnitz findet das auch nicht ideal«, sagte Grietje. »Er meint, wir sollten die Mutter sterben lassen, damit der Zuschauer sieht, dass alles Geld der Welt das Leben einer Mutter nicht retten kann. Und dann erscheine ich am Totenbett und schiebe meine Hand in die des armen Herrn Bieler, und der Zuschauer lernt, dass zum Ausgleich das größte Glück der Welt kein Geld kostet.«

Willi stöhnte. Wolfgang hatte behauptet, er bekäme von

Filminhalten Magenschmerzen, und gerade jetzt hätte Willi sich gern dafür entschuldigt, dass er ihn deswegen einen Hypochonder genannt hatte.

Seine kleine Entdeckung aus Ypern, aus der Stadt, in der er sich heulend und bis zu den Knien im Schutt geschworen hatte, das so machtvolle Werkzeug Film niemals zu missbrauchen, würde also mit Hilmar Lehnitz filmen. Zum Himmel schreienden Schund. Dagegen waren sein Trio vom Kiosk und das Filmchen mit den drallen Damenpopos hohe Kultur. In Wahrheit aber war er vermutlich nur gelb vor Neid. Vor ihm saß die Zukunft, während er selbst hinter dem Schreibtisch als Vergangenheit hockte und Ascheflocken aufs Papier rieseln ließ. Er hatte den Zug verpasst, steckte noch immer im zerbombten Vorbau der Tuchhallen von Ypern fest. Für seine Schwester war er gestorben, und seine Frau küsste die Luft, wenn sie sich von ihm verabschiedete. Jeder Filmkuss war erotischer.

Das junge Mädchen hatte in das Trauerspiel, das in diesem Jahr aus seinem Arbeitsalltag geworden war, eine Brise frischen Wind und etwas vom blassen Licht der flandrischen Sommer gebracht. Er hätte wenigstens die Größe, sich für sie zu freuen, an den Tag legen sollen.

»Ich bin sicher, Sie erweisen sich als Kassenmagnet«, sagte er.

»Ich auch«, entgegnete sie, das Glas ruhig, ohne Schwanken der Flüssigkeit, in der Hand.

»Der Kollege Lehnitz kann sich glücklich schätzen.«

Sie stellte das Glas auf den Beistelltisch und stand auf. Trat vor den Schreibtisch, nahm ihm den Zigarettenrest ab, ehe er sich die Finger verbrannte, und drückte ihn im Aschenbecher aus. »Er hat sich glücklich geschätzt«, sagte sie, und ihr graublauer Blick suchte seinen. »Bis vor vier Stunden.«

»Warum nur bis dahin?«

»Ich habe ihm abgesagt«, sagte sie, ging zurück zu ihrem Stuhl und setzte sich wieder.

Willi sog Luft ein. Der Sinn ihrer Worte erreichte ihn nicht. »Ihm abgesagt?«

»Ich habe ihm gesagt, dass ich die Rolle der Sekretärin Helma in seinem Film nicht übernehme«, erwiderte Grietje, ohne ihren Blick aus seinem zu lösen. »Auch nicht gegen eine höhere Gage. Auch nicht, wenn die Mutter nun doch nicht stirbt, wenn die Mutter gegen eine Schwester ausgetauscht wird oder wenn der Herr Bieler nicht mein Chef, sondern der totgeglaubte Herzensfreund aus meinen Kindertagen ist.«

»All das hat Lehnitz Ihnen vorgeschlagen?«

»Nicht nur Lehnitz. Auch Bieler.«

Das schmerzte besonders. Willi hatte seinen Freund und Kriegskameraden Lutz damals nicht ohne Gewissensbisse gegen Gernot ausgetauscht, weil er erkannt hatte, dass der junge Gernot ein kommender Mann war – während Lutz nach dem Krieg seine Verve und Präsenz nie wiedergefunden hatte. Jetzt, wo Gernot als angehimmelter Liebling des weiblichen Kinopublikums auf dem Gipfel seines Ruhmes thronte, ließ er Willi im Regen stehen. Und wer keinen Gernot Bieler in der Hauptrolle aufzubieten hatte, konnte die Hoffnung auf Erfolg an den Kinokassen in den Wind schreiben.

Selbst wenn Recha noch einmal unter ihm spielen würde, wäre sie unter solchen Voraussetzungen nur noch die Hälfte eines Traumpaars. Etwas durchzuckte ihn. Er starrte Grietje Blommaert ins Gesicht.

»Der Herr im wehenden Mantel hatte auch Vorschläge«, sagte sie.

»Alexander Grau?«

Sie drehte sich weg, zu den großen Fenstern, sah hinaus auf die Zweige der Kastanie, die in der Schwärze gegen die Scheiben peitschten. »›Vergessen Sie die Mutter‹, hat er gesagt. ›Ein Kriegskrüppel ist es, was Sie brauchen. Machen Sie den Bruder des Helden zum Kriegskrüppel, zu so einem armen Teufel, der seine Arme oder von mir aus auch Beine fürs Vaterland gegeben hat und dann hilflos zusehen musste, wie die Novemberverbrecher dem deutschen Heer in den Rücken fielen.‹«

»Novemberverbrecher?«

»Das gehört zu den Lieblingswörtern des Herrn mit dem wehenden Mantel«, erwiderte Grietje. »Weiter ausgeführt hat er es dann aber nicht, sondern sich sogleich mit der Frage befasst, wer denn den Kriegskrüppel spielen könnte. Ich jedenfalls solle als gütige, aufrechte Tochter eines deutschen Unteroffiziers dem armen Versehrten zurück ins Leben helfen und damit endgültig das Herz seines Bruders gewinnen. Und die der Kinozuschauer, versteht sich.«

»Versteht sich. Sicher.«

Sie wandte sich ihm wieder zu, und ihre Blicke verfingen sich. Ihre Augen flackerten. Willis Herz begann zu trommeln. »Sie sollten sich das nicht entgehen lassen. Die Geschichte ist abstrus, aber die Wahrscheinlichkeit, dass anschließend halb Europa Ihren Namen kennt, ist durchaus gegeben«, sagte er.

»Ich habe Ihnen doch gesagt, ich habe abgelehnt.«

»Warum?«

Sie stand wieder auf und kam mit festen Schritten auf ihn zu. »Weil ich unter Ihnen spielen will.« Vor dem Schreibtisch blieb sie stehen, ihr Gesicht so dicht vor seinem, dass er auf der Wange ihren Atem spürte. »Unter dir.«

»Ich habe noch nicht einmal ein Drehbuch.«

»Du nicht«, sagte sie und hielt ihm ein prall gefülltes Briefchen entgegen, wie er sie gelegentlich gesehen hatte. Im Krieg. Und danach. »Aber ich.«

10

Winter

»Ich will mit, Recha. Kann ich nicht bitte, bitte heute endlich einmal mit?«

Er war ein Mann von über dreißig, aber er hörte sich noch immer an wie der kleine Junge, der die Mutter angebettelt hatte, sie hinunter in den Schreibwarenladen begleiten zu dürfen. Die Mutter hatte der Bettelei nie nachgegeben, obwohl Gabriel zu klein gewesen war, um ganze Tage in der Obhut seiner Schwester zu bleiben. Und obwohl seine Schwester, die in der Schule hätte sein sollen, zu jung gewesen war, um ihm Geborgenheit zu geben.

Was aber hätten ihre Eltern tun sollen? Niemand schenkte ihnen in der fremden Riesenstadt etwas, und die Großmutter, die mit den Kindern hätte helfen sollen, hatte sich davongestohlen. Also war Rechas Zuwendung alle Geborgenheit gewesen, die Gabriel hatte bekommen können, und sie war es noch jetzt. Außerdem war sie weniger standhaft als ihre Mutter. Ihr graute davor, mit ihm auf dem Filmgelände herumzulaufen, wo ihn die Leute anstarren würden, als wäre er ein besonders gelungener Teil der Ausstattung für einen Gruselfilm, doch sie hatte seinem flehenden Blick nichts entgegenzusetzen. »Also schön. Aber nur heute, abgemacht?«

Er sprang vom Frühstückstisch auf und strahlte.

Sie gingen zu Fuß, was ihm guttun würde, auch wenn das Wetter schlecht war und er humpelnd, auf seine Krücke gestützt nur langsam vorwärtskam. Er saß zu viel im Haus herum, das bekam ihm nicht. Trotz seiner Einschränkungen blieb er ja ein junger Mann, dessen Körper danach verlangte, seine Kräfte zu verausgaben. Unterwegs gebärdete er sich aufgeregt wie ein Kind vor dem ersten Schultag und stellte ihr in einem fort Fragen: Was würde ihn auf dem Set erwarten? Wer würde da sein? In was für einem Film spielte sie?

Recha gab ihm geduldig Auskunft. Sie mochte die Arbeit mit Heinz-Werner Zietz, und sie mochte in gewisser Weise auch den kleinen Film, den sie drehten. Er war harmlos, stach in kein Wespennest, setzte sich weder links noch rechts vom Weg in irgendwelche Nesseln. Eine ehrliche, solide Arbeit. Gabriel wollte alles über die Platzpatronen hören, die in der Pistole des Ganoven steckten, über seine Flucht über die Dächer von London – vier Giebel und eine Turmspitze am Ende der großen Halle – und darüber, wie man das Sterben spielte.

»Vielleicht könnte ich deine Kollegen, die tot umfallen müssen, ja beraten«, schlug er sehnsüchtig vor. »Vom Totumfallen verstehe ich etwas. Ich habe das so oft gesehen, das kann ich gar nicht zählen, von nah, von fern und von allen Seiten.«

»Ich glaube, für die Leinwand wird es anders gemacht, als es im Leben ist, Gabriel.«

»Warum denn? Soll es nicht echt aussehen?«

»Das schon. Aber nicht alles, was echt ist, sieht auch echt aus. Außerdem ist jemand, der im Leben tot umfällt, ja wirklich tot, einer, der es im Film tut, will dagegen hinterher wieder aufstehen und darf sich deshalb beim Sturz nicht verletzen.«

Gabriel dachte noch darüber nach, als sie die Auffahrt zur Filmstadt erreichten. Für gewöhnlich wurde Recha auf dem Weg mehrmals aufgehalten und um ein Autogramm gebeten, heute aber war ihr niemand auch nur nahe gekommen. Im Häuschen am Tor saß Fred Mittner, ein ehemaliger Beleuchter, dem ein schlecht befestigter Scheinwerfer einen Fuß zerschmettert hatte. Seither saß er hier und kontrollierte, ob jemand zum

Eintritt befugt war oder nicht. Die Produktionsgesellschaften schreckten nicht davor zurück, sich gegenseitig Spione unterzujubeln, die Ideen stahlen, also konnte man nicht vorsichtig genug sein.

Mittner wäre jedoch nie auf die Idee gekommen, Recha nach ihrem Ausweis zu fragen. Lieber verwickelte er sie in ein kurzes Gespräch über seine Balkonblumen, seine Abessinierkatze und seine Knochenschmerzen, die bei dem feuchten Wetter unerträglich waren. Brachte sie jemanden mit, eine Nachbarin oder eins von Felices Kindern, das sich das legendäre Gelände anschauen wollte, winkte Mittner sie anstandslos durch.

Heute rutschte ihm das Lächeln vom Gesicht, sobald er ihrer ansichtig wurde. »Hat Ihr Besucher eine Erlaubnis?«, fragte er ohne Gruß und ohne Recha anzusehen.

»Er ist mein Bruder«, sagte Recha. »Er bleibt nicht lange, sondern möchte nur gern einmal sehen, wo ich meine Tage zubringe.«

Sie konnte sehen, wie Widerwillen und Neugier in ihm miteinander kämpften, wie er schließlich den Kopf hob und Gabriel scheu, aber ungeniert betrachtete. Er erinnerte sie an die Leute, die das dritte oder vierte Mal in Murnaus *Nosferatu – Symphonie des Grauens* gingen, weil sie nicht genug von dem Entsetzen bekamen, das sie nicht betraf und nie betreffen würde.

Gabriel wollte sich vorstellen, er setzte auf seine höfliche, altmodische Weise zum Sprechen an, doch Recha zerrte ihn eilig weiter. An den meisten Tagen war ihm klar, dass seine Sprache kaum verständlich war, dass sein Gesicht Menschen abschreckte, dass er besser dran war, wenn er sich von Fremden fernhielt. Zuweilen aber vergaß er all das und war wieder der linkische, hochbegabte Junge, der schwer Freunde fand, weil er allzu anders war, der aber auf jeden offen zuging.

»Wir müssen uns beeilen. Wenn ich zu spät komme und alle auf mich warten müssen, kostet das die UFA eine Stange Geld.«

»Auf dich warten sicher alle gern.« In seiner zerstörten Stimme schwang Stolz mit. »Du bist doch die Wichtigste, Recha, ohne dich können sie den Film ja gar nicht machen.«

Auf *Im Nebel von London* traf das nicht zu, aber das würde Gabriel ihr ohnehin nicht glauben. Er sah jeden ihrer Filme von Anfang bis Ende unzählige Male. Ins Kino ging er nicht, aber sie hatten in ihrem Haus einen Vorführraum mit einem guten Projektor. Recha verstand ihn: Ihr Leben war das Leben, das ihm geblieben war, und er schnappte nach jedem Krumen, den er davon bekommen konnte.

Eifrig humpelte er voran, schwankte dabei wie ein betrunkener Seemann. Sie mussten beinahe die gesamte Längsseite der Halle entlanggehen, und Recha hoffte, dass die Kulissenbauer, die ihnen mit meterlangen Bauteilen unter den Armen entgegenkamen, zu viel zu schleppen hatten, um sie zu beachten. Leichter, vom Wind getriebener Regen setzte ein und lenkte sie vielleicht ab. Aber die zwei, die mit einer Art überdimensionalem Baumstamm vorangingen, hatten sie längst erkannt.

»Recha Süßapfel«, hörte sie den vorderen – einen Kerl von bestimmt zwei Metern Größe und drei Zentnern Gewicht – murmeln. »Wenn mein' Vadder sein Sohn die zu Jesicht kriecht, wird er schwach inne Knie und dösig im Kopp.«

Wider Willen musste sie lächeln. Sie kannte den Mann. Er hieß Kurt Klawitter, hatte drei Söhne, und nach jeder ihrer Premieren tauchte er bei ihr auf und präsentierte ihr vier Autogrammkarten: »Dreie für meene Jungs. Und denn noch eene für denen ihr'n Vadder.«

»Im Ernst?«, fragte der Mann, der das hintere Ende des Baumstamms trug, ein kleiner kompakter Bursche mit einem Ziegenbart. »Klar, Holz vor der Hütte hat die reichlich, und von der Bettkante stoßen würd' die keener, aber wenn de mir fragst, sieht die jüdisch aus. Auf drei Meilen Abstand. Und genauso weit wirdse ooch stinken.«

Kurt Klawitter ließ die Spitze des Baumstammes fallen und drehte sich um. »Dit meinste nich' wirklich, wa?«

»Und ob ick dit meine.« Der andere blieb ebenfalls stehen. »Und wat man sich bei der für Krankheiten einfängt, will ick jar nich' erst wissen.«

Recha spürte Übelkeit, die ihr bis in die Kehle stieg. Jetzt blieben sie alle stehen, die ganze Schar der Träger, bildeten einen Kreis und glotzten Recha und Gabriel entgegen.

»Ick gloob', mein Schwein pfeift«, murmelte einer. »Dat is doch ne Maske, oder? Mit so'nem Jesicht kann doch wohl kein Christenmensch rumloofen.«

Gabriel wollte auf die Männer zuhumpeln, aber Recha packte ihn und hielt ihn mit aller Kraft fest. Sein Arm war dürr, ein mit Haut und Stoff bespannter Knochen. »Bleib stehen!«, schrie sie ihn an, als er sich noch immer auf die Männer zubewegen wollte. »So verblendet kannst du doch nicht sein, um nicht zu merken, dass die dir nichts Gutes wollen!«

»'n Christenmensch is' der ja ooch nich'«, sagte der Ziegenbärtige, der mit Kurt Klawitter den Baumstamm getragen hatte. »Jude isser. Sonst tät' er sich mit seine Visage jar nich' erst unter friedliche Bürger wagen.«

Recha stieß Gabriel zurück, sodass er sich an seine Krücke klammern musste, um nicht zu stürzen, und rannte blindlings los. »Im Krieg war er!«, schrie sie. »In euren Krieg hat er ziehen dürfen, obwohl er Jude ist, hat sich das Gesicht, den Körper und das ganze Leben kaputtschießen lassen. In Flandern, wo ihr überhaupt nichts zu suchen hattet, in das ihr einfach nur marschiert seid, weil ihr Lust hattet, euch die Welt in die Tasche zu stecken. Um dafür das Kanonenfutter zu stellen, waren wir euch gut genug. Da hieß es auf einmal, es gibt keine Juden und auch keine Linken mehr, sondern nur noch Deutsche, aber jetzt, keine zehn Jahre später, ertragt ihr es nicht, euch anzusehen, was euer Dreckskrieg aus uns gemacht hat!«

Die Welle des Zorns, die aus ihr herausbrach, übermannte sie. Sie geriet ins Schwanken, streckte den Arm nach Halt aus und wäre um ein Haar gestürzt, als sie keinen fand. Sie hatte nicht gewusst, was sich in diesen Wochen und Monaten in ihr gesammelt und gestaut hatte, hatte sich elend, traurig und ratlos gefühlt, aber nicht rasend vor Zorn. Wie durch einen Schleier sah sie den kleinen bärtigen Mann, der den Baumstamm getragen hatte, auf sich zukommen und spürte, wie sich ihr Körper kerzengerade aufrichtete. Statt ihm auszuweichen, was der Mann ohne Zweifel erwartete, wie es auch Recha selbst von sich kannte und erwartete, plusterte sie sich auf wie ein kampfbereiter Hahn. Ihr Körper war wie vollgepumpt mit einer Droge, die er selbst produzierte, und übernahm die Regie.

»Mensch, Egon, lass das doch«, hörte sie Kurt Klawitters Stimme.

Der andere ließ sich jedoch nicht aufhalten, sondern strebte mit grimmiger Miene und geballten Fäusten weiter auf Recha zu. »Den Teufel tu icke. Wenn die Ärger will, die Judsche, dann sollse den kriegen.«

Recha ging ebenfalls weiter und wartete auf die Angst, die nicht kam. Ihre Fäuste ballten sich von selbst, ihre Lippen pressten sich aufeinander. Sie konnte sich nicht erinnern, jemals einen Menschen geschlagen zu haben, aber das war ihr egal. Mit dem nächsten Schritt war sie ihm nahe genug, sah die Poren auf seiner Nase und holte aus. Er holte auch aus. Sie waren etwa gleich groß und schlugen gleichzeitig zu.

Sein Hieb traf ihren Wangenknochen und ließ sie taumeln. Wohin sie selbst getroffen hatte, wusste sie nicht mit Sicherheit. Sie hatte nur Härte gespürt, den dumpfen Aufprall von Knochen auf Knochen. Mit einem Herzschlag Verzögerung setzten Schmerz und Schwindel ein. Sie sah seine Faust erneut auf ihr Gesicht zusausen, ehe auch sie von Neuem ausholen konnte.

Ehe sein zweiter Hieb sie traf, sprang jemand mit einem verunglückten Satz dazwischen.

Gabriel.

»Fass meine Schwester nicht an!«

Dass jemand seine Worte verstand, war fraglich, doch seinen Befehl befolgte der Bärtige auch so. Auf die Krücke gestützt stellte sich Gabriel vor Recha, und der Mann wich zurück, ohne sie noch einmal anzufassen. Tiefe Abscheu zeichnete sich auf seinem Gesicht ab.

»Was ist denn hier los? Recha, was soll das?«

Sie fuhr herum und fand sich in wenigen Schritten Entfernung ihrem Mann gegenüber, an seiner Seite stand das belgische Mädchen. Wie üblich strahlte es eine Energie aus, als sei ihm nie im Leben etwas zu schwer geworden, und diese unglaubliche Spannkraft schien neuerdings auf Willi überzuspringen. Nach der Schlappe mit dem *Sankt-Pauli*-Film hatte Recha ihn niedergeschlagen, tief in trübe Gedanken versunken, ja, geradezu gebeugt erlebt. Seit ein paar Tagen aber schien der Schwung in seinen Schritt zurückgekehrt zu sein, war das strahlende Selbstbewusstsein zurück, mit dem er einst in ihr und Wolfgangs Leben gestürmt war und sich genommen hatte, was er wollte.

Ohne Federlesens trennte er die Kampfhähne, schob Recha und Gabriel zurück und baute sich mit in die Hüften gestemmten Händen vor dem bärtigen Kulissenbauer auf. »Ich habe keine Ahnung, was dir zu Kopf gestiegen ist, und es interessiert mich auch nicht«, sprach er auf den Mann ein. »Aber von meiner Frau lässt du die Finger, verstanden? Ihr alle. Und damit ist das Thema beendet.«

Der Mann ließ die Fäuste sinken. Die Kulissenbauer tauschten ein paar gemurmelte Worte, dann trollten sie sich, nahmen ihre Last wieder auf und zogen weiter. Gabriel hatte sich zu Recha umgedreht. Aus der Tasche seines eleganten hellgrauen Chesterfields zog er ein blütenweißes Taschentuch, mit dem er ihr die schmerzende Wange betupfte. Er liebte es, sich gut anzuziehen. Als würde die geschmackvolle Kleidung an seiner Wirkung auf Menschen auch nur das Geringste ändern.

»Du blutest, Recha.« Aus dem Auge, das ihm geblieben war, sah er sie voll Bedauern an.

Recha war zum Heulen. Sie wollte ihn an sich drücken und mit ihm von hier verschwinden, aus dem Regen in ihr warmes Haus flüchten, es verriegeln und von diesen Leuten keinen jemals wiedersehen. Stattdessen schienen noch mehr von ihnen zusammenzuströmen. Babelsberg, die modernste Filmstadt Europas, hätte ein Kaff im finstersten Brandenburg sein können: Wo es etwas zu gaffen gab, das Missgeschick eines andern zu bestaunen, versammelte sich das Heer der Klatschweiber – beiderlei Geschlechts – auf der Stelle.

»Ich würde alles für dich tun, Recha. Alles. Das weißt du, nicht wahr?«

Sie hätte ihm erklären müssen, dass er nicht alles für sie zu tun brauchte, dass sie mit ihrem Leben allein zurechtkam und er sich aus den Kämpfen herauszuhalten hatte, die sie ausfocht. Aber sie konnte nur nicken.

»Bekomme ich jetzt vielleicht eine Antwort? Ich habe dich gefragt, was das hier soll, Recha.« Das war Willi. »Wir waren uns einig, dass Gabriel auf dem Aufnahmegelände nichts zu suchen hat. Zu seinem eigenen Besten. Du hast doch gesehen, zu was das führt.«

Gabriel, auf seine Krücke gestützt und nun sichtlich erschöpft, drehte sich nach ihm um. Recha, die ihn kannte wie keinen anderen, sah in dieser kleinen, mühsamen Bewegung allen Schmerz, der nicht seinem versehrten Körper geschuldet war, sondern dem, was seine zwei liebsten Menschen mit ihrem Streit seiner Seele antaten. *Es ist, als würden wir LaFontaine zwingen, sich für einen von uns zu entscheiden*, durchfuhr es sie, und im selben Augenblick stockte ihr vor Scham der Atem. Ihr Bruder war kein Hund, er war ein Mensch, ein Mann, der sie als kleiner Junge mit der Gewagtheit und Komplexität seiner Gedanken verblüfft hatte. Dennoch ließ sich das Bild nicht verdrängen: Er stand zwischen ihnen wie ihr belgischer Schäferhund, der seiner wilden Liebe zu ihnen beiden hilflos ausgeliefert war.

»Schrei meine Schwester nicht an«, sagte er mit seinen zerquetschten Wörtern zu Willi, der sein Held, sein Idol war. Er versuchte, sich über der Krücke aufzurichten. »Meine Schwester hat dir nichts getan. Meine Schwester tut niemandem etwas. Meine Schwester ist der beste Mensch auf der Welt.«

Recha sah, wie Willis ganzer hoch aufgerichteter Körper zusammenzuckte, wie ihn Gabriels Worte berührten, und atmete auf. Die Liebe zwischen beiden war noch immer gegenseitig, die Sekunde, als zwischen drei Kameraden die Granate eingeschlagen war und zwei von ihnen zerrissen hatte, blieb unauslöschlich. Willi streckte die Hände aus und umschloss Gabriels Schultern. »Zum Teufel, Gab, du glaubst doch wohl nicht, dass ich deiner Schwester ein Haar krümmen könnte. Ich bin ihr Mann, verdammt noch mal, wenn irgendwer ihr Bestes will, dann ich!«

Willis Augen flackerten und glänzten. Sie war blonder als er, doch davon abgesehen kam das Mädchen, das neben ihm stand, Recha wie seine Schwester vor. Was zwischen ihnen die Luft zittern ließ, war jedoch alles andere als geschwisterlich. So glasklar sah Recha es vor sich, dass sie sich fragte, warum sie es vorher nicht bemerkt hatte. Noch verwunderlicher war, dass Erkenntnis und Schmerz ohne jede Erregung daherkamen. Ruhig und messerscharf stellte sie fest: Die Frau, die dort vor ihr stand, war die Zukunft, während sie selbst die Vergangenheit verkörperte, die sich mit schwacher Kraft sträubte, das Feld zu räumen, und eine lächerliche Figur abgab.

Sie hätte das schöne belgische Mädchen am liebsten bei den Aufschlägen ihrer blitzsauberen Kostümjacke gegriffen und angebettelt: *Nimm mir meinen Mann nicht weg. Dein Weg fängt erst an, du kannst noch Hunderte haben und weißt nicht, was er mir bedeutet, was er und ich hinter uns haben. Tänze im Regen. Tode im Schlamm. Zu viel, um noch einmal neu anzufangen.*

Wenn die Filme erst Ton bekommen, dachte sie, *wird man uns so etwas in die Texte schreiben, und die Leute in den Kinos werden glauben, dass es die Wahrheit ist. Und vielleicht ist es das ja auch. Zumindest manchmal.* Sie strich sich das Blut von der Wange, versuchte, sich mit allen zehn Fingern durchs Haar zu kämmen, und blieb hängen.

Gabriels Blick klebte an Willis Gesicht. »Wir können nicht nur ihr Bestes wollen, Willi«, belehrte er freundlich. »Das genügt nicht. Wir müssen auch das Böse von ihr fernhalten. Gehinnom. Meine Großmutter hat gesagt, überall in Berlin ist Gehinnom.«

Willi stöhnte. »Bitte nicht das, nicht auch noch du. Ich habe keine Zeit. Hast du vergessen, wie du mit mir darüber gelacht hast, wie du gesagt hast, das sind diese Ammenmärchen, vor denen Frauen sich gruseln?«

»Das war damals«, sagte Gabriel. »Vor Gehinnom.«

Vor dem Krieg meinte er, und einmal mehr verblüffte es Recha, wie klug ihr Bruder bei all seiner Einfalt war.

Vom Eingang der Halle her kamen mehr Leute. Alexander Grau, einen Schal um den Hals geschlungen und den Mantel wie immer weit offen, Hilmar Lehnitz, der eilfertige Erfüllungsgehilfe, und Gernot Bieler im zu dünnen Straßenanzug, vermutlich einem Kostüm. Recha schauderte. Sie konnte ihren einstigen Filmpartner nicht ansehen, ohne dass sich ihr Magen zusammenzog.

»Donner und Doria!«, sagte Alexander Grau und blieb wie angewurzelt stehen. »Sehen Sie sich das an, Lehnitz. Da haben Sie Ihren Kriegskrüppel.« Er lachte ein Lachen, das Recha an Schleifpapier erinnerte. »Wenn den Leuten bei dem da nicht das kalte Grausen kommt, dann weiß ich auch nicht, was man denen noch vorsetzen soll.«

»Ich will nicht, dass ihnen das Grausen kommt!« Dass Lehnitz sich gegen etwas auflehnte, das Grau sagte, hatte Recha noch nie erlebt. Er schüttelte sich, sah von Gabriel weg, während Grau ihn musterte wie ein zu sezierendes Tier, eine bisher unbekannte, ebenso ekelerregende wie faszinierende Gattung.

Lehnitz verlegte sich aufs Murmeln: »Dieses expressionistische Zeug mit seinen Verzerrungen und Verformungen, das ist nichts für mich. Ich liebe das Saubere, Klare von schön geschnittenen Menschengesichtern unseres nordischen Typs. Auch bin ich der Ansicht, es sollte den Leuten kein Schrecken eingejagt werden, sie haben in ihrem Alltag im Sumpf dieses Staates doch schon Schrecken genug. Sie geben ihr vom Mund abgespartes Geld für eine Kinokarte aus, um für kurze Zeit in eine Welt zu entfliehen, in der es noch Schönes, Unverdorbenes gibt.«

Er ist dumm, dachte Recha und wunderte sich. Sie hätte außer sich sein sollen, weil er von Gabriel sprach wie von einem misslungenen Filmrequisit, doch stattdessen dachte sie: *Er ist dumm, ein Mitläufer, der die Zeichen der Zeit zwar wittert und ihnen hinterherrennt, sie jedoch nicht begreift. Abstoßend, aber ungefährlich. Gernot Bieler dagegen betet zu denselben Dämonen, aber ist nicht dumm. Er weiß, wovon er spricht. Das machte ihn zur Bombe auf Beinen.*

»Sie haben nichts verstanden, mein Bester, nichts und wieder nichts«, sagte denn auch Alexander Grau, der noch immer Gabriel musterte. »Wenn Sie wie ich in den Anfangsjahren, in all diesem Kampf und Schmerz dabei gewesen wären, wüssten Sie, dass unsere Feinde einen Vorsprung hatten, den wir nicht aufholen konnten. Und Sie wüssten auch, warum: Weil der Deutsche in seiner Moral gefangen ist, während seine Gegner frei von allen Skrupeln auf Wirkung setzen, auf nichts als Wirkung. Sie glauben, Kriege werden nicht auf der Kinoleinwand gewonnen? Sie argloser Tropf. Sie wissen nichts.«

Damit ließ er Lehnitz stehen und wandte sich Gernot zu. »Sie sind doch nicht von gestern, Bieler, helfen Sie Ihrem Regisseur mal ein bisschen auf die Sprünge. Finden Sie einen ansehnlichen jungen Mann, der Ihnen Ihren geliebten jüngeren Bruder in den Rückblenden spielt. Und dann präsentieren Sie den Zuschauern dieses Monstrum: Seht her. Das ist es, was unsere Feinde aus den Brüdern deutscher Helden gemacht haben. Das ist es, was der Vertrag von Versailles aus unserem Land gemacht hat. Die Leute geraten ins Schluchzen und finden sich darin wieder, ohne zu wissen, worum es eigentlich geht. Das ist es, was Sie erreichen wollen – an der Kinokasse wie in der Schlacht, die wir zu schlagen haben.«

Gernot hob den Kopf. Wind trieb ihm das Haar aus der Stirn, und über eine seiner Wangen lief ein Rinnsal Regen. Ein guter Fotograf hätte jetzt ein Porträt geschossen und es vermutlich verkauft wie warme Semmeln. Er war in der Tat ein hinreißend schöner Mann, und Recha war wahrscheinlich das einzige weibliche Wesen im Land, dem der Anblick dieser Schönheit die Kehle zuschnürte.

Etwas anderes zog die Schnur um ihre Kehle noch fester: Mit keinem Wort hatte Willi bisher protestiert. Er hatte nicht bekundet, der Mann, von dem alle sprachen, als stünde er nicht mitten unter ihnen, sei sein Schwager und trete in keinem Film der Welt als Monster auf. Gabriel, der anfangs noch auf die Männer hatte zugehen wollen, stand jetzt still, hatte eine Hand auf die Krücke gestützt, die zweite um Rechas Arm gekrallt.

»Ja, wenn Sie das so erklären, dann leuchtet das natürlich ein«, stammelte Lehnitz. »Mit Rückblenden. Raffinierte Idee. Ja, ganz sicher, das könnte man so machen.«

»Mir ist es zu viel«, sagte der schöne Gernot. »So dick aufzutragen und alles zu überzeichnen, das ist jüdisch, nicht deutsch. Einen Kriegskrüppel als Bruder lasse ich mir gefallen, aber es genügt völlig, wenn ihm der Arm zerschmettert worden ist. Und ich als Bruder versuche verzweifelt, das Geld für eine Prothese aufzutreiben, damit er seinen geliebten Beruf als Geigenbauer wieder aufnehmen kann.«

»Gibt es denn solche Prothesen?«, fragte der Idiot Lehnitz. »So gut, dass man damit Geigen bauen kann?«

»Das ist mir Jacke wie Hose«, versetzte Alexander Grau ungehalten. »Ich komme mir vor, als rede ich mit einer Herde Kühe vom Klavierspielen. Die Wirkung im Film erzielen nicht die Pappen, auf die Sie herzergreifende Worte über Geigen, Prothesen und zerschmetterte Arme kritzeln. Es sind die Bilder. Bilder wie das da.« Mit ausgestrecktem Finger zeigte er Gabriel mitten ins Gesicht.

Der wich zurück, rutschte von der Krücke ab und stürzte hintüber.

»Gabriel!«

Er lag auf dem vom Regen durchweichten Boden wie ein Käfer und blickte mit einer Traurigkeit zu ihr auf, die keine Grenze hatte. Aus eigener Kraft würde er sich nicht auf die Füße rappeln können. Auf den Fuß. Der zweite war ja in Flandern geblieben. Recha beugte sich nieder, um ihm aufzuhelfen, und endlich kam auch Willi und griff seinem Schwager unter die Arme. Noch schneller als er war das Mädchen zur Stelle und streckte Gabriel die Hände hin. Recha kam es vor, als wären die beiden nicht ganz sicher auf den Beinen. Hatten sie am frühen Morgen schon getrunken? In Babelsberg war das keine Seltenheit. Gerade Champagnerkorken knallten oft, wenn am Set etwas geglückt, ein Ziel erreicht, ein Erfolg errungen worden war.

Vereint stemmten sie Gabriels knochiges Fliegengewicht in die Höhe. Er lehnte sich an Recha und starrte das belgische Mädchen mit seinem groß aufgerissenen Auge an. »Vielen Dank«, stammelte er. »Ich bitte um Verzeihung für meine Ungeschicklichkeit.«

»Es war ja abzusehen, dass so etwas passiert«, sagte Gernot zu Grau, als wären die Übrigen nicht vorhanden. »Der Mensch gehört hier nicht her. Er ist übrigens ein Mörder, war Ihnen das nicht bekannt?«

Es war das erste Mal, dass Recha Alexander Grau um eine Antwort verlegen erlebte.

»Die Zeiten, in denen in der Kunst kein Mittel bizarr genug sein konnte, gehen jetzt hoffentlich endlich zu Ende«, fuhr Gernot fort. »Die Berber ist übrigens tot, wussten Sie das?« Letzteres verkündete er in wahrhaft triumphierendem Ton.

»Natürlich wusste ich das«, schnarrte Grau. »Was ich nicht weiß, ist, was die Berber mit Lehnitz' Film und unserem Dilemma zu tun hat.«

»Dieses Zerrbild von einer Frau hat mich seit Jahren geekelt.« Gernot Bieler sprach jetzt nur noch zu sich selbst. »Bis zum Erbrechen. Ihre Art, bei dem, was sie Tanzen nennt, das Becken vorzuschieben und die Beine zu spreizen, dann dieses Reiben die Schenkel hinunter und wieder hinauf bis über ihr widerlich feuchtes Geschlecht, dann über diese losen kleinen Brüste, immer in Kreisen, dazu das Lechzen, das Geifern, das ewige Stöhnen …«

Während er wie in Trance oder Ekstase vor sich hin sprach und dabei den Unterleib wie in dem beschriebenen Tanz bewegte, sah er über die ganze Szene hinweg Recha an. Sah ihr voll ins Gesicht, taxierte sie, und sie glaubte, wieder seine Zunge zu spüren, die versuchte, sich Einlass in ihren Mund zu verschaffen, seine Hüften an ihren und seinen Schwanz, der hart in die Höhe schnellte.

»Herrgott, Bieler, hören Sie auf mit diesen Verrenkungen«, explodierte Alexander Grau. »Kommen Sie zu sich, Mann. Sind Sie besoffen?«

Gernot verstummte auf der Stelle, sah aber weiterhin Recha an, ließ seinen Blick an ihr hinuntergleiten, als wollte er ihr mit diesem gierigen Blick die Kleider vom Leib ätzen. Sie stand wie erstarrt und verachtete sich, weil sie sich einen solchen Blick gefallen ließ, sich nicht zornig dagegen wehrte, sondern sich stillschweigend fragte: *Was kann ich schon tun? Was kann ich beweisen? Wer würde mir glauben?*

Willi hatte Gabriel zu sich gezogen und strich ihm über den schütteren Rest seines Haars, wie er es in Flandern getan hatte, als er mit Gabriels zermalmtem Kopf im Schoß im Schlamm gekniet hatte, obwohl der Befehl lautete, schleunigst den Rückzug anzutreten und die Verwundeten liegen zu lassen. Willi hatte den Befehl verweigert und Gabriels verbranntes Haar gestreichelt, bis sein Hauptmann jemanden von der Feldambulanz geschickt hatte, um ihn in Deckung zu transportieren.

Er war immer noch der Mann, der das getan, der sich geweigert hatte, ihren Bruder im Stich zu lassen. Ihr Mann. Wie konnte sie daran zweifeln, dass er ihr glauben würde?

»Wir haben ohnehin andere Probleme«, knurrte Grau. »Da Fräulein Blommaert Ihnen einen Korb gegeben hat, fehlt Ihnen die weibliche Hauptdarstellerin. Ich hätte nicht übel Lust, den Schinken komplett in der Versenkung verschwinden zu lassen. Produzieren wir hier eigentlich nur noch totgeborene Kinder? Wie sieht es bei Ihnen aus?« Er fuhr zu Willi herum. »Liefert das Gespann Pommer-Zur Nieden demnächst mal ein brauchbares Konzept, oder setzen Sie mir ein Trauerspiel vor wie Correll-Lehnitz?«

Willis Streicheln durch Gabriels Haar wurde fahrig, merkwürdig aufgekratzt. Sein ganzer Körper schien vor Spannung zu zittern. »Sie bekommen in der Tat von uns ein Konzept«, antwortete er. »Und zwar eines, das Sie vom Hocker reißen wird, dafür verbürge ich mich.«

»Ganz schön kühn«, gab Grau zurück. »Vor allem, wenn man bedenkt, was Sie in letzter Zeit präsentiert haben. Sind Sie sicher, dass Sie den Mund nicht zu voll nehmen?«

»Todsicher«, erwiderte Willi. »Mein Konzept ist das beste, das Sie in diesem verdammten Jahr bekommen haben. Sie dürfen mich beim Wort nehmen. Wenn Sie mir ein besseres zeigen, bewerbe ich mich umgehend bei der UFA um eine Stellung als Kabelträger. Unbezahlt.«

In Rechas Kopf, der ohnehin schmerzte, begann eine Alarmglocke zu schrillen. Warum wusste sie nichts von diesem Konzept, warum hatte Willi, der sonst sein Herz auf der Zunge trug, es mit keinem Wort erwähnt?

Log er? Verwunderlich wäre das nicht, in ihrem Geschäft war die Fähigkeit zu lügen so etwas wie eine unentbehrliche Grundvoraussetzung. Recha wollte nicht wissen, wie viele Filmkonzepte finanziert wurden, ohne dass irgendwer die leiseste Ahnung hatte, was später im Drehbuch stehen sollte, aber Willi kam ihr nicht vor, als ob er sich etwas aus den Fingern saugte. Er wirkte so selbstsicher, so überzeugt und zappelig vor Erregung wie sonst nur, wenn er von etwas aufrichtig begeistert war. Also hatte er ein Drehbuch. Eines, von dem er ihr – seiner Frau – nichts erzählt hatte.

»Und wann bekomme ich dieses ominöse Konzept zu Gesicht?«, sprach Alexander Grau die Frage aus, die auch Recha gern gestellt hätte.

»Um ein wenig Geduld muss ich noch bitten.« Willi schenkte ihm ein strahlendes Lächeln und fuhr hektisch durch Gabriels Haar.

Etwas passte nicht zusammen, und Recha machte die beklemmende Erfahrung, den eigenen Mann nicht zu durchschauen.

Willi sprach bereits weiter: »Die endgültige Fassung des Drehbuchs ist derzeit noch in Arbeit. Zeitgleich kümmere ich mich aber bereits um die Besetzung. Gernot – nach dir war ich gerade auf der Suche. Ich weiß, du gehst mir neuerdings fremd …« Er warf den Kopf zurück und lachte, als habe er einen grandiosen Witz gemacht. »Aber die Rolle, die ich dir anzubieten habe, kannst du gar nicht ablehnen. Sie ist dir auf den Leib geschrieben und wird dem Publikum beweisen, dass du dich entwickelt hast, dass du das Format besitzt, reifere Rollen zu verkörpern.«

»Ach ja?«, fragte Gernot. »Worum geht es denn?«

»Um einen Vater. Einen verzweifelten Vater, der auf der Suche nach seiner verlorenen Tochter quer durch den halben Kontinent jagt …«

Die Belgierin – Grietje –, die bisher langmütig und bewegungslos im Regen gewartet hatte, versetzte ihm einen Stoß mit dem Ellenbogen.

»Oh.« Von Neuem lachte Willi auf. »Ich werde gerade schmerzhaft daran erinnert, dass ich zu viel verrate. Also hülle ich mich vorerst in Schweigen. Aber eines darf ich wohl doch sagen: Es wird der beste Film, den ich je gemacht habe, vielleicht der beste, den ich je machen werde.«

Während der kunstvollen Pause, die er einlegte, stand das Unausgesprochene in der Luft: *Besser als* In der Nacht weint Wipers, meine Stadt.

»Dazu brauche ich dich, Gernot«, fuhr er fort. »An Rechas Seite, wie unsere Zuschauer es lieben.«

Der Ausdruck auf Gernots Gesicht wechselte innerhalb von Sekunden: Skepsis, Neugier, geschmeichelte Eitelkeit, die gesamte Palette flog über seine Züge, so klar lesbar wie Worte auf Papptafeln, die zwischen Filmszenen aufblitzten. Sein ausdrucksstarkes Gesicht gehörte zu den Trümpfen, die seinen Erfolg als Schauspieler ausmachten, doch hätte er je eine Emotion verbergen wollen, wäre er kläglich gescheitert. »Ich bin natürlich Hilmar im Wort«, druckste er kokett und ließ damit keinen Zweifel daran, dass er längst Blut geleckt hatte. »Aber das heißt ja nicht, dass ich mir deine Sache nicht ansehen kann. Ich habe schließlich nie einen Hehl daraus gemacht, dass ich dich für den besseren Regisseur halte.«

»So wie ich keinen Hehl daraus mache, dass ich dich für den

besten Mann halte, den wir im Liebhaberfach derzeit haben«, sagte Willi.

Vielleicht wollte er ihm wie einem alten Kumpanen zuzwinkern, aber Gernot schien ihn nicht länger zu beachten. Er hatte sich Recha zugewandt und betrachtete sie unverhohlen, die Augen gierig und die Mundwinkel so geringfügig zum Grinsen verzogen, dass sich einmal mehr nichts hätte zeigen, nichts hätte beweisen lassen. »Also wir beide wieder zusammen, was, Mädel?« Aus seiner Kehle kam ein winziges Kicksen. »Was will man da machen? Wenn wir den Leuten so gut gefallen …«

Recha glaubte, seinen Blick auf ihrer Wange brennen zu fühlen, dann über Mund und Kehle bis hinunter auf ihre Brüste. Sie holte Atem. »Nein«, sagte sie.

»Wie, *nein*?« Willi hatte das gefragt. Gernot starrte Recha noch immer auf die Brüste, und um seine Mundwinkel spielte das Grinsen, das außer ihr niemand bemerkte.

»Ich werde nicht mehr mit Gernot Bieler filmen«, sagte sie. »Wenn du mich für deinen Film willst, wirst du dir einen anderen Hauptdarsteller suchen müssen.«

»Bist du nicht bei Verstand? Weißt du, wie verzweifelt ich nach diesem Stoff gesucht habe? Ich habe geglaubt, es wäre alles zu Ende, ich müsste demnächst das Haus verkaufen und mich irgendwo zum Stempeln anstellen, und jetzt, wo ich auf dieses Juwel gestoßen bin, diese Geschichte, die wie für mich gemacht bist, fährst ausgerechnet du mir in die Parade?«

»Dolchstoß«, raunte Gernot, nur für Recha hörbar. »In den Rücken. Darin seid ihr ja Meisterinnen. Ihr Töchter Zions steht eurem Mannsvolk in nichts nach.«

»Das ist nicht dein Ernst, Recha«, sagte Willi.

»Es ist nicht Ihr Ernst, Madame Süßapfel«, echote Grau höhnisch. »Sagen Sie doch diesem bedauernswerten Menschen, der Sie geheiratet hat, dass es nicht Ihr Ernst ist, meine Schöne.«

»Es ist mein Ernst«, sagte Recha, löste sich aus der Starre und hielt Gabriel die Krücke hin, damit er sich darauf stützen und mit ihr das Gelände verlassen konnte. »Ich werde in keinem Film mehr mit Gernot Bieler spielen.«

Sie wartete, bis der verstörte Gabriel sich aus Willis Umarmung gelöst und sein Gewicht auf die Krücke verlagert hatte, dann nahm sie das, was von seinem freien Arm übrig war, und ging.

Über ihr Gesicht liefen Tränen, aber das würde bei dem Regen niemand merken.

Teil Zwei

Berlin, Januar 1929

I'm in love again –
nein, das eigentlich nicht:
es sollte nur jemand dasein, an dem ich mich spüren kann.

Kurt Tucholsky: »Es ist«, 1928

11

In der *Grünen Minna* bekamen sie nicht, wonach es sie verlangte. Mokka, Cognac und Cocktails gab es in Hülle und Fülle. Aber den Durst, der in ihnen brannte, würde nichts davon stillen.

Sie nahm seine Hand, und sie rannten den Kurfürstendamm hinunter. Ihre Schritte platschten in den zerschmelzenden grauschwarzen Resten des Schnees, während sich in den öligen Pfützen grotesk der Tanz greller Leuchtschriften und blinkender Reklame spiegelte. *Das müsste man auf die Leinwand bekommen*, durchfuhr es Willi, in dessen Kopf die Lichtfunken wie in einem Kaleidoskop barsten und wieder zusammenflossen. *Wenn man Farbe hätte, funkelnde, blendende Farbe, könnte man die Leute in einen Rausch versetzen, auf eine Karussellfahrt senden, bis sie ihren eigenen Namen vergessen.*

Würde er nie aufhören, so zu denken, in allem und jedem Filmbilder zu sehen, egal, wie sehr die Wirklichkeit ihn forderte? Vielleicht waren Filmmenschen für die Wirklichkeit verdorben, vielleicht spürte er gar nicht mehr, wo die Grenze zwischen Film und Wirklichkeit lag.

»Komm weiter, Willi. Komm weiter.« Ihr Lachen hallte ihnen durch den Regen voraus.

Die hell gestrichene Fassade der Bar umfasste eine Länge, in die fünf oder sechs Ladengeschäfte gepasst hätten. Weithin leuchtete der rote Schriftzug. *Kakadu.* Womöglich das berühmteste oder auch das berüchtigtste Lokal Berlins. Erst im letzten Jahr war das Etablissement aufwendig umgebaut worden, um nun den längsten Tresen zu enthalten, der sich in der Hauptstadt finden ließ. Daran, so hieß es, sollten sich Wirtschaftsmagnaten und Gangsterbosse treffen, Revuestars und Edelhuren, russische Gräfinnen, echte wie falsche, Pariser Kaufleute in Delikatessen oder Haute Couture, dazwischen zwielichtige Gestalten, die mit ganz anderem handelten.

»Was du im *Kakadu* nicht zu kaufen kriegst, gibt's nicht mal in der Hölle«, lautete das gängige Gerücht, das vermutlich die Inhaber selbst verbreiteten.

Angeblich waren die meisten von Willis Kollegen bereits hier gewesen, und wer sich dessen nicht rühmen konnte, musste sich die Frage gefallen lassen, ob er etwa noch an Muttis Rockzipfel hinge und sich vor dem großen bösen Leben der Erwachsenen fürchte.

»Nicht sonderlich«, hatte Willi mit einem Schulterzucken zur Antwort gegeben, sooft ihm die Frage gestellt worden war. »Aber man weiß ja nicht, was in solchen Spelunken alles über die Theke geistert, also überlasse ich das gefährliche Leben lieber euch großen bösen Jungs.«

Es hatte ihn nie gekümmert. Mit seiner Frau, seiner Familie, seinen Freunden war er liebend gern in die *Grüne Minna* gegangen, hatte zu ein bisschen Jazz getanzt, viel gelacht, sich den Kopf heiß geredet, und ein Glas über den Durst war das verruchteste, was ihm dort je passiert war. Doch diese Zeit schien auf einmal wie von der Tafel gewischt. Seine Frau mied ihn, schnitt ihn, machte ihm einen stummen Vorwurf daraus, dass er seinen Star, seinen Kassenmagneten nicht fallen ließ. Seine Schwester redete nicht mehr mit ihm, legte auf, sooft er anrief und versuchte, die Missstimmung zwischen ihnen zu klären, und Freunde schien er nicht länger zu haben. Gunter, Lutz, Sonja, die WILWO-Leute – seit dem Fiasko mit dem *Sankt-Pauli*-Film hatte er keinen von ihnen zu Gesicht bekommen, wenn man von flüchtigen Begegnungen auf dem Filmgelände absah.

Vielleicht hatte das auch sein Gutes. Es war längst Zeit, die WILWO loszulassen. Dass er sich immer noch daran klammerte – wahrhaftig wie an Muttis Rockzipfel, nur dass diese Mutti schon vor Jahren das Zeitliche gesegnet hatte –, hatte ihm den Blick auf neue Wege versperrt. Musste er deshalb aber auch seine Freunde verlieren? Und überdies noch Felice und Recha?

Wenn er ehrlich war, mischte sich in sein Bedauern eine Spur Erleichterung, sooft Felice den Hörer aufknallte. Sosehr er sich seine Schwester zurück in sein Leben wünschte, so wenig wusste er, was er ihr in der strittigen Angelegenheit noch hätte sagen sollen. Felice hatte ja recht: Lisette und Jenny bedurften des Schutzes, und es erschien auch ihm grausam, sie aus der Geborgenheit des Quirin-Haushalts herauszureißen. Noch grausamer erschien es ihm jedoch, Ille mit leeren Händen ihres Weges zu schicken. Sie hatte immer leere Hände gehabt, solange sie lebte. Das Einzige, was ihr Schicksal ihr gewährt hatte, waren die beiden Kinder, und diese zwei sollten nun bei der Schwester bleiben, der alles gelungen war, was man sich im Leben wünschen konnte?

Willi hatte keine Kinder, aber er betrauerte das, das in Rechas Bauch gestorben war, ehe man ihr etwas davon hatte anmerken können. Diese Trauer war so tief und allgegenwärtig, dass im Grunde alles, was er tat, von dieser Trauer geprägt war. Er selbst war der Vater in seinem neuen Film, der seine bürgerliche Existenz aufgab und in ganz Europa nach seinem Kind suchte. Er wusste, er würde diesem Film eine Seele geben können, wie er es bei den anderen nicht gekonnt hatte, weil er dieses Mal selbst in dessen Seele steckte.

Er vermochte sich nicht vorzustellen, wie jemand seine Kinder aufgab, sich einen solchen Verlust aus freiem Willen zufügte. Es schien zu viel verlangt, von Ille wie von irgendeinem anderen Menschen. Zweifellos wusste Felice das selbst, und wenn sie ihren Zorn auf die Welt deswegen an ihm auslassen musste, gab es wenig, was er dagegen tun konnte.

Es tat nur weh.

Und dass er Recha nicht an seiner Seite hatte, tat so weh, dass er dafür keine Worte kannte.

Sie waren mehr als Liebende gewesen. Kameraden, die sich gemeinsam gegen den Sturm hätten stellen sollen. In der Vergangenheit hatte er manchmal gedacht: *Es geht alles gut. Viel besser als jemals erträumt. Wenn es aber schiefgehen, wenn mein wackliger Turm von Babylon einstürzen würde, wäre ich in den Trümmern nicht allein. Dann wäre Recha da.*

Jetzt aber, wo so vieles schiefgegangen war, wo seine Zukunft am seidenen Faden hing, streckte sie nicht die Hand aus, um mit ihm gemeinsam an dem Faden festzuhalten, sondern zog eine Schere heraus und schnitt ihn durch.

»Warum hörst du dir denn nicht erst einmal an, worum es in der Geschichte geht?«, hatte er sie beschworen. »Der Stoff ist gut, er ist nicht wie *Pfauenthron* oder *Sankt Pauli*, er wird dir gefallen.«

Er würde Wolfgang gefallen, hätte er um ein Haar hinzugefügt, doch im letzten Augenblick verbiss er es sich. Dieser Film war nicht Wolfgangs Film. Er war der seine, allein der seine, die Chance zu beweisen, dass er mehr war als der dürre, überlebende Arm von Wolfgang Vanselow.

»Wenn du Wert darauf legst, kann ich mir deinen Stoff gern ansehen«, hatte Recha gesagt. »Aber mit Gernot Bieler spiele ich nicht, mach dir darauf bitte keine Hoffnung.«

»Zum Teufel, wie stellst du dir denn das vor?«, hatte er losgeschrien. »Wie du weißt, bestimmen die Frauen, in welchen Film gegangen wird, selbst wenn die Männer die Kinokarten kaufen. Welche Frau soll ich in meinen Film bekommen, wenn der schöne Bieler in einem anderen spielt? Kannst du mir mal erklären, warum du nicht mehr mit ihm arbeitet willst? Ihr habt als Paar hervorragend funktioniert, man hat das Knistern und Funkenschlagen zwischen euch gespürt – und das alles willst du wegwerfen? Wenn ich wenigstens einen Grund dafür wüsste, könnte ich vielleicht versuchen, es zu begreifen, aber so kommt es mir wie eine sinnlose Laune vor, mit der du mir einen Knüppel zwischen die Beine wirfst.«

»Er ist ein Nazi.«

»Ach Quatsch. In letzter Zeit siehst du überall Nazis.«

»Vielleicht, weil überall welche sind.«

»Noch größerer Quatsch. Wir haben einen sozialdemokratischen Reichskanzler, eine überwiegend sozialdemokratische Regierung und mit Stresemann einen Außenminister, der in aller Welt beliebt ist. Wenn er bei den Verhandlungen in Paris erreicht, dass Frankreich das Rheinland räumt und die Reparationszahlungen gesenkt werden, geht es uns noch besser, als es uns jetzt schon geht, und auf die Hetzerei von diesem Hitler hört kein Mensch mehr.«

»Stresemann ist überhaupt nicht nach Paris gefahren. Er ist krank.«

»Na und? So etwas kommt vor. Diesen Young-Plan wird ja wohl trotzdem irgendwer für uns aushandeln, und überhaupt, was haben Stresemanns Krankheit und weiß der Kuckuck was noch mit meinem Film, mit Gernot und mit uns zu tun?«

Die Antwort war sie ihm schuldig geblieben. »Ich will eben nicht mehr mit ihm spielen« war alles, was er aus ihr herausbekam.

Er hatte es satt. Bis dorthinaus satt. Weshalb erwartete eigentlich alle Welt von ihm, dass er sich vor ihr zum Bettler machte – vor seinen Vorgesetzten wie vor seiner eigenen Frau? War er ein Niemand? War er nach zehn Jahren harter Arbeit noch immer derselbe Niemand, der sich einst unter Onkel Bennos Gürtel geduckt und nicht den Mut gehabt hatte, sich gegen die verhasste Stellung in der Bank zu wehren?

»Na komm schon, Willi. Komm schon.« Sie zog ihn unter das Vordach und stieß die schwingende Tür auf. Grietje. Nicht Recha.

Ihre Art, seinen Namen auszusprechen, fand er reizend, und heute Nacht wollte er feiern, auch wenn nicht völlig klar war, was es zu feiern gab. Sie sollten ihm alle den Buckel runterrutschen, wenn sie wollten, und ihn am Ende küssen, wo er schön war.

Gedämpftes Licht schlug ihnen entgegen, Schwaden von Rauch, Gelächter, Volksgemurmel und Musik, wie er sie liebte. *That's My Weakness Now*, ein Ohrwurm aus dem vergangenen Jahr. Helen Kanes süße, sentimentale Stimme schmeichelte ihm die Kälte aus den Gliedern. *»He likes those rainy days«*, sang sie, *»and I never cared for a rainy day.«*

Gab es derart zärtliche Frauen überhaupt noch? Die Spur Heiserkeit in der Stimme und das leise Lachen erinnerten ihn an Grietje. Die zog ihn ins Gewimmel, stürmte ihm voran wie ein fröhliches Kind. »Noch nichts frei. Erst einmal tanzen, Willi?«

Tanzen, Tanzen. Ihm war nicht danach zumute gewesen, aber jetzt, wo sie sich mit ihm zwischen die Leiber drängte, verspürte er unbändige Lust. Die schmale Fläche zwischen dem Tresen und dem Bereich mit den Stühlen und Tischen war voll besetzt. Ausdünstungen von Rauch, Schnaps, nassem Stoff, Schweiß, teurem Aftershave und billigem Eau de Cologne umnebelten ihn. Sie mussten eng tanzen, Brust an Brust, Bauch an Bauch, um überhaupt Lücken zu finden. Beständig streifte ein fremder Hintern den seinen, und Grietjes kräftiges, duftendes Haar streifte seine Wange.

»Das ist schön«, raunte sie.

»Sehr«, raunte er zurück. »Ich hätte viel früher mit dir tanzen gehen sollen.«

Sie lachte. »Ja, mit dir zu tanzen ist auch schön, du eingebildeter Mensch. Aber ich meinte das Lied. *That's My Weakness Now.* Wir könnten es für den Film verwenden. Was meinst du? Wenn Benoit mit Catherine tanzt, wenn er sich wünscht, ihr anzuvertrauen, was ihn antreibt und warum er sich nicht an sie binden kann, obwohl er in sie verliebt ist.«

Ihr Englisch war makellos, obwohl sie nicht viel länger als ein Jahr in England gelebt hatte. Sie war einer Amour fou hinterhergelaufen, hatte sie ihm erzählt, irgendeinem Hallodri, der ziellos durch Europa streunte, und dabei war sie in London hängen geblieben. Die Frage, was ihre Eltern dazu gesagt hatten, hatte sie mit einem »Ich hab keine« abgetan, und in diesen drei Worten hatte sie deutlich gemacht, dass sie über das Thema kein Gespräch wünschte. Ihre Talente waren erstaunlich. Sie sprach Englisch völlig und Deutsch so gut wie akzentfrei und hatte sich mit ihren neunzehn Jahren selbst zur Schauspielerin ausgebildet – einschließlich aller gängigen Tanzschritte und einer gymnastischen Biegsamkeit, die ans Akrobatische grenzte.

Nur davon, wie es zuging, wenn ein Film die Studios verließ und in den Verleih wechselte, verstand sie noch immer nichts. Er lächelte. »Die Idee ist wundervoll, aber diese Entscheidung liegt leider nicht bei uns. Wir können Empfehlungen aussprechen, doch letzten Endes liegt es bei den Besitzern der Lichtspielhäuser, was sie sich aus den Kinotheken heraussuchen und ihre Musiker zu unseren Filmen spielen lassen. Falls sie überhaupt Musiker bezahlen. Bei den kleineren Häusern muss irgendein abgerissener Aushilfspianist genügen, der über Sterbeszenen den Flohwalzer klimpert.«

Es hatte witzig klingen sollen. Aber es war nicht witzig. Mit einem Schlag war der Zauber des Augenblicks verflogen, und Zorn überkam ihn. Auf die endlosen Beschränkungen, die es ihm unmöglich machten, seine Visionen umzusetzen. Auf die ewigen Sachzwänge, die nichts mit Kunst zu tun hatten, sondern von technischen Schwierigkeiten, Geld und Engstirnigkeit bestimmt waren. Auf seine Träume, die sich erfüllt hatten und ihm dennoch so viel schuldig blieben.

»Bei unserem Film nicht«, sagte Grietje. »Bei unserem Film klimpert keiner Flohwalzer.«

In ihren Augen erkannte er das Glänzen, das Glitzern, nach

dem er sich sehnte. »Lass uns jetzt nicht mehr tanzen«, sagte er, und mit dem nächsten Takt war das Lied zu Ende.

Ihr Lächeln war wissend, nicht amüsiert. »Hast du ein Brennen in dir, Willi?«

Er nickte.

Sie nahm ihn bei der Hand und zog ihn ins Gedränge zwischen den Tischen, an die die Tänzer zu zweit und kleinen Trauben zurückströmten. Ehe er sich's versah, hatte sie ihn auf einen Stuhl gedrückt.

»Ich bedaure«, sagte die Dame ihm gegenüber, die auf ihren blondierten Locken einen grasgrünen Fascinator mit Algrette trug. »An diesem Tisch ist alles besetzt.«

»Aber ich bitte Sie.« Grietje fuhr herum und sah der Dame erst tief in die Augen und dann in den Ausschnitt. Erst jetzt fiel Willi die glockenreine Suffstimme auf, mit der die Blondgelockte gesprochen hatte. »Wir bleiben ja nicht lange, mein Bruder will nur ein Momentchen hier warten, während ich an der Theke etwas zu erledigen habe.«

»Ihr Bruder?« Willis Gegenüber hob die gezupften Brauen.

Grietje bot ein strahlendes Lächeln auf. »Hier im *Kakadu* sind wir doch alle Brüder. Oder Schwestern. Mir ist beides recht.«

»Also schön«, sagte die grünblonde Dame, die ein Herr war, »aber wenn meine Bekannten kommen, muss Ihr sogenannter Bruder die Fliege machen.«

»Macht er«, versicherte Grietje. »Im Fliegemachen ist er der reinste Weltmeister, wer besser als er ist, muss eine Fliege sein.«

Mit drei tänzelnden Schritten kam sie zu Willi und schlang ihm die Arme um den Hals. »Hast du Geld, Brüderchen? Ein ganz kleines bisschen?«

Ein kleines bisschen würde nicht reichen. Was sie wollten, war teurer als der Champagner der Witwe Klicko, den sie in der *Grünen Minna* servierten. Und Grietje besaß keinen Pfennig. Womit sie sich durchgeschlagen hatte, ehe sie für ihre Rolle in dem unglückseligen *Sankt-Pauli*-Streifen zumindest ein Almosen bekommen hatte, wollte er sich lieber nicht fragen. Sie selbst fragte er schon gar nicht. Es war ein unausgesprochenes Gesetz zwischen ihnen, dass Fragen, die einmal nicht beantwortet worden waren, in Zukunft ungestellt blieben. Sie hauste zur Untermiete bei einem Schreiner in Potsdam und benutzte das Bad auf dem Hof, und er wusste nicht, wie sie es schaffte, unter solchen Umständen daherzukommen wie eine frisch aus dem Ei gepellte Tochter des englischen Landadels.

Er wusste gar nicht viel von ihr. Ihm war es recht so. Es war Gemeinsamkeit ohne Verantwortung, von der er schon genug trug, ohne ihr angemessen nachzukommen. Er langte in die Tasche seines Jacketts, in das er eine Hand voll loser Scheine gestopft hatte. Was er erwischte, legte er vor sie hin. So hatte er in diesen letzten zehn Jahren gelebt: statt von der Hand in den Mund von der Tasche auf den Tisch. Es war die Lebensweise, die ihm lag, denn der Besitz von Geld bedeutete ihm nichts. Er gab es nur gerne aus, nicht für sich allein, sondern für die, die er liebte und um sich haben wollte. Es für Recha auszugeben hatte ihm endloses Vergnügen bereitet. Sie sollte wie eine Königin leben, und hätten sie ein Kind gehabt, so hätte Willi einen Prinzen oder eine Prinzessin aus ihm gemacht.

Grietje blätterte die Scheine durch, zog die zwei, die am wenigsten zerknautscht waren, aus dem Bündel und glättete sie mit der flachen Hand auf der Tischplatte. »Bin gleich zurück, Brüderchen.« Sie steckte den Rest des Geldes ein und schob sich im Slalom durch die wogende Menschenmenge zum Tresen.

Die Dame, die ein Herr war, musterte Willi unverwandt. Als die Musik wieder einsetzte, diesmal nicht vom Grammophon, sondern gespielt von der kleinen Kapelle samt Sängerin, kam ein Mann, der halb so schmal war wie sie, und führte sie zum Tanz. Ehe sie ging, schob sie Willi ihr Glas hin. »Du siehst aus, als hättest du's bitter nötig, Bruder.«

12

Die Sängerin war atemberaubend. Auf der Haut, die fast so schwarz wie ihr üppig aufgestecktes Haar schimmerte, trug sie ein schneeweißes Kleid ohne Ärmel, eine Kette mit riesigen Perlen und ansonsten nichts. Sie sang Helen Kanes Lied noch einmal, und sie sang es sinnlicher, anstößiger, unwiderstehlicher als die Kane mit ihrem Kratzen in der Unschuldsstimme.

Das Glas der Grünblonden, die sich im Rhythmus verrenkte, als wolle sie sich schlangengleich um ihren schmalen Tänzer wickeln, enthielt einen doppelten Whisky, den sie nicht angerührt haben konnte. Noch vor einem Jahr hätte Willi sich dergleichen zweifellos verbeten. Jetzt trank er. Wenn das Drehbuch nicht bald Fortschritte machte, wenn ihm für das Problem mit der Besetzung nicht bald eine Lösung einfiel, wenn Pommer nicht bald seinen Segen gab und Hugenberg kein Geld lockermachte, würde er binnen Kurzem darauf angewiesen sein, dass ihm hin und wieder jemand einen Drink ausgab.

Derzeit konnte Pommer seinen Segen nicht geben, weil er das Buch noch gar nicht kannte. Weil es genaugenommen noch gar kein Buch gab. Nur eine Flut von skizzierten Ideen und Szenen, die Willi und Grietje auf Packpapier gekritzelt hatten. Sie brauchten jemanden, der ihnen ein Drehbuch daraus machte. Ulrich Nobel-Schmidt war kein schlechter Mann. Er besaß Erfahrung, war vielseitig und lieferte vom Melodram bis zum Slapstick verlässlich brauchbare Arbeit ab. Aber er war nicht das, was Willi wollte: ein veritables Genie.

Mit kaum erklärlicher Skepsis hatte Willi über den Stoff mit Gerhard Schwarzkopf geredet, einem jungen Autor, der vom Theater kam und von vielen als kommender Mann gehandelt wurde. Schwarzkopf hatte zur Probe zwei Szenen ausgearbeitet, und Willi konnte nicht sagen, was ihm daran missfiel. Nur dass es nicht das war, was er sich vorgestellt hatte.

»Etwas fehlt«, hatte er zu Grietje gesagt.

»Nicht etwas«, hatte sie zur Antwort gegeben. »Alles.«

Wie so oft hatte er eine Frage gespürt, die sich in den freien Raum zwischen ihnen drängte und ihn mit der Furcht erfüllte, Grietje könnte sie aussprechen: *Was ist mit dem Mann, der* Wipers *geschrieben hat?*

Theo Regensburger. Willi wusste nicht, ob Grietje den Namen kannte, sie erwähnte ja *Wipers* nie mit einem Wort. Im Grunde aber zweifelte er nicht daran. Sie kannte und wusste alles, was ihn betraf. Woher? Einmal hatte er sie tatsächlich gefragt, und sie hatte gelacht und gesagt: »So sind wir eben, wir Anbeterinnen. Wir saugen jeden Fetzen über unser Idol in uns auf. Jetzt erzähl mir nicht, du hast damit keine Erfahrung, denn dann lügst du, Willi.«

Er war sich sicher, dass sie wusste, wer *In der Nacht weint Wipers, meine Stadt* geschrieben hatte, dass sie den Namen Theo Regensburger kannte. Wenn sie ihn nicht erwähnte, wartete sie vermutlich darauf, dass er es tat. Oder wusste sie auch, dass er es nicht tun würde, und kannte dafür den Grund?

Theo Regensburger war Wolfgangs Freund gewesen. Mittlerweile fragte sich Willi, ob jeder, der damals im deutschen Film aus dem Durchschnitt herausgeragt hatte, mit Wolfgang befreundet gewesen war. Dabei war Wolfgang kein einfacher Mann gewesen und hatte es seinen Freunden nie leicht gemacht. Er hatte Launen und Allüren wie ein Mädchen in Lises und Jennys Alter an den Tag gelegt, wenn bei seiner Arbeit etwas nicht lief, wie er es wollte; er war radikal und erbarmungslos wie Felice gewesen, wenn er sich im Recht wusste, und er hatte einen blinden Instinkt für das, was Recht war – einen Instinkt, der einen zum Wahnsinn treiben konnte.

Willi war damals noch nicht einmal volljährig gewesen, hatte ihn endlos mit Leuten streiten, um kleinste Feinheiten fechten hören und gedacht: *Wenn ich das täte, hätte ich keine Freunde mehr.* Wolfgangs Freunde aber waren nach jedem Ausfall zu ihm zurückgekehrt, und sooft Willi sich fragte, was der Grund dafür war, fand er dieselbe Antwort: Wolfgang war er selbst gewesen, durch und durch echt, nirgends hohl, sondern bis ins Mark gefüllt mit seiner Persönlichkeit. Man mochte sich von ihm brüskiert fühlen, aber man fühlte sich von ihm nie betrogen. Was er sagte und was er tat waren eins gewesen. Er stand für sich ein. Wer mit Wolfgang Vanselow auf einen Drink ging, wer einen Vertrag mit ihm machte, wer sich auf ihn einließ, wusste, dass er Wolfgang Vanselow bekam.

Willi hingegen war unsicher gewesen, schwankend, ein Blatt im Wind, das sich bald nach dieser, bald nach jener Seite reißen ließ. Er war jung gewesen. Neunzehn. Ein Alter, in dem Wolfgang Vanselow ganz gewiss nicht mehr jung und dumm und beeinflussbar gewesen war. Hätte der Kaiser einem neunzehnjährigen Wolfgang zugerufen, er müsse fürs Vaterland zu den Waffen greifen oder werde seine Ehre als Mann verlieren – hätte er auch nur einen Augenblick lang gezögert, wäre er in Versuchung geraten, hätte er sich gewünscht dazuzugehören, kein ewig Ausgestoßener zu bleiben?

Natürlich nicht. Wolfgang hätte auch mit neunzehn gewusst, dass man nicht schwer bewaffnet in ein neutrales Land einfiel, dass man sich nicht vom Kaiser dazu verführen ließ, Völkerrecht zu verletzen, dass man ein guter Mensch blieb, was immer auch für Belohnungen dafür winkten mochten, vorübergehend ein nicht ganz so guter zu sein.

Die meisten hatten Willi, nachdem er aus Flandern nach

Hause gekommen war, für einen fast ebenso guten Menschen gehalten. Schließlich hatte er sich am Ende geweigert, den sinnlosen Krieg noch weiterzuführen, hatte sich unter Einsatz seines Lebens den meuternden Matrosen angeschlossen und für die Niederlegung der Waffen gekämpft. Schließlich war er zuvor in die brennende Stadt Ypern eingedrungen, hatte dort Wolfgangs Leichnam oder das, was davon übrig war, gesucht, geborgen und begraben. Schließlich hatte er außerdem den Jungen Fietje ausfindig gemacht und von ihm Wolfgangs Aufzeichnungen erhalten, zusammen mit der Versicherung, Wolfgang habe ihn und keinen anderen zu seinem Nachfolger und Erben bestimmt.

Er war ein Held gewesen, als er mit dem Rohentwurf von *In der Nacht weint Wipers, meine Stadt* in den Händen und mit Wolfgangs persönlichem Auftrag zurückgekommen war. Darüber hatten die meisten vergessen, dass er und Wolfgang in Flandern auf unterschiedlichen Seiten gestanden hatten, dass er unter den Männern gewesen war, die mit Hurrarufen in diesen Krieg gezogen waren, um sich ihre Männlichkeit zu beweisen oder was auch immer. Die Leute, auf die es ankam – allen voran das Mädchen, das er liebte –, hatten vergessen, dass er nicht als Freund und Berichterstatter nach Ypern gekommen war wie Wolfgang und Quintus, sondern als einer von denen mit den Brandbomben.

Zu den wenigen, die es nicht vergessen hatten, gehörte Theo Regensburger, ein Autor, der es sich zurechnen durfte, dass mehrere seiner Drehbücher und seine Sammlung mit Erzählungen in der Kaiserzeit von der Zensur verboten worden waren. In jenen Tagen nach Kriegsende hatte er an einem Roman über einen Arbeiter bei Borsig geschrieben, der zum Mörder wird, nachdem seine Familie vor seinen Augen verhungert ist. In seiner Wohnung im Wedding, wo auch Wolfgang aufgewachsen war, hatte er Willi mit den Worten empfangen: »Vergessen Sie's. Ich schreibe keine Filme mehr. Der Film ist zu einer der dreckigsten

Waffen geworden, die in diesem Dreckskrieg benutzt worden sind, und ich werde mir bestimmt nicht auch noch meine Finger daran dreckig machen.«

»Ja, der Film ist missbraucht worden«, hatte Willi ihm entgegengehalten. »Aber wird es gerade deshalb nicht höchste Zeit, dass ihn die richtigen Leute in die Hände bekommen?«

Aus seinen blassbraunen Augen, die an wässrige Nachkriegssuppe erinnerten, hatte der Mann ihn angesehen. »Schon möglich«, hatte er gesagt. »Aber Sie wollen mir nicht erzählen, dass zu diesen richtigen Leuten ausgerechnet Sie gehören, oder?«

Gedemütigt und ertappt hatte Willi geschwiegen.

»Die richtigen Leute sind tot«, hatte Regensburger gemurmelt und sich wieder seinem Schreibtisch zuwenden wollen, den verstreuten, mit Bleistift beschriebenen Blättern seines vollkommen trostlosen Romans.

Zu seinem Rücken zu sprechen war leichter als zu dem anklagenden Blick. »Um mich geht es nicht!«, hatte Willi ihm hinterdrein gerufen. »Es geht um die Stadt Ypern, die in Flammen aufgegangen ist, und um Wolfgang, der sie geliebt hat und wollte, dass die Welt davon erfährt.«

Die zuckenden Rückenmuskeln des Mannes hatten verraten, wie er mit sich kämpfte, doch am Ende hatte er nachgegeben und sich umgedreht. Er hatte die Arme ausgestreckt, sodass Willi ihm die Mappe geben konnte, die Wolfgangs Aufzeichnungen aus der verbrannten Stadt enthielt. Die Notizen zu dem Film, den er hätte drehen wollen, wenn er überlebt hätte. Dazu zwei der Filmrollen, die er mit Bildern der Gräuel gefüllt und die Quintus außer Landes geschmuggelt hatte, um der Welt vor Augen zu führen, was mit Städten wie Ypern geschah. Material, das Willi in schnellen, scharfen Schnitten wie Blitze in seinen Film hineinschneiden wollte.

Theo Regensburger blätterte lange in den Bögen, nahm mehrmals die Brille ab, rieb sich die Augen, strich von Zeit zu

Zeit glättend, wie tröstend über eine Seite. Schließlich legte er die Mappe und die Filmrollen, die er ja ohne Projektor nicht ansehen konnte, auf den Schreibtisch und blickte durch die beschlagenen Gläser seiner Brille zu Willi auf. »Ist gut«, sagte er. »Ich schreibe Ihnen den Film. Aber ich will, dass Sie eines wissen: Ich tue es für Wolfgang. Nicht für Sie. Dass er diesen Film nicht mehr machen kann, ist eine gottverdammte Schande, und dass stattdessen Sie – einer der Schuldigen – ihn machen, ist eine noch viel gottverdammtere. Aber da er es ja offenbar so wollte, schreibe ich Ihnen Ihr Buch. Dieses eine. Kein weiteres. Ist das klar?«

Es war klar gewesen und war es immer noch. Damals hatte Willi geglaubt, er müsse seinem Schöpfer auf Knien danken, weil er Regensburger überredet hatte, weil dieser sture, stolze Regensburger ihm das schönste Drehbuch geschrieben hatte, das je für einen Film geschrieben worden war. Als sie es zum ersten Mal lasen, Willi und Recha, frisch verliebt, frisch vereint, Hand in Hand vor einem wackligen Tapetentisch, weinten sie beide. Sie waren Profis. Sie wussten, wie Effekte im Film eingesetzt wurden, um beim Zuschauer Wirkung zu erzielen, und waren für gewöhnlich dagegen gefeit. Aber sie weinten beim Lesen von *Wipers* dennoch. Es war kein Drehbuch. Nicht einmal wirklich ein Film. Es war ihrer aller Geschichte und Zukunft zugleich.

Was danach kommen würde, hatte Willi sich nicht gefragt. Er hatte sich mit all seiner Kraft in den *Wipers*-Film gestürzt, mit seinen in Jahren angestauten Ideen und seinem Wunsch, sein Bestes zu geben. Er hatte sich im *Wipers*-Film und in seiner Liebe zu Recha verloren, in der Aussicht, bald Vater zu werden, und in dem Glauben an den brandneuen demokratischen Staat.

Von alledem, überlegte er, *ist nur der Film ein Erfolg geworden.* Wolfgangs Erbe, nicht wirklich sein Werk, sondern das seines übergroßen Vorbilds. Vater war er nicht geworden, und er fragte sich jeden Tag aufs Neue, wo die Liebe, die ihn und Recha verbunden hatte, gestrauchelt war. Zum Gedeihen des Staats, der aus dem Boden gestampften Republik, hatte er am Ende nichts beitragen können, und aus der Republik war kein Wunderland geworden, keine Insel der Seligen, sondern womöglich nicht mehr als die am wenigsten schlechte aller schlechten Staatsformen.

Er und Recha hatten den rauschenden Erfolg von *Wipers* ebenso genossen wie den Frieden, die plötzliche Freiheit, das Geld in ihren Taschen und die Tage und Nächte voller Liebe. Tänze im Regen. Als sie aus dem köstlichen Rausch erwachten, die Köpfe aus den rosa Wolken hoben und sich die Schläfen rieben, war er sicher gewesen, er wäre jetzt auf dem Weg und es könne nichts mehr geben, das ihn aufhalten würde. Er hatte die wundervollste Frau auf der Welt, würde über kurz oder lang das wundervollste Kind haben, hatte seiner Familie einen Traum von einem Zuhause hingestellt, besaß Säcke voll Talent und war bei einer grandiosen Produktionsgesellschaft unter Vertrag, deren Inhaber von Pontius nach Pilatus gerannt wäre, um dieses Talent zu fördern.

Alles, was er brauchte, war ein Stoff, ein würdiger Nachfolger für *Wipers*. Er glaubte, einen solchen gefunden zu haben, als ihm *Mond in der Hand* angeboten wurde, die Geschichte eines Arztes, der verzweifelt nach einem Mittel gegen die im Nachkriegselend grassierende Grippe sucht. Er las den Entwurf, bat Oswald, die Option zu erwerben, und stand einen Tag später bei Regensburger vor der Tür.

»Es ist ein großartiger Stoff, Theo. Wenn Sie mir das Drehbuch schreiben, wird es ein großartiger Film.«

»Und wenn ich es Ihnen nicht schreibe?«, hatte Theo Regensburger gefragt.

»Seien Sie kein Frosch. Sie lieben Filme genauso wie ich, Sie sind süchtig danach wie wir alle und werden sich einen solchen Stoff nicht entgehen lassen.«

»Nicht so süchtig, dass ich meine Seele dem Teufel verkaufe«, hatte Regensburger erwidert und Willi die Tür vor der Nase zugeschlagen.

Willi hatte sich darüber geärgert, dass er nicht Wut, sondern Scham empfand. Welchen Grund hatte er, sich zu schämen? Er war jung und töricht gewesen wie Millionen von anderen, aber er hatte sich besonnen und hatte gerade einen Antikriegsfilm gedreht, der um die Welt ging und hartgesottene Militaristen zu Tränen rührte. Nach anfänglicher Lähmung hatte er sich entschlossen herumzufragen und war schließlich auf Ullrich Nobel-Schmidt gestoßen, der ihm ein mehr als ordentliches Drehbuch lieferte. Der Film war ebenfalls mehr als ordentlich geworden. Er erzielte einen respektablen Kassenerfolg, heimste lobende Kritiken ein, und wer ihn gesehen hatte und mit einer seltsamen Art von Enttäuschung aus dem Kino kam, vermochte nicht zu sagen, was ihm gefehlt hatte.

»Er ist nicht übel. Aber er ist nicht *Wipers*«, waren wahrscheinlich die Worte, die am häufigsten über den Film geäußert worden waren. Willi hatte seine eigene Übersetzung dafür: *Willi zur Nieden ist nicht übel. Aber er ist nicht Wolfgang Vanselow.*

Das nächste Mal hatte er ein fertiges Drehbuch aufgetrieben, *So machen's alle*, eine intelligente, ein wenig bittere Komödie, die ebenfalls wohlwollend besprochen wurde. Es war immer weitergegangen. Zwar wurden die Summen, die seine Filme einspielten, von Mal zu Mal kleiner, aber sie lagen noch immer hoch genug, um ihn in der Branche zum begehrten Mann zu machen. Auf seine Plakate ließen die Veranstalter in einer Banderole drucken: *Vom Regisseur von* In der Nacht weint Wipers, meine Stadt.

Dass Willi seinen eigenen Film zu hassen begann, dass er Wolfgang und sich selbst und die halbe Welt zu hassen begann, vertraute er niemandem an. Er fühlte sich, als würde er unentwegt mit dem Kopf gegen Wände rennen, gegen nur eine Wand, eine steinerne Mauer mit der Aufschrift VANSELOW. *Du bist ein*

Versager, höhnte die Mauer, sooft er dagegenprallte und seinem Schädel feine Sprünge zufügte. *Du hast dem Teufel deine Seele verkauft, und es hat dir nicht einmal etwas genutzt. Du bist nicht gut genug. Ein Mann mit Anstand, ein Künstler wie Theo Regensburger macht sich an dir nicht die Hände schmutzig.*

Inzwischen war Regensburger längst nicht mehr der Einzige. Gunter, den er für seinen Freund gehalten hatte, hatte offenbar ebenfalls das sinkende Schiff verlassen. Flüchtig kam ihm Lutz in den Sinn, doch er verdrängte den Gedanken und dachte stattdessen an Sonja, die in der Presse den Spitznamen »Mutter der Nation« weghatte, weil sie so viele Mutterrollen gespielt hatte. In *seinen* Filmen. Und wo bitte war sie jetzt? Unter Willis schmerzender, von Sprüngen durchzogener Schädeldecke schienen sie alle einen Chor zu bilden, der *Versager, Versager, Versager* höhnte.

Willi stöhnte und wollte nach dem Whisky greifen, doch das Glas vor ihm war leer. Wo blieb Grietje? Die schwarze Sängerin im weißen Kleid sang bereits ein anderes Lied. Er hob den Kopf, um nach dem leuchtend blonden Schopf Ausschau zu halten, der an eine verborgene Erinnerung in ihm rührte, da stand Grietje auch schon vor ihm. Sie legte den Arm um seine Schultern, lächelte, hielt ihm etwas Weißes entgegen. »Hast du lange gewartet, armer Willi?«

»Viel zu lange. Das ist heute nicht mein Tag.«

»Dafür wird es gleich deine Nacht.«

Sie drängte sich mit ihm in die Dunkelheit der Nische, zog einen der Geldscheine, die sie zuvor geglättet hatte, zu sich und strich ihn noch einmal glatt. Dann öffnete sie das weiße Briefchen und schüttete den puderigen Inhalt auf dem Geldschein aus. Mit flinken Fingern formte sie einen kleinen Berg, einen Vulkan mit abgeflachter Kuppe. »Was quält dich denn so, armer Willi?« Zwischen Daumen und Zeigefingern rollte sie den zweiten Geldschein zum Röhrchen. »Wieder unser Film?«

Willi nickte. »Allmählich frage ich mich, ob ich überhaupt in der Lage bin, aus dem Stoff etwas zu machen. Ob ich mir mein Talent nicht nur eingebildet habe und du dir einen anderen Regisseur suchen solltest.«

»Armer Willi. So viele dumme Zweifel. Aber dazu sind wir ja hergekommen – um über den Film zu reden und die dummen Zweifel auszuräumen.« Sie gab ihm das Röhrchen, schob den Vulkan auf dem Geldschein zu ihm herüber.

Er war noch immer ungeübt, auch noch ein wenig ängstlich. Zögernd schob er sich das Röhrchen in ein Nasenloch, richtete das andere Ende auf die abgeflachte Kuppe des Vulkans und atmete ein. Sein Blick war auf die schwarze Sängerin gerichtet, die sich unter Applaus verbeugte, beim Lächeln schneeweiße Zähne zeigte und von der Bühne abtrat. Drei Tänzerinnen folgten. Sie trugen am Leib nichts als Baströckchen, die kaum bis auf die Schenkel reichten, und eine Art Gebinde aus Kokosnussschalen, das ihre Brüste bedeckte.

Es tat weh. Jedes Mal schoss ihm der erste Zug durch den Nasengang ins Hirn wie ein Messerstich. »Das muss so sein«, hatte ihm Grietje erklärt. Wenn man sich einen Berg aufschüttete und mit einem Ruck sog, statt eine Linie zu formen und sie langsam aufzunehmen, war die Wirkung stärker, härter, wie ein Schlag aufs Herz. Genau das wollte er. Einen Schlag, einen gellenden Akkord, der dieser ganzen Trübsal ein radikales Ende machte.

Der Schmerz war ebenso scharf wie kurz, und das Gefühl, wenn er abflaute, großartig. Durch die Schleier der Rauchschwaden sah er Grietjes glänzende Augen, das wissende Lächeln, das nur ihm galt. »Du hast recht«, sagte er. »Mit diesen Zweifeln muss Schluss sein. Wer, wenn nicht ich, soll diesen Film machen? Wer denn, wenn nicht ich?«

»So ist es besser, Willi. Wer, wenn nicht du?« Sie nahm ihm das Röhrchen ab und sog sich den Rest des Vulkans in die Nase. Er sah sie zusammenzucken, als der Schmerz sie erreichte, eine

Bewegung, die ihr etwas Mädchenhaftes, seltsam Schuldloses gab. Ihre Nase war gerötet und entzündet, das hatte er zuvor nicht bemerkt. Jäh wünschte er sich, er hätte eine Salbe gehabt, um sie ihr auf die wunde Haut zu streichen, damit sie abheilte, wieder die glatte, unversehrte Haut eines jungen Mädchens wurde.

»Willi.« Sie legte den Kopf schief, spielte die Kokotte. Er liebte es, wenn sie seinen Vornamen aussprach, halb kindlich, halb verdorben, er hätte es Hunderte Male hören können. »Willi, ich hätte auch gern etwas zu trinken. Etwas Gutes. Zum Feiern. Bittebittebitte. Nur heute.«

Willi steckte den nun wieder leeren Geldschein in die Tasche, winkte einem Kellner und bestellte Champagner. Den besten. Eine Magnum-Flasche:

Wie lieb und luftig perlt die Blase
Der Witwe Klicko in dem Glase.

Er hätte sich darüber vor Lachen ausschütten können, lachte noch, als der Kellner einen Kühler voll Eis in einem Gestell an den Tisch rollte, sachte den Korken zog und ihnen einschenkte. Erst als Grietje ihr Glas hob, versiegte das Lachen. »Auf dich, Willi. Auf den Mann, der den deutschen Film in die Zukunft führen wird.«

Wer sich das Hirn voll Koka gesaugt hatte, spürte keinen Schmerz mehr. Nur den einen kurzen Schlag und dann Unverwundbarkeit. In jener ersten Nacht in seinem Büro hatte Willi es kaum glauben können: Auf einmal war all das Wunde, Zerrissene in seiner Brust wieder stark und gesund. Seine Peiniger – von dem hinterhältigen Biedermann Lehnitz bis zu dem verhinderten Feldwebel Grau – konnten ihm nichts mehr anhaben. Nicht einmal Recha. Nicht einmal der Teufel oder wer immer es war, der ihnen ihr Kind weggenommen und ein weiteres verwehrt hatte. Sie waren machtlos, denn Willi zur Niedens Haut war eine Rüstung aus Drachenblut und undurchdringlich.

Jetzt aber bohrte sich ein Rest des Schmerzes durch die Schichten des Rausches, die ihn umhüllten. Es war, als hätte er ein Lindenblatt auf der Schulter, eine schmale Stelle, an die nichts von der schützenden Substanz gelangt war. »Der Mann, der den deutschen Film in die Zukunft führt«, hörte er Grietje sagen, und wie ein fernes Echo vernahm er die Stimme des Jungen Fietje und seine eigene.

»Was hat Mijnheer Vanselow zu dir gesagt, als er dir diese Papiere gab?« Diese Flandern verstanden alle Deutsch. Und wenn sie auf Flämisch antworteten, verstanden die Deutschen sie. Als wären Flandern und Deutsche Brüder. Kain und Abel.

»Wuffkank«, verbesserte Fietje ihn. »Captain Brown-Brown hat ihn Wuffkank genannt, also nannten wir ihn alle so.«

»Und was hat Wuffkank zu dir gesagt?«

»›Gibt das dem verdammten Willi zur Nieden‹«, hatte Fietje geantwortet und über sein sommersprossiges Gesicht gegrinst. »›Der ist zwar ein verdammter Schweinehund, der sich nicht scheut, mir unter meinen verdammten Augen die Frau auszuspannen, die ich liebe, aber er ist auch der Mann, der mit seinem verdammten Talent den verdammten deutschen Film in die verdammte Zukunft führen wird.‹«

Fietje war erst fünfzehn. Vielleicht hatte er ein oder zwei Verdammt hinzugedichtet. Aber der Rest klang nach Wolfgang.

»›Sag ihm, ich packe ihn an seinem verdammten Kragen und zerre ihn zu mir in die Hölle, wenn er aus der Geschichte von Godelieve und Scottie nicht den besten Film aller Zeiten macht‹«, hatte der Junge ausgerichtet. »›Und ich habe lange Arme.‹«

Der Schmerz blieb scharf. Das Kokain war offenbar nicht rein gewesen, nicht so gut, wie man es sonst im *Kakadu* bekam. Willi trank Champagner.

»Tanzen?«

Danach wäre ihm zumute gewesen, doch auf der Tanzfläche tummelten sich noch immer die drei Tänzerinnen, die ihre Baströckchen Halm für Halm von ihren Hüften abzupften. »Kein Platz.«

»Wir finden schon welchen.« Godelieve sprang auf und hielt ihm die Hand hin.

Godelieve?

Sie hieß Grietje. Godelieve war seit mehr als zehn Jahren tot, und er hatte sie nie kennengelernt.

War das der Champagner, das Kokain, oder wurde er schlichtweg verrückt?

Sie zog ihn mit sich auf die Fläche und begann sofort, sich im schmissigen, jazzigen Rhythmus der Kapelle zu wiegen. Dabei öffnete sie die Schleife am Kragen ihrer Bluse, zog sie ab und warf sie weg wie die Nackttänzerinnen ihre Basthalme. Sie knöpfte den obersten Knopf auf, dann den zweiten, entblößte Haut, die im schummrigen Licht matt schimmerte, und ein winziges silbernes Kreuz an einer Kette. Willi öffnete den Mund und wollte sie zur Vernunft mahnen, doch plötzlich machte die Sache ihm Spaß. Er wiegte sich mit ihr, zog sich den Binder vom Hals und warf ihn der Schleife hinterdrein. Grietje öffnete einen weiteren Knopf.

»Zurück auf Ihre Plätze, Herrschaften, Sie dürfen hier nicht die Darbietung stören.« Zwei Saaldiener eilten herbei und versuchten, Willi und Grietje möglichst unauffällig von der Fläche zu drängen. Die umstehenden Gäste hatten jedoch begonnen, zu applaudieren und die beiden anzufeuern, und brachen jetzt in Protest aus:

»Lasst die Süße doch tanzen, ihr Philister!«

»Wenigstens mal ein bisschen frisches Fleisch in diesem Laden.«

»Komm schon, Mädel, gib uns, was du hast.«

Grietje streifte sich die Bluse ab und legte sie Willi um den Hals. Das Publikum spendete tosenden Beifall. Die Saaldiener zogen sich zurück.

Auf Drängen der Gäste verlängerte die Kapelle das Stück zweimal, doch irgendwann verlangten die Musiker ihre Pause, und die schwingenden Klänge verstummten. Grietjes nackte Arme und Schultern glänzten schweißnass. Ihren Büstenhalter aus milchweißem Musselin hatte sie anbehalten.

Mit der abrupten Stille setzte Ernüchterung ein. Es wurde kühl. Auf dem Boden suchte Willi nach Jackett und Binder. Das Kokain war wohl wirklich nicht rein, sondern gestreckt gewesen, denn die Wirkung verlor allzu schnell an Kraft. Noch immer war sein Körper erfüllt von Kraft, war sein Kopf erfüllt von Ideen, aber das Selbstbewusstsein, das Gefühl, nach den Sternen greifen zu können, verflog.

Er hängte sich den Binder um den Nacken, ohne ihn zu schließen. Als er nach Grietje Ausschau hielt, hatte sie sich bereits die Kleider gerichtet, und ihr kurzgeschnittenes Haar schmiegte sich wieder wie ein Helm um ihren Kopf. Nur die Schläfen hinunter rann ihr noch Schweiß, und über ihren glitzernden Augen lag ein Schleier.

»Na komm, Willi.« Sie beachtete die Männer, die ihr in den Weg sprangen und anzügliche Komplimente machten, nicht weiter, sondern wischte sie einfach aus dem Weg.

»Du machst das, als hättest du es geübt«, sagte er.

»Ich habe es geübt.« Sie setzte sich an den Tisch, der noch immer leer war, kroch in die Nische, trank langsam von ihrem Champagner, als wäre sie in Gedanken weit weg.

Er setzte sich zu ihr und trank ebenfalls.

»Gib mir eine Zigarette, bitte.«

Sie rauchten beide. »Woran denkst du?«

»Das Tor«, murmelte sie. »Hast du das Tor an Yperns großer Straße gesehen, die Menenpoort? Sie steht da, wo die britischen

Soldaten aus der Stadt hinaus in den Kampf gezogen sind, die meisten, um nie wiederzukommen? Solltest du das nicht in deinem Film verwenden?«

»Aber nicht doch, Grietje«, widersprach er verwundert. »Das Tor ist fast völlig zerstört, es stehen nur noch ein paar verrußte Steine des Fundaments. Und selbst die sind inzwischen sicher lange weg.«

Gewiss kannte sie das Tor aus *In der Nacht weint Wipers, meine Stadt.* Im Film zieht der junge Captain Scott Brown mit seiner Einheit dort hinaus, um zu verteidigen, was von der zerstörten Stadt übrig ist, das Mädchen Godelieve versteckt sich, um ihn noch einmal zu sehen. »Das Tor an der Menenstraße, das du gesehen hast, haben wir damals auf einem von der UFA gemieteten Gelände nachgebaut. Aus Pappmache. Nach alten Bildern.«

Sie stammte aus Ypern. Hätte sie nicht selbst wissen müssen, dass das Tor nicht mehr stand?

»Du bist nicht mehr in Ypern gewesen, nicht wahr, Willi? Nicht mehr seit dem Krieg?«

»Nein.« Jäh fühlte er sich unbehaglich. »Es sind keine schönen Erinnerungen, die ich damit verbinde. Mein Freund ist dort umgekommen, mein Schwager bis zur Unkenntlichkeit verstümmelt worden. An so einen Ort kehrt man nicht zurück.«

»Nicht?« Durch die Schleier bohrte sich ihr Blick in seinen.

»Was soll das werden? Eine Gewissensbefragung? Besten Dank, mein Bedarf ist mehr als reichlich gedeckt. Ich bin hierhergekommen, um mich zu amüsieren, den ganzen Ärger ein paar Stunden lang zu vergessen. Auf einen weiteren Vertreter der Bahnhofsmission, der versucht, mir Moral zu predigen und mich zu einem besseren Menschen zu machen, verzichte ich.«

»Bahnhofsmission? Da bin ich auch einmal gelandet. Bei King's Cross auf einer Bank hat jemand mich aufgegriffen. Leute, die früh unterwegs waren. Es war Winter, und ich sah wohl schlimm aus, hatte tagelang nichts gegessen. Also haben die mich zu dieser Mission geschleppt, in irgendein dunkles Zimmerchen am Rand der riesigen Halle. Ein aufgeregter Hühnerhaufen von Frauen hat mir Bovril eingeflößt, und statt dankbar zu sein, hab ich ihnen den vor die Füße gespuckt.«

»Bovril? Was ist das?«

»Ein abscheuliches Gebräu, das englische Eltern ihren Kindern geben, damit die ihnen nicht sterben. Aber ich glaube, es sterben eine ganze Menge englischer Kinder, *weil* sie dieses Bovril trinken müssen. Die Hühnerfrauen sind um mich herumgeflattert und haben mir erklärt, was ich tun muss, wenn ich ein anständiges Mädchen werden und in den Himmel kommen will. Was ich tun muss, wenn ich ein Mädchen mit vollem Bauch sein und auf der Erde bleiben will, haben sie mir nicht erklärt.«

»Genau das meine ich«, sagte Willi. »Außer mir wissen immer alle so unglaublich genau, was gut und richtig ist. Nur wie man mit all diesen guten und richtigen Taten in einer Raubtierhöhle überlebt, das wollen sie einem nicht verraten.«

»Ich weiß es auch nicht, Willi«, sagte Grietje. »Und ich glaub, die Hühnerfrauen von der Bahnhofsmission sind nur für böse Mädchen da, nicht für böse Jungs.«

Damit hatte sie recht. Dass sie tatsächlich ein solch böses Mädchen – eine Käufliche, eine Kunstseidene – gewesen war, traf ihn verblüffend hart. Er hätte es sich denken müssen, denn wovon hätte eine wie sie – verlassen und schutzlos in einer fremden Riesenstadt – sonst leben sollen? Aber er hatte sich nichts gedacht. Für ihn war sie so etwas wie eine Fee gewesen, vom Himmel gefallen, um ihn mit zärtlicher Hand aus dem Sumpf zu hieven. Stattdessen hatte sie Monate in höchst irdischen Niederungen verbracht, in der Bauchhöhle, dem Gedärm des Lebens, und er hätte ihr helfen sollen, nicht sie ihm.

»Ich wollte dir etwas erzählen«, sagte sie. »Nichts über Moral. Nur etwas von diesem Engländer, der sich überall einmischt. Winston Churchill.«

»Erzähl's mir.«

Sie sah ihn immer noch an. »Nach dem Krieg ließ dieser Churchill der heimgekehrten belgischen Regierung einen Antrag zukommen. Er wünsche, für sein Land das gesamte Gebiet der Stadt Ypern zu erwerben, denn nirgendwo lägen so viele britische Männer ohne Grab und Namen im Schlamm verborgen wie dort. Das zerstörte Ypern solle nicht wieder aufgebaut werden, sondern als Mahnmal für alle Welt in seinen Trümmern liegenbleiben, schrieb er. So ähnlich machst du es, nicht wahr, Willi? Ypern ist für dich gar keine Stadt mehr, sondern ein Mahnmal, nur magst du nicht gern ermahnt sein.«

»Worauf läuft das hinaus?«

»Die belgische Regierung hat Churchills Ansinnen abgelehnt«, sagte Grietje. »Sie wollte, dass Ypern wieder eine Stadt wird. Für Lebende. Die brauchten sie mehr als Tote. Um sich aber trotzdem für all die Opfer zu bedanken, die die Briten für unsere Stadt erbracht haben, hat die belgische Regierung ihnen ein kleines Stück von Ypern geschenkt, damit sie ein Mahnmal darauf errichten können.« Sie rückte näher zu ihm und schob ihm eine aus einer Zeitung ausgeschnittene Fotografie hin. Im Zwielicht sah er den Bogen eines mächtigen Tores, dem sich eine hohe, tunnelartige Halle anschloss. »Die Menenpoort«, sagte sie. »Das Tor an der Menenstraße. Es ist vor gut einem Jahr fertiggestellt worden, und seit dem letzten Sommer spielen dort jeden Abend Männer der Freiwilligen Feuerwehr den *Last Post.*«

Willi schwieg beschämt. Dunkel erinnerte er sich jetzt, vor ein paar Monaten eine Einladung zur Einweihung irgendeines Gebäudes erhalten zu haben, abgefasst in feierlich-unbeholfenem Deutsch:

... ist es uns eine große und freudige Ehre, Sie als Wohltäter unserer Stadt, als Regisseur von In de nacht huilt Ieper mijn stad, *zu diesem für uns bedeutenden Ereignis ...*

Er hatte die Karte in den Papierkorb geworfen und sich selbst wie ein Mahnmal gefühlt – gefangen in der Vergangenheit. Wenn überhaupt noch irgendwer etwas von ihm wollte, dann um dieses zehn Jahre alten Films willen.

»Die Namen«, sagte Grietje. »Die Namen von denen, die da im Schlamm liegen und nie gefunden worden sind, die haben sie in die Wände der Halle eingemeißelt. Wenn sich noch einer findet und sie an der Nummer erkennen, wer's ist, kann seine Familie ihm ein Grab geben und in der Mauer der Menenpoort wird sein Name ausradiert.«

Schweigend sahen sie sich über die Ränder ihrer Gläser hinweg in die Augen. Grietje hob die Hand und strich ihm das Haar, das zu schwer war, um sich adrett zu einem Scheitel legen zu lassen, aus dem Gesicht. »Meinst du nicht, Benoit sollte durch das Tor zurückkommen? In unserem Film?«

»Ich weiß nicht, Grietje ...« Im selben Augenblick sah er es vor sich. »Nicht Benoit. Sein kleines Mädchen. Thilde. In seiner Erinnerung sieht er sie noch einmal durch das alte Tor auf sich zulaufen und öffnet die Arme. Er fängt sie auf, schwingt sie um seinen Körper, stellt sie wieder auf die Füße – und als er aufblickt, ist sie verschwunden und das neue Tor steht dort, das Mahnmal mit den Namen der Verschollenen, wo ein Häuflein junger Männer den *Last Post* bläst.«

»Das ist sehr gut, Willi. Du bist sehr gut.«

Wie lange hatte das niemand mehr zu ihm gesagt?

»Bist du sicher?« Mit dem nächsten Atemzug platzte die Seifenblase der Euphorie. »Vergessen kann ich es trotzdem. Hugenbergs Stab bewilligt mir niemals das Geld, um noch einmal solche Riesenaufbauten ins Babelsberger Atelier zu stellen. Nicht nach den Pleiten der letzten Jahre. Ich komme nicht umhin, es mir einzugestehen: Es gibt bei der UFA kaum noch jemanden, der an mich glaubt.«

»Du musst nichts bauen«, sagte Grietje. »Das Tor ist nur eine Zugfahrt weit entfernt. Du musst zurück nach Ieper, Willi.«

Es war das erste Mal, dass sie die Stadt bei ihrem flandrischen Namen nannte, diesem eigenartigen, wenig klangvollen Namen, den die Briten sich nicht hatten merken können, sodass die Verballhornung Wipers daraus entstanden war. Bei der Vorstellung, dorthin zurückzukehren, begann sein Herz, hoch und hart zu schlagen.

Ich kann das nicht, lautete sein erster Gedanke. *Ich kann nicht noch einmal in diese Stadt, nicht der Vergangenheit durch das verdammte Tor in die Arme laufen, nachdem ich zehn Jahre lang mit aller Kraft davor davongelaufen bin.*

Der zweite Gedanke lautete: *Und wenn du musst?*

»Glaubst du das wirklich?«, fragte er Grietje. »Dass ich den Film in die Zukunft führen kann – indem ich in die Vergangenheit zurückkehre?«

Sie rückte näher, ihre Augen waren grau wie flandrischer Regen. »Geht es denn anders, Willi?« Er spürte ihren Atem auf seiner Haut. »Kannst du, kann dein Land eine Zukunft haben, wenn ihr nicht in die Vergangenheit zurückkehrt?«

Willi wusste die Antwort nicht. Die Frage ließ ihn frieren.

»Die Kritiker werden schreiben: ›Der Zur-Nieden kann überhaupt nichts alleine. Gut ist er nur, wenn er mit seinen kleinen Füßen in Wolfgang Vanselows großen Spuren herumstapft.‹«

»Dann musst du aus den Spuren raus«, sagte Grietje.

»Und wie? Ich habe noch immer kein Drehbuch, ich weiß keinen, der es mir schreiben könnte, und meine Frau lässt mich im Regen stehen.«

Im Regen. Eine Erinnerung klang auf wie ein Glockenspiel und versiegte gleich wieder.

Die Erwähnung Rechas überging Grietje geflissentlich. »Schreib es selbst«, sagte sie.

»Das kann ich nicht.«

»Hast du's versucht?«

Er zögerte. »Ja.«

»Ich auch«, sagte sie. »Und deshalb weiß ich, warum es nicht funktioniert.«

»Und warum nicht?«

Sie rückte ihm so nahe, dass ihre Körper sich berührten, hängte sich an seinen Hals und flüsterte ihm ins Ohr: »Weil sie nicht sprechen, großer Willi mit den kleinen Füßen.«

»Nicht sprechen?«

Sie schüttelte den Kopf mit dem leuchtenden Haar. »Benoit. Thilde. Catherine. Sie müssen sprechen.«

Er konnte es förmlich hören, und durch seinen Körper fuhr eine Woge der Erleichterung. Das also war es. Er würde das Drehbuch selbst schreiben können und von einem Berufsautor überarbeiten lassen. Er würde wissen, was in seinem Film zu geschehen hatte, ohne irgendwen zu fragen oder in Wolfgang Vanselows Papieren zu suchen. Szene für Szene, Bild für Bild, Wort für Wort. Catherine würde mit einem winzigen Akzent sprechen, mit einer kleinen Melodie. So wie Grietje.

»Die meisten Kinos haben dafür noch überhaupt keine Abspielvorrichtung«, kamen ihm ein letztes Mal Bedenken.

»Die meisten Busse hatten früher auch keine Motoren«, erwiderte sie. »Und die meisten Luftschiffe kamen nicht vom Boden hoch.«

Er musste lachen, und der Zweifel verflog.

»In die Zukunft, Willi.«

»In die Zukunft. Ja.«

Der Stummfilm war Wolfgangs Medium gewesen, die großen stillen Bilder seine Sprache. Willis Sprache würde eine andere sein. Eine, in der Wort und Bild eine Einheit bildeten.

Kein schweigender Schatten des Lebens, sondern sein Spiegelbild.

Godelieve, die Grietje hieß, richtete sich auf und legte ihren Mund auf seinen. Er zog sie an sich, öffnete die Lippen, empfing ihren Kuss. Es kam ihm vor, als schmecke sie nach der Süße einer Blüte, nach Kokablüten, die es gar nicht gab.

13

April

Wenn Quintus nicht weiterwusste, lud er sich die Tasche mit seinen Tennisschlägern auf den Gepäckträger, radelte an den Hundekehlesee in seinen Club Rot-Weiß und schlug sich bei einer energischen Partie oder zweien die Ratlosigkeit aus dem Leib.

Wenn Lise nicht weiterwusste, stopfte sie sich tellerweise mit Buttercreme gefülltes Gebäck aus Brandteig in den Mund und lauschte auf das schmatzende Geräusch, mit dem ihre Kiefer die Pracht zermalmten.

Wenn Jenny nicht weiterwusste, griff sie sich eines der naturwissenschaftlichen Werke aus der Bibliothek, vorzugsweise ein physikalisches, je komplizierter desto besser. »In der Physik löst sich am Ende alles klar auf. Tut es das nicht, hat man etwas falsch gemacht.«

Wusste Annettchen nicht weiter, überredete sie ihre widerstrebende Mutter zu einem Einkaufsbummel, und wenn deren Bankkonto nicht mitspielte, plünderte sie stattdessen ihren Kleiderschrank. Sylvia hingegen zog sich die Boxhandschuhe über und hieb auf den Punchingball ein, den Quintus ihr aus den Vereinigten Staaten mitgebracht und über ihrem Bett aufgehängt hatte. Anton schließlich hatte auf die Frage, was er täte, wenn er nicht weiterwüsste, zur Antwort gegeben: »Aber ich weiß doch immer weiter, Mami. Ich bräuchte bloß einen Zeppelin dazu.«

Felice ging auf den Friedhof, wenn sie nicht weiterwusste. Auf den der Dreifaltigkeitsgemeinde, wo ihre Großmutter Bornholmer Margeriten auf das Grab von Opa Paul pflanzte und regelmäßig mit einer Vier-Liter-Kanne begoss.

»Ach Püppi«, sagte Oma Hertha, als sie Felice kommen sah. »Du ohne Kinder und mitten in der Woche? Was is'n passiert? Weltuntergang?«

Den Schluss, es müsse etwas passiert sein, wenn ihre älteste Enkelin auf dem Friedhof auftauchte, hätte sie früher nicht gezogen. Als Kind war Felice mit Oma Hertha hierhergegangen, weil es für sie nichts Schöneres gab, als mit ihr und dem Friedhofswärter Wichmann, den sie Onkel Werner nennen durfte, ihren Opa Paul zu begießen und anschließend in der Eckkneipe *Bei Poetge* zwei weiche Eier im Glas zu verschlingen. Es war ihre Zuflucht gewesen, der sichere Hafen, den das Abscheuliche, das sie in ihrem Elternhaus erlebte, nicht erreichte. Sie hatte sich solche Besuche sogar zum Geburtstag gewünscht, und binnen Kurzem war Opa Pauls Grab das am besten begossene auf dem gesamten Friedhof.

Der einzige Schönheitsfehler bestand darin, dass Felices Großvater gar nicht Paul geheißen hatte, sondern Edgar, und dass er keineswegs auf dem Friedhof der Dreifaltigkeitsgemeinde lag. Er war ein landadliger Erbsohn gewesen, der die bürgerliche Schöne gegen den Willen seiner Familie geheiratet hatte und anschließend »im Franzosenkrieg« den Heldentod gestorben war. Der tote Sohn hatte tränenreich Vergebung erlangt und war standesgemäß in der Familiengruft im Brandenburgischen bestattet worden. Oma Hertha hingegen hatte sich vor Freude darüber, dass sie aus der vom Vater erzwungenen Ehe so leicht herausgekommen war und statt unter der Fuchtel ihres Vaters auf einmal als unabhängige Frau mit einem ererbten Mietshaus dastand, kaum fassen können. Aus Dankbarkeit hatte sie ihrem Verblichenen wenigstens posthum die Liebe angedeihen lassen wollen, mit der sie sich im Leben schwergetan hatte. Um nicht wöchentlich ins Brandenburgische pilgern und sich mit der verschnupften landadligen Sippe plagen zu müssen, hatte sie sich kurzerhand auf dem Friedhof der Dreifaltigkeitsgemeinde einen Ersatzgatten gesucht: Paul Neugebauer.

»Der sah so verlassen aus, den wollte keiner – und einen Edgar hatten sie nicht.«

Für Felice gehörte der Opa, den sie nie gekannt und streng genommen auch nie gehabt hatte, noch immer in gewisser Weise zur Familie. Die Zeiten ihrer gemeinsamen Friedhofsnachmittage, nach denen sie nicht zurück in ihre heimatliche Hölle gemusst, sondern bei Oma Hertha hatte übernachten dürfen, waren zwar vorüber, aber auch jetzt erfüllte sie Wärme, sobald sie am Halleschen Tor aus dem U-Bahnhof stieg. Oma Hertha und der Friedhof schenkten ihr das Gefühl, jedes Kind würde sich irgendwie schon schaukeln lassen und sie stünde damit nicht völlig allein da.

Die Oma trug Gummistiefel unterm Plisseerock und stützte einen Fuß auf einen Gärtnerspaten. Offenbar war bei Opa Paul anlässlich des Frühlings eine neue Bepflanzung fällig. »Also, raus mit der Sprache. Wo drückt der Schuh?«

Unwillkürlich hob Felice den Fuß und betrachtete ihre Stiefelspitze. Der Schuh hätte besohlt gehört, im Grunde sogar ersetzt. Noch vor zwei Wochen, als sie durch die Reste des Schnees gelaufen war, hatte das Wasser, das in die Löcher eingedrungen war, bei jedem Schritt ein platschendes Geräusch verursacht. Zu Hause hatte ihr Quintus den Schuh mit äußerster Behutsamkeit von dem wie überfrorenen, höllisch schmerzenden Fuß schälen müssen, und hinterher hatte er ihr ein warmes Fußbad gebracht. »So geht es nicht weiter, liebste Pfennigfuchserin. Du brauchst neue Winterschuhe.«

Dann aber war der Schnee geschmolzen, und wie üblich hatte sich über Nacht der Frühling einquartiert. Alles starrte ungläubig auf die Köpfe der Krokusse und Osterglocken, als hätte tatsächlich die Möglichkeit bestanden, es könnte in diesem Jahr für immer Winter bleiben. Felice hatte aufgeatmet. Sie hatte sich eine Ausgabe gespart.

Diese Ersparnis hätte in keinem besseren Moment kommen können: Die Klientin, die Felice wegen Verstoßes gegen den Abtreibungsparagraphen 218 verteidigt hatte, ein sogenanntes Dienstmädchen, sechzehn Jahre alt und vom Dienstherrn geschwängert, würde ihr keinen Pfennig zahlen können. Quintus' Zeitung, die *Morgenrot*, verkaufte sich nach wie vor wie warme Semmeln, nur hatten warme Semmeln eine höhere Gewinnspanne, und ein Bäcker, der seine Mitarbeiter derart großzügig entlohnte, wäre vermutlich längst pleite. Hinzu kam, dass Jenny die Schule hatte wechseln müssen. Sie war klug, ließ auf akademischem Feld ihre Altersgenossen weit hinter sich zurück. Nur leider geriet sie ständig mit ihren Lehrern aneinander, weil sie nicht die kleinste Spur Respekt an den Tag legte. Die neue Schule war privat geführt, was bedeutete, sie kostete Geld. Das ganze Leben kostete ewig und drei Tage Geld.

Aber es war schön, dieses Leben. Es war viel schöner, als Felice es sich als Kind oder junges Mädchen hätte vorstellen können, und viele durchgelaufene Stiefelsohlen wert. Sie wollte nicht, dass es aufhörte. Es war ihr Leben, das Leben ihrer Familie, und sie erkämpften und verdienten es sich Tag für Tag.

Oma Hertha klopfte sich Erde vom Rock. »Kriege ich demnächst eine Antwort, oder soll ich in der Zwischenzeit schon mal weiter Unkraut ausbuddeln?«

»Das kann doch icke für Sie erledigen, Gräfin.« Hinter dem mannshohen Ständer, an dem man seine Gießkanne einhängte und mit einem Schloss vor Diebstahl schützte, tauchte die hagere, gebeugte Gestalt von Werner Wichmann auf. Er konnte nicht wesentlich jünger sein als Oma Hertha, doch nicht nur er selbst, auch mehrere der Kollegen, die Felice von klein auf kannte, waren noch immer auf dem Friedhof tätig, und der alte Poetge, der kaum noch schlurfen konnte, betrieb weiterhin seine Kneipe. Die gesetzliche

Rentenversicherung war bereits nach dem Krieg in Bedrängnis geraten und hatte die Zahlungen für das Heer der Invaliden, Witwen und Waisen kaum aufbringen können. Was ihr an Vermögen verblieben war, hatte sie in den Jahren der Inflation verloren. Die Bezüge konnten daher nicht den Kosten entsprechend erhöht werden, und zahllose Rentner gerieten ins Elend oder waren auf Aufstockung durch das Fürsorgegesetz angewiesen.

»Dat is' nischt für unsereinen«, hatte Werner Wichmann dazu gesagt. »'n Fall für die Fürsorge bin ick mein Lebtag nich' jewesen, und dazu lass ick mir auch jetzt nich' machen, wo ick mir bald selbst mein Grab schaufeln kann.«

Also schaufelte er weiter, und Oma Hertha war darüber vermutlich heilfroh, denn die inzwischen bald täglichen Treffen auf dem Friedhof gehörten seit mehr als einem halben Jahrhundert zu ihrem Leben. Im Grunde hätten sie und Werner Wichmann so etwas wie Goldene Hochzeit feiern können – ohne Zweifel waren sie einer dem andern vertrauter und wichtiger als irgendein anderer Mensch. Nur waren sie eben nicht verheiratet, sondern betitelten einander als »Gräfin« und »Herr Wichmann«, gehörten nicht derselben Schicht an, sondern zweien, zwischen denen Welten lagen.

Oma Hertha war zwar keine Gräfin, aber immerhin eine Baronin von Kalben und Stachau, Werner Wichmann hingegen war der Sohn eines Totengräbers, und hätte er einen lebenden Sohn gehabt, so wäre der wohl ebenfalls Totengräber geworden. Bei aller Freizügigkeit des neuen Denkens, bei aller Unkonventionalität, in der Oma Hertha ihr Leben verbracht hatte, wäre eine Verbindung zwischen ihnen, die über Friedhofsbesuche hinausging, undenkbar gewesen. Das Glas Grog oder Eierlikör bei Poetge, das Onkel Werner Oma Hertha ausgab, weil es draußen kalt, nass, heiß oder was auch immer war und die arme Gräfin sich am Grab ihres Gatten »verausgabt« habe, war für das kuriose Paar das höchste der Gefühle.

Felice hatte sich nie zuvor darüber Gedanken gemacht. Flüchtig empfand sie Mitleid, doch hätte Oma Hertha sich dergleichen vermutlich verbeten. Sie hatte Onkel Werner, der ihr den Spaten hatte abnehmen wollen, inzwischen abgewehrt, stand noch immer darauf gestützt und sah Felice fragend entgegen. »Erzähl mir nicht, dein hochedler Ritter betrügt dich mit einer andern. Wenn es so wäre, müsste ich dir raten, mit Nonchalance darüber hinwegzugehen, denn Quintus Quirin ist auch noch dann, wenn er fremdgeht, ein Juwel, das sich so leicht nicht ersetzen lässt. Halt, warte, kein Grund, in Zorn zu geraten. Die Diskussion ist müßig, denn der Mann ist dir verfallen. Eher betrügst du ihn als umgekehrt.«

Felice überdachte die Möglichkeit und verwarf sie. Die eine wie die andere. Sie fand Männer anstrengend, hasste die Mühe, die es kostete, von ihnen als Geschöpf mit eigener Meinung, eigenen Gedanken und eigenem Willen anerkannt zu werden. Bei ihren durchweg männlichen Kollegen galt sie als unnahbar und arrogant, ein »Mannweib« mit Haaren auf den Zähnen, eine männermordende Pflanze. Sie setzte diesem Image nichts entgegen, sondern zog es der üblichen Gönnerhaftigkeit vor und kultivierte es.

Wie schön es sein konnte, mit einem Mann vertraut umzugehen, sich auszutauschen, sich aneinander zu reiben und einander zutiefst zu bewundern, hatte sie bei Quintus gelernt. Sie würde ihn nicht betrügen. Er war der einzige Mann, der sie ertrug, wie sie war, und sie hatte sich nie gefragt, ob er ihr treu war. Ihre Art, miteinander zu leben, war geprägt von Treue, das hatte ihr immer genügt. Jetzt aber hatte ihr Mann ihr diese Treue gebrochen. Hätte er es mit einer anderen Frau getan, wäre sie leichter damit fertiggeworden.

»Um Quintus geht es nicht«, platzte sie heraus. »Um die Kinder. Um Lise und Jenny geht es. Ille will sie uns wegnehmen. Sie zieht mit einem Menschen zusammen, der die Nazis wählt und glaubt, dass Mädchen ihre Köpfe nur dafür haben, um sich Schnecken drum zu flechten. Der Mensch hat ihr in Lichterfelde eine Wohnung gemietet. In Lichterfelde! Wie lange sollen Lise und Jenny von da bitte schön zur Schule unterwegs sein? Mit Ille zu reden ist sinnlos, bei der stößt jedes Argument auf taube Ohren. Sie hat gesagt, sie holt die Kinder nächsten Montag ab. Nächsten Montag! In vier Tagen steht sie mit diesem Menschen vor meiner Tür und holt mir meine Kinder aus dem Haus!«

»Du lieber Herr Gesangsverein«, sagte Oma Hertha.

»Ick rate zu *Poetge*«, sagte Onkel Werner.

Oma Hertha drehte sich um. »Gute Idee. Aber heute nur wir zwei Weibsen alleine, in Ordnung?«

»Is' doch selbstverständlich.« Onkel Werner nahm ihr den Spaten aus der Hand. »Kümmern Sie sich um Püppi, Gräfin. Die Pflege des Gatten überlassen Sie mal mir zu treuen Händen. Is' schließlich mein Beruf, oder nich'?«

Sie tauschten einen Blick, der vor Beredtheit blitzte. »Na, dann komm«, sagte Oma Hertha zu Felice, und sie machten sich Seite an Seite auf den Weg zu der Eckkneipe, deren Schankstube hinter trüben Scheiben im Zwielicht lag. Außer den Skat spielenden Friedhofswärtern hatte Felice hier nie einen Gast gesehen.

Viel Auswahl gab es nicht. Zu essen höchstens Schmalzstullen, die sich vor Trockenheit bogen, doch für Felice hatte Poetge des Öfteren zwei weiche Eier gekocht und mit Salz und Butter in einem Saftglas verrührt. »Püppi hat ihr Eier-im-Glas-Gesicht«, hatte er dann gesagt und damit einen Ausdruck von Hunger gemeint, von Gier nach etwas, das sie im Haus ihrer Mutter vergeblich suchte. Felice kannte diesen Ausdruck von ihren eigenen Kindern, nicht von Anton und Annettchen, aber von Lise, Jenny und Sylvia. Wenn sie das Eier-im-Glas-Gesicht an einer von ihnen sah, war es Zeit für einen Nur-wir-beide-Abend. Und wenn das nicht genügte, war ein Besuch in der Konditorei fällig, in der Bibliothek oder bei einem Boxkampf im Sportpalast.

Felice selbst hatte auch noch manchmal ein Eier-im-Glas-Gesicht. Heute zum Beispiel. Poegte schlurfte mit einem Tablett zu ihrem Tisch, brachte ihr ein zu zwei Dritteln mit Eierlikör gefülltes Saftglas und ein zweites für Oma Hertha gleich mit.

»Du musst mir helfen«, sagte Felice, sobald Poetge davongeschlurft war. »Ich bitte dich, weise mich nicht ab. Quintus hat sich geweigert, mir zu helfen, und es wundert mich selbst, wie sehr mich das trifft. Er lässt mich im Stich, und es ist möglich, dass unsere Ehe das nicht übersteht. Es wäre schlimm für mich, wenn es mir mit dir genauso erginge.«

»Du bist ja mit mir nicht verheiratet.«

»Nein«, sagte Felice. »Aber nach Quintus bist du der einzige Mensch, auf den ich es wage, mich zu verlassen.«

»Was ist mit Willi?«

»Vermutlich ist es dir zu Weihnachten entgangen, weil ich mich um der Kinder willen habe breitschlagen lassen, gute Miene zum bösen Spiel zu machen«, erwiderte Felice. »Willi und ich reden nicht mehr miteinander. Schon seit Monaten nicht.«

»Und warum, wenn ich fragen darf?«

»Aus demselben Grund«, antwortete Felice. »Aus immer demselben Grund. Mir braucht niemand nach dem Mund zu reden, von mir aus könnt ihr gern zu allem und jedem eure eigene noch so abstruse Meinung haben. Aber wer mir nicht hilft, diese Kinder zu schützen, der ist gegen mich. Die beiden sind in einer der schwärzesten Nächte meines Lebens vor der Tür meines Studentenzimmers abgesetzt worden. Sie waren so verstört, dass sie kein Wort herausbrachten, Lise hatte keinen Wintermantel, und an dem von Jenny klebte Blut. Ich habe mir keine Kinder gewünscht, aber ohne dass jemand mich gefragt hätte, hatte ich auf einmal welche. Ich habe sie aufgezogen, so gut ich es nur irgend konnte, und ich gebe sie jetzt nicht her, damit dieser Nazi-Idiot und meine ihm völlig verfallene Schwester sie kaputt machen!«

Oma Hertha hatte sie ausreden lassen und dabei mit ihrem Eierlöffel im Likör gerührt. »Erzählst du mir auch noch, warum dein dich vergötternder Bruder dir gegen den Idioten-Nazi und die verfallene Schwester nicht helfen will?«

Felice zögerte. »Vielleicht, weil er selbst kein Kind hat«, brachte sie endlich heraus. »Weil er keine Ahnung hat, wie völlig irrsinnig und über alle Grenzen man ein Kind liebt. Er sagt, Ille ist die leibliche Mutter, also hat sie von Gesetz wegen ein Recht auf die Mädchen. Ausgerechnet mich will er über Recht und Gesetz belehren, wo ich dachte, es sei eine anerkannte Tatsache, dass mir zu diesen Themen niemand was vormacht. Aber mit dem Recht, das im Gesetz festgeschrieben steht, hat dies hier nichts zu tun. Hier geht es um das Recht zweier Kinder.«

»Ist das für eine Spitzen-Rechtssprecherin nicht ein bisschen schief gedacht?«, fragte Oma Hertha. »Du sagst, Willi weigert sich, dir zu helfen, weil er kein Kind hat und deine Liebe zu den Kindern nicht nachfühlen kann. Aber wer weiß – vielleicht kann er ja, gerade weil er kein Kind hat und gern eines hätte, nachfühlen, wie Ille sich nach ihren Kindern sehnt?«

»Ich weiß nicht, ob Willi gern ein Kind hätte«, murmelte Felice in Gedanken.

»Hast nicht du mir erzählt, er und Recha wollten unbedingt eines? Haben sie in ihrem Haus nicht bereits das feudalste Kinderzimmer eingerichtet, noch ehe das Dach fertig abgedichtet war?«

Felice erinnerte sich. Willi hatte ein Mobile aus bunten Tieren über seine Haustür gehängt und seinen Garten in einen Spielplatz verwandelt, und sie hatte mit dem Recht der großen Schwester freundlich darüber gespottet: »Eben hast du selbst noch Windeln getragen, und jetzt bist du schon scharf darauf, welche zu wickeln?«

»So ein Krieg zerrt einem die Windeln ziemlich schnell vom Hintern«, hatte Willi geantwortet. Dann hatte er über seinen noch unfertigen Garten geblickt, in dem die Arbeiter in den Abendnebeln ihr Werkzeug einpackten, und gesagt: »Vielleicht liegt's ja an der Art, wie wir aufgewachsen sind. Wenn man keine Kindheit hatte – wünscht man sich dann nicht umso mehr, jemandem eine zu geben?«

Sie hatte oft an seine Worte gedacht, wenn sie ihre Kinder lauthals lachen hörte oder sie alle um den chaotischen Esstisch versammelt kalte Pfannkuchen in sich hineinstopfen sah, und hatte ihren kleinen Bruder, der alles andere als akademisch veranlagt und durchs Abitur gerasselt war, für seine Klugheit bewundert. In ihrem Elternhaus hatte es kein lautes Lachen gegeben, kein Essen mit den Fingern, kein Spielen und Schwatzen dabei, keine fettigen Finger auf Elterngesichtern, keine kauenden Münder, die Küsse aufdrückten. Dass sie genau das jetzt hatte, dass ihre eigenen Kinder unter ihrem Dach so unendlich sicher waren und sich gehen lassen konnten, machte etwas in ihr heil.

Sie war damals überzeugt gewesen, dass Willi sich dasselbe wünschte. Seit ihrem Zerwürfnis aber fragte sie sich: War es wirklich Willi, der es sich wünschte, oder eher Recha? Und seit ihrem Zerwürfnis mit Quintus, das sie aus der Bahn warf, kam sie nicht umhin, sich zu fragen: Waren es jemals Väter, die sich Kinder so sehr wünschten, die Kinder so sehr liebten, sie so sehr in den Armen halten und um jeden Preis beschützen wollten, dass sie dafür eine Straftat begehen würden? Waren es nicht immer Mütter?

Als Frau, die für die Gleichberechtigung der Geschlechter kämpfte und sich finanziell ruinierte, um ihre kluge Tochter – oder Nichte – auf ein Privatgymnasium für Jungen zu schicken, hätte sie solche Überlegungen wütend von sich weisen sollen. Sie tat es, wann immer sie Gelegenheit hatte, in der Öffentlichkeit zu solchen Themen das Wort zu ergreifen. Wenn das Wort verstummte und die Öffentlichkeit ihrer Wege ging, stand sie wieder allein da – mit der haltlosen Liebe zu ihren Kindern.

Sie übte ihren Beruf mit der größtmöglichen Leidenschaft aus, verlor nie das Interesse und sah jedem Tag erfüllt von Neugier und Kampfgeist entgegen. Wenn aber der Tag vorbei war, wenn es Abend wurde und sie ihre Akten zusammenpackte, um nach Hause zu fahren, erfasste sie eine Sehnsucht, die sie auf dem Weg zur Straßenbahn in Laufschritt fallen ließ. Begegnete ihr unterwegs ein fliegender Händler, der Äffchen zum Aufziehen, Sammelbilder von Zeppelinen oder kandierte Mandeln feilbot, konnte er sicher sein, dass Felice Quirin ihm etwas abkaufte, ganz egal, in welchem tragischen Minus sich ihr Konto befand. Der Augenblick, wenn ihr beim Drehen des Schlüssels die Schritte und das Gejohle der Kinder entgegenhallten, war sämtliche schlaflosen Nächte und zornige Bankdirektoren der Welt wert.

»Also gut«, sagte Oma Hertha. »Gehen wir einmal davon aus, dass dein Bruder kein Kind hat, weil er keins will und dieses ganze Getue um Kinder im Grunde seines Herzens nicht nachvollziehen kann. Warum sollte er dir dann nicht helfen wollen? Wenn es um dich geht, sehe ich Willi noch immer mit großen Augen vor deiner Zimmertür stehen und weinen, weil du ihn nicht hineinlässt.«

»Für Sentimentalitäten ist mir die Sache zu wichtig«, versetzte Felice.

»Das ist mir bewusst«, erwiderte Oma Hertha. »Die Sentimentalität diente lediglich der Untermalung meiner These, dass ich mir einen Willi, der dir seine Hilfe verweigert, nicht vorstellen kann. Es sei denn, er hat einen sehr guten Grund.«

»Und was für ein Grund soll das sein?«

»Wie wäre es ausnahmsweise einmal mit dem naheliegenden?«, fragte Oma Hertha. »Gelegentlich sollen Leute ja auch meinen, was sie sagen. Könnte Willi nicht schlicht und einfach wirklich der Ansicht sein, Ille sei im Recht und darüber dürfe er sich nicht hinwegsetzen?«

Felices Rücken wurde steif. Die Muskeln verspannten sich und würden später höllisch schmerzen. »Soll das eine geschickte Einleitung sein?«, herrschte sie ihre Oma an. »Willst du mir gleich erklären, du würdest mir ja schrecklich gern helfen, aber der Gedanken an die ärmste Ille dreht dir das Herz um, sodass du mich zu deinem Bedauern genau wie mein Bruder Willi hängenlassen musst?«

Oma Hertha zuckte mit keiner Wimper. Sie sah Felice mit ihren runden, noch immer adlerscharfen Augen an, als warte sie auf etwas. *Darauf, dass ich beteure, ich würde sie verstehen*, dachte Felice. *Aber darauf kann sie warten, bis sie schwarz wird.*

»Poetge«, rief Oma Hertha, ohne den Blick von Felice abzuwenden. »Sind Sie ein Goldschatz und bringen uns noch zwei?«

Poetge schlurfte näher.

»Mir nicht«, sagte Felice. »Ich brauch was Stärkeres.«

»Da haben Sie recht, Püppi«, sagte Poetge. »Wir brauchen alle was Stärkeres. Mit dem bisschen Eierpampe ist das nicht mehr auszuhalten.«

Oma Hertha drehte sich nach ihm um. »Was ist denn los, Poetge?«

»Ich mache mir Sorgen um dieses Land«, murmelte der alte Mann, während er zum Tresen zurückschlurfte und zwei unterschiedliche Flüssigkeiten, eine klare und eine dickliche gelbe, in Saftgläser schenkte. »Meinen Enkeln, hab ich gedacht, denen hinterlassen wir eine feine Welt im Frieden, und wenn sie tüchtig sind, dann können sie's auch zu was bringen. Stattdessen denk ich jetzt: Wenn wir nicht höllisch aufpassen, stehen die armen Teufel mit den Trümmern der Welt da, die wir zerdroschen haben. Die Leute sind wütend. Sie werden immer wütender. Gestern hab ich einen Haufen vor die Tür setzen müssen, die hätten mir sonst den Laden zu Kleinholz gemacht.«

»Ich sehe das auch«, bemerkte Oma Hertha kummervoll. »An jeder Ecke und jedem Ende wird geschimpft. Ich fand ja, es hätte sich durchaus allerlei gebessert. Wenn man der Zeitung von meinem Herrn Schwiegerenkel Glauben schenken darf, sinkt sogar erstmals die Zahl der Arbeitslosen. Aber es kommt einem vor, als würden die Leute umso mehr schimpfen, je besser es ihnen geht.«

Am Tisch der Skatspieler lachte einer auf. »Is' doch logisch, Frau Gräfin. Jeht's uns besser, hab'n wa mehr Zeit zum Schimpfen.«

Der Mann, der neben ihm saß und wesentlich jünger war, schmiss die Karten auf den Tisch. »Wieso hältst du nicht die Klappe, wenn sowieso nur Scheiße rauskommt, Kalle? Du hast doch keene Ahnung, wohnst bei deine Schwester für umsonst uff de Laube, aber sitz du mal mit drei Gören und nem kranken Vadder da, für den dir keen' Mensch keen' Pfennig nich' zahlt. Da jehste malochen, biste aus'n Latschen kippst, und reichen tut's trotzdem vorn und hinten nich'.«

»Nu' mal langsam, Bruno. Darf ick die Krawatte abnehmen, ehe du mir an die Gurjel jehst?« Der Skatspieler, der keine Krawatte trug, zerrte ersatzweise an seinem ausgefransten Kragen. »Dat is eben das Problem mit euch Kommunisten: Allet muss jetz' sein, allet muss am besten morjen früh frei Haus jeliefert werden, und wie die Regierung dat aus'm Boden stampfen soll, kratzt euch nich' die Bohne.«

»Und weißte, wat det Problem mit euch Sozis is'?«, schoss sein Kollege zurück. »Ihr vertragt nich', wenn eener euch klipp und klar sagt, dat ihr Scheiße baut. Janz jewaltige Scheiße. Scheiße im Quadrat.«

»Es geht um dieses Verbot, am ersten Mai zu demonstrieren, oder?«, fragte Oma Hertha mit gedämpfter Stimme.

Felice nickte und fühlte sich in ihrer Haut nicht wohl. Sie war Juristin, gut ausgebildet, eine von denen, die geradezu dazu verpflichtet waren, den Zustand der zerbrechlichen jungen Republik im Auge zu behalten, um für sie in die Bresche zu springen, falls es nötig wurde. In ihre Wohnung kamen täglich bündelweise Zeitungen, und sie hatte sich bisher in jeder Hektik Zeit genommen, sie gründlich zu lesen. Auf dem Laufenden zu sein, stets zu wissen, wie es um ihren Staat bestellt war. Mit Erschrecken fiel ihr auf, dass sie sich um nichts davon mehr gekümmert hatte, seit sie sich um Lise und Jenny sorgte. Sie überflog wohl beim Frühstück noch die Schlagzeilen, wusste, dass die Regierung des sozialdemokratischen Kanzlers Müller die üblichen Aufmärsche zum 1. Mai verboten hatte und dass die Kommunisten dagegen protestierten – aber das alles waren nur Worte auf Papier, auf deren mögliche Folgen sie keinen Gedanken verlor.

»Der Schießhund Zörgiebel nimmt sein verdammtes Verbot jedenfalls besser janz schnell zurück«, blaffte der Skatspieler namens Bruno. »Ansonsten jib's zum ersten Mai 'ne Keilerei, und zwar nich' zu knapp. Den Hitler lassen se im Sportpalast seine Hetzreden vom Stapel lassen, und Tausende von jeprellten Arbeitern sollen wieder mal die Schnauze halten. Aber nich' mit uns, Leute. Nich' mit uns.«

Karl Friedrich Zörgiebel war der Berliner Polizeipräsident und zeichnete für das Verbot verantwortlich. Wie Kanzler Müller war er ein Sozialdemokrat. Offenbar vertiefte sich der Spalt zwischen den beiden Arbeiterparteien, der während des Krieges entstanden und durch die getöteten Spartakuskämpfer in den ersten Tagen der Republik unheilbar vertieft worden war. Solange alles halbwegs seinen Gang ging, mochte das kein Problem darstellen. Falls es jedoch noch einmal notwendig sein würde, gemeinsam eine Bedrohung zu bekämpfen wie damals bei der Bewilligung der Kriegskredite, würde der unversöhnliche Hass nicht nur die Anhänger beider Parteien, sondern alle demokratisch gesinnten Bürger des Landes teuer zu stehen kommen.

Der dritte Mann am Tisch, der bisher geschwiegen hatte, ergriff das Wort. »Sacht mal, kloppen wir hier 'nen Skat, oder halten wir Maulaffen feil? Wenn ick Lust hab, mir Jemecker anzuhören, kann ick ooch nach Haus' zu meiner Alten jehen.«

Der Jüngere zögerte kurz, doch letzten Endes nahmen beide Männer ihre Karten wieder auf. Poetge stellte Oma Hertha ihren Eierlikör und Felice einen glasklaren Schnaps hin und schlurfte hinter seinen Tresen zurück.

Oma Hertha nippte kurz an ihrem Glas und sah dann Felice an wie zuvor. »Nein«, sagte sie.

»Was, nein? Bist du der Ansicht, der Skatbruder solle nicht nach Hause zum Gemecker seiner sogenannten Alten gehen?«

»Ich dachte eher daran, unser eigenes Gespräch wieder aufzunehmen«, erwiderte Oma Hertha unbewegt. »Nein, mir dreht sich beim Gedanken an die arme Ille nicht das Herz um. Obwohl es das eigentlich tun sollte, meinst du nicht? Es dürfte dir aber nicht neu sein, dass es bei mir mit der Gerechtigkeit nicht weit her ist. Von den drei Enkeln, denen ich dieselbe sorgsam aufgeteilte Liebe hätte angedeihen lassen müssen, bin ich nur dir eine gute Großmutter gewesen. Eine halbwegs gute wenigstens. Zumindest hoffe ich das.«

»Und?« Felices Herz klopfte. »Was ergibt sich daraus?«

»Was sollte sich aus deiner Sicht denn daraus ergeben? Dass ich die ewig zu kurz gekommene Enkelin auch diesmal links liegen lasse, um der geliebten zu helfen?«

Felice unterdrückte ein Stöhnen. Das war das Problem mit Oma Hertha. Sie sagte nie freiwillig, was man gerne hören wollte, und stach mit der Fingerspitze zielsicher in die Wunde. Es war zugleich eine der Eigenschaften, die Felice ihr Leben lang zu der alten Dame hingezogen hatten.

»Du entscheidest dich hier nicht zwischen zwei Enkelinnen«, sagte sie wohlwissend, dass es so einfach nicht war. »Du entscheidest dich für oder gegen Lise und Jenny.«

Darauf herrschte eine Weile lang Schweigen, sodass sie die Skatspieler hören konnten, die beim Reizen waren:

»Achtzehn«

»Zwanzig.«

»Zweiundzwanzig.«

»Hau rein. Spiel'n wa eben Null, wo man keinen bekommen sull.«

Solche Sprüche waren Felice vertraut wie anderen Leuten Kinderreime.

»In Ordnung«, sagte Oma Hertha. »Ich habe mir die Beweisführung der Klägerseite angehört und entschieden, auf die Anhörung der Beklagten zu verzichten. Ich helfe dir. Du musst mir jetzt nur noch erklären, wie du dir das praktisch vorstellst. Ich bin vierundachtzig, als tollkühne Entführerin, die mit Jenny und Lise an den Händen über grüne Grenzen flüchtet, also eher weniger geeignet. Soll ich die beiden hinter meinem Küchenbuffet verstecken, wenn Ille sie abholen kommt? Ich nehme an, falls der Idioten-Nazi tatsächlich so scharf darauf ist, die Sprösslinge seiner Zukünftigen in seinen Haushalt aufzunehmen, wird er Ille dazu bewegen, die Polizei einzuschalten. Ich nehme des Weiteren an, dass unsere Freunde und Helfer, die dieses Jahr nicht mit dem Marsch zum 1. Mai beschäftigt sind, als Erstes die Behausungen all derer durchsuchen werden, die als deine Verbündeten infrage kommen –«

»Hör auf«, rief Felice. »Ich hatte gehofft, du könntest mit Ille reden, sie zur Vernunft bringen, ihr klarmachen …« Sie brach ab. Wenn sie ehrlich war, hatte sie diesen Teil der Angelegenheit höchstens ansatzweise durchdacht.

»Ich verstehe«, behauptete Oma Hertha. »Der Plan geht sicher auf, denn erwachsene Frauen neigen ja grundsätzlich dazu, alles zu tun, was ihre Oma ihnen sagt. Ich mache mich dann also auf den Weg zu Ille, ja?« Sie vollführte eine Bewegung, als wolle sie sich in die Höhe stemmen. »Soll ich den Nazi-Idioten auch gleich ins Gebet nehmen? Bestimmt kann dieser Hitler einpacken, wenn so ein gestandener Nazi einen Rat von irgendeiner Oma bekommt.«

»Setz dich wieder hin«, sagte Felice und trank den Schnaps aus, der ihr nicht schmeckte. »Du meinst also, ich kann überhaupt nichts ausrichten? Ich soll mir die Hände reiben wie Pontius Pilatus und meine Kinder ihrem Schicksal überlassen?«

Oma Hertha ließ sich wieder auf den Stuhl plumpsen. »Wenn du mich fragst, hast du zwei Möglichkeiten. Zum einen könntest du auf die Institution vertrauen, die du selbst vertrittst. Die deutsche Justiz. Ille mag die leibliche Mutter sein, aber ich kann mir nicht vorstellen, dass du nach all den Jahren, die die Kinder in deiner Obhut waren, rechtlos bist. Warum lässt du es nicht zur Verhandlung kommen? In diesem Fall könnte ich dir vermutlich sogar wirklich helfen. Ich könnte als Zeugin auftreten und dem hohen Gericht erzählen, wie wundervoll diese zwei armen Hühner in deiner Familie aufgehoben waren.«

»Waren sie das? Bist du wirklich der Meinung, dass wir Jenny und Lise gut bei uns aufgehoben haben?«

Oma Hertha legte ihre Hand über die von Felice, eine Geste, die zwischen ihnen selten war. »Ja, Püppi. Der Meinung bin ich. Ihr wart den beiden die besten Eltern, die sie sich hätten wünschen können. Bei euch haben sie ein Zuhause gefunden, und es gibt wenig, für das ich dich so sehr bewundert habe wie für das, was du diesen Kindern geschenkt hast. Weil ich finde, dass die zwei das nicht verlieren dürfen, werde ich sehr gern für dich aussagen. Für Ille tut mir das leid, aber es ist zu spät, um die Kinder jetzt noch einmal zu entwurzeln. Ich wünsche ihr, dass sie mit ihrem Nazi noch ein Kind bekommt, eine neue Chance, jemandem eine Mutter zu sein.«

»Mit einem Nazi?«

»Ach Gott. Was man von denen mitbekommt, ist ziemlich unappetitlich, das stimmt schon. Aber Männer, die gern Brust und Backen aufblasen und dabei übers Ziel hinausschießen, gibt's ja in jeder Couleur. Die meisten von ihnen beruhigen sich wieder. Erst recht, wenn ihnen eine Frau den Marsch bläst und sich um die Füße kleine Krabben tummeln.«

»Schon möglich«, sagte Felice. »Aber mir ist die Gefahr zu groß, dass dieser Lehnitz sich nicht beruhigt. Leute wie der kämpfen dafür, dass Leute wie Recha in diesem Land nicht mehr leben dürfen. Er hat an meinem Esstisch gesessen, ich habe das Gift gehört, dass er verspritzt. Soll er das ungehindert den Kindern einträufeln dürfen? Er kann ihnen mehr bieten als wir – weitere Reisen, bessere Schulen, womöglich einen Quacksalber, der Lise irgendwelche Mittel verabreicht, weil sie doch so gern schlank wie ihre Schwester wäre –«

»Felice! Hab doch ein bisschen Vertrauen zu den jungen Leuten.«

»Ich hatte auch ein bisschen Vertrauen zu den jungen Leuten meiner eigenen Zeit«, erwiderte sie. »Sie kamen mir im Großen und Ganzen anständig und vernünftig vor. Bis sie in johlenden Scharen zum nächsten Bahnhof gerannt sind, ›Nieder mit dem Feind‹ gebrüllt haben und in Länder wie Belgien einmarschiert sind, ohne die leiseste Ahnung zu haben, warum ausgerechnet das betuliche Belgien auf einmal ihr Feind war.«

»Ich verstehe.« Oma Hertha starrte in ihr Glas und grübelte wohl darüber nach, ob sich ein Versuch lohnte, den klebrigen Rest darin noch auszutrinken.

»Junge Leute sind beeinflussbar«, fuhr Felice fort. »Ich erlebe das bei meiner Arbeit täglich. Wie viele von ihnen ein Verbrechen begehen, weil ihnen ein falscher Freund die falschen Parolen ins Ohr säuselt, würdest du nicht glauben. Versuch, mich zu verstehen. Ich kann das Risiko nicht eingehen. Du hast gesagt, ich hätte noch eine zweite Möglichkeit.«

»Such dir einen Helfer, der mitbetroffen ist«, sagte Oma Hertha. »Und möglichst einen mit etwas weniger als vierundachtzig

Jahren auf dem Buckel. Du brauchst jemanden, der mit derselben Entschlossenheit an die Sache geht wie du, der nur über seine Leiche den Einfluss des Nazis auf die Kinder dulden würde, der wie du vor nichts zurückschreckt. Willi wäre die naheliegende Wahl gewesen, aber vielleicht fällt dir ja noch jemand anders ein. Und vielleicht findet ihr zusammen einen Weg, auf den du mit einer müden alten Bedenkenträgerin in einer müden alten Kneipe gar nicht kommen kannst.«

»Du bist keine …«, begann Felice. Dann brach sie ab. Sie hatte den Hinweis verstanden und wusste jetzt, wer das fehlende Glied war, wer ihr helfen konnte, ihre Kinder zu retten.

»Danke, Oma«, sagte sie, stand langsam auf und sah aus dem Fenster. Draußen hatte es zu regnen begonnen, und sie würde sich trotz des Frühlings nasse Füße holen. Aber das machte ihr nichts aus. Womöglich würde sie sogar Quintus und selbst Willi verzeihen können, wenn nur erst diese Würgeschlange, die ihre Familie bedrohte, außer Gefecht gesetzt war.

»Nichts zu danken. Machst du dich gleich auf den Weg?«

Felice nickte. »Ich habe schon genug Zeit verloren. Sobald das alles überstanden ist, musst du uns besuchen kommen. Die Kinder vermissen dich. Wir alle vermissen dich.«

»Wir werden sehen«, sagte Oma Hertha. »Und wenn nicht, weißt du ja, wo du mich findest.«

14

Recha besuchte sie zu selten und hatte vor jedem Mal Angst. Hinterher wunderte sie sich darüber, weil jeder Besuch ihr so verblüffend wohltat. Sie ging hin, weil sie sich verpflichtet fühlte, der alten Frau zur Seite zu stehen, und wenn sie wieder aufbrach, hatte sie das Gefühl, sie sei in Wahrheit gekommen, weil sie selbst Hilfe gebraucht hatte.

Hete Vanselow.

Wolfgangs Mutter.

Der Weg zu ihr führte durch tiefstes, hoffnungslosestes Wedding, durch Schluchten zwischen Mietskasernen, vorbei an zerbrochenen, mit Pappe vernagelten Fenstern und Hauseingängen, in denen Kinder mit alten Gesichtern hockten, blinden Schaufenstern, hinter denen keine Waren lagen. Männer trieben sich vor der Tür einer Kneipe herum, in der sie längst nicht mehr anschreiben lassen durften. Nur am Freitag trugen sie verstohlen ihre paar Pfennige Arbeitslosenhilfe hinein und tranken sich die Wirklichkeit weich. Derweil warteten in einem feuchten Loch auf dem dritten oder vierten Hinterhof Frau und Kinder, hofften vergeblich auf Geld, um die Miete zu begleichen oder Milch zu kaufen.

Wolfgang war hier aufgewachsen. Seine Mutter – von einem flandrischen Kaufmann verführt, geschwängert und verlassen – hatte ihn allein aufgezogen. Sie hatte sich der Schande gestellt, mit ihren Näharbeiten für den Unterhalt gesorgt und den begabten Sohn zur Schule geschickt. Als Recha sie kennengelernt hatte, war sie verblüfft von ihrer stillen Fröhlichkeit gewesen, ihrer völligen Weigerung, sich über irgendetwas zu beklagen.

»Ich hatte doch Wolfgang«, hatte sie gesagt, sobald Recha angedeutet hatte, ihr Leben müsse hart gewesen sein, einsam, düster oder traurig.

Hete Vanselow hatte das Leben mit ihrem Kind genossen und genoss die Besuche des erwachsenen Mannes, ohne sich je zu beschweren, dass er nicht oft genug kam oder zu wenig Zeit mitbrachte. Auf das, was er mit seinem Leben anfing, seine Filme, seine radikalen Ideen, die er in Bilder umsetzte, war sie stolz. Und dass er ihr Recha vorstellte, dass die Hoffnung bestand, ihre winzige Familie könne in naher Zukunft wachsen, erfüllte sie mit einer Freude, die sie nicht verbergen konnte.

Dann war der Krieg gekommen. Wolfgang war nach Flandern gegangen, sobald ihm klar geworden war, was die deutsche Heeresleitung vorhatte, was der Schlieffen-Plan bedeutete. Er hegte für das kleine Land, in dem er als Kind bei einer Verwandten seines Vaters die Ferien verbracht hatte, eine stille, starke Liebe und hatte Recha von den hohen blassen Himmeln erzählt und der Landschaft, die so flach war, dass man von jedem Punkt glaubte, das Meer zu sehen. Wolfgang war kein Romantiker gewesen; die Umgebung, in der er aufgewachsen war, brachte Kämpfer, keine Schwärmer hervor. Aber dieser Landstrich an Frankreichs Nordflanke, die Torfmoore und Mohnblumen und dazwischen die kleine Stadt Ypern mit ihren mittelalterlichen Tuchhallen und dem Marktplatz, wo das Leben an Cafés vorbeiflanierte, war seine Schwäche, seine verletzliche Flanke.

»Wenn ich mich je über meinen letzten Rest Anstand hinwegsetzen und dich dazu drängen würde, mich zu heiraten, würde ich mit dir dorthin fahren wollen. In die Flitterwochen. Erst nach Ostende ans Meer, zu den bunten Badekabinen, wo sich Europas Caféschreiber zur Sommerfrische treffen, und dann nach Ypern, zu Champagner bei der *Lakenhal*. So wie man das wohl macht.«

Damals war sie verletzt und wütend gewesen, weil er grundsätzlich nur im Irrealis von der Möglichkeit sprach, sein Leben mit ihr zu teilen. Heute – oder vielleicht schon seit dem Tag, an dem ihr Willi zur Nieden begegnet war – wusste sie, dass er recht gehabt hatte.

»Du bist zu jung für mich, Lulu«, hatte er gesagt, »zu lebendig, zu unverdorben, und du hast es verdient, dich wenigstens ein Mal im Leben blödsinnig zu verlieben. Durch den Regen zu tanzen. Vor Glück besoffen zu sein.«

Er war mit seiner Amateurkamera und einem Koffer voller Filme nach Ypern gegangen, um sich dort zu verstecken und die unsäglichen Verbrechen zu filmen, die deutsche Soldaten und Offiziere an der alten Handelsstadt begingen. Zuerst die Ströme von Menschen, die mit Karren, Säcken, Bündeln aus ihren Häusern flüchteten, ihre Kinder auf den Rücken, ihre Alten mühsam mitgeschleift. Dann die Brände. Die mittelalterliche Pracht, Zeugnis jahrhundertelanger Geschichte, die heillos in Flammen aufging. Die Wohnhäuser, die bis auf die Grundfesten niederbrannten, die verkohlten Trümmer, aus denen das Bein einer Puppe ragte, das Zifferblatt einer Standuhr, ein zerbrochenes Kruzifix.

Zuletzt die Toten. Nicht mehr erkennbare Menschengesichter, vom Druck der Bomben abgerissene Glieder, Giftgas-Opfer mit in Atemnot blutig gekratzten Wangen. Kinder, die aussahen, als würden sie schlafen, bis die aufgeplatzten Bäuche ins Bild kamen. Alte, die im Schlaf verbrannt waren, schwarze Überreste mit dem Gestänge der Betten verschmolzen.

Die Filme hatte Felices Mann Quintus außer Landes geschmuggelt, damit die Welt zu sehen bekam, was mit Ypern geschah. Was mit ganz Europa geschah. Mit ihnen allen. Eines Tages, so hatte Wolfgang gehofft, würden diese Filmbilder Menschen auf die Barrikaden treiben, in den Kampf um die Freundschaft der Völker und gegen jeglichen Krieg. Wolfgang, der so gern den beinharten Zyniker gespielt hatte, war im Kern vermutlich mehr Träumer gewesen als sie alle zusammen.

Eines Tages, so hatte er im Stillen wohl auch gehofft, würden die Filmbilder einer künftigen Generation erklären, warum ihre Eltern geworden waren, wie sie waren – im Innern verstümmelt, Kriegskrüppel, die Täter nicht anders als die Opfer. Er hatte ihr aus Flandern nur selten geschrieben. In einem der wenigen Briefe, kurz vor dem Waffenstillstand, hatte gestanden:

> *Es mehren sich jetzt wieder Gerüchte, der Krieg könne demnächst zu Ende gehen. Sie sind lauter als in den Vorjahren, dem Anschein nach auch besser begründet, aber sie sind nicht mehr hochfliegend, nicht mehr begeistert. Es sieht aus, als hätten wir, die ihn erlebt haben, begriffen, dass in uns dieser Krieg kein Ende haben kann, dass wir ihn in uns tragen, wohin wir auch gehen, und dass man vor uns auf der Hut sein muss, weil der Krieg in uns eine schlafende Krankheit ist, der jeder kleinste Funke genügt, um von Neuem auszubrechen.*

Recha ging durch die Straßen Weddings und hatte das Gefühl, diesen Krieg, der auf eine Gelegenheit zum neuen Ausbruch wartete, zu spüren. Spannung lag in der Luft, zeichnete sich in den Mienen der Männer, die am Straßenrand lungerten, in ihren stechenden Blicken, die Recha zu taxieren schienen, in ihren in den Taschen vergrabenen Händen, die jeden Augenblick daraus hervorschnellen konnten. Sie hatte sich deshalb heute Morgen durchgerungen, Hete Vanselow endlich einen Besuch abzustatten, obwohl sie sich derzeit am liebsten zu Hause verkroch. In den Zeitungen überschlugen sich Meldungen, in den Arbeiterbezirken Neukölln und Wedding drohe erneut ein bürgerkriegsähnlicher Zustand auszubrechen wie in den Tagen nach der Revolution. Der Streit um die Maidemonstration stand im Begriff zu eskalieren, und dahinter verbarg sich ohne Frage etwas ganz anderes.

Enttäuschung. Unverständnis.

Haben wir denn vergessen, dass es uns endlos besser geht als unter dem Kaiser?, hatte ein Kolumnist des *Vorwärts* in Verteidigung der Müller-Regierung gefragt, aber das war kein Argument. Vom Kaiser, ihrem natürlichen Feind, hatte die Arbeiterschaft nie erhofft, dass er sich ihre Sorgen und Nöte zu Herzen nahm, sondern sie hatte aus eigener Kraft um ihre Rechte gekämpft. Manch kleines Stück gewonnener Boden war dabei bejubelt worden, doch während man bei seinen Feinden Krumen aß, die vom Tisch abfielen, erwartete man von seinen Freunden, an den Tisch geladen zu werden und von allem einen Teil zu bekommen.

Die Republik hätte kein neues Schlachtfeld, sondern der errungene Sieg sein sollen. Dass es sich so nicht anfühlte, machte sie rasend vor Zorn. Recha empfand es als ihre Pflicht, sich davon zu überzeugen, dass es der alten Dame gut ging, dass ihr keine Gefahr drohte. Sie war es Wolfgang schuldig.

Mit Wolfgangs Tod in Ypern hatte seine so genügsame, zufriedene Mutter verloren, wofür sie gelebt hatte. Bedachten diejenigen, die Kriege begannen, dass sie damit das Leben anderer sinnlos machten? Der Mutter war nichts geblieben. Nur die Erinnerung. Und manchmal Recha.

Sie schob sich durch die Unterführung in den ersten Hinterhof, vorbei an einem Lastwagen, auf den junge Männer Pakete warfen. Was mochte darin sein? War der Argwohn erst einmal geweckt, witterte man überall Sprengstoff. Und noch etwas fiel ihr auf: Für gewöhnlich pfiffen junge Männer, johlten und warfen ihr anzügliche Komplimente zu, wo immer sie vorüberging. Diese hier schwiegen brütend still. Sie waren in sich selbst und ihre Tätigkeit versunken.

Hete Vanselows Wohnung – Stube und Küche, ein Abort auf

dem Flur – lag im Parterre. Vor ihrem kleinen Fenster hingen Store, die zu Wolfgangs Lebzeiten blütenweiß gewesen waren. Recha klopfte an die Tür, die die alte Frau wenig später aufzog, ohne zu fragen, wer davorstand.

»Hete!«, rief sie erschrocken. »Sie dürfen das nicht machen. Sie wissen doch gar nicht, wer ich bin.«

»Warum sollte ich das nicht wissen?«, fragte Hete. »Ich bin ja noch nicht verkalkt. Wobei das sicher diejenigen, die verkalkt sind, am ehesten behaupten.«

»Es sind wilde Zeiten«, sagte Recha, die bezweifelte, dass sich Hete Vanselow eine Zeitung leistete, seit es darin keine Kritiken zu Wolfgangs Filmen mehr zu finden gab. »Sie wissen es selbst: Wenn es den Leuten am Nötigsten fehlt, lassen Sie ihren Ärger am Ersten aus, das ihnen in den Weg kommt.«

»Ich kann mich nicht erinnern, je in Zeiten gelebt zu haben, die nicht wild waren oder in denen es den Leuten nicht am Nötigsten gefehlt hätte«, erwiderte Hete.

»Legen Sie die Kette vor, ehe Sie die Tür öffnen«, sagte Recha. »Und fragen Sie, wer da ist, ich bitte Sie.«

»Wovor sollte ich mich denn fürchten?«, fragte die alte Frau. »Wenn jemand so arm dran ist, dass er in dieser Wohnung was zum Stehlen findet, soll er mir willkommen sein.«

Rechas Gewissen regte sich. Sie konnte das Einkommen, das Hete Vanselow angeblich aus Wolfgangs Filmen bezog, nicht wachsen lassen, weil die Mutter klug war und wusste, dass die Streifen kaum noch verliehen und aufgeführt wurden. Streng genommen hätte *Wipers* allerdings dazugehören müssen, der weltweit noch immer Kinos füllte und auch für Willi und Recha eine unablässig sprudelnde Geldquelle darstellte. Willi hatte den Film gedreht, aber es war eigentlich Wolfgangs Film gewesen, nicht nur seine Idee, sondern seine ureigene Geschichte. Wipers war seine Stadt, und Godelieve und Scott waren seine Freunde gewesen.

Es war der Film, für den er gestorben war, die Geschichte, in deren Textur er so sehr verwoben war, die er so unbedingt erzählen wollte, dass es ihm nicht möglich gewesen war, sich beizeiten in Sicherheit zu bringen. Ohne sich mit Willi abzusprechen, hatte Recha damals Hete angeboten, auch einen Teil der Einnahmen für diesen Film an sie abzutreten, aber das hatte Wolfgangs Mutter abgelehnt: »Was Sie als Schauspielerin verdienen, gehört Ihnen«, hatte sie gesagt. »So wie das, was ich als Näherin verdient habe, mir gehört hat. Davon nehme ich Ihnen nichts weg. Wenn Ihr Mann meint, von seinem Verdienst aus dem Film stehe der Erbin meines Sohnes ein Anteil zu, dann müsste er schon selbst kommen.«

Recha hatte sich immer vorgenommen, Willi darauf anzusprechen, doch sie hatte es nie über sich gebracht. Nicht, weil sie fürchtete, Willi könne ihr Ansinnen ablehnen. Willi hatte zu jener Zeit Geld wie Heu verdient und es großzügig unter die Leute gebracht, er hätte nicht ausgerechnet Wolfgangs Mutter einen Anteil vorenthalten. Sie hatte ihn nicht darum gebeten, weil das Thema Wolfgang und seine Beziehung zu Willis erfolgreichstem Film ein heißes Eisen war, so heiß, dass man eine Kneifzange gebraucht hätte, um es anzufassen.

Hete bat sie in die Stube, in der sich nie etwas veränderte. Über dem abgewetzten Sofa hingen Wolfgangs Kinderzeichnungen. Kein grandioses Filmplakat. Kein brillantes Schulzeugnis. Nur diese misslungenen Krakeleien, die der Mutter allein gehörten. Die unbeholfenen Verse eines ABC-Schützen:

Der Hunt macht Wau die Maus macht Pip,
Libe Mutti ich habe dich lib.

Auf dem Tisch stand die angeschlagene Teekanne. In einer Tasse erkaltete eine gelbliche Flüssigkeit.

»Kamillentee«, erklärte Hete. »Diese erstaunliche Pflanze

sprießt sogar zwischen Pflastersteinen. Ich nehme nicht an, dass Sie auch einen möchten?«

Recha schüttelte den Kopf.

»Es ist so nett, dass Sie mich besuchen, Recha.«

»Ich habe mir Sorgen um Sie gemacht. Haben Sie Vorräte im Haus? Wenn nicht, würde ich gern für Sie einkaufen gehen. Der Polizeipräsident hat angedroht, über den Wedding eine Ausgangssperre zu verhängen, falls sich Teile der Arbeiterschaft über das Demonstrationsverbot hinwegsetzen sollten.«

»Ich werde schon nicht verhungern«, sagte Hete. »Ich habe mein Leben lang für mich selbst eingekauft.«

»Versprechen Sie mir, dass Sie es heute noch tun? Haben Sie genug Geld? Sie bekommen noch etwas für den *Woyzeck*-Film, ich habe es bei mir, ich könnte es Ihnen gleich ...«

Hete Vanselow lächelte. »Vor langer Zeit habe ich angenommen, Schauspieler müssten glänzende Lügner sein, weil sie in ihren Rollen immer lügen. Mein Sohn hat mich jedoch davon überzeugt, dass die Schauspieler, die er kennt, einem nur etwas vormachen können, solange sie ein Kostüm tragen.«

»Ich habe das Gefühl, ich kann überhaupt niemandem mehr etwas vormachen«, rutschte es Recha heraus. »Nicht mehr spielen.«

»Sie?« Hete Vanselow horchte auf. »Das kann ich nicht glauben. Sie waren Wolfgangs Lieblingsschauspielerin, das wissen Sie, oder? Nicht nur, weil er sie liebte. ›Recha ist unglaublich‹, hat er zu mir gesagt. ›Sie erzählt eine ganze Shakespeare-Tragödie in einer einzigen Großaufnahme.‹«

Wärme durchströmte Rechas Körper, das lange vergessene Gefühl, das Wolfgang ihr geschenkt hatte: geborgen zu sein, umsorgt und geliebt zu werden. »Er hat übertrieben«, presste sie sich gegen den Klumpen in der Kehle ab.

»Hat er nicht. Wolfgang hasste Übertreibungen. ›Was echt ist, lässt sich nicht steigern‹, hat er gesagt.«

»Ja, Sie haben recht, Übertreibungen mochte er wirklich nicht«, gab Recha mit einem gequälten Lächeln zu. »Es ist wohl wahr, ich hatte etwas, das den Leuten gefallen hat, und es war ganz einfach für mich, es zu verwenden. Ich habe es immer geliebt, in ein anderes Leben zu schlüpfen, mich einfach vor eine Kamera zu stellen und eine andere zu sein. Aber solche Schauspieler werden immer weniger gebraucht. Das moderne Publikum will etwas anderes. Keine menschlichen Bilder zum Anbeten, sondern Darsteller wie kleine Windhosen, hastend, wirbelnd, leicht und immer in Bewegung, tanzend, trällernd – bei mir sind schon die Augenlider zu schwer dafür.«

»Wollen Sie damit sagen, es gibt bald nur noch oberflächliche Amüsierfilme?«

»Auf keinen Fall«, beeilte sich Recha zu versichern. »Es wird weiterhin die großen Dramen geben, die herzzerreißenden Tragödien, die Gruselgeschichten, die das Blut gefrieren lassen, aber eben auf neue Weise erzählt: nicht mehr zum Kunstwerk verfremdet, sondern als Abbild des Lebens, nicht mehr bedächtig und zuweilen undurchschaubar, sondern atemlos, hektisch, prall und direkt – so wie unsere Zeit. Ich fürchte, da passe ich nicht mehr hinein.« Sie lachte auf. »Ich bin zu träge.«

»Atemlos, hektisch, prall und direkt – das hört sich nach Ihrem Mann an, nicht wahr?«

Recha zögerte kurz, dann nickte sie. »Im neuen Film, den mein Mann drehen wird, werde ich nicht spielen.«

»Er nimmt sich eine andere Hauptdarstellerin?«

Recha hätte sich ohrfeigen können. Warum hatte sie sich darauf eingelassen, mit Hete über Willi zu sprechen? Sie hatte es immer so weit wie möglich vermieden. Jetzt fühlte sie sich wie eine Verräterin. »Sie müssen das verstehen«, versuchte sie zu erklären. »Es ist ihm in letzter Zeit nicht gut gegangen. Er gibt es nicht zu, aber er hat noch immer das Gefühl, in Wolfgangs Schatten zu stehen, sozusagen ein Abklatsch von Wolfgang sein zu müssen. Jetzt ist ihm dieses Drehbuch in die Hände gefallen, das ihn begeistert. Es ist seine Chance, aus dem langen Schatten herauszutreten und etwas Eigenes daraus zu machen.«

»Wird er das können?« Hete hob eine Braue.

»Ja«, sagte Recha. »Ich denke, wenn wir ihn lassen und wenn er selbst sich lässt, dann wird er es können. Das bedeutet nicht, dass er Wolfgang und das, was er von ihm gelernt hat, vergisst, das müssen Sie mir glauben. Nur dass er in seiner Arbeit erwachsen wird, das Gelernte weiterentwickelt und Sicherheit gewinnt.«

»Das tut weh«, sagte Hete.

Genau das hatte Recha befürchtet. »Was Wolfgang ihm gegeben hat, wird er immer zu schätzen wissen!«, rief sie eilig, aber Wolfgangs Mutter schüttelte den Kopf.

»Um Wolfgang ging es mir nicht«, sagte sie. »Mein Sohn ist tot, er ist unter einstürzenden Dachbalken begraben worden und verbrannt. Was soll dem jetzt noch wehtun? Solange ich lebe, wird noch ein bisschen Erinnerung an ihn leben, danach ist auch die gestorben. Ich habe von Ihnen gesprochen. Ich stelle mir vor, dass es Ihnen wehtun muss, auf einmal abgemeldet zu sein, ersetzt, auf dem Weg, den Ihr Mann einschlägt, nicht mehr gebraucht zu werden.«

Recha schluckte. Ihre Kehle war trocken, und sie hätte jetzt doch gern etwas von Hetes Kamillentee gehabt. Ja, es tat weh. Viel mehr, als sie es sich eingestehen mochte. Sie und Willi sprachen seit Monaten nicht mehr als das Nötigste, gingen sich aus dem Weg, doch noch immer hoffte sie darauf, er würde ihr eines Morgens, wenn sie zur Arbeit hastete, den Weg versperren und sagen: »Lass uns reden, Recha. Ich kann meinen Film nicht ohne dich machen, ich will keine andere Hauptdarstellerin als dich.«

Es war ja falsch. Ihr Stern würde bald sinken, während der von Gernot Bieler heller denn je strahlte, und wenn Willi um ihretwillen Gernot aufgab, hatte er den Kampf um die Eintrittsgelder schon verloren. Er musste frei sein, den besten Film zu drehen, zu dem er in der Lage war. Und dennoch wünschte sie es sich. Und dennoch tat es weh.

»Sie sollten es ihn wissen lassen«, sagte Hete Vanselow.

»Was?«

»Dass es Sie verletzt, wenn er Sie fallen lässt wie einen alten Mantel, der ihm nicht mehr passt.«

»Das wäre nicht fair. Was soll er denn machen?«

»Die Frage ist sicher berechtigt«, erwiderte die alte Frau. »Der Schatten meines Sohnes ist ja nicht der einzige, aus dem er heraustreten muss. Der Ihre schwebt genauso über ihm, denn vergessen wir nicht: Unter dem Strich war es Recha Süßapfel, die die Leute ins Kino gelockt hat, nicht Willi zur Nieden.«

»Sie haben recht«, murmelte Recha. »Ich habe es nie so betrachtet, weil mir seine Leistung so viel höher einzuschätzen scheint als meine. Aber unter dem Strich war es wohl so. Und Willi ist zu klug, um das nicht zu wissen. Was bleibt ihm also zu tun?«

»Das sollten Sie mit ihm besprechen, Recha. Nicht mit mir. Ich war nie verheiratet, ich verstehe nichts von der Ehe und sollte mich vielleicht nicht aufspielen, als wäre ich eine geeignete Ratgeberin zu diesem Thema. Aber ich habe zwanzig Jahre lang diese Wohnung und mein Leben mit einem anderen Menschen geteilt und ihm, fürchte ich, zu jedem Problem ein Gespräch aufgezwungen. Zwar kann ich nicht guten Gewissens behaupten, durch Reden würde sich für alles eine Lösung finden lassen, denn für das meiste gibt es keine. Aber es tut gut, es gemeinsam versucht zu haben. Am Ende hat man sein Problem vermutlich immer noch, aber man sitzt damit nicht mehr allein im leeren Raum.«

Recha sah sich um und stellte fest, dass sie keinen anderen Raum kannte, der so leer war wie dieser, weil die Präsenz des Menschen, der nicht mehr da war, so stark gewesen war, die Wärme so intensiv, dass die Kälte, die ihr folgte, sich kaum ertragen ließ. Sie schlang die Arme um ihren Körper, und ihr Blick wanderte automatisch zu dem eisernen Ofen in der Ecke, der zu klein wirkte, um das Zimmer zu heizen. Aber es war ja gar nicht kalt. Schon Ende April. Nur fiel in dieses Fenster auf dem letzten Hinterhof wenig Sonne.

»Ich wollte Ihnen helfen«, sagte sie zu Hete Vanselow. »Stattdessen helfen wie jedes Mal Sie mir.«

»Ich habe Ihnen ja gar nicht geholfen«, erwiderte Wolfgangs Mutter. »Und Sie helfen mir durchaus. Ich brauche keinen, der für mich einkaufen geht, und auch keinen, der mir erzählt, ich hätte Grund, mich vor dem Tod zu fürchten, den ich seit elf Jahren Tag für Tag herbeisehne. Es tut aber gut, wenn sich ab und an tatsächlich jemand daran erinnert, dass ich noch lebe. Passen Sie auf sich auf, Recha. Ich weiß, Sie kommen her, weil mein Sohn Ihnen seine alte Mutter ans Herz gelegt hat. Aber umgekehrt ist es nicht anders. ›Gib mir Acht auf Recha‹, hat er gesagt. ›Sie ist keine von denen, die es sich leicht machen.‹«

Seit Wolfgang gestorben war, hatten sie einander nicht mehr zum Abschied umarmt, und sie taten es auch jetzt nicht. Aber sie gaben sich die Hand und sahen sich lange an.

Eigentlich müsste man von jedem Menschen Abschied nehmen, als wäre es das letzte Mal, durchfuhr es Recha. *Weil es ja immer sein kann. Weil man es ja nie genau weiß.*

15

Hinterher war Recha so gut wie überzeugt, sie habe die andere bereits an den Schritten erkannt, die wie Paukenschläge durch die Unterführung hallten. Mit derart forschen, effizienten, entschlossenen Schritten ging niemand sonst, den sie kannte.

»Felice.«

»Ich muss dich sprechen.«

»Woher weißt du, dass ich hier bin?«, fragte Recha lahm.

»Frag mich nicht«, erwiderte Felice. »Als du weder zu Hause noch in Babelsberg zu erreichen warst, habe ich blindlings angenommen, ich müsste dich hier finden. Wohl weil ich mir selbst gerade eine Dosis Lebenserfahrung bei meiner bewährten Beraterin abgeholt habe.«

»Oma Hertha?«

Felice nickte.

»Was ist denn passiert?«

»Können wir irgendwo hingehen? Uns einen einhelfen? Ich hatte schon Eierlikör und Klaren, beides auf nüchternen Magen, aber wegen dieser Sache könnte ich zur Alkoholikerin werden. Suchen wir uns die mieseste Kaschemme, die sich auftreiben lässt. Passend zur Stimmung.«

Ohne zu überlegen, ging Recha mit ihr in eine Destille, in der sie ein paarmal mit Wolfgang und Hete gewesen war, um Kartoffelsuppe mit Bockwurst zu essen und ein Bier dazu zu trinken. Recha war sich vorgekommen wie in einer anderen Welt. Berlin bestand aus vielen solcher Welten, kleinen Kosmen, die mit den übrigen kaum Überschneidung aufwiesen. Eine davon war das Scheunenviertel, das Recha mit den hebräischen Lettern über dunklen Schaufenstern, mit dem jiddischen Singsang der fliegenden Händler, den einherschreitenden Männern in Tallit oder Kippa weit mehr an ein galizisches Schtetl erinnerte als an einen Bezirk der drittgrößten Metropole der Welt.

Recha hatte nur eine Handvoll allererster Jahre in einem solchen Schtetl verbracht, und die Bilder jener Zeit lagen im Nebel, und doch schien es eine Prägung zu geben, die sich nicht abschütteln ließ. Sie führte dazu, dass sie sich im Scheunenviertel beklemmend heimisch, in einer Berliner Destille hingegen fehl am Platz fühlte.

Die Destille hieß *Suff bei Seba*, war laut und verraucht und zum Platzen voll. Ein Ort, an dem zwei gut gekleidete Frauen ohne Begleitung auffielen wie bunte Vögel. Wogen von Gesprächen rauschten ihnen entgegen. Recha verstand nur Fetzen: Es ging um den 1. Mai, um Rechte, die heilig waren und verteidigt werden mussten. »Um jeden Preis«, rief einer, »um jeden gottverdammten Preis!«

Um Verrat ging es auch. »Dass die Sozis ihre eigenen Leute ans Messer liefern, wisst ihr doch wohl spätestens seit Januar '19.«

»Da ist mir sogar der Hitler noch lieber als der Otto Wels. Wölfe sind beide, aber der eine versteckt sich wenigstens nicht im Schafspelz.«

Otto Wels war der Vorsitzende der Sozialdemokratischen Partei, ein Vertreter des konservativen Flügels, dem viele Arbeiter seine starre Haltung in sozialen Fragen übelnahmen.

Felice holte vom Tresen Schnaps und Soleier, und sie zwängten sich an einen Nischentisch. Als sich nach einer Weile die Blicke und das Getuschel, die ihren Eintritt begleitet hatten, legten, waren sie unter den Rauchschwaden und Gesprächswolken wie unter einer Glocke geschützt.

»Sagst du mir jetzt, was passiert ist?«

»Ille und der Nazi holen mir die Kinder weg«, sagte Felice. »Lise und Jenny. Sie stehen am Montagmorgen vor meiner Tür und nehmen meine Kinder mit.«

»Welcher Nazi?«

»Hilmar Lehnitz. In welchem Wolkenkuckucksheim leben die Mitglieder dieser Familie eigentlich? Seit Wochen predige ich mir den Mund fusselig wegen dieses Menschen, und keiner von euch hält es auch nur für nötig hinzuhören. Herrgott, du arbeitest doch mit dem Menschen! Klappst du jedes Mal die Ohren zu, wenn er über die Protokolle der Weisen von Zion faselt, über die jüdische Weltverschwörung und die Übernahme der Weltherrschaft, die das Judentum anstrebt? Der Staat, in dem wir leben, seine Freiheit und Demokratie sind seiner Meinung nach übrigens ebenfalls ein Werk dieser Weisen von Zion. Aber nicht, weil sie so republikanisch gesinnt sind, sondern weil sie uns ins Chaos stürzen wollen, um uns sodann zu überrennen.«

»So etwas erzählt Lehnitz?«

»Der erzählt noch ganz anderes. Weißt du eigentlich, warum derzeit überall die Straße aufgerissen und ein Stollen nach dem anderen gegraben wird?«

»Um das U-Bahn-Netz zu erweitern«, antworte Recha. »Vom Gesundbrunnen soll man doch bald bis in die Leinestraße fahren können.«

»Ja, ja«, trumpfte Felice auf, »aber weißt du auch, wozu wir auf einmal so viele U-Bahn-Linien brauchen, wo wir bisher doch wunderbar ohne sie ausgekommen sind?«

»Wir sind doch gar nicht wunderbar ohne sie ausgekommen. Die Stadt verstopft immer mehr. Der Verkehr ist verrückt. Mich gruselt es bei dem Gedanken, durch Tunnel unter der Erde zu fahren, das ist vermutlich meine irrationale Seite, mein Gehinnom-Tick, wie Willi immer sagt. Ansonsten fände ich die neuen Linien aber ausgesprochen praktisch.«

»Mit Grusel und Gehinnom liegst du ganz richtig.« Felice furchte die Brauen. »Die neuen U-Bahn-Schächte werden nämlich keineswegs gebaut, damit die wachsende Menge von Berlinern schneller von A nach B kommt, sondern damit die Beauftragten der Weisen von Zion dort unten Berge von Sprengstoff lagern können, mit dem sie uns alle in die Luft jagen.«

»Das ist nicht dein Ernst.« Recha verspürte Übelkeit, dieselbe Kinderübelkeit, mit der sie vor bald dreißig Jahren das gesamte Parkett in der peinlich sauber gehaltenen Wohnstube vollgespuckt hatte, wo die Leiche der Großmutter gelegen hatte, gekrümmt, die Pulsadern mit der Stopfnadel aufgestochen.

»Mein Ernst ist es nicht«, sagte Felice. »Aber der von Hilmar Lehnitz, der diesen Ernst meinen Kindern ab Montag täglich zu allen drei Mahlzeiten eintrichtern wird: ›Die Juden sind unser Unglück. Wenn wir ihnen nicht zuvorkommen und sie auf eigene Kosten auf eine entlegene Insel im Pazifik verschiffen, vernichten sie uns.‹ Falls nicht alle Weltjuden auf diese obskure Insel passen sollten, ist das allerdings kein Problem. Dann versinkt eben der Rest im Meer. In Gehinnom.«

Recha zuckte zusammen.

»Lise und Jenny sind auch deine Nichten. Hilmar Lehnitz hat ihnen Amulette mit Runen geschenkt, um sie vor dem Einfluss des infamen Weltjudentums zu schützen. Schürzenkleider mit passenden Haarschleifen hat er ihnen auch geschenkt. Jenny findet ihres schrecklich, sie ist die Unbestechlichkeit in Person, aber Lise, die sich so furchtbar danach sehnt, gemocht zu werden, ist selig, dass er sie beachtet. Er will sie auch in irgendeinem Sportbund für deutsche Mädel anmelden, wo sie ihre Tranigkeit und ihr Fett im Nu verlieren wird. Wobei ein deutsches Mädel natürlich ruhig ein bisschen was auf den Rippen haben darf. Diese Mannweiber, die wie Gerippe herumlaufen und sich die Haare abschneiden, gefallen keinem deutschen Mann.«

Die letzten Sätze hatte Felice mit verstellter, ja, verzerrter Stimme gesprochen, und Recha glaubte beinahe, Hilmar Lehnitz' schnarrendes Organ zu hören. In ihrer Besessenheit von Gernot Bieler hatte sie Lehnitz für harmlos gehalten, aber er war alles andere als das.

»Das darf Ille doch nicht erlauben!«, rief sie.

»Ille ist wie Gabriel«, versetzte Felice. »Sobald jemand ein bisschen freundlich zu ihr ist, würde sie alles für ihn tun.«

»Sie ist also wirklich entschlossen, mit Hilmar Lehnitz zusammenzuleben?«

»Sie ist entschlossen, ihn zu heiraten. Er soll die Kinder adoptieren.«

Recha dachte an die Kinder, sah die kleinen, in dicke Mäntel gepummelten Gestalten vor sich, die zwischen ihr und Willi durch den Zoo gehüpft und in haltloses Gekicher ausgebrochen waren, wenn Willi einen Affen nachahmte, sich selbst unter den Armen kitzelte und dabei laut quiekte.

Wenn wir damals die beiden zu uns genommen, wenn sie mit uns gelebt hätten, wären wir eine Familie, überlegte sie. *Wir hätten die üblichen Probleme, die Eltern mit zwei Backfischen im Haus haben – und das übliche Glück.* Abendbrottische, an denen sich nicht zwei einsame Erwachsene über kalten Delikatessen anschwiegen, sondern an denen alles durcheinanderquasselte. Sommerreisen an die See, zwei im Winkel aufgestellte Strandkörbe und dazwischen eine Luftmatratze. Geburtstagsfeste, auf denen die Mädchen mit vor Aufregung geröteten Wangen die Kerzen auf ihrem Kuchen ausbliesen.

Wer in Willis Film die Hauptrolle spielte, wäre nicht so wichtig. Dass Rechas Rollen kleiner und kleiner wurden, dass sie in der mit Männern übervollen Kneipe sitzen konnte, ohne dass jemand sie erkannte, wäre erst recht nicht wichtig. Sie hätte ihre Zeit auf der Leinwand gehabt und hätte jetzt eine andere. Abends kämen sie alle zusammen nach Hause, stünden im Windfang, erzählten einander von ihrem Tag.

Als Familie.

»Hast du vor, zu dem Thema noch etwas zu sagen?«, fuhr Felice sie an. »Oder hätte ich mir das ganze Gerede wieder einmal sparen können?«

»Nein, nein!«, rief Recha hastig. »Natürlich will ich etwas dazu sagen. Hilmar Lehnitz darf auf keinen Fall Lise und Jenny unter seinen Einfluss bekommen. Auf gar keinen Fall.«

»Ich glaube nicht, dass du die beiden noch zu sehen bekommen wirst, wenn er sich ihrer erst einmal bemächtigt hat. Ihm ist es bereits ein Dorn im Auge, dass es anständigen, rein arischen Mädchen zugemutet wird, mit Judenbälgern in einer Schulbank zu sitzen. Die piekfeine Anstalt, die wir für Jenny bezahlen, nennt er eine Klippschule, weil sie jüdische Schüler aufnimmt.«

»Er kriegt sie nicht in die Finger«, fiel ihr Recha ins Wort.

»Und was gedenkst du, dagegen zu tun?«, schoss Felice zurück. »Du kennst ihn besser als ich. Dass du dir etwas einfallen lässt, ist so ziemlich meine letzte Hoffnung. Ich könnte es auf eine Verhandlung ankommen lassen, wie Oma Hertha es mir rät, aber damit würde ich riskieren, dass die Kinder erst einmal wochenlang von uns getrennt sind. Und dass sie vor Gericht gezerrt werden, womöglich ein Kreuzverhör durchstehen müssen. Die Anwaltskammer ist inzwischen von genug Nazis unterwandert, die dieser Lehnitz engagieren kann, um zwei sensible junge Mädchen zu verstören.«

»Hast du mir nicht vor Kurzem noch versichert, ich würde mich in das Problem mit den Nazis hineinsteigern, es gäbe davon gar nicht so viele und das Häufchen würde im Sand versickern?«, fragte Recha.

»Das ist wie mit einer diesen Krankheiten, von denen man noch nie gehört hat«, erwiderte Felice düster. »Jahrelang entgeht einem, dass sie überhaupt existieren, doch sobald man selbst davon betroffen ist, hört man an jeder Ecke von einem, der daran gestorben ist.«

»Wir sterben nicht daran«, sagte Recha. »Wir erlauben es nicht. Ille hat kein eigenes Geld, richtig? Sie ist ganz und gar von Lehnitz abhängig. Und sie dazu zu bewegen, ihn zu verlassen, hast du bereits versucht?«

»Das kannst du vergessen. Ich habe auf sie eingeredet wie auf einen lahmen Schimmel. Sie starrt mich dabei nur mit ihren blauen Puppenaugen an und lässt sich das Gesagte zum einen Ohr rein und zum anderen rausgehen.«

»Dann muss er eben sie verlassen«, sagte Recha. »Er ist ein Ehrgeizling ohne Talent, einer von denen, die immer übersehen werden. Weißt du, was ich meine? Wenn du gefragt wirst, wer auf einer Einladung dabei war, und du anfängst, Namen aufzuzählen – den seinen wirst du nie nennen, du wirst dich höchstens dunkel erinnern, dass da noch einer war, ein graues Kerlchen im grauen Anzug, das immer an irgendwem klebte.«

»Ganz genau.« Felice lachte gallig auf. »Das habe ich nach dem ersten Abend zu Quintus gesagt: Dieser Mensch hat irgendwie etwas Klebriges.«

»Manche dieser grauen Eminenzen kommen damit zurecht«, fuhr Recha fort. »Sie spielen die ewigen Statistenrollen und wollen gar nichts anderes sein. Lehnitz aber leidet darunter wie ein Tier. Er ist krankhaft besessen von dem Wunsch, beachtet zu werden, im Mittelpunkt zu stehen und ein einziges Mal von allen Seiten Rampenlicht auf sich zu spüren.«

Felice stützte das Kinn in eine Hand. »Interessant«, murmelte sie. »Meinst du, er hat sich deshalb in unsere Familie geschlichen? Weil du und Willi im Rampenlicht stehen, weil mein Mann eine der beliebtesten Morgenzeitungen Berlins verlegt?«

Recha nickte. Sie fragte sich selbst, woher ihr der Gedanke gekommen war, aber sie war sicher, dass er ins Schwarze traf. »An Willi und mich hat er sich vor Jahren schon herangeschmissen. Er hing uns wie ein Schatten an den Fersen, bis er an diese völkischen Bewegungen geraten ist. Die ziehen solche grauen Eminenzen magisch an, weil sie ihnen einreden, dass doch etwas Besonderes an ihnen ist, auch wenn sie über keine einzige Begabung, keine einzige Fertigkeit und keine einzige liebenswerte Eigenschaft verfügen – einfach, weil in ihren Adern das Blut zweier rein deutscher Eltern fließt.«

Sie hatte sich so sehr in Rage geredet, dass sie Luft holen musste. Wie sehr das Thema sie erregte, wie viel sich dazu in ihr angestaut hatte, war ihr nicht bewusst gewesen.

»Seither hat er sich von mir eher ferngehalten«, fuhr sie mit erzwungener Mäßigung fort. »Ich nehme an, er hat versucht, Willi auf seine Seite zu ziehen und gegen mich zu beeinflussen. Ein Sohn aus altem deutschen Adel und ein derart begnadeter Regisseur sollte schließlich seine kostbaren Anlagen nicht an jüdische Minderwertigkeit vergeuden.«

»Was soll das heißen, du nimmst es an? Redest du mit Willi nicht darüber?«

Ihre Blicke trafen sich. »Du redest mit Quintus über alles, nicht wahr?«, fragte Recha nach einer Weile.

»Und ob«, kam es prompt von Felice. »Wir blöken uns an, wir kratzen uns mit Worten die Augen aus, wir liefern uns Duelle, dass jeder Staatsanwalt blass wird. Wir provozieren, bohren, löchern und spotten. Nur eines tun wir niemals: uns anschweigen. Dinge unter den Teppich kehren, wo aus ihnen Gespenster werden. Von diesen Gespenstern der ungeklärten Dinge hatte ich mehr als genug in dem Geisterhaus, in dem ich aufgewachsen bin. Das ist nichts für mich.«

»Ich bewundere euch«, sagte Recha, die an das denken musste, was Hete ihr erklärt hatte. »Ich glaube, Willi und ich hätten es auch gern so gemacht. Wir hatten nur unsere Herzen zu tief in den Hosen, es gab zu viele Gespenster, die bereits um uns spukten, und wir fanden wohl allzu oft nicht den Mut, den Besen zu nehmen und sie auszukehren.«

»Allen voran das Gespenst Wolfgang Vanselow?«

Recha presste die Lippen zusammen und nickte. »In unseren besten Zeiten haben wir fortwährend getanzt. Auf Festen, in Kneipen, auf der Straße und hinterher, wenn wir allein waren, in unserem Haus. Wir sind durch sämtliche Räume gewirbelt, immer so schnell, wie wir konnten, als könnten wir vor den Gespenstern wegtanzen.«

»Tanzen genügt nicht. Kehr sie aus.« Felice flüsterte fast, und als Recha genauer hinsah, entdeckte sie, dass ihre klaren Augen sich mit einem glasigen Schleier überzogen hatten. »Auch wenn ich nicht weiß, ob unsere Ehe das hier übersteht, auch wenn ich den verdammten Quintus durch den Fleischwolf drehen möchte, weil er in der größten Gefahr den Schwanz einkneift und sich dünn macht – eines weiß ich ohne jeden Zweifel: Wir werden nicht schweigend auseinandertreiben, sondern bis zum Schluss reden, reden, reden.«

»Du weinst ja, Felice.« Spontan griff Recha nach ihrer Hand. Ihre Schwägerin war eine jener Frauen, die das Leben im Griff zu haben schienen, selbst wenn es sich gebärdete wie ein Sack voll wimmelnder Tiere. Nur ein einziges Mal hatte Recha sie fassungslos und am Ende ihrer Kräfte erlebt: damals, am Tag des Waffenstillstands, als der Kaiser abgedankt und niemand gewusst hatte, wer nach mehr als vier Jahren Morden und Wüten zurück nach Hause kommen und wer für immer liegen bleiben würde, in Flandern, in Russland, in den Weiten des Osmanischen Reiches.

Sie waren einander suspekt gewesen, die geradlinige, gerechtigkeitsfanatische Felice und Recha, die mit dem einen Mann lebte und den anderen – Felices kleinen Bruder – liebte. Die Angst um Willi aber hatte sie an jenem Tag zusammengeschweißt, und den Schrecken, der darauf folgte, hatten sie gemeinsam durchgestanden: Ihre Geschwister, die von ihrem Mann misshandelte Ille und der vom Krieg misshandelte Gabriel, hatten gemeinsam einen Mord begangen. Es war Felice zu verdanken, dass beiden die Todesstrafe erspart blieb, und zwischen den zwei ungleichen Frauen war eine Freundschaft gewachsen, die wenig spektakulär, doch dafür tragfähig war.

Felice rang sich ein Lächeln ab, während ihr Tränen über die hohen Wangen liefen. »Warum sind wir Menschen eigentlich so dämlich, so unfähig, so völlig verdreht? Warum fällt uns erst in dem Augenblick, in dem wir im Begriff stehen, unsere Familie zu verlieren, ein, dass wir die gottverdammt glücklichste der Welt hatten?«

Woher soll ich das wissen?, dachte Recha. *Ich habe ja keine. Nicht einmal die gottverdammt unglücklichste der Welt.* Zu Felice sagte sie: »Du verlierst deine Familie nicht. Ich rede mit Lehnitz. Ich erzähle ihm, Quintus' Zeitung steht kurz vor der Pleite, ich sauge mir irgendetwas aus den Fingern …«

Felice lachte auf. »So sehr aus den Fingern gesaugt ist das gar nicht. Diese Zeitung steht kurz vor der Pleite, solange sie existiert, aber irgendwie schafft sie es regelmäßig, sich an den nicht vorhandenen Haaren aus dem Sumpf zu ziehen. Es ist mit ihr ein bisschen wie mit der Wirtschaft der Republik: Man lebt in ständiger Angst, dieses von amerikanischen Krediten gestützte schwankende Gerüst müsste irgendwann mit Getöse auf uns niederkrachen, aber wenn man aufblickt, steht es immer noch da.«

»Dann erzähle ich das Hilmar Lehnitz: das von Quintus' *Morgenrot*, meine ich. Ich sage ihm, dass bei euch kein Blumentopf zu gewinnen ist, sondern dass ihr für den Verlag händeringend einen Käufer sucht.«

»Jetzt wird mir klar, warum er bei uns herumgestreift ist wie bei *Möbel Anders*«, fiel Felice ein. »Dass Oma Herthas wurmstichige Truhe keine Antiquität ist und weder die Bilder an den Wänden noch das Silber im Kasten echt sind, kannst du ihm auch noch einmal unter die Nase reiben. Aber ob das reicht? Wer weiß, vielleicht liegt ihm wirklich etwas an Ille. Ich glaube, sie entsprach einmal genau dem Idealbild von Mädchen, auf die diese Nazis scharf sind: blond, sanft und anschmiegsam, eine gute Puppenmutti und Sandkuchenbäckerin.«

»Es ist nicht fair, sie so darzustellen«, sagte Recha. »Sie war ein liebenswertes Mädchen, das es mit niemandem böse meinte. Dass sie sich ein Heim, die Geborgenheit einer Familie gewünscht hat, ist ja kein Verbrechen.«

Sie machte eine Pause. »Ich habe mir das auch gewünscht«, fügte sie dann hinzu. »Wenn ich es im Rückblick betrachte, würde ich, glaube ich, meine beruflichen Erfolge dafür hergeben. Die Augenblicke auf dem roten Teppich, meine Triumphe in den großen Rollen, den Champagner, die vor dem Kino aufgereihten Limousinen. Sooft ich in letzter Zeit davon erzähle, komme ich mir vor wie eine dieser abgetakelten alten Aufschneiderinnen, bei deren Geschichten die Leute die Augen verdrehen. Nichts ist irrelevanter als verblichener Glanz. Hätte ich mich dagegen um Lise und Jenny gekümmert, wären Willi und ich es gewesen, die ihnen ein Zuhause geschenkt hätten …«

Felices Lachen missglückte. »… dann würdest du heute ebenfalls in verdrehte Augen blicken, sobald du anhebst, etwas aus deinem Leben zu erzählen. ›Feli, das sind doch olle Kamellen‹, bekam ich neulich zu hören, als ich Jenny erklären wollte, wie schwierig es war, zur Kaiserzeit als Frau ein Studium zu beenden. Da fühlst du dich plötzlich, als wärst du hundert Jahre alt. Und darum geht es auch gar nicht. Wenn eine Frau nichts anderes tun will, als Kinder aufzuziehen, und wenn ihr einfällt, wie sie sich das heutzutage noch leisten kann, hat sie meinen Segen. Gekämpft haben wir aber dafür, dass Frauen genau wie Männer eine Wahl haben, und das lasse ich meinen Töchtern nicht von Nazis rauben. Jenny hat das Zeug zur Physikerin. Glaubst du, sie wird glücklich, wenn sie dank Lehnitz' Propaganda und Illes Vorbild als Heimchen am Herd endet?«

Recha sagte nichts. Hinter ihr sangen die wütenden Arbeiter

falsch und laut ein kämpferisches Lied: *Brüder, zur Sonne, zur Freiheit, Brüder, zum Lichte empor …*

»Es tut mir leid«, sagte Felice. »Ich weiß, was du sagen wolltest. Ich vergesse das zu oft – dass ich die Made im Speck bin, die beides hat. Ich hätte euch in Lises und Jennys Leben mehr einbeziehen sollen. Ich weiß selbst nicht mehr, warum ich es nicht getan habe.«

»Du hast keinen Grund, dir Vorwürfe zu machen«, erwiderte Recha, obwohl es Tage gegeben hatte, an denen sie sich dasselbe gefragt hatte. »Wir hätten uns selbst mehr einbringen können, schließlich hat niemand uns vorgeschrieben, unsere Rollen als Tante und Onkel auf sonntägliche Stippvisiten im Zoo zu beschränken.«

»So war es doch nicht!«, rief Felice. »Die Mädchen hängen an euch. Besonders Lise bewundert dich unendlich, sie sammelt heimlich Bilder von allen deinen Filmen. Im Leben der beiden wärt ihr auch jetzt noch willkommen. Sie sind Backfische, sie können gar nicht anders, als sich an uns zu reiben. Da wären andere Erwachsene, die bei Bedarf mit Rat und Halt bereitstehen, umso wichtiger. Außerdem könntet ihr ihnen vielleicht ab und an etwas bieten, was uns mit allen fünfen unmöglich ist. Lise zum Beispiel würde so furchtbar gern einmal nach Paris …«

Jäh sah Recha Bilder vor sich: Sie und Willi und die zwei Mädchen in Reisekostümen auf dem Bahnhof, ein Abteil für eine Familie, ein Fotograf, von dem sie ein Bild schießen ließen – *Wir vor dem Eiffelturm*. Vier strahlende Gesichter mit im Frühlingswind flatternden Hutbändern.

»Ich würde das gerne tun«, hörte sie sich murmeln. »Ich denke, Willi würde es gerne tun. Wenn du uns lässt.«

»Ich verspreche es dir. Wir müssen nur erst diese Gefahr abwenden, mich macht die Angst ganz krank. Meinst du wirklich, es reicht aus, Lehnitz klarzumachen, dass er bei uns mit seinen Träumen an der falschen Adresse ist?«

»Ich weiß, was ich tue«, entfuhr es Recha, die bei Felices Worten bereits fieberhaft über diese Frage nachgedacht hatte. »Ich erzähle ihm, die Mädchen sind meine Nichten im doppelten Sinne. Jüdisch verseucht. Sie stammen nicht von Reinhold Berndt, sondern von meinem Bruder Gabriel, mit dem Ille – die Frau, die er heiraten will – ihren Mann betrogen hat.«

Was sie daraufhin zu Gesicht bekam, war ein seltener Anblick: eine vom Donner gerührte Felice. »Wenn er dir das abkauft, ist es genial«, bekannte sie. »Aber ist es denn rechnerisch möglich? Gabriel kann doch nicht älter als fünfzehn gewesen sein, als Lise gezeugt wurde.«

»Das macht nichts. Er ist Jude, also gibt es auch nichts auf der Welt, was Hilmar Lehnitz ihm nicht zutrauen würde. Dass er überhaupt nachrechnet, bezweifle ich. Die Leute beim *Stürmer* rechnen auch nie nach.«

»Würdest du es versuchen? Der Dienst, den du den Mädchen damit erweisen würdest, wäre bei Weitem größer, als ich ausdrücken kann. Sie hätten allen Grund, dir ihr Leben lang dankbar zu sein.«

»Ich will nicht, dass sie mir dankbar sind«, sagte Recha. »Ich will …« Sie brach ab, ließ den Satz in der Luft hängen. Es gab Wünsche, die sich nicht aussprechen ließen.

»Sie lieben dich«, sagte Felice. »Dich und Willi. Sie waren immer schrecklich gern bei euch, und ich bin sicher, sie würden auch gern häufiger kommen. Ihr fehlt ihnen, Recha. Ihr seid ein Teil ihrer Familie.«

»Sie können Ihr Plädoyer beenden, Frau Anwältin. Sie haben mich bereits vollständig überzeugt.«

»Also redest du mit Lehnitz?«

Der Film, in dem Recha derzeit eine zweifellos aus Kulanz hinzugefügte Nebenrolle spielte, war eine belanglose Kriminalgeschichte über einen Kunstraub, von der Art, die Heinz-Werner Zeitz als *Brot-und-Butter-Movie* bezeichnete. Sie wurde in unmittelbarer Nachbarschaft zu Lehnitz' unsäglichem Sekretärinnen-Melodram gedreht, bei dem ihm sowohl Grietje Blommaert als auch Gernot Bieler abgesprungen und zudem das Budget gekürzt worden war. Eine Gelegenheit, dem Mann ein Gespräch aufzuzwingen, würde sich im Laufe der nächsten Tage wohl finden lassen.

»Ich rede mit Lehnitz.«

Sie konnte Willi kein Kind schenken, sie konnte nicht einmal mehr seiner Karriere aufhelfen, wie es ihr in ihren Jahren als Publikumsliebling möglich gewesen war. Aber sie war vielleicht imstande, ihm seine Nichten zu bringen, das stille, tote Haus, durch das Gabriel und der schöne, leise Hund im Einklang mit den Gespenstern strichen, doch noch mit Leben zu füllen, wie er es sich gewünscht hatte. Eine Familie aus ihnen zu machen. Und aus vier Wänden ein Zuhause.

Die Traube der Arbeiter, die sich um den Stammtisch gedrängt hatte, beendete ihr Lied. Einer nach dem andern verabschiedete sich, ein letztes Mal klirrten Gläser, und Hände klatschten schwer auf Schultern nieder. In einem langen Strom begannen sie ihren Auszug aus der Kneipe. Wer noch Geld hatte, zog in die nächste Gaststätte weiter, die Übrigen trollten sich mit leeren Händen nach Hause. Einer, ein drahtiger Graubart in einer Zimmermannskluft, streifte im Vorbeigehen Rechas Arm.

»Nich' reinrassig, wa?«, sprach er sie an und grinste. »Hab ick mir jedacht und vorhin zu mei'm Kumpel gleich jesacht: ›Bei der is' ne Judsche oder wat aus'm Süden mit drinne. Die Reinrassigen, die sind ja nie so scheen.‹«

16

30. April

In ihrem Haus war es still. Natalja hatte ihren freien Tag und war Verwandte besuchen gegangen, und die Köchin hatte sich in der Frühe nicht wohlgefühlt, sodass Recha ihr angeboten hatte, sich wieder hinzulegen. »Wir brauchen Sie ja heute nicht, Mary. Wenn ich nachher nach Hause komme, kann ich für meinen Bruder und mich ein bisschen Brot und Käse richten, und mein Mann wird sicher nicht vor zehn aus Babelsberg wegkommen und isst auch dort. Bleiben Sie im Bett, dann geht es Ihnen morgen hoffentlich besser. Das Wetter ist sowieso scheußlich, da lohnt sich kein Aufstehen.«

Die Frage war, warum sie die Köchin überhaupt behielten. Sie hatten schon ewig keine Gäste mehr gehabt, Willi vergrub sich völlig in die Arbeit und kam häufig nicht einmal zum Schlafen nach Hause, und die Spatzenmahlzeiten, die Recha und Gabriel zu sich nahmen, waren die Ausgabe nicht wert. Zumal sie beginnen mussten, sich allen Ernstes zu überlegen, woran sie sparen konnten, wenn die Geldströme versiegten. Der Kunstraub-Film, in dem Recha spielte, würde Ende der Woche abgedreht sein, und danach wartete kein neues Engagement auf sie.

»Es tut mir leid, Recha«, hatte Heinz-Werner Zietz gesagt, als er sie vorhin, nach Drehschluss, beiseitegenommen hatte. »Ich habe es als Ehre empfunden, mit Ihnen zu arbeiten, und hätte das gerne fortgesetzt. Die Produktionsleitung hat mir jedoch dringend nahegelegt … Ich weiß nicht, wie ich es ausdrücken soll …«

»Sie brauchen gar nichts zu sagen, Heinz-Werner. Was man Ihnen nahegelegt hat, kann ich mir schon denken: Sie sollen mir keine Rolle mehr anbieten, wenn Sie es sich mit Alexander Grau nicht verderben wollen.«

Der Regisseur hatte die Hände gerungen und nicht gewusst, wo er mit seinem Blick hinsollte. »Um Ihr Können geht es nicht. Wir alle wissen, was wir an Ihnen haben. Sie sind die eine unter Millionen, der Ansicht ist auch Alexander Grau, und selbstverständlich will die UFA Sie behalten. Aber es hat in letzter Zeit ein paar Schwierigkeiten gegeben. Vielleicht wäre es ganz gut, wenn Sie sich eine Weile lang zurückziehen würden, abwarten, bis über das alles Gras gewachsen ist. Erholen Sie sich, genießen Sie Ihr herrliches Haus. Wer, wenn nicht Sie, hätte sich eine Pause verdient?«

Wo diese »paar Schwierigkeiten« ihren Ursprung hatten, war nicht schwer zu erraten. Seit Rechas Gespräch mit Lehnitz waren drei Tage verstrichen. Sie hatte ihm ohne Umschweife ins Gesicht geworfen, in welchen Sumpf er einzuheiraten gedachte, und er hatte weit mehr als nur den erhofften Schrecken an den Tag gelegt. Abscheu. Blankes Entsetzen und einen Zorn, den Recha als bedrohlich empfand. Die meisten Kollegen nahmen Lehnitz nicht ernst. Sie ahmten seine Art, sich zu ereifern, nach und machten sich darüber lustig, aber so, wie er seine schmächtige Gestalt auf einmal vor ihr aufbaute, fand Recha nichts Komisches an ihm.

»Nur damit Sie es wissen«, hatte er mit hassfunkelnden Augen zum Abschluss gesagt. »Ich werde dafür sorgen, dass Sie bei dieser Gesellschaft kein Bein mehr auf den Boden bekommen. Es ist höchste Zeit, dass man sich solcher Elemente entledigt. Wenn es nicht genügt, dass Sie selbst der minderwertigen jüdischen Rasse angehören, dürfte die Rassenschande Ihres verkommenen Subjektes von Bruder Ihnen wohl endlich den Rest geben.«

Dass Lehnitz weder bei Grau noch bei Hugenberg Einfluss hatte, wusste Recha. Wenn er aber mit dem, was er vorzubringen hatte, bei den UFA-Leitern offene Türen einrannte, mochte das anders aussehen. Zudem war die Zeit, in der die UFA eine Recha Süßapfel als Kassenmagneten gebraucht hatte, so gut wie abgelaufen. »Lassen Sie es gut sein, Heinz-Werner«, hatte Sie zu Zeitz gesagt. »Sie waren sehr nett zu mir. Zerbrechen Sie sich nicht den Kopf.«

»Ich bin wirklich untröstlich.«

»Es ist nicht Ihre Schuld. Und irgendwie werde ich schon auf die Füße fallen.«

»Wie gesagt, es ist auf keinen Fall etwas Endgültiges. Sobald diese dummen Gerüchte sich gelegt haben, würde jeder von uns Sie mit Kusshand zurücknehmen. Und bis dahin bleibt Ihnen schließlich der Film Ihres Mannes, der uns ohnehin alle in den Schatten stellen wird. Es weiß ja niemand etwas Genaues, aber da der komplette Studiobereich, den er nutzt, hermetisch abgeriegelt worden ist, rechnen wir alle mit einer nicht zu kleinen Sensation.«

Recha hatte sich bei ihm bedankt und war zu Fuß nach Hause gegangen. Das Wetter war den ganzen Tag über scheußlich geblieben. Wind hatte die Speichen ihres Schirms himmelwärts aufgebogen und den feinen Stoff in Fetzen gerissen. Der Schirm – ein spontaner Kauf auf einer Parisreise mit Willi, wo sie verliebt herumgesprungen und von einem Platzregen überrascht worden waren – hatte nur noch für den nächsten Papierkorb getaugt. Als Recha endlich den Schlüssel ins Schloss ihrer Haustür schob, war sie bis auf die Haut durchnässt. Jetzt tobte und prasselte der Regen gegen die Scheiben, als wäre nicht beinahe Mai, sondern tiefster November, als hätte jemand die Elemente in Fesseln geschlagen, gegen die sie mit aller Kraft und Wut ankämpften.

Nur der Hund sprang ihr aus der Schwärze entgegen. Sie

schlang die Arme um ihn, vergrub ihr Gesicht in dem dichten Fell am Hals. Damals, als Willi ihr das Tier geschenkt hatte, hatte sie es einfach nur schön gefunden und sich keinen Augenblick lang gefragt, warum er ausgerechnet eine belgische Rasse gewählt hatte. Sie griff in LaFontaines Halsband, lief in der Dunkelheit mit ihm umher und legte drei Schalter um, bis Halle und Treppenhaus von Licht durchflutet waren. Dann erst holte sie Atem. »Gabriel? Bist du da?«

Für gewöhnlich humpelte ihr Bruder dem Hund hinterdrein auf sie zu, sobald er den Schlüssel vernahm. Seit dem Vorfall in Babelsberg hatte er sich jedoch mehr und mehr zurückgezogen. Und manchmal überhörte er den Schlüssel auch schlicht, weil er im Musikzimmer am Flügel saß und vor sich hinspielte. Klimperte. Mit seiner benutzbaren Hand, die zudem zu Zuckungen und Krampfanfällen neigte, ließ sich außer ein paar Kinderliedern nichts zustande bringen, aber einst hatte er geradezu virtuos gespielt. Ein Wunderkind. »Ein kleiner Mozart«, hatte ein Kunde ihrer Eltern gesagt, die sich das Klavier vom Mund abgespart hatten.

Aber Gabriel war kein Mozart gewesen, nur musikalisch begabt, wie man es häufig bei außergewöhnlich fähigen Naturwissenschaftlern erlebte. Albert Einstein, der Nobelpreisträger, spielte angeblich zum Niederknien Violine. Gabriel wäre vermutlich ebenfalls Physiker geworden und hätte sich nach den Herausforderungen eines Arbeitstages am Klavier entspannt. Wenigstens das – das Entspannen – tat er heute noch, auch wenn über das, was er erzeugte, niemand mehr in hingerissene Ah- und Oh-Rufe ausbrach. Natalja stöhnte nicht selten, weil das Geklimper ihr an den Nerven zerrte. Heute aber blieb alles still.

Auf der Hut, mit angespannten Schultern, strich Recha samt Hund durch die Räume. Sie fand ihren Bruder in der Bibliothek, wo er offenbar versucht hatte, die Leiter zu erklimmen, um einen Band von einem der oberen Regalbretter zu ziehen. Recha und Willi hatten an einer derart umfangreichen Bibliothek keinen Bedarf, aber Willi hatte befunden, mit Büchern gefüllte Regale bis unter die Decke verliehen dem Haus mehr Prestige. Die Leiter war umgestürzt und Gabriel heruntergefallen. Er lag auf dem Boden, zusammengerollt wie frischgeboren.

Recha stürzte zu ihm. Furcht ließ ihr Herz in hohen Stößen schlagen. Während sie neben Gabriel auf die Knie fiel, griff sie schon nach seinem Puls am Gelenk und tastete mit der anderen Hand nach dem Brustkorb. Erleichtert spürte sie den regelmäßigen Schlag. Gabriel öffnete sein Auge. »Recha! Ich habe dich kommen hören, aber ich wusste, ich schaffe es auf dem glatten Parkett nicht hoch. Also dachte ich, ich bleibe lieber liegen.«

Wie hatte sie dem Personal freigeben können, während Gabriel allein und auf Hilfe angewiesen war? Nicht einmal die Heizung hatte er in Betrieb setzen können, sondern er schlotterte still vor sich hin.

»Es tut mir so leid, Gabriel. Hast du dir wehgetan?«

»Nein, gar nicht.«

»Ich ziehe nur rasch den nassen Mantel aus, dann heize ich ein und mache uns beiden etwas zu essen.«

»Ach, das brauchst du nicht«, sagte Gabriel. »Und leidtun muss es dir auch nicht. Mir ist ja gar nichts passiert, und mit meinem Hunger ist es nicht weit her.«

»Was hast du eigentlich dort oben gewollt?«

»Nur ein Buch«, erwiderte ihr Bruder. »Ich habe gesehen, dass ihr in der obersten Reihe Martin Luthers Schriften stehen habt, ich dachte, die könnte ich mir mal ausborgen.«

»Was willst du denn mit Martin Luthers Schriften?« Willi hatte die Bibliothek mit allen erdenklichen Klassikern und Bänden, die seiner Vermutung nach zum Bildungskanon gehörten, ausstatten lassen. Die meisten von ihnen waren unberührt, wie die Buchhandlung sie angeliefert hatte.

»*Von den Juden und ihren Lügen*«, sagte Gabriel. »In den *Gesammelten Schriften* muss auch diese Abhandlung enthalten sein. Ich dachte, ich sollte da besser einmal einen Blick hineinwerfen.«

»Quatsch«, verwies ihn Recha. Sie erhob sich, ging zu einem der Lesesessel und holte ein schottisch kariertes Plaid, mit dem sie ihren Bruder zudeckte. »Wenn wir so ein Geschmier im Haus hätten, wäre es ein Versehen, und die Schwarte würde geradewegs in den Papierkorb wandern. Was willst du damit?«

»Ich dachte, es könnte für mich wichtig sein, mich zu informieren.«

Recha dachte seit Längerem dasselbe, aber sie wollte nicht, dass er es tat.

»Wo doch jetzt so viele Leute wieder anfangen, gegen die Juden zu reden«, murmelte Gabriel und rollte sich unter der Decke noch fester zusammen. »Damals, unter dem Kaiser, war es ja auch so, aber dann hat der Kaiser öffentlich erklärt, er kenne nur noch Deutsche, und seine Juden, die wären ihm ebenso willkommen wie alle Übrigen.«

Bei der Erinnerung trat noch immer ein Glanz in sein Auge, und Recha hatte Mühe, an sich zu halten und ihn nicht anzuschreien: *Was musst du noch verlieren, damit du aufwachst, du blöder, geliebter Idiot?*

»Wenn wir für Deutschland in den Krieg ziehen, sind wir Deutsche wie jeder andere, hat der Kaiser gesagt«, fuhr Gabriel fort. »Aber wie es aussieht, haben die Leute das vergessen. Haben sie vergessen, dass wir mit ihnen im Krieg waren, Recha? Dass wir ihre Kameraden waren, ihre Waffenbrüder?«

Ihr wart nie Brüder, dachte Recha. *Höchstens Schlachtvieh, das zusammen krepiert.* Einmal mehr überraschte sie ihre eigene Bitterkeit.

»Jetzt geht es wieder los, dass sogar in den Zeitungen steht, man wolle uns hier nicht haben«, sagte Gabriel. »Wir sollten nach Palästina gehen, selbst wenn wir nicht einmal die Sprache sprechen, und ein Jude könne nie ein Deutscher sein. Also dachte ich mir, ich fange vielleicht besser an nachzulesen, was an uns Juden so unerträglich ist.«

»Nichts. Du hast keinen Grund, dich von ein paar Wirrköpfen ins Bockshorn jagen zu lassen.«

»Martin Luther? Ein Wirrkopf?«

»Wenn er solchen Unsinn schreibt, ist er Schlimmeres als das. Hör zu, warum legst du dich nicht ins Bett, lässt dir von mir ein Tablett mit deinem Lieblingskäse bringen und versenkst dich in den neuen Döblin, den Gunter dir zum Geburtstag geschickt hat. *Berlin Alexanderplatz.* Es ist dein Lieblingsschriftsteller, und in Babelsberg ist das neue Buch in aller Munde.«

»Alfred Döblin ist auch Jude«, sagte Gabriel. Er hatte ihren Arm ergriffen, um sich hochzukämpfen, ließ sich aber gleich wieder fallen.

»Ja, zum Teufel, dann ist er es eben. Der eine ist Jude, der andere Katholik, und in Frohnau soll es seit Kurzem einen buddhistischen Tempel geben. Was für eine Rolle spielt das? Kommt es bei einem Schriftsteller nicht allein darauf an, wie er schreibt?«

Wie naiv das gedacht war, wusste sie aus eigener Erfahrung. Ihr Bruder ging nicht einmal darauf ein. »Recha«, sagte er und klang nicht länger wie ein gebildeter Mann, der Alfred Döblin oder Martin Luther las, sondern wie ein kleiner frierender Junge, der seine Mutter brauchte. »Recha, ich will kein Jude mehr sein. Ich will kein Kriegskrüppel mehr sein und kein entlassener Sträfling. Ich will gar nichts mehr sein, was dem Staat auf der Tasche liegt und alle nur stört.«

»Hör endlich auf!« Jetzt schrie Recha doch. »Welchem Staat liegst du denn auf der Tasche? Du lebst bei deiner Familie, die für deinen Unterhalt vollständig aufkommt. Du bekommst keinen Pfennig dafür, dass du dich im Krieg hast kaputtschießen lassen, und deine Strafe hast du abgebüßt. Es gibt in diesem Land eine ganze Reihe Mörder, die das nicht von sich sagen können.«

Mörder von Juden, durchfuhr es sie. Wer hatte für den Tod Walther Rathenaus, wer für den Pogrom im Scheunenviertel gebüßt? Walther Rathenau war ein fähiger Außenminister gewesen, die Leute, die im Inflationsjahr 1923 von rasendem Mob totgeschlagen worden waren, waren kleine Händler und ihre Frauen. Bei dem Mann, den ihr Bruder auf dem Gewissen hatte, handelte es sich hingegen um einen brutalen Schläger, den der einbeinige Gabriel mit seiner Armeepistole erschossen hatte, damit er aufhörte, auf die hilflose Ille einzuprügeln. War das Leben Reinhold Berndts tatsächlich mehr wert als das eines bewährten Staatsmanns, nur weil der eine Jude war und der andere nicht?

Warum machte sie sich auf einmal darüber Gedanken? Warum schienen ihre Gedanken seit einem Jahr zunehmend darum zu kreisen, sich regelrecht darin festzubeißen? Sie war in diesem Land, dieser Stadt zu Hause, sie hatte hier eine außerordentliche Karriere machen können, gefördert von deutschen Filmschaffenden und geliebt von deutschen Kinozuschauern. Ihr Mann war ein deutscher Protestant, ihre Ehe war auf dem Standesamt von Potsdam geschlossen worden, ohne *Nissu'in*, *Chuppa* oder am Boden zertretenem Ehebecher. Sie ging am Sabbat zur Arbeit, trennte in ihren Speiseschränken Milchiges nicht von Fleischigem und zündete zu Chanukka keinen Leuchter an, ja, sie wusste nicht einmal, wann Chanukka war.

Sie war Schauspielerin. Sie war Ehefrau. Sie war unfruchtbar. Diese drei Säulen hatten bisher ihr Leben bestimmt. Warum schien auf einmal alles, was ihr geschah, darauf hinauszulaufen, dass sie Jüdin war?

»Wenn ich nicht da wäre, könntest du sagen, dass du gar keine Jüdin bist.« Gabriel speichelte beim Sprechen. »Willi ist ja keiner. Und bei dir würde es niemand merken, wenn du mich nicht bei dir hättest.«

Dass ein Mensch von Gabriels Intelligenz sich zu Gedanken von solcher Unlogik hinreißen ließ, tat Recha weh. »Ich will aber, dass man es merkt«, behauptete sie eher kämpferisch als ehrlich, zog ihn an sich und wischte ihm den Mund ab. »Ich bin, was ich bin, und du gehörst zu mir. Und überhaupt – warum sollte man es bei mir weniger merken als bei dir?«

Er legte den Arm um sie und lehnte den Kopf an ihren Bauch. »Weil ich Gehinnom auf Beinen bin. Du dagegen bist die schönste Frau der Welt.« Er schloss das Auge, und seine zerstörten Züge entspannten sich ein wenig. »Ich bin so stolz darauf, dass du meine Schwester bist, Recha, und ich würde nie zulassen, dass jemand dir Böses tut.«

»Das weiß ich doch.«

»Das ist gut. Ich will, dass du es weißt.«

Sie brauchte lange, um Gabriel zu beruhigen und ihn dazu zu bewegen, sich doch noch ins Bett helfen zu lassen, zwar nicht mit dem Döblin-Roman, aber immerhin mit Quintus' Zeitung, in der er mit Vorliebe das Kreuzworträtsel löste. Danach saß sie allein im Salon ihres dunklen Hauses, das sie nicht beheizt und in dem sie keine Mahlzeit zubereitet hatte, und hörte in der Stille ihren Herzschlag. Sie wäre selbst gern ins Bett gegangen, sehnte sich nach der Geborgenheit unter den Decken und hatte in der Frühe immerhin noch Drehtermine, für die sie besser ausgeschlafen war. Dennoch konnte sie sich nicht dazu durchringen, sondern saß reglos still.

Das Geräusch eines Schlüssels im Schloss ließ sie zusammenschrecken. Gleich darauf ging in der Halle das Licht an. Recha sprang auf und lief aus dem Zimmer. »Wer ist da?«

An der Garderobe stand ihr Mann, stellte seinen triefenden Schirm in den Ständer und schüttelte sich Tropfen von den

Schultern. Er alterte wie Wein – ein Jahr stand ihm besser als das andere. Schlank und sehnig war er, elegant im hellen Frühlingsmantel, das Gesicht schön und markant mit der hohen Stirn, den klar konturierten Wangenknochen und dem kräftigen dunkelblonden Haar. »Wer soll denn da sein? Dein Mann, wer sonst?«

»Willi.«

»Als ich das letzte Mal nachgesehen habe, hieß ich noch so.«

»Ich habe gedacht, du kommst gar nicht nach Hause.«

»Und ich habe gedacht, du bist längst im Bett.«

Mehr wussten sie sich nicht zu sagen. Wie machten das Felice und Quintus? Wie hatten es Hete und Wolfgang gemacht? Wie überwand man die himmelhohe Mauer aus all dem Ungesagten?

Tanzen, dachte Recha, aber sie hatte nicht einmal Musik im Kopf.

Vielleicht dachte er dasselbe. Sie setzten gleichzeitig zwei Schritte aufeinander zu, blieben abrupt stehen, setzten dann jeder noch einen Schritt, als spielten sie eine Filmszene nach strengen Regieanweisungen.

»Warum sitzt du im Dunkeln?« Willis Stimme war heiser.

»Ich weiß nicht. Vielleicht, weil derzeit wenig Licht in mir ist.«

»Recha.« Er machte noch einen Schritt, trat schwer auf dem Parkettboden auf, und im nächsten Augenblick lag sie in seinen Armen.

Alles zugleich fiel über sie her: sein Duft, die Erinnerungen, das Verlangen nach ihm. Ihre Hände krallten sich in seinen Nacken wie an dem Abend, an dem sie zum ersten Mal miteinander allein gewesen waren und die Kontrolle über sich verloren hatten. Sie zwang seinen Kopf zu sich hinunter, und sie küssten einander. Wie Verhungernde. Zähnen, Zunge, Lippen. Seine Hände glitten ihren Rücken hinunter, kneteten ihre Taille, ihre

Hüften, ihre Hinterbacken. Selbst ihr Stöhnen war im Einklang, jede Bewegung, jedes Drängen ihrer Körper. Sie gingen gleichzeitig in die Knie, sanken gleichzeitig auf den Boden, begannen gleichzeitig, einander an den Kleidern zu zerren.

»Recha, Recha, Recha.«

Er hatte das getan, als sie jung gewesen waren, ihre Leidenschaft brandneu und ihre Liebe verboten: ihren Namen gerufen, während er in sie eindrang, die Hosen kaum bis in die Kniekehlen abgestreift, die Hosenträger zu beiden Seiten baumelnd. Sie riss ihm das Hemd auf, sodass ein Knopf sprang, biss ihn in die Brust und erwiderte jeden Stoß seines Beckens mit einem des ihren, der noch heftiger war.

Ihr Begehren war immer rückhaltlos gewesen. Sooft sie einander in den Armen gelegen hatten, hatten sie all ihre Kraft investiert, nichts geschont, nichts gespart. *So wie Quintus und Felice reden, so lieben wir uns*, durchfuhr es Recha, ehe sie gleichzeitig zum Höhepunkt kamen. *Tanzend auf der Flucht vor Gespenstern, bis zum Schluss, bis zum Schluss.*

Regen prasselte gegen die Scheiben. Erschöpft fielen ihre Körper voneinander ab, und sofort war es kalt. »Recha, Recha.« Er zog sie wieder an sich, und sie spürte seine warmen Muskeln durch den nassgeschwitzten Stoff.

»Du hast mir gefehlt, Rech.«

»Du mir auch. Gehen wir ins Bett? Mit Weißwein?«

»Und einer Zigarette.«

Es war ein Ritual. Recha machte sich wenig aus Rauchen, aber sie zog gern nach der Liebe an Willis Zigarette. Sie streiften sich den Rest der Kleider herunter, ließen sie auf einem Haufen mitten in der Halle liegen und gingen nackt und eng umschlungen die Treppe hinauf. Früher wäre Recha so etwas vor Mary und Natalja peinlich gewesen, doch heute erfüllte sie die Vorstellung beinahe mit Stolz: Falls die Bediensteten über das nicht mehr besuchte Bett ihrer abgehalfterten Hausherrin Schoten gerissen und gekichert hatten, stünde ihnen morgen früh eine Überraschung bevor.

Ihr Schlafzimmer war ein Traum in Weiß, Taubengrau und einem Roséton. Recha schaltete nur eine Nachttischlampe ein, und Willi entnahm dem Spind eine Flasche Grauburgunder. Es war noch immer kalt, aber jetzt gefiel ihr das. Sie kroch unter die große Decke, zog sie sich bis ans Gesicht.

»Recha.« Mit den gefüllten Gläsern in den Händen kam Willi zu ihr, reichte ihr eines, steckte dann eine Zigarette an. »Spiel in meinem Film, ich bitte dich. So einen Film haben wir noch nie gemacht, so einen Film hat überhaupt noch niemand gemacht.«

Sie sagte nichts, trank Wein, sah ihn an.

»Die junge Frau, die du darin spielen sollst, heißt Catherine. Der Film fängt in Ypern an, im Grunde dort, wo *Wipers* aufgehört hat, aber wir treiben es weiter, wir zeigen dem Zuschauer, was geschehen wäre, wenn der Krieg im November '18 nicht zu Ende gegangen wäre, wenn stattdessen immer neue Waffen – Gase, Panzer, Bomben – entwickelt worden wären, bis am Ende ganz Europa dagelegen hätte wie Ypern: dem Erdboden gleich.«

»*Metropolis* in Trümmern? Eine schwarze Zukunftsvision?«

Willi nickte. »Die in alle Winde verstreuten Überlebenden irren durch ihre zerstörte Welt. Aber weißt du noch, wie ich damals zu Wolfgang gesagt habe: ›Ohne ein bisschen Licht, ohne Liebe hält die Finsternis von deinen Filmen kein Mensch aus?‹ Und wie er sich dagegen gesträubt hat?«

Recha nickte. Wolfgang selbst hatte erkannt, dass Willi konnte, was ihm selbst nicht möglich war: den Zuschauer dort abholen, wo er stand, und ihm das Unerträgliche erträglich machen.

Willi gab ihr die Zigarette. »In meinem Film gibt es das. Das bisschen Licht, ohne dass es sich nicht lohnen würde weiterzukämpfen. Da ist Catherine, eine frühere Krankenschwester, die überlebende Kinder aus den zertrümmerten Häusern birgt und versucht, ihre Familien zu finden. Die meisten dieser Kinder können vor Entsetzen nicht mehr sprechen. Catherine bindet jedem von ihnen eine Tafel um den Hals und gibt ihm ein Stück Kreide. ›Schreib jedes Wort auf, das dir einfällt‹, sagt sie ihnen. ›Oder zeichne ein Bild. Jeder Hinweis ist wichtig.‹«

Recha schaltete die Nachttischlampe aus und blies Rauch, sah den dünnen Fäden zu, die in Schlangenlinien zur Decke stiegen.

»Und dann ist da Benoit«, fuhr Willi fort. »Er hat alles verloren, hat seine gesamte Familie in der Hölle des Krieges umkommen sehen. Einzig seine kleine Tochter ist zu Beginn der Flucht von ihm getrennt worden. Die Hoffnung, sie könnte dem Morden entkommen sein, hält auch ihn am Leben. Er trifft auf Catherine und stürzt in Verzweiflung, als er sein kleines Mädchen unter ihren Schützlingen nicht findet. Sie aber richtet ihn wieder auf, und zusammen ziehen sie weiter: Catherine auf der Suche nach den Verwandten der verlorenen Kinder, Benoit auf der Suche nach seinem eigenen verlorenen Kind.«

»Sie stehen es durch«, murmelte Recha. Ihr Herz raste im Dunkeln. »Weil sie nicht mehr allein sind.«

»Nein«, sagte Willi. »Sie sind nicht mehr allein. Ich habe recht, oder? Es ist eine Rolle für dich.«

»Ja«, sagte Recha. »Du hast recht.«

»Und das Unglaublichste weißt du noch gar nicht: Es wird ein Film, in dem ganz wenig gesprochen wird. Die Kinder stoßen nur selten ein einzelnes Wort heraus, das Catherine dann für sie auf die Tafeln schreibt. Und auch Benoit und Catherine selbst sind so gut wie verstummt.«

»Also kaum Pappschilder?«

»Überhaupt keine.« Im Licht der aufglimmenden Zigarettenspitze sah sie das triumphale Strahlen, das über Willis Gesicht glitt. »Die paar Worte werden durchs Kino hallen wie Schüsse, sodass niemand sie je wieder vergisst. Ich habe meine Studios absperren lassen, damit nichts nach außen dringt, während wir die Technik vorbereiten. Es wird ein Tonfilm, Recha. Der erste Tonfilm der UFA und der Weimarer Republik.«

Rechas Gedanken überschlugen sich. Sie sah sich mit dem Zug der verwaisten Kinder, die Tafeln mit Kreideschrift um ihre Hälse trugen, und wusste, dass sie die Rolle spielen wollte. Dass sie sich danach sehnte, wie sie sich nach der Rolle der Godelieve in *Wipers* gesehnt hatte, nach der Arbeit, bei der sie und Willi zu einer Einheit verschmolzen waren, nach dem Glück der Erschöpfung, wenn man wusste, dass die Herausforderung bestanden, die Geschichte erzählt, das Werk gelungen war. »Ich hatte seit fünfzehn Jahren keine Sprechausbildung mehr«, murmelte sie.

»Darum mach dir keine Sorgen«, beruhigte Willi sie. »Wenn es dir lieber ist, kannst du vorher noch schnell ein paar Stunden nehmen, aber viel Text wird es gar nicht geben. Was ich schaffen will, ist ein Übergang. Eine Sinfonie aus Musik, Geräuschen und ein paar Worten, die zusammenwirken wie die Bilder des großen Stummfilms – als sein Abgesang. Und als Weg ins Neue.«

Er war ein Genie. Wolfgang hatte von Anbeginn an gewusst, dass er ein Genie war. »Ich hoffe nur, er hat genug Charakter, um es auszuhalten«, hatte er gesagt.

»Es gefällt dir, oder?« Seine Augen leuchteten.

»Ja«, sagte Recha. »Es gefällt mir. Wer spielt den Benoit?«

Willis Adamsapfel zuckte auf und nieder. »Gernot natürlich. Er ist hin und weg von der Rolle, er sagt, es ist das Beste, was er je gespielt hat, und er kann es nicht erwarten, mit dir …«

»Nein«, fiel ihm Recha ins Wort. »Nicht mit mir. Ich habe dir gesagt, ich werde nicht mehr mit Gernot Bieler spielen, und dabei bleibe ich.«

Das Glück, die ganze fliegende Erregung verpuffte. Willis Züge wurden hart. »Das ist nicht dein Ernst, Recha.«

»Doch, das ist es. Ich spiele nicht mit Gernot Bieler.«

Spring über deinen Schatten, wisperte eine Stimme in ihrem Kopf. *Du willst es doch, du willst in diesem Film spielen, und du willst deinen Mann zurück.* Sie öffnete noch einmal den Mund, aber sie brachte es nicht über sich. Ihm sagen, dass sie es sich anders überlegt hatte, dass sie es doch mit Gernot versuchen würde, war nicht möglich.

»Ich warne dich, Recha.« Willis Augen wurden schmal. »Mir ist es auch ernst. Dieser Film ist meine Chance, nicht nur meine größte, sondern auch meine letzte. Wenn ich die nicht nutze, ist der Zug abgefahren. Ich lasse mir diese Chance von niemandem kaputtmachen. Wenn du die Rolle der Catherine nicht annimmst, mache ich meinen Film dennoch wie geplant. Die Finanzierung steht, ich kann praktisch jederzeit anfangen, und deine Rolle besetze ich zur Not … mit einer anderen Frau.«

Der Wein, den Recha im Mund hatte, wurde dick und ließ sich kaum hinunterwürgen. »Dann wirst du das tun müssen«, presste sie sich ab. »Ich spiele nicht mit Gernot Bieler.«

Sie starrten sich an wie Feinde. In ihr Schweigen drang das Schrillen des Telefons, das Willi im ganzen Haus hatte installieren lassen. Es musste nach Mitternacht sein. Wer jetzt anrief, brachte keine gute Nachricht. War ihre Mutter gestorben? Ihr Vater? Etliche Male hatte sie sich ausgemalt, wie ein solcher Anruf eintraf und ihr auf einen Schlag klarmachte, dass es keinen Weg mehr zu einer Versöhnung gab.

Der Apparat stand auf dem Nachttisch. Recha nahm ab. »Süßapfel.« *Zur Nieden*, hätte sie sagen müssen, aber vielleicht würde sie das niemals lernen.

»Recha!«

Die Stimme, die aus der Muschel drang, war so hoch und verzerrt, dass sie mehrere Sekunden brauchte, um sie zu erkennen. »Felice? Was ist denn passiert? Es ist mitten in der Nacht.«

»Ich weiß, dass es verdammt noch mal mitten in der verdammten Nacht ist«, schrie Felice. »Und es ist mir verdammt noch mal egal! Meine Kinder sind weg! Ich habe gedacht, sie sind bei einer Kameradin, und Quintus hat gedacht, ich bin mit ihnen einkaufen. Ille hat uns alle hinters Licht geführt. Sie hat Lise und Jenny entführt.«

17

»Ich danke euch allen dafür, dass ihr euch auch heute tapfer bis hierher durchgekämpft habt«, hatte Heinz-Werner Zeitz gesagt. »Leider war eure Mühe wieder umsonst. Gerhard und Fritz fehlen, der Beleuchterstab ist nicht mal zur Hälfte anwesend, und für meinen bedauernswerten in Neukölln beheimateten Regieassistenten kann ich nur hoffen, dass er noch unter den Lebenden weilt. Mir bleibt nichts übrig, als auch heute den gesamten Dreh abzusagen und euch nach Hause zu schicken. Bei voller Bezahlung natürlich. Die UFA hat's ja. Macht's euch nett, legt die Beine hoch und lasst euch nicht einfallen, nach Berlin reinzufahren.«

Unter den Kulissenarbeitern gab es ein paar, die murrten und von den übrigen verlangten, sofort in den Wedding aufzubrechen, um sich mit den Genossen solidarisch zu zeigen, die dort kämpften und wie die Fliegen niedergemäht wurden. Die meisten aber behielten ihre Meinung für sich und freuten sich über den freien Tag, den dritten in Reihenfolge.

Über das, was in der Stadt los war, widersprachen sich Berichte und Gerüchte. Am glaubhaftesten schien der Hergang, den die *Vossische Zeitung* und das *Morgenrot* rekonstruiert hatten: Am Abend des 30. April hatte demnach die KPD in den Arbeiterbezirken Flugblätter verteilt, auf denen stand, die Maikundgebung finde wie gewohnt statt, das Demonstrationsverbot sei aufgehoben worden. In der Frühe hatten sich daraufhin knapp zehntausend Menschen versammelt, um wie jedes Jahr den Tag der Arbeit mit einem Aufzug zu begehen.

Vielleicht wäre nichts geschehen, die ganze Aufregung sang- und klanglos abgeflaut, wenn man die Leute hätte marschieren lassen. Viele waren ja daheim geblieben – die Gewerkschaftler und die Sozialdemokraten hielten sich an das Verbot –, und der Aufmarsch war weit kleiner als in jedem Vorjahr. Hinterher ließ sich so etwas jedoch leicht sagen, und Recha verstand im Grunde von der ganzen Materie nichts.

In jedem Fall hatte die Polizei den Befehl erhalten, die widerrechtlichen Versammlungen aufzulösen. Sie rückten mit Schlagstöcken aus, später mit Wasserwerfern, Panzerfahrzeugen voller Männer und Maschinengewehre. Ein Mann namens Gmeinhardt, SPD-Mitglied und brav in seiner Wohnung in Gesundbrunnen verblieben, hatte ein Fenster geöffnet, wohl um zu sehen, was da mit Geschrei und Getöse durch seine Straße tobte. Der Aufforderung eines Polizisten, das Fenster wieder zu schließen, kam er nicht nach, vielleicht weil er sie unter all dem Lärm gar nicht hörte. Der Polizist rief noch einmal, dann feuerte er seine Pistole ab. Gmeinhardt wurde in den Kopf getroffen, stürzte vornüber aus dem Fenster und knallte filmreif aufs Pflaster. Die vordersten Demonstranten hatten auf einmal einen Toten vor den Füßen, und im Handumdrehen eskalierte die Situation.

Am Nachmittag hatte die Regierung sich gezwungen gesehen, über Berlin den Ausnahmezustand zu verhängen. In Wedding und Neukölln herrschte Krieg: Die eine Seite baute Barrikaden, die andere blockierte Straßen mit Mannschaftswagen und verbot die Durchfahrt. Wer aus Berlin nach Potsdam unterwegs war, hatte keine Chance. Beschäftigte bei Bussen und Bahnen folgten dem Streikaufruf der KPD. Die Polizei feuerte auf jedes Wohngebäude, das nur annähernd rot beflaggt war, die Bewohner durften ihre Häuser nicht verlassen, kein Fenster öffnen und keinen Raum beleuchten. Wer sich widersetzte, wurde festgenommen. In der vergangenen Nacht sollte im Wedding ein neuseeländischer Journalist erschossen worden sein, weil er der Aufforderung, die Straße zu räumen, nicht nachgekommen war.

»Er verstand kein Deutsch«, hatte ein Kollege Quintus erklärt, der im Leitartikel seiner Zeitung zu einem weltweiten Protest der Journalisten aufrief.

»Blutmai«, titelte die *Rote Fahne*, »Zörgiebels Mörderhorden auf tödlicher Hatz«, und war prompt verboten worden. Die Kämpfe tobten derweil weiter. Vielleicht war es an der Zeit, um den Bestand der Republik zu fürchten, vielleicht hätten die gemäßigten, demokratisch gesinnten Bürger etwas unternehmen müssen, aber war man nicht vornehmlich deshalb ein gemäßigter Bürger, weil man in all den Situationen, in denen man etwas hätte unternehmen müssen, anderes zu tun hatte?

Recha fürchtete um den Bestand der Republik. Nur war die Furcht um zwei Kinder, die samt ihrer Mutter verschwunden waren, lauter. Wie sie und Felice geplant hatten, hatte Hilmar Lehnitz nach den »Enthüllungen« Ille den Laufpass gegeben, den Mietvertrag für die gemeinsame Wohnung gekündigt und Illes wenige Habseligkeiten vor die Tür stellen lassen. Diese war daraufhin jedoch keineswegs gebrochenen Herzens in ihr möbliertes Zimmer zurückgekehrt, sondern hatte ein enormes Täuschungsmanöver unternommen, um sich ihrer Töchter zu bemächtigen. Weil sie die zwei in der Obhut des anderen wähnten, hatten Felice und Quintus erst am Abend bemerkt, dass sie fehlten.

Im Postkasten fand sich eine Nachricht von Ille. Sie umfasste nicht mehr als zwei Zeilen: In Berlin könne sie für sich keine Zukunft mehr erkennen, deshalb habe sie sich entschlossen, mit ihren Kindern die Stadt zu verlassen. Gruß, Ille.

Um sie einzuholen, war es längst zu spät.

Die Polizei weigerte sich, nach Lise und Jenny zu suchen. Zum einen gab es in der Stadt, die in ihren Grundfesten wankte, derzeit keine Ressourcen, die für Lappalien eingesetzt werden könnten, zum anderen waren die zwei Backfische mit ihrer Mutter unterwegs, die dazu jedes Recht der Welt hatte. Felice, der Göttin der Justiz, war es nie gelungen, das Sorgerecht für die Mädchen auf sich und Quintus übertragen zu lassen. Sie hatte ausgesehen wie ein Vogel, dem die Flügel gebrochen worden waren, als sie hatte begreifen müssen, dass sie machtlos war.

Wo sie sich derzeit herumtrieb, um die Mädchen wiederzufinden, wusste Recha nicht. Sie hatten sich gestritten. Felice hatte sich mit jedem gestritten, der nicht gehandelt hatte, wie sie es von ihm erwartete. Mit Recha, mit Willi, mit Quintus.

Felice hatte aufgeheult wie eine Wölfin. »Ille hat doch überhaupt kein Geld! Sie ist mit meinen Kindern dort draußen unterwegs und kann ihnen nicht einmal ein Bett für die Nacht bezahlen! Lise hat ständig Hunger, Jenny hat ihren Pullover nicht bei sich, und mein kleiner Sohn weint die ganze Nacht, weil er seine Schwestern vermisst!«

Recha, die ihre Schwägerin nie zuvor lauthals hatte weinen hören, verstand sie. Sie bewunderte die Wucht, mit der Felice kämpfte und litt, aber sie konnte ihr nicht helfen. Sie vermochte nicht einmal sich selbst zu helfen.

Es gab nämlich noch eine Furcht, die alles andere übertönte: die Furcht, ihren Mann zu verlieren. Willi hatte sie in jener Nacht zur Polizei begleitet, er hatte gewartet, bis die Unterredung mit dem Wachmann erfolglos beendet war, und hatte seiner Schwester und Quintus dann angeboten, sie nach Hause zu fahren. Felice, die begriff, dass er nicht mehr tun würde, hatte ihn angeschrien, er trage die Schuld an allem, was den Kindern zustoßen würde, und sie werde sich nicht in seinen gottverdammten Luxusschlitten setzen. Willi hatte nicht versucht, sie umzustimmen. Er hatte auch nicht versucht, noch einmal mit Recha zu sprechen, sondern war in die Nacht verschwunden.

Seither war er nicht mehr nach Hause gekommen, sondern schlief vermutlich in seinem Büro. Sofern er überhaupt schlief.

Recha jedenfalls konnte es nicht, sondern wälzte sich nachts von einer Seite auf die andere und irrte am Tage umher wie eine Schlafwandlerin. Jetzt sah sie ihre Kollegen in Trauben oder Paaren das Studio verlassen, hörte, wie einige ihr einen Gruß zuwarfen, und fand den Gedanken unerträglich, in ihr leeres Haus zurückzukehren. Es bedurfte keines Beschlusses. Sie ging einfach los, um Willi zu finden. Er war seit zehn Jahren ihr Mann, er konnte ihr ein Gespräch nicht verweigern.

Seit Wochen war der Studiobereich in der großen Halle, den Willi sich gesichert hatte, bereits durch hohe Stellwände abgesperrt. Schilder mit der Aufschrift »Für Unbefugte kein Zutritt« hingen an den Wänden und der eigens angebrachten Tapetentür, und die, die nicht unbefugt waren, gingen wie in einem Bienenhaus beständig ein und aus. Von dem, was hinter den Stellwänden lag, war nur das hohe Gerüst für die Beleuchtung, das von einem früher hier gedrehten Film stammen musste, zu sehen.

Was Willi und seine Mannschaft dahinter trieben, hatte Recha wenig beschäftigt. Einen Film vorbereiten. Räume abmessen, Lichteinstellungen ausprobieren, Kulissenbauten in Auftrag geben. Die vielen Einzelheiten, die erledigt werden mussten, ehe Drehtage kalkuliert und Termine festgesetzt werden konnten. Dass es diesmal um etwas ganz anderes gegangen war, um eine brandneue Technik, die die Filmwelt für immer verändern würde, wusste sie erst seit drei Tagen.

Was würde sie tun, sobald sie die Tapetentür erreichte? Anklopfen und eintreten, wie sie und Willi es jahrelang getan hatten, wenn sie den jeweils anderen bei Dreharbeiten aufsuchen wollten und vor der Tür kein Schild »Vorsicht Aufnahme« stand? Beim Rundfunk, der Funk-Stunde Berlin in der Potsdamer Straße, wo Recha verschiedentlich aufgetreten war, durfte ein Studio, in dem Aufnahmen stattfanden, nicht betreten werden. Aber Willi nahm ja noch nichts auf, oder etwa doch? Wie wurde ein Tonfilm produziert? Drehte man erst Szene für Szene ab wie gewohnt und spielte später Geräusche und Gespräche dazu? Kam der Ton zuerst, oder wurde alles gemeinsam aufgenommen?

Ich weiß nichts, stellte Recha fest. *Es ist die Zukunft meines Berufs, aber ich habe keine Ahnung.*

Sie betrat die Halle, die jetzt, wo die übliche Betriebsamkeit fehlte, noch gigantischer wirkte. Neben dem Tor hing ein Klemmbrett mit dem Plan des Tages, der verriet, welches Filmprojekt sich wo in Arbeit befand, welcher Regisseur zuständig war und in welchem Zeitraum das Gelände belegt war. Recha studierte die Liste. Ein Hinweis auf Willis Film fehlte. Sie las die einzelnen Titel ein zweites Mal durch, und ihr fiel ein, dass sie den von Willis Film gar nicht kannte.

Sie konnte es drehen und wenden, wie sie wollte: Es gab kein von Willi zur Nieden geleitetes Projekt, das auf den Abschnitt 1A gebucht war. Es gab überhaupt kein Projekt in Abschnitt 1A. Als sie den Kopf hob und hinüberblickte, sah sie jedoch noch immer die Absperrung und das Gerüst, das darüber aufragte. Zum ersten Mal fiel ihr auf, dass das Gerüst mit einer Art Leinwand verkleidet war, die mit einem Muster aus rötlichen Klinkersteinen bedruckt war, die einen weißen Bogen einfassten. Offenbar war das Gerüst zweckentfremdet worden und hatte Front und Fassade eines Tores darstellen sollen.

So etwas geschah während der Vorarbeiten häufiger: Man probierte die Wirkung einer Kulisse aus, prüfte den Lichteinfall und befragte die Arbeiter, was sich baulich umsetzen ließ. Was für ein Tor hatte das Konstrukt darstellen sollen? War es das letzte unversehrte Gebäude in der zerschlagenen Welt, von der Willi ihr erzählt hatte?

Recha trat näher und entdeckte, dass die Tapetentür, die zuvor immer hermetisch verschlossen gewesen war, offen stand und im Luftzug schwang. Niemand kam heraus, niemand trat ein, und aus dem Inneren des abgesperrten Raumes drang kein Geräusch. Sie streckte die Hand aus, zögerte und verspürte eine seltsame Angst. Dann aber zwang sie sich, die Klinke zu ergreifen und die Tür weiter aufzuziehen.

Das Gelände lag wie ausgestorben, als sei es eine Szene aus dem geschilderten Film. Unverkennbar war hier gearbeitet worden. Zwischen den vertrauten Aufbauten wie dem Stuhl und dem Pult des Regisseurs, verschiedenen Fahrgestellen für die Kameras, Kabelwagen und Requisitenkisten fanden sich Spuren von Menschen: ausgetretene Kippen, weggeworfene Schachteln und Papiere, ein Knopf, eine leere Dose Vaseline, eine vergessene Tasse, in der ein Rest Kaffee trocknete.

Rechas Hirn brauchte kaum einen Herzschlag lang, um die Puzzleteile zu einem Bild zusammenzusetzen: Die Gruppe, mit der Willi seinen Film vorbereitet hatte, hatte ihre Arbeit beendet. Sie war weitergezogen, wohin auch immer. Würden sie wiederkommen, um zu drehen? Und hatte Willi tatsächlich so schnell eine andere für die Rolle der Catherine gefunden?

Die Frage war nicht nur müßig, sondern purer Selbstbetrug. Sie wusste, wen er gefunden hatte, hatte es gewusst, ehe er auch nur erwähnt hatte, dass er eine andere in Erwägung zog.

Grietje Blommaert.

Blond, begabt und nimmermüde. Das Phänomen, von dem die UFA neuerdings sprach.

»Recha? Was machst du denn noch hier?«

Recha fuhr herum und sah eine Frau in der Tapetentür stehen, die ihr schwarzes Haar wie ein Schleier oder ein Gebetsschal umhüllte. Sie war schmal und zierlich, was den heraustretenden Bauch umso gewaltiger erscheinen ließ. Als könnten die dünnen Beine, die unter dem Rock hervorragten, unmöglich in der Lage sein, die Last zu tragen, ohne sich zu verbiegen.

Recha hatte zwar davon gehört, dass Angelika Agnelli zum zweiten Mal schwanger war, doch zu Gesicht hatte sie die Frau des Beleuchtermeisters seither nicht bekommen. Dabei hatten die beiden Agnellis einst zu ihren engsten Freunden gehört.

Oder besser: Gunter hatte zu Wolfgangs engsten Freunden gehört, und Recha und Willi hatten ihn und damit auch Geli, eine frühere Tänzerin, gewissermaßen geerbt.

Recha versuchte zu lachen, was gründlich misslang. »Du lieber Himmel, Geli, sollte ich das nicht eher dich fragen? Ich kenne mich damit zwar nicht aus, aber deinem Bauchumfang nach zu urteilen, besteht Gefahr, dass euer Zweitgeborenes in einem Filmstudio zur Welt kommt.«

»Gut möglich«, erwiderte Geli Agnelli und ging nahtlos zu einer der Wortsalven über, für die sie in Babelsberg berühmt und berüchtigt war: »Der kleine Königskuchen kann jeden Augenblick aus mir herausplumpsen. Deshalb bin ich ja auch hiergeblieben und habe den Herrn Kindsvater allein seiner Bestimmung entgegenziehen lassen wie weiland unsere Ahnherrinnen ihre Jäger und Sammler. Wozu lebt man schließlich im 20. Jahrhundert, ist chic und modern und hat Telefon? ›*Hi, Sweetheart*, du bist Vater geworden – ach, ihr steckt mitten in der Sterbeszene? Na, dann schnell zurück an den Fluter, Küsschen links, Küsschen rechts und *bye-bye*.‹ Alles kein Problem mehr heutzutage. Aber dass du dich hier rumtreibst, wundert mich dann doch. Warum bist du nicht in Belgien, Recha-*baby*?«

»In Belgien?« Sie war nie dort gewesen. Nie. Wenn man bedachte, wie viel Bedeutung das kleine Land in ihrem Leben erlangt hatte, war das in der Tat verwunderlich.

»Na, da ist die komplette Mannschaft doch heute in aller Herrgottsfrühe hin!« Geli Agnelli schlug die Hände über dem Kopf zusammen, um sie anschließend in ihrem Haar zu vergraben. »Klar, erst einmal wird das Terrain sondiert, und die Herrschaften richten sich häuslich ein. Die Schauspieler kommen später, aber ich hätte meinen Kopf drauf verwettet, dass du mit an Bord bist. Ich dachte, du würdest …« Sie brach ab, schlug sich eine Hand vor den Mund, sah Recha mit ihren dunklen Augen an.

»Ich würde *was*?«

»Nun ja … eben dabei sein wollen, wenn sie die Drehorte da unten abstecken. In dieser Stadt, meine ich … Ich kann mir auf Teufel komm raus nie den richtigen Namen merken.«

»Ypern?«

Die Briten hatten ihn sich auch nicht merken können. Deshalb hatten sie die Stadt *Wipers* getauft und die Zeitung, die sie auf einer aus Trümmern geborgenen Druckerpresse produzierten, *Wipers Times.* »Wenn wir sie beschützen sollen«, hatte Captain Brown zu Wolfgang gesagt, »wenn das unsere Stadt sein soll, unser Zeichen dafür, dass wir irgendwann ganz Belgien befreien, dann müssen wir ihr ja wohl einen Namen verpassen, den wir aussprechen können.«

Dieser Scott Brown ist der Anstand auf Beinen, hatte Wolfgang in einem der wenigen, mit den Filmrollen über die Grenze geschmuggelten Briefen geschrieben, die Recha erst erhalten hatte, als er längst tot gewesen war:

Er ist überhaupt nichts anderes als anständig – ein netter Sohn, der ein netter Vater geworden wäre, ein netter Kumpan, der gern dieses obskure Spiel Cricket spielt und sein Bier stark und mit nicht zu viel Schaum mag, ein unglaublich netter Offizier, der sich von seinen Leuten Captain Brown-Brown nennen lässt, weil sie sich Brown-Bouvier nicht merken können. Bringen noch andere Völker als die Engländer solche Kerle hervor, die nie ein Wässerchen getrübt oder einer Kreatur ein Haar gekrümmt haben? Und haben die Engländer an diesen Kerlen solchen Überfluss, dass sie die in den Krieg schicken können, auf verlorenen Posten verheizen, statt sie Kinder zeugen zu lassen, damit solche Kerle die Welt bevölkern und keiner Fliege etwas zuleide tun?

»Ypern«, wiederholte Geli Agnelli und holte Recha aus ihren Gedanken. »Genau das ist es. Du hast gerade ausgesehen wie in dem Film, der da spielt. Ach Gott, Recha, du warst so fantastisch in dem Film. Diese Szene, wenn du auf dem Fahrrad in die Stadt einfährst mit deinen wehenden Haaren – vorn am Lenker der Korb mit dem Gemüse, das du vom Bauern geholt hast, und hinten auf dem Gepäckträger dein kleines Mädchen, das am Daumen lutscht … Diese ganze heile Welt in deinem strahlenden Lachen, das vergisst man nie. Und hinterher, wenn die Welt kaputtgeschlagen wird, geht es einem durch und durch. Damals, als ihr den Film gemacht habt, hatte ich ja noch gar keine Kinder, aber bei der Szene, wo sie dir dein kleines Mädchen wegreißen und du mit hängenden Armen dastehst und ihr nachsiehst, hab ich Rotz und Wasser geheult.«

»Das hat Godelieve vermutlich auch getan«, entfuhr es Recha, die an Felice denken musste. »Die echte. Nicht die im Film.«

Godelieves Familie war mit etlichen anderen aus Ypern geflohen, ehe die Deutschen die Stadt erreichten. Berichte von dem Gemetzel, das die Besatzer in den belgischen Städten anrichteten, jagten die Menschen in Panik aus ihren Häusern. Godelieves Mann hatte sich mit Frau und Tochter einem Treck anschließen wollen, aber Godelieve hatte ihre kranke Mutter nicht zurücklassen wollen. Also hatte er sein Kind an sich gebracht und war allein gegangen. Im Film hatte Godelieve an der Menenstraße gestanden und dem endlosen Zug der Menschen hinterhergestarrt, als wäre etwas in ihr gestorben.

Sie hatten die Menenstraße und den Marktplatz mit der berühmten Tuchhalle, hatten ganz Ypern auf dem Filmgelände nachbauen müssen, denn das Ypern, in dem Godelieve aufgewachsen war, geheiratet hatte und mit ihrer kleinen Tochter auf dem Fahrrad heimgeradelt war, gab es ja nicht mehr. Recha war nie dort gewesen, hatte es nie gesehen, Willi kannte nur die verkohlten Stümpfe, die übrig gewesen waren, als seine Einheit die

Stadt erreicht hatte. Zu dem Zeitpunkt waren Godelieve, ihr Geliebter Scott Brown und Wolfgang, den seine Freunde in der belagerten Stadt Wuffkank genannt hatten, schon tot gewesen. Nur Fietje hatte überlebt und Willi das Erbe übergeben: »Captain Brown-Brown hat Godelieve versprochen, dass er mit ihr loszieht, um ihre Kleine wiederzufinden«, hatte er Willi erzählt. »Nach dem Krieg. Wuffkank hat gesagt: Wenn Captain Brown es nicht mehr machen kann, macht er's.«

Willi hatte Recha davon erzählt, in jener Liebesnacht, als die Finanzierung des Films gesichert war und sie durch den Regen getanzt waren: »Ich habe beides von ihm geerbt: den Film und das Mädchen. Ich muss irgendwann, wenn sich die Lage in Europa halbwegs stabilisiert hat, nach der Kleinen suchen und sicherstellen, dass es ihr gut geht.«

Dann aber war der Film ein Erfolg geworden, ihr Leben hatte sich von Grund auf verändert, und in Ypern waren sie beide nie gewesen. Bis jetzt.

Langsam begann Recha zu begreifen. »Willi ist mit einem Team nach Belgien gefahren? Er will in Belgien drehen?«

Geli nickte und wies auf das Gerüst. »Das Ding da soll doch dieses Tor sein. Die Menenpoort, ein Mahnmal für die Vermissten. Willi hat von Anfang an gesagt, er dreht den Film da, oder er dreht ihn überhaupt nicht. Pommer hatte Bedenken, hat befürchtet, er kriegt das Budget dafür bei Grau und Hugenberg nicht durch. Aber nachdem er Willis Drehbuch gesehen hat, hat er gesagt: ›Machen Sie sich um das Budget keine Sorgen. Bereiten Sie Ihren Film vor, ich besorge Ihnen, was Sie brauchen.‹«

Der Redeschwall stockte. Geli blickte auf und zog die Brauen in die Stirn. »Aber was erzähl ich dir da? Das wirst du ja wohl besser wissen als ich. Sag mal, ist es nicht grandios, dass unsere zwei Süßen wieder zusammen filmen? Eine Zeit lang hatte ich ja schon Angst, die haben sich auf ewig und drei Tage verzankt –

Männer können ja zickiger sein als Frauen, das will bloß niemand wahrhaben.«

»Ich habe auch gedacht, dass sie sich verzankt haben«, sagte Recha. »Und ich weiß nichts.«

»Du weißt nichts? Und du bist nicht mit nach Belgien gefahren? Aber du und Willi, ihr werdet doch nicht –«

»Ich spiele in dem Film nicht mit«, fiel ihr Recha ins Wort. »Das ist alles. Ich drehe mit Zeitz, Willi bereitet seinen neuen Film vor …«

»*Die Verschonten*«, sagte Geli. »So soll er heißen. Gunter sagt, das ist aber wohl ironisch gemeint.«

Recha nickte hastig. »So oder so hatten wir in letzter Zeit eben kaum Gelegenheit, uns auszutauschen.«

Betroffen schwieg Geli, was so häufig nicht vorkam. »Verstehe«, behauptete sie irgendwann. »Na, dann mache ich mich wohl mal auf den Weg – ich wollte mich mit Sonja in der Kantine treffen, aber sie ist wohl in diesem Chaos in Berlin gestrandet. Lass von dir hören, ja? Wir zwei Strohwitwen können ja mal zusammen die Stadt unsicher machen, falls mein Königskuchen sich nicht bequemt herauszukommen.«

»Sicher«, sagte Recha. »Alles Gute für dich.«

Geli wandte sich zum Gehen, drehte sich aber noch einmal um. »Sag mal, wenn du in dem Film nicht besetzt bist – wer spielt denn dann diese Krankenschwester, von der Gunter so schwärmt? Die Rattenfängerin, die Kinder sammelt, die Rolle ist doch wie für dich gemacht?«

18

Nachdem Geli gegangen war, begann Recha, das Gerüst zu erklimmen. Sie wusste jetzt, was es darstellen sollte, sie hatte ein Bild davon in der Zeitung gesehen: die Menenpoort, jenes Mahnmal, das die Briten in Ypern für die Vermissten hatten errichten lassen. Für die, die kein Grab hatten. Als sie von der Fertigstellung des Gebäudes gelesen hatte, hatte sie eine Sekunde lang erwogen, dort hinzufahren und darum zu bitten, Wolfgangs Namen den langen Listen hinzuzufügen.

Wolfgang war unter herabstürzenden, brennenden Trümmern verschüttet worden. Zusammen mit Scott Brown, Godelieve und der Druckerpresse, auf der sie ihre *Wipers Times* gedruckt hatten. Um zu begraben, was von den dreien übrig war, hätte man sie bergen müssen, und das wäre nur unter Lebensgefahr möglich gewesen. Dass sich niemand dazu bereitgefunden hatte, war keine Bosheit. Es gab ja so viele Lebende in der Stadt und im gesamten Land, die nicht gerettet werden konnten, die an Hunger, an der Spanischen Grippe oder an ihren Verletzungen starben. Nach vier Kriegsjahren war niemand mehr in der Lage, sich für ein paar Tote – drei von Millionen – ein Bein auszureißen. Dafür gab es nun die weiße Marmorverschalung im Innern des Tores, auf der den Verlorenen zumindest die Namen zurückgegeben wurden. Wolfgangs Name hätte dazugehört. Er hatte für pathetische Gesten wenig übrig gehabt, aber dieses stille, steinerne Gedenken hätte er vielleicht gemocht. Und er hatte Ypern geliebt.

Natürlich hätten die Briten niemals einen Deutschen in die gemeißelte Namensliste ihrer Helden aufgenommen. Wolfgang jedoch war Captain Browns Freund gewesen, und er hatte mit seinen Mitteln, mit seinen eigenen Waffen, auf ihrer Seite gekämpft. *Nein*, verbesserte sich Recha, *er hat auf gar keiner Seite gekämpft, sondern für alle Seiten gegen den Krieg.*

Sie war nicht nach Ypern gefahren, um sich nicht vor irgendwelchen britischen Würdenträgern lächerlich zu machen. Aber der Wunsch, die unbekannte Stadt zu besuchen, war dagewesen. Sie wäre es Wolfgang doch schuldig gewesen – nicht so schnell über alles hinwegzugehen, nicht so schnell dem sinnlosen Sterben den Rücken zu kehren und nach vorn zu streben, in ein neues Leben zu tanzen, voller Zukunft, Hoffnung, einem Haus für die Liebe, einer Wiege für den Nachwuchs, einem Sack voller Pläne. Ein wenig war es gewesen, als schlüge man in einem Buch ein neues Kapitel auf, weil man das alte, das allzu niederschmetternd und verzweifelt gewesen war, nicht bis zum Ende ertragen wollte. Man konnte in dem neuen zwar weiterlesen, aber ein Stück der Handlung fehlte. Meist trieb man fortan durch die Geschichte und begriff nicht recht, wie einem geschah.

Ich sollte mit Hete hinfahren, hatte sie des Öfteren gedacht. *Ich sollte den Ort finden, wo der Vorbau mit der Druckerpresse gestanden hat, mich dort mit ihr hinstellen und anschauen, wo und wofür ihr Sohn gestorben ist.*

Immer wieder hatte sie Gründe gefunden, die Reise aufzuschieben: *Noch nicht jetzt. Erst, wenn wir ein Kind haben, wenn wir uns in der neuen Welt, dem neuen Glück ein wenig zurechtgefunden haben, wenn der neue Film fertig, die Inflation überstanden ist, wenn wir wieder ruhiger schlafen, uns weniger fürchten, den Weg in die Zukunft ein wenig klarer und gerader sehen. Ich möcht' um dich weinen, Wolfgang. Aber erst wenn ich sicher bin, dass ich hinterher auch wieder lachen kann. Dass ich die Schuld aushalte –*

mit meinem Liebsten gelacht zu haben, durch Regen tanzend und besoffen vor Glück, obwohl du gerade erst gestorben warst.

Sie war niemals hingefahren, weder mit Hete noch allein. Dass stattdessen jetzt Willi dort war, konnte sie nicht glauben, und vielleicht war sie deshalb auf dieses Gerüst gestiegen. Auf die Menenpoort-Attrappe. Weil sie nach einem Hinweis suchte, der es ihr begreiflich machte: Ihr Mann war tatsächlich ohne sie in diese Stadt gefahren, und er hatte dafür einen plausiblen, nachvollziehbaren Grund, der nur mit Filmen und seiner Karriere zu tun hatte, und nicht damit, dass er sie nicht mehr liebte, dass das alles – Wolfgangs schweres Erbe, der schwindende Erfolg seiner Werke und Rechas Versagen, ihm ein Kind zu schenken – nicht über ihre einst so unbezwingbare Liebe gesiegt hatte.

Sie stand auf der Plattform, auf der sonst die Beleuchter standen, um die an der Traverse befestigten Scheinwerfer zu bedienen. Der Kran für den Verfolgerscheinwerfer war längst abmontiert, das Gerüst nur noch eine Attrappe, die nicht mehr gebraucht wurde, weil die Filmmannschaft nicht hier, sondern vor Ort drehen würde. Sie blickte über die riesige Halle hinweg, die man so leer sonst nie zu sehen bekam.

Recha kam sich unglaublich albern vor. Was hatte sie hier oben geglaubt zu erreichen? Wollte sie sich mit dieser Klettertour darüber hinwegtäuschen, dass sie nicht die geringste Ahnung hatte, was sie als Nächstes tun sollte? Ihr Film würde irgendwann, wenn der Zorn der Arbeiter niedergeschlagen war und der zum Erliegen gekommene Verkehr wieder floss, abgedreht werden. Mehr als zwei Szenen blieben ihr nicht.

Und dann?

Sie konnte Willi nicht hinterherreisen, nachdem sie sein Angebot abgelehnt hatte, sie konnte nur hoffen, dass er zu ihr zurückkam. Jäh fragte sie sich, warum er das tun sollte. Schließlich hatte nicht er sie zurückgewiesen, sondern sie ihn, und den Grund dafür hatte sie ihm nie genannt. Stattdessen hatte sie schlicht erwartet, dass er ihre Weigerung, mit Gernot zu spielen, akzeptieren und verstehen würde. Sie hatte ihn damit überfordert, hatte ihn vertrieben und ihm die Gelegenheit gegeben zu lernen, dass er nicht länger auf Recha Süßapfel angewiesen war.

Die Recha Süßapfel, die die Leute in seinen Filmen hatten sehen wollen, deren Namen sie gebrüllt und um deren Autogramm sie gebettelt hatten, gab es ohnehin nicht mehr. Aus dem strahlenden Stern am Filmhimmel, den Willi zur Nieden angehimmelt und geheiratet hatte, war eine abgehalfterte Diva von gestern geworden, die sich demnächst vermutlich in der Statisterie wiederfinden würde.

Aus welchen Gründen liebte man einen Menschen? Und wenn dieser Mensch ein anderer geworden war, wenn es die Gründe nicht mehr gab – warum sollte man ihn weiterlieben?

Recha wusste darauf keine Antwort, wusste nur, dass sie Willi noch immer liebte wie in jener Regennacht auf dem Kurfürstendamm. Letztlich war das jedoch kein Argument, denn nicht er hatte sich verändert und an Wert verloren, sondern sie. Im Gegenteil. Damals war er ein Niemand gewesen, der bei den Produktionsgesellschaften Klinken putzen musste. Monate später war er aufgestiegen wie ein Komet, und Recha wusste den jüngsten Misserfolgen zum Trotz, dass Willi sein Bestes noch immer in sich hatte. Wenn es ihm gelang, zu sich selbst zu finden, die vertuschten Unsicherheiten zu überwinden und sich auf seine Stärken zu verlassen, würden ihm die größten Triumphe noch bevorstehen.

Seit er mit den Planungen für den neuen Film begonnen hatte, war er so aufgekratzt gewesen, so überzeugt von dem, was er tat, als stünde er kurz davor, endlich das Selbstbewusstsein zu finden, das ihm fehlte.

Der Blick, den sie über die Halle warf, verschleierte sich. Vielleicht war sie hierhergekommen, um Abschied zu nehmen, eine sentimentale Närrin, die das Handtuch warf und sich betrug, als wäre sie doppelt so alt, wie sie war.

Das durfte sie nicht! Sie konnte doch nicht ihren Platz räumen, ohne darum zu kämpften. War Willi nicht mehr als ihr Regisseur, der ihre Rolle anderweitig besetzt hatte? Er war ihr Mann! Warum sollte sie ihm nicht nach Ypern hinterherfahren, ihn zur Rede stellen, von ihm verlangen, dass er ihr erklärte, was diese wortlose Abreise zu bedeuten hatte? Und wenn er seinerseits eine Erklärung von ihr verlangte – warum sollte sie sich nicht überwinden und ihm verständlich machen, warum sie nicht mehr mit Gernot spielen wollte? Auf einmal begriff sie kaum noch, was ihr daran so unüberwindlich schwierig erschienen war.

Wir sind wie unser Staat, durchfuhr es sie. *Ganz neu, ganz verwirrt. Wir tappen mit tastenden Händen durch den Nebel, überwältigt von einer Freiheit, auf die uns niemand vorbereitet hat.* All die Regeln, die das Leben ihrer Eltern bestimmt hatten und die diese zusammen mit ihrem bisschen Hausrat und ihren Kindern aus Galizien mit in die große Stadt gebracht hatten, gab es nicht mehr. Diese Regeln hätten verboten, dass ein Mädchen aus strengem jüdischen Haus einen *Goi*, einen Nichtjuden, heiratete. Dass es einen Beruf ausübte, in dem ein anderer Mann es berühren, umfassen und seine Lippen auf seine pressen durfte, wäre ganz und gar undenkbar gewesen. Willi zur Nieden hätte nach den Regeln des kaiserlichen Deutschlands seinen Platz in der Privatbank der Familie eingenommen und ein begütertes Mädchen geheiratet, dessen Mitgift diese längst marode Bank gerettet hätte.

Dass sie sich die Freiheit, aus Liebe zu heiraten und aus Leidenschaft einen Lebensweg zu wählen, sehnlichst gewünscht und sie schließlich errungen hatten, machte nichts leichter. So wie Demokratie nicht leicht war, sondern offenbar in regelmäßigen Abständen zu verbarrikadierten Straßen und sinnlos zu

Tode gekommenen Menschen führte. Da wie dort half kein autoritärer Befehl aus der Klemme, kein Gesetz nahm ihnen die Verantwortung ab, sondern jeder Einzelne musste beständig aufs Neue seine Entscheidung treffen. Aber sowohl die errungene Wahlfreiheit des Einzelnen wie die Demokratie waren die Mühe und den Kampf wert. Vielleicht musste man sie einfach üben. Vielleicht gewann man mit der Zeit mehr Sicherheit, wenn man nicht aufgab.

Recha spürte ihr Herz. Sie würde dorthin fahren. Nach Ypern. Etwas in ihr wusste auf der Stelle, dass sie die richtige Entscheidung getroffen hatte, dass sie beide mit der Stadt, die sie nie gesehen hatte, noch nicht fertig waren. Wenn sie fanden, was sie dort unvollendet zurückgelassen hatten – vielleicht fanden sie dann auch einen Weg in eine jetzt noch nebelhafte Zukunft.

Ein Geräusch in ihrem Rücken ließ sie herumfahren. Ein leises Klicken und Klirren von Metall. Die Planke unter ihren Füßen schien durch die heftige Bewegung ins Schwanken zu geraten. Dem ersten Geräusch folgte ein zweites. Recha reckte sich und sah eine Gestalt die metallene Leiter erklimmen, die auch sie benutzt hatte. Ein Mann. Sie konnte den dunklen, kurz geschnittenen Haarschopf ausmachen und die Schulterpartie, die breiter war als bei einer Frau. Gleich darauf wurde der ganze, in einem hellen Sakko steckende Oberkörper sichtbar. Rechas Glieder verkrampften sich, ihre Hände ballten sich zu Fäusten.

Er konnte es doch nicht sein! Er war doch in Belgien, spielte ein Liebespaar mit Grietje Blommaert. Dann fiel ihr ein, dass Geli gesagt hatte, zunächst sei nur der Stab nach Ypern gefahren, um alles vorzubereiten, während die Schauspieler später nachkommen würden.

Er war es. Leicht, fast lautlos setzte er seinen Fuß auf die Plattform und präsentierte ihr sein Gesicht, das von etlichen Litfaßsäulen in der Stadt herunterstrahlte.

»Hallo, Recha.«

Sie gab keine Antwort.

»Sprichst du nicht mehr mit jedem?«

Recha hatte die Lippen aufeinandergepresst. Selbst wenn sie gewollt hätte, hätte sie sie jetzt nicht lösen können.

»Das ist das Problem mit euch Judenweibern. Eins von vielen Problemen. Ihr haltet euch für was Besseres. Für kleine Prinzessinnen, denen man zu hofieren hat, während sie sich herablassen, von ihrem hohen Ross herunterzuwinken. In Wahrheit seid ihr nur Dreck. Dreck, den ein Mann sich nimmt, wenn er Lust auf Dreck hat, und den er hinterher wegwirft. Dass ihr Männern wie Willi zur Nieden euer Gift in die Adern träufeln könnt, bis die hinter euch her zum Standesamt hecheln, heißt gar nichts. Die wachen auch irgendwann auf. Die Stunde des großen Aufwachens ist in diesem geschundenen Land nicht mehr weit!«

Der Mann war krank. Die rötlichen Flecken, die sich auf seinem Gesicht und seinem Hals abzeichneten, der Glanz in den Augen, der auf Fieber hinwies – er musste krank sein. Er setzte einen Schritt voran, und Recha wich zurück. Ihr Rücken stieß gegen etwas, das klirrte: die Absperrung, die bei diesen schnell hochgezogenen Gerüsten nie sonderlich stabil war. Erschrocken vollführte sie einen Satz nach vorn. Das Nächste, was sie spürte, waren Gernots Hände, die sie bei den Armen packten.

Sei vernünftig, fuhr sie sich an. *Sprich mit ihm. Er ist vermutlich betrunken, er zieht sich daran hoch, dich zu beleidigen, aber er wird dir ja wohl nichts tun.* Sie zwang sich, die steifen Kiefer zu öffnen, während seine Hände sich so fest um ihre Arme schlossen, dass es schmerzte. »Gernot, ich würde mit diesem Unsinn jetzt gern aufhören«, presste sie sich Wort für Wort ab. »Lass mich bitte vorbei. Geli und Sonja warten auf mich, sie werden mich suchen, wenn ich nicht gleich komme.«

»Ach ja? Geli und Sonja?« Er warf den Kopf zurück und stieß ein künstliches Lachen aus. Eine Wolke seines Rasierwassers wallte auf und umnebelte sie. »Das ist auch so ein Problem mit euch Judenweibern – ihr lügt, sobald ihr den Mund aufmacht, es fällt euch gar nicht mehr auf. Damit du's weißt, Judsche: Geli und Sonja sind mir eben bei der Kantine begegnet. Sie hatten Gelis Tochter bei sich und waren auf dem Weg nach Potsdam, um Babywäsche zu kaufen. Mir haben sie einen schönen Tag gewünscht und beste Grüße an meine Braut ausrichten lassen.«

»An deine Braut, Gernot? Du hast dich verlobt? Das … das freut mich für dich.«

»Tut es das?« Er löste eine Hand von ihrem Arm, holte aus und schlug ihr ins Gesicht.

Mehr vor Schreck als vor Schmerz schrie Recha auf.

»Schon wieder eine Lüge, Judsche. Dich freut es nicht, wenn ein deutscher Mann sich mit einem deutschen Mädchen zusammentut, wie es sich gehört. Eine wie du will jeden Mann für sich, will unsere Rasse mit ihrem minderwertigen Blut immer weiter schwächen, bis uns die natürlichen Kräfte schwinden und wir endgültig vor euch in die Knie brechen. Aber dieses Mal bist du an den Falschen geraten, Judenhure. Von dir hol' ich mir, was man sich von Huren holt, und meine Kinder bringt eine deutsche Frau zur Welt.«

Er riss sie herum und stieß sie rücklings nieder. Sie schlug so hart auf die Planken auf, dass das ganze Gerüst wackelte, und inmitten von Schmerz und Entsetzen wünschte sie sich einen verzweifelten Atemzug lang, es möge einstürzen, sie und ihn unter sich begraben. Er warf sich über sie, zwang seine Beine zwischen ihre. Sie wollte schreien, doch er presste ihr seine Hand auf den Mund. »Lass das Getue, Hure. Wir wissen doch beide, dass dir das Spaß macht, dass du danach gelechzt und gegeifert hast, seit du mich kennst.«

Recha nahm alle Kraft, die sie in sich fand, zusammen, versuchte, sich aufzurichten, ihn von sich zu stoßen, ruderte mit Armen und Beinen, um sich zu befreien. Es nutzte nichts. Er war größer, schwerer und viel kräftiger. Mit einem Ratschen zerriss ihr Rock, an dem er zerrte. Als Nächstes die Bluse. Seine Hand gab ihren Mund frei, doch ehe sie einen Schrei zustande brachte, verschloss er ihn ihr mit dem seinen.

Recha hatte die Liebe zwischen Mann und Frau von der ersten Nacht an geliebt. Sie mochte sie zärtlich und behutsam, lustvoll und genießerisch, jedoch ebenso hemmungslos, gierig und bis über die Grenzen des Schmerzes hinaus. Sie hatte mit Wolfgang viele und mit Willi vielleicht sogar alle Varianten ausprobiert. In diesem völlig falschen Augenblick, gefangen in Wahnsinn, Hass und Gewalt, fiel ihr ein, was für ein unglaubliches Glück sie mit diesen zwei Männern gehabt hatte, die sie beide geliebt hatten und ihr mit Respekt und Wertschätzung begegnet waren.

Was Gernot mit ihr vorhatte, hatte mit der körperlichen Liebe, die sie kannte, nichts gemeinsam. Es durfte nicht geschehen, sie musste es verhindern, oder ihr Körper würde nie mehr derselbe sein. Sie würde nie mehr dieselbe sein. Nicht mehr die Frau, die zu Willi nach Ypern fahren und ihn zurückerobern konnte, nicht einmal die, die in seinem Haus auf ihn warten durfte.

Noch einmal versuchte sie mit allem, was sie hatte, ihn von sich herunter zu stoßen, und als er endlich ihren Mund freigab, schrie sie aus Leibeskräften. Er aber schien das, was sie tat, nicht einmal zu beachten. Seine Hände spreizten ihre Beine, dann drückte er sie ihr wieder auf die Schultersehnen, dass ihr ein Wimmern entfuhr und ihr Körper sich vor Schmerzen wand. Mit dem nächsten Herzschlag hatte sie verloren. Er drang in sie ein, und alles Schreien nutzte nichts. Sie drehte das Gesicht zur Seite, presste die Wange auf das Holz der Planke und würgte und weinte vor Ekel.

Als sie die Stimme und das Rumpeln zum ersten Mal vernahm, war sie sicher zu fantasieren. Gernot stieß in sie, wieder und wieder und wieder, und sie hatte keine Kraft mehr, sich zu wehren, lag wie eine leere Hülle unter ihm. Noch einmal stieß er zu, dann entrang sich ihm ein hoher Laut, und er verströmte seinen Samen in ihr. Recha krümmte sich. Gallebittere Flüssigkeit schoss ihr aus der Kehle, rann aus ihrem Mundwinkel auf die Planke.

»Verdammte Dreckshure.« Gernot richtete sich halb auf und spuckte aus. Die Spucke musste auf ihrer Brust aufgetroffen sein, auf ihrer bloßen Haut, dort, wo er ihr Bluse und Wäsche zerrissen hatte, aber Recha spürte nichts. Er zog seinen Schwanz aus ihr, betrachtete ihn, als fürchte er, er könne Schaden genommen haben.

Recha kniff die Augen zu und würgte unter einer neuen Welle Übelkeit.

»Bilde dir nicht ein, mit solchen Tricks ließe ich mich von dir einfangen. Ich weiß von nichts, ich fahre heute Abend mit dem Nachtzug nach Belgien, und dich habe ich nicht mehr gesehen, seit wir in diesem unsäglichen Hamburg-Film gespielt haben. Was meinst du wohl, wem sie glauben, wenn du dagegen anredest? Einer Judenhure, nach der kein Hahn mehr kräht? Oder dem Star des neuen deutschen Tonfilms, der jede Frau im ganzen Land haben kann?«

Recha schlug die Augen nicht auf. Um sie drehte sich eine Schwärze, in der grelle Funken blinkten. Gernot fuhr fort, sie zu beschimpfen, weil er nicht wusste, dass sie unfruchtbar war, und nun fürchtete, er habe einer Judenhure ein Kind gemacht, was der *Stürmer* Rassenschande nannte. Seine Worte gellten wie Schläge in Rechas Ohren, sie gingen eins ins andere über, und sie verstand ihre Bedeutung nicht. Über die verschwommenen Worte hinweg erhob sich jedoch von Neuem die andere Stimme. Jetzt erkannte sie sie. Es war eine Stimme, die zu ihr gehörte, die Stimme eines Menschen, den sie innig liebte.

Die meisten Leute hatten Schwierigkeiten zu verstehen, was er sagen wollte, aber Recha kannte ihn ihr ganzes Leben lang. Sie hatte ihn in den Armen gehalten, als sie auf dem Karren aus Galizien gekommen waren und später, als die Eltern den Laden aufbauten und sie beide sich allein trösten mussten. Auch als sie die tote Großmutter gefunden hatten.

Sie hatte ihn in den Armen gehalten, als sie ihn im Lazarett bei Aachen endlich gefunden und man ihr gesagt hatte, sie solle noch etwas Zeit mit ihm verbringen, denn viel werde ihm nicht mehr bleiben. Anfangs hatte sie angenommen, dass von ihm nichts übrig war, doch mit der Zeit hatte sich das verloren. Für die anderen war er der hinkende, halb blinde Kriegskrüppel, der sinnlose Laute vor sich hinstammelte und vermutlich nicht mehr bei Verstand war. Für Recha aber war er wieder ihr kleiner Bruder geworden, der Junge, der mit fünf einen Flaschenzug von seinem Bett zu ihrem gebaut hatte, um kleine Nachrichten hin- und herzuschicken, wenn einer von ihnen sich einsam fühlte.

Sie hatte ihn in den Armen gehalten, ehe die Polizeibeamten ihn wegrissen hatten. Seine Krücke hatten sie ihm schon weggenommen, und ohne diese konnte er nicht stehen, nur auf einem Bein schwanken, bis er stürzte. Seine Hände und die Arme bis hoch zu den Ellenbogen waren mit Blut beschmiert gewesen, auch seine Brust und seltsamerweise seine Knie wie als Kind, wenn er hingefallen war. Er war oft hingefallen, ein kleiner Professor mit zwei linken Händen und Füßen. Für die anderen war er ein Mörder. Für Recha aber war er ihr kleiner Bruder, der aus Weckgläsern Fliegenfallen gebaut und die gefangenen Fliegen lebend ins Freie getragen hatte, sodass die Mutter sie nicht mit ihrer Klatsche töten konnte.

»Lass meine Schwester los!«, schrie er jetzt, »fass sie nicht mehr an. Ich bringe dich um, wenn du ihr noch einmal wehtust!«

Gernot konnte vermutlich kein Wort davon verstehen, es mochte in seinen Ohren wie das Gebrüll eines Kleinkindes klingen, das nach Nahrung verlangte. Immerhin rappelte er sich auf die Knie und spähte zwischen den Streben des Gerüstes nach unten. Recha hatte kaum bemerkt, dass sie die Augen geöffnet hatte. Sie versuchte, den Kopf zu heben, ihren Bruder zu entdecken, aber Gernot stieß sie zurück auf die Planke.

Sei still, Gabriel!, wollte sie rufen. *Geh nach draußen, warte auf mich, es ist alles in Ordnung*. Doch sie brachte nicht mehr zustande als ein schmerzverzerrtes Wimmern. Der Stoß, den ihr Hinterkopf erlitten hatte, sandte neue Wellen von Schwindel durch ihren Schädel.

»Lass sie los!«, schrie Gabriel wieder. »Ich bringe dich um.« Das Rumpeln, das sie vorhin schon zu hören geglaubt hatte, waren seine Schritte mit der Krücke.

Gernot lachte. »Du bringst mich um, Judenkrüppel? Wie du schon einmal einen umgebracht hast? Dazu müsstest du aber erst mal nach hier oben kommen, und das schafft ein verkrüppeltes Einbein wie du nicht mal im Traum.«

Er war in eurem *Krieg*, wollte Recha herausstoßen. *Er war der klügste, hübscheste Junge, den ich kannte, er hätte womöglich Flugzeuge erfunden, mit denen Menschen über den Mond hinausfliegen und neue Welten hätten entdecken können. Aber weil er so gern zu euch gehören, weil er so gern ein Deutscher sein wollte, ist er in euren Krieg gezogen, und von all den Möglichkeiten, die in ihm steckten, wird nun keine wahr.*

Es kam nichts. Kein einziges Wort. Nur ein Schwall gallebitterer Flüssigkeit.

»Ich komm hoch!«, rief Gabriel wie ein wildes, wutentbranntes Tier. »Ich mach dich tot.«

Gernots Lachen hallte durch den weiten, menschenleeren Raum.

Das Rumpeln endete abrupt. Mit einem Knall fiel die Krücke, die Gabriel auf dem Gerüst nichts nützen würde, zu Boden. Er durfte das nicht tun, er hatte mit seiner einen funktionierenden Hand und dem einen Bein keine Chance!

»Gabriel, nein!«, schrie Recha und übergab sich. Es war zu leise, um gehört zu werden.

Statt des Rumpelns setzte das Klirren ein, mit dem Gabriel sich die Leiter hochhievte.

»Pfeif deinen Krüppel zurück!«, schrie Gernot sie an. Er sprang auf die Füße und schloss sich mit fliegenden Fingern den Hosenlatz. In seiner Stimme schwang Angst. Das war ihre Chance. Er fürchtete wohl, Gabriel könne verraten, was er getan hatte, und bei irgendwem, der zählte, Glauben finden. Was immer er sonst noch war – Gernot Bieler war in erster Linie Schauspieler. Er war begabt, er hatte dieses eine Pfund, mit dem er wuchern konnte, und der Wunsch in ihm, es bis zum höchsten Gipfel zu schaffen, war so stark, dass er ihn in keiner Situation zum Schweigen bringen konnte.

Nicht einmal jetzt. Rechas Körper war ein Haufen Trümmer, der sich zu nichts mehr bewegen lassen würde, und das, was sie ihr Herz, ihre Seele, ihr Ich genannt hätte, war vermutlich überhaupt nicht mehr am Leben. Aber ihr Verstand war noch da, ein Automat, der keine Gefühle hatte, sondern weiterhin ausspucken würde, was man durch Knopfdruck von ihm verlangte. Recha gab alles, um die Knöpfe zu drücken, schluckte die gallebittere Flüssigkeit und kämpfte gegen das Würgen. »Lass Gabriel gehen«, stieß sie heraus. »Ich sorge dafür, dass er nichts sagt. Ich selbst sage auch nichts. Wir gehen beide von hier weg.«

War etwas davon verständlich gewesen? Auf der Leiter klirrten Gabriels Schritte, und über ihr hatte Gernot sich breitbeinig aufgebaut. Sie versuchte, die Worte zu wiederholen, aber Schwindel und Übelkeit überwältigten sie. Sie hätte gerne die Augen wieder geschlossen und war doch nicht dazu in der Lage. Über ihr spreizten sich Gernots Schenkel. Den Gedanken an das, was dazwischen baumelte, ertrug sie nicht.

Was folgte, geschah zu schnell, um es zu erfassen. Recha sah es. Aber ihr Verstand weigerte sich, es zu verarbeiten:

Gabriel erklomm die letzte Stufe, schlang seinen Arm um die Plattform und zog sich hoch. In einer Gangart, die man im Turnunterricht »auf allen vieren« nannte, bewegte er sich vorwärts, nur dass ihm von seinen vieren nur zwei geblieben waren. Es war grotesk, und vielleicht lachte Gernot deshalb laut auf. Er wich dennoch zurück, während Gabriel auf ihn zurobbte, hob ein Bein über Rechas zerschlagenen Körper und ging rückwärts bis zur Absperrung, gegen die klirrend sein Rücken schlug.

»Ich komm dir helfen, Recha«, brachte Gabriel heraus. »Es ist gleich vorbei. Du weißt, ich würde alles für dich tun.«

»Na, komm schon, Krüppel«, höhnte Gernot. »Itzig. Judenjungchen.« Aber das Zittern in seiner Stimme strafte die gespielte Sicherheit Lügen.

Gabriel hätte sich von nichts, was sein Gegner sagte, abbringen lassen. Er bewegte sich weiter. Strebte wie ein Schiff in heftigem Seegang schwankend auf den Schänder seiner Schwester zu.

»Gabriel!« Recha versuchte, sich aufzurichten, um sich ihrem Bruder in den Weg zu stellen, fand aber die Kraft nicht und sackte zurück auf den Boden.

Schnaufend kroch Gabriel an ihr vorbei, hielt den Kopf gesenkt, als wolle er ihn als Rammbock gegen Gernot benutzen.

»Komm doch, wenn du so ein mutiger Held bist.« Gernots Stimme war klein und spitz, strafte die tollkühnen Worte Lügen.

Gabriel setzte zum Sprung an. Wie ein Raubtier, ein halbierter Panther. Recha glaubte, ihn fauchen zu hören.

Mit einer kleinen, eleganten Bewegung, wie sie in Filmen von ihm zu sehen war, trat Gernot zur Seite. Gabriel hatte alle Kraft seines verstümmelten Körpers aufgewendet, um sich gegen seinen Feind zu werfen, doch der war nicht mehr da. Stattdessen prallte er gegen die Absperrung. Die hielt nicht stand, sondern brach krachend ein.

Das Nächste, was Recha hörte, war der dumpfe, donnernde Laut, mit dem sein Gewicht auf den Boden knallte. Dann hörte sie nichts mehr.

Teil Drei

Berlin und Ypern, Mai 1929

Warum kommt nie ein Einsamer zu einer Einsamen?
Stolz kriechen wir in unser zuständiges Gehäus,
hygienisch, unnahbar, vernünftig,
allein.

Kurt Tucholsky: »Es ist«, 1928

19

»Das ist doch nicht möglich«, sagte Quintus und starrte auf den Brief der Bank, der mit der ersten Post gekommen war. Den Löffel, mit dem er sein Ei hatte köpfen wollen, hatte er fallen lassen. Der Appetit war ihm sichtlich vergangen. »Es muss ein Irrtum sein. Ich habe das Geld letzte Woche persönlich eingezahlt, es kann nicht einfach verschwunden sein.«

»Es ist kein Irrtum«, sagte Felice, die ohnehin keinen Appetit gehabt hatte und das Ritual des gemeinsamen Frühstücks nur um Antons, Annettchens und Sylvias willen aufrechterhielt. Die drei waren bereits aufgesprungen, um Ranzen und Brottaschen zu holen, und sie brauchte nicht länger darauf zu achten, was sie sagte. »Ich habe das Geld vom Konto abgehoben.«

Quintus fuhr herum. Die Lesebrille, die er neuerdings brauchte, rutschte ihm den Nasensattel herunter. »Du?«

Felice stand auf und begann, Teller und Tassen zusammenzuräumen, was sonst Luise übernahm, weil ihre Dienstherrin bereits auf dem Sprung in die Kanzlei oder ins Gericht war und vorher noch Anton auf den Weg brachte. Das Honigglas, für gewöhnlich so beschmiert, dass Felice sich ekelte, es anzufassen, war verschlossen und unberührt, wie sie es gekauft hatte. Honig aß keiner außer Lise, die ihn in rauen Mengen verschlang, während ihre Schwester Jenny ihr einen Vortrag darüber hielt, welche Schäden sie damit ihrem Körper zufügte. Es tat weh. Jede Kleinigkeit in ihrem Alltag, der kein Alltag mehr war, tat weh. Ihre Familie glich Antons Flugkörper-Mobile, von dem er den

Zeppelin abgeschnitten hatte: Sie war aus dem Gleichgewicht geraten, hing schief und ließ sich nicht mehr richten.

»Ich habe es eben gebraucht«, sagte sie zu Quintus, der sie noch immer über den Rand der Brille hinweg ansah.

»Das ist schon in Ordnung«, sagte er. »Sonst bist allerdings du es, die darauf dringt, große Ausgaben miteinander abzusprechen, weil Geld in diesem Haushalt allzu schnell Beine bekommt. Zudem muss ich dich darauf aufmerksam machen, dass wir für den Rest des Monats abgebrannt sind. Und zwar bis auf die Grundfesten. Es sei denn, von deiner Seite ist noch etwas zu erwarten.«

»Nichts«, erwiderte Felice. Sie hatte zwei Fälle, die potenziell lukrativ gewesen waren, an Kollegen abgegeben. Sie hatte keine Zeit, musste rund um die Uhr für ihre Suche präsent sein, außerdem konnte sie sich auf nichts konzentrieren. »Du musst mit dem Bankdirektor sprechen, er soll uns noch einmal Kredit einräumen. Ich habe Jennys Schulgeld noch nicht bezahlt.«

»Das brauchst du nicht mehr«, sagte Quintus. »Ich habe sie vorgestern abgemeldet, und die Schulleitung hat sich überraschend kulant gezeigt. Sie haben zugesagt, uns den Betrag für diesen Monat nicht mehr in Rechnung zu stellen.«

»Du hast sie abgemeldet?« Um ein Haar wäre der Stapel Teller Felices Händen entglitten. »Sie liebt die Schule, sie sagt, es ist das erste Mal, dass sie sich im Unterricht nicht langweilt, sondern wirklich etwas lernt. Ab Juni bekommt sie zusätzliche Stunden in Physik, wir brauchen nicht einmal dafür zu bezahlen …«

»Felice.« Quintus' Stimme war noch immer ruhig, geradezu sanft. »Meinst du nicht, es ist an der Zeit, dass du aufhörst, dir etwas vorzumachen? Ich bin deiner Ansicht: Die Schule war die richtige Wahl für Jenny und jede Mark wert, die wir dafür hingeblättert haben. Aber die Entscheidung über ihre Schulausbildung liegt nicht länger bei uns, und da sie nicht mehr in der

Schule aufgetaucht ist, hat ihre Mutter sich offensichtlich dagegen entschieden.«

»Du hast sie aufgegeben?« Felice schrie jetzt. Um sich zu beherrschen, fehlte ihr nach etlichen schlaflosen Nächten die Kraft. »Du hast Jenny und Lise einfach aus unserer Familie gestrichen und abgehakt, als wären sie irgendein Posten aus dem Haushaltsbuch?«

»Was soll ich denn sonst tun, Felice? Glaub mir, es vergeht keine Stunde am Tag, in der ich die beiden nicht vermisse und sie mir nicht zu uns zurückwünsche. Aber sie sind nun einmal nicht mehr hier, und egal, in welche Verzweiflung ich mich stürze, sie kommen davon nicht wieder. In dieser Familie leben noch drei Kinder, die verstört genug sind und für die ich eine Art von Normalität aufrechterhalten muss. Zumindest finde ich, dass wir das müssen. Meine Arbeit halbwegs erledigen muss ich außerdem, denn wie du sehr wohl weißt, kostet jeder Furz, den man sich entfahren lässt, Geld. Du hast Anton eine Reise nach Friedrichshafen versprochen, wenn dieses Luftschiff, auf das er so wild ist, im August zur Weltumrundung aufbricht. Willst du dieses Versprechen brechen? Anton spricht seit Wochen von nichts anderem.«

Felice gab keine Antwort. Noch vor vier Wochen hätte sie es für völlig unmöglich erklärt, ihren kleinen Sohn zu enttäuschen. Die Mutter, die sie zehn Jahre lang gewesen war, tat so etwas nicht, sondern freute sich selbst unbändig auf die Reise. Inzwischen aber war nichts mehr unmöglich. Sie war jetzt eine andere Mutter, eine, die ihre Kinder verloren hatte. Eine Mutter im Ausnahmezustand wie Berlin nach dem Blutmai.

»Über kurz oder lang wird sich ja wohl auch Ille bei uns melden, weil sie Geld für Lise und Jenny braucht«, fuhr Quintus fort. »Sollen wir ihr dann sagen müssen, wir haben keines, sie kann mit den Mädchen unterkommen, wo der Pfeffer wächst?«

Auch diesmal sah sich Felice zu keiner Antwort in der Lage.

Um das von Quintus erwähnte Ereignis kreisten all ihre Gedanken, all ihre Wünsche: Stundenlang starrte sie auf den Telefonapparat und beschwor ihn, er möge klingeln und ihr gleich nach dem Abheben Illes Stimme liefern. Illes Stimme, die ihr sagte, das alles sei ein Fehler gewesen, sie käme mit den Kindern nicht zurecht, und Felice können sie bei ihr abholen.

Sie würde überall hinfahren, ganz egal, was es kostete, wenn sie nur ihre Kinder wieder an sich drücken könnte, sie minutenlang festhalten und dann um jedes von ihnen einen Arm legen und sie nach Hause bringen, in die Geborgenheit ihrer Familie.

Sie blickte auf und sah mit hartem Blick in Quintus' Augen. Was, wenn es diese Geborgenheit gar nicht mehr gab, wenn ihre Familie an dieser Probe zerbrach? Quintus hatte die Mädchen verraten. Hatte er damit nicht alles verraten, was ihr Leben in diesen Jahren ausgemacht hatte?

Felice schüttelte den Gedanken ab. Damit würde sie sich später befassen müssen, erst einmal zählte nur, dass Jenny und Lise gefunden wurden und sicher nach Hause gelangten.

Anton und die beiden Mädchen kamen schulfertig aus den Kinderzimmern. »Habt ihr euch gestritten?«, fragte Annettchen. Sie war blass und lächelte nicht, obwohl sie ihre neue tomatenrote Schulmütze trug. »Die Eltern von Ilse Glasenapp streiten sich auch immer, die Ilse sagt, ihr Vater haut ihre Mutter sogar.«

»Das tut mir für deine Freundin Ilse sehr leid«, sagte Quintus, trat zu seiner Tochter und legte ihr die Hand auf die Schulter. »Willst du sie am Wochenende nicht wieder einmal einladen? Zum Glanzbildertauschen? Ich glaube, unten im Papierwarenladen haben sie eine neue Lieferung bekommen.«

Statt des üblichen Strahlens brachte Annettchen nur ein tapferes Nicken zustande.

»Jetzt ab mit euch.« Quintus umarmte alle drei zugleich.

»Dass eure Mutter und ich nicht immer einer Meinung sind, ist nichts Neues und auch nichts, um das ihr euch Sorgen machen müsst. Und wenn sie mich haut, dann steht ihr mir bei, ja?«

»Das ist nicht lustig«, sagte Annettchen.

»Nein. Wohl nicht. Wir haben euch lieb.«

Felice trat zu ihnen, schlang die Arme ebenfalls um die drei kleinen Körper, und sekundenlang standen sie vereint – eine Restfamilie, die sich aneinander festhielt. Dann lösten sie sich, und Annette, Sylvia und Anton machten sich auf den Weg. Ihr Jüngster war erst zu Ostern eingeschult worden, und bisher hatte Felice es sich nicht nehmen lassen, ihn die paar Schritte bis zur Volksschule zu begleiten. Er war anschmiegsamer, als die Mädchen es gewesen waren, ging gern an ihrer Hand und liebte es, sich vor dem Schultor noch einmal fest an sie zu drücken. Das Verschwinden seiner Schwestern hatte Anton jedoch gezwungen, von einem Tag zum andern selbstständiger zu werden. Er kam Felice jäh um Jahre erwachsener vor, und eine Wehmut erfasste sie, als zöge sich ihr Herz zusammen.

Ohne aufzublicken spürte sie die Präsenz ihres Mannes neben sich, wie sie sie immer gespürt hatte. Damals, nach dem Mord an Berndt, als sie um das Leben ihrer Schwester gefürchtet und er sie nächtelang gehalten hatte. Ein gutes halbes Jahr später, als sie auf dem Fußboden des noch leeren Schlafzimmers ihre Tochter zur Welt gebracht hatte. Bei ihrer Berufung zu Preußens erster Anwältin, bei Triumphen und Niederlagen, in der Nacht nach dem Tod seiner Schwester, an dem Morgen, an dem sie gewusst hatte, dass sie noch ein Kind bekommen würde.

Er war ihr Mann gewesen und ihr bester Freund. Sie war nie eine ängstliche Frau gewesen, sondern eine, die ihre Angelegenheiten in die Hand nahm, doch der Gedanke, sich dem Rest des Lebens ohne ihn stellen zu müssen, wirkte auf einmal einschüchternd auf sie.

»Ich werde dich nicht bedrängen, Felice«, sagte er. »Und ich werde auch nicht betteln. Nur dich wissen lassen, dass ich das hier gern mit dir zusammen durchstehen würde. Ich habe Lise und Jenny auch als Töchter betrachtet, bitte vergiss das nicht. Es steht nicht in meiner Macht, sie zu uns zurückzuholen. Aber ich könnte mit dir darüber heulen, schreien, wüten, mich besaufen oder dir noch ein Kind machen, wenn du eines willst. Ich will immer eines. Ich liebe dich, Felice. Ich liebe es, mit dir und den Kindern zu leben, und es zerreißt mir genauso das Herz wie dir, dass unsere zwei Großen nicht hier sind.«

»Es sieht nicht danach aus«, versetzte sie spitz und hasste sich. Als sie kein Geld gehabt und zu viert in einem Zimmer gelebt hatten, hatte er Lise zu ihrem Geburtstag ein Krokodil aus einer Gurke geschnitzt. Sie konnte trotzdem nicht aufhören. All der Schmerz in ihr wurde zu Wut und rannte gegen ihn an. »Erst streichst du die beiden sang- und klanglos aus unserer Ausgabenliste, und dann schlägst du mir vor, sie durch ein neues Kind zu ersetzen.«

»Das habe ich nicht vorgeschlagen. Ich hatte eher – für einen Wortschmied vielleicht reichlich unbeholfen – nach einem Weg gesucht, dir zu sagen, dass ich gern mit dir schlafen würde. Und dass ich es liebe, mit dir Kinder zu haben, dass ich nie genug davon bekomme, und wenn ich hundertmal einen Kniefall vor dem Bankdirektor vollführen muss.«

Etwas regte sich in ihr. Sie ballte die Fäuste, um es zu erdrücken. »Musst du nicht in die Redaktion?«

Er legte ihr den Arm um die Schultern. »Wenn du keinen Termin hast, könnte ich mir den Vormittag freinehmen.«

Sie entwand sich. »Das wäre in der Tat hilfreich. Du könntest hierbleiben und das Telefon hüten, während ich zu einer Verabredung gehe. Es müssen auch Briefe geschrieben werden, und ich erstelle eine Liste von Zeitungen, in denen ich die Suchanzeige veröffentlichen will.«

Das Stöhnen, das er allzu spät unterdrückte, entging ihr

nicht. »Was soll das bringen, Felice? Selbst wenn sich auf deine Anzeige jemand meldet, der weiß, wo die beiden sind – was willst du mit diesem Wissen anfangen? Ille auflauern, ihnen die Mädchen entreißen und sie entführen?«

»Ille hat sie zuerst entführt.«

»Lise und Jenny sind keine Puppen, die ihr euch gegenseitig wegnehmen könnt, bis sie zerfetzt sind. Ach, ich vergaß, du hast ja mit Puppen gar nicht gespielt.«

»Genau das sage ich die ganze Zeit, aber mir hört ja niemand zu«, giftete Felice ihn an. »Lise und Jenny sind keine von Illes Puppen, die sie sich holen kann, weil sie auf einmal wieder Lust auf sie hat. Ja, ich werde genau das tun, was du gesagt hast, sobald sich auf die Anzeige jemand meldet: auf der Stelle dort hinfahren und die Kinder nach Hause holen.«

»Herrgott, das Recht ist aber nicht auf deiner Seite!«, rief Quintus. »Ausgerechnet du solltest doch wohl wissen, dass du damit eine Straftat begehst.«

»Und ausgerechnet ich sollte doch wohl wissen, dass mir das verdammt noch mal egal ist. Aber keine Sorge, du brauchst damit nichts zu tun zu haben. Fahr du nur in deine Redaktion und schreib deine edlen Artikel als Rächer der Enterbten. Der feine Herr Quirin prangert zwar unentwegt die Missstände in unserer Gesetzgebung an, aber an einem Gesetzbruch macht er sich nicht die Finger schmutzig.«

»Sehr richtig«, erwiderte Quintus, »das ist meine Haltung, sowohl beruflich als auch privat: Was mir missfällt, das prangere ich an, und ich kämpfe darum, es zu ändern. Aber ich gehe nicht einfach hin und schlage es kaputt, ungeachtet dessen, was andere Leute davon halten. Das nennt man Demokratie, Felice.«

»Steck dir deine Demokratie an den Hut und werde selig damit. Ich muss los.«

Sie wollte aus dem Zimmer eilen, aber er hielt sie zurück. »Augenblick. Ich weiß, wir haben einander nie kontrolliert, und alles Geld, das hereinkommt, gehört der Familie, einerlei, wer es verdient hat. Dennoch wüsste ich in diesem Fall gern, wofür meine gesamten April-Einnahmen innerhalb von zwei Tagen verschwunden sind. Ich war gerade ein wenig erleichtert, weil die Bilanz ausnahmsweise so gut aussah.«

»Ach, du warst erleichtert?«, schoss Felice zurück. »Wie schön für dich. Ich dagegen kann vor Sorge um meine Kinder nicht schlafen, und die Polizei unternimmt nichts. Also habe ich mir erlaubt, dein kostbares Geld anzurühren, um einen Ermittler zu engagieren.«

»Einen Ermittler?«

»Einen Privatdetektiv. Und damit beende ich dieses Verhör, da der Mann mich nämlich für zehn Uhr zu sich bestellt hat, um mich in seine Ergebnisse einzuweihen. Um dein Geld mach dir keine Sorgen. Ich zahle es dir auf Heller und Pfennig zurück, wenn auch nicht gerade jetzt, wie du verstehen wirst.«

Sie machte sich los und ging, riss im Korridor den Mantel vom Haken und eilte aus dem Haus. Was er ihr hinterherrief, hörte sie nicht mehr. Erst als sie schon auf der Straße war, bemerkte sie, dass sie keine Geldbörse bei sich trug, nicht einmal ein paar lose Münzen für die S-Bahn in der Manteltasche. Sie würde bis zur Jannowitzbrücke, wo der Detektiv im Berliner Zimmer eines Mietshauses sein Büro hatte, zu Fuß gehen müssen. Und wenn der Detektiv herausgefunden hatte, wo Lise und Jenny sich befanden, würde sie nicht gleich zu ihnen fahren können, sondern müsste erst Geld auftreiben.

Felice lief, als ginge es um ihr Leben. Zumindest waren unterwegs keine Straßen mehr abgesperrt oder verbarrikadiert. Auf den Aufruhr des Blutmais war eine geradezu unheimliche Stille gefolgt. Die Zeitung der KPD durfte vorerst nicht erscheinen, auch der Frontkämpferbund der Partei war verboten worden. Mehr als dreißig Menschen sollten zu Tode gekommen sein, und weit mehr waren verhaftet worden. An Felice hatten sich bereits mehrere Familien von festgenommenen Arbeitern mit der Bitte um Verteidigung gewandt, und einige gleichgesinnte Kollegen hatten eine Initiative begründet, um eine Untersuchung der polizeilichen Übergriffe zu erreichen.

Schriftsteller und Künstler beteiligten sich, und auch Felice hätte sich unter gewöhnlichen Umständen dafür eingesetzt. Gegen die Blindheit auf dem rechten Auge, die die deutsche Justiz sich vorwerfen lassen musste, war sie bereits in der Vergangenheit zu Felde gezogen. In Abhandlungen, die Quintus' *Morgenrot* veröffentlichte, hatte sie dargelegt, dass Verbrechen linksgerichteter Straftäter mit aller verfügbaren Härte verfolgt wurden, während auf der rechten Seite selbst Mörder mit geringen Strafen davonkamen. Etwas Ähnliches lag hier vor: Kommunisten, die gegen das Demonstrationsverbot verstoßen hatten, hockten in Gefängniszellen, verloren ihre Arbeit und konnten ihre Familien nicht versorgen. Von den Polizisten, die gänzlich Unbeteiligte über den Haufen geschossen hatten, wurde hingegen niemand auch nur belangt.

Solche Vorfälle waren wie Brandstifter, die das Feuer der Empörung schürten, und die Kluften zwischen verfeindeten Bevölkerungsgruppen tiefer und unversöhnlicher machten.

»Wer hat uns verraten? Sozialdemokraten«, stand blutrot an eine Wand geschmiert. Das Wort *Sozialdemokraten* war von anderer Hand in Weiß durchgestrichen und durch *Sozialfaschisten* ersetzt worden. Und wer rieb sich bei alledem die Hände? Die Marktschreier von der Hitler-Partei, die durch die Straßen marschierten und ihre gellende Propaganda verbreiteten: Das Bolschewistenpack von der KPD wolle Deutschland in Chaos, Bürgerkrieg und Untergang stürzen, und das internationale Judentum unterstütze es dabei. Angstmacherei. Wer im Wedding wohnte, die Schießerei miterlebt und tagelang seine Wohnung nicht hatte verlassen dürfen, war dafür empfänglicher als je zuvor, und Angst war ein übler Ratgeber. In Sachsen war am letzten Sonntag der Landtag gewählt worden, und erstmals waren fünf Abgeordnete der NSDAP in das Parlament eingezogen.

Dagegen musste man vorgehen, solch einer Entwicklung durfte kein demokratisch gesinnter Mensch, der im öffentlichen Leben stand, freien Lauf lassen. Felice aber hatte derzeit für nichts anderes Kraft. Sie musste ihren Einsatz verschieben, musste ihr gesamtes Leben auf die Zeit verschieben, wenn Lise und Jenny wieder bei ihr waren. In den ersten Tagen ihres gemeinsamen Lebens hatten die verängstigten Kinder zwischen ihr und Quintus im Bett geschlafen. An diesem Bild klammerte sie sich fest: Wenn sie sie wiederhatte, würde sie sie noch einmal zu sich ins Bett holen, die kleinen Geschwister dazurufen und vereint als Familie endlich wieder erlöst schlafen.

Vollkommen außer Atem erreichte sie ihr Ziel. Der Detektiv, der ihr von einem einstigen Klienten empfohlen worden war, beschäftigte keine Vorzimmerdame, sondern saß allein in dem düsteren Raum an seinem Schreibtisch. »Ich kann in meinem Berufsfeld keine Mitwisser brauchen«, hatte er Felice erklärt.

Davon abgesehen entsprach der Mann, der um die vierzig sein mochte und Diethelm Ritter hieß, nicht dem Klischee des schmierig-zwielichtigen Privatdetektivs, das englische Krimis pflegten. In seinem Büro herrschte peinliche Ordnung, und sein Anzug war nicht schlampig und abgewetzt, sondern ganz manierlich. Er trug sein schütteres Haar korrekt gescheitelt, rauchte nicht und trank statt unverdünntem Whisky kalten Kaffee. »Bitte setzen Sie sich«, sagte er zu Felice. »Ich habe leider nichts da, was ich Ihnen anbieten könnte, aber Sie sind ja auch nicht wegen meiner Gastfreundschaft hier.«

»Ich bin hier, weil ich meine Kinder wiederhaben will«, erwiderte Felice. »Und ich kann stehen.«

»Mir wäre es lieber, wenn Sie sich setzen würden.« Er wies auf einen Lehnstuhl seinem Schreibtisch gegenüber.

Widerstrebend nahm Felice Platz. »Ich wäre Ihnen dankbar,

wenn Sie mich jetzt nicht länger auf die Folter spannen würden. Was ist es also, was ich im Stehen nicht hören kann?«

»Ich habe meinem Auftrag gemäß Ihre Schwester und Ihre Nichten ausfindig gemacht«, antwortete Diethelm Ritter ohne Umschweife.

Felices Herz begann augenblicklich zu rasen. »Oh mein Gott«, entfuhr es ihr, obwohl sie an keinen glaubte. »Geht es den beiden gut, ist alles in Ordnung mit ihnen? Wo kann ich sie abholen?«

»Soweit ich das beurteilen kann, dürfte es ihnen den Umständen entsprechend gut gehen«, sagte Ritter. »Sie sind natürlich erregt, durcheinander, verweint, alles, was unter den Gegebenheiten zu erwarten ist. Aber sonst dem Augenschein nach gesund und wohlbehalten.«

Felice sprang auf. »Wo sind sie?«

Mit einer Geste wies er sie an, sich wieder hinzusetzen, sprach aber weiter, obwohl sie der Aufforderung nicht nachkam: »Nicht ganz so hastig, Frau Quirin, darum muss ich bitten. Das wollte ich Ihnen nämlich gerade erklären: Dort, wo ich Ihre Verwandten gefunden habe, halten Sie sich jetzt nicht mehr auf. Sie waren in einem Hotel am Schlesischen Bahnhof. Keinem von den guten, versteht sich, aber trocken dürfte es mehr oder weniger gewesen sein. Nur werden selbst solche Absteigen nicht von der Heilsarmee betrieben, sondern kosten Geld. Ich habe mir erlaubt, von dem Budget, das Sie mir freundlicherweise einräumten, Ihre Schwester auszulösen.«

»Sie haben … *was*?«

»Der Betreiber der Absteige hat Ihrer Schwester angedroht, die Polizei zu rufen, und Ihre Schwester war entschlossen, mit den beiden Mädchen durchs Fenster über den Hinterhof des Hotels zu flüchten. Ich nahm an, das wäre nicht in Ihrem Sinne, schließlich sagten Sie mir ausdrücklich, das Wohl der Kinder stünde an allererster Stelle. Nur deshalb sah ich mich auch veranlasst, Ihrer Schwester eine Summe auszuhändigen, die sowohl die Kosten ihrer Bahnreise decken als auch für die nötigste Wegzehrung sorgen würde.«

»Wegzehrung?«, schrie Felice. »Bahnreise? Meine Schwester ist Ihnen in die Falle gegangen, und Sie lassen Sie sich durch die Lappen gehen? Und geben ihr obendrein noch mein Geld für einen Picknickkorb mit? Ich kann nicht glauben, dass Sie das, was Sie da von sich geben, ernst meinen.«

»Einen Moment, meine Beste.« Ritter erhob sich nun ebenfalls und verschränkte die Arme vor der Brust. Er war nicht groß, vermutlich sogar kleiner als Felice, aber seine Haltung machte deutlich, dass mit ihm nicht zu spaßen war. »Sie scheinen gewohnt zu sein, andere Menschen manipulieren zu können. Das mag in Ihrem Beruf Ihr Recht oder sogar Ihre Pflicht sein, aber auch mein Beruf kennt Rechte und Pflichten, wenngleich er mit weit weniger Renommee verbunden ist als der Ihre. Ich war beauftragt, Ihre Schwester ausfindig zu machen, mir einen Eindruck vom Befinden Ihrer Nichten zu verschaffen und darüber hinaus Ihre Schwester zu bewegen, mit Ihnen Kontakt aufzunehmen. All das habe ich getan und zudem, wie von Ihnen gewünscht, habe ich dafür gesorgt, dass es den jungen Damen an nichts fehlt. Damit habe ich mehr erreicht, als Sie sich im Vorgespräch versprechen durften, denn schließlich sagten Sie selbst, bisher seien alle Versuche, Ihre Schwester aufzuspüren, im Sand verlaufen.«

»Aber Sie hätten Sie doch nicht entkommen lassen dürfen!«, rief Felice. »Mein Ziel war, meine Kinder nach Hause zu holen, dafür habe ich Sie engagiert.«

»*Ihre* Kinder?« Diethelm Ritter sandte ihr einen Blick, dann löste er die verschränkten Arme und setzte sich wieder in den Schreibtischstuhl. »Wenn Ihnen Vormundschaft und Sorgerecht zugesprochen wären, sähe die Sache natürlich anders aus, und ich hätte mit Fug und Recht darauf bestehen können, dass Fräulein Lisette Berndt und Fräulein Jenny Berndt verbleiben, wo sie sind, und meiner Obhut übergeben werden. Aber das ist nun einmal nicht der Fall. Ihre Schwester ist ein freier Mensch und darf mit ihren Kindern reisen, wohin sie will.«

Sie waren fort. Das war alles, was Felice begriff. Sie waren ihr zum Greifen nah gewesen, und dennoch hatte sie sie erneut verloren.

Ihre Kehle war trocken. »Wohin sind sie gefahren?«, brachte sie mühsam hervor.

»Ihre Schwester hat mir ausdrücklich untersagt, Ihnen das mitzuteilen«, erwiderte der Detektiv. »Und, wie gesagt, auch ich habe eine Berufsehre.«

»Umfasst Ihre Berufsehre kein Pflichtgefühl gegenüber Ihrer Auftraggeberin?« Sie hatte schreien wollen, aber ihre Stimme war zu schwach und knickte ein.

»Das habe ich mir auch gedacht«, sagte Diethelm Ritter. »Und ich bin zu dem Schluss gekommen, dass ich Ihnen zumindest eine vage Auskunft schulde. Ihre Schwester ist ins Pommersche unterwegs. Und zu Ihrer Beruhigung: Sie wird dort mit den Kindern nicht auf sich selbst angewiesen sein, sondern verwandtschaftliche Hilfe haben.«

Felices Hirn schaltete blitzschnell. Bei den Worten *ins Pommersche* hatte es bereits einen Namen produziert:

Cousine Bettina.

Die hatte irgendeinen der zuhauf herumlaufenden verarmten westpreußischen Junker geheiratet. Zwar hatte sie sich weder um Ille noch um irgendein anderes Mitglied der Familie je gekümmert, sondern war nur aufgetaucht, wenn die mindeste Aussicht auf ein Erbe bestand, aber die Abneigung zwischen ihr und Felice war legendär und über Jahrzehnte nicht abgeflaut. Um der verhassten älteren Cousine eins auszuwischen, würde Bettina sogar ihren sprichwörtlichen Geiz überwinden und die jüngere in ihr Haus aufnehmen, daran hegte Felice keinen Zweifel.

Sie selbst war nur ein einziges Mal in dem Haus gewesen – bei dem Empfang zu Bettinas Hochzeit. Es war zugig, leer und düster wie die meisten dieser Herrenhäuser, denen seit Kriegsende das Geld für den Erhalt fehlte. Stolz und Standesdünkel hinderten den nutzlos gewordenen Adel, sich solcher Klötze am Bein zu entledigen und einträglicher Arbeit nachzugehen. Auf ihren ausgedehnten Ländereien betrieben sie Misswirtschaft, bis die Schulden ihnen über dem Kopf zusammenschlugen, und sodann luden nicht wenige von ihnen ihre Duellpistole mit einer Silberkugel, die sie sich vornehm und feige in die Schläfe jagten.

Felice sah ihre Mädchen in dem muffigen, lichtlosen Labyrinth dieser Gänge, Hallen und Kammern umherirren, und es schauderte sie.

Sie würde dorthin fahren. Sie würde Lise und Jenny aus diesem Gespensterschloss befreien. Schon während sich in ihrem Kopf der Plan formte, wurde ihr klar, dass er zum Scheitern verurteilt war. Sie war allein und hatte keinen Pfennig in der Tasche, während Cousine Bettina mindestens den Junker und das ihr verbliebene Personal auf ihrer Seite hatte. Sie brauchte also Hilfe. Jemanden, der ihr Geld leihen, sie nach Pommern begleiten und unterwegs mit ihr zusammen auf eine Strategie sinnen würde.

Es kam nur eine infrage. Sie war auf Recha wütend gewesen, weil diese in der Nacht, als die Mädchen verschwunden waren, so unbeteiligt gewirkt hatte, als sei sie in Trance, gar nicht richtig wach. War Felice ehrlich, so war sie in jener Nacht auf alle und jeden wütend gewesen. Ihr Leben lang, so musste sie bekennen, hatte sie mit Wut besser umgehen können als mit Trauer. Und dennoch war Recha ihre Verbündete. Sie wünschte sich die Mädchen in ihrem Leben, als Ersatz für das Kind, das Willi ihr nicht schenkte, und sie hatte Felice schon einmal geholfen. Sie würde sie anrufen und zum Schlesischen Bahnhof bestellen.

»Nun gut.« Felice bemühte sich um Ruhe. »Ich kann zwar nicht behaupten, dass ich der Ansicht bin, Sie hätten Ihren Auftrag meiner Vorstellung gemäß erledigt, aber mir fehlen Zeit und Energie, mich zu streiten. Wenn Sie mir sonst nichts mitzuteilen haben, betrachte ich unsere Zusammenarbeit als erledigt. Dankbar wäre ich Ihnen allerdings, wenn Sie mich kurz Ihr Telefon benutzen ließen.«

»Aber sicher doch. Fühlen Sie sich wie zu Hause. Etwas mitzuteilen hätte ich aber doch noch – Ihre Schwester hat mir aufgetragen, Ihnen etwas auszurichten.«

Felice war versucht, ihn zu fragen, von wem er eigentlich bezahlt wurde, aber sie beherrschte sich. »Was denn?«, fragte sie stattdessen.

»Sie lässt Ihnen sagen, dass sie wohl lebenslang verpflichtet wäre, Ihnen dankbar zu sein, aber dass sie sich aus dieser lebenslangen Fessel befreit. Sie fühlt keine Dankbarkeit mehr. Zwar haben Sie ihr das Leben gerettet, aber aus der Sicht Ihrer Schwester haben Sie dieses Leben zugleich derart zerstört, dass es nicht länger wert war, gelebt zu werden.«

»Ich glaube, ich träume!«, rief Felice. »*Ich* habe ihr Leben zerstört? Ich, die sie seit zehn Jahren über Wasser halte, ihr Arbeit, Wohnung, Geld besorge, ihr immer wieder auf die Beine helfe und Sie an meiner Familie teilhaben, in meinem Heim ein- und ausgehen lasse, auch wenn die Kinder schon stöhnen, sobald sie nur ihren Namen hören? Vielleicht sollte meiner Schwester mal jemand erklären, dass Menschen selbst ihres Glückes Schmied sind. Ja, sie hatte einen üblen Start ins Leben, dafür hat sie uns allen leidgetan, und wir haben nach Kräften versucht, ihr zu helfen. Aber irgendwann muss man eine Grenze ziehen. Sie hätte es in der Hand gehabt. Sie hätte aus ihren Gegebenheiten etwas machen können.«

»Ihre Schwester sieht das etwas anders, was Sie nicht verwundern wird«, erwiderte Diethelm Ritter. »Sie sagt, Sie haben ihr die Kinder entfremdet, und ein Leben ohne ihre Kinder ist für eine Mutter nicht lebenswert.«

Felices Gedanken sprangen blitzschnell. Dieser Punkt ging an Ille: Auch für sie selbst, die alles Gewünschte erreicht hatte, wäre ein Leben ohne ihre Kinder nicht lebenswert gewesen. Alles Übrige verblasste, verlor seinen Glanz und Reiz, seit Jenny und Lise nicht mehr da waren, um daran teilzuhaben.

»Frau Berndt hat wie einer dieser bedauernswerten Hamster versucht, das Rad hinaufzuklettern«, fuhr der Detektiv fort. »Aber nach jedem winzigen Schritt, den sie sich bergan gekämpft hat, ist sie sofort wieder abgestürzt, weil der Verlust ihrer Kinder sie einholte. Bis … Warten Sie …« Er blätterte in einem schmalen Stoß Papiere. »Bis ihr jener Herr namens Hilmar Lehnitz begegnete. Lehnitz, so sagt sie, habe in ihr eine Lebensfreude geweckt, die sie zuvor nicht kannte. Indem er Interesse an ihr zeigte, sich um sie bemühte, für sie da war, hat er ihr vor Augen geführt, dass sie kein gänzlich wertloser Mensch ist.«

»Natürlich ist sie kein wertloser Mensch! Niemand hat sie so betrachtet, schon gar nicht mein Mann und ich, die wir für die Gleichwertigkeit aller Menschen einstehen.«

»Sicher tun Sie das«, erwiderte der Detektiv. »Nur sehnte sich Ihre Schwester wohl kaum nach einem abstrakten Kampf für die Rechte der Menschheit, sondern um Liebe und Achtung von ihrer Schwester.«

»Die hätte sie sich erkämpfen können. Niemand bekommt Liebe und Achtung umsonst.«

»Nur von Kindern, oder?« Der Detektiv legte den Kopf schief. »Von unseren Kindern bekommen wir Liebe und Achtung umsonst.«

»Ich habe keine Zeit, hier noch länger herumzudiskutieren«, sagte Felice. »Wenn meine Schwester meint, einen Nazi zu brauchen, um sich als wertvoller Mensch zu fühlen –«

»Das hat sie auch gesagt«, unterbrach Ritter. »Dass Sie diesen

Lehnitz aufgrund irgendwelcher politischer Differenzen ablehnen, ohne ihn zu kennen, und dass er deshalb wegmusste – weil er Ihnen nicht passt. Sie haben sich selbst zur obersten Instanz der Familie ernannt, und wer bei Ihnen durch den Rost fällt, bleibt außen vor. Ihre Schwester war zum ersten Mal in ihrem Leben glücklich, sie hatte begonnen, die Wohnung einzurichten – das hübsche Kämmerchen für ihre Töchter, die Wohnstube für die ganze Familie – und hatte sich auf ihr neues Leben mit Mann und Kindern unbändig gefreut. Ein Leben, wie Sie es ja besitzen – wie Sie es aber Ihrer Schwester nicht gönnten. Zudem haben Sie sämtliche Familienmitglieder auf Ihre Seite gezerrt, sodass Ihre Schwester allein stand. Namentlich Ihre willenlose Schwägerin haben Sie zu Ihrem Werkzeug gemacht, um sich die Finger nicht selbst zu beschmutzen.«

»Wie bitte?« Felice war fassungslos.

Der Detektiv hob die Hände. »Wie gesagt, ich gebe hier nicht meine Meinung, sondern lediglich die Worte wieder, die Ihre Schwester mir aufgetragen hat. Soweit es mich betrifft, hätte sie mich auch den Wetterbericht oder die Boxergebnisse für nächsten Sonnabend übermitteln lassen können, für mich macht das keinen Unterschied. Ihre Schwester lässt Ihnen abschließend sagen, dass ihr sofort klar war: Sie hatte gegen Ihre Machenschaften keine Chance, ihr Glück zu bewahren.«

»Gegen meine Machenschaften?« Felice wollte protestieren, stockte aber und fühlte sich ertappt. *Der Zweck heiligt die Mittel*, hatte sie sich gesagt, als sie den Plan mit Recha gefasst hatte. Galt das nicht immer noch? War das Wohl der Kinder nicht wichtiger als die Moral?

»Hilmar Lehnitz glaubte Ihnen, nicht Isebill Berndt«, fuhr der Detektiv fort. »Und dass sie ihn geliebt hat, war Ihnen egal. Ihre Schwester hat also den Mann, den sie liebt, verloren, wie Sie es geplant haben. Aber die paar Jahre, die ihr mit ihren Kindern bleiben, wird sie sich von Ihnen nicht auch noch stehlen lassen.

Sofern Sie nicht weitere Intrigen spinnen, sondern Ihrer Schwester diesen kleinen Rest zugestehen, hat sie vor, nach einer gewissen Zeit der Eingewöhnung nach Berlin zu kommen und Sie die Kinder sehen zu lassen. Spätestens zu Weihnachten.«

Er stand auf, während Felice noch nach etwas suchte, das zu sagen nicht vollkommen sinnlos gewesen wäre. »Das wäre alles«, sagte er. »Ich denke, ich lasse Sie dann wie gewünscht meinen Telefonanschluss benutzen und erledige inzwischen ein paar Besorgungen. Ziehen Sie einfach hinter sich die Tür zu, wenn Sie fertig sind.«

Felice wählte mit fliegenden Fingern, herrschte das Fräulein vom Amt an und klopfte Rhythmen auf die Sprechmuschel, bis sich endlich eine weibliche Stimme meldete. Sie wollte eben ansetzen, alles Vorgefallene in einem Atemzug zu erzählen, als ihr auffiel, dass die Stimme gar nicht Recha gehörte.

»Natalja? Sind Sie das? Hören Sie, hier spricht Felice Quirin, ich muss auf der Stelle meine Schwägerin sprechen. Die Sache ist dringend. Sie kann nicht warten.«

»Ach, Frau Quirin!« Der Aufschrei der Russin, die aus Furcht vor den Bolschewisten aus Petersburg geflohen und schon seit zehn Jahren in Rechas Haushalt beschäftigt war, klang quäkend wie bei einem Kind, das weinte. »Ja, wissen Sie denn nicht Bescheid? Hat die gnädige Frau nicht einmal Ihnen ein winziges Wörtchen gesagt?«

»Ich habe keine Ahnung, wovon Sie reden!«

»Der Herr Gabriel!« Das Hausmädchen weinte jetzt wahrhaftig auf. »Es hat doch einen ganz furchtbaren Unfall gegeben, und nun ist der arme Herr Gabriel tot. Für das traurige Häuflein Mensch war es ja sicher barmherziger so, aber die gnädige Frau hat doch an ihm so gehangen!«

»Gabriel«, stammelte Felice. »Um Himmels willen. Geben Sie mir sofort Recha.«

»Sie ist doch nicht mehr da, das arme Dinglein«, jammerte

die Russin. »Glauben Sie mir, ich habe alles versucht, aber sie wollte mit niemandem sprechen, sich um nichts kümmern, nicht einmal den gnädigen Herrn verständigen.«

»Willi? Ja, zum Teufel, wo steckt der denn?«

»Ich hab keine Ahnung, Frau Quirin, keine klitzekleinste Ahnung. Irgendwo in der Weltgeschichte. Zum Filmemachen. Und die gnädige Frau ist auch weg. Noch vor dem Begräbnis, das die armen Eltern allein abhalten mussten. Hat den Hund genommen, mir Geld hingelegt und gesagt, Mary und ich sollen im Haus bleiben, solange wir wollen. Sie geht weg und braucht uns nicht mehr.«

20

Sie hatte sich eine Erinnerung gewünscht. Nur einen Fetzen, ein winziges Detail, das etwas in ihr berührte. Aber da war nichts. Kein Anblick, der sich hinter einer Straßenecke auftat, keine Duftschwade, die aus der geöffneten Tür eines Ladens drang, kein Reifenquietschen, kein Klappern hölzerner Sohlen auf Kopfsteinpflaster.

Der Stadtkern war hübsch und blitzsauber, viel hübscher, als er auf den alten Bildern aussah. Als hätte ein Kind die prächtigsten Steine aus seinem Baukasten benutzt, um sie zu herrlichen, schmalbrüstigen, typisch flandrischen Gebäuden mit Balkonen und Giebeldächern aufzutürmen. Ein Netz gewundener Gassen führte auf den Marktplatz mit seinen Cafés, Hotels und feinen kleinen Geschäften. An seiner Flanke erhob sich die vollständig eingerüstete gotische Halle mit dem schlanken, siebzig Meter hohen Glockenturm wie eine Kathedrale.

Belfried hieß der Turm. Zur Glanzzeit der Stadt, vom hohen Mittelalter bis ins sechzehnte, siebzehnte Jahrhundert, hatte er als sicherster Ort gegolten, und in seinem Schutz waren die Schatztruhe der Stadt, ihre Dokumente und Waffen aufbewahrt worden. Als Ypern im dreizehnten Jahrhundert das Stadtrecht erhielt und ihm damit eine Uhr zuerkannt wurde, hatten die Würdenträger des Ortes voll Stolz das Glockenspiel in seine höchste Spitze getragen. Dort sollte es fortan unzerstörbar und uneinnehmbar zu jeder halben Stunde spielen und von der Begünstigung künden, die das Schicksal der lebensfrohen Flandernstadt zuteilwerden ließ.

Fröhliches Ypern. Die Stadt, die Gott liebte.

Was es über die Stadt zu wissen gab, wusste sie. Sie hatte alles gelesen, was sie in die Finger bekam, und das meiste hatte jene Halle betroffen, Yperns Wahrzeichen, das *Lakenhal* – Tuchhalle – hieß. Von dem ersten Spatenstich, den ein Graf von Flandern im Jahr 1200 getätigt haben sollte, über das komplette Jahrhundert, das für die Fertigstellung benötigt worden war, war ihr jede Einzelheit bekannt. Sie wusste um den Handel mit Tuchen, der sich unter dem schützenden Dach zur Blüte entfaltet und Macht und Reichtum der Stadt begründet hatte, und sie wusste um den Tag im Oktober 1914, als die *Lakenhal* von einrückenden deutschen Truppen bombardiert worden und in Flammen aufgegangen war.

Was ein Jahrhundert lang erbaut worden war und drei Viertel eines Jahrtausends überdauert hatte, brannte im Laufe von drei Tagen nieder. Wenn man sich der Halle jetzt über den Platz hinweg näherte, erkannte man, dass sie keineswegs vollständig wieder errichtet worden war, sondern dass es sich lediglich um eine rekonstruierte Fassade handelte, beinahe wie die Filmkulisse, die sie in Babelsberg zusammengestückelt hatten, um die Menenpoort darzustellen.

Es würde Jahrzehnte, vielleicht noch einmal ein Jahrhundert dauern, das Gebäude von Neuem zu erbauen. Und wenn es dann wieder stand, war es nicht mehr dasselbe, in dessen Schatten sie geboren worden und an der Hand ihrer Mutter zum Einkaufen gegangen war. Das Glockenspiel im Turm musste gespielt haben, wie es auch jetzt alle halbe Stunde seine verträumte kleine Melodie spielte. Nur war es ein anderes gewesen. Dieses, das aus neunundvierzig Glocken bestand, war der Stadt nach dem Krieg geschenkt worden. Ob es wie das alte klang, hätte sie nicht zu sagen vermocht, weil sie sich nicht an das alte erinnerte.

Sie musste es Jahre ihres Lebens alle halbe Stunde gehört haben – wie konnte es ausgelöscht sein? Es war alles ausgelöscht. Jedes Bild, jeder Eindruck von ihrem Leben in der Stadt. Sie hatte einen zerknitterten Zettel, den sie bei sich trug, wohin auch immer sie ging. Darauf waren die Adressen gelistet, die sie in Jahren zusammengetragen hatte, um sie in Ypern aufzusuchen. Es war nicht einfach, die einzelnen Orte ausfindig zu machen, weil nichts mehr aussah, wie sie es sich aus alten Stadtplänen herausgesucht hatte. Aber es gab noch ein paar wenige alte Leute, die damals hier gelebt hatten und jetzt noch immer oder wieder hier lebten und die ihr bereitwillig halfen zu finden, wonach sie suchte.

»In Sint Maartens sind Sie getauft worden, meine Liebe? Natürlich kann ich Ihnen sagen, wie Sie dort hinkommen, es ist ja gar nicht weit. Sehen Sie den eingerüsteten Turm, der sich hinter dem Belfried erhebt? Das ist der Turm unserer Kathedrale. Sie sehen keinen Turm? Nun ja, so sehr viel ist ja auch noch nicht zu erkennen, aber mit der Zeit bauen wir uns das alles wieder auf. Schließlich liegt auf dem Friedhof von Sint Maartens unser Löwe von Flandern begraben, der große Graf Robert von Bethune. Gelebt hat er überall, von Italien bis Frankreich, im Exil, in Gefangenschaft und auf seinen Kriegszügen, aber begraben werden wollte er um jeden Preis in seinem Ypern. Er hat es so sehr geliebt, weil er hier in seinem Leben am glücklichsten gewesen ist.«

So war es auch ihr ergangen, hatte sie geglaubt, und sie hatte sich daran festgehalten: Es gab eine Stadt, die sie liebte, weil sie in ihr glücklich gewesen war, es gab eine Zeit in ihrem Leben, in der sie Glück gekannt hatte. Sie hatte sich die Stadt zurückholen wollen. Nicht um begraben zu sein, sondern um ein Heim zu haben und darin zu leben. Um noch einmal zu spüren, wie das Glück sich angefühlt hatte.

Jetzt spürte sie nichts. Neben dem Deutschen, in seinem luxuriösen Automobil mit den roten Lederpolstern, war sie den Lastwagen mit der Ausrüstung voran in die Stadt eingefahren.

Sie war die einzige Darstellerin, die er mitgenommen hatte – sie hätte nichts anderes gestattet: »Wenn du nach Ypern gehst, dann nicht ohne mich. Nicht einen Tag.«

Er hatte gelacht. »Nicht so ungeduldig. Ich will ja selbst gern, dass du mitkommst. Und in deinem Ypern wirst du den gesamten Sommer verbringen, bis du es am Ende nicht mehr erträgst.«

So war es ihr mit jedem Ort ergangen: Sie war unter das nächstbeste Dach gekrochen wie ein Tier in eine Höhle, hatte gehofft, sie könne sich ausruhen, und hatte binnen Kurzem ihre Zelte wieder abbrechen müssen, weil sie den Ort nicht mehr ertrug.

»Du bist wie ein Straßenköter, ein herrenloser Streuner«, hatte Lesley zu ihr gesagt. »Eine wie du muss immer weiterziehen, weil sie nie gelernt hat, wie man sesshaft ist.«

Lesley hatte sie geliebt. Zumindest hatte er das behauptet. Er hatte ihr in der Wohnung über seinem Kuriositätengeschäft ein Heim geben wollen, und diese verschlampte, vollgestopfte Zimmerflucht war der Ort gewesen, an dem sie es am längsten ausgehalten hatte. Oder sich gezwungen hatte, es auszuhalten. Am Ende war ihr jedoch alles so eng geworden, dass sie sich mit beiden Händen in den Kragen gefasst und sich die Kleider vom Leib gerissen hatte. »Ich muss hier weg, jetzt sofort, oder ich werde verrückt.«

So war es immer gewesen. Solange sie denken konnte. Wer sie zum Bleiben bewegen wollte, hatte sie in die Flucht geschlagen, und dass sie sich im Innersten danach sehnte, sich irgendwohin gehörig zu fühlen, hätte ihr kein Mensch geglaubt. *Es ist so, weil ich nach Ypern gehöre*, hatte sie gedacht. Es war ihre Beschwörungsformel geworden: *Ich muss nach Ypern. Wenn ich nach Ypern komme, werde ich mich erinnern, wie man sich zu Hause fühlt.*

Für ihre Heimkehr hatte sie sich eine Bedingung gesetzt, wie ein Tor, dessen eisernes Schloss sie aufknacken musste: Sie durfte erst nach Ypern zurück, wenn sie den Deutschen gefunden und sich gefügig gemacht hatte. Wenn sie ihn mitbringen konnte. Ihr Geschenk, ihr Opfer für Ypern. Es war alles so hart gewesen, hatte endlos gedauert und ihre Kräfte aufgezehrt. Aber sie war zäh. Sie hatte durchgehalten. Als sie neben dem Deutschen in den roten Lederpolstern saß und in die Stadt einfuhr, hatte sie mit klopfendem Herzen darauf gewartet, dass sich die Belohnung einstellte.

Die Erinnerung. Das Wissen, dass diese Stadt die ihre war.

»Du bist nie ein Kind gewesen«, hatte Howard zu ihr gesagt, der schmierige Howard, der auf dem Jahrmarkt seine *Variety Show* betrieb und hinter dem Vorhang Mädchen begrabschte. Sie war neun gewesen, als sie begonnen hatte, für Männer wie Howard zu tanzen, hatte behauptet, sie sei vierzehn, aber Howard hatte sich darum nicht geschert. »Ein Kind ist eine wie du doch sowieso nie gewesen.«

Nein, ihrem Gedächtnis zufolge war sie tatsächlich nie ein Kind gewesen. Eine, die überlebte, das war sie, eine, die überall durchkam, verflixt schlau, begabt, mit allen Wassern gewaschen war. Mit acht Jahren allein, auf der Straße zu Hause, das erste eigene Geld in der Tasche, selbst verdient, selbst gestohlen – solange sie sich nicht übers Ohr hauen ließ, machte das keinen Unterschied. Ihre Begabung als Schauspielerin hatte sie in jenen Jahren perfektioniert. Sie konnte alles spielen, jeden Akzent nachahmen, in jede Rolle schlüpfen – die Tochter aus gutem Haus, die sich im Elendsviertel verirrt hatte, gab sie so überzeugend wie die ausgefuchste Hure, die vor nichts zurückschrecken würde, wenn man sie zu übertölpeln versuchte.

Sie hatte sich ihren Weg erkämpft, immer aufwärts, nie auch nur einen Zoll zurück. Was sie für nützlich erachtete, hatte sie sich angeeignet, einerlei, was es sie kostete. Aber ein Kind, das ohne Berechnung spielt, das lacht, wenn es in seinen Ohren den Wind spürt, und sich auf daheim freut, auf den Küchentisch, auf den die Mutter Suppe, Brot und heiße Schokolade stellt, war sie nie gewesen. Nie, nur damals. In den Jahren in Ypern, unter dem Glockenspiel, musste sie ein Kind gewesen sein.

Sie war mit dem Deutschen durch eine Straße gefahren, die so schmal war, dass Leute mit Einkaufskörben, Fahrrädern, kleinen Kindern oder gebrechlichen Greisen an den Händen nach links und rechts auswichen. *Ich war eine von diesen Leuten*, beschwor sie sich. *Ich war vielleicht mit meiner Familie bei diesem Metzger zum Einkaufen und habe von der Theke herunter eine Scheibe Gelbwurst bekommen wie die braven Mädchen mit den niedlichen Spitzenkragen an Covent Garden.* In ihrem Kopf und Körper aber regte sich nichts. Kein Erkennen, nicht einmal der seltsame Verlustschmerz, der sich in der Fremde manchmal einstellte, wenn sie an Ypern dachte. Das hier war auch die Fremde. Es konnte nicht Ypern sein, denn es gab nichts, das sie kannte, und Schmerz empfand sie nur in der Nase, deren Innenwand sich entzündet hatte.

Sie hätten in einem Hotel am Markt unterkommen sollen, das *In't Klein Stadhuis* hieß, hatten alle Zimmer des restaurierten Flandernhauses für den Filmstab gebucht und in dem Restaurant einen Tisch zum gemeinsamen Abendessen reserviert. Die Zimmer waren Stübchen mit niedrigen Decken, Türstöcken, unter denen man sich bücken musste, und Betten, die die gesamte Raumbreite einnahmen. Es roch nach Holz und Sauberkeit und etwas, das karamellisierender Zucker sein mochte. Die Dielen knarrten, als wären sie nicht neu eingesetzt, sondern kündeten von Generationen, die das Holz mit ihren Schritten abgewetzt hatten. Genauso sah das Holz auch aus, obwohl es doch neu war. Unter dem mit karierter Wäsche bezogenen gewaltigen Federbett würde ihr vermutlich heute Nacht der Schweiß ausbrechen.

Ihr Zimmer lag im obersten Stockwerk neben dem des Deutschen. Sie kleidete sich um, nahm für Nase und Kopf ein Schmerzmittel und zog sich ein halbes Gramm durch einen sehr sauberen, wie frisch gedruckten Geldschein ein. Alwyn, ihr letzter Geldgeber und Liebhaber auf der Insel, hatte es ihr erklärt: »Vom Koks entzündet sich deine Nase nicht. Koks ist sauber wie Schnee – aber der verdreckt auch, wenn jemand mit schmutzigen Sohlen durchtrampelt.« Sie würde die Nase eine Zeit lang cremen und zum Ziehen nur diesen ausgewählten Schein verwenden. Sobald sie spürte, wie sich der Schlag ihres Herzens beschleunigte und in der höheren Frequenz einpendelte, fühlte sie sich ein wenig besser.

Als sie sich duckte, um aus der niedrigen Tür auf den schmalen Treppenabsatz zu treten, wäre sie um ein Haar mit dem Deutschen zusammengestoßen. Von unten waberten ihnen Essensgerüche entgegen, die sie angenehm fand. Kokain dämpfte den Hunger, für gewöhnlich aß sie nach einem Gramm die ganze Nacht nichts und begnügte sich zum Frühstück mit einem trockenen Zwieback. Heute aber hatte sie nur ein halbes Gramm genommen. Sie musste mit dem schwindenden Vorrat geizen, bis sie vor Ort eine Quelle aufgetan hatte, und die Düfte, die das enge Treppenhaus hochstiegen, ließen sie an langsam schmelzende Butter auf der knackenden Kruste eines röstenden Bratens denken.

Vielleicht war es keine ganz schlechte Idee, dort unten in der Gaststube zu sitzen, zwischen Leuten, die sich gebärdeten, als würde dieser Film tatsächlich gedreht werden, als wäre dieser Film für sie alle das Tor zum Ruhm. Sie würden aus großen Gläsern Wein trinken und Teller mit Speisen vorgesetzt bekommen, die jemand mit verblüffend viel Zeit und verblüffend viel Hingabe zubereitet hatte.

Der Schmerz aus ihrer Nase stieg ihr in den Schädel, sie hätte eine weitere Linie nachlegen müssen, um in Stimmung zu kommen, und vielleicht war es wirklich von allen schlechten Ideen die beste, etwas zu essen, wenig zu trinken, sich ins Bett zu legen und zu versuchen, Schlaf zu bekommen.

Der Deutsche kam ihr dazwischen, schoss aus seinem Zimmer und versperrte ihr den Weg. »Ich halte das nicht aus«, sagte er. »Lass uns anderswo hingehen. Hier kann ich nicht bleiben.«

»Von mir aus«, sagte sie und schickte sich an, die enge Stiege hinunterzusteigen.

Er aber gab den Weg nicht frei. »Nein, nimm dein Gepäck mit. Wir suchen ein anderes Hotel.«

Sie warf ihre paar Sachen in den Koffer. Keine fünf Minuten später waren sie auf dem Weg. Die Filmgesellschaft bezahlte ihm einen Chauffeur, weil er sich in der Stadt nicht auskannte, doch er steuerte seinen Wagen selbst.

Ein guter Fahrer war er nicht. Seine Hände umklammerten das Steuerrad mit weiß heraustretenden Knöcheln, als lenke er ein Schiff in Seenot. Zudem kannte er sich wirklich nicht aus. Auf einer der engen, sich schlängelnden Gassen verließen sie den erleuchteten, wie blank geputzten Stadtkern und gerieten in eine Gegend, in der vermutlich einmal die gewöhnlichen Leute von Ypern gewohnt hatten: Handwerker, Kleinhändler, Schullehrer, die in einem Häuschen gleich neben dem Schulgebäude einquartiert waren, und ein Küster, der ein ähnliches Häuschen neben der Kapelle besaß.

Von alledem übrig war Schotter, zerstoßene Steine, hier und da ein schwarz verkohlter Pfahl oder der Überrest einer Mauer, der aus den Trümmern ragte. Abrupt musste der Deutsche bremsen, weil die Straße vor einer eingestürzten Ruine endete. Das Verlorene hier von Neuem zusammenzusetzen, wie es mit Hilfe namhafter Architekten und internationaler Gelder in der Innenstadt geschah, war unmöglich. Als schlüge man ein Glas in tausend Scherben und wollte hinterher wieder daraus trinken.

Sie erwartete, dass der Deutsche den Wagen wenden und zurückfahren würde, doch stattdessen ließ er sich vornüber gegen das Steuerrad fallen und begann haltlos zu weinen.

Eine Zeit lang wartete sie. Zu ihrem Spiel hätte gehört,

dass sie die Arme um ihn legte und ihm tröstliche Phrasen ins Ohr säuselte, danach ein Briefchen ihres schrumpfenden Vorrats zutage förderte und ihm ein Röhrchen drehte, damit er es schnupfen konnte. Hier draußen aber fielen das Spiel und der Plan in sich zusammen. Andere Gesetze galten, die sie nicht durchblickte. Sie blieb stumm sitzen und hörte ihm beim Weinen zu.

Als sich das Schluchzen beruhigte, hob er langsam den Kopf und wandte ihr sein triefend nasses Gesicht zu. »Ich weiß nicht, was es ist, Grietje. Ich habe gedacht, ich mache alles richtig, wenn ich herkomme und meinen Film drehe, wenn ich mich einmal über alles hinwegsetze, was mich ewig und drei Tage zurückhält, aber plötzlich ist überhaupt nichts mehr richtig. Diese Stadt schon gar nicht. Ich sollte froh sein, oder? Der größte Teil ist noch immer die Wüste der Zerstörung, die wir hier zurückgelassen haben, nur in der Mitte hat uns freundlicherweise jemand die Kulissen einer Spielzeugwelt hingestellt, in der wir die Szenen aus der Vergangenheit abdrehen können. Also alles bestens. Warum ist mir trotzdem zumute, als könnte ich keinen Tag länger hierbleiben, geschweige denn einen Film drehen, sondern müsste meine Siebensachen nehmen und verschwinden?«

Weil ich dich nicht hierhergebracht habe, damit du einen Film drehst, dachte sie. *Ich habe nur so getan, und dieser Film, den ich dir selbst an die Hand gegeben habe, wird nie gedreht werden.* Überrumpelt war sie, weil er es offenbar selbst spürte, noch ehe sie ihn mit Gewalt darauf stieß.

»Bleib heute Nacht bei mir, bitte. Wir suchen uns ein anderes Hotel und kommen morgen zurück, ehe die anderen aufstehen. Ich kann das Leben heute allein nicht ertragen.«

»Das Leben?«, fragte sie. »Oder dich?«

»Ich weiß es nicht.«

Für einen Lügner war das eine erstaunlich ehrliche Antwort.

Er fuhr wieder an, wendete im Schotter, dass Fontänen von

Steinen aufspritzten. »Kennst du eins? Vielleicht ein Stück weit vom Stadtkern, aber nicht mitten in den Trümmern?«

»Was soll ich kennen?«, hatte sie gefragt, ehe sie begriff: Er erwartete, dass sie ein Hotel empfehlen konnte. Schließlich hatte sie seines Wissens ja den größten Teil ihres Lebens hier verbracht und die Stadt erst kürzlich einer verpatzten Liebesgeschichte wegen verlassen.

»Dass es mitten in den Trümmern ein Hotel gibt, wirst du ja wohl nicht ernsthaft glauben«, zog sie sich aus der Affäre. »Und weiterhelfen kann ich dir auch nicht. Ich habe hier ja nie ein Hotel gebraucht.«

»Natürlich nicht«, murmelte er, bog in eine Seitenstraße ein und fuhr wieder aus dem erleuchteten Innenkreis hinaus. »Du wirst ja bei deiner Familie gewohnt haben.« Er fuhr zusammen, als besinne er sich auf etwas. »Deine Familie … du hast mir nie von ihr erzählt.«

»Du hast mich ja nie danach gefragt.«

»Sie leben noch immer hier in Ypern?«

Sie zögerte. »Nein«, sagte sie dann. »Von meiner Familie lebt niemand mehr in Ypern.«

Vielleicht stimmte das nicht einmal. Sie wusste nicht, ob sie Tanten, Onkel, Großcousinen, Vettern dritten Grades gehabt hatte, man hätte ihr nicht mitgeteilt, was aus ihnen geworden war, und wenn sie heute schon einem von ihnen über den Weg gelaufen war, hätte sie ihn nicht erkannt.

Sie fuhren aus der Stadt hinaus in die Nacht, über eine leere Straße durch die sich weithin streckende Landschaft. Sterne warfen ihr milchiges Licht auf die Kornfelder, deren Halme sich im Wind des Frühsommers wiegten.

»So flach«, entfuhr es ihr. Dort, wo sie auf der Insel gelebt hatte, war es auch flach gewesen, aber nirgends so wie hier.

»Früher habe ich das auch gedacht.« Seine Stimme klang erstickt. »Als ich das erste Mal hier war. Brandenburg ist ja flach, aber hier gab es nicht den kleinsten Hügel. Jetzt denke ich das nicht mehr.« Mit einem Schwenk des Kopfes wies er im Fahren zur Seite. »Dieses ganze Flandern war wie eine Decke, die meine Kinderfrau früher über meinem Bett glattgestrichen hat, aber jetzt sieht es nicht mehr so aus. Eher wie die Decke auf dem Bett meiner kleinen Schwester, die ihre Puppen und Spieltiere daruntergestopft hat.«

Ohne es zu wollen, sah sie ebenfalls zur Seite und erkannte, was er meinte. Das Land war nicht eben. Zwar gab es nirgendwo Erhebungen, doch der Boden war von Gruben und Furchen durchpflügt.

»Das sind die Reste der Gräben, die wir wie die Maulwürfe gegraben haben«, sagte er tonlos. »Und Krater. Von den Minen und Granaten. Gras ist drübergewachsen, und der Mohn wächst auch wieder. Mohn wächst ja überall. Nur eben wird der Boden nicht mehr.«

Sie sagte nichts. Starrte nur die gespenstische Kraterlandschaft an.

Eine Weile fuhren sie schweigend, bis sie wiederum eine menschliche Siedlung erreichten. Die kleine Stadt Poperinge war neben Ypern die einzige gewesen, die während des Krieges von den Briten und ihren Verbündeten gehalten worden war. *Pop* und *Wipers* hatten sie sie genannt.

Poperinge, die ein gutes Stück weiter hinter den Linien gelegen hatte, war kaum zerstört und während der Kriegsjahre mit amerikanischer Unterstützung in ein gigantisches Lazarett verwandelt worden, umgeben von Friedhöfen für all jene, die aus dem Lazarett nicht mehr lebend herauskamen. Jetzt lag der Ort nahezu völlig im Dunkeln. Einen Gasthof, der Zimmer vermietete, fanden sie nach einigem Suchen trotzdem, und sie überredeten den Wirt, in der Gaststube noch einmal Licht zu machen und ihnen zwei Flaschen des berüchtigten belgischen Starkbiers zu servieren.

»Ich kann Ihnen was von meinem Genever mit Wacholderbeeren dazu bringen, wenn Sie wollen. Selbstgebrannt. Glüht die schwärzesten Gedanken aus.«

Sie wollten beide. Wer Kokain genommen hatte, konnte Unmengen trinken, ohne etwas zu spüren, aber die Wirkung des Kokains ließ längst nach. Sie fühlte sich schlapp und zerschlagen und wusste doch, sie würde etwas brauchen, um schlafen zu können.

Zu essen hätte es noch Reste von *Stoemp* gegeben, einen sämig verkochten Brei aus Kartoffeln, Möhren und Zwiebeln.

»Hast du Hunger?«

»Nein.«

»Ich auch nicht.«

»Hast du etwas bei dir?«

Sie schüttelte den Kopf. »Muss sparen. Habe hier keinen Lieferanten.«

»Ich auch nicht«, erwiderte er betrübt und stützte den schönen, wie gemeißelten Kopf in eine Hand.

Fast hätte sie aufgelacht. Was wollte er ihr vormachen? Sein einziger Lieferant war sie, und dank der seltsamen Unschuld, die er – ein Mörder! – an sich hatte, würde sie es auch bleiben. In gewisser Weise war er ein Kind wie so viele von ihnen. Ein Kind mit Mörderhänden. Ihr war es recht so. Sie wollte seinen Schmerz von keiner Droge besänftigt wissen, wenn sie ihm den Schlag versetzte.

Für Ypern.

Sie saßen schweigend und tranken.

»Ich habe es mir so anders vorgestellt, hierherzukommen«, sagte er schließlich. »Geradezu triumphal. Und jetzt bin ich hier und habe das Gefühl, ich tue etwas Verbotenes. Auf einem Friedhof einen Film drehen. Denn das ist das hier doch – der größte Friedhof Europas!«

Sie gab keine Antwort, machte ihm nichts leichter. Als sie

nach oben gingen, hielt er sich an ihr fest. »Ich brauche dich heute Nacht. Bitte geh nicht weg.«

Das Bett war schmal, die Laken eiskalt. Obwohl die Nacht mild war, froren sie beide, krochen halb angezogen unter die Decke und blieben starr dort liegen. Irgendwann legte er einen Arm um sie, zog sie näher, küsste sie. Fieberhaft überlegte sie, was sie tun sollte, wenn er mehr verlangte. Sie hatte mit mehr Männern geschlafen, als sie sich die Mühe gemacht hatte zu zählen, es kam auf den einen nicht an, und als sie ihren Plan gefasst hatte, war sie sicher gewesen, dass es ihr nichts ausmachen würde. Schließlich war er hübsch. Und ausnehmend sauber. Die meisten Männer, mit denen sie geschlafen hatte, waren weder das eine noch das andere gewesen. Außerdem würde es die Wirkung ihres Schlages verstärken, wenn er nicht nur glaubte, er werde mit ihr den besten Film seines Lebens drehen, sondern obendrein, sie sei ihm verfallen. Er sollte sich wie der Sieger fühlen, als der er in ihre Stadt hatte marschieren wollen. *Geradezu triumphal.* Umso tiefer würde er stürzen, und allein die Vorstellung hatte etwas Erregendes.

Sie würde trotzdem nicht mit ihm schlafen können. Alles in ihr sträubte sich, und sie wollte schon ihren Körper aus der Starre reißen, um ihn zurückzustoßen, als er von selbst von ihr abließ. »Lass mich dich nur halten«, flüsterte er. »Für alles andere fehlt mir die Kraft. Lass uns nur beide heute Nacht nicht allein sein, ja?«

Sie lagen schweigend im Dunkeln, hielten sich wie schüchterne Schulkinder bei den Händen und fanden keinen Schlaf. Anderntags kehrten sie in zu den Übrigen ins *Stadhuis* zurück und behaupteten, sie hätten sich während einer Exkursion in der Umgebung verfahren.

Seither streifte sie durch die Stadt und suchte nach der Erinnerung, die sie nicht fand, während er den Film vorbereitete, den er nicht drehen würde. Die Tage verstrichen. Aus Berlin traf der

Kleinbus mit den Schauspielern ein, und der Deutsche führte sie auf einer Besichtigungstour über die ausgewählten Drehorte. Alles war abgesteckt, der Beleuchtermeister hatte etliche Proben durchgeführt, und der Mann, der die ganz neue Aufgabe des Tonmeisters übernehmen würde, war mitsamt seiner Ausrüstung und zwei Assistenten aus München angereist. Er hatte in Hollywood gearbeitet und wusste, was er zu tun hatte. Von dem Drehbuch war er begeistert: »Wird höchste Zeit, dass Deutschland mit einem eigenen Tonfilm in die Gänge kommt, und Ihre Sache da ist eine echte kleine Bombe.«

»Das Wort ist hier unangebracht«, patzte ihm der Deutsche dazwischen.

»Schon gut, schon gut.« Der Tonmeister hob die Hände. »Vor Drehbeginn sollen ja die meisten Regisseure unter Strom stehen, aber eine harmlose Redensart wird man ja wohl noch fallen lassen dürfen. Jedenfalls ist Ihre Recha Süßapfel auf einem Trümmerfeld voller Kinder wie ein mit Blumen getarntes Kanonenrohr. So besser?«

»Grietje Blommaert spielt«, versetzte der Deutsche.

»Grietje wer?«

Ja – Grietje wer?

»Ich«, sagte sie und streckte dem Tonmeister die Hand entgegen.

»Donnerwetter«, erwiderte der, »und dann wird's einem verboten, von Bomben zu reden.«

Sie drehte sich um und ging davon, ging mit klackernden Absätzen die Straße hinter dem Tor hinunter, zehn Schritte den kleinen Fluss Ieperlee entlang, unter den Platanen, die ihre Zweige über das Wasser neigten, bis zu der Stelle, wo das Haus gestanden haben musste. Es stand noch dort. Nur war es ihr fremd, ein beliebiges Haus, in dem beliebige Leute wohnten. Der Dreckskerl Howard, der neben der Variety-Show ein Kino betrieben hatte, hatte auch damit recht gehabt: »Deine Heimat suchen willst du? Hör mir doch auf. Du bist eine, die gar keine Heimat hat.«

Abends spielten drei Männer der Freiwilligen Feuerwehr von Ypern in der marmorweißen Gedenkhalle auf ihren ventillosen Hörnern den *Last Post.* Die Bewohner der Stadt versammelten sich, unterbrachen ihren Heimweg von Arbeit oder Einkauf, um sich samt ihrer Kinder unter dem Bogen des Tores zusammenzudrängen. Die Fremden – die mit verstohlenem Argwohn beäugten Filmleute aus Deutschland – standen zusammen mit Fietje Dehouck, einem Reporter der Lokalzeitung, der über die Filmarbeiten berichten durfte, am Rand und sahen zu, wie vier britische Offiziere in Paradeuniformen einen großen Kranz aus blutroten Seidenblüten vor den Gedenkstein trugen und niederlegten.

Die Fülle der in Marmor gemeißelten Namen – Reihe um Reihe um Reihe – verschwamm vor ihren Augen zu einem Meer von Buchstaben, das auf sie herabzuregnen drohte. Wie sollte man einen Einzelnen, den man verloren hatte, unter diesen Unzähligen wiederfinden?

»Ich dachte, die machen das jeden Abend?«, flüsterte der Deutsche hinüber zu Dehouck, der seine dem Flandrischen so ähnliche Sprache fließend sprach.

»Sie machen das jeden Abend«, erwiderte Dehouck, ohne zu flüstern. »*Wir* machen das jeden Abend. Wir haben das versprochen – wie in dem Gedicht. *For the Fallen. Für die Gefallenen.* Ein Brite hat das geschrieben. Robert Laurence Binyon.«

Wie auf ein Zeichen trat einer der Offiziere in die Mitte der Gedenkhalle und begann, die Zeilen des Gedichtes zu deklamieren:

They shall grow not old, as we that are left grow old:
Age shall not weary them, nor the years condemn.
At the going down of the sun and in the morning
We will remember them.

Sie werden nicht alt werden, wie wir, die übrig geblieben sind,
alt werden:
Das Alter wird sie nicht müde machen, der Lauf der Jahre sie
nicht verurteilen.
Beim Untergang der Sonne und am Morgen
Werden wir uns an sie erinnern.

»*Jeden* Abend? Und jeden Morgen auch?« Die Stimme des Deutschen zitterte, als hätte er vor etwas Angst.

»Wir schulden ihnen das«, erwiderte Dehouck. »Deshalb lassen wir Sie ja auch bei uns einen Film darüber machen. Wenn wir sie vergessen, sind sie nirgends mehr. Und wir sind vielleicht weniger wachsam.«

Es waren nur Namen von Männern in den Marmor eingegraben, Namen von Gefallenen aus dem britischen Weltreich. Sie hätte gerne den Namen einer belgischen Frau dazu geritzt und darunter in kleinster Schrift ihren eigenen, hätte gerne über alle Köpfe hinweggeschrien: *Verdammt, uns schuldet ihr es auch!*

Noch mehr Tage vergingen. Die Schauspieler langweilten sich, lungerten in der Stadt herum, die keine Stadt mehr war, sondern nur ein Kern mit ein paar allzu vorzeigbaren Lokalen. *Gibt's kein Bordell?*, würden sie einer den anderen fragen. *Keinen Amüsierschuppen mit ein paar flotten Puppen, die einem bisschen Verdienst auf der Seite nicht abgeneigt sind?*

Sie hätte ihnen zeigen können, wo ein Bordell betrieben worden war, die Adresse stand auf ihrer Liste. Aber in dem zweistöckigen Haus mit dem gepflasterten Hof befand sich jetzt die Werkstatt eines Möbeltischlers, und auch hier gab es nichts, das sie erkannte. Sie war in Versuchung, zu klingeln und zu fragen: *Wohnen Sie schon lange hier, haben Sie früher statt Tischen Mädchen verkauft, eines davon mit blonden Zöpfen, das schon kein Mädchen mehr und für den Beruf zu klapprig war, das aber Nacht für Nacht einen einzigen Kunden bediente, einen britischen Offizier mit braunem Haar?*

Und wenn – was nutzte ihr das?

Dass jene Frau hier gewesen war, wusste sie auch so, und dieses Wissen brachte ihr kein Bild, keine Erinnerung an die Frau zurück.

Die Stadt verschloss sich vor ihr, ließ sich nicht als die ihre erkennen, und der Stoff im Seitenfach ihres Schminkkoffers ging unweigerlich zur Neige. Mehrere Abende musste sie ohne eine Dosis überstehen, weil sie die Aussicht, nicht einmal eine Notration übrigzubehalten, in Panik versetzte. Sie wies Kollegen ab, die versuchten, mit ihr anzubändeln, und wurde dabei schroff, fiel aus der Rolle, die sie für sich selbst erfunden hatte – der des immer heiteren, immer freundlichen modernen Mädels, das es weit bringen würde, sich um nichts sorgte und eine erwiesene Gefälligkeit nicht schuldig blieb.

Der Einzige, der sich nicht an sie heranschmiss, sondern ihr regelrecht aus dem Weg ging, war ihr Filmpartner. Gernot Bieler. Er hielt sich für sich, nahm nicht an den Zügen durch die Gemeinde teil, zu denen die übrigen Männer sich aufmachten, und kein Mensch wusste, wo er seine Abende verbrachte. Bereits in Babelsberg war ihr der Verdacht gekommen, dass er nicht auf Frauen stand.

Ihr war es recht. Sie stand nicht auf Männer. Auf Frauen auch nicht. Ob sie auf irgendetwas stand, ob es irgendetwas gab, das ihr etwas bedeuten, ihr ein wenig Freude bereiten konnte, hatte sie hier herausfinden wollen.

Dem Deutschen erging es nicht besser. Er nahm auch nur noch alle paar Abende eine Dosis, wurde fahrig und erschöpft zugleich und quälte sich durch die Tage. Warum, zum Teufel, setzte er nicht endlich einen Drehplan fest? Die Zeit drängte, längst stand der tiefrote Mohn auf den Wiesen und Feldern um Ypern in voller Blüte. Jede Einzelne blieb nur ein paar Tage, doch den Sommer über würden unablässig neue aufsprießen und die verblühten ersetzen. Wenn der rote Zauber im September jedoch sein Ende fand, würden die UFA-Leute ihre Zelte abbrechen und nach Babelsberg zurückkehren müssen, den fertigen Film im Gepäck. Wie stellte der verbohrte Deutsche sich das vor, wenn er nicht endlich einen Anfang machte?

Sie wollte nicht, dass er sich quälte. Sie wollte ihn glücklich, siegessicher, so wie er und seine Einheit vor fünfzehn Jahren gewesen waren, als sie loszogen, um sich die Welt in die Tasche zu stecken. Sie hatten sie aus den Angeln gerissen, hatten alles, was darin gewesen war, wie Salz verstreut, sodass die, die in ihr gewohnt hatten, ziellos umherirrten und ihre Heimat nicht mehr erkannten.

Vielleicht erkenne ich sie, wenn ich es endlich zu Ende gebracht habe, dachte sie, als sie wieder vor dem Haus am Fluss stand, an dem sich doch eine Spur von ihr hätte finden müssen, irgendein Zeichen, das sich nicht auslöschen ließ. Sie starrte die abweisende Fassade an und begriff, dass sie zu ihrem ursprünglichen Plan zurückkehren musste, dem Plan, den sie gefasst hatte, als sie zehn Jahre alt und zum ersten Mal in Howards Kino gewesen war.

Es würde nicht genügen, den Deutschen seinen Film beginnen zu lassen und ihn dann zu zerstören, denn irgendetwas hatte den Triumph bereits abgeschwächt und seinen Schritten den Schwung genommen.

Sie würde aufs Ganze gehen müssen. Was dazu nötig war, hatte sie Howard gestohlen, ehe sie ihm durchgebrannt war. Seither trug sie es bei sich. Damit umgehen konnte sie nicht, aber bisher hatte sie sich noch alles angeeignet, was ihr von Nutzen war. So schwer konnte es nicht sein, und sie hatte es immerhin schon mit einer Attrappe vor der Kamera getan.

Ja, sie würde es zu Ende bringen. Hier in Ypern. Ihr würde danach kein Leben in ihrer Stadt bleiben, wie sie es sich Jahre hindurch ersehnt hatte, doch sie hätte bewiesen, dass sie noch immer hierhergehörte.

In der Geschichte der Stadt würde ihr Name nicht ausgelöscht, sondern vermerkt sein. Vielleicht würde es ihr erlaubt werden wie Robert von Bethune, der Löwe von Flandern, bei Sint Maarten begraben zu sein.

21

Juli

Der nächstgelegene Ort, der sich hochtrabend Landstadt nannte, hieß Gützkow. Dass es Menschen gab, die freiwillig in Orten wie diesem Gützkow wohnten, hatte Felice nie wirklich glauben können.

Bis Greifswald waren sie mit dem Zug gefahren, und von dort waren Schienen für eine Kleinbahn verlegt, die mangels Auslastung jedoch geschlossen worden war. Transportmittel gab es nicht. Es blieb ihnen daher nichts übrig, als am Rand der Landstraße entlang ihren Weg zu Fuß anzutreten und zu hoffen, dass eine mitleidige Seele sie aufgriff.

Die mitleidige Seele zeigte sich nach gut einer Stunde Wanderung in sengender Hitze. Sie steckte im Körper eines Viehwagenfahrers, der mit seinem mit Kälbern beladenen Gefährt unterwegs war. Immerhin hatten die keine Hörner, waren zusammengekettet und hinter einem Gitter sicher untergebracht. Bei dem abrupten Halt wurden ihre schwarz-weißen Leiber gegeneinander geschleudert, und sie begannen lauthals zu blöken. Wobei das vermutlich nicht korrekt war. Sagte man das nicht nur bei Lämmern? Felice war sicher, sie hätte das eine vom anderen nicht unterscheiden können, und wünschte, niemand hätte sie gezwungen, sich mit derlei landwirtschaftlichen Feinheiten zu befassen.

Was hatten ihre Töchter hier verloren? Die eine wollte Physikerin werden, und die andere hatte sogar Angst vor Rechas Bettvorleger von Hund.

Was der Viehwagenfahrer nuschelte, war schwer zu verstehen, aber er lehnte sich dazu weit aus der Fahrerkabine und wies nach hinten.

»Gützkow?«, rief Felice zu ihm hinauf. »Familie von Parchim, Gut Kosenow?«

Der Fahrer beugte seine fleischige Schulterpartie noch weiter ins Freie und zeigten nuschelnd auf die Ladefläche mit den blökenden oder brüllenden Kälbern.

»Wir sollen uns da raufsetzen? Meint der das ernst?«

Felice ging ein paar Schritte am Wagen entlang. Hinter dem Gitter, das die Kälber in Schach hielt, war ein vielleicht armlanges Stück Ladefläche frei. »Ich fürchte, das tut er«, sagte sie.

»Du lieber Herr Gesangsverein. Ich halte mich eigentlich für rüstig, aber bei der Aussicht verkündet mir jeder einzelne meiner Knochen, dass er bereits vierundachtzig Jahre auf dieser Welt verbracht hat.«

»Uns wird nichts anderes übrig bleiben«, hielt Felice dagegen. »Wenn wir weiter zu Fuß gehen, werden deine Knochen sich demnächst für hundertzwanzig halten, und meine schließen sich dem an. Außerdem wissen wir den Weg nicht, und Schilder scheint es in dieser Gegend nicht zu geben.«

Oma Hertha, die einen kompletten Kopf kleiner war als Felice, blickte zu ihr auf. »Weißt du, was eine Frau der Tat ist, Püppi?«

»Nicht mit Sicherheit.«

»Eine, die weiß, wann sie geschlagen ist«, bekundete Oma Hertha, ergriff todesmutig die Kante der Ladefläche und hievte sich nach oben.

Felice folgte mit einem höchstens geringfügig eleganteren Satz, und der Wagen fuhr rumpelnd an.

»Dass diese Viecher nicht über die Absperrung springen können, steht fest, ja?«

»Ich kenne mich mit Kälbern nicht aus«, antwortete Felice.

»Aber dem Lärm nach haben sie mehr Angst vor uns als wir vor ihnen.«

»Sagst du ihnen das, falls sie sich doch hier drüben blicken lassen?«

Sie tauschten einen Blick, und einen Herzschlag lang war Felice unendlich dankbar, eine solche Oma zu haben. »Mache ich«, versprach sie und fühlte sich nicht mehr ganz so verloren wie in den vergangenen Wochen.

»Sie laufen durch die Gegend wie Falschgeld«, hatte die unverblümte Luise ihren Zustand beschrieben. »Mensch, das hätten doch unsere zwei Mädels nich' gewollt, dass Sie sich so fertigmachen, Frau Felice.«

»Und woher wollen *Sie* das wissen?«, hatte Felice sie angebellt. »Ich glaube kaum, dass sie *Sie* gefragt haben, und im Übrigen hören Sie gefälligst auf, von Lise und Jenny zu sprechen, als wären sie gestorben.«

»Manchmal kommt's mir vor, als ob das für Sie leichter wäre«, konterte Luise und zog mit einem Tablett voller verschmierter Rote-Grütze-Schüsseln von dannen.

Als Felice und Quintus die junge Frau eingestellt hatten, waren sie entschlossen gewesen, sich nicht wie Dienstherren zu gebärden, sondern wie Leute, die zusammen unter einem Dach wohnten und unterschiedliche Aufgaben versahen. »Meine Mutter hat ihren Dienstboten Backpfeifen verpasst, wenn sie nicht spurten«, hatte Felice gesagt. »Ich will mein Zuhause nicht mit Menschen teilen, die Angst vor mir haben.«

Das war ihnen offensichtlich gelungen. Luise hatte nicht nur keinerlei Angst, sondern auch keinerlei Respekt. Statt das Gespräch mit ihrer Brotgeberin weiter zu verfolgen, brachte sie den Kindern Getränke, eine Art Fruchtsaft, den sie aus Stachelbeeren bereitet hatte – eine Gabe ihrer Schwester, die einen Schrebergarten ihr Eigen nannte.

Immerhin herrschte noch Leben im Haus. Annettchen und

Sylvia saßen mit Annettchens Freundin Ilse am Esstisch und klebten Glanzbilder in Alben, und Anton umkreiste sie mit seinem Spielzeug-Zeppelin und gab entsprechende Geräusche von sich. Den Stachelbeersaft spuckte er in seinen Becher zurück. »Zum Trinken ist der nicht«, bekundete er. »Aber der könnte prima Flugbenzin abgeben.«

Felice hätte sich selbst Flugbenzin gewünscht. Wie ihr kleiner Sohn sich auf die Zeppelin-Werft nach Friedrichshafen sehnte, so sehnte sich Felice in irgendein Kaff in Vorpommern. Dorthin, wo ihre Kinder waren. Sie würde sie sich wiederholen, daran war nichts zu rütteln und zu rühren. Aber nachdem sie hatte begreifen müssen, dass sie auf Recha nicht zählen konnte, sondern völlig allein war, war ihr auch klar geworden, dass sie nichts überstürzen durfte. Wäre sie Hals über Kopf auf Cousine Bettinas überschuldetes Gut gereist, hätte sie dort ohne Zweifel eine verbarrikadierte Festung vorgefunden. Zudem musste sie an die Kinder denken, die ihr verblieben waren, an ihre Verstörtheit, ihre Traurigkeit und ihre Angst.

Sylvia hatte ein Obstmesser mit in ihr Zimmer genommen, angeblich, um einen Apfel zu schälen, doch stattdessen hatte sie sich an den Unterarmen zwei blutende Wunden beigebracht. Sie hatte so etwas damals schon getan, nachdem Quintus und Felice sie aus dem Haus ihrer toten Eltern mitgenommen hatten, inzwischen aber seit Jahren nicht mehr. Annettchens Lehrer bestellte Felice in die Schule. Er mache sich Sorgen, weil das fleißige, liebenswürdige Mädchen dem Unterricht nicht mehr folgte, aus dem Fenster starrte und auf Ansprache pampige Antworten gab. Und Anton, die Fröhlichkeit auf zwei Beinen, hatte begonnen, schlecht zu schlafen. In einer Nacht, als er mit einem Schrei aus dem Schlaf geschreckt und Felice zu ihm geeilt war, hatte er sie gefragt: »Als Nächstes geht Papa weg, nicht wahr? Und wer dann, Mami? Aber doch nicht du?«

Felice hatte ihn an sich gepresst. *Niemals, niemals, niemals.*

Sie musste ihm und seinen zwei Schwestern die Sicherheit wiedergeben, das Vertrauen, dass der eine Verlust keine weiteren nach sich ziehen würde. Obwohl er das tun würde und ihre klugen Kinder es spürten. Wann immer sie zusammen waren, wichen die drei ihr nicht von der Seite, ließen sie nicht aus den Augen, als fürchteten sie tatsächlich, ihre Mutter könnte sich bei der nächsten Gelegenheit aus dem Staub machen. Also gab Felice sich alle Mühe, eine Normalität aufrechtzuerhalten, die sie nicht mehr empfand. Familienleben. Besuch von Spielkameraden. Als die hitzeflimmernden Tage des Sommers begannen, auch Ausflüge in die Eisdiele und an den Halensee.

Sie würde durchhalten müssen, bis die Ferien begannen. Annettchen war von einer Freundin eingeladen worden, eine Woche mit ihr und ihren Eltern in Baden-Baden zu verbringen, und mit ein wenig Geschick und bedeutend mehr Unverschämtheit hatte Felice jenen Eltern auch noch Sylvia aufgeschwatzt. Zum Ausgleich versprach sie, die Freundin im Frühjahr mit nach Italien zu nehmen, ohne die leiseste Ahnung zu haben, woher sie das Geld für eine solche Reise nehmen sollten.

Geld war und blieb ein böses Thema, aber Felice gelang es, von einem Klienten eine Vorauszahlung zu erwirken, obwohl sie den gesamten Juni hindurch nicht praktiziert hatte. Zusammen mit einem Kleinkredit, den sie dem Bankdirektor aus den Rippen leierte und für den sie Quintus' Unterschrift fälschte, verschaffte ihr dies ein wenig Kapital. Die Urkundenfälschung war eine Straftat, aber hätte sie sich selbst verteidigen müssen, wäre ihr das Plädoyer nicht schwergefallen: Welche Gerechtigkeit lag darin, dass verheiratete Frauen nicht frei über das Geld verfügen durften, das sie selbst verdienten? Dass es hier streng genommen nicht um verdientes, sondern um geborgtes Geld ging, machte keinen Unterschied, denn sie würde die Kreditraten mit ihrem Verdienst zurückzahlen. Was also hatte Quintus' Unterschrift dabei verloren? Und wenn ein Mann seine Frau schon nicht dabei unterstützte, die gemeinsamen Kinder zu behüten, wie konnte er dann auch noch die Frau daran hindern, dieser Pflicht allein nachzukommen?

Immerhin hatte sie Geld genug, in Friedrichshafen ein Pensionszimmer zu mieten und Bahnkarten zu kaufen. Quintus sprach sie erst an, als all das gebucht war. »Wie du weißt, wollte ich mit Anton verreisen«, sagte sie. »Es ist auch alles schon abgemacht und bezahlt.«

»Schon bezahlt?« Er ließ sich die Brille den Nasensattel herunterrutschen.

»Ich habe einen lukrativen Fall dazwischengeschoben«, log sie. »Nur kommt mir der jetzt eben in die Quere. Richter Waldeck hat die Hauptverhandlung ausgerechnet für den Montag angesetzt, an dem ich mit Anton fahren wollte, und verschieben lässt sich die Reise nicht. Diese Weltumrundung per Luftschiff kann ja nun einmal nicht unseretwegen warten.«

Sie hatten sich das Versprechen nie in Worten geben müssen und es dennoch immer gehalten: Sooft einer von ihnen beruflich in Nöten war, hielt ihm der andere bei den Kindern den Rücken frei. In Felice hatte sich viel Zorn auf Quintus gesammelt, viel Groll und Enttäuschung, aber dass sie sich in diesem Punkt noch immer auf ihn verlassen konnte, verschaffte ihr einen Augenblick der Wärme.

»Das tut mir leid für dich«, sagte er. »Du und Anton, ihr hattet euch so sehr auf die Woche nur für euch beide gefreut, aber wenn sich da nichts machen lässt, springe ich selbstverständlich gern ein.«

Er war ihr so fremd geworden in diesen Wochen, in denen sie ihm so weit wie irgend möglich aus dem Weg gegangen war, jedes Gespräch, ja, jede Begegnung vermieden und zu schlafen vorgegeben hatte, wenn er zu ihr ins Bett gekommen war. In ihm schien Ähnliches vorzugehen, denn er war kaum noch zu Hause gewesen, sondern hatte sich von früh bis spät in seine Arbeit vergraben. Es war eine Trennung auf Raten. Um ihre Ehe konnte Felice nicht kämpfen, sie brauchte alle Kraft für den Kampf um ihre Kinder. Die waren wehrlos, Quintus dagegen war erwachsen und hatte sein Schicksal selbst in der Hand. In diesem Moment aber hatte sie sich ihm noch einmal nahe gefühlt wie damals, als ihr die beiden Mädchen anvertraut worden waren und sie zugleich bemerkt hatte, dass sie schwanger war.

Sie war halb verrückt vor Furcht gewesen, und er hatte sie angelacht und gesagt: »Ich weiß nicht, wie, meine Schöne, aber ich bin fest entschlossen, dieses Kind mit dir zu schaukeln. Diese drei Kinder. Aller guten Dinge sind doch drei, oder nicht?«

An jenem Junitag, als er zugesagt hatte, mit Anton zu verreisen, hatte sie sich hastig abwenden müssen, um sich nicht Gefühlen hinzugeben, die sie derzeit weder gebrauchen noch ertragen konnte.

Ihre Familie, an deren Nähe sie sich so gewöhnt hatte, war plötzlich meilenweit von ihr entfernt. Sie war es, die sich entfernt hatte. Mit ihrem kleinen Jungen würde es keine Nächte mit Abenteuergeschichten unter der Bettdecke geben, wie sie es sich für ihre Reise ausgemalt hatten. Sie würde ihre zwei jüngeren Töchter nicht vom Bahnhof abholen, wenn sie aus der Sommerfrische kamen, weder Annettchens begeistertes Geschnatter hören noch Sylvias wortkargen Gedanken folgen. Mit ihrem Bruder hatte sie seit Wochen kein Wort gewechselt, und wo ihre Schwägerin sich aufhielt, wusste sie nicht. Ihrem Mann hatte sie, wie ihr jetzt auffiel, nicht einmal erzählt, dass Gabriel gestorben war und Recha die Stadt verlassen hatte, weil es dafür keine Gelegenheit gegeben hatte.

Nachdem sie so lange gewesen waren wie ein großes, quirliges Einzelwesen mit sieben Köpfen und unzähligen Gliedmaßen, schienen sie über Nacht getrennte Leben zu führen. Als dann auch noch alle fort gewesen waren, die weiten Räume der Wohnung leer, die ewige Unordnung im Nu beseitigt, war Felice sich vorgekommen wie ein Geschöpf von einem anderen Stern, ein Fremdkörper, von niemandem verstanden und von niemandem gewollt.

Sie hatte sich so in ihrem Elternhaus gefühlt. Sie hatte nur sich selbst gehabt, nur ihre eigenen Arme um den Körper, wenn sie sich fürchtete oder fror. Wie sehr sie unter diesem Gefühl, unter der völligen Einsamkeit gelitten hatte, war ihr erst bewusst geworden, als Quintus und die Kinder in ihr Leben getreten waren. Jetzt, zehn Jahre später, war sie erneut auf sich selbst zurückgeworfen. Sie würde die Reise zu der ihr feindlich gesinnten Cousine Bettina allein antreten müssen, allein einen Weg finden, Lise und Jenny zu sehen zu bekommen, und allein einen Plan aushecken, wie sie die beiden zurück in ihr Zuhause entführen konnte.

Die Last erschien ihr überwältigend. Als Anwältin riet sie weniger erfahrenen Kollegen als Erstes: »Nicht Ihr berufliches Fortkommen, sondern das Interesse des Klienten muss im Zentrum Ihrer Überlegungen stehen. Wenn Sie sich einer Sache nicht gewachsen fühlen, scheuen Sie sich nicht, einen Kollegen hinzuzuziehen.«

Hier aber, im wichtigsten Fall ihres Lebens, wo es nicht um Klienten, sondern um ihre Liebsten ging, gab es keinen Kollegen, den sie hinzuziehen konnte, und doch hätte sie nie dringender einen gebraucht. Sie konnte sich nicht erinnern, sich einer Sache je so wenig gewachsen gefühlt zu haben. Zudem überkam sie das heulende Elend, sobald sie die Namen Jenny und Lise nur stimmlos vor sich hinsprach. Sie war nicht nah am Wasser gebaut, hatte ihren Gefühlen nie gestattet, die Herrschaft über ihren Verstand zu ergreifen, aber die Sehnsucht nach ihren Mädchen übermannte sie mit einer Wucht, die sie umzuwerfen drohte.

Dann war es ihr eingefallen: Sie war auch als Kind nicht vollkommen allein gewesen, nicht vollkommen fehl am Platz. Oma

Hertha mochte sie nicht immer verstanden haben, aber sie hatte sie immer geliebt. Außerdem war Oma Hertha vierundachtzig Jahre alt, und einer Vierundachtzigjährigen, die ihre Urenkelinnen in die Arme schließen wollte, würde nicht einmal Cousine Bettina die Tür verschließen können.

Wie gewohnt war sie einfach auf dem Friedhof aufgetaucht. Onkel Werner sah sie kommen und zog sich – ebenfalls wie gewohnt – zurück, doch streckte er diesmal die Hand aus und berührte Oma Hertha, die ein leichtes lindgrünes Sommerensemble trug, an der Schulter. Felice, die weiß Gott andere Sorgen hatte, konnte nicht anders, als auf die Stelle zu starren, von der die Hand des Friedhofsgärtners längst wieder verschwunden war. Der plissierte Stoff war so dünn, dass die Haut der alten Frau die Berührung gespürt haben musste. Es war so gottverdammt gleichgültig, ob ein Mensch vier oder vierundachtzig war – er brauchte einen, für den er die Welt war, der ihm in jedem Sturm einen Schirm über den Kopf halten würde.

»Du musst mir helfen!«, rief sie über das Tor des Friedhofs hinweg ihrer Großmutter zu. »Ich habe nur dich. Du musst!«

Oma Hertha hatte gerade erst ihre Gießkanne von dem mit Schlössern gesicherten Ständer befreit und sich über das Becken darunter gebeugt, um sie mit Wasser zu füllen. Sie schloss den Hahn, ohne zu zögern.

»Wenn das so ist, dann ist die Sache ja entschieden«, sagte sie. »Und ich brauche dich gar nicht erst zu fragen, worum es eigentlich geht.«

22

Jetzt also saßen sie auf einem Wagen voller zusammengeketteter Kälber, rumpelten durch die Landschaft und würden bei ihrer Ankunft zweifellos wie ein Eimer voll Kuhdung stinken.

»Wenn mich nicht alles täuscht, sind wir vom Herrensitz der Dame Bettina nicht mehr allzu weit entfernt«, bemerkte Oma Hertha und blickte sich in der Umgebung um, die Felice öde und gleichförmig erschien. »Meinst du nicht, es ist an der Zeit, mich in deine Strategie einzuweihen, mein Kommandant?«

Felice ließ die Schultern hängen. »Ich fürchte, ich habe noch keine. Ich dachte, wir beide könnten zusammen eine entwickeln. Ganz demokratisch, verstehst du?«

»Manchmal frage ich mich, ob das demnächst zum Oberbegriff für Alles-rennt-durcheinander-und-keiner-weiß-wohin erklärt wird«, erwiderte ihre Oma. »Was nicht bedeutet, dass ich dagegen bin. Man muss ja alles erst einmal ausprobieren, und weder fallen Meister vom Himmel, noch baut sich Rom an einem Tag. Mir macht nur zuweilen Sorge, dass dieses Gebilde Demokratie in der Probierphase so schrecklich zerbrechlich wirkt. Solange jeder behutsam damit umgeht, ist das ja kein Problem, aber wenn jemand unserem Glashaus den Garaus machen will, hat er kein allzu schweres Spiel.«

»Sicher nicht.« Felice stöhnte. »Können wir darüber ein andermal reden? Irgendwann, wenn meine aus den Fugen geratene Welt wieder halbwegs geradesteht? Ich kann mich derzeit auf nichts anderes konzentrieren als auf die horrende Vorstellung, dass Jenny und Lise in dieser Ansammlung von Kuhdörfern gefangen gehalten werden. Meine zwei aufgeweckten Berliner Mädchen bei Fuchs und Hase, die sich gute Nacht sagen, meilenweit weg von allem, was ihnen vertraut ist.«

»Die meisten Kinder haben für Fuchs und Hase eine Schwäche.« Oma Hertha legte ihr die Hand auf den Arm. »Aber ich verstehe schon, was du sagen willst. Überlegen wir also zusammen: Wollen wir einfach so bei Bettina auf der Schwelle stehen und darauf hoffen, dass man mit irgendeinem Dornröschen in diesem Schloss reden kann?«

»Auf keinen Fall!«, rief Felice. »Wenn Bettina oder Ille mich zu Gesicht bekommen, haben wir schon verloren. Ich dachte mir, dass ich mich erst einmal versteckt halte, in diesem Grützkow oder wie auch immer das heißt. Du gehst allein hin, sagst, du bist aus Berlin angereist, weil du solche Sehnsucht nach deinen Urenkelinnen hattest, du willst sie sehen, hast ihnen Geschenke mitgebracht …«

»Habe ich zwar nicht, aber vielleicht überlässt unser Fahrer mir ja eins von denen da.« Oma Hertha nickte in Richtung der Kälber, die sich noch immer nicht völlig beruhigt hatten.

»Ist doch egal. Irgendwas wird dir schon einfallen. Wichtig ist nur, dass sie dich ins Haus und zu Lise und Jenny lassen, dass sie keinen Verdacht schöpfen. Wenn ihr dann alle gemütlich beisammensitzt wie die heilige Familie, bietest du an, morgen mit den Mädchen einen Ausflug zu machen. In der Zwischenzeit versuche ich, irgendwie einen Wagen aufzutreiben, mit dem wir zurück in die Zivilisation oder zumindest bis zum Bahnhof nach Greifswald kommen. Wir treffen uns irgendwo hier in der Wildnis, ihr steigt zu mir in den Wagen und …«

»… und dann flüchten wir wie Nayland Smith vor Dr. Fu Man Chu?«

»Das hier ist die Wirklichkeit, Oma. Keiner von Willis ewigen Filmen.«

»Tatsächlich?« Oma Hertha sandte ihr einen Blick von der Seite. »Ich hatte mich gerade gefragt, ob du neuerdings für deinen Bruder die Drehbücher entwirfst. Wie geht es ihm überhaupt? Man hört ja gar nichts mehr. Nachdem er darauf bestanden hat, mir alter Scharteke eine Telefonleitung ins Haus zu legen, hat er sich ja zumindest von Zeit zu Zeit gemeldet. Oder seine Frau beauftragt, sich zu melden. Aber das letzte Mal, als das passiert ist, war, glaube ich, nicht lange nach Weihnachten.«

Felice schluckte. Sie wusste, sie hätte Oma Hertha informieren müssen, aber gerade jetzt konnte sie absolut keinen Themenwechsel brauchen. »Lass uns darüber später sprechen«, bat sie. »Erst einmal brauchen wir jetzt diesen Plan.«

Oma Hertha horchte auf. »Ist mit Willi etwas nicht in Ordnung?«

»Doch, doch, er dreht nur irgendwo im Ausland einen Film«, erwiderte Felice hastig. »Was nun Lise und Jenny und unsere Flucht betrifft –«

»So könnte er die auch gleich abdrehen«, fiel ihr Oma Hertha ins Wort. »Ich sehe es förmlich vor mir: die gerissene Greisin, die auf raffinierte Weise einen Haufen Leute austrickst, obwohl die sich denken können, dass sie mit ihrer Enkelin unter einer Decke steckt – dann der Galopp mit den Kindern durchs Kornfeld, wobei die Alte allen Jüngeren davonflitzt, und schließlich das Fluchtauto, das mit offenen Türen vorbeibraust, sodass die drei Flüchtigen während der Fahrt hineinspringen können. Dass das in Wirklichkeit funktioniert, kannst du nicht ernsthaft glauben, Püppi. Und dass mir die Rolle, die du mir da zugedacht hast, gut gefällt, erst recht nicht.«

»Zum Teufel, mir gefällt es auch nicht!« Einmal mehr wunderte sich Felice, wie oft sie in letzter Zeit nur die Wahl gehabt hatte, entweder loszuheulen oder jemanden anzufahren. »Glaubst du, ich habe es mir ausgesucht, in dieser Einöde nach meinen Kindern zu suchen, während daheim der Rest meiner

Familie auseinanderfällt? Wenn du eine bessere Idee hast, bin ich dir von Herzen dankbar, aber bisher habe ich dergleichen nicht von dir gehört.«

Oma Hertha schwieg eine Weile, während der Wagen sich über einen unwegsamen Feldweg voller Schlaglöcher kämpfte, sodass sie sich an der Seitenwand der Ladefläche festklammern mussten, um nicht heruntergeworfen zu werden. »Ich hatte gehofft, wir würden versuchen, mit Ille zu reden«, sagte sie, sobald die Fahrt wieder etwas glatter voranging. »Ich hätte mich gern darum bemüht, dir den Weg zu ebnen, war sogar wild und heldenhaft entschlossen, mich mit der rechtschaffenen Bettina anzulegen. Aber wie es aussieht, willst du dich ja mit Friedensverhandlungen überhaupt nicht mehr aufhalten.«

»Das habe ich doch in Berlin bereits bis zur Vergasung versucht«, rief Felice.

»Augenblick«, unterbrach Oma Hertha. »Ich weiß, es ist nur eine Redensart. Aber ich finde, die sollten wir uns sparen.«

»Ich habe keine Ahnung, wovon du redest.«

»›Bis zur Vergasung‹«, erklärte Oma Hertha. »Mir hat das neulich erst dein Onkel Werner erklärt: Den Ausdruck haben Soldaten aus dem Krieg vor der belgischen Stadt mitgebracht, über die Willi und seine Frau diesen bemerkenswerten Film gedreht haben. Dort hatte die Heeresleitung den monatelangen, zermürbenden Stellungskrieg, der ihre Ressourcen auffraß, wohl so satt, dass man beschloss, die Gegner mit dem neu entwickelten Giftgas zu vergasen. Wie eine Insektenplage. Im Handumdrehen ist ein ganzer Landstrich entvölkert.«

Kurz war es still, bis auf die Geräusche des Sommers. Leichter Wind im Gras, fernes Gezänk von Vögeln, Mücken, die in Schwärmen in der flimmernden Luft summten.

»Ich weiß, das hast du nicht gemeint«, fuhr Oma Hertha fort. »Inzwischen sagt das ja jeder, wenn ihm eine Sache bis dorthinaus zum Hals heraushängt, aber es stößt mir trotzdem auf, wenn ich es höre. Kriege haben Menschen immer geführt, und dennoch erschreckt es einen irgendwie, dass auf einmal alles außer Kraft gesetzt werden kann, was man so in seiner Einfalt für Menschlichkeit hielt.«

Zu ihrer Rechten erstreckte sich eine riesige leere Koppel. Wo sie endete, tauchten eine Reihe Häuser und ein Kirchturm auf. Vermutlich dieses Gützkow. Cousine Bettinas Gut musste sich ganz in der Nähe befinden. Und mit ihm Lise und Jenny.

»Ich bin so müde«, sagte Felice. »In meinem ganzen Leben habe ich mich noch nie so kraftlos gefühlt. Ich verspreche, ich befasse mich wieder mit allen möglichen Dingen, aber ich bin dazu nicht in der Lage, solange ich meine Kinder nicht in Sicherheit weiß. Zum Teufel, warum begreift das denn keiner? Was meinst du wohl, warum Lise so viel Essen in sich reinstopft? Weil es ihr gut geht, weil sie ein stabiler Mensch ist, der mit ein paar Stößen, die das Leben austeilt, schon fertig wird? Wohl kaum. Die beiden sind empfindlich, sie haben schon einmal alles verloren, sie brauchen dringend wieder Sicherheit.«

Wieder waren sie eine Weile zum Schweigen gezwungen, weil das Holpern des Wagens und das Lärmen der Kälber jedes Wort verschluckt hätten. »Es ist schon in Ordnung, Püppi«, sagte Oma Hertha dann. »Ich bin der Ansicht, es ist meine Pflicht, gewisse Dinge anzumahnen oder infrage zu stellen, umso mehr als die Rolle der Ausführenden in diesem Drama ja wohl mir zugedacht ist. Aber wenn du durch nichts von deinem Plan abzubringen bist, dann helfe ich dir, und wir machen es so, wie du sagst. Schließlich kennst du die Sachlage wohl am besten, bist nicht eben durch Unvernunft bekannt, und außerdem wäre ich ansonsten gar nicht hier.«

Sie ließen sich in dem Ort Gützkow absetzen, der aus einer Stärkefabrik und ein paar Häusern bestand und mit ziemlicher Sicherheit die trostloseste Siedlung war, die Felice jemals zu Gesicht bekommen hatte. Es gab einen Krämer mit trüben Scheiben, einen Bäcker mit leerer Auslage und neben der Polizeiwache einen einzigen Gasthof, der zwar alles andere als einladend anmutete, in dem sie aber immerhin ein Zimmer bekamen. Der Wirt war ein breitschultriger, gebeugter Riese, der sich Worte offenbar nur gegen Bezahlung aus der Nase ziehen ließ. Auch ansonsten kassierte er für jede noch so geringfügige Leistung extra – für einen Krug Waschwasser auf dem Zimmer wie für die Erlaubnis, ein Fenster zu öffnen, weil sich in dem Kämmerchen unter dem Dach die Sommerhitze staute.

Am liebsten hätte Felice Oma Hertha unverzüglich auf den Weg zu Cousine Bettina geschickt. Sie aber klagte, ihr täten die Beine weh und der Magen hinge ihr in den Kniekehlen. »Wenn ich nicht wenigstens rasch eine Stulle abstauben kann, fürchte ich, dass mein altes Gerippe mir den Generalstreik erklärt.«

Sie sah tatsächlich plötzlich alt aus, klein, als wäre sie unterwegs geschrumpft. Wohl oder übel musste Felice den Wirt um etwas Essbares bitten, und nach längerer Verhandlung bekam Oma Hertha zu einem Wucherpreis einen Teller Kartoffelsuppe serviert. Außerdem erklärte sich der Mann letzten Endes bereit, die alte Dame in seinem Lieferwagen zum Gut zu fahren, sofern Felice dafür eine weitere horrende Summe hinblätterte.

»Kosenow ist Ihnen bekannt? Die Familie von Parchim?«

»Ist hier jedem bekannt«, knurrte der Wirt. »Bei euch in Berlin regiert vielleicht dieser Sattler Ebert. Aber bei uns hier hat der Herr Baron das Sagen. So war's immer, und so wird's immer sein.«

Friedrich Ebert, seines Zeichens Sattlergeselle und erster Präsident der Republik, war seit vier Jahren tot, gestorben an einem plötzlichen Blinddarmdurchbruch, gerade als zumindest die demokratischen Kräfte im Land sich an ihn gewöhnt und akzeptiert hatten, dass er bei all seinen Fehlern und Schwächen ein Mann des Ausgleichs war.

»Damit werden wir leben lernen müssen«, hatte Quintus gesagt. »Demokratie heißt Kompromiss, und ein Kompromiss ist in den allermeisten Fällen das beste von allem Schlechten, das man bekommen kann.«

Auf Ebert gefolgt war jedenfalls ein weit schlechterer Kandidat: Paul von Hindenburg, aus dem Ruhestand gezerrt und bei Amtsantritt achtundsiebzig Jahre alt. Zuvor, im Krieg, hatte er der Obersten Heeresleitung angehört, war einer von denen gewesen, die den Krieg bis zum letzten Mann hatten ausfechten wollen und später die Legende vom Dolchstoß in der Heimat verbreiteten. Es passte ins Bild, dass hier draußen der weltfremde, bankrotte Junker, den Cousine Bettina geheiratet hatte, das Sagen haben sollte: Die alten, reaktionären Kräfte waren weder bekehrt noch endgültig entmachtet worden, sondern warteten in ihren Löchern ab, ob ihre Stunde nicht doch noch einmal kam.

Auch zu diesem Thema hatte Quintus einmal etwas gesagt: »Wir leben in Berlin doch in einer Art Wolkenkuckucksheim. Wer wirklich wissen will, wie es um die Akzeptanz der Republik steht, der sollte es wagen, mal aufs Land zu fahren und im nächsten Dorfkrug einen mit den Bauern zu heben. Da finden sich welche, die haben noch nicht einmal mitbekommen, dass der Kaiser gestürzt ist, und wenn man ihnen sagt, dass der Krieg vorbei ist, fragen sie einen, wann wir den nächsten anfangen.«

»Fortschritt erfordert Information« gehörte zu den Leitsätzen von Quintus' Zeitung. Hierher aber gelangten vermutlich gar keine Zeitungen, höchstens ein Dorf-Anzeiger, den der Bürgermeister verfasste, um seine Meinung als Fakt zu etablieren. Felice wurde noch mulmiger zumute, als ihr ohnehin schon war. Die Hoffnung, dass irgendwer ihr hier beistand, konnte sie sich allem Anschein nach abschminken.

Oma Hertha schob ihr den Rest der Kartoffelsuppe hin. »Willst du deinem Körper nicht auch was gönnen, Püppi? Wenigstens ein paar Löffel?«

Zur Antwort vollführte Felices Magen eine Bewegung, als wollte er sich um sich selbst drehen. Nicht für Geld hätte sie von der mehlig-klumpigen Suppe etwas heruntergebracht. Sie ließ sich jedoch ein großes Glas Klaren bringen, von dem sie hoffte, er würde das Kratzen aus ihrer trockenen Kehle vertreiben.

Und ihre Angst.

»Wir würden morgen auch jemanden brauchen, der uns zum Bahnhof nach Greifswald fährt«, sagte sie zum Wirt und versuchte, sich auf diese Vorstellung zu konzentrieren: Morgen um diese Zeit würde sie mit Oma Hertha und ihren Töchtern im Zug sitzen. Sie würden irgendwelche Schrippen aus einem Picknickkorb auspacken und vor Erleichterung über jeden Unsinn lachen. »Vier Personen, nur ein Gepäckstück. Selbstverständlich würden wir uns auch dafür angemessen erkenntlich zeigen.«

Der Mann, der einen Schnurrbart wie ein Walross hatte, glotzte sie zwischen Fleischwürsten an. »Darauf könnt ihr wetten, dass ihr euch dafür erkenntlich zeigt«, knurrte er. »Ich bin doch nicht die Heilsarmee. Und fahr auch keine Kraftdroschke.«

Auf seine Weise hatte er damit wohl sein Einverständnis erklärt, auch wenn anschließend in ihrer Kasse völlige Ebbe herrschen würde. Wenig später brach er mit Oma Hertha auf, und für Felice begann das endlose, unerträgliche Warten. Zumindest öffnete irgendwann am späten Nachmittag der Kramladen, in dem sie einen Laib Harzer Käse, eine Konservendose Leberwurst, Zwieback und eine verstaubte Flasche Wein erstand. Oma Hertha würde somit auf dem Zimmer zu Abend essen können, und sie musste nicht noch einmal die Gesellschaft des Wirts aushalten.

Es war ein makelloser Sommertag, und das Licht an dem hohen, sich wölbenden Himmel schien sich ewig zu halten. Felice saß in ihrer trostlosen Kammer auf dem Bett, begann den Wein zu trinken und erging sich in wüstesten Visionen. Als sie bereits sicher zu sein glaubte, dass Ille und Cousine Bettina die Mädchen außer Landes verschleppt hatten, kam endlich Oma Hertha.

»Es ist nicht so schlimm, wie du denkst«, sagte sie ohne Begrüßung beim ersten Blick auf Felice.

Sie hatte Kuchen mitgebracht, Kirschstreusel, den einzupacken Cousine Bettina ihre Köchin regelrecht genötigt hatte. »Die Mädchen sind wohlauf. Ordentlich gekleidet, nicht unterernährt, und Ille tut ihr Bestes, um ihnen jeden Wunsch von den Augen abzulesen. Auch wenn es ihr darin entschieden an Erfahrung fehlt – sie gibt sich alle Mühe, Püppi.«

»Was willst du mir damit einreden? Doch wohl nicht, dass die beiden hier glücklich sind.«

»Nein. Natürlich nicht. Sie haben Heimweh, sie vermissen euch alle gewaltig, aber ich habe das Lisettchen durchaus auch einmal lachen hören. Sie liebt den kleinen Jagdhund, den Ille für sie aus dem Zwinger des Herrn Baron ins Haus geholt hat.«

»Lise? Sie hat panische Angst vor Hunden.«

»Vor diesem nicht. Sie küsst ihn unentwegt ab, und ich glaube, sie schmuggelt ihn sogar mit in ihr Bett. Cousine Bettina, wie du dir wirst vorstellen können, verdreht die Augen und ergeht sich in Empörung, aber Ille erlaubt den beiden, was immer sie wollen. Sie hat sich übrigens unendlich darüber gefreut, dass ich sie und die Kinder besuchen wollte. ›Ich habe gedacht, du interessierst dich nur für Felice‹, hat sie gesagt.«

Felice hatte Mühe, sich nicht die Ohren zuzuhalten.

»Ich habe ein ganz gewaltig schlechtes Gewissen, Püppi.« Oma Hertha goss sich Wein in ihr Zahnputzglas. »Sie sitzt mir da in ihrem Samt-und-Seide-Kleidchen wie als kleines Mädchen gegenüber, hat Tränen in den Augen und beteuert in jedem Atemzug, wie sehr sie sich freut, mich zu sehen, und was mache ich? Spinne Intrigen, um ihr die Kinder wegzunehmen.«

»Ja, sollen die Kinder etwa hierbleiben müssen, weil Ille in ihrem Samtkleidchen selbst so rührend auf Kind macht? Das hat sie doch ihr Leben lang so gemacht – die kleine Ille, die in der großen Welt nicht zurechtkommt und der deshalb alle Mitleid und Hilfe schulden! Aber so zieht man keine Kinder groß. Kinder brauchen Sicherheit. Erwachsene, auf die sie sich verlassen können.«

»Ich weiß«, sagte Oma Hertha ruhig. »Die Expertin für Kinderaufzucht bist du, nicht ich. Ich habe es ja auch in den Sand gesetzt und, um ehrlich zu sein, ich kann mich in meinem ganzen Leben an keine Aufgabe erinnern, die mir so schwergefallen ist. Bankgeschäfte, mit Sparguthaben und Immobilien zu jonglieren ist dagegen ein Kinderspiel. Du aber hast dich auf diesem unmöglichen, beinharten Feld ganz erstaunlich bewährt.«

Felice kam es vor, als striche ihr jemand über die verspannten Muskeln ihres Rückens. Schmeicheleien machten sie argwöhnisch, sie hatte sich dagegen immun geglaubt, aber diese berührte etwas in ihr.

»Für mich war es umgekehrt«, stammelte sie verlegen. »Ich habe gedacht, es wäre unglaublich schwer und ich sei die letzte Person auf der Welt, die dafür geeignet sein könnte. Aber ich fand es leicht. Nein, leicht nicht, aber es gab nichts, was sich so sehr gelohnt hat. Nichts, was mich mit so viel Glück überhäuft hat. Diesen Kindern zuzusehen, wie sie in ihre Welt hineinwachsen, wie jedes von ihnen anders ist, obwohl sie alle unter demselben Dach leben, und wie sie uns aus unerklärlichen Gründen so sehr lieben, wie sonst niemand lieben kann – das ist viel mehr, als ich mir je vom Leben erwartet hätte.«

Oma Hertha machte die Lippen spitz, um von ihrem Wein zu trinken, und sah Felice dabei an. »Vielleicht weiß ich ganz vage ja auch, was du meinst, weil ich eine Kostprobe davon von dir bekommen habe, Püppi.«

Sie fanden es beide schwierig, die ganz großen Gefühle zum Ausdruck zu bringen, sie brauchten eine Pause, einen Blick aus der Fensterluke, vor der endlich Schwärze herrschte. Aber sie hatten auch das immer miteinander gekonnt und sich damals wie jetzt dafür Raum gelassen.

»Diese Art Liebe, die Kinder aufbringen, ist verflucht gefährlich«, sagte Felice, sobald sie beide bereit dafür waren. »Kinder liefern sich ihren Eltern aus, sie vertrauen blindlings und denken nicht daran, sich zu schützen. Das macht Eltern unendlich mächtig. Wie mächtig meine waren und wie sehr sie diese Macht missbraucht haben, habe ich erst gewusst, als ich auf einmal spürte, dass ich sie selbst hatte. Dass meine Kinder mir diese Macht verliehen haben und dass ich fortan zwischen ihnen gehen wollte wie auf rohen Eiern, um sie nicht zu missbrauchen.«

Sie schluckte, hatte von Neuem eine staubtrockene Kehle und hätte nicht einmal den Wein hinunterbekommen. »Ich glaube, gute Eltern würden gute Politiker abgeben«, versuchte sie einen schwachen Witz mit einem noch schwächeren Schmunzeln. »Solche, die ihren Kindern oder ihren Staatsbürgern Halt geben, ohne über ihre Köpfe hinweg zu entscheiden. Solche, die es aushalten, dass die Kinder oder das Wahlvolk etwas ganz anderes wollen als sie selbst, und die doch immer noch ihr Wohl an erste Stelle setzen.«

Oma Herthas Schmunzeln war echt, auch wenn es nur einen Herzschlag lang anhielt. »Onkel Werner, Poetge und ich fragen uns das ohnehin schon lange: Wann geht unsere Püppi eigentlich in die Politik?«

»Gott bewahre!«, entfuhr es Felice.

Oma Hertha nickte. »Ich will dich da auch nicht wissen. Zu meiner Zeit wären Frauen eher Löwenbändiger geworden als Politiker, und am Ende müsste ich altes Weib noch deinem Sarg hinterhertrotten wie die arme Mutter von Walther Rathenau. Aber dass die, die es am besten könnten, ›Gott bewahre‹ sagen, ist schon ein bisschen schade für diese wacklige Republik, meinst du nicht?«

Felice zuckte mit den Schultern. »Ich weiß nicht, ob ich es

könnte. Ich wollte eigentlich nur, dass du verstehst, warum ich vor nichts zurückschrecke, um Lise und Jenny wieder zu mir zu holen. Nicht weil ich sie als meinen Besitz betrachte und nicht in der Lage bin loszulassen. Sondern weil ich der Meinung bin, dass sie in unserer Familie am besten gedeihen und ihren eigenen Weg finden können. Ich fand es hart, als ich jung war, und ich weiß, dass Lise und Jenny es auch hart finden werden. Härter als Annette und Anton, die von Geburt an wissen, dass sie in Ordnung sind, wie sie sind. Bei uns sind die beiden aber wenigstens geborgen, wenn sie sich ihre Schritte ins Unbekannte erkämpfen, sie haben ihre vertraute Welt, um sich festzuhalten.«

Du lügst!, schrie alles in ihr. *Vor Gericht lehnst du dergleichen ab, aber vor der alten Frau hältst du ein pathetisches Plädoyer, dem sie unmöglich widerstehen kann, obwohl du weißt: Deine Ehe ist kaputt. Die Geborgenheit, nach der Jenny und Lise sich sehnen, gibt es nicht mehr.*

All die Nächte, die Quintus angeblich in der Redaktion verbracht hatte – hatte sie ihm das wirklich geglaubt oder hatte sie nur weder Zeit noch Kraft gehabt, darüber nachzudenken? Ja, Quintus ging in seinem Beruf auf wie sie selbst, aber er hatte darüber nie die Familie vernachlässigt. Über Nacht ausgeblieben war er höchstens bei Sensationsmeldungen – Eberts Tod und Hitlers Putsch –, aber nicht mitten im Sommerloch, wenn nur Berichte über die Hauptversammlung der Kaninchenzüchter eingingen.

Was verlieh ihr die Arroganz, so sicher zu sein, dass er diese Nächte nicht bei einer anderen verbracht hatte? Die Zeit, in der sie sich miteinander über alles und jedes die Köpfe heiß geredet hatten, wie sie der armen Recha vorgeschwärmt hatte, gab es nicht mehr.

Quintus war ein toller Kerl, er war immer ein toller Kerl gewesen, einer, der Charme und Charisma versprühte, wo die gesellschaftlich unbeholfene Felice sich im Hintergrund hielt.

Unter den Fräulein, die er in seiner Redaktion beschäftigte, gab es keine, die ihn nicht anhimmelte. Ihre eigene Schwester hatte alles andere als eine Ausnahme dargestellt. »Dein Quintus ist ein echtes Goldstück«, hatte Ille ihr einmal erklärt, »und an deiner Stelle würde ich mich um ein solchen Schatz besser kümmern. Du weißt ja nicht, was für ein Glück du hast, da musst du dich auch nicht wundern, wenn eine andere lange Finger macht.«

Wie viel Würdelosigkeit sich offenbarte, wenn Ehepartner begannen, einander zu misstrauen, hatte Felice oft erschüttert. »Lass uns nie so weit gehen«, hatte sie zu Quintus gesagt, nachdem sie bei einem befreundeten Paar erlebt hatten, wie durch Lug und Trug, durch Schmähungen und Kränkungen eine Ehe aufrechterhalten wurde, die keine Ehe mehr war. »Wenn du meinst, du liegst in einem anderen Bett besser als in meinem, werde ich dich nicht aufhalten. Aber demütige uns nicht beide, indem du mich belügst.«

Er hatte ihr Haar gehoben und sie hinter das Ohr geküsst. »Gegen ein anderes Bett ab und an hätte ich nichts einzuwenden. Eins in Paris zum Beispiel, wenn unsere kleinen Blutsauger uns mal ein Wochenende lang aus den Klauen lassen. Aber es müsste immer dieselbe Frau darin liegen, die, die ich mir mit so viel Mühe gesucht habe. Ansonsten können mir alle Betten der Welt gestohlen bleiben.«

Sie hatte ihn ausgelacht. »Wenn du eine willst, die bei geschluchzten Liebeserklärungen dahinschmilzt, musst du vielleicht doch noch ein bisschen länger suchen.«

Und sie hatte ihn geliebt. Dafür, dass er mitlachte und sich dennoch nicht beirren ließ. »Ohne dich kann ich nicht schluchzen, mein sprödes Spröttchen.« Dass diese mit niemandem teilbare Einigkeit zu Ende sein sollte, stürzte sie in einen Abgrund aus Einsamkeit und Unglauben. Das Paradies wurde vielleicht immer erst dann eines, wenn man daraus verstoßen war.

»Püppi.« Oma Hertha berührte flüchtig ihre Hand. »Du

musst dich nicht sorgen, dass ich abspringe. Ich habe dir versprochen, diese Sache durchzuziehen, und dazu stehe ich. Mir ist nur das Herz schwer, weil die arme Ille so verzweifelt versucht, eine gute Mutter zu sein, und dabei im Grunde nur gern wäre wie du. Sie hat die Mädchen für den Herbst sogar in Greifswald zur Schule angemeldet. Ausgerechnet Ille, die mal gesagt hat, ihr hätte der Handarbeitsunterricht in der Schule genügt. Der Chauffeur von Bettinas Baron sollte sie morgens hinfahren und nachmittags wieder abholen.«

»Bettinas Baron hat einen Chauffeur? Ich denke, der Mensch ist pleite.«

»Die Bemerkung ist berechtigt«, erwiderte Oma Hertha. »Es verblüfft mich immer wieder, wie diese Leute leben. Die Sippe von meinem Edgar, Gott hab ihn und so weiter, ist ja nicht anders: Da wird im Pelzmantel zu Abend gegessen, weil das riesige Gewölbe so zugig und zu teuer zum Beheizen ist. Aber man käme im Leben nicht auf die Idee, eins der achtundzwanzig Dienstmädchen zu entlassen, die beim Diner mit den kleinen Gäbelchen die feinen Erbsen aufs Tellerchen legen. Geschweige denn auf den Gedanken, einen Teil dieser Zimmerfluchten zu vermieten. In Bettinas Empfangsräumen finden sich bereits die verräterischen weißen Flecken von Gemälden, die abgehängt und verscherbelt worden sind, um nach außen hin den Standard zu wahren. Das ist das Wichtigste: das Gesicht nicht zu verlieren. Ich glaube nicht, dass Cousine Bettinas Mann noch Leute bezahlen kann, die ihm die Ernte einbringen, aber Bettina frühstückt im Bett und wird wie ein Anziehpüppchen von einer Zofe angekleidet.«

»Das ist nicht dein Ernst.«

»Ich fürchte, das ist es. Bettina jammert, man habe sich ein dringend benötigtes Zuggespann aus dem Herzen reißen müssen. Aber der Vollblüter in Baden-Baden ist selbstverständlich unveräußerlich, ein Mitglied der Familie sozusagen.«

»Und dann?«, fragte Felice, die für diese Lebensart tiefste Verachtung empfand. »Wenn die Ernte auf den Feldern verrottet, wenn kein Geld mehr eingeht, wenn die Banken sich weigern, diesen prassenden Schmarotzern auf ihrer faulen Haut noch irgendwas zu stunden?«

»Dann beantragt der Baron Osthilfe«, erwiderte Oma Hertha lakonisch. »Schließlich wollen wir doch nicht, dass solche altgedienten Blüten deutschen Adels in der Versenkung verschwinden.«

»Und warum nicht?«, brach es aus Felice heraus. »Wer braucht die denn?«

»Das ist so einfach wohl nicht zu beantworten.« Oma Hertha zuckte mit Schultern und Brauen gleichzeitig. »Menschen brauchen Halt, hast du vorhin selbst gesagt. Nicht nur Kinder. Darin, dass der alte Hindenburg noch als Galionsfigur am Bug des Schiffes mitzittert, sehen viele Leute eine Beruhigung. Hindenburg soll ja übrigens selbst Osthilfe für ein marodes Familiengut beantragt haben.«

»Ich fasse es nicht. Gibt es keinen Ausschuss, der untersucht, wohin diese Gelder fließen? Oder wird stillschweigend akzeptiert, dass diese Leute sich damit Rennpferde halten, während für Rente und Arbeitslosenversicherung keine Mittel da sind?«

»Ja, so ein Ausschuss sollte wohl seit Längerem gegründet werden, sagt Werner. Aber das wissen Leute wie dieser Hugenberg, der ja jetzt den Deutschnationalen vorsitzt, schon zu verhindern.«

»Was hat denn Hugenberg dabei zu sagen? Seine Deutschnationalen sind doch in der Regierung überhaupt nicht vertreten.«

»Mich musst du nicht fragen«, sagte Oma Hertha. »Dein Mann und dein Bruder werden dir da besser Auskunft geben können. Dein Onkel Werner meint, die neuen Waffen, die einer an sich bringen muss, um ganz nach oben zu kommen, sind nicht mehr Polizei und Militär, sondern Presse, Rundfunk und

Film. Diesen Hugenberg nennen sie doch den ›Medienzaren‹. Der kann uns Tag und Nacht einen vom Pferd erzählen, ohne dass wir überhaupt was davon bemerken.«

»Mir wird schlecht, wenn ich so etwas höre«, bekannte Felice. »Ich kann also davon ausgehen, dass Cousine Bettina und ihr Haufen Deutschnationale wählen, richtig?«

»Kannst du. Hitler ist ihnen zu unappetitlich.«

»Und da erzählst du mir was von Illes rührenden Bemühungen als Mutter? Die Kinder müssen da raus, sie dürfen keine Minute länger als irgend nötig unter solch einem Einfluss bleiben.«

Oma Hertha nickte. »Ich hole sie morgen nach dem Frühstück ab. Zu einem Spaziergang am See. Du musst mir aber bitte noch raussuchen, wo hier ein See ist.«

»Das lass meine Sorge sein. Du bist die Größte, Oma. Die Allergrößte.« Aus der Bauchhöhle, aus innerster Tiefe atmete Felice auf.

»Ille wollte mitkommen, aber sie hat sich von mir einreden lassen, ich hätte die beiden nach der langen Zeit gern mal für mich allein.«

»Sage ich ja: Du bist die Größte. Dass ich dir das nie vergessen werde, weißt du, oder?«

»Nun ja«, machte Oma Hertha. »Wenn einer schon vierundachtzig Jahre auf der Welt rumkraucht, umschreibt das Wort ›nie‹ ja keinen allzu langen Zeitraum mehr. Wichtig ist, dass du mit unserem Rübezahl da unten klarkommst und bei diesem noch zu findenden See auftauchst, ehe die Zeit abläuft. Zum Tee erwartet Cousine Bettina nämlich Gäste, und bis dahin soll ich die Mädchen wieder abgeliefert haben.«

23

Um einen geeigneten See nicht zu weit von der Landstraße ausfindig zu machen, hatten sie ebenfalls noch einmal den Wirt, den Oma Hertha Rübezahl getauft hatte, bemühen müssen. Er hatte ihnen schließlich einen von Schilf umwachsenen Weiher genannt, der von Gut Kosenow aus zu Fuß zu erreichen war. Zudem hatte er sich widerstrebend bereiterklärt, Oma Hertha noch einmal zu den von Parchims zu befördern und eine Stunde später mit Felice zu dem Weiher zu fahren, um die drei einzusammeln. Von dort würden sie dann auf dem schnellsten Weg nach Greifswald brausen.

Und damit ist der Albtraum überstanden, beschwor sich Felice, während die Minuten auf ihrer Uhr im Schneckentempo dahinkrochen. *Danach soll passieren, was will. Die Kinder sind in Sicherheit.*

Sie hatten sich darauf geeinigt, dass Oma Hertha Jenny und Lise nichts von ihrem Fluchtplan erzählen sollte, bis Felice mit Rübezahl vorgefahren war. Zum einen konnten sie sich auf diese Weise nicht verdächtig machen, falls Ille doch noch auftauchte, zum andern wurde dadurch vermieden, sie unnötig aufzuregen. Oma Hertha hatte das nicht behagt: »Müssten wir sie nicht zumindest fragen?«

»Hast du nicht selbst gesagt, sie haben Heimweh, sie vermissen uns?«

»Stimmt schon.«

»Na also.«

Um Zeit totzuschlagen, war Felice in das unansehnliche Geschäft des Bäckers gegangen und hatte ein nicht minder unansehnliches Mischbrot erstanden. Mit den Resten von Käse und Leberwurst hatte sie notdürftig Brote geschmiert und in Packpapier gewickelt, was schon in Berlin, mit deutlich besseren Zutaten, nicht zu ihren Talenten zählte. Zusammen mit einer Flasche Limonade, einer Schachtel von Lises Lieblingssahnebonbons und einer Tafel Nussschokolade ergaben die Stullen immerhin eine Art Picknickkorb. Lise liebte Picknicks, Jenny dagegen ärgerte sich über die Umstände, die Krümelei und die Essensgeräusche ihrer Schwester. Darüber würden sie sich zanken, dann sich veralbern und lachen, und es würde alles wieder so sein, wie es immer gewesen war.

Wenn auch nur bis zur Ankunft in Berlin. Oder noch zwei Tage in der leeren Wohnung, bis Quintus mit Anton aus Friedrichshafen kam. Sie würde alle Riegel vor die Tür schieben, sich mit den Mädchen verbarrikadieren, die Speisekammer leer essen, das Weinregal leer trinken und ausgestreckt auf dem Parkettboden Brettspiele spielen. Jenny liebte Halma, Schach und Laska, Lise bevorzugte Mensch-ärgere-dich-nicht.

Endlich rückte der Zeiger auf die zwölf vor. Die vereinbarte Zeit. Felice nahm ihren kleinen Handkoffer und die mit dem Picknick gefüllte Tasche und ging nach unten in die Gaststube.

Wie gestern waren die Vorhänge vor den schmalen Fenstern geschlossen und die Lampen ausgeschaltet. Auf den ersten Blick hatte es den Anschein, dass der Gasthof geschlossen und kein Mensch darinnen war. Dann aber entdeckte sie Rübezahl am Tresen. Er telefonierte. Verblüfft stellte Felice fest, dass der Apparat an der Wand ihr bisher überhaupt nicht aufgefallen war, weil sie mit einer derart modernen Errungenschaft in der Einöde nicht gerechnet hatte. Was Rübezahl in die Sprechmuschel knurrte, konnte sie nicht verstehen, und es interessierte sie nicht.

Stattdessen fürchtete sie, sie werde allzu lange warten müssen und den alles entscheidenden Augenblick verpassen. Was, wenn Rübezahl sich ausmehrte, bis Oma Hertha nichts anderes übrig blieb, als mit den Mädchen den Heimweg anzutreten, wenn ihr Plan so kurz vor dem Ziel in Rauch aufging, weil der Mann sich ausgerechnet jetzt mit irgendwem verquatschte? Gerade als sie glaubte, sie hielte die Spannung unmöglich länger aus, hängte Rübezahl den Hörer jedoch auf und drehte sich nach ihr um.

»Hätt' ich mir ja denken können, dass Sie da schon rumstehen«, brummte er. »Na, dann kommen Sie eben. Machen wir, dass wir das hinter uns bringen.«

Felices Herz klopfte. Sie stieg in den verdreckten Lieferwagen, in dem es nach Rauch und Schweiß und Dung stank, wurde auf dem schlecht gefederten Sitz auf und ab geschleudert und fühlte sich erregter als auf dem Weg zu ihrem ersten Rendezvous. Erregter als vor der Hauptverhandlung in einem Mordfall. Es war wieder ein heißer Tag, jedoch diesiger als gestern, als die Sicht weithin klar gewesen war. Kein Wind regte sich. Ein Stück von der Straße entfernt machte Felice eine hufeisenförmige Anordnung von Gebäuden mit weißen Fassaden, zwei Fensterreihen und roten Giebeldächern aus.

»Das ist Gut Kosenow, oder?«

Sie war auf der Hochzeit gewesen, konnte sich aber beim besten Willen an nichts erinnern.

»Ich dachte, Sie sind verwandt«, knurrte Rübezahl. »Und dann wissen Sie nicht, wo Ihre Verwandten wohnen? Komisch, was ihr Städter so Verwandtschaft nennt.«

Abrupt hielt er auf der schmalen Straße an.

»Was ist?«

Aus der Hosentasche fischte er ein zerdrücktes Päckchen Zigaretten und zündete sich eine an. »Da wollten Sie doch hin. Zum Entenpfuhl.«

Felice wandte sich zur Seite und sah einen Streifen trüber Wasseroberfläche durch hohes Schilf schimmern. Am Ufer entdeckte sie zudem etwas anderes, und ihr Herz schlug noch schneller: Farbflecken. Die bunten Kleider und Haarschleifen ihrer Kinder.

»Nun mal raus. Ich hab nicht bis Weihnachten Zeit.«

Felice warf die Tür auf und rannte das kurze Stück Abhang hinunter. »Lise! Jenny!«

Auf den letzten Metern stolperte sie, schlug lang hin und rutschte mitten ins Schilf. Ein scharfer Schmerz schoss in ihre Hüfte, und an ihrer Schulter riss ratschend etwas auf, aber das machte ihr nichts. Sie rappelte sich auf, rannte weiter, wollte nichts als bei den Kindern sein.

»Feli, Feli!«

Lise warf sich ihr in die Arme. Sie war noch fülliger, noch schwerer geworden, schleuderte Felice um ein Haar hintüber. Abwechselnd kläffend und japsend sprang ein kleiner Hund mit langen Ohren an ihren Beinen hoch.

Jenny stand in einem Schritt Abstand und beobachtete die Szene, wie es ihre Art war. Sie trug ein Kostüm aus braunem Samt, das altmodisch, unkleidsam, zu warm für die Jahreszeit und ihr obendrein viel zu groß war. Mit einem Arm drückte Felice Lise an sich, begrub ihr Gesicht im Duft ihres Haars und breitete den zweiten Arm aus, um Jenny darin aufzufangen.

Die zögerte. Ging schließlich den Schritt und ließ sich umarmen, blieb jedoch starr. »Und was wird jetzt?«, fragte sie. »Ich dachte, du darfst uns nicht besuchen kommen, jedenfalls nicht vor Weihnachten und nur, wenn wir uns bis dahin alle gut benommen haben.«

»Ich bin nicht auf Besuch hier, Jenny.« So wie die ältere der Schwestern an Gewicht zugelegt hatte, war die jüngere noch zierlicher, zarter, zerbrechlicher geworden. Ihr Gesicht wirkte spitz, die Augen übermüdet und gerötet. Ihr braunes Haar, das in einer Schleife auf dem Hinterkopf halten sollte, löste sich und ringelte sich um ihre Wangen. Felice beugte sich nieder und küsste sie weich auf den Schopf. »Oma Hertha und ich sind gekommen, um euch nach Hause zu holen.«

»Nach Hause? Meinst du bei der grässlichen Tante? Das ist nicht mein Zuhause. Wenn wir im Herbst zur Schule gehen sollen, haue ich ab und suche mir Arbeit. Dann lass ich mir von keinem mehr was vorschreiben, und wenn ihr versucht, mich zu kriegen, heuer' ich auf einem Schiff an und geh nach Amerika.«

Sie war erst dreizehn Jahre alt. Dennoch zweifelte Felice nicht daran, dass sie im Notfall tun würde, was sie androhte, denn in ihrer Entschlossenheit erkannte sie sich selbst.

»Ich meine dein richtiges Zuhause«, sagte Felice. »Ich habe vorn an der Straße einen Wagen, der uns zum Bahnhof bringt. Wir fahren heim nach Berlin.«

Jennys Blick wanderte von einem zum andern. Misstrauen flackerte darin. Sichtlich fühlte sie sich von ihnen allen verraten, glaubte, dass Felice eine Rolle bei ihrer Verschleppung gespielt haben musste, und vermochte niemandem mehr zu vertrauen. »Was hast du mit deinem Gesicht gemacht?«

Felice fasste sich an die Wange, spürte Nässe und betrachtete ihre Finger. Blut und Schlamm klebten daran. »Ach, das ist nichts. Ich habe mich so gefreut, euch endlich wiederzusehen, dass ich über meine eigenen Füße gestolpert bin.«

»Kann Basti auch mit?«, fragte Lise.

»Was für ein Basti?«

»Mein Hund.« Sie löste sich aus Felices Arm und hob den sich windenden Welpen auf. »Basti muss mitkommen, Feli. Er braucht mich, ohne ihn kann ich nicht fahren.«

Was sie daheim in ihrer Berliner Stadtwohnung mit einem demnächst ausgewachsenen Jagdhund anfangen sollten, war Felice ein Rätsel, und das Tier einfach mitzunehmen, kam wahrscheinlich einem Diebstahl gleich. Doch für den Augenblick musste sie erst einmal von hier weg. »Also schön«, sagte sie.

»Nimm ihn mit. Aber jetzt beeilt euch, ja? Wir wollen doch unseren Zug nicht verpassen.«

»Ist Papa auch hier?«, fragte Jenny noch immer voll Argwohn.

Es versetzte Felice einen Stich. Die beiden hatten sie abwechselnd bei den Vornamen oder wie die kleineren Geschwister Mami und Papa genannt, wie es ihnen gerade in den Sinn gekommen war. Weder Felice noch Quintus hatten darauf geachtet, jetzt aber fiel es ihr auf: Während Jenny wie selbstverständlich von Papa sprach, hatte keines der Mädchen sie heute Mami genannt.

»Er ist mit Anton bei der Zeppelin-Flugschau«, antwortete sie. »In zwei Tagen kommen sie zurück, und Annettchen und Sylvia am Sonntag. Dann sind wir endlich wieder alle zusammen. Der ganze Haufen.«

»Und Basti.«

»Ja, von mir aus auch Basti. Aber jetzt lasst uns laufen, ja?«

Sie winkte Oma Hertha, legte die Arme um die Mädchen und begann, mit ihnen den Hang hinaufzueilen.

Oma Hertha blieb stehen. »Püppi!«, rief sie ihnen hinterher. »Püppi, jetzt warte doch!«

Felice drehte sich im Laufen um, sah jedoch nichts als ihre Oma, die mit gespreizten Händen und verzweifelter Miene am Ufer des Weihers stand. »Nun komm schon. Willst du, dass Rübezahl sich ohne uns davonmacht?«

Sie wandte sich wieder nach vorn und wollte weiterlaufen, blieb aber dann wie angewurzelt stehen und hielt Jenny und Lise an ihren Seiten fest. Nur der kleine Hund, der sich aus Lises Arm befreit hatte, stürmte laut kläffend voran, auf die uniformierten Männer zu, die durch das hohe Schilf auf sie zustrebten. Polizisten. In einigem Abstand folgten noch mehr Leute: eine lange Person in Rosa, auf deren Kopf ein überdimensionaler, längst aus der Mode gekommener Hut saß. Eine in die Jahre gekommene Matrone, die Cousine Bettina sein musste. Daneben ging Ille in Braun, offenbar demselben scheußlichen Modell, in das sie Jenny gezwängt hatte. Dahinter Rübezahl.

Der blieb mit den beiden Frauen stehen, während die drei Polizisten erst dicht vor Felice und den Mädchen anhielten, sodass der Geruch ihrer durchgeschwitzten Uniformen ihr unangenehm in die Nase stieg. Der Hund sprang abwechselnd an ihnen hoch, fand aber keine Beachtung.

»Felice Quirin?«, schnarrte der größte der Männer, der in der Mitte stand. »Sie kommen mit uns. Lassen Sie die beiden Mädel los.«

»Ich denke nicht daran!«, rief Felice. »Die beiden sind meine Pflegetöchter, sie leben seit mehr als zehn Jahren in meinem Haushalt, und ich nehme sie jetzt wieder mit nach Berlin.«

»Das werden Sie nicht tun. Uns liegt eine Anzeige vor, der zufolge Sie sich unter Vorspiegelung falscher Tatsachen der Kinder der Baronin von Parchim bemächtigt haben. In der Absicht, diese zu entführen.«

»Das sind nicht meine«, bekundete Cousine Bettina pikiert. »Mein Sohn Richard ist im Sommerlager der Marine. In Stettin. Diese beiden gehören meiner Cousine, Frau Ilsebill Berndt, der ich in meinem Hause Zuflucht gewährt habe, weil sie sich den Nachstellungen ihrer Schwester anders nicht länger entziehen konnte.«

»Jetzt mal Schluss mit dem Unsinn!«, rief Felice. »Lassen Sie uns vorbei, wir müssen in Greifswald einen Zug erwischen, und unser Fahrer wartet.«

Sie hatte die Worte kaum ausgesprochen, als ihr einfiel, dass ihr Fahrer eben nicht wartete, sondern neben Ille stand und hinter dem Walross-Schnurrbart zweifellos hämisch grinste. Der Ausdruck auf Illes Gesicht ließ sie zusammenzucken. Etwas in ihr gefror trotz der Wärme. Blanker Hass stand darin, ein Hass, der Felice aus der Welt wünschte.

Ihre Arme schlossen sich noch fester um Lise und Jenny. Sie

glaubte zu spüren, wie Lise zitterte. »Jetzt lassen Sie uns doch vernünftig –«, begann sie, doch die Polizisten ließen sie nicht einmal ausreden.

»Keine Widerrede.« Der Mittlere packte sie an den Schultern, während die zwei anderen die Mädchen regelrecht von ihr abpflückten. Jenny trat und schlug um sich, wurde kurz in den Schwitzkasten genommen, dann drehte der viel stärkere Polizist ihr die Arme auf den Rücken. Lise weinte.

Was Oma Hertha als Protest vorbrachte, verstand Felice nicht, weil der Polizist sie brutal an der verletzten Schulter herumzerrte und sie den Hang hinaufstieß. Oben an der Straße, neben dem verdreckten Lieferwagen, wartete eine Art Kleinbus mit dem Schriftzug »Polizei«.

Ein Schmerzensschrei entfuhr ihr. Sie versuchte, den Mann von sich wegzudrücken, aber er war viel stärker und riss nur noch rücksichtsloser an ihrem Arm. Die Schmerzen waren ihr gleichgültig. Nicht auszuhalten war, dass dieser Grobian sie wegschleppte, sie auf irgendein verfluchtes Revier karren und mit nutzlosen Befragungen ihre Zeit vergeuden würde, während ihr Lise und Jenny, die sie eben noch gehalten hatte, wieder weggenommen wurden. Diesmal wurden sie womöglich an einen Ort geschafft, an dem Felice sie nicht finden würde. Ihre kleinen Mädchen. Ihre ersten beiden Kinder. Die jungen Frauen, die sie erst noch werden mussten, wofür sie Schutz und Hilfe brauchten.

Dass Ille vor nichts zurückschreckte, hatte sie in ihrem Gesicht gesehen. Sie würde mit den Kindern ans andere Ende der Welt gehen, wenn es erforderlich war, um der verhassten Schwester eins auszuwischen.

Zudem war Felice Juristin. Was ihr blühen konnte, wenn die Anzeige tatsächlich aufrechterhalten wurde, lief wie ein Film vor ihrem geistigen Auge ab: Untersuchungshaft, ein Prozess wegen Kindesentzugs. Selbst wenn ein Freispruch wahrscheinlich war, würde ihr Name durch die Presse gezerrt werden, und ihre Gegner bei Gericht würden sich ins Fäustchen lachen. Beruflich wäre sie erledigt, sie würde sich das Leben, das sie sich für ihre Kinder wünschte, die schöne Wohnung, die Ferien, die Schulen, nicht mehr leisten können, schon gar nicht, nachdem Quintus sie verlassen hatte. Zudem war auch Sylvia nicht ihr leibliches Kind. Sie könnte das Sorgerecht für sie verlieren, und was war, wenn Quintus ihr auch noch Anton und Annette wegnahm?

»Lassen Sie mich los, Sie Hornochse!«, schrie sie vollkommen sinnlos, versuchte sich freizuwinden und brach vor Zorn und Ohnmacht in Tränen aus.

»Keine Zicken, Alte.« Der Polizist stieß sie in den Rücken und trieb sie erbarmungslos weiter. »Wegen Beamtenbeleidigung kannst du gleich auch noch drankommen, wenn du dich nicht benimmst.«

Durch den Tränenschleier und die diesige Luft sah Felice einen dunklen Wagen die Straße entlanggleiten. Das einzige Auto, das sie – vom Polizeibus und Rübezahls Lieferwagen abgesehen – heute zu Gesicht bekommen hatte, stellte sie fest, als würde das irgendeine Rolle spielen. Der Fahrer schien nicht sehr geübt, denn sein Gefährt schlingerte ein wenig, ehe es allzu abrupt hinter dem Kleinbus zum Stillstand kam.

Die Tür flog auf, und ein Mann stürmte ins Freie. Ein reichlich derangierter Mann, der sich offensichtlich in der Frühe nicht die Zeit genommen hatte, sich wind- und wetterfest herzurichten. Haar, Krawatte und die Schöße seines Sakkos flogen.

»Papa, Papa!« Scharf und hoch schnitten die Rufe der Mädchen durch die diesige Luft.

»Heda, Kamerad der Westfront!«, rief Quintus. »Hätten Sie bitte die Güte, meine Frau loszulassen? Ich bin ein verträglicher Mensch, aber es gibt Situationen, da ist es selbst bei mir mit der Gemütlichkeit vorbei.«

24

Quintus brauchte nicht viel länger als fünf Minuten, um die Angelegenheit mit den Polizisten zu regeln.

»Ich denke, wir lassen diesen kleinen Zwischenfall jetzt mal in unser aller Interesse auf sich beruhen«, hörte Felice ihn sagen. »Ansonsten stünde nämlich Aussage gegen Aussage, und Sie wissen ja, wie wir von der Presse dazu neigen, im Zweifel alles zu verdrehen.«

Ein bisschen Palaver, um das Gesicht zu wahren, dann zogen sie alle miteinander ab. Die Polizeibeamten, Rübezahl, Ille und Cousine Bettina – und sie nahmen Felices Kinder mit. Den Hund auch. Felice wollte ihnen hinterherstürzen, die Mädchen packen und zurückhalten, aber Quintus hielt sie in seinen Armen fest. Darüber hinaus trat ihr jemand mit resolutem Schritt in den Weg: Oma Hertha.

»Es ist vorbei, Püppi. Du musst sie loslassen, oder du fügst ihnen mehr Schaden als Nutzen zu.«

Quintus sandte der alten Frau ein Lächeln und klopfte ihr die Schulter, ehe er sich wieder Felice zuwandte. »Versuchst du jetzt mal ein bis zwei Augenblicke lang, dich zu beruhigen, mein Derwisch?«, fragte er und küsste sie in die Grube zwischen Kiefer und Ohr. »Sämtliche Pferde hast du schon scheu gemacht, da ist es ja vielleicht nicht vonnöten, obendrein noch den Stall in Brand zu setzen.«

Dann wandte er sich an ihre Oma: »Beste Hertha, darf ich dich bitten, dich nach oben ins Auto zu setzen und auf uns zu warten? Wie lange? Eine knappe Viertelstunde hoffe ich, aber ganz genau kann man das bei meiner Frau nie wissen. Wie weit wir mit meinen Fahrkünsten heute noch in Richtung Berlin kommen, weiß ich auch nicht, aber ich verspreche, dass ich irgendwo unterwegs eine nette Pension mit einem ordentlichen Weinkeller auftreibe.«

Oma Hertha tauschte einen Blick und ein kaum merkliches Nicken mit Quintus, dann sah sie Felice an, blieb noch momentelang stehen und erlaubte ihrer Enkelin nicht, ihrem Blick auszuweichen. Erst dann ging sie, raffte ihre Röcke und stapfte den Rest des Hangs hinauf, ohne sich noch einmal umzudrehen.

»Und nun zu uns, Don Quichotte.«

»Warum sagst du das zu mir?«

Quintus ließ sie los, und das Lächeln rutschte ihm vom Gesicht. »Herrgott, warum wohl, Felice? Weil du gegen Windmühlenflügel kämpfst. Im Alleingang. *Felice Quirin gegen den Rest der Welt* – wenn man davon absieht, dass du dir die arme Hertha als Sekundantin rekrutiert hast. Und ehe du fragst: Ja, sie hat mich angerufen. In Friedrichshafen. Sie hat sich Sorgen um dich gemacht und fand, du bräuchtest einen Beistand, der etwas wehrhafter ist als eine Vierundachtzigjährige. Zudem fand sie, als dem dir angetrauten männlichen Exemplar der Gattung Homo sapiens käme mir diese Rolle zu. Reiß ihr deswegen nicht den Kopf ab. Im Übrigen mache ich keinen Hehl daraus, dass ich ihre Ansicht teile.«

Felice war nicht danach zumute, ihm den Kopf abzureißen. Sie fühlte sich so schwach, dass es ihr schwerfiel, sich auf den Beinen zu halten. In der Hüfte, die sie sich beim Sturz geprellt hatte, machte sich ein pochender Schmerz breit, und ihr Arm, den der Polizist gepackt hatte, brannte. Quintus' Schulter kam ihr wie ein willkommener Halt vor, der sie davor bewahrte, zu Boden zu sacken.

Er schloss die Arme wieder um sie. »Lohnt es sich, dich zu

fragen, wann du das letzte Mal etwas gegessen hast? Oder eine Nacht durchgeschlafen? Verdammt, Felice, warum? Wir sollten ein Gespann sein, das an einem Strang zieht, oder? Wenn das nicht mehr der Fall ist, wenn du fortan deine Schlachten allein ausfichtst, frage ich mich, warum du mich geheiratet hast. Weil ich so gut im Bett bin? Nicht, wenn ich nach den Anzeichen der letzten paar Monate gehe. Oder weil ich so hübsche, aufgeweckte Kinder mache? Dann habe ich jetzt wohl ausgedient, denn eigentlich bist du ja sowieso längst ein tibetanischer Bettelmönch.«

Sie wollte nicht weinen. Aber wie schaffte man es, nicht zu weinen, wenn man die Trümmer seiner Welt in der Hand hielt und daran erinnert wurde, wie schön und voller Lachen diese Welt gewesen war? »Lise und Jenny«, presste sie heraus. »Du wolltest nichts unternehmen, um sie zurückzuholen. Und ich musste das doch tun – ich konnte doch meine Mädchen nicht einfach ihrem Schicksal überlassen!«

»Nein, das konntest du nicht«, sagte Quintus. »Ich fand auch, ich könnte es nicht. Ich hätte gern mit dir darüber geredet, eine Lösung gesucht, die, wenn sie schon nicht allen gerecht wird, so zumindest für alle lebbar erscheint. Ich wollte nur deinen Sturm durch die Wand ohne einen Blick nach links oder rechts nicht mitmachen. Weil das nicht richtig ist, Felice. Weil Demokratie immer erfordert, dass wir die Rechte anderer Menschen mitbedenken. Und ihre Gesetze einhalten, auch da, wo es uns schmerzt.«

»Ach ja?« Felice machte sich los. Trotz allem regte sich noch einmal Empörung in ihr. »Gilt das auch für den Mann, den ich verteidigt habe – nicht, weil er gemordet, betrogen, zerstört oder gestohlen hat, sondern weil er nicht anders konnte, als einen anderen Mann zu lieben? Unser hochheiliges demokratisches Gesetz verbietet das. Was sollte er also tun? Sich zu jemandem ins Bett legen, vor dem es ihn graut, wie es das Dienstmädchen tun musste, für das ich letztes Jahr keinen Freispruch erreichen konnte? Die Sechzehnjährige, die von ihrem Vergewaltiger schwanger war und gegen den gottverdammten Paragraphen 218 verstoßen hat?«

»Gut«, sagte Quintus. »Eins zu null für dich. Ich gebe dir recht: Man muss abwägen, und wo ein Gesetz gegen die Menschlichkeit verstößt, muss man es bekämpfen. Aber unser Staat bricht zusammen, wenn wir nicht im Gespräch bleiben und uns nicht verhandlungsbereit zeigen. Und unsere Familie auch. Habe ich das verdient, Felice? Dass du mir dein Vertrauen entziehst wie die Kommunisten den Sozialdemokraten, nur weil ich im Detail anderer Meinung sein könnte als du? Gibt es keinen gemeinsamen Kampf mehr, weil wir uns über die Wahl der Mittel erst einig werden müssten, hast du mich stattdessen auf die Seite deiner Feinde gestoßen? Und wenn du allein mit dem wirklichen Feind nicht mehr fertig wirst? Wen holst du dir dann zu Hilfe?«

Felice stöhnte auf. »Ich komme nicht mehr mit. Redest du von der Lage der Republik oder von unserer Familie?«

»Von beidem«, erwiderte Quintus. »Ich wäre gern dein Verbündeter gewesen. Der, der auf deiner Seite steht, weil wir dasselbe Interesse haben.«

»Ich habe mir das so sehr gewünscht«, sagte Felice. »Aber dir schien alles andere wichtiger zu sein.«

»Nicht alles andere.« Quintus sprach leise und wandte sich zum Wasser, über dem Schwärme von Mücken sich zu Wolken ballten. »Ich kann dir nicht sagen, wie oft ich in diesen Wochen wie ein Schlosshund geheult habe, weil ich mir diese unglaublich schönen Jahre zurückgewünscht habe, als wir alle zusammen in unserer Chaoshöhle über dem *Babylon* gewohnt haben. Als mich jeden Abend ein fünfstimmiges Indianergebrüll empfing, sobald ich durch die Tür kam. Und meine Frau, die mit hektischen Flecken auf den Wangen, abenteuerlich zerzaustem Haar und glücklich blitzenden Augen Wein einschenkte. Ich habe geheult, weil ich noch einmal an einem faulen endlosen Sonntag mit euch frühstücken wollte. Rachmaninow aufs Grammophon legen und keinen Ton hören, weil alles durcheinanderredet. Drei Stunden am Tisch sitzen und kein einziges Mal die Butter erwischen.«

»Hör auf, Quintus.«

»Nein. Diesmal nicht. Ich habe mit den Kindern geheult und allein. Nur nie mit dir.« Er wandte sich ihr wieder zu. Die Tränen, gegen die sie verzweifelt ankämpfte, strömten ihm über das Gesicht.

»Aber das nützt doch nichts!«, rief sie. »Wir sind erwachsen, wir können nicht einfach nur weinen, wir müssen –«

»Eben«, unterbrach er sie. »Wir sind erwachsen. Für mich heißt das keineswegs, dass ich nicht heulen darf, wenn ich meine Kinder vermisse. Es heißt, dass ich nicht blindlings in Aktivismus verfalle, sondern mir überlege, was zu tun ist. Dass ich alle Seiten bedenke. Nicht nur meine.«

»Ille ist nicht in der Lage, für die Kinder zu sorgen«, versetzte Felice. »Sie ist nicht einmal in der Lage, für sich selbst zu sorgen, wie du in den letzten zehn Jahren deutlich gemerkt haben dürftest.«

»Habe ich«, sagte er, ohne sich das Gesicht abzuwischen. »Aber ich habe auch noch im Ohr, was du zu ihr gesagt hast, als du sie in der Untersuchungshaft besucht hast. Sie hat bitterlich geweint, weil ihr die Kinder so fehlten, und du hast sie getröstet: ›Wir holen dich hier raus, Ille. Du wirst sehen, im Nu hast du die beiden Kleinen wieder bei dir, und in der Zwischenzeit passen wir für dich auf sie auf.‹«

»Ich hatte ja keine Ahnung«, sagte Felice. »Wie sehr die Kinder uns in ihr Herz schließen würden, habe ich nicht wissen können. Und auch nicht –«

»Wie sehr wir sie ins Herz schließen würden.«

»Nein, das auch nicht. Die Jahre haben Tatsachen geschaffen,

Quintus. Aus uns ist eine Familie geworden, wie Lise und Jenny sie nie hatten. Und Ille hat sich im Gefängnis verändert. Weißt du nicht mehr, wie sie nach ihrer Entlassung völlig verwahrlost ist? Wenn ich mich recht erinnere, ist sie jeden zweiten Abend durch Nachtclubs gezogen, und wir mussten sie beständig irgendwo betrunken aufsammeln.«

»Wundert dich das? Bist du dir sicher, dass es dir oder mir anders ginge, wenn wir hinter uns hätten, was deine Schwester hinter sich hat?«

»Die Frage ist nicht fair«, erwiderte Felice. »Habe ich Ille vielleicht verurteilt, habe ich sie fallenlassen? Soweit ich weiß, habe ich mich zehn Jahre lang um sie gekümmert, so gut es mir möglich war. Mir ging es auch jetzt nicht darum, sie zu verurteilen, sondern darum, dir ins Gedächtnis zu rufen, warum die Kinder nicht wieder bei ihr hätten leben können.«

»Damit hast du recht«, gestand Quintus ihr zu. »Aber uns passte das ganz gut in den Kram, oder nicht?«

»Was willst du? Uns dafür anklagen, dass wir für diese zwei Kinder, die uns vor die Tür gesetzt worden sind, die Verantwortung übernommen haben? Dass wir sie liebgewonnen haben?«

»Nein«, sagte er. »Ich will dir nur verständlich machen, dass wir im Grunde alle drei auf einer Seite stehen müssten. Weil wir alle drei Jenny und Lise lieben. Weil wir alle drei wollen, dass es den beiden gut geht. Ille hat mit der Trinkerei und dem wilden Nachtleben aufgehört. Sie hat, soweit es ihr möglich war, versucht, ein bürgerliches Leben zu führen, einer Arbeit nachzugehen, sich etwas aufzubauen. Aber sie war damit alleine und offenbar überfordert. Ja, wir haben ihr mit manchem geholfen, aber wenn wir ehrlich sind, war sie uns oft auch einfach lästig. Und als sie diesen Lehnitz kennenlernte und nicht mehr ständig bei uns vor der Tür stand, haben wir klammheimlich aufgeatmet.«

»Da wussten wir auch noch nicht, dass dieser Lehnitz ein

Nazi ist und unsere Kinder mit seinem kruden Gedankengut infiltrieren will.«

»Stimmt«, sagte Quintus. »Allerdings wirst du mir nicht erzählen wollen, dass du deiner Schwester als einzigem Menschen nicht zugestehst, frei wählen zu dürfen, in wen sie sich verliebt.«

»Von mir aus kann sie sich in den Kaiser von China verlieben«, fuhr Felice auf. »Das ist mir Jacke wie Hose, und meinetwegen hätte sie mit ihrem Nazi selig werden können, wenn sie nicht Lise und Jenny mit hineingezogen hätte.«

»Das ist ganz schön harsch, oder?« Sein Blick suchte ihren. »Du hast ihr also praktisch vermittelt: ›Was aus dir wird, ist mir egal. Nur deine Kinder sind mir wichtig, und die rücke ich nicht heraus.‹ Wundert es dich, dass sie sich darauf nicht eingelassen hat? Stattdessen hätten wir schließlich auch versuchen können, mit ihr zu reden.«

»Zum Teufel, wir haben doch versucht, mit ihr zu reden!«, schrie Felice los. »Ich habe mir den Mund fusselig geredet, um sie zur Vernunft zu bringen, aber am Ende kam wie bei einem Automaten immer wieder dieselbe hanebüchene Antwort heraus: ›Ich liebe Heiner, und Heiner liebt mich, und wir nehmen die Kinder zu uns.‹«

»Hilmar«, sagte Quintus.

»Wie bitte?«

»Hilmar. Dieser unerfreuliche Galan von Ille hieß nicht Heiner, sondern Hilmar. So wie du rechtfertigen sich übrigens auch die Leute, die im Mai in Wedding die Schießbefehle erteilt haben: ›Wir haben ja versucht, mit denen zu reden, aber die haben immer wieder dasselbe gebrüllt.‹ Wenn jemand immer wieder dasselbe brüllt, ist es vielleicht an der Zeit zu prüfen, ob er dafür nicht einen guten Grund hat. Das war dir aber zu aufwendig. Stattdessen hast du die zu der Zeit reichlich verstörte Recha für deine Zwecke eingespannt und dafür gesorgt, dass Ille ihren Geliebten samt der Wohnung, auf die sie so stolz war, verliert. Nein,

Felice, erzähl mir nicht schon wieder, dass Lehnitz ein Nazi ist, sonst behaupte ich auch bald, aus dir kommt immer wieder dasselbe heraus. Wir sind nicht die Moralpolizei der Nation. Wenn du nur eine halbe Minute lang von der Tatsache wegdenkst, dass er ein Nazi ist, und dir vorstellst, jemand würde so mit dir verfahren, kämest du meiner Ansicht nach zu anderen Schlüssen.«

Sie schwiegen beide eine Zeit lang. Felice kam es vor, als würde die Luft dicker, als zöge sich die Welt um sie zusammen. »Selbst wenn du damit recht hättest«, sagte sie schließlich, »eine Wahl hatte ich trotzdem nicht. Die Kinder dem Nazi zu übergeben kam nicht infrage. Dass sie jetzt bei Cousine Bettina und ihrem deutschnationalen Baron landen sollen, ist so ungefähr die heimtückischste Ironie des Schicksals, die ich mir vorstellen kann.«

Ihre Widerstandskraft brach. Das Bild von Lise und Jenny, die von Ille und Cousine Bettina fortgezerrt wurden, stieg ihr erneut vor Augen, und sie konnte die Tränen nicht länger aufhalten.

»Felice«, sagte Quintus leise. Er trat wieder zu ihr und legte den Arm so sachte um sie, dass sie sein Gewicht kaum spürte. »Sie bleiben doch nicht für immer dort. Über kurz oder lang bekommt deine Cousine sie satt – spätestens, wenn sie bemerkt, dass sie für ihre Großherzigkeit weder bei einer staatlichen Stelle noch bei einem von uns etwas abstauben kann.«

»Ich wusste nicht, dass du Cousine Bettina so gut kennst«, entfuhr es Felice verblüfft.

»Ach, die eine oder andere Cousine Bettina gibt es doch in jeder Familie«, erwiderte er. »Bei uns war es meine kleine Schwester Cäcilie, und du weißt nicht, wie oft ich mir wünsche, wir hätten etwas gehabt, das sie hätte abstauben können, statt sich bei Nacht und Nebel vom Acker zu machen. Aber die Inflation hat uns damals ja alle kalt erwischt. Und wer nicht aufpasst, dem wird etwas Ähnliches über kurz oder lang wieder passieren.«

»Du meinst, Cousine Bettina ist dermaßen überschuldet, dass ihr ganzes Luftschloss demnächst zusammenbricht und sie Ille mit den Kindern vor die Tür setzen muss?« Ein Funke Hoffnung keimte in Felice auf. »Oma Hertha vermutet auch etwas in der Art, glaube ich. Sie hat erzählt, der Baron könne sich nicht einmal mehr Erntearbeiter leisten.«

»Und das würde dich freuen?« Er streichelte ihr Gesicht, rieb ihr mit seinem riesigen Taschentuch die Tränen von den Wangen. »Wenn deine Schwester wieder einmal auf ganzer Linie scheitert, sich mit den Mädchen auf der Straße wiederfindet und klein beigeben muss, weil sie keine andere Möglichkeit hat?«

»Warum sollte es mich nicht freuen?«, schoss Felice zurück. »Ille hasst mich. Sie würde mir alles Böse der Welt an den Hals wünschen.«

»Ich glaube eher, sie hat Angst vor dir«, widersprach Quintus. »Und sie hasst vielleicht die Tatsache, dass sie dich, ihre angehimmelte große Schwester, nie erreichen, deine Liebe nie gewinnen konnte. Aber wie auch immer – zu wem kommt sie deiner Meinung nach denn gelaufen, wenn die Sache mit Cousine Bettina geplatzt ist? Zu dir, die ihr deutlich gemacht hat, dass ihr gleichgültig ist, ob sie lebt oder stirbt? Die ihr die Kinder um jeden Preis wegnehmen wollte und Intrigen spinnt, ihre Großmutter und ihre Schwägerin auf sie hetzt?«

Er schwieg kurz, als warte er auf eine Antwort von Felice. Als keine kam, fuhr er fort: »Das weißt du selbst, oder? Kein Mensch, der sich einen letzten Rest Würde bewahrt hat, würde bei einer solchen Verwandten noch einmal um Hilfe bitten. Wie wäre es aber, wenn wir uns bei Ille entschuldigen würden? Wenn wir versuchen würden, ihr zu versichern, dass wir aus Sorge um die Mädchen gehandelt haben und dass uns noch immer nichts als Sorge um die Mädchen treibt?«

»*Wir*, Quintus? *Ich*, meinst du wohl. Du hattest mit der ganzen Sache ja nichts zu schaffen.«

»Unsinn. Du bist meine Frau, und wir stehen für das ein, was ein Mitglied unserer Familie tut. Meinst du nicht, wir könnten mit ein wenig Geduld Ille davon überzeugen, dass wir ihr helfen würden, wenn sie diese Hilfe braucht? Dass wir sie unterstützen, damit sie selbst ein Zuhause für sich und die Mädchen unterhalten kann und künftig weder von Lehnitz noch von Cousine Bettina abhängig ist? Damit Lise und Jenny keinen von uns verlieren müssen, weder ihre Mutter noch uns?«

Felices Gedanken stockten. Sie sah das Zimmer der Mädchen daheim in Charlottenburg vor sich, die beiden Betten, an denen sie in unzähligen Nächten gesessen hatte, wenn Lise und Jenny vor Angst oder Traurigkeit nicht schlafen konnten, bis sie schließlich zu dritt in eines davon gekrochen waren, um zum Aufwärmen ihre Füße aneinanderzureiben.

Nie wieder, hallte es in ihrem Kopf. *Nie wieder.* Was Quintus sagte, bedeutete, dass er aufgegeben hatte. Und wenn Quintus aufgegeben hatte, konnte sie ebenfalls die Waffen strecken. Was hatte sie sich eingebildet? Sie besaß das Sorgerecht nicht. Als von ihrem Mann verlassene Frau, die zudem versucht hatte, eine Straftat zu begehen, hatte sie auch nicht die Spur einer Aussicht, es zu erhalten.

»Willst du das wirklich?«, rang sie sich ab. »Ille helfen, damit Lise und Jenny nie wieder bei uns leben?«

»Nein«, sagte Quintus. Seine Stimme krächzte, und über seine Wangen rannen neue Tränen. »Ich will, dass sie jetzt sofort zu uns ins Auto steigen und mit uns nach Hause fahren. Unterwegs will ich in irgendeiner Pension Halt machen, wo Lise fragt, ob sie sich von der Speisekarte alle Desserts bestellen kann, und Jenny dem Wirt erklärt, warum seine Dachrinne nicht funktioniert. Ich will daheim bei uns eine Party für sie geben. Eine Willkommen-zu-Hause-Party, zu der ich die gesamte Straße einlade, und danach will ich meine Arbeit aufgeben, um nur noch zu Hause zu sein und jeden Tag mit meiner Familie auszukosten.«

»Quintus!« Als ihm die krächzende Stimme wegbrach, schlang sie die Arme um ihn und presste ihn an sich. Sie weinten zusammen, bis sie keine Luft mehr bekamen und sich schnäuzen und danach ein wenig beruhigen mussten.

»So geht es nicht, nicht wahr?«, fragte sie.

Er schüttelte den Kopf. »Es wäre nicht richtig – wir, die ewig und drei Tage alles haben, und Ille, die ewig und drei Tage nichts hat. Wir müssen ihr eine Chance geben, müssen es sie versuchen lassen. Und wenn sie bei uns um die Ecke wohnen würde, wenn wir wüssten, den Mädchen geht es gut, sie haben ihre Schulen und ihre Freunde wieder, wenn sie uns besuchen kommen dürften, vielleicht einmal in der Woche zu einem Abendessen mit jeder Menge Brettspielen – meinst du nicht, wir könnten lernen, damit zu leben?«

»Nein«, sagte Felice.

Traurig lächelte er. »Nein. Aber wir könnten versuchen, so zu tun als ob. Für all unsere Kinder, Felice. Damit sie sich wiedersehen dürfen. Anton hat kaum etwas von seinem geliebten Zeppelin mitbekommen, weil er so sehr damit beschäftigt war, mir zu erzählen, wie er Lise und Jenny vermisst.«

»Anton!«, entfuhr es Felice. »Um Gottes willen, wo ist er?«

Mit einem Schwenk des Kopfes wies Quintus zur Straße. »Wartet oben im Wagen. Dass wir zwei Männer uns auf die Schnelle ein eigenes Automobil kaufen mussten, hat ihn über den Abbruch der Reise hinweggetröstet.«

»Du hast ein Auto gekauft?« Felice glaubte ihren Ohren nicht zu trauen. »Aber das können wir uns doch nicht leisten, wir haben Schulden bei der Bank, nicht nur die, von denen du weißt, sondern noch mehr, die ich –«

»Ist schon gut.« Weich legte er ihr die Hand auf den Mund. »Wir können es uns leisten, auch wenn ich das Geld lieber nicht jetzt ausgegeben hätte. Aber du bist es mir wert. Viele Male. Und so einen Schlitten bekommt man sicher auch wieder verkauft, falls du in Zukunft keinen Wert mehr darauf legst, von mir in der Weltgeschichte eingesammelt zu werden.«

»Woher hast du das Geld?«

»Ich war seit Langem der Ansicht, dass wir dringend welches bräuchten«, erwiderte er ruhig. »Mehr Einkommen von meiner Seite, weil sich bei dir vermutlich die Fälle häufen werden, die du ohne Bezahlung verteidigen willst. Und weil ich fürchte, dass unser von amerikanischen Krediten gestütztes Wolkenkuckucksheim demnächst so übel ins Wanken geraten könnte, dass die überschuldete Arbeitslosenversicherung höchstens noch als harmloses Ärgernis erscheint. Nenn mich Schwarzmaler. Aber ich habe mich mit unserer Finanzlage nicht mehr sicher gefühlt.«

»Und was hast du gemacht?«

»Lange überlegt«, erwiderte er. »Dass die *Morgenrot* bleibt, wie sie ist, ohne um solventere, politisch zweifelhafte Anzeigenkunden zu buhlen, scheint mir wichtiger denn je. Daran wollte ich nicht rütteln. Also habe ich ein zweites Presseerzeugnis gegründet: eine Illustrierte zur Unterhaltung der Massen. Du weißt schon: blutrünstige Mordgeschichten, rührselige Familiendramen und glamouröse Berichte aus Europas Königshäusern, alles mit hübschen Bildchen und kleinen Sprechblasen mundgerecht aufbereitet. Die *Abendblau.*«

»Das ist nicht dein Ernst.«

»Doch, das ist es. Seit Anfang Juni ist das Machwerk im Handel. Verkauft sich wie warme Semmeln, und die Anzeigenkunden rennen mir die Bude ein. Ich war selbst überrascht.«

Er hatte ihr einmal gesagt, seine Integrität als Journalist sei nach dem, was er im Krieg erlebt hatte, für ihn so wenig verkäuflich wie für sie ihre Integrität als Juristin. Die Sorge um seine Familie hatte ihn an dieser starren Haltung rütteln und nach einem Kompromiss suchen lassen. Er hatte einen gefunden. Ohne sich bei jemandem darüber zu beklagen, was er ihn kostete.

»Schämst du dich dafür?«

»Nein.« Sie war ihm dankbar und bewunderte seine Kraft. »Warum hast du nicht mit mir darüber gesprochen?«

»Das hätte ich gern«, sagte er. »Aber soweit ich den Eindruck hatte, warst du in letzter Zeit nicht sonderlich ansprechbar.«

Felice holte Atem. Einen einzigen Herzschlag lang brauchte sie noch, dann war der Sprung über ihren Schatten geschafft. »Quintus, es tut mir leid.«

»Vergiss es«, sagte er. »Sei nur wieder da.«

»Meinst du, was du da sagst? Willst du wirklich, dass ich wieder da bin, nach allem, was ich verzapft habe? Dass wir zusammenbleiben?«

»Was denkst denn du?«, fragte er zurück. »Das mit Lise und Jenny ist hart genug. Ich kann doch nicht auch noch dich verlieren.«

»Und du bist mir nicht böse?«

»Ich liebe dich«, sagte Quintus. »Diese Kopf-durch-die-Wand-Frau, in die ich mich als Jungspund verschossen habe und die mit ihrer brutalen Wucht schon etliches erreicht hat, was jeder andere ins Reich des Unmöglichen verwiesen hätte. Ich will nicht, dass du dich änderst, Felice. Nur dass du den Gaul auf der anderen Seite der Deichsel ab und an ein bisschen Ausgleich ins Tempo bringen lässt. Wir waren bisher ein ganz gutes Gespann, oder? Und böse bin ich dir sowieso nur für eines.«

»Und für was?«, fragte Felice, in deren Herz und Hirn so viele Gedanken und Gefühle durcheinanderströmten, dass es sich anfühlte, als denke und empfinde sie nichts.

»Dafür, dass du mir nicht gesagt hast, dass Gabriel gestorben ist. Dass wir Recha damit alleingelassen haben. Und dass meines Wissens niemand von uns auch nur die geringste Ahnung hat, wo Recha steckt.«

25

August

Etwas stimmte mit dem Drehbuch nicht. Das Gefühl hatte Willi vom Tag seiner Ankunft an gehabt, und doch war es eigentlich nicht möglich. Am Entwurf dieses Drehbuchs hatte er eigenhändig gefeilt, und erst als er sicher gewesen war, jedes Wort, jede Geste, jede Atempause sitze perfekt an ihrem Platz, hatte er es zur Fertigstellung einem professionellen Autor übergeben, der sich mit brisanten Sozialdramen beim Theater einen Namen gemacht, ein Jahr in Hollywood verbracht hatte und auf den Tonfilm regelrecht gierte.

Alfred Wüstenau.

Wüstenau hatte es genau so geschrieben, wie Willi es sich vorgestellt hatte: knappe Dialoge, jedes Wort scharf wie die Kante einer Glasscherbe, Mienenspiel und Körpersprache, die Gefühle transportierten, während die harschen Worte dazu einen Kontrast bildeten, der selbst den abgebrühtesten Zuschauer aus seinem Kokon schrecken würde.

Die Verschonten sollte der Film heißen, weil der Krieg, vor dem er warnte, niemanden verschont hatte und niemanden verschonen würde.

Die Figuren, die aus den beschriebenen Seiten erstanden, waren unvergesslich: die zu allem entschlossene Catherine, die sich die Sturzflut ihrer eigenen Gefühle – die Trauer um ihren Verlobten, um ihre Heimat, ihre Welt – verbietet und alles in den Kampf für die verlorenen Kinder wirft. Und Benoit, der blind vor Schmerz durch die Zerstörung rast, all der Liebe beraubt, die ihn umgab, und gebrandmarkt vom Makel der Schuld: Er hatte versagt, war an der Aufgabe, die einem Mann zukommt, jämmerlich gescheitert. Er hatte seine Familie nicht vor dem Schlimmsten bewahrt.

In diesem Benoit hatte Willi sich selbst gefunden. Er hatte damals keine Familie gehabt, die er hätte schützen müssen, aber er war für seinen Freund Moritz und für Rechas Bruder Gabriel verantwortlich gewesen, hatte die beiden unter seine Fittiche genommen, weil sie zarter, verletzlicher, für den mörderischen Einsatz an der Front weniger geeignet gewesen waren als er. Moritz war wenige Schritte von ihm entfernt von derselben Granate zerrissen worden, die Gabriel zum Krüppel gemacht hatte. Nur Willi selbst war mit heiler Haut entkommen. Wenig später war er aus Belgien zurück an die deutsche Ostseeküste versetzt worden, war desertiert und hatte sich dem Kampf der Matrosen angeschlossen, die ein sofortiges bedingungsloses Ende des Krieges gefordert hatten.

Danach hatte sich Willi nach Hause durchgekämpft, wie Benoit sich im Film nach Hause durchkämpfen sollte. Nur würde dessen Zuhause nicht mehr vorhanden sein. Auf Trümmern sollte die leere Wiege schaukeln, in der sein Großvater, sein Vater und er selbst als kleine Jungen gelegen hatten und in die auch er seine drei Kinder gebettet hatte. Willi hatte dieses Bild um jeden Preis verwenden wollen, weil er eine solche Wiege mit eigenen Augen gesehen hatte, als er kurz vor dem Abzug nach Ypern gekommen war – nicht als Sieger, wie sie es sich bei ihrem Aufbruch ausgemalt hatten, sondern als völlig Besiegter in einem Krieg, in dem es keinen Sieger geben konnte. Vier Jahre lang hatten sie um diese Stadt gekämpft, ohne sie erobern zu können. Die Briten hatten sie gehalten – aber das, was sie gehalten hatten, was von Ypern übrig war, war keiner Rede mehr wert. Ungehindert hatte Willi in die Trümmerwüste eindringen können, denn auch die Kräfte der Briten waren gänzlich ausgelaugt. Eine halbe

Million Männer hatten sie in den vier Jahren, den vier Schlachten um Ypern verloren. Einer davon war Scott Brown-Bouvier gewesen, den seine Männer Captain Brown-Brown genannt hatten und der ein flandrisches Mädchen namens Godelieve geliebt hatte.

Warum war er selbst damals gegen jede Vorschrift in die Stadt hineingelaufen, in der noch immer vereinzelte Scharmützel ausgetragen wurden? Zum einen, weil er es hatte sehen müssen, das vier Jahre lang umkämpfte Phantom, für das seine Kameraden wie Fliegenschwärme gestorben waren. Zum andern, weil ihm zugetragen worden war, dass sich Wolfgang hier befand.

Immer wieder Wolfgang.

Es waren nicht nur Moritz und Gabriel, die er nicht beschützt hatte und vor denen er sich schuldig fühlte, sondern ebenso der Mann, dem er verdankte, dass er heute nicht in einer Bank am Schreibtisch saß, sondern hinter einer Kamera stand. Es war absurd und ließ sich dennoch nicht abschütteln: Nicht er selbst, sondern der integre, viel begabtere Wolfgang hätte den Krieg überleben müssen. Damals, in den Trümmern von Ypern, hatte Willi sich geschworen, alles zu geben, um sich seines verschonten Lebens würdig zu erweisen: Er würde Filme drehen, wie die Welt sie noch nicht gesehen hatte. Er würde Recha zur glücklichsten Frau der Erde machen und seine Kinder zu Menschen erziehen, die Frieden zu schätzen wissen und verteidigen würden.

Auch deshalb sollte sein Film *Die Verschonten* heißen: weil diese Verschonung eine Bürde war, die man mit sich herumtrug und die mit jedem Schritt vom Weg, mit jedem Scheitern schwerer wurde.

Genau so sollte es Benoit ergehen, dem Filmhelden, in dem Willi sich selbst sah: Dass er überlebt hat, während die Menschen, die er liebte, tot sind, ist eine allzu schwere Last. An einem einzigen Gedanken klammert er sich wie an einem Rettungsseil fest. Ihm bleibt noch eine Aufgabe, das verschonte Leben hat noch einen letzten Sinn: Seine Tochter Tilde war auf der Flucht vom Rest der Familie getrennt worden. Die Möglichkeit, sie könne noch leben, hält ihn am Leben, die Vorstellung, sie streiche irgendwo mutterseelenallein durch die verödete Welt, treibt ihn gegen jegliche Todessehnsucht voran.

Etwas Ähnliches hatte Willi empfunden. Damals, nach Ypern. Es hatte Tage gegeben, an denen er sich vor Erschöpfung niederlegen und auf den Tod hatte warten wollen. *Wer so viel Unmenschlichkeit gesehen hat wie ich, wie kann der als Mensch unter Menschen zurückkehren?* Aber er hatte ja zurückkehren müssen. Zu Recha. Weil sie lebte und ihn vielleicht brauchte, wollte auch er leben und um eine Zukunft für sie beide kämpfen.

Einen flüchtigen Augenblick lang hatte er sogar mit dem Gedanken gespielt, die Rolle des Benoit selbst zu übernehmen. Regisseure, die in ihren eigenen Filmen als Schauspieler agierten, gab es schließlich zuhauf, und etwas widerstrebte ihm daran, seinen Benoit dem schönen Gernot anzuvertrauen, der weder im Krieg gewesen war noch sich je ein Kind gewünscht und verloren hatte. Willi war aber zu sehr Filmemacher, um der Versuchung nachzugeben. Letztendlich wusste er, dass seine Stärken nicht vor, sondern hinter der Kamera lagen und dass Gernot nicht nur ein Frauenschwarm, sondern auch ein begnadeter Schauspieler war.

Daran konnte es also nicht liegen. Die Besetzung für seinen Film war erstklassig, auch wenn ihn Recha mit ihrer Weigerung tief verletzt hatte. Gerade sie hätte doch wissen müssen, was dieser Film ihm bedeutete, was er ihnen beiden hätte bedeuten sollen! Sie hatte an den Filmen, mit denen er sich seit Jahren abrackerte wie ein Blinder, der im Dunkeln herumstocherte, beständig herumkritisiert und ihn spüren lassen, was er ohnehin wusste: Daran war nichts Großes. Nicht einmal etwas Gutes. Nichts, das ein Wolfgang Vanselow angefasst hätte.

Mit diesem Film aber war alles anders! Anfangs hatte Willi tatsächlich geglaubt, er hätte sie an der Angel, er könne noch einmal die Begeisterung in ihr auslösen, die sie damals bei *Wipers* geteilt hatten. *Im Regen tanzen.* Stattdessen hatte sie ihn im Regen stehenlassen, ihm endgültig deutlich gemacht, dass sie ihm einen solchen Film nicht zutraute. Er blieb Wolfgangs Epigone für sie: ein kleiner Mann in seinem großen Schatten, und um ein Haar hätte ihm das den Rest gegeben.

Er hatte mit dem Gedanken gespielt, den Film aufzugeben.

Aber er hatte ja Grietje.

Sie hatte ihn von Neuem aufgebaut, hatte ihm Mut gemacht, ihm wieder und wieder versichert, dass keiner außer ihm *Die Verschonten* drehen könne.

»Nein, dein Wolfgang kann nicht alles und du kannst nichts. War der vielleicht ein Tonfilmer? Wäre er einer geworden, wenn er noch leben würde?«

»Gott bewahre«, hatte Willi gesagt. »Wolfgang glaubte nur an Bilder. Er hasste Worte. Sie waren ihm entweder zu groß oder zu klein.«

»Dann hat er wohl kein Händchen dafür gehabt, die passenden zu finden.« Sie hatte gelacht und ihm einen Kuss in die Hand gedrückt. »Welch ein Glück, dass du es hast, Willi.«

Sie waren zum Feiern in den *Kakadu* gegangen, hatten sich zu jeder vollen Stunde eine Linie Koks gegönnt und Unmengen von Champagner getrunken, den man unter dem Einfluss des weißen Wundermittels in sich hineinschütten konnte, ohne etwas zu spüren. Alles fühlte sich bärenstark an: Magen und Leber aus Eisen, Körper unermüdlich, Herz eines Löwen, Verstand klar wie Glas. Am nächsten Morgen hatte Willi bemerkt, dass nicht nur seine Geldbörse leer bis auf den letzten Groschen war, sondern dass er darüber hinaus seine Uhr verpfändet hatte, ein kostbares Stück, das er mit Recha in der Schweiz gekauft hatte.

Aber was machte das schon aus?

In jenen Stunden vor der Abreise hatte ihm nichts etwas ausgemacht. Willi hatte die kribblige Erregung genossen und war sicher gewesen: Was immer zu Bruch gegangen war, würde sich reparieren lassen oder von selbst in Ordnung kommen, wenn nur erst der Film gedreht war. *Sein Film*. Er hatte Recha nicht, aber er hatte Grietje. Sie würde ihm beistehen, wenn einer dieser seltsamen Anfälle nächtlicher Panik ihn ansprang, wenn die Selbstzweifel ihn noch einmal in die Knie zu zwingen versuchten, wenn die Erinnerung an Wolfgang ihn übermannte.

Grietje hatte schließlich mit Wolfgang nichts zu schaffen. Sie war *seine* Entdeckung. Und es würde *sein* Film sein, der ihr zu Weltruhm verhalf.

Hätte Recha ihm nicht ihre eiskalte Abfuhr erteilt, hätte Willi es sich bestimmt niemals eingestanden, aber in gewisser Hinsicht war Grietje für die Rolle der Catherine sogar noch besser geeignet als Recha. Es war immerhin eine Sprechrolle, und Grietjes Stimme war in der Lage, mit dem Wechsel einer Nuance den Zuschauern das Blut gefrieren zu lassen und es Sekunden später in hitzige Wallung zu bringen.

Er war somit erfüllt von Zuversicht nach Ypern gekommen, und der Angstanfall am ersten Abend, das plötzliche Zittern, die Verlorenheit, hatten ihn kalt erwischt. *Es ist nur die Erinnerung an den Krieg*, hatte er sich gesagt. *Schüttle das ab, verbring die Nacht mit Grietje, wenn du Lust darauf hast, und morgen früh geht es mit frischen Kräften an die Arbeit.* Auf seine Frau brauchte er schließlich keine Rücksicht zu nehmen. Sie hatte ihn abgewiesen, nicht er sie.

Dass sie stattdessen stocksteif in einem kalten Pensionsbett einander gegenüberlagen, war vermutlich der Tatsache geschuldet, dass sie nicht genug Koks bei sich hatten. Dessen Wirkung ließ schneller nach, als sie es gewohnt waren, und die Tür zu einer bizarren Scheinwirklichkeit tat sich auf: Sooft er seine Hand nach Grietje ausstreckte, erstarrte er in der Bewegung, und allein die Tatsache, dass er splitternackt an ihrer Seite lag, schien ihn in irgendeinen Abgrund zu stürzen, der dem Grauen von Rechas verhasstem Gehinnom ähnelte.

Warum?

Die Filmwelt war ein Karussell der Liebe, das sich schneller drehte, als man mit den Augen folgen konnte. Willi war Recha immer treu gewesen, er hatte nie einen anderen Traum gehegt, nie Verlangen nach einer anderen verspürt, solange er die eine, die für ihn gemacht war, in den Armen hielt. Was aber war diese Treue jetzt noch wert? Sie würde ihm nicht weiterhelfen. Recha hatte ihn im Stich gelassen, Grietje dagegen lag neben ihm unter der Decke, warm und lebendig und zum Greifen nah.

Er hatte sie nicht angerührt. Ohne Zweifel hielt sie ihn jetzt für einen Schlappschwanz, aber er konnte es nicht ändern. Schon die Küsse, die sie getauscht hatten, erschienen ihm auf einmal frevelhaft, geradezu abartig, als wäre er einer jener religiösen Eiferer, die an den Türen klingelten und beteuerten, die Welt würde demnächst untergehen, weil die Menschen Unzucht treibende Sünder wären.

Willi, der unter der Menenpoort stand, hob den Kopf und blickte zurück auf die Stadt, auf die wieder errichtete Straße, die die Soldaten hinunter in den Tod gezogen waren und die jetzt alles war, was von Ypern stand. Wenn die Welt demnächst unterging, dann aus anderen Gründen – ganz gewiss nicht, weil ein Mensch einem anderen in den Armen lag und sich bei ihm ein wenig Trost verschaffte. Sowieso konnte ihm ein Gott, der damit beschäftigt war, in fremde Schlafzimmer zu linsen, statt auf den Schlachtfeldern der Welt seinen angeblich geliebten Geschöpfen zur Seite zu stehen, gestohlen bleiben. Furcht vor Hölle und Sünde konnte es also nicht sein, was ihn mit regelrechtem Ekel vor sich selbst erfüllte, weil er auch nur mit dem Gedanken an eine Affäre mit Grietje gespielt hatte.

Er ging ihr aus dem Weg. Stürzte sich in die Arbeit, wählte

mit unbestechlicher Sorgfalt einen Drehort nach dem anderen aus. In ihrem Zustand war die Stadt als Kulisse für seinen Film wie gemacht. Anders als in *Wipers* würde ihr Name in *Die Verschonten* nicht erwähnt werden. Ypern stand hier nicht für eine bestimmte Stadt, sondern als Beispiel für alle erdenklichen Städte, denen geschehen würde, was Ypern geschehen war, wenn die Welt nicht wachsam war. Der wieder aufgebaute Teil, den er für Filmaufnahmen tageweise absperren durfte, eignete sich perfekt für die Szenen, die aus Benoits Erinnerung erzählt werden sollten. Willi plante, den kleinen Straßenabschnitt, der in den Großen Markt mündete, mit Statisten zu füllen, die er in der Stadt auflesen wollte: gewöhnliche Leute, Passanten, die zum Einkaufen oder zur Arbeit strebten und all die Geschäfte und Cafés zum Leben erweckten.

Benoit würde Arm in Arm mit seiner Frau ebenfalls einen Einkaufsbummel machen. Willi wollte die Straßenszene weihnachtlich schmücken und am Rand des Marktes ein Karussell seine Runden drehen lassen. Das war an einem heißen Sommertag eine Herausforderung, besonders für die Statisten, die in dicke Mäntel und Schals gehüllt werden würden, doch genau so musste es sein, wenn es im Innersten berühren sollte. Ein glückliches Paar beim letzten Einkauf vor Weihnachten, umsprungen von drei von Vorfreude erfüllten Kindern: den Söhnen, die schon ein wenig größer waren und sich an einem Schaufenster vor der elektrischen Eisenbahn die Nasen platt drückten, und dem kleinen Mädchen, das mit fliegenden Zöpfen zum Karussell flitzte. »Papa, Mama, darf ich auf das weiße Pferd?«

Dieser einzige gesprochene – gerufene – Satz sollte mit hundertfachem Echo verhallen, während Willi das glückliche Bild der Erinnerung vor den Augen der Zuschauer verschwimmen und zerfließen ließ. Genauso wie es einem in der Wirklichkeit geschah: Er selbst sah manchmal sekundenlang Recha zwischen den glitzernden Pfützen des Kurfürstendamms, das nasse Haar über ihrem Gesicht, die Arme, die erschöpft von Tanz und Glück heruntersackten, und während das geliebte Bild unaufhaltsam verblich, hallte durch sein Gedächtnis noch immer wie zum Hohn ihre Stimme: *Ich bekomme dein Kind, Willi. Ich bekomme dein Kind …*

Nur wenn die Zuschauer das Glück, das Benoit besessen und verloren hatte, wie ihr eigenes empfanden, würde der Film funktionieren. Für den Verlust standen die Steinwüsten hinter der Hauptstraße, der Ziegelbruch, der einst zu Häusern gehört hatte, in die Familien heimgekehrt waren. Bilder an den Wänden, Vasen auf den Tischen, Erinnerungen in jeder knarrenden Diele, die zerbrochen, zerfetzt, in Scherben und Splittern über das aufgerissene Straßenpflaster verstreut lagen. Wenn Willi ehrlich war, eignete sich eine jede der einstigen Gassen genauso gut wie die andere. Es gab keinen Grund, die Auswahl der Drehorte noch länger hinauszuzögern.

Oder besser – es gab einen Grund, an den er nicht denken mochte: die Furcht davor, mit dem eigentlichen Filmen zu beginnen. Wovor hatte er Angst? Weshalb verschob er den Drehbeginn ein ums andere Mal, um eine winzige Szene, eine Handvoll Worte auszutauschen?

Das Gegenteil hätte er tun sollen: sich beeilen, das knappe Budget ausnutzen und der UFA beweisen, dass sich die Ausgaben für die neue Technik gelohnt hatten. Vor allem Pommer war er einen solchen Beweis doch schuldig! Der Produzent, der bei Hugenberg, Grau und Konsorten ohnehin den Ruf des hoffnungslosen Verschwenders weghatte, hatte mit Menschen- und Engelszungen auf sie eingeredet, um Willi zur Nieden seine Chance als erster deutscher Tonfilmer zu verschaffen. Die Herren waren skeptisch gewesen – Willi wusste das nur zu gut. Die meisten Kinos konnten Tonfilme noch gar nicht abspielen. In der Branche gab es mehr als nur eine Stimme, die der ganzen Idee einen raschen Tod voraussagte, weil Film und Ton sich nicht miteinander vertrugen.

Damit ein solcher Film also die leiseste Chance hatte, sich zu rentieren, brauchte er Kassenmagneten am Regiepult und in der Besetzungsliste, Anreize, die Kinobesitzer dazu veranlassten, ihre Häuser auf die neue Technik umzurüsten. Es bedurfte keines in Ungnade gefallenen Willi zur Nieden, dessen Zuschauerzahlen rückläufig waren, keiner namenlosen Neunzehnjährigen, keines Experiments mit Weltuntergangsstimmung, der die Leute im Kino entfliehen wollten. Gernot Bieler als Benoit war das einzige Trumpf-Ass, das Pommer hatte ausspielen können. Wie er es dennoch erreicht hatte, das Einverständnis der hohen Herren zu bekommen, wollte Willi lieber nicht wissen. Pommer hing jetzt vom Gelingen des Films nicht weniger ab als er selbst – er durfte seinen Gönner auf gar keinen Fall enttäuschen.

Dennoch musste er sich nach zwei vergeudeten Wochen regelrecht zwingen, endlich einen Termin festzusetzen. Dass sein Vorrat aus dem *Kakadu* rapide zur Neige ging und er sich keine ordentliche Dosis gönnen konnte, um sich unbesiegbar zu fühlen, machte die Sache nicht leichter. Mit einer kleinen Szene zwischen Gernot und Grietje hatte er anfangen wollen: Catherine, die mit zwei der von ihr betreuten Kindern in Trümmern nach etwas Essbarem suchte, und Benoit, der im Vorbeieilen stehen bleibt und den Blick nicht von ihr wenden kann. Wirklich nicht mehr als eine kleine Szene, aber eine mit viel Ausdruck, in der jede Einstellung perfekt sitzen musste.

Gesprochene Worte gab es nur am Ende: Catherine fragt Benoit, der sie anstarrt, ob sie ihm helfen kann. Er schrickt zusammen. Ein »Ja« entfährt ihm, gefolgt von einem hastig gestammelten: »Ich meine Nein. Nein danke. Mir kann niemand helfen.«

Es war ein weiterer glutheißer Tag. Die Kinder, die er als Statisten ausgewählt hatte, waren schnell erschöpft und brauchten viele Pausen. Zudem zeigte sich Gunter, der sonst gelassen und professionell mit jeder Anforderung umging, ausgesprochen übellaunig. Er sei schließlich nur Beleuchter, nicht Zauberer, beklagte er sich, und aus strahlenden Sommerhimmeln einen düster dräuenden Sturm zu machen, sei ihm nicht gegeben. All das hätte Willi jedoch in den Griff bekommen, hätten nicht ausgerechnet seine beiden Paradepferde – Grietje und Gernot – auf ganzer Linie versagt.

Willi wollte in der Einöde, in der hoffnungslosesten Traurigkeit, Funken zwischen ihnen sprühen sehen, doch was er stattdessen vorgeführt bekam, war mühseligste Quälerei. Gernot spielte hölzern, geradezu geistesabwesend wie ein Anfänger, und Grietje, deren Körper und Haltung etwas Majestätisches besaßen, das ihm für die Rolle ideal erschienen war, wirkte in sich zusammengesunken und elend, als fröstele sie in der Hitze. Ihre Nase war noch immer entzündet, das verräterische Rot schimmerte durch den Puder, und die Augen waren blutunterlaufen. Außerdem hätte ihm längst auffallen müssen, wie stark sie abgenommen hatte. Ihre Wangen waren eingefallen, und das war nicht den Künsten der Maskenbildnerin geschuldet.

Sie ist zu jung, durchfuhr es Willi. Zu jung, um derart erbärmlich auszusehen, zu jung, um jeden Abend Kokain zu nehmen, zu jung, um offenbar mutterseelenallein zu sein. Wo waren ihre Angehörigen, mit wem war sie befreundet, warum ließ sich bei einem so hübschen Mädchen kein Verehrer blicken? Es wunderte ihn, dass er sich bisher nichts davon gefragt hatte.

»Fühlst du dich nicht wohl, Grietje?«, fragte er sie. »Sollen wir lieber morgen weitermachen? Oder am Montag? Du hast dir vielleicht eine Sommergrippe eingefangen, das kurierst du besser erst gründlich aus.«

Sie hatte genickt, war in ihr Zimmer verschwunden, und er hatte den Drehtermin erneut verschoben.

So war es weitergegangen. Gründe, die Arbeit zu unterbrechen, fanden sich ständig, und die paar Szenen, die er schließlich doch in den Kasten bekommen hatte, waren weitgehend unbrauchbar.

»Das macht nichts«, hatte er abends in der Gaststube des *Stadhuis* vor seinem Stab verlauten lassen und dabei ein Lachen von sich gegeben, das selbst in seinen Ohren hysterisch klang. »Schließlich ist das eine völlig neue Sache, so ein Tonfilm, in die man sich erst einmal einarbeiten muss. Da ist es nur normal, dass man eine Weile lang dieses und jenes ausprobiert und sich allmählich herantastet. Es ist sogar gut. Nur so kann man am Ende finden, was passt.«

Es war nur Gerede. Es verfing bei niemandem. Die Leute wurden unruhig, missgelaunt, rissen hämische Witze: »Heißt doch Tonfilm, Willi – wieso drehen wir dann überhaupt noch Bilder und nehmen nicht nur Geräusche auf?«

Versuche, mit Gernot über seine offensichtlichen Schwierigkeiten mit der Rolle zu reden, scheiterten. Entweder wich der Schauspieler ihm aus, oder er behauptete, er wisse nicht, wovon Willi sprach. »Ich mache meine Arbeit, und du mach deine. Wenn ich dir für deinen weltbewegenden Film allerdings nicht mehr gut genug bin, brauchst du es nur zu sagen. Für mich ist das kein Problem, ich kann mich vor Angeboten nicht retten.«

»Gernot, darum geht es doch nicht –«

»Ach nein? Warum engagierst du nicht den Max Ehrlich? Oder den Rosen?«

»Ehrlich und Rosen? Die sind doch Komiker. Warum soll ich die engagieren?«

Gernot zuckte mit den Schultern. »Ich dachte nur, weil du doch so scharf auf Juden bist. Vielleicht ist ja das dein Problem – ich kann dir nichts recht machen, weil du diesen Benoit als einen von deinen geliebten Juden betrachtest und an mir nun einmal nichts Jüdisches ist. Tut mir leid, Willi. Ich halte viel von dir, das weißt du. Allein dir zuliebe habe ich in diesen amoralischen Dramen der Asphaltliteratur, die mir verhasst sind, alle erdenklichen zwielichtigen Gestalten gespielt. Aber einen Juden? Tut mir leid, Willi. Das kann ich nicht.«

Alles in Willi hatte sich gesträubt, das Gespräch weiterzuführen, womöglich so lange, bis er einsehen müsste, dass sein Hauptdarsteller ernst meinte, was er da von sich gab. Genutzt hätte es ohnehin nichts. Abends kauerte er allein in seinem Hotelzimmer und konnte sich nicht durchringen, sich zu den anderen nach unten zu setzen, weil er Fragen fürchtete. Zweimal klopfte Fietje Dehouck, der Reporter, der so gut Deutsch sprach und sich zum Dank für die Reportage ein wenig um sie kümmerte, an seine Tür, um ihm mitzuteilen, unten am Empfang warte ein Anruf auf ihn.

»Was für ein Anruf? Meine Frau?« Die Frage war ihm entfahren, ehe er Zeit gehabt hatte nachzudenken. Wie sehr er Recha vermisste, hatte er nicht einmal vor sich selbst eingestanden.

»Eine Frau Quirin aus Berlin, Herr zur Nieden.«

Felice. Siedend heiß fiel ihm ein, dass er keine Ahnung hatte, ob Lise und Jenny inzwischen gefunden worden waren. Was für ein Mensch war er überhaupt? Hatte in seinen Gedanken nichts anderes als seine eigenen Probleme Platz? Sprechen wollte er mit Felice trotzdem nicht. Wenn man sich ohnehin schämte, war seine Schwester der denkbar unangenehmste Gesprächspartner.

»Sagen Sie ihr bitte, ich rufe sie so bald wie möglich zurück.«

»Sehr wohl, Herr zur Nieden.«

Ein Gefühl der Leere packte ihn, sobald die Tür sich geschlossen hatte. In einem Impuls wollte er doch noch hinunterlaufen, um Recha anzurufen. Auf einmal sehnte er sich danach, mit ihr über seine Schwierigkeiten zu sprechen oder ihr sogar einzugestehen: *Du hattest recht damit, dich nicht auf den Film einzulassen, denn ich bin nicht Manns genug, ihn zu umzusetzen. Etwas stimmt mit meinem in den Himmel gehobenen Drehbuch nicht, das sich von allein hätte drehen lassen müssen. Es funktioniert nicht. Es wird kein Film daraus, weil ich dem Stoff nicht gewachsen bin. Ich werde es einem anderen geben müssen, oder es wird nie ein Film daraus werden.*

An diesem Abend hatte er den Impuls unterdrückt. Drei Tage später aber, als er bereits seit einer kleinen Ewigkeit kein Kokain mehr genommen hatte, war er tatsächlich hinunter in die Kabine gelaufen und hatte um Vermittlung nach Berlin gebeten. Während er sich fieberhaft überlegte, was er Recha sagen wollte, hatte der Apparat in seinem Haus geläutet. Wie konnte er auch nur erwägen, seine Niederlage einzugestehen, sich vor ihr endgültig zum Versager zu machen?

»Der Teilnehmer meldet sich nicht«, verkündete das Fräulein vom Amt in seine Grübeleien, und Willi hatte zugleich erleichtert und enttäuscht aufgeatmet.

Er hatte es mit dem Filmen noch einmal probiert. Und noch einmal und noch einmal. Und dann hatte gestern Abend, als er von einem weiteren komplett in den Sand gesetzten Drehtag zurück ins Hotel gekommen war, ein Mann am Tresen der Gaststube gestanden, den er kannte. Erich Pommer. Der Produzent, der ihm mit diesem Film vertraut hatte.

»Offen gestanden machen wir uns Sorgen, weil Sie überhaupt noch kein Material geschickt haben«, fiel Pommer mit der Tür ins Haus. »Ich habe Grau noch einmal davon abhalten können, persönlich hier aufzukreuzen, aber leicht war das nicht. Ich habe ihm versichern müssen, dass ich mich vor Ort überzeuge, dass alles in bester Ordnung ist. Zum Beweis soll ich einen detaillierten Bericht vom Drehtag sowie mehrere schnittfertige Kostproben des Films mitbringen.«

Als Willi nicht sofort antwortete, hatte Pommer ihn von der Seite angesehen. »Es ist doch alles in bester Ordnung, oder, zur Nieden? Ich muss Ihnen nämlich leider sagen, dass Sie daheim alles andere als einen guten Stand haben. Hilmar Lehnitz macht gegen Sie mobil.«

»Das ist ja nichts Neues«, sagte Willi, um einen sorglosen Ton bemüht.

»Neu ist aber, dass Hugenberg ihn in die Verwaltung berufen hat«, erwiderte Pommer. »Und dass er außerdem mit Hilfe von Grau nach Regisseuren sucht, die Lehnitz' Gesinnung teilen, aber etwas mehr Begabung zu bieten haben. Damit er Leute wie Sie ersetzen kann, zur Nieden. Ihre Gesinnung schmeckt ihm nämlich nicht, wie Ihnen wohl bekannt ist. Noch haben Sie einen Vertrag – geben Sie Ihren Gegnern keinen Anlass, Ihnen diesen aufzukündigen.«

Willi hatte mit Händen und Füßen versucht, sich herauszureden, hatte behauptet, mit dem Film liefe alles großartig, man sei lediglich im Zeitplan ein paar Tage zurück, weil mehrere Darsteller nacheinander krank geworden seien. »Und dann ist das natürlich auch eine neue Sache, da muss man den Leuten schon Zeit lassen, sich ein bisschen einzuarbeiten.«

Sein albernes Lachen hatte Pommer nicht erwidert. »Ich denke, das Beste wird sein, ich komme morgen zum Dreh und sehe mir diese ganz neue Sache mit eigenen Augen an«, hatte er gesagt.

»Tja, gerade morgen wäre es leider nicht günstig«, hatte Willi gestammelt. »Der Drehort, den wir ausgewählt hatten, hat sich nämlich als ungeeignet erwiesen. Akustisch, versteht sich. Gegen eine schlechte Akustik ist leider kein Kraut gewachsen, und gerade in dieser Frage darf man beim Tonfilm keine Kompromisse machen. Deshalb habe ich morgen einen drehfreien Tag angesetzt, um mich persönlich nach einem besser geeigneten Ort umzusehen. Wenn Sie sich uns dann also vielleicht übermorgen anschließen wollen …«

Darauf hatte Pommer sich wenn auch mit sichtlichem Argwohn eingelassen, und Willi hatte versucht, sich einzureden, dass er damit die Lösung gefunden hatte. Vielleicht fehlte ihm wirklich nur der eine entscheidende Drehort, der alles in Schwung bringen würde.

Von Panik getrieben fasste er einen Entschluss: Er würde vor Pommers Augen die große Liebesszene zwischen Benoit und Catherine abdrehen, den Höhepunkt, in dem die beiden sekundenlang alles um sich vergessen, ehe der Tod erneut in ihre Welt eindringt. Er würde für diese Szene einen neuen Drehort finden, und endlich würde alles zusammenkommen. Grietje war gestern Abend nicht da gewesen. Vielleicht tat sie irgendwo eine Quelle auf, aus der sie ein bisschen Koks beziehen konnten. Nur um die erste Hemmung zu überwinden. Wenn er seinen Film dann endlich auf den Weg gebracht hatte, so beschloss Willi, würde er damit aufhören.

Und jetzt stand er hier, unter der Menenpoort, an der sich allabendlich Yperns Bewohner zum Gedenken versammelten. Was hatte ihn hierhergetrieben, was hatte er hier zu finden gehofft? Einen Drehort? Sollte er für den Abspann seines Films die eingemeißelten Namen der Toten abfilmen, über die die Namen der lebendigen Mitwirkenden gelegt wurden? Als Zeichen dafür, dass sie selbst – die Verschonten – nur durch Glück nicht auf dieser steinernen Liste standen, dass sie dieses Glück um jeden Preis bewahren mussten?

Sein Blick glitt über die Spalten. Als er an einem Namen hängen blieb, erfasste ihn nicht einmal Verwunderung: *Scott Brown-Bouvier, Captain, 4. Division. 12. Bataillon, Sherwood Foresters Line Infantry.*

Warum fiel ihm das erst jetzt auf? Warum hatte er nicht längst danach gesucht? Der Mann, dessen Geschichte er zu seinem größten Erfolg verarbeitet hatte, der einzige Sohn seiner Eltern, der einzige Gefährte seiner Liebsten, war einer der Vermissten, von denen nichts als ein Namenszug übrig war.

Darunter tat sich eine Lücke auf, wo man einen der Namen aus dem weißen Stein getilgt hatte, weil der Mann, dem er gehört hatte, gefunden und begraben worden war. Willi aber kam es vor, als stünde dort im unebenen Weiß der Namenszug von

Scott Brown-Bouviers Freund: *Wolfgang Vanselow, Kämpfer mit der Kamera, Verteidiger dieser Stadt.*

Die beiden Männer waren zusammen gestorben, nur Minuten nacheinander. In Willis Kopf hallte, was Theo Regensburger zu ihm gesagt hatte: *Dass Wolfgang diesen Film nicht mehr machen kann, ist eine gottverdammte Schande, und dass stattdessen Sie – einer der Schuldigen – ihn machen, ist eine noch viel gottverdammtere.*

Einer der Schuldigen.

Hatte er wirklich nicht gewusst, was an seinem Film falsch war, was ihn hinderte, die Geschichte von Benoit und Catherine zu drehen?

Die weißen Säulen und der rote Stein des Tores spiegelten sich im Wasser des Flusses Ieperlee, als verberge sich darunter eine zweite Hälfte mit den Namen derer, die sich scheuten, sich schämten, sich den Blicken der Nachgeborenen nicht zeigen mochten. Willi sah trotzdem hin und erkannte sein Gesicht auf der schwarzgrünen Oberfläche, die sich im erstarkenden Wind bewegte.

Mit schweren Schritten zog Willi los, die Hauptstraße hinunter, die jetzt, am Nachmittag, wenig belebt war. Ein Blick zum Himmel verriet den möglichen Grund: Nach Wochen ohne einen Tropfen Regen braute sich über ihm ein Gewitter zusammen, verschluckten schwarze Wolken das Licht.

Willi war das ganz recht. Er wusste jetzt, wohin er zu gehen hatte.

26

Der Mann sah aus wie ein Fass, auf das jemand eine Art Christbaumkugel als Dekoration gesteckt hatte. Quintus war groß und Felice nicht klein, aber der Fassmann hätte ihnen beiden auf den Kopf spucken können.

»Du brauchst nicht mitzukommen«, hatte Felice gesagt, weil ihr Gewissen noch immer nicht wieder völlig im Lot war und sie Quintus, der einen langen Arbeitstag hinter sich hatte, die abendliche Erholung gönnen wollte.

»Ich könnte aber von Nutzen sein«, hatte Quintus erwidert. »Vergiss nicht, ich habe als Sensationsreporter angefangen. Und wenn man's genau nimmt, bin ich neuerdings wohl wieder einer. Außerdem möchte ich gerne mitkommen. Auch wenn du dich gelegentlich bemühst, mich auszubauen, beharre ich dreist weiter darauf, ein Mitglied dieser Familie zu sein.«

Felice grinste schief und küsste ihn. Sie war froh, dass er mitkam. Nicht nur, weil er sich bei der Befragung der Leute auf dem Filmgelände weit geschickter anstellen würde als sie und weil sie mit dem, was sie herausfinden würden, nicht gern allein sein wollte. Sie ertrug es in diesen Wochen kaum, Zeit von ihm getrennt zu verbringen. Wie nah sie daran gewesen war, ihn zu verlieren, wurde ihr erst nach und nach bewusst – und zugleich erfasste sie, was es bedeutet hätte: alt werden ohne den Mann, mit dem sie jung gewesen war, graues Haar bekommen ohne den, der ihr struppiges Dunkelbraun gekannt hatte, ihre Kinder ziehen sehen, ohne dass ihr Gefährte an ihrer Seite in der Tür stand, wie er an ihrer Seite gestanden hatte, als ihnen die Kinder geschenkt worden waren.

Ihre Familie hatte einen herben Schlag erlitten, und statt zusammenzurücken, hatte Felice höchstpersönlich die verbleibenden Mitglieder auseinandergetrieben. Es wurde Zeit, dass sie sich aufeinander besannen und einander Halt gaben. Sobald sie Recha gefunden und sich davon überzeugt hätten, dass sie zurechtkam, würden sie die letzte Woche der Ferien für einen Urlaub zu fünft nutzen. Quintus hatte ein Sommerhaus an der holsteinischen Ostseeküste gemietet. Die Ausgabe konnten sie sich dank seines neuen Sensationsblattes leisten, und die Fahrt würden sie im eigenen Auto zurücklegen.

Felice hatte Anton, der von nichts anderem mehr als von dem Auto redete, gefragt, worauf er sich am meisten freute, und er hatte geantwortet: »Mit dir zu verreisen, Mami. Wir wollten uns doch unter der Decke Geschichten erzählen.«

Felice hatte Ille einen Brief geschrieben. Keine ihrer Examensarbeiten oder Schlussplädoyers war ihr auch nur annähernd so schwergefallen, aber Quintus, der ins Diplomatische Korps hätte eintreten können, hatte ihr geholfen. »Sich zu entschuldigen bedeutet nicht, dass man sein Gesicht verlieren muss«, hatte er gesagt. »Du hast in bester Absicht gehandelt, im Interesse der Kinder, du hast keinen Grund, in Sack und Asche zu gehen. Wenn du trotzdem Ille um Entschuldigung bittest, weil du sie und ihre Rechte dabei völlig aus den Augen verloren hast, zeugt das von Größe, finde ich.«

»Wenn wir dir helfen können, lass es uns bitte wissen«, hatte Felice geschrieben. »Du magst jedes Recht haben, wütend auf mich zu sein, aber wir haben eines noch immer gemeinsam: Wir lieben Lise und Jenny. Ich bin ihre Tante.«

Das Wort »Tante« zu schreiben, schmerzte. Aber sie würde es lernen müssen. Eine vernünftige Tante konnte man schließlich immer gebrauchen, sagte sie sich mit einer Spur Galgenhumor und machte aus dem Brief ein Päckchen, legte Lieblingsbücher und Kleidungsstücke der Kinder bei, ein paar Süßigkeiten – Sahnebonbons, die Lise liebte, und Lakritze, das Einzige, was Jenny anrührte. Dazu ein Bild, das Annette, Anton und Sylvia samt Luise und diversen Freunden gemalt und geklebt hatten, und eine Fotografie von ihnen allen. Mehr konnte sie nicht tun. Sie würde lernen müssen, dass es Situationen gab, in denen sie nichts tun, nur abwarten konnte und darauf vertrauen, dass die Dinge sich zum Besten fügten.

Es kam sie unendlich hart an. Aber genau das war sie Lise und Jenny schuldig: die Hände in den Schoß zu legen und zu vertrauen. Daran glauben, dass Liebe nichts Flüchtiges war, sondern Kraft besaß, die die Mädchen spüren würden, ein Fundament, auf dem sie auch jetzt, weit weg von ihnen, sicher stehen konnten.

Für Recha hingegen hätte sie längst etwas tun müssen. Quintus hatte die Adresse der Filmleute in Belgien herausbekommen, und Felice hatte mehrmals versucht, Willi dort zu erreichen. Da ihr Bruder nie zu sprechen gewesen war, hatte sie einem der niederländischen oder flämischen Hotelangestellten beständig Nachrichten für ihn aufgetragen. Der Mann hatte sie in seinem fast akzentfreien Deutsch bedauert und nach ihrem vierten vergeblichen Versuch gesagt: »Wissen Sie was? Ich hole Ihnen jetzt einen von den Kollegen an den Apparat, vielleicht kann der Ihnen weiterhelfen. Es ist ja offensichtlich, dass es um nichts Belangloses geht.«

Kurz darauf hatte sie mit einem Mann namens Gunter Agnelli gesprochen, den sie bei Willi kennengelernt hatte. Er war gerade Vater geworden, überglücklich, angeschickert und nur allzu redselig. »Was mit Willi und Recha los ist, wissen wir hier alle nicht. Meine Frau hatte sich auch kümmern wollen, aber dann ist uns, wie Sie verstehen werden, etwas dazwischengekommen. Guido Max Wolfgang. Der Stammhalter. Fast neun Pfund schwer und einen halben Meter lang.«

»Sie wissen aber, dass Rechas Bruder umgekommen ist? Bei einem Unfall auf dem Filmgelände?«

»Wie bitte?« Schlagartig klang der Vater des neun Pfund schweren Stammhalters stocknüchtern. Er hatte keine Ahnung gehabt, und je mehr Felice in ihn drang, desto klarer wurde ihr, dass ihr Bruder auch keine Ahnung hatte. Recha hatte keinem Menschen von Gabriels Tod erzählt. Sie war spurlos verschwunden, und das einzige Lebenszeichen von ihr bestand darin, dass sie Mary und Natalja Geld schickte, um die Lebensmittelrechnungen des Haushalts zu begleichen. Die Vorräte verbrauchten die beiden Angestellten, die ebenfalls von nichts wussten. »Wäre doch schade, wenn all die guten Dinge verkommen würden, meinen Sie nicht auch, Frau Quirin? Wenn Sie sie allerdings abholen und selbst verzehren wollen –«

»Gott bewahre«, hatte Felice sie unterbrochen. »Ich will wissen, wo meine Schwägerin ist, sonst nichts.«

Deshalb waren sie heute hier, in der Kantine des Filmstudios, und sprachen mit einem Mann, der einem Fass mit aufgesteckter Christbaumkugel glich. Quintus erhielt durch seinen Beruf leicht Zugang zu Polizeiberichten und hatte eine Reihe von nackten Fakten in Erfahrung gebracht: Gabriel hatte offenbar ein Gerüst für Beleuchter bestiegen, das bereits teilweise abgebaut gewesen war und nicht mehr sicher stand. Hinzu kam, dass er ohne seine Krücke, die er am Boden liegen gelassen hatte, selbst nicht sicher stehen, geschweige denn Gerüste erklimmen konnte. Was er auf dem verfluchten Gerüst gewollt hatte, war unbekannt und würde sich womöglich nicht mehr herausfinden lassen. Vielleicht nichts als die Aussicht genießen, sich von oben anschauen, wo seine Schwester den ganzen Tag über tätig war. Seine Schwester war schließlich sein Ein und Alles gewesen, ihre Welt das Einzige, was ihm vom Leben geblieben war.

Einst hat er Ille geliebt, erinnerte sich Felice. Dann fiel ihr ein, wie vor Gericht kein Mensch Illes Aussage hatte glauben wollen, sie habe den grausam entstellten Kriegskrüppel, vor dessen Gesicht selbst die abgebrühten Richter zurückgeschreckt waren, ebenfalls geliebt. Er sei sanft gewesen und habe ihr Interesse entgegengebracht wie nie ein Mensch zuvor. Mit den Kindern habe er flach auf dem Boden liegend gespielt, und er habe sich abends Gute-Nacht-Geschichten für sie ausgedacht.

Hätte Ille damals ihren Mann verlassen können, hätte sie dabei die mindeste Unterstützung gehabt, hätten die beiden vielleicht keinen Mord begangen, sondern es geschafft, sich eine Art von Leben aufzubauen. Aus erster Hand. Schwierig zwar, aber lebenswert. Stattdessen war Gabriel wie ein Haustier bei Recha und Willi untergekrochen, geliebt und umsorgt, doch ohne jeden Lebenssinn. Von seinem traurigen Tod hatten Familie und Freunde nicht einmal etwas mitbekommen, und bis auf Recha würde er niemandem fehlen. Seinen Eltern vielleicht, die Felice nicht kannte. Soweit sie wusste, hatten sie sich jedoch nicht mehr um ihren Sohn gekümmert, seit er wegen Todschlags in einem minderschweren Fall verurteilt worden war.

Den Polizeiprotokollen nach, die Quintus eingesehen hatte, war ein Mann namens Alexander Kinsky der Einzige gewesen, der am Unfalltag Lärm gehört hatte und in die große Aufnahmehalle gelaufen war, wo Gabriel von dem Gerüst gestürzt war. Er hatte Recha dort an der Seite ihres Bruders vorgefunden, hatte die Polizei verständigt und einen Arzt gerufen, der jedoch nur noch Gabriels Tod durch Genickbruch hatte feststellen können.

Felice hatte mit diesem Kinsky sprechen wollen, und Quintus hatte herausgefunden, dass es sich um den Betreiber der Kantine handelte. Um den Fassmann. In seinem Lokal, dessen Wände mit unzähligen Aufnahmen aus Filmen geschmückt waren, herrschte um diese Zeit wenig Betrieb. Kinsky übergab seinen Platz an den Zapfhähnen einem Gehilfen und setzte sich mit Felice und Quintus in eine Nische.

»Herr Kinsky –«, begann Quintus.

»Saschi«, verbesserte der Fassmann, dessen Kopf aus der Nähe noch kleiner wirkte. »Alle hier nennen mich so. Hätte ich in Sankt Petersburg bleiben können, hätte ich Kameramann werden wollen. Hier bin ich Barmann, und ein Barmann braucht einen Namen, bei dem ihn jeder schnell zu Hilfe rufen kann, wenn ihm Bier oder Schnaps ausgehen.«

Quintus lächelte. »Wie es aussieht, waren Sie auch der Einzige, den unsere Schwägerin schnell zu Hilfe rufen konnte.«

Der Fassmann, der Saschi genannt werden wollte, wiegte den Kopf. »Sie hat mich nicht gerufen. Sie hat niemanden gerufen. Sie kniete in ihren zerrissenen Kleidern am Boden, hat ihrem Bruder mit beiden Händen das Gesicht gestreichelt und auf ihn eingesprochen. Jiddisch. Ich habe sie hier sonst nie Jiddisch sprechen hören, ich wusste gar nicht, dass sie es kann. Meine Verlobte wusste es auch nicht.«

»Ihre Verlobte?«

»Natalja. Das Hausmädchen bei Frau Süßapfel und Herrn zur Nieden. Wir waren schon in Sankt Petersburg verlobt. Und dabei wird es nun wohl auch bleiben.«

Wohin man tritt, stößt man auf Geschichten, hatte Quintus einmal gesagt. *Man ist nur meistens zu beschäftigt mit der eigenen, um ihnen nachzuspüren.*

Damit fühlte sich Felice präzise beschrieben. Sie hatte das Gefühl, sie hätte den Mann fragen müssen, warum er glaubte, er werde seine Langzeitverlobte nun nicht mehr heiraten. Vermutlich fragte ihn nie jemand danach, weil jeder froh war, wenn er die Last seiner eigenen Geschichte bei dem Barmann abladen konnte. Ihr selbst ging es nicht anders. Sie hatte keine Zeit für die Geschichten fremder Leute, musste dem Mann ihre Fragen stellen: Mit wem hatte ihre Schwägerin gesprochen, seit sie über

Gabriels Leiche gekniet hatte? Wer war bei ihr gewesen? Wer hatte sie getröstet?

»Sie sagten, Frau Süßapfels Kleider wären zerrissen gewesen?«, fragte Quintus. »Ist sie auch von dem Gerüst gestürzt? Waren die Geschwister beide dort oben?«

»Möglich wäre es«, antwortete Saschi. »Sie war verletzt, hatte sich im Gesicht die Haut abgeschürft, und an Hals und Schulter war Blut. Aber ich glaube es nicht.«

»Warum nicht?«

Der Riese zuckte mit den Schultern. »Genau kann ich das nicht sagen. Sie machte mir einfach nicht den Eindruck, als wäre sie mit ihm zusammen von diesem Gerüst gestürzt. Ich glaube, sie hat ihn stürzen sehen und ist so schnell, wie sie konnte, hinuntergestiegen, aber natürlich konnte sie ihn nicht auffangen. Sie hat sich hingekniet und geweint und geschrien, sie war verzweifelt und wie in Trance, als ich sie ansprach, aber nein, als sei sie gestürzt, sah sie für mich nicht aus.«

Felice und Quintus wechselten einen Blick. *Er weiß etwas*, dachte Felice, *und er versucht, es uns zu sagen, ohne es Wort für Wort auszusprechen.* Daran, dass Quintus dasselbe dachte, zweifelte sie nicht.

»Hat sie sich Ihrer Meinung nach die Kleider beim Hinuntersteigen zerrissen?«, fragte er. »Und sich die Verletzungen zugezogen?«

»Nein«, sagte Saschi.

»Wie dann?«

Der Barmann, der Kameramann hätte werden wollen, blickte auf und sah von einem zum andern. Er hatte helle, fast gelbliche Augen unter langen, geschwungenen Wimpern. »Ich kann das nicht wissen, ich war ja nicht dabei«, sagte er. »Aber ich war an manch anderen Tagen dabei, als sich auch nicht alles so abspielte, wie es hätte sein sollen. Die meisten, die hier herumlaufen, sind Schauspieler, die wissen, wie man den Schein wahrt. Aber ich kenne sie schon zu lange, bei mir fällt es ihnen nicht so leicht. Außerdem kann kein Mensch immer schauspielern. Früher oder später fällt er aus der Rolle und zeigt das Gesicht, das sich hinter der Maske versteckt.«

»Sie sprechen nicht von Recha Süßapfel, nicht wahr?«

Wieder wiegte Saschi, der Barmann, den Kopf. »Nein.«

»War noch jemand dort?«, fragte Felice. Gunter Agnelli hatte ihm erzählt, seine Frau Geli sei dort gewesen, um eine Freundin zu treffen – Sonja Vogt-Behringer, die auch Rechas Freundin war. Felice hatte beide angerufen, doch niemand wusste etwas von Recha. Die frischgebackene Mutter hatte sich entschuldigt: Sie habe an Rechas Verhalten manches merkwürdig gefunden und ihren Mann Gunter in Belgien darüber in Kenntnis gesetzt. Letzten Endes habe sie über der Geburt ihres Sohnes jedoch alles vergessen.

Was Felice ihr nicht vorwerfen konnte.

Sonja Vogt-Behringer hingegen war Recha an jenem Tag überhaupt nicht begegnet. »Nur ihrem Filmpartner. Gernot«, hatte sie gesagt. »Der hat den Kopf in die Kantinentür gesteckt, war aber genauso schnell auch wieder verschwunden. Ansonsten war kaum jemand da – es waren ja alle Termine abgesagt, weil die Leute, die aus Berlin kommen wollten, in den Straßensperren festhingen.«

Auf Felices Frage, ob Recha sich hinterher bei ihr gemeldet habe, antwortete die Schauspielerin: »Ich weiß, es liegt nahe, weil wir jahrelang befreundet waren. Aber Recha hatte sich schon seit einer Weile von uns allen zurückgezogen, und wenn ein Mensch sich zurückzieht, respektiere ich das. Einmal habe ich sie angesprochen, weil beruflich immer weniger für sie lief und ich mir Sorgen machte. Aber sie behauptete, es sei alles bestens, sie wolle nur etwas kürzertreten und sich mehr der Familie widmen. Recha hat so wenig Familie wie ich, auch wenn sie eine Zeit lang behauptet hat, sie wäre schwanger. Aber wenn jemand andere so etwas glauben machen will, dann sollten seine Freunde ihm den Gefallen wohl tun.«

»Sie haben es nicht geglaubt?«

»Ich bin selbst bei der UFA beschäftigt«, sagte Sonja. »Ich weiß so manches, was hier läuft und was mir so wenig schmeckt wie Recha. Wenn sie darüber sprechen würde, könnte man gemeinsam dagegen vorgehen – Antisemitismus, ich bitte Sie, wie antiquiert ist denn das? Und wie fehl am Platz, ausgerechnet dort, wo das modernste Medium der Welt produziert werden soll! Aber Recha ist offenbar der Meinung, die Sache beträfe sie allein und sie müsse auch allein damit fertig werden, denn von uns ist ja niemand jüdischer Herkunft.«

Felice hatte an den Tag vor bald anderthalb Jahren gedacht, als sie Recha mit dem *Stürmer* in den Händen vor dem Schuhgeschäft getroffen hatte. Wie es aussah, hatte dahinter viel mehr gesteckt, als sie angenommen hatte, und sie hätte dem nachgehen, dranbleiben, Recha den Rücken stärken müssen. Aber danach war so viel geschehen, sie war so tief in ihrer eigenen Geschichte verstrickt gewesen, dass das damals Besprochene in Vergessenheit geraten war. Jetzt saß sie dem Russen gegenüber, der offenbar Jiddisch verstand, und wand sich unter dem Blick seiner gelblichen Augen.

»Ja«, sagte er nach einer Weile, »meine Eltern waren auch Juden. Jahrelang war ich der Ansicht, ich hätte andere Sorgen und hier in Deutschland werde darum nicht viel Aufhebens gemacht, zumal ich nie in irgendeiner Weise gläubig war. Nun aber ist es auf einmal wichtig geworden. Nicht, woran einer glaubt. Sondern, von wem er abstammt. Wie einer dieser Raumteiler ist das, den sie in der großen Halle aufstellen, um zwei getrennte Bereiche zu schaffen. Plötzlich gibt es eine Trennung in ›Wir‹ und ›Die‹. Ich sage Ihnen die Wahrheit: Ich habe mich als Feigling erwiesen und niemandem ein Wort davon erzählt. Das Gefühl, nicht länger erwünscht zu sein, wo man sich zu Hause glaubt, habe ich einmal kennengelernt, und ich lege keinen Wert auf eine Wiederholung. Allerdings frage ich mich inzwischen, ob das Verschweigen überhaupt irgendeinen Nutzen hatte. Sportsfreunden wie Herrn Hugenberg, Herrn Grau, Herrn Lehnitz und dem feinen Herrn Bieler sind Slawen höchstens graduell lieber als Juden. So wie man vielleicht zwischen Kakerlaken und Schmeißfliegen noch einen kleinen Unterschied macht.«

»Herr Bieler auch?«, fragte Quintus.

»Er ruft inzwischen zum Boykott meines Lokals auf. Heimlich, versteht sich. Vornehm und leise. Im Gegensatz zu den grölenden Horden besitzt der feine Herr Bieler ja Verstand und Schauspieltalent, und er hat auf die Pandora-Büchse mit seinem Hass einen Deckel geschweißt, den er nur hebt, wenn er sich in Sicherheit weiß. Auch Tritte verteilt man in der Öffentlichkeit besser nur an die, die schon am Boden liegen, nicht an solche, bei denen die Möglichkeit besteht, dass sie sich noch einmal erheben.«

»Ich wäre Ihnen dankbar, wenn Sie mir das näher erklären könnten«, sagte Quintus mit einer Behutsamkeit, für die Felice ihn bewunderte.

»Noch regiert Müllers Kabinett«, erwiderte der Russe. »Eine große Koalition ohne Hitler und Hugenberg, die es sich zwar bereits mit breiten Teilen der Bevölkerung verdorben hat, aber das Ruder überraschend lange festhält. Übergriffe gegen Juden, Slawen, Zigeuner werden zwar immer häufiger stillschweigend geduldet, aber nicht für legal erklärt. Geschweige denn gesetzlich vorgeschrieben.«

»Das wird auch nicht geschehen!«, rief Felice. »Das hier ist unser Staat. Wir alle gestalten ihn, wir können nicht wie unter dem Kaiser einfach übergangen werden.«

»Mir kommt es immer so vor, als hätten die, die am lautesten danach verlangen, ihn zu gestalten, dafür am wenigsten Zeit«, erwiderte der Russe müde. »Aber wie dem auch sei: Der feine Herr Bieler ist keiner, der seine Fahne in den Wind hängt, ehe er genau weiß, woher dieser Wind weht. Seinen Judenhass hegt er im Verborgenen, genau wie die Gründe, die diesen Hass befeuern. Zumindest so lange, wie niemand ihm den Deckel von der Büchse reißt.«

»Was für Gründe kann es dafür denn geben?«, fuhr Felice auf. »Antisemitische Ressentiments haben überhaupt keine Gründe, die vernunftbegabte, aufgeklärte Menschen nachvollziehen können. Sie sind für kleingeistige Versager, die ihr Leben nicht in den Griff bekommen und nichts erreicht haben, auf das sie stolz sein können – weshalb sie sich in die Brust werfen und behaupten, sie wären stolz auf das Blut, das in ihren Adern fließt. Ich kann mir nicht vorstellen, dass jemand wie dieser Bieler so etwas nötig hat. Ist der nicht in aller Munde? Quintus, hast du ihn nicht gerade erst auf der Titelseite deiner Klatschzeitung gehabt?«

»Gernot Bieler gilt bereits seit Jahren als der kommende Mann unter den jugendlichen Liebhabern«, bestätigte Quintus mit komisch-schmerzlich verzogenem Gesicht. »Ganz scheint sein Kommen sich zwar noch nicht bewahrheitet zu haben, aber er ist beliebt, und der neue Film von Willi könnte der endgültige Durchbruch sein. Ich muss auf diesem Gebiet ja neuerdings im Bilde sein, und ich habe meine Hausaufgaben gemacht. Dabei ist mir aufgefallen, dass Bieler seine Herkunft mehr als tunlichst verbirgt. Mit letzter Sicherheit haben meine Leute nichts etablieren können, aber ich nehme stark an, dass er ein uneheliches Kind ist. Nicht gerade ein Zuckerschlecken in einem brandenburgischen Dorf der Kaiserzeit. Über die Herkunft des Mannes, der seine Mutter mit ihm sitzengelassen hat, ließe sich nun natürlich spekulieren.«

Saschi, der Fassmann, nickte bedächtig mit dem kleinen Kopf. »Die meisten von denen hassen am meisten, was sie an sich selbst nicht ertragen. Beim feinen Herrn Bieler ist es womöglich noch schlimmer. Er war einmal verlobt.«

»Ja, Gerüchte darüber habe ich zuhauf gehört. Die Bekanntgabe des Hochzeitstermins soll unmittelbar bevorstehen, und dann wird natürlich auch der Name der Braut enthüllt …«

»Diese Gerüchte streut er selbst«, erwiderte Saschi. »Der Name der Braut wird nie enthüllt werden, weil Phantome keine Namen haben. Die Spuren seiner wirklichen Verlobung hat er hingegen vertuscht. Noch besser als die seiner Herkunft. Nur der Barmann weiß es. Vor dem Barmann nimmt niemand ein Blatt vor den Mund, denn der Barmann gehört wie der Zapfhahn zum Inventar und schweigt. Die Verlobte war Lilo Lehmann, und das Ganze liegt zehn Jahre zurück. Damals, als Ihr Bruder seinen großen Film gedreht hat.«

»Wer ist Lilo Lehmann?«, fragte Felice.

Die beiden Männer wechselten einen Blick. »Sie war Revue-Tänzerin«, sagte Quintus dann. »Nicht ganz so erfolgreich wie die so elendig zugrunde gegangene Anita Berber, aber sehr umschwärmt, sehr fleißig und zudem weit gesünder. Fachleute sagten ihr eine glanzvolle Karriere auf der Leinwand voraus.«

»Ich wusste gar nicht, dass du mal in Revuen gegangen bist«, bemerkte Felice verblüfft.

»Bin ich nicht«, erwiderte Quintus. »Aber die Lehmann erlangte kurz darauf eine traurige Berühmtheit, die an keinem Zeitungsmann vorbeigegangen sein dürfte. Sie wurde aus der Spree gefischt. Offenbar war sie ungewollt schwanger und hat sich entschieden, ihrem Leben ein Ende zu setzen.«

»Verfluchter Paragraph 218!«, entfuhr es Felice. »Sie war also schwanger von Bieler? Und der hat sie mit dem Kind sitzen lassen?«

»Nein«, sagte Saschi. »Sie hat ihn sitzen lassen. Bereits ein knappes Jahr vor ihrem Tod hat sie die Verlobung gelöst.«

»Er kann also nicht der Vater sein?«, murmelte Felice.

Kurz war es still. Dann legte Quintus seine Hand über ihre. »Kann er schon«, sagte er leise. »Ich glaube, wir waren auch nicht verlobt, als wir Annettchen –«

»Aber ich denke, sie wollte die Sache mit Bieler beenden«, fiel ihm Felice ins Wort.

»Das wollte sie«, sagte Saschi und starrte auf seine schaufelartigen, auf dem Tisch gefalteten Hände. »Aber er wollte nicht. Wenn jemand meine Meinung hören will, war er besessen von ihr. Er hat jahrelang nicht aufgehört, von ihr besessen zu sein. Bis …«

Abrupt stand er auf, ging zur nächsten Wand und wies auf eine der Photographien. Sie zeigte ein strahlendes Mädchen, das ein Pferd am Zügel hielt und unter einer blühenden Kastanie stand. Auf ihrem prächtigen Haar schimmerten Glanzlichter, sodass Felice im ersten Moment überzeugt war, es müsse sich um eine alte Aufnahme von Recha handeln. Auch der Gesichtsschnitt des Mädchens wirkte auf den ersten Blick etwas ähnlich, auf den zweiten fehlte jedoch der Schmelz, der Recha unverwechselbar machte.

»Das ist Lilo Lehmann«, sagte Saschi. »Das Bild habe ich hier aufgehängt, nachdem der feine Herr Bieler im letzten Jahr mit Recha Süßapfel hier war. Um ihn zu warnen.«

»Zu warnen?«, fragte Felice. »Wovor?«

»Ich habe ihm gesagt, wenn eine Dame gehen will, dann lassen wir sie gehen«, antwortete Saschi sichtlich tief in Gedanken. »Wir versperren ihr nicht den Weg, wir schüchtern sie nicht mit unserer körperlichen Überlegenheit ein. Aber ich bin ja nur der Barmann. Auf den hört man so wenig wie auf den Zapfhahn. Meine Warnung hat er auch ignoriert.«

Felice besaß genug Erfahrung mit einschlägigen Strafverfahren, um in ihrem Kopf aus den wenigen Teilen ein Bild zusammenzufügen. Vielleicht hätte sie es viel schneller geschafft, wenn das Bild nicht so widerwärtig gewesen wäre. Und wenn es nicht ihre Schwägerin betroffen hätte, die sie liebte und für die sie hätte da sein wollen.

»Lilo Lehmann war Jüdin«, sagte Saschi Kinsky.

Dass besessener Hass und besessenes Verlangen ineinander übergingen, wunderte Felice nicht. Nur wer nicht die geringste Ahnung davon hatte, nahm an, der Wunsch, eine Frau zu vergewaltigen, habe etwas mit Liebe oder zumindest mit leidenschaftlichem Begehren zu tun. Jener Wunsch war dem Drang, eine Kakerlake zu zerquetschen, ein anderes Geschöpf samt und sonders zu entwerten, weit ähnlicher.

»Sonja Vogt, eine Freundin, hat uns erzählt, sie hätte Gernot Bieler an dem Tag, an dem Gabriel Süßapfel gestorben ist, hier gesehen«, begann Quintus. »Haben Sie ihn auch gesehen, Saschi? Frau Vogt erwähnte, dass die gesamte Arbeit in den Studios brachlag, weil die Berliner Innenstadt abgesperrt war, aber Herr Bieler hatte hier offenbar trotzdem etwas zu tun.«

»Ich muss zurück hinter meinen Tresen«, sagte Saschi und wandte sich zum Gehen, obwohl das Lokal so gut wie leer war. »Ich brauche das Einkommen. Ein anderes habe ich nicht, und mit diesem muss ich meine gebrechlichen Eltern durchbringen.«

»Vielen Dank.« Quintus erhob sich. »Sie haben uns sehr geholfen. Nur eine letzte Frage hätte ich noch: Sie sind der Barmann. Vor Ihnen nimmt man kein Blatt vor den Mund. Und ich glaube, herausgehört zu haben, dass Sie unsere Schwägerin gern mögen und über lange Zeit ein Auge auf Sie hatten. Haben Sie vielleicht zufällig etwas aufgeschnappt, das uns helfen könnte, sie zu finden? Einen Hinweis auf einen Ort, an den sie gegangen sein, oder auf einen Menschen, dem sie sich anvertraut haben könnte?«

»Zum Ort weiß ich nichts«, sagte Saschi, der wieder hinter seinem Tresen stand und begann, bereits glänzende Gläser, die über der Theke in einer Verankerung hingen, herauszunehmen und nachzupolieren. »Aber wenn es um einen Menschen geht, würde ich an Ihrer Stelle bei der alten Dame nachfragen, die im Wedding wohnt. Wolfgang Vanselows Mutter. Um sie hat Recha Süßapfel sich immer gesorgt. Ich kann mir nicht vorstellen, dass sie verschwunden ist, ohne ihr Bescheid zu geben.«

27

Wo der Vorbau der Tuchhalle gestanden hatte, den Captain Brown-Brown und seine Leute notdürftig hergerichtet hatten, um ihre Druckerpresse unterzubringen, war in Wolfgangs Notizen zu *In der Nacht weint Wipers, meine Stadt* beschrieben. Die Männer hatten das eingestürzte Dach notdürftig instandgesetzt, und mit der Zeit war aus dem Unterstand so etwas wie das Herz der Einheit geworden. Es war der Ort, an dem sie zusammenkamen, nicht nur um ihre Zeitung auf den Weg zu bringen, sondern auch um ihre Rationen an Alkohol und Tabak zu teilen, um zusammen zu blödeln, zu singen, mit Karten und Würfeln die Zeit totzuschlagen, Verletzte und Kranke zu pflegen, sich zu streiten, zu vertragen, nicht allein zu sein.

Sie hatten sogar getanzt: einem alten Akkordeon schiefe Weisen abgequetscht und zuvor ausgelost, wer an dem Abend die Rolle eines Mädchens zu übernehmen hatte. Ab und an kam ein echtes Mädchen aus der Stadt dazu und wurde von der gesamten Horde umschwärmt und hofiert. Eine aber war immer dagewesen, ihre Königin, von ihnen allen beinahe wie eine Mutter verehrt: das Mädchen ihres Helden, ihres Captains, auf den keiner von ihnen etwas kommen ließ. Godelieve. Die junge Frau, die ihre gelähmte Mutter nicht hatte zurücklassen wollen und daher hatte zusehen müssen, wie ihre Familie ohne sie aus Ypern geflohen war. Allein in der Stadt hatte sie versucht, sich an Männer zu verkaufen, bis sie Scott Brown-Bouvier begegnet war.

Die Liebenden von Ypern.

So hätte Willi seinen Film gern genannt. Wolfgang aber hatte in seinen Papieren darauf bestanden, er müsse *In der Nacht weint Wipers, meine Stadt* heißen, weil Godelieve das zu Scott gesagt hatte: *In der Nacht bleib bei mir, denn in der Nacht kann ich nicht schlafen. In der Nacht weint Wipers, meine Stadt.*

Willi ging durch die wiedererbaute, belebte Hauptstraße, die einst zu einem von zwei Löwen flankierten unauffälligen Tor geführt hatte, und bemerkte, dass die Stadt noch immer weinte. Ein junges Paar hielt sich an den Händen und flüchtete lachend durch den beginnenden Regen, ein Mann auf einem Fahrrad fuhr einen Korb Einkäufe nach Hause, eine alte Frau besorgte ihrer Enkelin an einem Stand eine Waffel und einen Becher Schokolade, aber Willi hörte nur das Weinen der Stadt. Sie war eine starke, fröhliche, dem Leben zugewandte Stadt, die sich nicht unterkriegen ließ, sondern sich tapfer auf ihre Füße rappelte. In der Nacht aber würde sie für immer weinen. Um die Geschichten, die abgeschnitten worden waren, die Vermissten, deren Namen in den Nebeln über dem Fluss versanken, die zerrissenen Familien, Spuren und Erinnerungen, die in ihren Häusern zu Asche verkohlt waren, als hätte es sie nie gegeben.

Ypern würde um die Unbegreiflichkeit weinen, eine Geisterstadt geworden zu sein, nur weil sie einem Volk, das ein anderes hatte überrennen wollen, im Weg gestanden hatte. Belgien war bei Kriegsausbruch neutral geblieben, aber über seine flachen, weiten, von rotem Mohn bewachsenen Ebenen hatte für die deutschen Truppen der schnellste Weg nach Frankreich geführt.

Die sind doch selbst schuld, diese flandrischen Nachtmützen, hörte Willi einen jungen Kerl grölen. *Wenn die uns nicht freiwillig durchmarschieren lassen, braucht's eben Gewalt.*

Er schloss im Gehen sekundenlang die Augen, Regen trieb ihm ins Gesicht, und er sah einen anderen jungen Kerl vor sich, der in einer ganzen Traube junger Kerle quer über einen Bahnhof ans Gleis drängte und johlend die Faust reckte: *Zu Weihnachten treffen wir uns in Paris!*

Der junge Mann war er selbst gewesen. Kein Benoit, dessen Heimat der Krieg überrollt hatte, kein Wolfgang, der mit seiner Kamera gegen die Verbrechen des Krieges protestierte, kein Scott, der dem Grauen des Krieges einen Rest Menschlichkeit verlieh. Sondern ein Willi, der den Krieg gebracht hatte.

Aber ich war erst neunzehn!, begehrte es in ihm auf. *Ein Jungspund, der keine Ahnung hatte, nur hinaus aus der Enge und sich selbst beweisen wollte. Niemand, der diesen Krieg nicht erlebt hat, hatte auch nur die leiseste Ahnung, die ganze Welt hatte keine, ehe dieser Krieg ihr zeigte, was er in Wirklichkeit war.*

Wir waren jung und dumm und von Hetze und Geschrei der Kaiserleute wirr im Kopf. Den Mann, der ich damals gewesen bin, gibt es nicht mehr, mir kann nicht mehr angekreidet werden, was dieser Mann getan hat.

Während er den Großen Markt überquerte und die wie eine Filmkulisse wiedererrichtete Fassade der *Lakenhal* umrundete, begriff er, dass es darauf nicht ankam. Er musste an seine Schwester Ille denken, die für einen einzigen Mord ihr Leben lang büßen würde, und er erkannte, dass es kein Verzeihen geben konnte, solange sich Männer wie er nicht zu ihren Verbrechen bekannten. Sie hatten diese Stadt vernichtet. Wenn sie sich in den Kostümen bedauernswerter Opfer verbargen, statt sich mit der Frage auseinanderzusetzen, was sie zu Tätern gemacht hatte, würde es eine neue Generation selbst herausfinden müssen – jung und dumm und von Hetze und Geschrei neuer Machthaber wirr im Kopf.

Er hatte seinen Film über die Opfer gedreht. Wolfgangs Film. Sein eigener musste anders, musste ein Film über die Täter sein. Er würde Benoit in Bernhard umbenennen. Es war sein zweiter Vorname: *Wilhelm Bernhard zur Nieden, Täter, nicht vermisst, sondern verschont. Gezwungen weiterzuleben.* Der Bernhard in seinem Film würde nicht noch einmal davonkommen wie er selbst, würde sich nicht besinnen und für einen Friedensschluss kämpfen dürfen, sondern einen Krieg erleben, der alles verschlang. Er würde durch eine Welt nach Hause gehen, die es nicht mehr gab, seine Stadt vernichtet finden, seine Familie ausgelöscht, ihr Haus dem Erdboden gleichgemacht und jede Erinnerung verbrannt. Wenn überhaupt jemand – seine kleine Tochter – überlebt hatte, würde sie in der Fremde herumirren, wo niemand sie kannte und niemand ihr zu Hilfe kam.

Der Regen wurde so stark, dass Willi ins Rennen geriet. Unter den für die Bauarbeiter aufgestellten Planen rannte er bis zu der Stelle, wo der Vorbau gestanden hatte. Er erkannte sie sofort, obwohl von dem kollabierten Gebäude nur noch Trümmer übrig waren. Den Einstieg, der hinunter in die Kasematten geführt hatte und ebenfalls durch die Explosion verschüttet worden war, hatten die Arbeiter freigelegt, vielleicht weil dort noch immer nach Toten gesucht wurde. Scott Brown-Bouvier konnte nicht gefunden worden sein, andernfalls stünde sein Name nicht länger an der Menenpoort. Wenn hingegen Wolfgang und Godelieve gefunden wurden, würde es nie ein Mensch erfahren. Die beiden hatten nicht dem Militär angehört und trugen keine Kennmarken bei sich. Es würde unmöglich sein, sie zu identifizieren.

Vor den Strömen des Regens, die erbarmungslos niederpeitschten, flüchtete Willi hinunter in den Zugang. Die Öffnung war mit ein paar Brettern abgesperrt worden, vermutlich weil der Gang einsturzgefährdet war und man keinen Unfall riskieren wollte. Willi schob die losen Latten mit einer Hand beiseite und trat drei, vier Schritte weit ins Dunkel. Er hatte keine Angst. In diesem Augenblick konnte er sich nicht vorstellen, dass er jetzt, wo er der schlimmsten Seite seines Selbst begegnet war, je wieder Angst verspüren würde. Stattdessen empfand er eine Einsamkeit, die war wie die Schwärze, die ihn empfing: endlos und ohne Linderung. Die Illusion war vorüber. Er war sicher, ihm hätte eine Fratze entgegengeblickt, hätte er jetzt in einen Spiegel sehen können.

Mit verzweifelter Kraft wünschte er sich Recha an seiner Seite, doch er wusste, dass das unmöglich war. Um Rechas willen hatte er über die Vergangenheit geschwiegen, hatte sie aus seinem Leben herausgeschnitten wie eine misslungene Szene, die von Anfang an falsch konzipiert war. Er war Willi zur Nieden geworden, der bekannte Antikriegsfilmer, der mit Wolfgang Vanselows Mannschaft drehte und dessen politische Haltung über jeden Zweifel erhaben war. In dieser Version hatte ihn Recha als Gefährten, ja, sogar als Vater ihrer Kinder annehmen können. Der hässliche Gnom, der Mörder und Kriegstreiber, der er ebenfalls gewesen war, hatte für alle Zeit in der Versenkung verschwinden und Ruhe halten sollen.

Aber er hatte keine Ruhe gehalten. Unentwegt hatte er rumort und gewütet, hatte verhindert, dass der neue Willi das Erbe des alten abschüttelte und befreit einen neuen Weg einschlug. Deshalb waren all seine späteren Filme misslungen – weil er den einen ehrlichen Film, den über sein Verbrechen, nie gedreht hatte. Vielleicht hatte er Recha auch deshalb kein Kind machen können. Ein Schicksal, das klüger war als er, hatte ein Kind davor bewahrt, einen wie ihn zum Vater zu bekommen.

Er duckte sich unter der eingesunkenen Decke und drang tiefer in die Kasematte vor. In der Broschüre, die im Hotel auslag, stand, sie habe im 17. Jahrhundert der Lagerung von Geschützen und Munition gedient und sei während des Kriegs von den Briten als Bunker genutzt worden. Dort wo Scott Brown-Bouviers Einheit ihren Vorbau gehabt hatte, musste die Decke durchgebrochen sein. Vielleicht lagen sie also hier unten, Scott, Godelieve und Wolfgang, leblos und vergessen seit mehr als zehn Jahren. Willi würde Gunter herbringen und ihn fragen müssen, ob es möglich war, den Gang so weit auszuleuchten, dass man in ihm filmen konnte. Er wollte, dass Bernhard hier unten seine letzte Szene hatte, dass er seinen toten Freund hier fand und begriff: Er würde seine Tochter nicht wiedersehen. Er gehörte zu jenen, die die Töchter und Söhne der Welt auf dem Gewissen haben.

Das letzte Bild würde dann eine Vision der Tochter sein, die lachend vor der neuen Menenpoort stand – als die junge Frau, die sie nie werden würde, in einer Zukunft, um die Männer wie Bernhard, die singend und johlend in den Krieg gezogen waren, sie gebracht hatten.

Diesen Bernhard, das begriff er mit einem Mal, würde Gernot nicht spielen können. Warum, wusste er nicht. Er musste es nicht wissen, er war ein erfahrener Regisseur mit einer Hand für Schauspieler und durfte sich auf seinen Instinkt verlassen. Dass Gernot die falsche Besetzung war, hatte er die ganze Zeit über gespürt.

Tiefer in den Gang konnte er ohne Licht nicht hineingehen. Er wollte umkehren, eine Taschenlampe holen, vielleicht schon Gunter und sogar Pommer mitbringen. Ihnen sagen, dass er nicht nur den neuen Drehort, sondern auch den neuen Kern des Films gefunden hatte. Pommer würde vermutlich einen Herzanfall erleiden. Aber er war ein vernünftiger Mann und vor allen Dingen einer, der etwas von Filmen verstand. Sobald Willi Gelegenheit gehabt hätte, ihm zu erklären, wie er das Drehbuch zu ändern plante, würde Pommer erkennen, dass es das Richtige war.

Als er bereits im Begriff war, sich umzudrehen, vernahm er Geräusche, die sich aus dem Prasseln des Regens schälten. Erst schnelle Schritt, dann ein Klicken, das alles Mögliche hätte sein können, das er aber sofort als das identifizierte, was es war: die Entsicherung einer Armeepistole. Wie erstarrt blieb er stehen.

»Keine Bewegung. Ich bin hergekommen, um abzudrücken, und ich habe keine Hemmung, es zu tun.«

Vor ihm stand Grietje. In dem schwachen Licht, das von oben in den Schacht drang, wirkte ihr Gesicht schmerzverzerrt. Ihre Nasenlöcher waren wund, rot entzündet, ihr Haar hing wirr und triefend nass an ihr herunter. Die Pistole, deren Mündung sie auf ihn richtete, hielt sie mit beiden Händen fest.

Sie sah aus, als hätte sie den Verstand verloren.

»Grietje! Was ist denn passiert? Wenn dir etwas gegen den Strich geht, können wir doch darüber reden ...«

Er klang wie der Idiot, der er war. Der Traumtänzer. Er hatte von nichts etwas mitbekommen. Er hätte Grietje helfen sollen, sie unter seine Fittiche nehmen, zu sich nach Hause, zu Recha, statt ihren Wahnsinn mit dem Kokain auch noch mitzumachen. Sie war fast noch ein Kind, und sie hatte offenbar seit Jahren keinen erwachsenen Menschen mehr gehabt, der sich um sie gekümmert hatte. Jetzt stand sie hier mit einer Waffe in der Hand. Wenn sie abdrückte, selbst wenn sie danebentraf, konnte die Detonation die marode Decke zum Einsturz bringen. Gegen das Getrommel des Regens hörte Willi sein Herz jagen.

»Wochenlang habe ich das gedacht«, krächzte sie. »Dass es doch dein Bedürfnis sein müsste, darüber zu reden, dass du doch nicht diesen ganzen Zirkus um Ypern durchziehen kannst, ohne auch nur ein Mal zu erwähnen, was du in Ypern gemacht hast. Als du die Zeile auf meinem Personalbogen gelesen hast – *Geburtstort Ypern* –, hast du da einen einzigen Augenblick lang an etwas anderes gedacht als an deinen Film? Ist dir diese Stadt, die du dir schließlich nicht ausgedacht hast, sondern in der wirkliche Menschen gelebt haben, einen einzigen Augenblick lang durchs Gedächtnis geblitzt? Ich war einer von denen, die in ihr gelebt haben. Aber ich kann mich nicht erinnern! In meinem Kopf ist alles ausgelöscht!«

Ihr Aufheulen hallte durch den engen Gang. Willi wollte zu ihr springen, doch augenblicklich korrigierte sie die Ausrichtung der Waffe. »Keine Bewegung, habe ich gesagt. Ich habe dir auch gesagt, dass ich gekommen bin, um abzudrücken. Ich dachte, es würde genügen, dir diesen Film zu verpatzen, dich ein für alle Mal bei der UFA unmöglich zu machen, aber das erledigst du schon selbst. Ich muss weiter gehen. Ich muss dich auslöschen, wie du mich ausgelöscht hast.«

»Ich verstehe nicht, Grietje –«

»Nein, du verstehst nicht. Weil du dir keine Fragen stellst. Du glaubst jeden Mist, wenn er dir in den Kram passt und bequem ist: Du schluckst, ohne mit der Wimper zu zucken, dass ein Mädchen, das 1910 in Ypern zur Welt gekommen ist, fröhlich in den Tag hineingelebt, getanzt und Schauspielunterricht genommen hat, bis irgendein Schuft sie verführt und nach London verschleppt hat. Und in London ist sie natürlich auch wieder auf die Füße gefallen, hat fleißig Englisch gelernt und außerdem Deutsch, weil sie ja um jeden Preis mit dem unwiderstehlichen Willi zur Nieden drehen wollte. Und so eine Scheiße nimmst du für bare Münze? Wo hast du eigentlich deinen Verstand?«

Willi war zu perplex, um auf eine Antwort zu sinnen. Die Frage, wo er in all der Zeit seinen Verstand gehabt hatte, stellte er sich allerdings selbst.

»Kleine Mädchen aus Ypern leben nicht fröhlich in den Tag«, sagte sie. »Kleine Mädchen aus Ypern fallen auch nie mehr auf die Füße. Wenn einer das wissen müsste, dann du, denn du warst ja hier, als die Brandbomben auf eine Stadt voller Menschen hagelten. Du warst nicht nur hier. Du hast den Hagel verursacht.«

»Nein, Grietje!«, rief Willi. »Das nicht! Ja, ich war hier, ja, ich habe gejubelt und bin ohne Sinn und Verstand den verdammten Fahnen hinterhergerannt, habe all das Gerede vom Platz an der Sonne und dem Recht des deutschen Volkes geglaubt. Aber als wir hierherkamen, Grietje, da waren die meisten von uns längst aufgewacht. Ich auch. Ich habe keine Bombe auf deine Stadt geworfen.«

»Natürlich nicht!«, höhnte sie. »Und auch kein Giftgas, das

ihr bis heute Yperit nennt, weil euch Ypern wie gerufen kam, um eure neue Wunderwaffe auszuprobieren. Gewesen ist es ja nie einer. Nur der Kaiser, den ihr dafür gleich mutig abgeschafft habt. Ein einzelner verbrecherischer Kaiser stand völlig allein und hat ein ganzes friedliebendes, unschuldiges Volk dazu gezwungen, ein anderes zu überfallen.«

»Nein, so war es auch nicht –«, begann Willi noch einmal, doch sie ließ ihn nicht ausreden.

»Zum Glück für die Bewohner von Ypern hattet ihr zuvor ja schon andere belgische Städte dem Erdboden gleichgemacht«, sagte sie. »Leuven. Antwerpen. Einige eurer eigenen Leute waren so entsetzt von dem, was ihr mit unseren Städten gemacht habt, dass sie euch die Niederlage wünschten.«

»Ich auch, Grietje. Ich war auch entsetzt.«

Sie hörte nicht hin. »Als es hieß, die Deutschen kommen nach Ypern, sind Scharen von uns geflüchtet. Ich auch. Oder nein, ich eigentlich nicht, sondern mein Vater, mein Großvater und der zusammengewürfelte Haufen, der noch zu meiner Familie gehörte. Ein Kind von vier oder fünf entscheidet ja nichts, sondern wird einfach mitgeschleppt. Nach Nieuwpoort, in den Hafen, den die Deutschen erreichen wollten, und von dort auf Gedeih und Verderben übers Meer. Ich hab geschrien, weil ich bei meiner Mutter bleiben wollte. Das ist das Einzige, was ich noch weiß. Vielleicht weiß ich aber auch das nicht mehr, sondern glaube nur, es zu wissen, weil meine Tante es später wieder und wieder erzählt hat: ›Das Balg hat nicht aufgehört zu schreien, dass es zu seiner Mutter will. Kein Wunder, dass Hendrik den Verstand verloren hat.‹«

»Und Hendrik war – dein Vater?«

Sie nickte, ohne die Hände mit der Pistole zu bewegen. »Wir kamen nach London. Nicht nur wir, sondern Scharen von belgischen Flüchtlingen. Die Briten gestalteten mit unseren abgezehrten Gesichtern, den hohlen Wangen und dem Entsetzen in den Augen Plakate, um Kriegsfreiwillige zu werben: *Don't forget Belgium.*

Wir konnten noch von Glück sagen, dass die Briten ein kleines, unbedeutendes Land wie Belgien nicht vergessen haben, dass sie nicht schulterzuckend über das hinweggingen, was an uns verbrochen worden war. Aber wo sollten sie mit uns hin? Sie hatten ihre eigenen Probleme: In Londons Osten quollen die Häuser vor Menschen über, Seuchen grassierten, und Kinder litten Hunger, auch ohne dass Abertausende Belgier dazugestopft wurden. Die Gemeinden beschlossen, uns die Tore der großen Kirchen zu öffnen, damit wir zumindest nicht erfrieren würden. Es gibt so viele große Kirchen in London. Die, in die wir getrieben wurden, hieß Saint Martin. *Wie unsere*, habe ich mir all die Jahre eingeredet. *Sint Maarten.* ›Da bist du getauft worden‹, hat meine Tante gesagt. ›Wir alle sind da getauft.‹ Daran habe ich mich festgehalten, ich habe mir geschworen, ich würde mich eines Tages daran erinnern. Aber wer weiß, vielleicht hat es ja gar nicht gestimmt.«

Sie holte Atem. Noch einmal unternahm Willi einen Versuch, sich aus seiner Schreckstarre zu reißen, auf sie zuzugehen und sie durch irgendetwas zu besänftigen, doch eine erneute Korrektur des Pistolenlaufs und ein Blick, der durchs Dunkel blitzte, genügten, beendeten den Versuch.

»Sie haben uns Decken gegeben«, fuhr Grietje fort. »Mildtätige Offiziersgattinnen haben abgelegte Kleider gesammelt, und jeden Abend kamen Frauen, die aus Kesseln auf Rädern Suppe austeilten. Anfangs noch mit ein wenig Fleisch und Kartoffeln, später höchstens mit ein paar Stängeln Grün. Wir müssen ihnen dankbar sein. Für immer. Ich weiß es nicht, aber vielleicht hätte das kleine Volk in der flandrischen Hälfte von Belgien ja gar nicht überlebt ohne die edelherzigen britischen Damen, die die Geflohenen mit ihrer dünnen Suppe über den Krieg hinweg fütterten. Woher manche über die abgelegten Kleider und die

Suppe hinaus etwas auftrieben, weiß ich nicht. Aber etlichen gelang es: Brandy. Whisky. Billigen Cider. Mein Vater war einer von denen, die ständig eine Flasche bei sich hatten. *Wenn ich an Ieper denk', muss ich saufen*, hat er gesagt. Das hätte auch einen hübschen Titel ergeben, oder? *In der Nacht säuft Ieper, meine Stadt.*«

Sooft sie schwieg, um Luft zu holen, war in dem dunklen Gang nichts zu hören als ihrer beider Atem und das Geprassel des Regens.

»Frag mich nicht, wo wir Kinder zwischen den Bänken in dem Kirchenschiff gespielt haben«, fuhr sie fort. »Frag mich nicht, wer uns das Lesen beibrachte, wer uns untersuchte, wenn wir krank waren, oder wohin wir gekotzt und geschissen haben, wenn die Eimer auf den Gängen überquollen. Ich weiß es nicht mehr. Ich will es nicht wissen. Aber du fragst ja sowieso nichts, was nicht dich betrifft. Nicht einmal, ob mein Vater sich totgesoffen hat, und auch das weiß ich nicht. Ich bin nämlich vorher weg. Sobald sich die Gelegenheit ergab. Ob der Krieg schon vorbei war, weiß ich schon wieder nicht. Für mich war er ja nicht vorbei und wird nie vorbei sein.«

»Wie alt warst du da?«, fragte Willi.

»Neun. Welche Rolle spielt das? Ich bin kein Kind mehr gewesen, seit ich vier war. Ein Kind ist ein kleines Mädchen auf einem Fahrrad, auf dem Gepäcksitz hinter seiner Mutter, die in einem Korb den Einkauf nach Hause fährt. Kartoffeln, Schmorfleisch, braunen Zucker und Bier, um daraus *Stoofvlees* zu kochen, und zum Nachtisch ein bisschen Schokolade für ein braves Kind, das seinen Eintopf aufgegessen hat. Solche Gespanne gab es in England auch. Mütter mit strahlenden, wenngleich ein wenig erschöpften Gesichtern unter Kopftüchern, und Kinder, die in der Fahrt auf und ab hüpften und vor Vergnügen quiekten. Ich hab mich auch daran festgehalten: dass ich einmal ein solches Kind gewesen sein muss. Mit einer solchen Mutter. Dass davon irgendwo noch etwas übrig ist, eine Erinnerung wie ein Name in Stein, eine Spur. Dafür wollt' ich überleben. Um das Kind wiederzufinden. Den Ort, an dem ich das Kind gewesen, mit Eintopf und Schokolade gefüttert und geliebt worden bin.«

Er wollte nichts weiter hören. Nicht, wovon sie die Jahre hindurch gelebt hatte, was sie hatte auf sich nehmen müssen, um durchzukommen. *Wenn sie davon anfängt, werde ich es nicht ertragen*, dachte er, aber sie erzählte ihm davon so gut wie nichts.

Nicht mehr als eine Hand voll Sätze: »Einer von den Kerlen, für die ich gearbeitet habe, betrieb in seinem Hinterzimmer auf dem Jahrmarkt ein Kino. Damals habe ich mich an diesen bewegten Bildern festgesaugt, habe gedacht, das kann ich: eine andere spielen. Sein, was ich nicht bin, weil ich nicht kenne, was ich bin. Und damit hatte ich recht, oder nicht? Ich bin eine Schauspielerin.«

»Ja«, sagte Willi. »Du bist eine Schauspielerin.«

»Vielleicht wäre also weiter nichts passiert«, sagte Grietje. »Wäre dieser verdammte Film von dir, auf den du so stolz bist, nicht überall und in aller Munde gewesen. Howard gehörte nicht zu denen, die für solche Filme die Verleihgebühr ausgaben. *Wenn die Leute Probleme wollen, gehen sie nicht ins Kino, sondern nach Hause, da kriegen sie mehr als genug davon*, sagte er und präsentierte billige Schwänke, in denen es für die Darstellerinnen nur darum ging, so schnell wie möglich ihre Kleider loszuwerden. Aber deinen Film wollte er trotzdem unbedingt haben. *Kostet ein Vermögen, die Schwarte*, hat er genörgelt. *Aber die Leute sind verrückt danach, die Weiber besonders, die sitzen da, glotzen und heulen sich die Augen aus …*«

Willi hatte es selbst unzählige Male erlebt: Immer wieder hatte er sich in der letzten Reihe in ein Kino gesetzt und dem Publikum zugeschaut, das *In der Nacht weint Wipers, meine Stadt* sah, weil er nicht hatte fassen können, dass er selbst es war, seine eigene Arbeit, die all diese Menschen zum Weinen brachte.

»Komisch, dass die Leute so gern im Kino heulen«, sagte Grietje. »Und dafür noch Geld ausgeben. Manche haben bei Howard drei oder vier Mal Eintritt bezahlt. *Die reinste Goldgrube, dieser Film*, hat er sich gefreut, und ich habe mir vorgestellt, ich hätte mich am Portal von Saint Martin aufgebaut und Geld dafür verlangt, dass die Leute hungernde, vollgeschissene belgische Flüchtlingskinder heulen sehen können. *Das ist Blödsinn*, hat Howard gesagt, und das weiß ich selbst. Filme stinken nicht und verlangen nicht, dass wir in die Hände spucken und anpacken, also können wir sie uns getrost ans Herz gehen lassen.«

»Hast du ihn auch gesehen?«, fragte Willi erstickt.

»Ja, keine Sorge, ich habe dein phänomenales Meisterstück auch gesehen«, gab Grietje zurück. »Und ich habe mir auch die Augen ausgeheult. Wenn du es genau wissen willst: Ich habe in deinem verdammten Film überhaupt erst gelernt, dass ich das kann. Ich dachte, das wäre nur was für die Kinder auf den Fahrrädern, denen ihre Mutter die Gesichter abwischt und zum Trost ein Bonbon schenkt. Aber in deinem gottverdammten Film habe ich Rotz und Wasser geheult und nicht mehr aufhören können. Du weißt warum, oder?«

Willi nickte. Weil es ein Film über ein Kind auf einem Fahrrad war. Über das Kind auf dem Fahrrad, das sie gewesen war.

»Ich habe geglaubt, ein Belgier müsse den Film gemacht haben«, sagte sie. »Oder wenigstens ein Brite. Als ich herausgefunden habe, dass der Regisseur ein Deutscher ist, nicht irgendein Deutscher, sondern ein Unteroffizier, der vier Jahre lang mit seiner gottverfluchten Einheit vor meiner gottverfluchten Stadt gelegen und sie mit seinen gottverfluchten Bomben vernichtet hat, habe ich mir geschworen, ihn zu vernichten. Nicht für das, was er mit meiner Stadt gemacht hat, denn dann hätte ich ja ganz Deutschland vernichten müssen. Aber für die unglaubliche Frechheit, einen Film über den Tod meiner Stadt zu drehen und damit ein Vermögen einzustreichen.«

Ihr Finger krümmte sich um den Abzug. Sie warf einen flüchtigen Blick hinunter, um die Waffe neu auszurichten, dann sah sie mit ihrem flammenden Hass wieder Willi in die Augen.

»Grietje!«, rief er. »Ich habe diesen Film gedreht, damit deine Stadt nie vergessen wird. Deine Stadt und –«

»Meine Mutter«, unterbrach sie ihn kalt.

Er hatte es längst begriffen: Sie war das kleine Mädchen, das hinter Recha auf dem Gepäckträger saß. Sie war Godelieves Tochter, die Scott und Wolfgang nach dem Krieg hatten suchen und Godelieve zurückbringen wollen. Die er hatte suchen wollen, weil die drei anderen tot waren. Weil er es als Teil seines Erbes, als Teil seiner Pflicht als Verschonter versprochen hatte.

»Als wir hierhergekommen sind, war mir das mit dir für kurze Zeit nicht mehr so wichtig«, sagte sie. »Sowieso dachte ich längst, zu töten bräuchte ich dich nicht, sondern ich müsste dir nur deinen verdammten Film verpatzen, indem ich meine Heimat finde, meine Familie und dich mit deinem Krempel sitzen lasse. Aber ich habe sie nicht gefunden! Ich habe nicht die kleinste Spur von ihr gefunden, nichts, das von dem Kind, das ich gewesen bin, noch übrig ist!«

Die letzten Sätze hatte sie geschrien, und als er ihr ins Wort fallen, sie beruhigen wollte, schrie sie noch lauter und verzweifelter: »Ich bin tagein, tagaus durch diese Straßen geirrt und habe nach etwas gesucht, das mir vertraut ist. Aber da ist nichts. Diese Stadt, die meine sein sollte, ist mir genauso fremd wie die ganze Welt, und ich bin darin allein.«

Der Finger krümmte sich weiter, kaum wahrnehmbar zitterte der Lauf. Vor Angst gelähmt stand Willi still. »Grietje, es tut mir so leid. Ich habe es heute selbst begriffen: Ich muss einen anderen Film machen – über das, was Leute wie ich Leuten wie dir angetan haben. Wir können es nur sühnen, wenn wir es bekennen und immer wieder daran erinnern. Damit es nie wieder geschieht. Damit deine Stadt nicht umsonst –«

»Umsonst«, wiederholte sie tonlos und starrte auf den Lauf der Waffe. »Alles umsonst. Ich habe jeden, der mir in dieser Stadt begegnet ist, gefragt, ob er sich erinnert. An meine Mutter, meine Familie – vielleicht an mich. Aber uns gibt es hier nicht mehr. Uns hat es nie gegeben. Niemand kennt uns mehr.«

Das Folgende geschah so schnell, dass Geräusche und Worte ineinander übergingen. Beim ersten Rumpeln war Willi sicher, dass sie abgedrückt hatte, dass die Decke einstürzte und er getroffen zu Boden fiel. Auf den Boden prallte er tatsächlich, aber aus der Decke brach nur ein einzelner Stein, der ihn an der Schulter traf. Im Zwielicht sah er die Gestalt, die in den Gang sprang, Grietje an den Schultern packte, zu sich herumriss und in die Arme schloss, ohne sich um die Waffe zu scheren.

»Das ist nicht wahr, kleine Grietje«, sagte er. »Kein bisschen wahr. Du hättest mich fragen sollen. Ich habe dich sofort erkannt, als du aus dem Auto ausgestiegen bist.«

Es war der Mann, der sich in den letzten Wochen um sie alle gekümmert hatte. Der joviale lange Lulatsch von Journalist, von dem Willi angenommen hatte, es ginge ihm um seine Reportage und zudem bezahle ihm die UFA einen geringen Betrag, damit er ihnen mit organisatorischen Details behilflich war. Jetzt erkannte auch er ihn. Noch ehe er Grietje erklärte, wer er war.

»Ich bin Fietje«, sagte der Journalist. »Der Nachbarsjunge. Erinnerst du dich? Ich habe deiner Mutter manchmal geholfen, den Einkauf diese steilen Treppen in eurem Haus nach oben zu tragen, damit sie dich tragen konnte. Du warst ihre Prinzessin, und wenn du nicht laufen wolltest, kamst du eben auf ihren Arm. Ich habe dir erzählt, dass unsere Namen sich reimen, Grietje – Fietje. Du hast darüber durch das ganze hohe Treppenhaus gelacht, und deine Mutter hat von deiner Schokolade ein Stück abgebrochen und es mir geschenkt.«

»Grietje – Fietje«, murmelte Grietje vor sich hin und weinte lautlos. »Meiner Mutter das Fahrrad geputzt hast du auch.«

»Ja, das hab ich.« Er bettete ihren Kopf an seine Schulter und strich ihr das Haar glatt. »Ich war ein bisschen in sie verliebt. Und dich hätte ich gerne als mein kleines Schwesterchen gehabt.«

Die Pistole entglitt ihren Händen und fiel krachend auf den Boden, keine zwei Schritte von Willi entfernt.

Er wollte danach greifen, besann sich jedoch und ließ die Waffe, die niemand mehr gebrauchen würde, liegen. Stattdessen kämpfte er sich auf die Füße. »Ich hätte Sie auch erkennen müssen«, sagte er zu dem Journalisten. »Es tut mir leid. Sie haben mir damals Wolfgangs Material übergeben. Und heute tauchen Sie hier auf und retten mir das Leben.«

»Ach was«, sagte der Mann, der vor zehn Jahren der Junge Fietje gewesen war, der Überlebende von Ypern. »Halb so wild. Hier aufgetaucht bin ich übrigens, weil ich nach Ihnen gesucht habe. Ihre Schwester, eine Frau Quirin, ruft ununterbrochen im Hotel an. Es ist dringender als dringend, sagt sie. Vielleicht sollten Sie sich also doch die Mühe machen, sie zurückzurufen.«

28

Oktober

Ostende

So, wie Wolfgang es beschrieben hatte, war es nicht mehr. Von den bunten hölzernen Badekabinen musste die Farbe geblättert sein, und entlang der Esplanade, links und rechts von den Königlichen Arkaden, waren die verschlafenen Gasthöfe den weißen Fassaden von Grandhotels gewichen, bescheidenen Kopien derer, die Recha und Willi entlang der französischen Riviera bewohnt hatten. Urlaub in vornehmen Seebädern kam im ganz großen Stil in Mode, und Ostende hatte Glück gehabt: Nachdem die deutschen Besatzer abgezogen waren, hatte der Ort mit bitterer Armut und Zerstörung zu kämpfen gehabt wie die zertrümmerten Städte im ganzen Land. Dann aber war ein Mann namens Gustavus T. Kirby gekommen und hatte der geschundenen Nation seine Hand gereicht.

Kirby war als Abgesandter der amerikanischen Regierung zuständig für die Versorgung der notleidenden belgischen Zivilbevölkerung. Seine erstaunliche Idee bestand darin, der Völkerfamilie vorzuschlagen, kein anderes Land als das am Boden liegende Belgien, der Hauptleidtragende des Krieges, dürfe Austragungsort der ersten Olympischen Spiele in Friedenszeiten sein. Antwerpen 1920. Die Kriegstreiber blieben ausgeschlossen, doch die übrigen vom Krieg gebeutelten Nationen feierten ihr Sportfest als Zeichen ihres neuen Bundes. Völkerfreundschaft. Sogar Wolfgang, der der üblichen männlichen Sportbegeisterung nichts abgewinnen konnte, hätte das gefallen.

Als Austragungsort für die Wassersportarten, die in Antwerpen nicht untergebracht werden konnten, wählte Kirby Ostende. So fiel das Auge der Welt auf die kleine Stadt am Meer, die vor dem Krieg das Sommeridyll der europäischen Boheme gewesen war. Sie war es auf ihre Art jetzt wieder, wenn auch die Boheme heutzutage deutlich betuchter war als vor dem Krieg und sich häufig auf Monate in die Suiten der neuen Hotels einmietete.

Recha versuchte, sich zu versichern, dass Wolfgang auch das gemocht hätte: den Wohlstand, das wiedererwachte Leben, das sich am Strand und auf der Promenade tummelte. Und es gab sie ja auch noch, die Cafés und Kneipen in den kleinen Seitenstraßen, die den Gästen für ein paar Franken Eintopf, Waffeln, Bier und Schnaps auf die Tische stellten und sie stundenlang sitzen ließen, in Gespräche, Zeitungen oder den Papierstapel eines zu vollendenden Romans vertieft. Stefan Zweig, hieß es, kam zum Schreiben hierher und hielt den Sommer über in seinem Lieblingscafé regelrecht Hof.

Aber der Sommer war jetzt vorüber. Die illustren Gäste waren zu ihren Geschäften nach Hause gefahren oder in wärmere Gefilde weitergereist, und über die leere Promenade trieb der Wind zerfetzte Reklamezettel und den zuckerfeinen Sand des Strandes, der Wolfgang fasziniert hatte. Ein guter Kameramann, so hatte er behauptet, könne jedes einzelne Sandkorn im Bild zum Glitzern bringen, einen endlosen Strand voller Edelsteine, der doch von ferne wirkte wie eine einzige schneeweiße Fläche.

»So wie wir«, hatte Wolfgang gesagt. »Das ist die Aufgabe, die du hast, wenn du einen Film machst: mit der Kamera so nah an einen Menschen und sein Schicksal heranzufahren, bis erkennbar wird, dass er kein Teil einer weißen Masse ist, sondern ein Edelstein. Unverwechselbar.«

Wolfgang hatte auch den hohen blassen Himmel über der

aufgewühlten Fläche des Meeres geliebt, der, wie er sagte, ein Licht spendete, in dem jeder Grauton leuchtete. Das war Belgien für ihn gewesen – ein Land in leuchtendem Grau. Aber Wolfgang war tot. Abgereist. So wie Gabriel. Übrig war nur Recha, die allein mit ihrem Hund die Promenade entlangtrottete und sich den Schal vor den Mund hielt, um sich vor der Schärfe des Windes zu schützen.

Warum sie hierhergekommen sei, war sie im Sommer manchmal von anderen Reisenden gefragt worden, und sie hatte eine der üblichen Antworten gegeben, auf das gesunde Reizklima verwiesen, die gelassene, von der Hektik der Städte weit entfernte Atmosphäre, die günstigen Preise, die Weltoffenheit. Die Antwort, die sie sich selbst gab, lautete: Sie war hierhergekommen, weil sie irgendwo hingemusst hatte, und weil damals, vor den zahllosen Reisen mit Willi, das Wort Reise immer Belgien bedeutet hatte.

Sie war vor dem Krieg ja nie gereist. Die Fahrt auf dem Karren, die Flucht vor etwas, das nie benannt worden war, zählte nicht. Berlin war ihre Heimat, weil sie sich an nichts erinnerte, was vor ihrer Zeit in Berlin lag, und in seine Heimat reiste man nicht. Wolfgang hatte sich halbherzig das Versprechen abringen lassen, sie einmal nach Belgien mitzunehmen, doch auch seine letzte Reise hatte er ohne sie angetreten, und er war nicht zurückgekehrt. Als Willi später genug Geld zum Reisen besaß, hatte es andere Ziele gegeben – Paris, Venedig, die Côte d'Azur, luxuriöse Zimmerfluchten mit Balkons über sonnenüberfluteten Stränden, Glanz und Glamour, hinter denen das grau leuchtende Belgien verblasste. Willi hatte sie, seine Königin, verwöhnen wollen, ihr »etwas bieten«, mit ihr das Leben in vollen Zügen genießen. Dass sie gern nach Belgien gefahren wäre, wenn auch nur für einen einzigen Tag, hatte sie nicht zu äußern gewagt.

So war Recha schließlich allein hergekommen, weil dieses Belgien – aus welchen Gründen auch immer – wohl ihr Schicksal war. Nach Ypern konnte sie nicht, denn dort war Willi, also war sie nach Ostende gefahren, hatte sich im gemäßigten Trubel der Feriengäste verloren und die Stille des Herbstes herbeigesehnt. Ihr Geld, die Gage, die Heinz-Werner Zietz ihr großzügig ausbezahlt hatte, würde sie zusammen mit den Ersparnissen aus den fetten Jahren noch eine Weile lang erhalten, sofern sie weiterhin sparsam lebte.

Sparsam zu leben machte ihr zu ihrer eigenen Überraschung nichts aus. Im Gegenteil. Es hatte nach der Zeit der Fülle etwas Einfaches, Überschaubares, dem sie sich gewachsen fühlte. Sie hatte ein Zimmer in einer Frühstückspension gemietet, die ein gutes Stück vom Strand entfernt lag und daher billig war. Mit der Wirtin hatte sie sich geeinigt, dass sie sich gegen einen kleinen Aufpreis Tee, das Futter für *LaFontaine* und ein einfaches Frühstück in der Küche bereiten durfte. Eine weitere Mahlzeit nahm sie in einem stillen Gasthof am anderen Ende der Promenade ein, sodass sie mindestens einmal täglich zu einem langen Weg am Meer entlang gezwungen war und der Hund seinen Auslauf bekam. Mehr brauchte sie kaum. Ein wenig Brot und Käse für einen Imbiss kaufte sie sich im Milchladen, mit dessen Inhaberin sie eine Mischung aus Flämisch, Deutsch und Französisch sprach.

Sie lebte Tag für Tag. Hatte sie sich anfangs gefragt, ob die Leere der vielen Stunden sie nicht krank machen würde, so stellte sie bald fest, dass sie mit ihrer Traurigkeit und dem Kampf, am Leben zu bleiben, genug zu tun hatte. Das waren von jetzt an ihre Aufgaben: einen Tagesplan einhalten, dafür sorgen, dass der Körper Nahrung bekam und bei Kräften blieb, selbst wenn ihr Magen sich sträubte. Den Hund versorgen. Nicht aufgeben, weil sie nicht aufgeben durfte.

Auf dem Heimweg von ihrem Abendessen, das aus gestampften Kartoffeln mit in Butter und Zucker gebratenen Zwiebeln bestanden hatte, wurde es jetzt bereits dunkel. Der blasse Himmel begann sehr langsam, sich zu färben, und am Horizont trennte ein in Rot zerfließender Streifen das Schwarz des Meeres vom Grau des Firmaments, das auch Schwarz werden würde, ehe sie die Pension erreichte. Recha fror. Wie von selbst beschleunigten sich ihre Schritte. Unterwegs kaufte sie sich manchmal eine Zeitung, um in ihrem Zimmer nicht mit ihren Gedanken allein zu sein, aber heute fand sie den Kiosk verschlossen und verrammelt. Vielleicht hatte aus irgendeinem Grund ein Sturm auf die Zeitungen stattgefunden, und der Mann hatte sämtliche Ware verkauft.

Recha musste weitergehen und hoffen, dass sie rasch würde einschlafen können, nicht in den Abgrund verzweifelter Fragen stürzte: Wohin sollte sie gehen? Was sollte werden, wenn ihr Geld verbraucht war? Wer würde ihr mit dem, was ihr bevorstand, helfen? Auf all die Fragen gab es keine Antwort, weshalb es klüger war, sie zu verdrängen.

Auf ihrem Nachttisch lagen zwei Bücher, die sie sich in der örtlichen Bücherei geliehen hatte. Das dem Deutschen so ähnliche Flämisch zu lesen war nicht allzu schwierig, aber es hielt sie auf Abstand, ließ nicht zu, dass sie sich in der Handlung der Geschichten verlor und ihre Einsamkeit für kurze Zeit betäubte.

Sie hatte zu lernen, mit der Einsamkeit zu leben, sie als den Zustand hinzunehmen, der ihrer Realität entsprach. Dass in ihr noch immer eine Sehnsucht war, durfte sie sich nicht eingestehen. Sie hatte die Sehnsucht ebenso in einer Kapsel verschlossen wie die Furcht vor der Zukunft und den Zorn. Als sie jetzt den Mann entdeckte, der unter der trübe flackernden Laterne vor der Tür ihrer Pension stand, platzte diese Kapsel, und Ströme von Sehnsucht quollen aus ihr heraus.

Sie erstarrte im Schritt, während der Hund ihr davonlief und an dem Mann im Laternenlicht hochsprang.

Er durfte hier nicht sein.

Er drehte seinen Film in Ypern, brauchte all seine Konzentration und Kraft, um mit seinem Film eine neue Epoche einzuleiten: für das deutsche Kino, das den Stummfilm hinter sich ließ, und für sich selbst, der er Wolfgangs Erbe hinter sich ließ. Zu diesem Erbe, das sich für ihn als Klotz am Bein erwiesen hatte, gehörte auch sie selbst. Recha Süßapfel. Selbst wenn sie sich nicht zerstritten, sondern sich friedlich voneinander verabschiedet hätten, hätten sie jetzt keine Zukunft mehr miteinander gehabt.

»Recha!«

Gleich darauf hörte sie seine Schritte auf dem Asphalt. Es regnete nicht. Nur der scharfe Wind vom Meer fegte durch die Schluchten zwischen den Häusern. Willi trug Abendanzug und Havelock und ging gemessenen Schrittes, den Hund an der Seite, fast verhalten. An ihm war nichts mehr von dem Jungen, der ihr damals auf dem Kurfürstendamm entgegengerannt war. Über die dunkle Leere hinweg hatte er damals im Triumph geschrien: »Wir haben es geschafft, Oswald hat unterschrieben – wir drehen einen Film!«

Zwei Schritte vor ihr blieb er abrupt stehen. »Unseren Film.« Rechas Verstand drehte sich wie ein außer Kontrolle geratenes Karussell. Hatte er das tatsächlich gesagt, oder waren es Fetzen der Erinnerung, die durch ihr Bewusstsein wirbelten? Sein Blick traf ihren. »*Die Verschonten*«, sagte er. »Ich habe endlich begriffen, was für ein Film das sein muss. Ich fange noch einmal neu an, Recha. So wie damals. Nein, so, wie ich damals hätte anfangen sollen.«

»Damals?«

»Als ich *Wipers* gedreht habe. Ich hätte erkennen müssen, dass es Wolfgangs Film war und bleiben würde. Dass meiner von Schuld handeln muss. Von meiner Schuld und von der meines Landes. Damit wir wachsam sein und uns davor schützen können, noch einmal schuldig zu werden.«

Ihre Blicke rührten sich nicht, hielten still wie ineinander verzahnt. »Und was sagt die UFA dazu?«

»Ich habe bei der UFA gekündigt«, sagte Willi. »Laut Pommer hätte ich mir das samt der fälligen Vertragsstrafe sparen können, weil sie mich sowieso gefeuert hätten. Aber es hat mir gutgetan. Nur hat das alles eben Zeit gekostet. Ich wollte nicht zu dir kommen, ohne zu wissen, wie es weitergehen würde, Recha.«

»Und wie geht es weiter?«, fragte sie, wie man auch einen beliebigen Bekannten nach seinen Plänen für die Zukunft gefragt hätte. »Wie drehst du ohne das Geld der UFA einen Film?«

»Ich habe Hugenbergs Leuten von der Ausstattung einiges abgekauft«, antwortete Willi. »Infolgedessen bin ich jetzt pleite, aber die Kulissen und Kostüme konnten in Ypern bleiben. Das Geld, das ich brauche, um den Film abzudrehen, gibt mir die Nero-Film AG. Richard Oswalds neue Gesellschaft.« Über sein Gesicht fuhr eine Bewegung, ein heller Funke Hoffnung. »Er hat es diesmal ganz anders angefangen, Recha. Hat sich mit einem Geschäftsmann zusammengetan und zwei Jahre lang Sachen gedreht, die sich gut verkaufen, um sich ein finanzielles Polster zu schaffen. Aber jetzt sucht er wieder nach echten Geschichten. Nach Stoffen, die die Leute aufrütteln.«

»Und er hat dich wieder aufgenommen? Obwohl wir ihn damals beide haben hängenlassen?«

Willi nickte, löste seinen Blick aus ihrem und senkte den Kopf. »Er hat *Die Verschonten* gelesen, die Fassung, die Theo Regensburger mir umgeschrieben hat. Noch am selben Abend hat er angerufen und erklärt, er stellt mir ein knappes Budget zur Verfügung und rüstet das *Prinzeß* für die Premiere eines Tonfilms um.«

»Theo Regensburger? Wolfgangs Freund Theo, der gesagt hat, er schriebe im Leben keinen Film mehr für dich?«

Wieder nickte Willi, ohne aufzublicken. »Er hat gesagt, es ist der Film, den ich vor zehn Jahren hätte drehen müssen. Aber jetzt, wo im rechten Lager lauter denn je nach einer Aufkündigung des Versailler Vertrages geschrien wird, als könnten wir den Krieg einfach abhaken, bräuchten wir ihn dringender denn je. Es gibt so viele Leute, die Angst haben. Ich komme mir vor, als hätte ich mir ein Jahrzehnt lang Scheuklappen umgehängt, eine rosa Brille aufgesetzt, um nicht sehen zu müssen, worauf wir zusteuern. Regensburger und Oswald haben auch Angst. Oswald sagt, noch sitzen sie alle halbwegs beherrscht in ihren Löchern, die Nationalisten, die Republikfeinde, die Antisemiten, und sehen der Koalition beim Schwanken zu. Aber sobald der Tropfen fällt, der das Fass zum Überlaufen bringt, sobald aus dem Schwanken ein Stürzen wird, schießen sie heraus und beißen zu.«

»Und der Tropfen wird fallen, nicht wahr?«

»Ich habe von dem verdammten Bankwesen nie etwas verstanden«, erwiderte Willi. »Aber es liegt auf der Hand, dass wir diese ewigen Kredite aus Amerika irgendwann nicht mehr zurückzahlen können. Unsere Gegner sind auf der Hut, und wir müssen auch auf der Hut sein. ›Herausschreien, was wir zu sagen haben, ehe man uns den Hals abdrückt‹, sagt Oswald.«

»Deshalb finanziert er deinen Film?«

»So gut er kann, ja«, antwortete Willi. »Wenn es nicht reicht, muss ich den Rest selbst aufbringen, zur Not kann ich auf das Haus eine Hypothek aufnehmen.«

»Du kannst es auch verkaufen«, sagte Recha.

»Verkaufen? Unser Haus?«

»Wenn Grietje Blommaert es nicht will.«

Endlich blickte er wieder auf. Im schwachen Licht, das von der Laterne herüberwaberte, sah sie, wie hager und kantig sein Gesicht geworden war. »Tanz mit mir, Recha«, sagte er. »Tanz mit mir für unseren Film.«

Aus Rechas Gliedern wichen weder Kälte noch Starre. Willi straffte den Rücken. Steif, wie alte Leute, legten sie die Arme umeinander. Er umfasste ihre Taille, hob ihre Hand in der seinen, und wie in einem Ballsaal begannen sie zu tanzen. Sie hatten einst wundervoll miteinander getanzt, ihre jungen, biegsamen Glieder und Leiber waren gewesen wie füreinander gemacht. Jetzt tanzten sie linkisch und unbeholfen, darauf bedacht, einander nicht mehr als nötig zu berühren, und zwischen ihre Beine drängte sich der Hund.

Es war dennoch schön und tat dennoch gut. Es besiegelte etwas, das zwischen ihnen gelebt hatte und das die Wahrheit gewesen war.

»Ich wünsche dir Glück für deinen Film«, sagte Recha, als die Musik in ihren Köpfen verklungen war.

»Traust du ihn mir zu?«, fragte er. »Glaubst du noch an mich, daran, dass ich aus diesem Film etwas machen kann, das von der Verlogenheit der UFA wegführt und einen neuen Weg einschlägt?«

»Ja«, rang sie sich ab. »Ich traue es dir zu.«

»Ich kann es nur, wenn ich dich im Rücken habe, Recha. Es soll nicht mein Film werden, sondern unser Film. Ich bin hierhergekommen, um dich nach Ypern zu holen. Zu den Dreharbeiten. Grietje hat das auch gesagt: ›Geh und hol deine Frau.‹ Grietje ist nicht meine Geliebte, war es nie, auch wenn ich es in meiner Verblendung um ein Haar so weit hätte kommen lassen. Ich bin darauf nicht stolz. Aber wenigstens bin ich aufgewacht.«

Recha hob eine Hand. »Es ist gut, Willi. Du bist mir nichts schuldig. Grietje Blommaert ist für deine Catherine die ideale Besetzung, und wenn sie es auch für dein Leben ist, stehe ich dir nicht im Weg. Wir haben es versucht. Wir sind gescheitert. Daran ist niemals einer alleine schuld, und es muss keine Feindschaft daraus erwachsen.«

Von Neuem suchte er ihren Blick. Sie versuchte, ihm auszuweichen, wollte nicht, dass er es mitbekam, wenn sie die Tränen nicht mehr halten konnte. Es war dumm und sinnlos zu weinen, es führte nur zu Verunsicherung. Warum war sie als Schauspielerin in der Lage, auf Bestellung Tränen zu vergießen, aber nicht dazu, sie zu unterdrücken?

»Sie heißt nicht Grietje Blommaert, sondern Grietje Wittich«, sagte Willi. »Sie ist Godelieves Tochter, die mit der Familie damals nach England geflohen ist. Ich hätte sie suchen müssen, sie vor dem Sumpf aus Drogen, Verbrechen und Missbrauch bewahren. Dann hätten wir beide jetzt womöglich ein kluges, begabtes Mädchen im Haus, das wir wie eine Tochter lieben. Stattdessen wird Grietje lange brauchen, um sich zu erholen. Wenn sie es überhaupt schafft. Sie kann dabei jede Hilfe brauchen, die sie bekommen kann.«

Recha benötigte einige Augenblicke, um ihre Erschütterung abzufangen. Glücklicherweise versiegten damit auch die Tränen. »Das heißt, sie ist nicht in der Lage zu arbeiten? In deinem Film zu spielen? Sie muss erst gesund werden?«

Willi schüttelte den Kopf. »Ihre Arbeit ist ihre stärkste Stütze. Daran hält sie sich fest. Oswald ist begeistert von ihr und Pommer nicht minder. Ich habe ihr versprochen, ihr zu helfen, sich unter den Angeboten das beste herauszusuchen. Aber für meinen Film will ich dich. So wie ich für alle meine Filme dich wollte und für alle, die ich noch drehen werde, dich will.«

Kurz wich die Kälte von ihr, und der Schmerz ließ nach. Quer durch ihren Körper zog sich ein Riss, der nicht heilen würde, doch die wunden, klaffenden Kanten taten sekundenlang nicht mehr so weh. »Danke«, sagte sie leise und meinte es ehrlich. »Aber ich …«

»Nein, Recha!«, rief er und legte ihr eine Hand auf den Mund. »Du brauchst nichts zu sagen. Ich werde dich nicht noch einmal drängen, in einem Film mit Gernot Bieler zu spielen, denn wenn Gernot Bieler sich noch einmal in deine oder meine Nähe wagt, dann bringe ich ihn um. Ich hätte es auch so gern getan, vor allem, als feststand, dass nicht einmal Felice etwas ausrichten kann, um ihn vor Gericht zu stellen. Er hat allzu mächtige Freunde, und es lässt sich nichts beweisen. Für Gabriels Tod kann man ihn nicht belangen, und für das, was er dir angetan hat …«

Er schüttelte sich wie in unsäglichem Ekel, und diesmal war sie es, die ihm eine Hand auf den Mund legte. »Sprich es nicht aus. Ich ertrage es nicht.«

»Das ist es, was Felice sagt. Wenn du ihn vor Gericht bringen wolltest, müsstest du dort gegen ihn aussagen, denn andere Zeugen gibt es nicht. Ein geschickter Anwalt würde deine Aussage zudem vermutlich in der Luft zerreißen, sagt Felice. Hätte ich tatsächlich geplant, ihn umzubringen, hätte sie mir übrigens mit dem größten Vergnügen geholfen.«

Recha schüttelte den Kopf. »Das hilft nichts. Ändert nichts.«

»Nein.«

Bei dem Versuch, noch etwas zu sagen, brach ihr die Stimme. Er legte die Arme um sie und zog sie zu sich, gab sie aber sofort frei, als sie sich wehrte. »Ich liebe dich«, sagte er. »Und ich habe Zeit. Nicht für den Film. Aber für unser Leben.«

Recha antwortete nicht.

»Ich habe Lutz überredet«, sagte er. »Er hat sich mit Händen und Füßen gesträubt, weil er seit zehn Jahren nichts mehr gespielt hat, aber ich habe ihn davon überzeugt, dass ich genau das brauche: einen, der gar nicht spielt, sondern all das aus sich herausbrechen lässt, was seit zehn Jahren in ihm tobt. Unbeholfen. Roh. Echt.«

Recha nickte. Er war gut. Er hatte in sich, was Wolfgang in ihm gesehen hatte, und mehr, was noch niemand in ihm hatte sehen können.

»Und du, Recha? Spielst du meine Catherine? An der Seite von Lutz?«

Wieder versuchte Recha zu sprechen, scheiterte an dem Klumpen in ihrem Hals und musste stattdessen husten und trocken schluchzen. Diesmal versuchte er nicht, sie zu umarmen, hinderte nur den Hund daran, sie anzuspringen, und nahm ihre Hand.

»Ich kann nicht sprechen«, bekam sie endlich herausgepresst.

»Wir sollten ins Haus gehen, raus aus der Kälte und deine Wirtin um etwas zu trinken bitten.«

»Das meine ich nicht«, krächzte Recha. »Sondern deine *Verschonten.* Ich bin ein Stummfilmstar, Willi, eine, vor deren Gesicht die Kamera den Atem anhält und Stille verlangt. Für deine neue Art Film brauchst du eine, die sprechen kann wie Grietje, eine, die hautnah am Leben spielt, nicht auf einem Olymp.«

Er erschrak, wie auch sie erschrocken war. In dem flackernden Licht, dem das Gas ausging, sahen sie sich wieder an. Sie hatte recht, und er begriff es. Den Mund, den er zu einem Aber öffnete, schloss er nach einem Kopfschütteln von ihr wieder.

»Es macht nichts«, flüsterte sie. »Ich habe das immer gewusst – wenn der Tonfilm kommt, ist meine große Zeit vorbei. Aber das ist kein Grund, etwas aufzuhalten, das kommen muss. So etwas ist immer falsch und hilft letztlich niemandem. Der Tonfilm ist es, den unsere Zeit braucht. Wenn wir Menschen erreichen wollen, müssen wir sie dort abholen, wo sie stehen, nicht dort, wo wir sie bis in alle Ewigkeit gern hätten.«

Er hatte ihr zugehört, wie er es in ihrer Ehe selten getan hatte. Er war immer zu aufgeregt gewesen, wie ein kleiner Junge, der es nicht abwarten konnte, selbst an die Reihe zu kommen, aus Angst, das Wichtige, Weltbewegende, was er sagen wollte, zu vergessen. Sie hatte ihn geliebt, wie er war, aber jetzt tat es ihr wohl, zu erleben, wie er über ihre Worte nachdachte und sich für seine Antwort Zeit ließ.

»Am Ende steht das verlorene Mädchen, Tilde, wie eine Vision hinter dem Tor«, sagte er. »Sie sagt nichts. Sie mahnt nur und nimmt Abschied.«

Recha ließ sich ebenfalls Zeit, um gegen das anzukämpfen,

was in ihr an die Oberfläche drängte. *Nein*, wollte sie sagen, *das ist nicht möglich*, und sagte: »Ja. Vielleicht. Die könnte ich spielen.«

Die Idee war bestechend gut: Recha Süßapfel, der Star des Stummfilms, der am Ende Abschied nimmt. Wären die Umstände anders gewesen, hätte sie nicht einmal Bitterkeit dabei empfunden.

»Recha, ich bitte dich –«

»Ich weiß es noch nicht«, schnitt sie ihm das Wort ab. »Ich muss sehen, wie die Termine liegen und was sich sonst für mich ergibt. Und jetzt muss ich nach Hause. Mir ist kalt, und ich bin entsetzlich müde.«

»Komm mit mir nach Hause«, sagte Willi. »Nach Wipers. Ich bin mit dem Auto gekommen, und wenn wir gleich fahren, sind wir in nicht viel mehr als einer Stunde da. Ich will dich in meinem Leben, Recha. Egal, wie du dich wegen des Films entscheidest, und egal, wie lange alles andere dauert.«

Ehe sie zurückweichen konnte, hatte er sie wieder umarmt. Der Hund blieb diesmal liegen, er kannte sie schließlich und hatte sie Hunderte von Malen in solch einer Umarmung erlebt. Sie fanden sich wieder und tanzten zwischen den Stößen des eisigen Windes durch die Nacht. Ihre Bauchdecke spürte die seine durch Schichten von Stoff. »Danke, meine Liebste«, flüsterte er an ihrem Ohr.

»Dank mir nicht«, flüsterte sie zurück. »Was ich dir zu deinem ersten Filmvertrag habe schenken wollen, hast du nie bekommen, und zu diesem habe ich dir nichts zu schenken.«

Er befreite die Hand, die sie im Tanzschritt geführt hatte, und legte sie auf ihren Bauch. »Es ist ganz sicher, ja? Dass es seines ist, nicht meines?«

Recha gab keine Antwort.

»Es ist mir egal«, sagte Willi. »Du bist meine Frau, und wenn du ein Kind bekommst, werde ich mein Bestes tun, um es zu meinem Kind zu machen. Felice sagt, es macht keinen Unterschied, dass sie Lise und Jenny nicht geboren hat. Sie liebt die beiden wie ihre anderen und ist vor Freude völlig aus dem Häuschen, weil Ille bei Cousine Bettina rausgeflogen ist und mit den Mädchen bei ihr auf der Matte stand. Im Augenblick renovieren sie und Quintus mit ihren vier linken Händen die Dachkammern über ihrer Wohnung, damit Ille dort mit den Mädchen einziehen kann.«

Recha ließ das Geschilderte Revue passieren und spürte, wie sich auf ihre Lippen ein Lächeln stahl. »Das ist so schön, Willi. Das freut mich für Ille wie für Felice und am allermeisten für die Mädchen. Sie brauchen ihre Familie.«

»Unser Kind auch«, sagte Willi.

Das Lächeln erstarb. »Das ist etwas anderes. Was in meinem Bauch wächst, ist kein Familienmitglied, das ein wenig Pech gehabt hat, sondern ein Fremdling. Entstanden aus nichts Gutem.«

»Das sind Jenny und Lise auch«, sagte Willi. »Aber weißt du was? Man vergisst es irgendwann. Die beiden sind da, sie sind sie selbst, und dass ein brutales Schwein wie Berndt ihr Vater war, spielt überhaupt keine Rolle mehr.«

»Wie kannst du das wissen? Ich weiß es nicht einmal selbst. Vielleicht werde ich das Kind nicht annehmen können, vielleicht muss ich es weggeben, vielleicht wird es zu viel für mich sein, es nach der Geburt auch nur anzusehen.«

»Wenn wir es nicht wissen können«, sagte er, zog seinen Mantel aus und legte ihn ihr um die Schultern, »sollten wir es dann nicht abwarten? Einen Tag nach dem andern nehmen, wie er kommt, und nach Wegen für das suchen, was wir nicht ertragen? Ich will es versuchen, Recha, mir scheint es nicht unmöglich. Und wenn es doch unmöglich ist, will ich dich dabei erst recht an meiner Seite haben.«

Der Mantel wärmte sie nicht. Aber sie glaubte, darin die Form seines Körpers zu erspüren, die sie liebte.

»Du zitterst.«

Sie nickte.

»Schadet es ungeborenen Kindern, wenn ihre Mütter einen Schnaps trinken?«

Sie zuckte mit den Schultern. »Damals, als ich glaubte, ich bekäme dein Kind, hätte ich keinen angerührt.«

»Jetzt brauchst du einen«, sagte er. »Und ich auch. Der kleine Bursche wird's aushalten, er kann ein bisschen Abhärtung gut brauchen, wenn er der Welt gewachsen sein will. Meinst du, deine Wirtin gibt uns einen und lässt mich heute Nacht bei dir bleiben? Unsere Heiratsurkunde habe ich nicht dabei, aber meinen Ehering, und heute Nacht noch nach Ypern zu fahren ist vielleicht keine gute Idee.«

»Meine Wirtin schert sich nicht darum, wer unter ihrem Dach schläft. Solange er bezahlt.«

Willi kramte in der Tasche seines Jacketts. »Das wird sich noch machen lassen, denke ich. Und danach könnten wir zur Not das Haus wirklich verkaufen. Würde es dir etwas ausmachen?«

»Nein«, sagte sie. »Aber dir.«

»Mir auch nicht mehr«, erwiderte er und klang ein wenig verblüfft. »Ich habe es für eine Familie gebaut, die es nie gab. Lass uns für die, die es geben wird, nach einem neuen suchen.«

Es klang zu einfach, um zu funktionieren. Aber es funktionierte in diesem Augenblick. Sie ließ sich in seine Umarmung gleiten, stützte sich auf seinen Arm und ließ sich von ihm über die Straße führen, zur Tür der Pension, vor der die Laterne kurz zuvor erloschen war. Der Hund lief schweifwedelnd neben ihr her, wie um zu signalisieren: Wenn die Angst das nächste Mal aufkam, würden sie zu dritt sein, um sich ihr in den Weg zu stellen. Den Rest würden sie abwarten müssen. Tag für Tag.

Ihre Wirtin war nicht zu Hause oder hatte sich bereits schlafen gelegt. Willi machte Licht in der Küche, schrieb ihr einen

Zettel, den er zusammen mit einer Banknote unter den Brotkasten klemmte, und suchte Dinge zusammen, die sie brauchen konnten. Recha genoss, dass er die Führung übernahm und sie sich um nichts kümmern musste. Im Brotkasten fand er ein paar salzige Kekse, im Spind Gläser und eine halbvolle Flasche Genever. Während er alles auf ein Tablett stellte, sprang Recha die Zeitung ins Auge, die neben dem Herd auf der Arbeitsfläche lag. Ihre Wirtin las sonst keine. Aber andere Gäste waren zurzeit nicht im Haus.

Zwarte Donderdag – Beurskrach in New York. Ohne es zu wollen, folgte ihr Blick den Zeilen des Artikels, übersetzte ihr Hirn die so ähnlichen Worte ins Deutsche.

Willi trat hinter sie, berührte ihren Arm und sah über ihre Schulter. »Kannst du das lesen?«

Sie nickte. »In den USA ist gestern die Börse zusammengebrochen. Die Anleger haben in Panik ihre Aktien verkauft, und heute passiert dasselbe wohl überall in Europa. In Deutschland rechnet man mit sofortigen Rückforderungen überfälliger Kredite, die die Banken nicht werden zahlen können. Das ist es, nicht wahr, Willi? Wir hatten zehn Jahre Zeit, wir haben nicht aufgepasst, sondern im Regen getanzt, und jetzt ist etwas passiert, was unser wackliges Gebäude zum Einsturz bringt.«

Er beugte sich zu ihr und küsste ihren Mundwinkel. »Vielleicht. Warten wir ab bis morgen, wenn wir in Ypern eine deutsche Zeitung erwischen. Jetzt brauche ich erst einmal eine warme Decke, unter der ich mich mit dir verkriechen kann.«

»Warme Decke klingt gut.« Ihm und dem Hund voraus machte sie sich daran, die schmale Treppe hinauf zu ihrem Zimmer zu erklimmen.

»Und Schnaps auch.«

Sie nickte.

Während sie nach dem Schlüssel kramte und ihn schließlich ins Schloss schob, nahm er wieder das Tablett in eine Hand und schlang den freien Arm um ihre Taille, sodass seine Fingerspitzen die schwache Wölbung ihres Bauchs berührten. »Recha«, sagte er, »wenn es tatsächlich so ist und selbst, wenn es viel schlimmer kommt, als wir befürchten, würde ich trotzdem im Regen mit dir tanzen wollen.«

Recha drehte sich um, sah in sein müdes Gesicht, und schob mit dem Rücken die Zimmertür auf. »Und wenn es am schlimmsten kommt?«

»Dann erst recht, mein Leben«, sagte er. »Dann erst recht.«

Nachwort

We Will Remember Them

Bei Ihnen, liebe Leserin, lieber Leser, möchte ich mich dafür, dass Sie diese Geschichte gelesen haben, herzlich bedanken. Wenn mein Buch erscheint, wird das hundertjährige Gedenken an den Ersten Weltkrieg, das vier Jahre andauerte, vorüber sein. Es wird keine Feierstunden, keine Kranzniederlegungen, keine Sonderausstellungen, keine neuen Bücher, Filme und Dokumentationen, keine Kunstwerke aus Mohnblumen und handgestrickte Soldaten mehr geben. Um die Ereignisse und ihre Folgen wird es still werden, als ließe sich eine so umfassende Katastrophe wie der Erste Weltkrieg nun wieder in der Versenkung, in einer Truhe auf dem Dachboden etwa, ablegen, um sich alsdann erfreulicheren Dingen zuzuwenden.

Der Erste Weltkrieg verschwindet jedoch nicht in der Versenkung, in die wir ihn womöglich stopfen wollen. Er hat die Welt, in der wir leben, geformt. Nicht nur ihre Landkarten, Nationen, Bündnisse und Grenzen. Sondern vor allem ihre Menschen. Uns. Mit ihm hat sich eine neue Form des Krieges manifestiert und dazu die Gewissheit, dass sich eine Menschheit, die sich nicht selbst auslöschen will, keinen solchen Krieg mehr leisten kann. Knapp zehn Millionen Menschen starben auf den Schlachtfeldern (von noch einmal derselben Zahl, die infolge des Krieges an Hunger, Krankheit, Angriffen auf die Zivilbevölkerung und Völkermord ums Leben kamen, ist auszugehen). Mehr als die Hälfte von ihnen war zwischen neunzehn und vierundzwanzig Jahre alt.

Das Versprechen, das wir den Toten mit den Worten von Laurence Binyon gegeben haben – *With the going down of the sun and in the morning we will remember them* – gilt es jetzt, wo der Wirbel der Gedächtnisfeier vorüber ist, umso mehr zu halten. Nicht einmal vordringlich aus Respekt vor dem – buchstäblich – atemberaubenden Verlust, der ihnen aufgezwungen wurde und für den niemand und nichts sie entschädigen kann. Sondern um uns selbst zu schützen.

Der amerikanische Präsident Woodrow Wilson ist nicht der Urheber des Zitats (der sich nicht mehr ermitteln lässt), aber er hat den Ersten Weltkrieg nach dessen Ende einmal voll idealistischer Hoffnung *War to end all wars* genannt – den Krieg, der alle Kriege beendet. Seine Hoffnung hat sich nicht erfüllt. Stattdessen stehen im *Flanders Fields Museum* der Stadt Ypern zwei raumfüllende Tafeln, auf der alle seit dem Waffenstillstand von 1918 ausgefochtenen Kriege gelistet sind. Sie werden beständig ergänzt. Vor allem aber bereitete der Krieg, der allen Kriegen ein Ende hätte setzen sollen, den Weg in einen weiteren Weltkrieg, der ihn – und alles andere, was Menschen sich im Zug ihrer Geschichte antaten – an Grauen weit in den Schatten stellte.

Der Erste Weltkrieg, der einen Kontinent eine Generation kostete und ihn trotz aller Bemühungen nicht in einen stabilen Frieden zurückfinden ließ, ist nicht vorbei. Rund um die Stadt Ieper, die er vier Jahre lang in Schutt und Asche legte, werden bis heute jährlich zweihundert Tonnen Munition geborgen. Bis heute gibt es Gebiete, die nicht betreten werden dürfen, Wege, von denen abzuweichen Lebensgefahr bedeutet. Wer am Verlauf der Westfront, von der Schweizer Grenze bis ins belgische Nieuwport, einmal entlanggefahren ist, wer diese zerstückelte, umgepflügte, von Kratern und Furchen durchzogene und ehemals so ebene, liebliche, für Radfahrer geeignete Schönheit Flanderns sieht, begreift, dass das die Narbe Europas ist. Die Ur-Narbe.

Das zu vergessen und zur Tagesordnung überzugehen könnte heute wie damals tödlicher Leichtsinn sein.

Ich bedanke mich bei meinem Verlag, ganz besonders bei Stefanie Heinen und Stefan Bauer, die meinem Wunsch, ein Buch zu schreiben, das 1928 spielt, ohne Wenn und Aber den Weg geebnet haben. Mir lag daran, weil ich dieses Jahr – das letzte vor Beginn der Weltwirtschaftskrise, das letzte, in dem eine Wahl zu Ungunsten der Rechtsparteien ausging – als entscheidenden Wendepunkt empfinde. Weil es womöglich historisch den letzten Augenblick darstellt, an dem die nahende Katastrophe sich hätte aufhalten lassen. Damals, zehn Jahre nach dem Waffenstillstand von Versailles, hatten viele Menschen den Krieg so satt wie wir vielleicht heute, nach hundert Jahren. Sie wollten sich nicht länger schuldig und gedemütigt fühlen und bekamen offene Ohren für Demagogen, die ihnen einwisperten, sie sollten das »Diktat von Versailles« endlich abwerfen. Dabei missachteten sie, wie tief die Resultate des Krieges in die Struktur ihres Landes, ihres Kontinents und ihre eigene Existenz eingegraben waren. Und sie vergaßen, was sie zehn Jahre zuvor erst scharf und schmerzlich erkannt hatten: dass der Sicherung des Friedens Vorrang gebührte, dass ein erneuter Krieg mit allen Kräften verhindert werden musste und dass dazu der Schutz der jungen, noch unerprobten Demokratie gehörte.

In diese Situation wollte ich meine Figuren stellen, und ich wollte ihnen die Möglichkeit geben, sich zu entscheiden. Eine Möglichkeit, die sie fünf Jahre später nicht mehr haben sollten.

Als Künstler – namentlich als Filmschaffende – stehen sie dabei in einer besonderen Verantwortung. Bereits während des Weltkriegs war der Film zu Propagandazwecken eingesetzt worden, und die enorme Wirkung, die damit erzielt worden war, hatte zur Gründung der UFA geführt. Zehn Jahre später hatte sich der Film zum Massenmedium ausgewachsen und stand auf dem Sprung zum Ton. Mehr denn je waren die Feinde der Demokratie sich bewusst, was für ein potentes Werkzeug sie in der Hand halten würden, wenn es ihnen gelang, sich der Filmproduktionsstätten zu bemächtigen. Hugenbergs Übernahme der UFA war auf diesem Weg der größte Coup. Noch wurden Filme wie *Der blaue Engel* (1930) und *Die Dreigroschenoper* (1931) produziert und täuschten mit ihren Welterfolgen über die schleichenden Veränderungen innerhalb des Unternehmens hinweg. Im *Blauen Engel* durfte noch der große Kurt Gerron Triumphe feiern, obwohl er als Soldat im Ersten Weltkrieg so schwer verletzt worden war, dass er zeitlebens mit entstellenden physiologischen Folgen zu kämpfen hatte. In diesen letzten Jahren vor der Verstaatlichung errang Gerron bei der UFA auch Erfolge als Regisseur – zugleich aber wanderten Männer wie Kurt Ritter, Veit Harlan und Hans Steinhoff durch die Ränge nach oben und sollten sich nur wenig später mit Machwerken wie *Hitlerjunge Quex* und *Jud Süß* hervortun.

Auch der Produktionsleiter Erich von Neusser gehörte zu den Männern, die keineswegs durch ihr Talent, sondern durch ihre politische Haltung aufstiegen. Am 1. April 1933 war er es, der in das Studio der UFA stürmte, in dem Gerron gerade seinen Film *Kind, ich freu mich auf dein Kommen* drehte. »Wer hier nicht rein arischen Blutes ist, verlässt sofort dieses Studio«, ordnete von Neusser an. Im Abspann wurde der Film später als sein Werk ausgegeben.

Gerron war Jude im Sinne der Nürnberger Gesetze. Der letzte Film, den er je drehen sollte, war die 1944 erzwungene Theresienstadt-Dokumentation *Der Führer schenkt den Juden eine Stadt*. Im Oktober desselben Jahres starben er und seine Frau in Auschwitz.

In dieses Spannungsfeld wollte ich meine Figuren stellen, und ich wollte es ihnen auferlegen, eine Entscheidung zu treffen: Würden sie sich ihrer Verantwortung stellen und ihr Talent, ihr Medium nutzen, um sich der lebensbedrohlichen Entwicklung entgegenzustellen, solange dies noch möglich war? Ich habe dabei eine Reihe von Persönlichkeiten zu »Gastauftritten« geladen, die tatsächlich gelebt haben, und hoffe, sie sind mir erkennbar gelungen. Aus sowohl dramaturgischen wie persönlichkeitsrechtlichen Gründen habe ich andere historische Gestalten lediglich nachempfunden und hoffe, dass die Andeutungen in diesem Nachwort dabei helfen, auch sie zu identifizieren.

Ich bin unendlich froh, dieses Buch geschrieben zu haben, und noch froher, dass Sie, liebe Leserin, lieber Leser, es gelesen haben. Nicht genug bedanken kann ich mich bei der Friedensstadt Ieper, die mir während der Jahre der Recherche zu meinen drei »Wipers«-Geschichten fast so etwas wie ein *Home from Home* geworden ist, insbesondere bei den Mitarbeitern des Museums *In Flanders Fields* und bei dem wundervollen Benoit Mottrie, Chairman und Hüter der Menenpoort. Nach dem Wirbel um die vier Jahre Weltkriegsgedenken kommt die Stadt Ieper nun wieder zur Ruhe und kann sich um ihre eigenen Belange kümmern. So hat sie sich endlich ein Stadtmuseum zugelegt, das stolz aufzeigt, dass ihre Geschichte weit mehr als vier Jahre Krieg umfasst. Vergessen aber wird Ieper, die Siegfried Sassoon einst »die größte Wunde der Welt« nannte, jenen Krieg niemals, denn sie ist sich der Worte von George Santayana schmerzlich bewusst: »Wer sich des Vergangenen nicht erinnert, ist gezwungen, es noch einmal zu erleben.«

Wanderer, kommst du nach Flandern …

Wenn Sie, liebe Leserin, lieber Leser, dort hinkommen, fahren Sie doch auch nach Ieper. Die Stadt hat uns auch nach den offiziellen Feiern noch etwas Wichtiges zu erzählen. Und sie tut es auf freundliche, sachte und einzigartig flandrische Weise.

Zuletzt bedanke ich mich bei der E-Book-Abteilung meines Verlages dafür, dass ich mich – gegen sehr große Bedenken – mit dem Titel meiner begleitenden Novelle zu den Wipers-Romanen letztendlich durchsetzen konnte. Der Verlag fürchtete, mein

Wunschtitel *In der Nacht weint Wipers, meine Stadt* sei wenig verkaufsträchtig, und zweifellos behielt er damit recht. Dass in diesem Fall ideelle Gründe dennoch schwerer wiegen durften als materielle, ist ein im modernen Verlagsgeschäft selten gewordenes Glück, und auch das ist für mich ein Stück gelebtes Erinnern. Danke! Von dem Titel wollte ich nicht lassen, weil ich ihn in einem Original-Brief aus Ieper gefunden hatte und weil nichts mich von der Überzeugung abbringt, dass Godelieve Wittich ihn geschrieben hat.

Wie wir leider wissen, ist die Geschichte der zur Niedens und Quirins nicht zu Ende, auch wenn noch nicht feststeht, ob ich es sein werde, der sie Ihnen weitererzählt. Auch unsere Geschichte ist noch nicht zu Ende. Erzählen wir sie weiter. Lassen wir nicht zu, dass es noch einmal ein anderer für uns tut.

Michaela Saalfeld

Glossar

Aktion, Die
Wochenzeitschrift für Literatur, Kunst und Politik, herausgegeben von Franz Pfemfert und maßgeblich am Durchbruch des Expressionismus beteiligt. *Die Aktion* vertrat undogmatische, linksgerichtete Standpunkte und erschien in Berlin während der Jahre 1911–1932.

Algrette
Reiherfeder oder Busch aus Reiherfedern, die an turbanförmigen Damenhüten oder direkt am Haar befestigt wurden und besonders beim Tangotanzen beliebt waren.

Arbeitslosenversicherung
Seit dem 16. Juli 1927 regelte das Gesetz über Arbeitsvermittlung und Arbeitslosenversicherung in Deutschland die finanzielle Versorgung arbeitsloser Menschen. Im europäischen Vergleich war Deutschland damit spät dran, und bereits mit der Wirtschaftskrise Ende 1929 geriet die Reichsanstalt, der die Regelung übertragen worden war, in unüberwindbare finanzielle Schwierigkeiten.

Bahnhofsmission
In Deutschland 1894 durch einen Pfarrer begründete Organisation, die ursprünglich ausschließlich dazu gedacht war, Frauen und vor allem jungen Mädchen zu helfen, die auf Arbeitssuche

in die Städte kamen und leicht Mädchenhändlern und internationalen Prostitutionsringen in die Hände gerieten. Die Dienste wurden später erweitert. Ähnliche Organisationen gab und gibt es auch in Großbritannien und anderen Ländern.

Bar Mitzwa

Feierliche Zeremonie des jüdischen Glaubens, in der ein jüdischer Junge von etwa dreizehn Jahren seine religiöse Mündigkeit erhält.

Berliner Tageblatt

Seit 1872 bestehende Tageszeitung, die sich an ein Massenpublikum richtete, sich durch satirischen Journalismus auszeichnete und eine gemäßigt linke Richtung vertrat.

Berliner Zimmer

Typische bauliche Eigenheit Berliner Mietshäuser aus der Zeit vor dem Zweiten Weltkrieg: Diese Zimmer verbinden das Vorderhaus eines Gebäudes mit dessen Seitenflügel. Dadurch, dass sie lediglich über ein zum Hof hinausführendes Eckfenster verfügen, sind die Räume in aller Regel dunkel.

Bovril

Sämig-dicklicher, salziger Fleischextrakt der Firma Unilever. Kann in Wasser oder Milch aufgelöst zu einem in Großbritannien beliebten Heißgetränk verarbeitet werden.

Briand-Kellogg-Pakt

Nach den Außenministern Frankreichs und der USA benannter Vertrag, der am 27. August 1928 in Paris von zunächst elf Nationen unterzeichnet wurde. Mit diesem Vertrag erklärten erstmals Nationen ihre Absicht, auf Krieg als Mittel der Politik zu verzichten. Er kam einer internationalen Ächtung des Krieges gleich.

Café Achteck
Berliner Spottname für die öffentlichen Toiletten, die in kleinen achteckigen Häusern aufgestellt wurden.

Chanukka
Lichterfest. Reihe hoher jüdischer Feiertage, die zum Gedenken an die Einweihung des zweiten Tempels zu Jerusalem jährlich begangen werden. Das Chanukka-Fest dauert acht Tage und findet traditionell im Monat Kislew (November/Dezember) statt.

Chasma
Handförmiges Amulett, jüdischer Glücksbringer, der den bösen Blick abwehren soll, häufig mit Auge in der Mitte dargestellt.

Chesterfield
Einreihiger klassischer Herrenmantel.

Chuppa
Hochzeitsbaldachin der jüdischen Tradition. Die von vier Stangen gehaltene Seidenbahn, unter der die Braut ihren Bräutigam erwartet, soll an die Zelte erinnern, in denen das Volk Israel nach dem Auszug aus Ägypten lebte.

Collier's
Eigentlich *Collier's Weekly. An Illustrated Journal.* US-amerikanisches Magazin, das von 1888 bis 1957 erschien und sich vor allem durch investigativen Journalismus und enthüllende Photographien auszeichnete.

Deutsche Allgemeine Zeitung
Seit 1843 bestehende konservative, regierungsnahe Tageszeitung.

Deutsche Bioscop
Berliner Filmproduktionsgesellschaft, 1899 von Jules Greenbaum gegründet. Bestand bis 1922 und errichtete 1911/12 mit dem »Glashaus« das erste Atelier auf dem Filmgelände Babelsberg.

Deutschnationale Volkspartei
Im November 1918 u. a. von Alfred Hugenberg gegründete nationalistische, reaktionäre, offen antisemitische Partei, die die Vernichtung der Weimarer Republik zum Ziel hatte. Seit Ende der Zwanzigerjahre kooperierte die DNVP mit Hitlers NSDAP und unterstützte sie. Mehrere Monate nach der Machtergreifung löste sie sich selbst auf.

Dolchstoßlegende
Von der Obersten Heeresleitung um Ludendorff nach 1918 in die Welt gesetzte Verschwörungstheorie, nach der die Sozialdemokratie, die Bolschewisten und das internationale Judentum vereint dem deutschen Heer einen Dolch in den Rücken gestoßen hätten, um dessen militärischen Sieg zu verhindern. Auf diese Weise wollten die militärischen Führer die Schuld an der Niederlage von sich selbst abwälzen, zugleich diente ihnen die Legende als Mittel zur antisemitischen, antidemokratischen Hetze. Auch die Fememorde der Weimarer Zeit wurden auf diese Weise gerechtfertigt.

Fackel, Die
Von Karl Kraus in Wien herausgegebene satirische Zeitschrift, die zwischen 1899 und 1936 erschien, keinerlei politische Bindung einging und mit ihrer klaren, schonungslosen Sprache (der überwiegende Teil der Beiträge stammte von Kraus selbst) eine Vorreiterstellung einnahm.

Fluter
Flutlichtscheinwerfer in der Beleuchtungstechnik beim Film.

Fu Man Chu, Dr.
Bösewicht einer Romanreihe des britischen Autors Sax Rohmer, der diese ab 1913 schrieb. Dr. Fu Man Chu versucht darin, die Weltherrschaft zu erlangen, während sein Gegenspieler, Inspector Nayland Smith von Scotland Yard, ihn daran hindert. Die Romane, die sich großer Beliebtheit erfreuten, wurden ab 1921 mit beachtlichem Erfolg verfilmt.

Fürsorgegesetz
1922 erlassenes Gesetz, das die Gemeinden dazu verpflichtete, Alters- und Invalidenrenten, die kein Überleben mehr sicherten, aufzustocken. Durch die rapide Geldentwertung der Inflationsjahre war es zu einer Verelendung vieler Alters- und Invalidenrentner gekommen, der das Gesetz entgegenwirken sollte.

Gartenlaube, Die
Seit 1853 erscheinendes »Illustrirtes Familienblatt« und die erste erfolgreich publizierte Zeitschrift für die Massen in Deutschland. Nach der Reichsgründung wurde die zunächst im Verlag Ernst Keil erscheinende Zeitschrift zunehmend konservativer, 1904 wurde sie August Scherl und 1916 schließlich dem Medienimperium des rechtsgerichteten, nationalistischen Alfred Hugenberg angegliedert.

Gehinnom
Biblischer Ortsname, eine Schlucht nahe Jerusalem bezeichnend, die jedoch einen Bedeutungswandel erfuhr und gemeinhin als »Mordtal«, Ort der Bestrafung, somit – unpräzise – als eine Art Hölle des Judentums interpretiert wurde. Dem Propheten Jeremiah zufolge wurden in diesem Tal Brandopfer an

Kindern für den punisch-kanaanitischen Gott Moloch vollzogen.

Gesundbrunnen
Teil des Berliner Bezirks Wedding.

Groenendael
Langhaarige, schwarzfellige Variante des belgischen Schäferhundes.

Havelock
Zu Beginn des 20. Jahrhunderts nach dem britischen Generalmajor benannter Herrenmantel ohne Ärmel, der stattdessen über eine Pelerine unter dem Kragen verfügt.

Hundekehlesee
Länglicher See, der – am Rand der Villensiedlung von Grunewald gelegen –, zur Kette der Grunewaldseen gehört.

Jannowitzbrücke
Berliner Brücke über die Spree, im Bezirk Mitte gelegen.

Kakadu
Berühmt-berüchtigte Berliner Bar am Kurfürstendamm. Im *Kakadu* verkehrten Künstler und Magnaten, aber auch Angehörige der Halb- und Unterwelt, weshalb auch der Handel mit Rauschgiften florierte. Der *Kakadu* bestand von vermutlich 1919 bis mindestens 1937 und rühmte sich – mit seinen 400 Quadratmetern und einer Front über fünf einstige Ladengeschäfte wohl zu Recht –, Berlins größte Bar zu sein.

Kaiserpanorama
Beliebtes Medium der Jahrhundertwende, bei dem etwa zwanzig bis dreißig Zuschauer gleichzeitig durch ein Guckloch eine Folge von stereoskopischen – und daher dreidimensional wirkenden – Bildern betrachten konnten.

King's Cross
Londoner Bahnhof.

Kinothek
Sammlung von Musikstücken, die sich für die Untermalung von Stummfilmen eignete. Aus diesen Anthologien wählten Kinobesitzer die Stücke aus, die sie von Kinomusikern spielen ließen, um zum einen keine beklemmende Stille aufkommen zu lassen und zum andern das Rattern des Projektors zu übertönen.

Kippa
Runde, meist aus Stoff gefertigte Mütze, Kopfbedeckung jüdischer Männer.

Kunstseidene
Frauen, die nebenher – nicht im Hauptberuf – der Prostitution nachgingen.

Laska
Dem Dame-Spiel nicht unähnliches Brettspiel, das der deutsche Schachweltmeister Emanuel Lasker 1911 entwickelt hatte.

Last Post, The
»Der letzte Wachposten«. Militärisches Hornsignal, gebräuchlich in Großbritannien und den Commonwealth-Staaten. Der *Last Post* wird seit Mai 1928 allabendlich in der Gedenkhalle der Menenpoort in Ypern zum Gedenken an die Gefallenen

gespielt – nur unterbrochen von den Jahren des Zweiten Weltkriegs.

Laubenpieper
Scherzhafte, in Berlin gängige Bezeichnung für den Inhaber eines meist mit einem Häuschen – einer Laube – versehenen Kleingartens.

Mary Jane
Damenschuh mit Spange, in den Zwanzigerjahren in Mode gekommen.

Molle mit Kompott
Berliner Kneipenausdruck für Bier mit Schnaps.

Nero-Film
Deutsche Filmproduktionsgesellschaft, die 1925 von dem Produzenten Richard Oswald und dem Geschäftsmann Hermann Nebenzahl gegründet worden war und bis zur Machtergreifung der Nationalsozialisten bestand. Setzte Oswald bei dieser Gesellschaft anfangs auf marktgängige Massenware, so spezialisierte sich die Nero schon bald auf künstlerisch hochwertiges Avantgarde-Material.

Nissu'in
Jüdische Trauungszeremonie, die direkt auf die Verlobung folgt. Am Ende wird zur Erinnerung an die Zerstörung des Tempels von Jerusalem ein Weinglas zertreten.

Novemberverbrecher
Das Schimpfwort Novemberverbrecher wurde von rechtsradikalen Parteien und Bewegungen für die Vertreter der Revolution von 1918 verwendet – darunter zahlreiche führende Politiker

der Weimarer Republik. Im Sinne der ebenfalls als politischer Kampfbegriff verwendeten *Dolchstoßlegende* wären die revolutionären Kräfte dem kämpfenden Heer in den Rücken gefallen und hätten damit die militärische Niederlage bewusst verschuldet.

Osthilfe
Agrarpolitisches Hilfsprogramm zur Unterstützung von landwirtschaftlichen Betrieben in den östlichen preußischen Provinzen. Mit der Osthilfe, die von 1926 bis 1937 gezahlt wurde, sollten die Agrarbetriebe in den Ostprovinzen, die nach dem Ersten Weltkrieg kaum noch rentabel wirtschaften konnten und hoch verschuldet waren, vor dem Bankrott bewahrt werden. Dass die Subventionen von Großgrundbesitzern einzeln beantragt werden konnten, öffnete dem Missbrauch Tor und Tür und mündete 1932 im Osthilfe-Skandal.

PAGU
Kurz für Produktions-AG Union. Deutsche Filmproduktionsgesellschaft, die von 1906 bis 1922 existierte und 1913 mit ihren Filmstudios nach Berlin umzog. Ernst Lubitsch gab hier sein Regiedebüt. Das Tempelhofer Atelier mit dem Glashaus galt als das beste Filmgelände Deutschlands und wurde ab 1917 von der neu gegründeten UFA gepachtet.

Paragraph 218
Paragraph des Strafgesetzbuches, der den Schwangerschaftsabbruch unter allen Umständen unter Strafe stellte. Obwohl in der Zeit der Weimarer Republik zahlreiche Anträge vonseiten linksgerichteter Abgeordneter gestellt wurden, um diesen Paragraphen abzuschaffen, fanden im Parlament darüber keine Debatten statt. Der Paragraph 218 blieb in Kraft und ist es – allerdings mit zahlreichen Einschränkungen, die einen Schwangerschaftsabbruch erlauben – bis heute.

Pelerine
Umhang, Cape, das die Schultern bedeckt.

Pink Lady
Cocktail auf Gin-Basis, der durch Zugabe von Grenadine eine pinke Färbung erhält.

Protokolle der Weisen von Zion
Antisemitisches Pamphlet, das auf Fälschungen beruht und Anfang des 20. Jahrhunderts in Umlauf gebracht wurde. Das Dokument behauptete, eine jüdische Weltverschwörung zur Vernichtung des christlichen Abendlandes sei im Gange. Die Urheber der Hetzschrift sind unbekannt.

Puhl & Wagner
1889 in Berlin-Neukölln begründetes Unternehmen, das Glasmalerei und Glasmosaiken herstellte. Eines der dekorierten Barfenster der *Kakadu Bar* – passend verziert mit Kakadus – stammte von dieser Firma.

Richard-Oswald-Film-Produktion
1916 gegründete Produktionsgesellschaft von Richard Oswald, durch die an die hundert – häufig gesellschaftskritische, (besonders zu sexuellen Themen) aufklärerische – Filme entstanden. 1926 musste die Firma Konkurs anmelden, da kommerzieller Erfolg ausblieb.

Rote Fahne
Zentralorgan der Kommunistischen Partei Deutschlands (KPD), im November 1918 von Karl Liebknecht und Rosa Luxemburg in Berlin begründet, nach den tödlichen Unruhen vom Mai 1928 für sieben Wochen verboten.

Roter Frontkämpferbund
Paramilitärischer Kampfbund der KPD. Der RFB wurde 1924 gegründet und 1929 im Zuge des sogenannten Blutmais verboten.

Salamander
Traditionsreiche, seit 1885 bestehende Schuhhandelskette mit eigener Herstellung und dem charakteristischen Salamander als Markenzeichen.

Sansculotten
»Ohne Kniebundhosen«. Revolutionäre Arbeiter während der Französischen Revolution, die sich äußerlich durch das Tragen langer, nicht über dem Knie geschnürter Hosen von Großbürgertum und Adel abhoben.

Scheunenviertel
Berliner Stadtteil im heutigen Bezirk Mitte, zwischen Hackeschem Markt und Rosa-Luxemburg-Platz. 1737 befahl Friedrich Wilhelm I. sämtlichen Berliner Juden, die kein eigenes Haus besaßen, sich in diesem Stadtteil an der nördlichen Stadtmauer anzusiedeln, wodurch ein stark jüdisch geprägtes Viertel entstand. Mehrmals in der Geschichte des Viertels kam es dort zu Ausschreitungen und Pogromen.

Schtetl
Jüdische Dörfer und Siedlungen im Osten Europas vor dem Zweiten Weltkrieg.

Soleier
In Salzlake eingelegte hart gekochte Eier, die in Berliner Eckkneipen am Tresen verkauft werden.

Stoofvlees
Flandrisches Nationalgericht, Eintopf aus Schmorfleisch, Kartoffeln, braunem Zucker, Bier und den Überresten eines Frühstückskuchens.

Tallit
Jüdischer Gebetsschal.

Variety-Show
Englische Variante des Varietés, hervorgegangen aus den *Music Halls* der viktorianischen Epoche und bis in die Dreißigerjahre immens populär.

Völkischer Beobachter
Zentralorgan, sogenanntes Kampfblatt der NSDAP. Erschien von 1920 bis 1945, zunächst in Bayern, ab Januar 1929 auch in einer Berliner Ausgabe. Aus dramaturgischen Gründen habe ich dies um ein gutes halbes Jahr vorverlegt.

Vorwärts
1867 gegründetes Zentralorgan der Sozialdemokratischen Partei Deutschlands.

Wipers Times
Von britischen Infanteristen des 12. Bataillons Sherwood Foresters (Line Infantry), die zur Verteidigung von Ypern im Salient stationiert waren, herausgegebene Soldatenzeitung. Einige Männer des Bataillons hatten in einem ausgebrannten Haus eine noch funktionsfähige Druckerpresse entdeckt und begannen ab Februar 1916 unter Chefredakteur Frederick John Roberts mit der Produktion der satirischen Zeitschrift, die sich bald überwältigender Beliebtheit erfreute. Die *Wipers Times* war benannt nach dem Namen, den die britischen Truppen der Stadt Ypern

gegeben hatte, und erschien bis Kriegsende – es folgten sogar hinterher noch zwei Nummern unter dem Namen *Better Times.* Berstend vor britischem Galgenhumor bringt die *Wipers Times* bis heute Menschen zum Lachen und rührt zu Tränen. In Liebe und Bewunderung habe ich mir erlaubt, ihrer Redaktion meinen Captain Scottie Brown-Brown hinzuzufügen.

Witwe Klicko

Verballhornung des Firmennamens *Veuve Clicquot*, nach Wilhelm Busch: *Wie lieb und luftig perlt die Blase/Der Witwe Klicko in dem Glase.*

Young-Plan

Unter der Federführung des amerikanischen Wirtschaftsexperten Owen D. Young entwickelter Plan, der die Reparationszahlungen regeln sollte, zu denen Deutschland nach dem Ersten Weltkrieg durch den Vertrag von Versailles verpflichtet wurde. Der Plan, der den Dawes-Plan ablöste und der letzte seiner Art werden sollte, wurde von Februar bis Juni 1929 in Paris verhandelt und trat im Mai 1930 in Kraft. Obwohl das Ziel einer Räumung des Rheinlandes erreicht und Deutschland finanziell leicht entlastet worden war, versuchte die NSDAP, durch einen »Volksentscheid gegen den Young-Plan« das Inkrafttreten des Planes zu verhindern. Das dazu nötige Volksbegehren scheiterte jedoch.